周中明文集 二

金瓶梅艺术论
小说史话

周中明 著

北京联合出版公司
Beijing United Publishing Co.,Ltd.

目　录

上篇　金瓶梅艺术论

台湾版序言 [①]

　　艺术，是人类不可缺少的精神食粮。随着人们物质生活的满足，对艺术之类的精神需求必然越来越多。《金瓶梅》作为小说艺术，它为什么赢得了世界众多人的珍爱？同时它又为什么遭到了不少人的谴责？《水浒传》《红楼梦》是伟大的文学作品，已有目共睹，举世公认，虽然也曾有人谴责它们为"诲盗""诲淫"的小说，但那是极少数封建统治者的诬蔑，早已为人们一眼看穿。而对于《金瓶梅》的看法则不然。珍爱《金瓶梅》的有识之士固然不少，贬斥《金瓶梅》的却绝不限于少数封建统治者。中国的封建王朝早已被推翻，但把《金瓶梅》列为"禁书"，并不因为统治者的更换而有多大变化。这是为什么？对于《金瓶梅》这部小说的艺术价值究竟应该怎样正确评价？这实在是中国小说中最为令人困惑的不解之谜。难怪清代的张竹坡要把《金瓶梅》列为我国的"第一奇书"了。

　　为什么人们历来对《金瓶梅》的评价众说纷纭、褒贬对立呢？究竟应该怎样正确认识和评价《金瓶梅》的小说艺术特色、成就和缺陷呢？这些就是拙著《金瓶梅艺术论》所力图要回答的问题。

　　《金瓶梅》这部小说艺术的特殊性在于它是严格的现实主义。它所反映的社会生活是污浊的，卑下的，丑恶的，令人唾弃的，而它所运用的艺术形式，却是新鲜的，朴实的，生动的，耐人咀嚼、发人深思的。它跟《三国演义》《水浒传》《西游记》《红楼梦》着力塑造了许多惹人喜爱的正面人物

---

　　① 1990年，周中明为《金瓶梅艺术论》繁体版出版所作。

迥然不同，它着力刻画的是众多令人憎恶的反面人物或世俗小人，它不是刻意把生活加以美化、诗化，而是认真揭示生活中的丑恶和污浊，是"化丑为美"，即把生活中的丑转化为小说艺术的美，它不是要美化生活本身的丑，也不是通过作家理想的人物来揭露丑恶的人物，而是通过小说艺术的美来揭示生活本身的丑，达到使读者从丑恶的生活中获得警觉、醒悟和净化、美化的目的。我们必须掌握《金瓶梅》"化丑为美"这个艺术特色，才不至于把《金瓶梅》所揭示的社会生活和《金瓶梅》这部小说艺术混为一谈；否则，那就如同把污水和婴儿都一起泼掉一样荒谬。人们读了《金瓶梅》之后，对它描写的丑恶生活之所以产生那种无限厌恶和唾弃的感情，这本身就说明了《金瓶梅》这部小说艺术的巨大魅力和积极影响。

当然，笔者绝不认为《金瓶梅》的小说艺术是完美无缺的。拙著《金瓶梅艺术论》的基本观点认为，《金瓶梅》在艺术上具有两重性，即一方面，它在我国小说发展史上有一系列的创新，无论在题材内容、创作思想、创作方法，或人物形象塑造、情节结构、语言艺术风格等方面，它都以自己的新鲜特色和高度的独创性，为中国小说艺术的发展树立了新的里程碑，开辟了一条崭新的创作道路；另一方面，正因为它的基本特色是创新，所以它又不免带有许多不成熟性，甚至打上了很深的封建烙印。如同一个呱呱坠地的婴儿，它标志着新的一代的诞生，令人感到既活泼可爱，又不免稚气十足，甚至身上还沾染着胎中带来的不少污浊。我们既不能因为它给我们带来了活泼可爱的新的生机，就把它捧上天，甚至把它身上沾染的封建污浊也吹捧成美丽的香脂，更不应因为它带有许多稚气和母胎中的污浊，就无情地连活泼可爱的新生婴儿也统统加以扼杀。

对《金瓶梅》评价上的褒贬对立，除了由于它本身是"化丑为美"及其在艺术上具有两重性之外，还由于读者的眼光和胃口不一，难免见仁见智，感情用事，怀有偏见，以致褒之者读它"实是一部可诧异的伟大的写实小说"，"可谓中国小说发展的极峰"，①贬之者则视它为十恶不赦的凶物，要"人见此书，当即焚毁"②。笔者认为，这种爱之捧上天、恶之欲其死的态度，是不可取的；文学艺术作品的欣赏者和研究者，也必须随时注意端正自己的立场、观点和态度、方法。笔者所竭力追求的是实事求是，力求全面地历史地认识和评价《金瓶梅》的艺术成就和缺陷。这可能是吃力不讨好的，难免要受到持上述两种偏执态度的人的非难和攻击。但笔者是在作科学的研究，科学只追求客观的真理，而绝不迎合或讨好某些人的主观好恶。这里我热诚地希望一切珍爱或厌恶《金瓶梅》的读者和专家，对拙著的观点能首先持宽容的态度，平心静气地想一想，看我说得是否有道理。这样，你即使对拙著的某一个具体论点不能认同，那么，我们至少也会在打破成见，探求对《金瓶梅》的公正评价上求得共识。当然，对于来自专家和读者的批评意见，笔者都是不胜欢迎之至的。

拙著是把《金瓶梅》放在中国小说发展的历史长河中，来论述它的艺术成就和不足的。贬低《金瓶梅》的人，往往以《水浒传》来跟《金瓶梅》作比较，认为"《金瓶梅》里提到的如宋江、武松等人物，除照抄不改的部分外都已经走样了"，宋江被改成了"一副无原则的奴才相"，武松则变得"尴尬畏葸"，失去了"昔日景阳冈打虎的豪气"。③抬高《金瓶梅》者，又往往以《红楼梦》来与《金瓶梅》作比较，说"《红楼梦》完全是模仿《金瓶梅》的"，"世谓《红楼梦》是人情小说的杰作，那末《金瓶梅》更是《红楼梦》之师了。"④拙著也把《金瓶梅》跟《水浒传》《红楼梦》作了比较，而所得出的结论却与上述论断大相径庭。笔者认为，《金瓶梅》对于《水浒传》的现实主义精神不是悖逆，而是既有所继承，又另辟蹊径；至于

---

① 郑振铎：《插图本中国文学史》。

② 清·林昌彝：《砚耕颡绪录》。

③ 徐朔方：《金瓶梅的成书以及对它的评价》，见《金瓶梅论集》，第103、104页。

④ 阿丁：《金瓶梅之意识及技巧》，见《天地人》半月刊，1936年4月第4期。

《红楼梦》则既接受了《金瓶梅》的某些积极影响，又打破了包括《金瓶梅》在内的一切传统的思想和写法。因此，从拙著不只是可以看出《金瓶梅》的艺术成就和特色，提高我们对于《金瓶梅》的阅读、理解和艺术欣赏能力，而且有助于我们了解整个中国小说艺术的多样性和丰富性，了解它们之间前后继承与发展的辩证关系及其历史轨迹；当代的文学创作也可从中获得某些启迪或借鉴。

这是台湾贯雅文化事业有限公司近年来继出版拙著《红楼梦的语言艺术》《红楼梦——迷人的艺术世界》《中国的小说艺术》之后，出版的敝人研究中国古代小说艺术的第四本学术专著，它同时也在大陆漓江出版社以简体汉字出版。我衷心希望通过它沟通海峡两岸的学术文化交流，能对弘扬中华民族的优秀传统文化，促进祖国的繁荣昌盛，有所裨益。

周中明

一九九○年四月十二日写于合肥安徽大学中国语言文学系

引　言

　　《金瓶梅》是我国小说史上引起争议最大、最多、最久的一部奇书。且不说对其思想和艺术价值的评价存在着尖锐的分歧，即从书名来看，也被认为"是一个难解的谜"①，历来有三种不同的说法：

　　第一种说法，认为代表了作品中三个重要人物的名字。如明代袁中道的《游居柿录》指出："所云'金'者，即金莲也；'瓶'者，李瓶儿也；'梅'者，春梅婢也。"②

　　第二种说法，认为反映了作者"为世戒"的命意。如明万历丁巳季冬东吴弄珠客的《金瓶梅序》中指出："然作者亦自有意。盖为世戒，非为世劝也。如诸妇多矣，而独以潘金莲、李瓶儿、春梅命名者，亦楚《梼杌》之意也。盖金莲以奸死，瓶儿以孽死，春梅以淫死，较诸妇为更惨耳。"③所谓"楚《梼杌》之意"，即是有戒鉴意义的历史著作，如《孟子·离娄下》所说："晋之乘，楚之梼杌，鲁之春秋，一也。"

　　第三种说法，认为是讥刺严世蕃的。如清代顾公燮的《销夏闲记》记载："忬子凤洲（世贞）痛父冤死，图报无繇，一日偶谒世蕃，世蕃问：'坊间有好看小说否？'答曰：'有。'又问：'何名？'仓卒之间，凤洲见金瓶中供梅，遂以《金瓶梅》答之。但字迹漫灭，容钞正送览。退而构思数日，借《水浒传》西门庆故事为蓝本，缘世蕃居西门，乳名庆，暗讥其闺门

---

　　① 安德鲁·莱维：《评〈金瓶梅的艺术〉》，见《文学研究动态》1984年第10期。
　　② 见《中国文学珍本丛书》本《袁小修日记》，上海杂志公司1935年9月出版。
　　③ 弄珠客：《金瓶梅序》，见《金瓶梅词话》卷首。

淫放。"①

　　《金瓶梅》，从字面上看，它无疑地是分别摘取了书中潘金莲、李瓶儿、庞春梅三个人物名字中的一个字。鲁迅也认为："因为这书中的潘金莲、李瓶儿、春梅，都是重要人物，所以书名就叫《金瓶梅》。"②这种说法固然是有事实根据的，但并不是足以令人信服的。问题在于作者为什么要以书中这三个人物的名字来作为全书的命名？如果说这三个是书中的"重要人物"，那么，为什么不以书中更重要的人物西门庆的名字来作全书的命名呢？连鲁迅也认为"书中所叙，是借《水浒传》中之西门庆做主人，写他一家的事迹"③。郑振铎也称："其中心人物为西门庆"④，并指出："表面上看来，《金瓶梅》似在描写潘金莲、李瓶儿和春梅那些个妇人们的一生，其实却是以西门庆的一生的历史为全书的骨干与脉络的。"⑤美国塞缪尔·巴克在1927年根据第一奇书本节译的《金瓶梅》，书名叫《金瓶梅：西门庆的故事》。法国库恩在1930年根据第一奇书本节译的《金瓶梅》，书名为《金瓶梅：西门庆和他的妻妾六人的艳史》。可见中外学者皆一致公认西门庆是全书的中心人物。既然如此，《金瓶梅》的书名，为什么不用全书最重要的人物西门庆的名字，而要用潘金莲、李瓶儿、庞春梅这三个人物的名字呢？这难道不值得我们深思么？

　　我国古人似乎也早已觉察这个问题。如东吴弄珠客就不满足于袁中道对《金瓶梅》三个字的字面解说，而提出了"然作者亦自有意"。法国学者安德鲁·莱维更是明确地提出了这个问题。他说："《金瓶梅》这个书名是用潘金莲、李瓶儿和庞春梅三个女人的名字简化组成的。书名这样组成是一个难解的谜，小说一开始春梅就出现过，可是直到小说的结尾她才成为一个主

　　① 顾公燮：《销夏闲记》卷上，据《涵芬楼秘笈》本。
　　②③ 鲁迅：《中国小说的历史的变迁》，见《鲁迅全集》第八卷附录，人民文学出版社1957年版。
　　④ 郑振铎：《插图本中国文学史》第4册，北京作家出版社1957年12月版。
　　⑤ 郑振铎：《谈〈金瓶梅词话〉》，见1933年7月《文学》第1卷第1期。

角，作者好像在偏袒她，在描写她的弱点时显得很拘束。为什么作者选这三名女人作书名呢？是不是因为她们三人都是精力充沛的性欲要求者呢？"李希凡曾抱怨说："作者对她们的描写并不像她们应有的那么糟糕。读者已降尊而同情她们了。总之，瓶儿厚道，春梅清高，而金莲既有精力又有机智。虽然她们的命运是注定的，但读者还是情不自禁地流露出同情和怜悯的心情。"① 这就不仅对"重要人物"说发出了诘难，而且也对"戒世"说提出了疑问。

东吴弄珠客指出《金瓶梅》的命名"作者亦自有意"，虽确有发人深思之处，但是他把《金瓶梅》说成如《梼杌》《春秋》一类的历史著作，这就不仅混淆了小说与历史的本质区别，而且也抹杀了《金瓶梅》的艺术审美价值。清代《金瓶梅》评点家张竹坡对此也早已提出异议。他说："或谓如《梼杌》之意，是皆欲强作者为西门开帐薄之人，乌知所谓《金瓶梅》哉！"②

至于把《金瓶梅》的书名说成跟讥讽严世蕃个人有关，这更属无稽之谈。著名的明史专家吴晗已作过审慎的考证。他指出："顾公燮便不高明了，他以为王忬死后世贞还去谒见世蕃，世蕃索阅小说，因作《金瓶梅》以讥刺之。其实王忬被刑在嘉靖三十九年（1560）十月初一日，殁后世贞兄弟即扶柩返里，十一月二十七日到家，自后世贞即屏居里门到隆庆二年（1568）始起为河南按察副使。另一方面严嵩于四十一年五月罢相，世蕃也随即被刑。王忬死后世贞方痛恨严氏父子之不暇，何能靦颜往谒贼父之仇？而且世贞于父死后即返里屏居，中间无一日停滞，南北相隔，又何能与世蕃相见？即使可能，世蕃已被逐，不久即死，亦何能见？如说此书之目的专在讽刺，则严氏既倒，公论已明，亦何所用之讽刺？"③ 这些对史实的考证，皆言之凿

———————

① 安德鲁·莱维：《评〈金瓶梅的艺术〉》，见《文学研究动态》1984年第10期。
② 张竹坡："第一奇书"本《金瓶梅》第七回回评。
③ 吴晗：《〈金瓶梅〉的著作时代及其社会背景》，见1933年1月《文学季刊》创刊号。

凿，无可辩驳，毋庸置疑。不过顾公燮提出的《金瓶梅》的命名，因受作者"见金瓶中供梅"的启发，却不失为是个有意义的见解。在《金瓶梅》第十回、第三十一回，作者写西门庆家的宴席上，皆有"花插金瓶"的摆设。第六十七回写藏春坞西门庆的书房，也有"笔砚瓶梅"的摆设。第七十二回又写西门庆的书房里贴着一副对联："瓶梅香笔砚；窗雪冷琴书。"第七十六回写西门庆唤人"抬出梅花来，放在两边桌上，赏梅饮酒"。第六十八回写西门庆常去嫖逛的郑家妓院房间的摆设，第七十一回写东京千户家里的宴席上，也都有"花插金瓶"。这一再重复出现的关于"金瓶""瓶梅"的描写，或许跟书名不无关系吧？

解开《金瓶梅》书名之谜，关键是要弄清楚它究竟有什么寓意。苏联学者鲍·李福清似乎是把握住了这个问题的关键。他说："作者把小说称作《金瓶梅》是想赋予作品较为深刻的含义。'金'——意思是'黄金'，不过它的原意是'金属'，按照中国古代自然哲学的观点，金是阴的象征。关于'瓶''花瓶'的含义我们已经说过了。（即认为'瓶'，'既影射瓶儿，又影射女性的天然物。'——引者注）'梅'——'野梅花'，具有特殊的比喻含义。流传至今的十五世纪末民间图画上，画着一只花瓶（前面已经描绘过这种花瓶），里面插着一枝象征男性力量的野梅。"[1]这种解释，显然刻意求深，未免牵强附会，难以自圆其说，更难令人信服。

那么，《金瓶梅》这个书名的含义究竟是什么呢？

我认为，其含义有三个层次。从表层来看，它无疑地是由书中潘金莲、李瓶儿、庞春梅三个重要人物的名字简化组成的；从里层来看，她们三人皆是西门庆最宠爱的妇女，如同西门庆家的摆设——"花插金瓶"，美则美矣，然而瓶中梅花，终究好景不长。如同张竹坡所指出的："盖言虽是一枝

---

　　① 鲍·李福清：《兰陵笑笑生和他的长篇小说〈金瓶梅〉》，见方铭编《金瓶梅资料汇录》，黄山书社 1986 年 9 月出版，第 508 页。

梅花，春光烂漫，却是金瓶内养之者。夫即根依土石，枝撼烟云，其开花时，亦为日有限，转眼有黄鹤玉笛之悲。奈之何折下残枝，能有多少生意，而金瓶中之水，能支几刻残春哉？明喻西门庆之炎热危如朝露，飘忽如残花，转眼韶华顿成幻景。总是为一百回内第一回中色空财空下一顶门针。"①从深层来看，它反映了该书的思想和艺术特点。从思想内容来说，"盖此书的是描写下等妇人社会之书也。"②书名以三位女主人公的名字代表了妇女的命运，反映了人欲横行的时代特色和腐化堕落的社会悲剧；从艺术上来说，它表现了该书以美写丑的特点。梅插金瓶、瓶梅独秀——《金瓶梅》，这个书名本身该是给人多么强烈的美的感受啊！它启示读者必须从审美的角度，而绝不能以世俗之见来读此书。如同张竹坡所指出的："《金瓶梅》三字连贯者，是作者自喻，此书内虽包藏许多春色，却一朵一朵一瓣一瓣，费尽春工，当注之金瓶，流香芝室，为千古锦绣才子作案头佳玩，断不可使村夫俗子作枕头物也。噫，夫金瓶梅花全凭人力，以补天工，则又如此书，处处以文章夺化工之巧也夫。"③

　　不仅《金瓶梅》书名的含义有以上三个层次，《金瓶梅》全书所描写的也具有多层次性的特点。这是人们对《金瓶梅》的认识和评价之所以存在很多、很大分歧的客观原因。诸如《金瓶梅》跟《水浒传》《红楼梦》究竟是什么关系？它究竟是"坏人心术"④"诲淫"⑤的淫书，还是"指斥时事"⑥，"明人伦，戒淫奔，分淑慝，化善恶"，"关系世道风化，惩戒善恶，涤虑洗心，无不小补"⑦的讽世之作？是毫无存在价值，应当"尽投水火而后已"⑧的坏

---

① 张竹坡："第一奇书"本《金瓶梅》第七回回评。
② 曼殊：《小说丛话》，见 1903 年《新小说》第 7 号。
③ 张竹坡：《金瓶梅读法》之 106，见齐鲁书社 1987 年出版的《金瓶梅》卷首。
④ 沈德符：《万历野获编》卷二十五。
⑤ 见《中国文学珍本丛书》本《袁小修日记》，上海杂志公司 1935 年 9 月出版。
⑥ 沈德符：《万历野获编》卷二十五。
⑦ 欣欣子：《金瓶梅词话序》，见 1985 年人民文学出版社出版的《金瓶梅词话》卷首。
⑧ 徐谦：《桂宫梯》卷四。

书，还是"可谓中国小说发展的极峰"①的不朽之作？是"一个自然主义的标本"②，或"实是一部可诧异的伟大的写实小说"③，是"现实主义在我国小说领域的进一步发展"④？它在艺术构思、人物形象塑造、心理刻画、语言描写和情节结构等各个方面，对中国小说的历史发展作出了哪些有益的贡献？又还存在哪些不足和缺陷？如此等等的问题，我们都想在本书中既不一味吹捧，又不一笔抹杀，而是力求作出言之有据的论述和实事求是的回答，力图对读者提高阅读和艺术鉴赏能力，对作家吸取《金瓶梅》创作的经验教训，有所裨益。不过这只是笔者的主观愿望。至于是否能如愿以偿，那就只有请诸位在阅读全书后作出评判了。

---

① 郑振铎：《插图本中国文学史》第4册，北京作家出版社1957年12月版。
② 徐朔方：《〈金瓶梅〉的成书以及对它的评价》，见1986年人民文学出版社出版的《金瓶梅论集》，第99页。
③ 郑振铎：《插图本中国文学史》第4册，北京作家出版社1957年12月版。
④ 章培恒：《论〈金瓶梅词话〉》，见《复旦学报》1983年第4期。

上承《水浒传》而又另辟蹊径

——从《金瓶梅》[※]对武松形象的改塑谈起

众所周知，《金瓶梅》主要是根据《水浒传》第二十三回至第二十七回西门庆和潘金莲的故事创作的。从第一回至第十回基本上是《水浒传》原文的移录，只是第十回把武松斗杀西门庆改成武松误打李外传，让李外传做了替死鬼，使西门庆得以继续作恶，并在政治上、经济上成为暴发户，一直到第八十七回西门庆死后，才重新回到《水浒传》第二十七回，写了武松杀嫂祭兄。因此，《金瓶梅》从故事情节的框架到主要人物的性格特征，从揭露、批判社会现实的主旨到某些具体文字描写，都是跟《水浒传》一脉相承的。

我们不仅要看到《金瓶梅》上承《水浒传》的一面，更重要的是要指出其另辟蹊径的一面。为了阐述的方便，我们从《金瓶梅》对武松形象的改塑谈起。因为笔者认为，把握了《金瓶梅》对武松形象的改塑，我们就有了打开《金瓶梅》这座艺术殿堂的一把钥匙。

一、《金瓶梅》对《水浒传》中武松形象的改塑

《金瓶梅》中的武松形象，就其主要的方面来看，显然是跟《水浒传》中的武松形象血脉贯通的。如景阳冈打虎，写出武松的英雄胆力；怒斥金莲调

※　本书所称《金瓶梅》除另作说明者外，皆指《金瓶梅词话》。

情，写出武松的人伦品德；告别武大时的殷殷嘱咐，写出武松的手足情深；杀嫂祭兄，写出武松的报仇雪恨。《金瓶梅》中有关武松的这些情节，都是从《水浒传》中来的，有不少甚至基本上是原文照抄。但是，《金瓶梅》中的武松形象，是不是《水浒传》中武松形象的简单重复呢？是不是如有的研究者所说，"作者仍然本着《水浒》中的写法，没有作如何的发展"[①]，或者说，它即使有所发展，也"简直是败笔"[②]呢？

事实胜于雄辩。《金瓶梅》中的武松跟《水浒传》中的武松是个既有蹈袭而又作了重要改塑的两个不同的艺术形象。其具体表现：

对武松的介绍。一是醉酒讨嫌；一是好汉可爱。《水浒传》中的武松，作者渲染他"吃醉了酒性气刚，庄客有些顾不到处，他便要下拳打他们。因此，满庄里庄客没一个道他好。众人只是嫌他，都去柴进面前告诉他许多不是处。柴进虽然不赶他，只是相待得他慢了"（第二十三回）。在《金瓶梅》中则删去了上述描写，而径直写"招览天下英雄豪杰，仗义疏财"的柴进，"因见武松是一条好汉，收揽在庄上"（第一回）。这种对于武松形象的改塑，难道不是使他增辉而是有什么逊色么？

对武松的心理描写。一是写他误入虎山，怕"须吃他耻笑"，"难以转去"；一是写他明知山有虎，偏向虎山行。《水浒传》作者写武松事先不知道景阳冈有虎，只因醉酒不听劝阻，先是怀疑酒家"留我在家里歇，莫不半夜三更要谋我财，害我性命，却把鸟大虫唬吓我"，认为"这是酒家诡诈"。待到山神庙，看见门上贴的官府榜文，"方知端的有虎"。此时他"寻思道：'我回去时，须吃他耻笑，不是好汉，难以转去。'"《水浒传》作者是写武松在这种怕人耻笑的思想支配下，被迫冒险上山的；在"有诗为证"中，作者又强调他

---

① 任访秋：《略论〈金瓶梅〉中的人物形象及其艺术成就》，《开封师院学报》1962年第2期。

② 宋谋玚：《略论〈金瓶梅〉评论中的溢美倾向》，《金瓶梅论集》，人民文学出版社1986年版，第185页。

是"醉来打杀山中虎"。《金瓶梅》作者则写武松一到山东界上就听说景阳冈有虎伤人，"冈子路上，两边都有榜文，可教过往经商，结伙成群，于巳、午、未三个时辰过岗，其余不许过冈。这武松听了，呵呵大笑，就在路旁酒店内，吃了几碗酒，壮着胆，横拖着防身哨棒，浪浪沧沧，大𣥶步走上冈来"。在山神庙亲眼看到印信榜文后，《金瓶梅》中的武松也不是像《水浒传》中的武松那样寻思怕人耻笑，难以转去，而是毫不犹豫地"喝道：'怕甚么鸟！且只顾上冈去，看有甚大虫？'"这种对于武松形象的改塑，难道不是提高而是贬低么？

对武松打虎经过的描写。一是仅由作者和武松加以叙述；一是由两位猎人亲眼目睹。《水浒传》中的两个猎人是在武松打虎之后才从武松口中听说的，他们听了，还不大相信，说："怕没这话。"连后来的批评家也指出："况打虎时，是何等时候，乃一拳一脚都能记算清白，即使武松自己，恐用力后亦不能向人如何细说也。"①这就使人不能不对其真实性产生怀疑，《金瓶梅》作者则改写为两个猎人埋伏"在此观看多时"，亲眼目睹了武松打虎的经过，当他刚把虎打死，两个猎人就出来对武松"倒头便拜"。由于作者的视角由单一变为多样，即由作者或当事人，变为从第三者——猎人的角度来审视，写出现场有两个猎人作证，这就使武松打虎的真实性，更加无可置疑。

对武松打虎的评价。一是惊讶、怀疑；一是钦佩、赞叹！《水浒传》作者由于写两个猎人未亲眼目睹武松打虎，只是写他们"见了武松，吃一惊道：'你那人吃了忽律心，豹子肝，狮子腿，胆倒包着身躯！如何敢独自一个，昏黑将夜，又没器械，走过冈子来，不知你是人？是鬼？'"（第二十三回）由于《金瓶梅》作者写两个猎人目睹了武松打虎的经过，因此写他们"见了武松倒头便拜，说道：'壮士，你是人也，神也？端的吃了忽律心，豹子肝，狮子腿，

---

① 张竹坡："第一奇书"本《金瓶梅》第一回批语。

胆倒包了身躯。不然，如何独自一个，天色渐晚，又没器械，打死这个伤人大虫。我们在此观看多时了。端的壮士！高姓大名？'武松道：'我行不更名，坐不改姓，自我便是阳谷县人氏，姓武名松，排行第二。'"（第一回）两相对比，前者只是惊疑武松只身上山，如人鬼难辨；后者则是满腔热情地钦佩武松只身打虎，如人神难分，衷心赞美他"端的壮士"。后者与前者相比，岂不更加情真意切，令人感奋么？

武松对潘金莲的态度。一是起初猥琐暧昧；一是始终高风亮节。《水浒传》写武松一见到潘金莲，就"当下推金山，倒玉柱，纳头便拜"（第二十四回）。显得过分热情，反而给人以轻薄之嫌。《金瓶梅》改成"武松施礼，倒身下拜"（第一回）。既以礼相待，又比较适度、得体。《水浒传》写"武松看那妇人时，但见：

> 眉似初春柳叶，常含着羞雨恨云愁；脸如三月桃花，暗藏着风情月意。纤腰袅娜，拘束的燕懒莺慵；檀口轻盈，勾引得蜂狂蝶乱。玉貌妖娆花解语，芳容窈窕玉生香"（第二十四回）。

从武松的眼中，如此细腻地描绘潘金莲那种"勾引得蜂狂蝶乱"的色相，这岂不意味着武松已经被她的色相吸引住，甚至看得入了迷，大有春心萌动，按捺不住之势么？否则，一个青年男子对嫂嫂的眉、脸、腰、口等各个部位，如此细看、细想、细描，究竟又居心何在呢？读者不能不发出这个疑问。颇有艺术鉴赏力的金圣叹，在他评点的贯华堂本《水浒传》中，便把武松眼中对潘金莲的这段色相描写删去了。《金瓶梅》则把这段色相描写，移到了第九回，西门庆将潘金莲娶到家时，从吴月娘的眼中看出她的风流，"怪不的俺那强人爱他"。而写武松眼中的潘金莲，仅写"武松见妇人十分妖娆，只把头来低着"。他连看一眼都感到羞答答的，不堪入目。这显示出武松的思想境界，是多么冰清玉洁，容不得半点"妖娆"之气！当潘金莲"包藏淫行荡春心"，着意要勾引武松，写到"那妇人常把些言语来撩拨他"时，《水浒传》接着写"武松是个硬心直汉，却不见怪"。《金瓶梅》便把这"却不见怪"四个字删了。写到潘金莲在雪天要陪武松饮酒，并故意用手"去武松肩胛上只一捏，说道：'叔叔只穿这些衣裳，不冷？'"对于这种公然挑逗、恣意调情的行径，《水浒传》只是写"武松已有五分不快意，也不应他"（第二十四回）。《金瓶梅》则改成："武松已有五七分不自在，也不理他"（第一回）。改动的字数虽然很少，但是武松的反感态度则较《水浒传》所写明朗得多。虽然两书的结果都是写"潘金莲勾搭武松不动，反被抢白一场"，但是由于《水浒传》前面写武松对潘金莲的态度有点暧昧，在客观上便有助长潘金莲对他大胆调情之嫌，如《水浒传》中"有诗为证"所写的："武松仪表甚温柔，阿嫂淫心不可收。"《金瓶梅》作者便把"温柔"二字改为"搊搜"，意为鲁莽、雄壮。《金瓶梅》的改写，使武松一贯态度鲜明，潘金莲仍然执意要勾引他，那她最后遭到武松义正词严的抢白，就纯属咎由自取，而丝毫不能归咎于武松的"仪表甚温柔"了。

武松对毒杀武大的西门庆等人的认识。一是就事论事；一是就事论人。《水浒传》中对武松为此事向知县告状，写道：

> 武松告说："小人亲兄武大，被西门庆与嫂通奸，下毒药谋杀性命。这两个（指何九叔与郓哥——引者注）便是证见。要相公做主则个。"（第二十六回）

《金瓶梅》改为：

> 武二告道："小人哥哥武大，被豪恶西门庆与嫂潘氏通奸，踢中

心窝；王婆主谋，陷害性命；何九朦胧入殓，烧毁尸伤。见今西门庆霸占嫂在家为妾。见有这个小厮郓哥是证见，望相公做主则个。"（第九回）

两相对比，《金瓶梅》中的武松有三点不同：（1）对事实经过的叙述比较具体、确凿。前者只是一句"下毒药谋杀性命"，后者则从"通奸"，"踢中心窝"，"陷害性命"到"烧毁尸伤"，"霸占为妾"，概括了全部事实经过，使人一看就感到武松已经作了深入调查，掌握了西门庆等人的全部犯罪事实，罪证确凿，不容置疑；（2）《水浒传》中武松所告的只是一个"西门庆与嫂通奸，下毒药谋杀性命"的问题，《金瓶梅》中的武松除告西门庆外，还有西门庆的帮凶"王婆主谋"，在西门庆的权势威吓和金钱收买之下，验尸的"何九朦胧入殓"。这就是说，《金瓶梅》中的武松所要惩办的不只是西门庆一个人作恶的问题，而是以西门庆为代表的那个社会上的一股恶势力，统统皆应受到惩治；（3）武松对西门庆的本质认识更为深刻、明确。《水浒传》中的武松只是就事论事地说"西门庆与嫂通奸，下毒药谋杀性命"，如此说来，这只能算是个男女通奸的"情杀案"。而《金瓶梅》中的武松，则特地在西门庆头上加了"豪恶"二字，并举出他对武大"踢中心窝"，勾结王婆、何九叔，杀人、毁尸，以及"霸占嫂在家为妾"等一系列"豪恶"的事实。以"豪恶"来给西门庆其人定性，显然就不是局限于一般的"情杀案"，而是"豪恶"公然欺压、虐杀小民的社会政治黑暗的问题。因此，《水浒传》写西门庆，"满县都饶让他些个"，《金瓶梅》中则改"饶让"为"惧怕"，满县人都惧怕西门庆，可见其豪恶的势焰！《水浒传》中的西门庆说何九"不肯违我的言语"，《金瓶梅》中改"不肯"为"不敢"。《水浒传》中写"这条街上远近人家，无有一人不知此事（指武大被害死——引者注），却都惧怕西门庆那厮是个刁徒泼皮，谁肯来多管！"《金瓶梅》中除改"肯"为"敢"字以外，还在"刁徒

18

泼皮"后面，加了"有钱有势"四个字。"刁徒泼皮"，只是个人的属性，而"有钱有势"，则是整个反动统治阶级共有的阶级特征。因此，街坊人家不是主观上不肯来多管，而是客观上反动统治势力的凶恶，迫使他们不敢来多管。向官府告状不管用，《水浒传》中的武松是先杀潘金莲，然后再去杀西门庆；《金瓶梅》中的武松则首先去杀豪恶西门庆，结果因西门庆逃脱而误打死了给西门庆通风报信的县中皂隶李外传，被银铛入狱。这样改写，在表现武松痛快淋漓地报仇雪恨上，是不及《水浒传》；在认识和揭露社会现实的残暴性和深刻性上，却比《水浒传》前进了一步。

武松对待封建官府的态度。一个是始终抱有幻想；一个则是幻想被现实击得粉碎。虽然在告状时，《水浒传》和《金瓶梅》中的武松都是把希望建立在请知县"相公做主"上，但是在告状不成、自己动手杀人之后，《水浒传》中的武松是主动到县衙投案自首，承认自己"犯罪正当其理"；《金瓶梅》中的武松是被地方保甲押送县衙，为兄报仇雪恨的一口恶气未出，却身陷囹圄，而作恶多端的西门庆因为有钱有势，买通官府，却照样逍遥法外。作者由此得出的结论是："谁人受用，谁人吃官司，有这等事！有诗为证：英雄雪恨被刑缠，天公何事黑漫漫？……"（第九回）《水浒传》中的县官，"念武松那厮是个有义的汉子"，"一心要周全他，又寻思他的好处"，不惜"把这人的招状重新做过"，以减轻武松的罪名；《金瓶梅》中的县官，则因"西门庆一面差心腹家人来旺儿，馈送了知县一副金银酒器，五十两雪花银；上下吏典也使了许多钱，只要休轻勘了武二"。知县便"喝令左右：'与我加起刑来！人是苦虫，不打不成！'两边闪三四个皂隶，役卒抱许多刑具，把武松拖翻，雨点般篦板子打将下来。须臾打了二十板，打得武二口口声声叫冤，说道：'小人平日也有与相公用力效劳之处，相公岂不悯念？相公休要苦刑小人！'知县听了此言，越发恼了：'你这厮亲手打死了人，尚还口强，抵赖那个？'喝令：'与我好生拶起来！'当下拶了武松一拶，敲了五十杖子，教取面长枷带了，收在

19

监内"。你看，一个是自认"犯罪正当其理"，一个则"口口声声叫冤"；一个是县官主动寻思武松的好处，"一心要周全他"，一个则是武松要求县官想到"小人平日也有与相公用力效劳之处"，却反遭知县施以更重的刑罚。这两种写法，岂不是塑造了两个不同的武松形象？——《水浒传》中的武松，誓死为兄报仇雪恨，有敢作敢当的英雄气概，但在思想上仍尊重封建王法的合法性，承认自己"犯罪正当其理"，跟知县相公都同属"有义的汉子"；《金瓶梅》中的武松，则在保留其锄奸除恶的英雄性格的同时，被惨遭迫害的严酷的社会现实，打破了他本来对官府所抱的幻想，而与官府处在势不两立的对立地位，因为残酷的现实终于使他看清，封建官吏根本不讲仁义，他们所代表的完全是西门庆等豪恶势力的利益和旨意。《金瓶梅》中武松形象的这种发展，难道不是值得我们欢迎的，而能统统斥之为"败笔"么？

败笔确实也是有的。如《金瓶梅》作者写陈府尹审问武松："你如何打死这李外传"时，写"那武松只是朝上磕头，告道：'青天老爷，小的到案下得见天日，容小的说，小的敢说。'"前面既然写武松是个"口口声声叫冤"的烈性汉子，这时在"青天老爷"面前，却怎么不叫冤，而要老爷"容小的说"才敢说呢？这未免把武松性格写得有点走了样，委实太奴才相了。此外，在时间和地点等细节上，也改得有自相矛盾之处。

不过，从总的方面来看，上述一系列的事实证明，《金瓶梅》作者对武松形象的塑造，绝不是"仍然本着《水浒》中的写法，没有作如何的发展"，而是根据《金瓶梅》的需要，作了许多重要的改动；这些改动，基本上是成功的，不应简单地统统斥之为"败笔"。对于我们来说，更为重要的还应由此进一步地研究和分析：《金瓶梅》作者究竟为什么要对武松形象作种种改塑？它所反映出来的《金瓶梅》作者在上承《水浒传》的基础上，又是怎样在艺术上另辟蹊径的？这些正是我们下面接着所要探讨的问题。

二、《金瓶梅》对《水浒传》的另辟蹊径

《金瓶梅》作者为什么要对武松形象的塑造作上述种种改动呢？文学作品中的人物形象，既是社会现实的反映，又是经过作家的头脑加工创造出来的。我们必须看到，《金瓶梅》与《水浒传》不仅有继承的一面，更重要的是它无论在作家的创作思想、作品的题材内容、思想主旨和人物形象等方面，都是另辟蹊径的。

在作家的创作思想和作品的题材内容上，《水浒传》侧重于歌颂水浒英雄，而《金瓶梅》则着眼于揭露黑暗的社会现实。

在《水浒传》作者看来，像武松这样的江湖好汉，嗜酒如命，正是突出其江湖好汉的本色。因此他大写特写武松在柴进处如何常常醉酒惹嫌，在上景阳冈前，酒家以"三碗不过冈"来标榜其酒性之烈，而武松却"前后共吃了十八碗"，仍未醉倒，依然照样过冈。正如金圣叹在《水浒传》中写武松饮酒的批语所指出的："写酒量，兼写食量，总表神威。"①王望如的评语也盛赞："先饮酒，后打虎，雄哉松也！"②可见在《水浒传》中渲染武松对酒的豪饮和海量，是对武松打虎的英雄形象的一种有力的铺垫，是对武松"总表神威"的艺术夸张，这对于《水浒传》中武松这个英雄形象的塑造是完全必要的。

《金瓶梅》作者的创作思想跟《水浒传》作者不同。他在《金瓶梅》开卷前就写了《四贪词》，把贪图酒、色、财、气，视为人性的弱点和社会的病根。因此，揭露酒、色、财、气对人生、家庭、社会和国家的危害，成了《金瓶梅》全书突出的题材内容。如在《四贪词·酒》中，他写道："酒损精神破丧家，语言无状闹喧哗。疏亲慢友多由你，背义忘恩尽是他。"酒对人生和社会既然有如此大的危害，《金瓶梅》作者自然要把武松身上嗜酒豪饮的特征

---

①② 见《水浒传会评本》第二十二回，北京大学出版社1981年出版。

改掉。

由于两书作者的创作思想和题材内容不同，因此，两书在主题思想和人物形象塑造等方面也有别。《水浒传》的主题思想是要歌颂"替天行道"的水浒英雄，因此就要把这些英雄加以理想化，夸大他们的神威。如写武松："胸脯横阔，有万夫难敌之威风；说话轩昂，吐千丈凌云之志气。心雄胆大，似撼天狮子下云端；骨健筋强，如摇地貔貅临座上。如同天上降魔王，真是人间太岁神。"（第二十三回）《金瓶梅》的主题思想不是为了歌颂水浒英雄，而是要揭露社会现实的腐朽、黑暗，因此它对人物形象的塑造不是要使它理想化、神奇化，而是要力求使它现实化、平凡化，为揭露社会现实的作品主旨服务。拿对武松形象的改塑来说，它不只是作了某些字句的修改，更重要的是在作品总的创作倾向和创作道路上作出了一系列新的开拓。

第一，它以武松的英雄胆力，足以赤手空拳打死山中老虎，却无法打死社会上的"老虎"——豪恶西门庆之流，来衬托和揭露社会的黑暗。《金瓶梅》为什么要从武松打虎写起，其创作意图就在于此。在《水浒传》中，西门庆是二十八岁，《金瓶梅》作者把他改为二十七岁。为什么特地减少一岁呢？意在指出他是"属虎的"（第四回）。这是作者的点睛之笔。其寓意很明显：西门庆便是社会上吃人的老虎。至于潘金莲，作者在第一回即明确指出，她"乃虎中美女"。这些都是《水浒传》中所未写的。《金瓶梅》作者加上这些描写，就是为了使之与武松景阳冈打虎相呼应，作反衬。西门庆一类在社会上吃人的"老虎"，为什么比山冈上的老虎更难打呢？《金瓶梅》中也写得很清楚，这并不是由于西门庆有什么了不起的本领，而是只因为他"有钱有势"，他可以用金钱收买王婆、何九等社会渣滓充当他的帮凶，可以用金钱贿赂各级官吏，使国家机器成为迫害敢于作反抗斗争的武松等人的工具，而他尽管恣意行凶作恶，却照样逍遥法外，享尽荣华富贵、娇妻美妾、山珍海味。英雄如打虎的武松，不但奈何他不得，报仇雪恨不成，却反而惨遭酷刑，刺配充军。它使人看了不能不惊叹：这样的社会现实，该是何等的暗无天日啊！正如清人文龙在《金瓶梅》的批语中所指出的："夫以潘金莲之狠，西门庆之凶，王婆子之毒，凡有血气者，读至此未有不怒发冲冠，切齿拍案，放僻邪侈，无所不为，无所不至，快快活活，偷生五、六、七年。恶人富而淫人昌。作者岂真有深仇大恨，横亘于心胸间，郁结于肚腹内乎？而故为此一部不平之书，使天下后世之人，咸有牢骚之色，愤激之情乎？"① "独是武松一口恶气，未能出得，看者能勿快快乎？惟其快快，方可与看《金瓶梅》。必须快快到底，方知《金瓶梅》不是淫书也。"② 尽管《金瓶梅》中确有相当突出的淫秽描写，但从总体上看，它是一部揭露社会罪恶黑暗之书；《金瓶梅》中的武松形象，是为该书这个总的创作意图服务的。上述文龙的批语，证明它已收到了预期的艺术效果。

第二，它以武松与武大真兄弟之间的手足情深，来反衬花二与花大、花三、花四叔伯兄弟之间为争家财而打官司，反目成仇，西门庆与花子虚、应伯爵等假兄弟之间，表面上称兄道弟，亲爱之至，而实则虚情假意，狠毒至极。武松之所以冒着被老虎吃掉的危险翻越景阳冈，就是为了"因思想哥哥武大"，而特地来看望他的。后武松奉命出差，又特地买了酒菜，来与哥哥话别："临行，武松又吩咐道：'哥哥，我的言语休要忘了，在家仔细门户。'"（第二回）这最后一句是《金瓶梅》作者新加的。它既说明武松对潘金莲的不轨行为早已提请哥哥警惕在先，又为武大后因门户不慎而被人害死，埋下了伏笔。对此，张竹坡的批语指出："写武二、武大分手，只平平数语，何以便使我再不敢读，再忍不住哭也？文字至此，真化工矣！"③ 可见作者写武二、武大的兄弟情谊，感人之深。值得注意的是，张竹坡在这段短短的批语中，用了两个"再"字。据笔者的感受和推测，他之所以"再不敢读，再忍不住哭"，是

---

① 文龙：《金瓶梅》第六回批语。

② 文龙：《金瓶梅》第九回批语。

③ 张竹坡："第一奇书"本《金瓶梅》第二回批语。

跟他在读了后文花家兄弟以及西门庆的结拜兄弟之间的肮脏勾当之后，再来读"写武二、武大分手"的文字，所产生的对比、反差效应分不开的。如果说《金瓶梅》中所写的武二、武大兄弟情谊，主要还是从《水浒传》继承得来的话，那么，以武二、武大的真兄弟情谊，来反衬花家叔伯兄弟的争夺家财，西门庆与花子虚、应伯爵等假兄弟的尔虞我诈，则完全是《金瓶梅》作者的独特创造和发展了。你看，西门庆对他跟花子虚的关系，说得多么动听："论起哥来，仁义上也好，……嫂子没的说，我与哥那样相交。"（第十三回）可是实际上他却安心设计，既夺取他的家财，又霸占他的妻子，使花子虚迅即"因气丧身"（第十四回）。正如文龙的批语所指出的："果何气乎？为乃兄乃弟耶？官司虽未赢，却亦未输，然则为其妻所气也，气其妻为友所骗也，其友固所称如兄如弟者也。"①张竹坡也指出："天下最真者莫若伦常，最假者莫若财色。然而伦常之中，如君臣朋友夫妇，可合而成；若夫父子兄弟，如水同源，如木同本，流分枝引，莫不天成。乃竟有假父假子假兄假弟之辈。噫！此而可假，孰不可假？……悲夫！本以嗜欲故，遂迷财色，因迷财色，遂成冷热，因冷热故，遂乱真假。因彼之假者欲肆其趋承，使我之真者皆遭其荼毒，所以此书独罪财色也。嗟嗟！假者一人死而百人来，真者一或伤百难赎。世即有假聚为乐者，亦何必生死人之真骨肉以为乐也哉？作者不幸，身遭其难，吐之不能，吞之不可，搔抓不得，悲号无益，借此以自泄，其志可悲，其心可悯矣。"②说明《金瓶梅》的独创，是以作者对社会生活独特的体验和感受为基础的；他之所以武二、武大真兄弟情谊，来反衬西门庆与花子虚等人假兄弟的狠毒，目的还在于揭露那个社会的世情——"此书独罪财色也。"这是很有见地的。

第三，它以武松不受女色的诱惑，痛斥潘金莲的调情，来衬托和揭露西

① 文龙：《金瓶梅》第十四回批语。
② 张竹坡：《竹坡闲话》，"第一奇书"本《金瓶梅》卷首。

门庆、潘金莲之流热衷于追求淫欲，以致贻害无穷。《金瓶梅》作者在开卷前写的《四贪词·色》中即指出："休爱绿鬓美朱颜，少贪红粉翠花钿。损身害命多娇态，倾国倾城色更鲜。莫愁此，养丹田。人能寡欲寿长年。从今罢却闲风月，纸帐梅花独自眠。"欣欣子的《金瓶梅词话序》也说："吾友笑笑生为此"书的创作目的，"无非明人伦，戒淫奔，分淑慝，化善恶"。那么，在此书中又究竟是以谁为"人伦"的代表，"淑""善"的化身呢？无疑地，《金瓶梅》作者是首先把武松这个人物形象树为楷模。当潘金莲以自己喝剩的半盏酒，"看着武松道：'你若有心，吃我这半杯儿残酒。'武松匹手夺过来，泼在地下，说道：'嫂嫂，不要恁的不识羞耻！'把手只一推，争些儿把妇人推了一跤。武松睁起眼来说道：'武二是个顶天立地的噙齿戴发的男子汉！不是那等败坏风俗伤人伦的猪狗！嫂嫂休要这般不识羞耻，为此等的勾当。倘有些风吹草动，我武二眼里认的是嫂嫂，拳头却不认的是嫂嫂。'"（第一回）崇祯本《金瓶梅》对此有句批语："打虎手段，几乎出来。"确实，武松既是打虎的英雄，又是不受"虎中美女"淫欲诱惑的好汉。

与武松相对照的是西门庆。《水浒传》写西门庆一见到潘金莲，"那一双眼，都只在这妇人身上。"（第二十四回）《金瓶梅》改为："那一双积年招花惹草、惯觑风情的贼眼，不离这妇人身上。"（第二回）并增写了西门庆"从小儿也是个好浮浪子弟，……新近又娶了清河左卫吴千户之女，填房为继室。房中也有四五个丫鬟妇女。又常与勾栏里的李娇儿打热，今也娶在家里。南街子又占着窠子卓二姐，名卓丢儿，包了些时，也娶来家居住。专一飘风戏月，调占良人妇女，娶到家中，稍不中意，就令媒人卖了，一个月倒在媒人家去二十余遍。人多不敢惹他。这西门大官人自从帘下见了那妇人一面，到家寻思道：'好一个雌儿，怎能勾得手？'猛然想起那间壁卖茶王婆子来，'堪可如此如此，这般这般。撮合得此事成，我破几两银子谢他，也不值甚的。'于是连饭也不吃，走出街上闲游，一直径踅入王婆茶坊里来……"你看，经《金瓶梅》作者这一改写，武松与西门庆对待女色的态度，形成多么鲜明、强烈的对照：一个如铮铮铁汉，丝毫不为女色所动；一个则如嗜血苍蝇，拼命紧紧叮住不放。作者的目的，恰如清人文龙的批语所说的："人皆当以武松为法，而以西门庆为戒。人鬼关头，人禽交界，读者若不省悟，岂不负作者苦心乎？"[①]

第四，反对所谓"气"，也是《金瓶梅》作者对武松形象改塑的重要目的之一。在《水浒传》作者看来，水浒英雄的反抗斗争精神，是被统治阶级"逼"出来的，是"乱自上作"，"逼上梁山"；天子既然自己不能行道，那就只有指望这些水浒英雄来"替天行道"。因此，《水浒传》作者认为，只要不根本推翻"天子"的统治，对水浒英雄的反抗斗争精神是应予热烈歌颂的。而《金瓶梅》作者只是对现实社会的黑暗、腐朽，世俗人心的淫荡、邪恶，极为不满，他虽然深为同情，但却并不十分赞成水浒英雄如武松那样血与火的反抗斗争。因此，他在《金瓶梅》开卷前的《四贪词·气》中写道："莫使强梁逞技能，挥拳掳袖弄精神。一时怒发无明穴，到后忧煎祸及身。莫太过，免灾迍。劝君凡事放宽情。合撒手时须撒手，得饶人处且饶人。"作者在这首《四贪词·气》中所表白的反对尚气弄性的主张，显然也包括对武松的劝戒在内。因此，当武松未找到西门庆报仇而误打死李外传，被地方保甲扭送县衙时，作者一方面对"英雄雪恨被刑缠"，极表同情，另一方面却又认为："经咒本无心，冤结如何究？地狱与天堂，作者还自受。"（第十回）尤为明显的是《金瓶梅》第八十七回，"武都头杀嫂祭兄"，作者一方面肯定武松为兄报仇的正义性，称赞这是"世间一命还一命，报应分明在眼前"；另一方面却又"堪悼金莲诚可怜，衣服脱去跪灵前"，责怪"武松这汉子，端的好狠也！"可见《金瓶梅》作者对武松的反抗斗争，既是同情的，又是持保留态度，颇有微词的。它既反映了作家创作思想上的矛盾，也表现了《金瓶梅》中人物形象塑造

---

① 文龙：《金瓶梅》第一回批语。

的特色，无论是像武松这样的正面人物，或者如西门庆那样的反面人物，作者皆不是只写出其好或坏的一面，而是进一步写出了人物性格的多面性和复杂性。这也正是《金瓶梅》在人物形象塑造上所开辟的新蹊径。

因此，《金瓶梅》中的武松形象已经不只是《水浒传》中武松形象的再现，而是赋予了新的艺术生命。《水浒传》中的武松是全书着力歌颂的主要英雄形象之一；《金瓶梅》中的武松作为正面人物形象，只是放在全书的开头，对全书所揭露、控诉的丑角、丑相、丑事，起个衬托、对照的作用，已由在《水浒传》中的主角之一，到《金瓶梅》中改变为次要的配角之一。如张竹坡所说："《水浒》本意在武松，故写金莲是宾，写武松是主。《金瓶梅》本意写金莲，故写金莲是主，写武松是宾。"①"叙金莲之笔，武大、武二之笔，皆放在客位内，依旧现出西门庆是正经香火，不是《水浒》中为武松写出金莲，为金莲写出西门，却明明是为西门方写金莲，为金莲方写武松。"②

有的同志之所以感到《金瓶梅》中的武松形象不及《水浒传》中的武松形象光辉灿烂，其根本原因就在于不了解这是两个不同的艺术形象，它们反映了两书作者不同的创作思想、创作意图和创作方法。《水浒传》中的武松形象是带有几分理想化的，即使他醉酒惹嫌，不先去杀罪魁祸首西门庆，而是先杀嫂祭兄，不是跟官府对抗到底，而是主动投案自首，自认"犯罪正当其理，虽死而无怨"，这些本来是带有武松自身思想上某种局限性的表现，作者却也是把它作为酒量过人，豪放不羁，大丈夫敢作敢当，为兄报仇雪恨，犯罪也在所不惜等英雄本色，来毫无保留地予以歌颂的。《金瓶梅》作者却不是把武松形象尽量理想化，而是要力求使他现实化，在对他以颂扬为主的同时，也写了他身上存在的某些缺点。如他未找到西门庆，竟把李外传误打死了；他"把刀子

---

① 张竹坡："第一奇书"本《金瓶梅》第一回批语。
② 张竹坡："第一奇书"本《金瓶梅》第三回批语。

去妇人白馥馥心窝内只一剜，剜了个血窟窿"，"双手去斡开他胸脯，扑挞的一声，把心肝五脏生扯下来，血沥沥供养在灵前"（第八十七回），这种杀嫂祭兄的手段也未免太残暴了；武松的反抗斗争精神，显然也不符合作者在《四贪词·气》中所鼓吹的"合撒手时须撒手，得饶人处且饶人"的人生哲学。因此，《金瓶梅》作者对武松形象绝不是一味地颂扬，而是在颂扬的同时又有所批判。尽管这种批判未必完全正确，有的则明显地反映了作者自身的阶级局限性，需要给予批判的批判，但是就《金瓶梅》所独创的人物形象的真实性、多面性和复杂性来看，它对武松形象的改塑无疑地又具有不可忽视的某些可贵之处。何况两书中的武松形象在两书中的地位和作用也根本不同，一个是主角，一个是配角，一个肩负"替天行道"的历史重任，一个只是为全书揭露现实黑暗起衬托、映照作用，两者怎么能相提并论、等量齐观呢？人们既然不应要求红玫瑰和紫罗兰发出同样的芳香，那么，又怎么能要求《金瓶梅》中的武松形象跟《水浒传》中的武松形象发出同样的光辉呢？艺术贵在独创。《金瓶梅》的另辟蹊径，尽管还存在着种种瑕疵，但是它的可贵之处就在于它毕竟为我国小说艺术的发展开辟了一条新的蹊径。

三、《金瓶梅》与《水浒传》的不同笔法和风格

《金瓶梅》的另辟蹊径，还表现在它跟《水浒传》用了不同的笔法，创造了不同的艺术风格。我们的任务，不是要强求《金瓶梅》和《水浒传》中的武松形象，只准发出同样的光辉，或者只准有同一种色彩，而是要帮助人们进一步认识清楚，两书中的武松形象的不同，究竟反映了两书各有什么不同的艺术特色，以利于提高我们的艺术鉴赏和艺术创造的能力。

《水浒传》多正笔，《金瓶梅》多侧笔。如对武松打虎之后，受到知县赏识、重用的一段描写，在《水浒传》中是这样写的：

知县见他忠厚仁德，有心要抬举他，便道："虽你原是清河县人氏，与我这阳谷县只在咫尺。我今日就参你在本县做个都头，如何？"武松跪谢道："若蒙恩相抬举，小人终身受赐。"知县随即唤押司立了文案，当日便参武松做了步兵都头。（第二十三回）

《金瓶梅》把这段文字改成：

知县见他仁德忠厚，又是一条好汉，有心要抬举他，便道："虽是阳谷县的人氏，与我这清河县只在咫尺。我今日就参你，在我这县里做个巡捕的都头，专一河东水西擒拿盗贼。你意下如何？"武松跪谢道："若蒙恩相抬举，小人终身受赐。"知县随即唤押司立了文案，当日便参武松做了巡捕都头。（第一回）

两者相比较，在文字上的改动不大。但就从这不大的改动之中，我们发现两者的笔法却是大相径庭的。《水浒传》的笔法，是正面描写知县对武松的赏识、重用和武松对知县的感恩戴德，人人一看就明，除此以外，别无他意。《金瓶梅》的笔法，却由此从侧面暗示了许多极为发人深省的意蕴。如把知县所任职的县名由阳谷改为清河，既然名为清河知县，理应把政治治理得清明如河水，可是这个知县却接受豪恶西门庆的贿赂，是个贪赃枉法的赃官，使武松遭受不白之冤，这岂不使"清河"变成了"浊水"，成了对知县的嘲讽？又如把武松的任职，由"步兵都头"改为"巡捕都头"，并明确指出他是"专一河东水西擒拿盗贼"的，到第八十七回武松杀嫂之后，作者又特地写武松"上梁山为盗去了"，这两者显然是前呼后应的，它以侧笔写出了：一个对知县跪谢感恩，表示"终身受赐"，"专一""擒拿盗贼"的"巡捕都头"，却被逼不得不自己去"为盗"。它说明那个社会已经多么黑暗透顶、众叛亲离！武松的思

29

想性格又是经历了多么巨大的发展！难怪知县也早就看出，武松不仅"仁德忠厚"，还"又是一条好汉"，这后一句是《金瓶梅》新加的，它既表明那个知县并不是个毫无眼力的笨蛋，更重要的又为武松后来性格的发展埋下了伏笔。

这两种不同的笔法，反映了两种不同的艺术风格。《水浒传》多正笔，表现了民间创作的特点，其风格是清新质朴，明白如话，一说就明，一听就懂。《金瓶梅》多侧笔，则体现了文人创作的特色，其风格是浑厚深沉，隐晦曲折，精心结撰，蕴藉含蓄，耐人咀嚼。两者主要是写作手法、艺术风格之别，而很难说有高下、优劣之分。

《水浒传》多明写，《金瓶梅》多暗刺。如武松因打死老虎，受到知县的赏赐，《水浒传》是这样写的：

> 武松禀道："小人托赖相公的福荫，偶然侥幸，打死了这个大虫。非小人之能，如何敢受赏赐。小人闻知这众猎户因这个大虫受了相公责罚。何不就把一千贯给散与众人去用？"（第二十三回）

《金瓶梅》中把这段文字改成：

> 武松禀道："小人托赖相公的福荫，偶然侥幸，打死了这个大虫。非小人之能，如何敢受这三十两赏赐。众猎户因这畜生，受了相公许多责罚。何不就把这赏，给散与众人去？也显相公恩沾，小人义气。"（第一回）

武松的本意，自然只是要说服知县相公，同意把赏银散给众猎户去用，而在《金瓶梅》中作者特地加上一笔，以武松的义气，来"显相公的恩沾"，与"受了相公许多责罚"形成鲜明对照，这在客观上岂不是暗藏着对知县相公的辛辣讽刺么？

又如在武松充配孟州道之前，《水浒传》和《金瓶梅》都写处理武松一案的东平府府尹陈文昭是有名的清官。《水浒传》写他"慷慨文章欺李、杜，贤良方正胜龚、黄"。"陈府尹哀怜武松是个有义的烈汉，如常差人看觑他，因此节级牢子都不要他一文钱，倒把酒食与他吃。陈府尹把这招稿卷宗都改得轻了，申去省院详审议罪；却使个心腹人，赍了一封紧要密书，星夜投京师来替他干办。"（第二十七回）这不仅分明是对清官陈文昭的赞美，而且是对英雄武松的神化。说明他这个"有义的烈汉"感人之深，竟使陈府尹都为之"哀怜"，不惜篡改"招稿卷宗"来减轻其罪名。这一切都属于"明写"。

《金瓶梅》则一方面写陈文昭是"正直清廉民父母，贤良方正号青天"。经过审理案情，他"向佐贰官说道：'此人为兄报仇，误打死这李外传，也是个有义的烈汉，比故杀平人不同。'"为此，他下令"添提豪恶西门庆，并嫂潘氏，王婆，小厮郓哥，仵作何九，一同从公根勘明白，奏请施行"。摆出了一副大有要秉公办案的架势。可是，另一方面则因西门庆"央求亲家陈宅心腹，并使家人来旺，星夜往东京，下书与杨提督。提督转央内阁蔡太师；太师又恐怕伤了李知县名节，连忙赍了一封紧要密书帖儿，特来东平府，下书与陈文昭，免提西门庆、潘氏。这陈文昭原系大理寺寺正，升东平府府尹，又系蔡太师门生，又见杨提督乃是朝廷面前说得话的官，以此人情两尽了，只把武松免死，问了个脊杖四十，刺配二千里充军"（第十回）。这里，好一个"以此人情两尽了！"岂不是对号称"正直清廉民父母，贤良方正号青天"的莫大讽刺么？这是属于"暗刺"，如鲁迅所说是"或幽伏而含讥，或一时并写两面"[①]。其深刻性在于：他不仅名实相悖，而且暗示出造成陈府尹徇情枉法的根本原因，并非出于他个人秉性的清或贪，而是由于上面有西门庆的强大保护

① 鲁迅：《中国小说史略》，见《鲁迅全集》第 8 册，人民文学出版社 1957 年版，第 146 页。

伞，有迫使陈府尹不得不就范的"关系网"。因此，它暗刺的矛头就不仅是指向陈府尹个人，更重要的它还刺中了那个以内阁蔡太师、杨提督等上层统治者为代表的整个黑暗统治。

明写和暗写这两种笔法，也反映了两书不同的特色。《水浒传》的特色是清新透明，热情奔放，在歌颂武松等水浒英雄的同时，虽然也有正面的揭露，但揭露的对象很明确：只反贪官，不反清官；揭露的目的，主要也是为了渲染和烘托水浒英雄的神威。《金瓶梅》的特色则是"幽伏而含讥"。它主要不是歌颂，而是揭露。揭露的对象，不限于个别的贪官污吏，而是在对现实生活的客观描写中，剥去美丽的伪装，露出丑恶的原形，揭示出整个社会政治的黑暗，世情的险恶。即使有所歌颂，也是为反衬和揭露丑恶服务的。两相比较，前者带有现实主义与浪漫主义相结合或早期现实主义的特点，后者则带有严格的现实主义或批判现实主义的特色。

《水浒传》多快语，抱奇愤，《金瓶梅》多痛语，抱奇冤。如《水浒传》中的武松在杀死潘金莲、西门庆之后，主动向官府投案自首，作者写武松说道：

> "小人因与哥哥报仇雪恨，犯罪正当其理，虽死而不怨。"（第二十七回）

金圣叹在武松这句话后面批道："天在上，地在下，日月在明，鬼神在幽，一齐洒泪，听公此言。"它表现了武松那种敢作敢当、痛快淋漓的大丈夫气概和刚烈、豪爽的英雄性格。这种人物性格的出现，是由于作者的无限悲愤：官府既不能为平民报仇雪恨，那么就只有寄希望于武松这样的英雄人物来"替天行道"，自己动手来锄奸除恶！因此我们说这是《水浒传》作者抱奇愤而创造出来的英雄形象。

《金瓶梅》中则把《水浒传》中武松说的那段话改成：

"小的本为哥哥报仇，因寻西门庆，误打死此人。"把前情告诉了一遍，"委是小的负屈衔冤，西门庆钱大，禁他不得。但只是个小人哥哥武大，含冤地下，枉了性命。"（第十回）

《金瓶梅》作者使武松在与西门庆的斗争中遭受如此严重的挫折，写出西门庆不只是孤立的一个人，更重要的他是那个社会上恶势力的代表，所谓"西门庆钱大，禁他不得"。不仅懦弱的武大，"含冤地下，枉了性命"，勇敢刚强如打虎英雄武松，也不得不"负屈衔冤"。因此，《金瓶梅》中的武松性格，不只有英勇无畏、堂堂正大、刚烈豪爽的一面，还有愤不得泄、冤不可解、郁闷凄恻的一面。这是作者对那个社会现实的腐朽黑暗，感到痛极恨绝，抱着奇冤而创造出来的涂抹上浓烈悲剧色彩的英雄形象。

因此，《水浒传》和《金瓶梅》作者虽然同样都对那个社会现实极为不满，同样都把武松作为正面英雄形象来塑造，但是由于两书作者对那个社会现实的认识和所抱的感情态度不同，写作手法和艺术风格不一，因而不只是所用的笔调有快语和痛语之别，即使对同一个武松形象的塑造，其性格色调也有单一与复合、透明与隐晦、豪放与抑郁、悲愤与悲痛之殊；《水浒传》中的英雄形象令人崇敬和喜爱，有强大的鼓舞作用，《金瓶梅》中的人物形象则令人深思和悲痛，有强烈的惊醒作用。

上述事实清楚地说明，《水浒传》和《金瓶梅》都各有自己鲜明的艺术创造和艺术特色。如果说《水浒传》的基本色调是紫红色，那么，《金瓶梅》的基本色调则是青黑色。《金瓶梅》的历史性贡献，不只在于它继承了《水浒传》对社会现实的批判精神，更重要的是在于它从创作思想到创作方法，从题材内容到艺术风格，从人物形象到语言笔调等各个方面，皆另辟蹊径，把我国小说创作上的现实主义大大深化和向前推进了一大步。

更新观念，独创奇格

——论《金瓶梅》作者的艺术构思

《金瓶梅》被称为"第一奇书"[①]。它既不是奇在故事情节的紧张曲折、荒诞离奇上，也不是奇在艺术形象为英雄豪杰、神魔鬼怪上，而是奇在作家对当时的社会现实生活有自己的独特发现，奇在它以逼真的写实手法，写出了以新兴市民为主体的新的人物和新的生活。《金瓶梅》不愧为我国小说史上杰出的艺术创新之作。古人说："行成于思。"[②] 这种艺术创新，在某种意义上不能不首先归功于作家的艺术构思能敏锐地顺应当时时代的呼唤，实现观念的更新。

一、打破传统的价值观念，对社会现实作如实的客观的审视

"每一部有才能而且能很好地展开的小说，永远是而且只能是从对世界某种环境的观察中获得自己的构思。"[③]《金瓶梅》作者正是以急剧变异的社会生活本身为原动力，突破封建传统思想观念的桎梏，从现实生活的底层去吸取新思想，不是停留于人物外在的行动，而是向人物内在的灵魂深处发掘，写出具有某种新思想的新人物。这是《金瓶梅》作者艺术构思的一个独特的创造。

---

① 清初张竹坡评点的《金瓶梅》，称为《皋鹤堂批评第一奇书金瓶梅》，有谢颐的《第一奇书序》。
② 唐·韩愈：《进学解》。
③ 波兰·奥洛什科娃：《论叶什的小说并泛论一般的小说》，见《古典文艺理论译丛》第4册。

从《金瓶梅》中我们不难看出，作者兰陵笑笑生的思想如同温度表一样，是很敏感的。他及时地发现了生活中正在滋长着的市井细民的新思想，已经在日益严重地侵蚀和动摇着封建主义的统治。尽管他对这种新思想还很不理解，尽管这种新思想本身还处于朦胧的萌芽状态，打上了严重的封建腐朽思想的胎记，但是他毕竟及时地抓住，并作了客观的审视和如实的描写。

文学作为一种满足人的精神需要而创造出来的精神产品，它本身是一个价值系统，是受作家的价值观念支配的。《金瓶梅》在题材、主题、人物、情节、结构、语言等等方面所作的新开拓和新创造，都是跟作者的艺术构思从当时现实生活中吸取了新的价值观念分不开的。

政治价值。《金瓶梅》以前的我国古典小说，几乎无不以"忠"和"奸"作为政治上褒贬的最高标准。《三国演义》中的正面人物和反面人物之分，就是以"忠"和"奸"划线的。其社会效果，正如前人所说："盖自《三国演义》盛行，又复演为戏剧，而妇人孺子，牧竖贩夫，无不知曹操之为奸，关、张、孔明之为忠，其潜移默化之功，关系世道人心，实非浅鲜。"[①]《水浒传》的题材虽然是描写水浒义军的形成、发展和最后惨遭失败的全过程，但是作者却偏要把皇帝说成是"至圣至明"的，把武装造反的革命英雄写成不是为了推翻封建统治，而是怀着忠于天子的思想"替天行道"。所谓"乱自上作""逼上梁山"，其矛头所指，只不过是"蒙蔽圣聪"，为非作歹的高俅、蔡京、童贯等少数几个奸臣。因此，水浒英雄被描绘成是只反贪官，不反皇帝的，是忠义的化身，所以书名也叫《忠义水浒传》。实际上反映了作者的艺术构思，是要把历史上宋江农民起义的题材加以改造，力图纳入封建主义思想体系内部忠奸斗争的轨道。水浒英雄之所以在两赢童贯、三败高俅，取得节节胜利的大好形势

---

① 清·顾家相：《五余读书廛随笔》，见孔另境辑录《中国小说史料》，古典文学出版社1957年版，第54页。

之下，走上接受招安的道路，陷入参与镇压敢于称王的方腊等农民义军的罪恶深渊，其内因正是由于以封建忠君思想为最高的价值观念所致。

在《金瓶梅》中，忠君的价值观念不仅等于零，而且成了人们随意嘲讽的对象。宋徽宗皇帝的形象，不再像《水浒传》作者所描写的那样成为"至圣至明"的偶像，而是被描绘成"朝欢暮乐，依稀似剑阁孟商王；爱色贪杯，仿佛如金陵陈后主"（第七十一回）。至于徽宗皇帝究竟如何"朝欢暮乐"，"爱色贪杯"，书中虽然未作具体描写，只是着重描绘了一个由"朝欢暮乐""爱色贪杯"到自我毁灭的典型人物西门庆。但是值得注意的是，作者几次在书中把西门庆骂作"恁没道理的昏君行货"（第二十五回），"恁贼没廉耻的昏君强盗！"（第三十四回）这些比喻，如果不是都反映了作者有意识地要使读者由西门庆而联想到当时的最高统治者——皇帝，那么至少也说明忠君的思想已不再是至高无上的价值观念，人们在日常生活中随时可以指桑说槐地骂皇帝。贪赃枉法的奸臣蔡京，因为善于在皇帝面前吹牛拍马，便被徽宗皇帝褒扬为"贤卿献颂，益见忠诚，朕心嘉悦"（第七十一回）。蔡京为答谢西门庆的厚礼，而回赠给他的山东提刑所理刑副千户的官职，就是用的"朝廷钦赐"给蔡京的"几张空名告身劄付"（第三十回）。皇帝和奸臣岂不是一丘之貉？既然他们皆能把官职当作礼物送人，西门庆自然也能够用礼物买到官职。这说明封建的官职已经商品化，商品交换的原则已经渗透进封建的朝廷。在这种情况下，人们的价值观念怎么能不由对封建君王的崇拜，对皇帝的效忠，转化为商品拜物教呢？如果《金瓶梅》作者仍然死抱住封建传统的忠君的价值观念，他怎么可能作出这种艺术构思呢？又怎么可能在他的笔下把代表"天子"主宰人类命运的神圣的封建皇帝如此加以亵渎和唾骂呢？不是像《三国演义》《水浒传》作者那样从忠君的价值观念出发，把人们的幸福寄托在圣君贤相、忠臣义士身上，而是从实际生活出发，敢于正视封建统治已经腐朽、衰落的社会现实，赤裸裸地撕下了圣君贤相的假面具，还其丑恶、卑劣的真面目，这正是《金瓶梅》作者在艺术构思上的一个新特点和新贡献。

道德价值。这是中国传统的价值观念的一个最重要的尺度。所谓"百行以德为首"。"德者，本也；财者，末也。""罪莫大于无道，怨莫深于无德。"在道德价值中，一个重要的价值取向就是"重义轻利"。孔子说："君子喻于义，小人喻于利。"[①]"君子义以为上。君子有勇而无义为乱，小人有勇而无义为盗。"[②]这就是说，义和利是评价人格高低的重要标准。孟子尚义轻利，更甚于孔子。他对梁惠王说："王何必曰利，亦有仁义而已矣。"[③]王子垫问"曰：何谓尚志？曰：仁义而已矣"[④]。又说："大人者，言不必信，行不必果，惟义所在。"[⑤]简直把义看成是至尊至贵的最高准则。墨子虽重利，但他也认为："万事莫贵于义。"[⑥]把义看成是高于一切的。在《金瓶梅》以前的我国古典小说中，正是按照这种传统的价值观念来构思情节、描绘人物的。如《三国演义》中的"桃园结义"："念刘备、关羽、张飞虽然异姓，结为兄弟，同心协力，救困扶危，上报国家，下安黎庶，不求同年同月同日生，只愿同年同月同日死。皇天后土，以鉴此心，背义忘恩，天人共戮！"这是该书从第一回起贯穿全书的一个基本思想，如李贽的批语所指出的："三分事业实基于此。"[⑦]《水浒传》尽管在"义"的具体内涵上跟《三国演义》中的"义"有所不同，但是以"义"为最重要的价值观念，同样也是其贯穿于全书的一个基本思想。如李贽在《出像评点忠义水浒全传发凡》中所说："忠义者，事君处友之善物也。不忠不义，其生已朽，而其言虽美弗传。此一百八人者，忠义之聚于山林者也；

---

① 《论语·里仁》，见《十三经注疏》，中华书局1975年版，第2471页。
② 《论语·阳货》，见《十三经注疏》，中华书局1975年版，第2526页。
③ 《孟子·梁惠王章句上》，见《十三经注疏》，中华书局1975年版，第2665页。
④ 《孟子·尽心章句上》，见《十三经注疏》，中华书局1975年版，第2769页。
⑤ 《孟子·离娄章句下》，见《十三经注疏》，中华书局1975年版，第2726页。
⑥ 《墨子》卷十二《贵义》，见《二十二子》，上海古籍出版社1985年版，第265页。
⑦ 见北京大学出版社1986年出版的《三国演义会评本》第一回回末总评。

此百二十回者，忠义之见于笔墨者也。"①

《金瓶梅》作者也写了西门庆与应伯爵、花子虚等十人结义为兄弟。可是他们既不像《三国演义》中的桃园结义那样，以姓刘的皇族刘备为兄长，也不同于《水浒传》中的梁山泊，以众望所归、人称"呼保义"的宋江为大哥，而是"众人见西门庆有些钱钞，让西门庆做了大哥，每月轮流会茶摆酒"（第十一回）。谁有钱钞，谁才有资格做大哥，这就是《金瓶梅》所表现的新的价值观。至于"义"，那只不过是为达到某种目的而加以利用的幌子罢了。西门庆便利用他与花子虚为结义兄弟的关系，而"安心设计，图谋"他的妻子李瓶儿，"屡屡安下应伯爵、谢希大这伙人，把子虚挂住在院里，饮酒过夜。他便脱身来家"，将李瓶儿勾引为他的外室，使"花子虚因气丧身"。这样的兄弟朋友之义，如同文龙所评论的："友则要我命而致我死，劫我财又将占我妻。子虚身死，而心能死乎？"②西门庆在世时，应伯爵与西门庆视如手足，竭尽谄媚、逢迎、凑趣、讨欢之能事；西门庆一死，应伯爵便立即投靠张二官，帮助他霸占了西门庆的妾李娇儿，又图谋帮他娶潘金莲为妾。应伯爵"本为酒食而胁肩，原因财物而谄笑，此小人之常也。如果所求不遂，所愿未偿，反而噬脐，转为翻脸，此犹小人之常也，均不足为怪。若西门庆之待伯爵，糊其口，果其腹，饱暖其身，安顿其家，亦可谓至矣尽矣。不知感恩，亦何至负义；不知报德，亦何至成仇，今观送上李娇儿，又谋及潘金莲，直若与西门庆义不同生，仇结隔世者，此非小人之常，实小人之变矣"③。无论是西门庆或应伯爵的形象，都可谓是对封建传统的"义"的价值观念的背叛，是《金瓶梅》作者的独特创造。

不是如《三国演义》《水浒传》作者那样，把人与人之间的关系用封建伦

---

① 见北京大学出版社 1981 年出版的《水浒传会评本》，第 31 页。
② 文龙：《金瓶梅》第十四回批语。
③ 文龙：《金瓶梅》第八十回批语。

理道德的"义"来加以理想化，而是面对严酷的社会现实，揭露"义"的神圣理想已被践踏在利己主义的污泥浊水之中。不仅西门庆与花子虚、应伯爵等结义兄弟的关系是如此，西门庆拜蔡京为义父，认李桂姐为义女，王三官为义子，亦毫无例外。义者，利也。"义"，不过成了掩盖人伦颠倒、唯利是图的遮羞布。义的神圣价值已为利的实用价值所取代。这正是一种崭新的艺术构思。它极为敏锐而真实地反映了一种新的社会现实——封建的伦理道德已经隳败，新兴市民的道德观念正在崛起！

妇女价值。马克思在致路德维希·库格曼的信中写道："每个了解一点历史的人也都知道，没有妇女的酵素，就不可能有伟大的社会变革。社会的进步可以用女性（丑的也包括在内）的社会地位来精确地衡量。"①封建社会对人的尊严、人的价值的蔑视，首先在妇女身上表现得最为突出。如《三国演义》作者写曹豹与吕布里应外合，夜袭徐州，使刘备失了城池，又陷了夫人；张飞"惶恐无地，掣剑遂欲自刎"。"玄德向前抱住，夺剑掷地曰：'古人云，兄弟如手足，妻子如衣服。衣服破，尚可缝，手足断，安可续？'"（第十五回）不把妇女当人看待，妻子的价值只能等同于衣服，这就是封建的妇女价值观念的反映。

《金瓶梅》作者虽然仍抱有"女人是祸水"的封建观念，但他毕竟已把众多的妇女置于作品主人公的地位。《金瓶梅》的书名以书中三个女主人公——潘金莲、李瓶儿、庞春梅——的名字简化而成，便是作者特别重视妇女形象的铁证。在对众多妇女形象的描绘上，作者也不只是一味地写出她们贪淫的一面，而是同时写出了她们对妇女自身价值的觉醒和追求。如潘金莲之所以对她与武大的封建包办婚姻不满，就是因为她认为自己是"鸾凰""真金子""羊脂玉体""灵芝"，而武大不过是"乌鸦""高号铜""顽石""粪土"，（第一

---

① 见《马克思恩格斯全集》第 32 卷，第 571 页。

回）两个人的自身价值不相等。这跟封建妇女强调门当户对的门第价值，显然是属于两种不同的价值观念。在嫁给西门庆为妾之后，她也从不遵守"三从四德"的封建妇德。如当她发现西门庆与李瓶儿的奸情之后，作者写她"跳起来坐着，一手撮着他耳朵，骂道：'好负心的贼！……到明日你前脚儿但过那边去了，后脚我这边就吆喝起来，教你负心的囚根子，死无葬身之地。你安下人摽住他汉子在院里过夜，却这里要他老婆。我教你吃不了包着走！……'这西门庆不听便罢，听了此言，慌的妆矮子，只跌脚跪在地下，笑嘻嘻央及说道：'怪小油嘴儿，禁声些。……'"（第十三回）请看，"一手撮着他耳朵"痛骂的潘金莲，岂不是在放肆地追求自身的价值么？"跪在地下"的西门庆，岂不是封建夫权的威风扫地么？如果作者不具有新的妇女价值观念，能够构思并写出潘金莲这样泼辣的妇女形象来么？

孟玉楼的形象也反映了新的妇女价值观念。她本是贩布杨家的正头娘子，丈夫贩布死在外边一年多，她就想改嫁。在她看来，"青春年少，守他甚么！"（第七回）封建的贞节观念，已经被她珍惜"青春年少"的自身价值观念所取代。至于改嫁给什么人，她母舅张四要她"还依我嫁尚推官儿子尚举人。他又是斯文诗礼人家，又有庄田地土，颇过得日子，强如嫁西门庆"（第七回）。论封建的门第，嫁给尚推官儿子尚举人，当然比嫁给商人西门庆高贵。可是，她却执意要嫁给西门庆，说："常言道：世上钱财倘来物，那是长贫久富家？紧着起来，朝廷爷一时没钱使，还向太仆寺借马价银子支来使。休说买卖的人家，谁肯把钱放在家里！各人裙带上衣食，老人家倒不消这样费心。"接着作者在"有诗为证"中写道："佳人心爱西门庆，说破咽喉总是闲。"（第七回）不是追求封建的门第等级，不是以嫁给"斯文诗礼人家"为荣，而是以自己的"心爱"，追求实现自身的价值，这岂不是反映了一种崭新的婚姻观念和妇女价值观念么？尽管西门庆娶她为妾，主要是看中了她的家产，她跟西门庆的婚姻，并没有给她带来幸福，但是我们绝不能因此而否定她的新的婚姻观念和妇女价值观念的历史进步性，如同我们不能因为资本"从头到脚，每个毛孔都滴着血和肮脏的东西"①，便否定资本主义的历史进步作用一样。

"中国数千年来，在礼法上向采性欲否定之态度。"②李瓶儿之所以一心一意要嫁给西门庆，却是赤裸裸地为了追求自己性欲的满足。她竟公然嫌蒋竹山："你本虾鳝，腰里无力"，"是个中看不中吃，蜡枪头，死王八。"而西门庆呢，她说："你是医奴的药一般，一经你手，教奴没日没夜只是想你。"（第十九回）从封建的观点来看，这是将"廉耻尽忘"的"淫妇"的心事和盘托出。③然而平心而论，追求性欲的满足，本是人的自然本性之一，是实现人的自我价值的一个方面，有什么可禁锢、掩饰或害羞的呢？李瓶儿不以此为耻，反而敢于把这种见不得人的心事和盘托出，正说明了她的价值观念的变化，这是对"采性欲否定之态度"的封建礼法的挑战。我们当然绝不赞成李瓶儿的性欲至上，如同我们坚决反对通奸和卖淫，但却不能不承认"以通奸和卖淫为补充的一夫一妻制是与文明时代相适应的"④。

春梅的个性特征是有股傲气。吴神仙给她相命，说她"必得贵夫而生子"，"必戴珠冠"。吴月娘说："我只不信说他春梅后来戴珠冠，有夫人之分。端的咱家又没官，那讨珠冠来？就有珠冠，也轮不到他头上。"可是春梅却有自己的主见，她说："常言道：凡人不可貌相，海水不可斗量。从来旋的不圆砍的圆。各人裙带上衣食，怎么料得定？莫不长远只在你家做奴才罢！"（第二十九回）当西门庆死后，吴月娘要把她卖出去，并且吩咐："休教带衣裳去。""那春梅在旁，听见打发他，一点眼泪也没有。见妇人哭，说道：'娘，你哭怎的？奴去了，你耐心儿过，休要思虑坏了。你思虑出病来，没人

---

① 马克思：《资本论》第1卷，1963年版，第839页。

② 陈顾远：《中国婚姻史》，商务印书馆1936年出版，第131页。

③ 文龙：《金瓶梅》第十九回批语。

④ 恩格斯：《家庭、私有制和国家的起源》，见《马克思恩格斯列宁斯大林论妇女解放》，第128页。

知你疼热的。等奴出去，不与衣裳也罢，自古好男不吃分时饭，好女不穿嫁时衣。""临出门，妇人还要他拜辞拜辞月娘众人。""这春梅跟定薛嫂，头也不回，扬长决裂，出大门去了。"（第八十五回）她这种傲气，正是她认识到自我价值的一种表现。而她的自我价值之所以能够实现，就是因为那个社会已经抛弃"尊卑不婚"的传统价值观念，不再把封建的门第出身和贞节操守作为决定妇女地位的价值取向。她凭着自己生来一副"好模样儿"，又有唱小曲的才能，便能做周守备的贵夫人。尽管这种价值观念距离现代的性爱还很远很远，但她毕竟是以自身的价值和赤裸裸的人身买卖作为婚姻的基础，而不是以封建的门第等级和贞节操守等附加物作为婚姻的先决条件。她的这种价值观念，正是封建礼教趋向没落时期的产物。她在做了周守备的夫人之后，淫荡的行为恣意发展，实际上是对封建传统的价值观念的公然背叛和恶性破坏，尽管这种背叛和破坏的方式，是我们所必须批判的，但它对封建社会的腐败、堕落未尝没有暴露的作用。

审美价值。生活中美的事物，作为艺术表现的内容，构成为艺术形象，成为审美的对象，具有审美的价值，这是为人们所一贯公认的。作为美的对立面的丑的事物，是否也能成为艺术描写的对象，产生艺术美，具有审美价值呢？对于这个问题，人们并不是一开始就有明确的认识的。古希腊的诗人和学者安提阿库斯在提到一个奇丑的人时说道："既然没有人愿意看你，谁愿意来画你呢？"[1]他就公然把丑的人物排斥在艺术殿堂之外。法国著名作家雨果说："丑就在美的旁边，畸形靠近着优美，丑怪藏在崇高的背后，美与恶并存，光明与黑暗相共。"[2]他的小说《巴黎圣母院》中的加西莫多就是个外形虽丑，而却心地善良具有自我牺牲精神的人，副主教克罗德则是个外表道貌岸然而心灵却十

---

① 转引自莱辛：《拉奥孔》，人民文学出版社 1979 年版，第 12 页。
② 雨果：《论文学》，上海译文出版社 1980 年版，第 30 页。

分丑恶的人。这种"丑就在美的旁边"的审美价值观念，使艺术形象增添了丰富性和复杂性，但是其目的只是以丑来衬托美，也就是说，只有在从属和衬托美的前提下，才允许丑进入艺术的领域。在《金瓶梅》以前的我国古典小说中，也是或则把美和丑对立起来，"凡写奸人则鼠耳鹰腮等语"[1]，或则写丑恶的人物，也总是为了衬托美好的人物。《三国演义》就是以曹操的丑来衬托刘备的美的，如刘备所说："操以急，吾以宽；操以暴，吾以仁；操以谲，吾以忠。每与操相反，事乃可成。"《水浒传》中的高俅、蔡京、童贯等丑恶人物，也是作为衬托晁盖、宋江等美好人物，才有其存在价值的。而对于刘备、晁盖、宋江等正面人物的刻画，都明显地带有理想化的成分。在作者看来，仿佛在正面人物身上一写到其还有丑的方面，就会玷污正面人物圣洁而光辉的形象。

小说艺术究竟是以善为美还是以真为美？丑究竟是否具有独立的审美价值？这个问题无论在理论上或在创作实践上，都是人类历史在进入资本主义时代以后才得以解决的。西方近代现实主义小说才显示了高度的真实性，而这种高度的真实性往往离不开以丑为审美的对象。如巴尔扎克的《驴皮记》和果戈理的《死魂灵》，就是以专写丑恶人物著称的。这是那个时代的反映。正如巴尔扎克在他的《〈驴皮记〉初版序言》中所说的："现在我们只能冷嘲热讽。嘲笑，这是垂死的社会的文学。"[2]中国的封建社会在人类历史上是最漫长的。中国古典小说的繁荣和发展，曾经走在西方小说的前头。《金瓶梅》便是世界文学史上第一部以"曲尽人间丑态"[3]为特征，专写反面人物的长篇小说。《金瓶梅》作者最懂得丑的审美价值。他认为通过揭露丑，既可以对于"惩戒善恶，涤虑洗心，无不小补"，又"使观者庶几可以一哂而忘忧也"[4]。这对传

---

① 《脂砚斋重评石头记》甲戌本第一回眉批。在这句批语之前，还有"最可笑世之小说中"一句。

② 见《古典文艺理论译丛》第 10 册，人民文学出版社 1965 年版。

③ 廿公：《金瓶梅跋》，见《金瓶梅词话》卷首，人民文学出版社 1985 年版。

④ 欣欣子：《金瓶梅词话序》。学术界有人认为，欣欣子是《金瓶梅》作者笑笑生的化名。

统的审美价值观念是个重大的突破。正是在这种新的审美价值观念的指导之下，《金瓶梅》作者才能以西门庆、潘金莲等反面人物为主人公，创造了富有封建统治腐朽时代特色的各种人物形象，为丰富人类的艺术画廊作出了不朽的贡献。如清代文龙所指出的：“《水浒传》出，西门庆始在人口中，《金瓶梅》作，西门庆乃在人心中。《金瓶梅》盛行时，遂无人不有一西门庆在目中、意中焉。其为人不足道也，其事迹不足传也，而其名遂与日月同不朽。……西门庆何幸，而得作者之形容，而得批者之唾骂。世界上恒河沙数之人，皆不知其谁，反不如西门庆之在人口中、目中、心意中，是西门庆未死之时便该死，既死之后转不死，西门庆亦幸矣哉！”[1]为什么西门庆这个反面人物形象能够世世代代活“在人口中、目中、心意中”，而“与日月同不朽”呢？这绝不是由于西门庆个人的幸运，更不是因为作家对这个人间的丑类进行了美化，而恰恰是由于作家把丑列为审美对象，引入小说艺术的殿堂，对他的种种丑态作了淋漓尽致的揭露，使之成为作家“艺术才能的一种凭证，居然能把你这样的怪物摹仿得那么惟妙惟肖”[2]，使读者能够从中“了解丑之为丑，那是一种愉快的事情。我们既然嘲笑丑态，就比它高明”[3]。这跟欣欣子所说的“人有七情，忧郁为甚”，而读《金瓶梅》之“曲尽人间丑态”，则“可以一哂而忘忧”，是多么共同的审美感受啊！

《金瓶梅》作者对上述种种传统的价值观念的突破，一方面为我国的小说艺术开拓了一个崭新的领域，创造了一个崭新的艺术境界，即不受封建传统观念羁绊的“俗人生，俗社会”的境界，它的真正意义是对“存天理，灭人欲”的“脱俗”的“雅文化正宗”的一种反拨和反叛，其历史性的贡献确实不可磨灭；另一方面，由于作者受封建传统思想的局限，虽然从现实生活中吸取了种

---

① 文龙：《金瓶梅》第七十九回批语。
② 莱辛：《拉奥孔》，人民文学出版社1979年版，第12页。
③ 车尔尼雪夫斯基：《美学论文选》，人民文学出版社1957年版，第118页。

种新的价值观念，但是他对这些新的价值观念却缺乏正确的理解，更非自觉地站在颂扬新的价值观念一边，因此《金瓶梅》的艺术构思只是突出了新的价值观念对封建传统价值观念具有破坏性的一面，而未写出其本身的历史进步性及其战胜封建传统价值观念的历史必然性。再加上对什么是丑以及如何以丑为审美对象等方面，没有前人成熟的艺术经验可资借鉴，而不必要地在读者面前展示了那些不堪入目的"淫人妻子、妻子淫人"①的糜烂的性生活，以致出现了作家主观动机要"戒淫奔"，而作品的客观效果却未免诲淫的尖锐矛盾，使这本具有独特的历史价值和艺术价值的小说，遭到了长期的禁锢。因此，如何彻底打破传统的价值观念，真正全面地实行价值观念的更新，如何以丑为审美对象，通过描写丑，来达到真正揭露丑、批判丑、否定丑的客观社会效果，《金瓶梅》为我们所提供的经验教训，是极为丰富、深刻而值得我们予以认真记取的。

二、着眼于揭露世情，写出"典型环境中的典型人物"②

鲁迅说："诸'世情书'中，《金瓶梅》最有名。"③如同花卉离不开土壤一样，人也绝不可能脱离一定的社会环境而生活。着眼于揭露世情，而不只是揭露个别坏人，把典型人物和典型环境紧密联系起来，这是《金瓶梅》作者艺术构思的又一基本特点。

政治性强，以重大的政治、军事斗争为题材，刻画非凡的英雄群象和展现广阔的历史场景，这是《三国演义》《水浒传》等我国古典小说所开创的优良传统。《金瓶梅》对我国古典小说的这个传统作了重大的突破。它是以市井

---

① 欣欣子：《金玛·瓶梅词话序》。
② 恩格斯：《致玛·哈克奈斯》，见《马克思恩格斯选集》第 4 卷，第 461 页。
③ 鲁迅：《中国小说史略》。

商人西门庆的日常家庭生活琐事为题材，所描写的是"市井之常谈，闺房之碎语"，甚至"其中未免语涉俚俗，气含脂粉"。[1] 跟《三国演义》《水浒传》相比，《金瓶梅》可以说确实是开拓了一个崭新的小说艺术天地，标志着我国古典小说艺术的重大发展。但是，我们既不能以《三国演义》《水浒传》的艺术传统，来贬低或否定《金瓶梅》，也不应以《金瓶梅》的艺术创新，来贬低在它以前产生的优秀作品。因为事实上，《金瓶梅》的艺术创新跟《三国演义》《水浒传》的艺术传统并不是对立的，不仅《金瓶梅》的题材本身就是直接从《水浒传》中的西门庆和潘金莲的故事因袭过来的，而且它也继承了《三国演义》《水浒传》政治性强的优良传统。不同的只不过它不是直接以政治军事斗争为题材，不是着眼于揭露某些奸臣、贪官的罪孽，而是把描写日常家庭生活琐事与揭露封建道德的沦丧、政治的腐败、世情的险恶结合起来，既使文笔更加细腻入微，更加贴近生活的真实，又使整个作品具有更加冷峻、严酷，更加广泛、深邃的政治倾向性。

《金瓶梅》这种对我国小说传统既有继承又有重大的发展，突出地表现在对《水浒传》中武松与西门庆的故事作了独特的艺术构思和艺术处理，即增加了个李外传为替死鬼，让西门庆从武松的铁拳下死里逃生。文龙说："《水浒传》已死之西门庆，而《金瓶梅》活之；不但活之，而且富之贵之，有财以肆其淫，有势以助其淫，有色以供其淫，虽非令终，却是乐死；虽生前丧子，却死后有儿。作者岂有爱于西门庆乎？是殆嫉世病俗之心，意有所激、有所触而为此书也。"[2] 不是看重于惩罚西门庆这一个坏人，而是着眼于"嫉世病俗"，使人们从西门庆的兴衰史中"有所激，有所触"，并进而"知盛衰消长

---

① 欣欣子:《金瓶梅词话序》。

② 文龙:《金瓶梅》第七十二回批语。

之机"，①使之足以"为世戒"②。这确实是《金瓶梅》作者艺术构思的又一个独特创造。

《金瓶梅》作者让李外传代替西门庆被武松打死，这个关键性情节的改变，反映作者在艺术构思上有一系列的新变化和新特点：

首先，艺术构思是从作家的理想出发，还是从现实出发？让武松把西门庆一拳打死，既使武松能够报仇雪恨，又使坏人迅即得到应得的惩罚。这当然是最符合理想的艺术处理。然而这并不符合现实生活中的常规。在那个时代，现实生活中普遍的必然的规律，是好人欲报仇雪恨不得，遭到无辜的打击和陷害，受尽无穷的苦难和折磨，而坏人尽管作恶多端，却依然飞黄腾达，享尽荣华富贵。《金瓶梅》作者以这种严格忠于现实生活的艺术构思，来改变武松和西门庆的命运，既使故事情节的发展更加现实化和真实化了，又使其所反映的社会典型意义也更加丰富化和深刻化了。从现实出发，严格忠于现实生活，这便是《金瓶梅》整个艺术构思的基本走向。

其次，艺术构思是着眼于惩治个别坏人，还是着眼于揭露整个社会？《水浒传》中武松在报仇杀人之后，作者说："县官念武松是个义气烈汉，又想他上京去了这一遭，一心要周全他"，并主动在上报的文书上减轻他的罪名；东平府尹陈文昭也"哀怜武松是个有义的烈汉，如常差人看觑他，因此节级牢子都不要他一文钱，倒把酒食与他吃"（第二十七回）。仿佛这些官吏都不是站在西门庆一边，而是统统为武松这个"有义的烈汉"所感化了。这不仅把属于封建伦理道德范畴的"义"加以理想化了，而且使西门庆成为孤立的个别坏人，仿佛只要打死一个西门庆，就真的能报仇雪恨了。《金瓶梅》把西门庆写成事先就得到县衙皂隶李外传的通风报信，使他得以逃脱武松的惩罚。由

---

① 欣欣子：《金瓶梅词话序》。

② 东吴弄珠客：《金瓶梅序》，见《金瓶梅词话》卷首，人民文学出版社1985年版。

于"知县受了西门庆贿路"，对待武松便"一夜把脸翻了"，"喝令左右：'与我加起刑来！'"（第十回）寥寥几笔，把这个县官充当西门庆帮凶的丑恶嘴脸，活现在读者眼前。在《金瓶梅》中虽然也称东平府尹陈文昭"极是个清廉的官"，明知"此人为兄报仇，误打死这李外传，也是个有义的烈汉，比故杀平人不同"，但由于西门庆在朝廷里有靠山，陈府尹便只得"当堂读了朝廷明降"，将武松"免不得脊杖四十，取一具七斤半铁叶团头枷钉了，脸上刺了两行金字，迭配孟州牢城"了事。这就进一步揭示出：无论是赃官或清官，在那个黑暗的时代，他们都必然是跟有钱有势的西门庆站在一起，充当镇压武松等被压迫者的专政工具；西门庆绝不是孤立的一个恶豪，他是跟上上下下的封建统治势力勾结在一起的，因此，武松与西门庆的斗争，绝不只是个人之间报仇雪恨的问题，而是在实质上反映了两个阶级之间严重的阶级斗争。尽管作者不可能自觉地明确认识到这一点，但他着眼于对整个社会黑暗政治的揭露，就必然使他的艺术构思的视野如海洋一般辽阔、深邃，不是局限于笔下的一两个人物，而是把典型人物置于深广的典型社会环境之中。

再次，艺术构思是着力于塑造理想的高大的英雄人物，还是着力于刻画真实的普通的人物？这两者之间的区别，反映了作家不同的气质和不同的创作方法，颇为类似于法国十九世纪杰出的现实主义小说家福楼拜致法国浪漫主义小说家乔治·桑的信中所说的："你，事无巨细，一下子就升到天空，再从上空降到地面。你由先见、原理、理想出发。这就是你对人生宽厚的原因、你心平气和的原因，正确些说，是你伟大之处。——我呀，可怜的东西，胶着在地面上，好像穿的是铅底鞋；一切刺激我、撕裂我、蹂躏我；我上去要费老大的力气。假如我用你的方式来看整个人世，我会变成可笑的了，如此而已。因为你白向我传道，我不能另来一个我的气质以外的气质，或是另来一套不是根据我的气质发展起来的美学。"①因此，《金瓶梅》的艺术构思就是力求要使武松、西门庆等人物形象现实化、真实化。在《金瓶梅》作者看来，西门庆既然不是孤立的一个坏人，而是与整个封建统治势力勾结在一起的，那么，武松跟西门庆的斗争，走个人复仇的道路就必然是行不通的。不但复仇不成，而且势必遭到封建政权的残酷镇压，最后只有"上梁山为盗去"（第八十七回），走集体武装反抗的道路，才是唯一的出路。《金瓶梅》作者的这种艺术构思和艺术处理，是建立在对现实的社会关系具有极为清醒的认识和深刻的理解的基础之上的；它不是要以理想的高大的英雄形象来感染人、鼓舞人，而是要以逼真的平凡的普通人的形象来惊醒人、教育人。

文龙还指出："李外传之传，读作去声，方合本旨，故用之以脱卸西门庆。《水浒》为里传，此书为外传也。"②所谓"里传"，是指《水浒传》直接为水浒英雄作传，而《金瓶梅》作为《水浒传》的"外传"，则是侧重揭露整个封建统治的腐朽、黑暗，为武松等水浒英雄之所以走上造反的道路，描绘出一幅人心隳败、世道衰微的社会生活画卷。两书艺术构思的侧重点，虽有理想与现实、歌颂与暴露、"里传"与"外传"之别，但在对封建统治的态度上，却同样采取了进行揭露、批判的政治倾向。

如果说《水浒传》是"里传"，其中心人物是武松等水浒英雄的话，那么《金瓶梅》作为"外传"，则是以西门庆等丑角为中心人物。在家庭内部西门庆与众妻妾之间的关系，由于一夫多妻制和西门庆的滥施淫欲，而引起夫与妻、妻与妾、妾与妾之间的种种矛盾；西门庆与众伙计、奴婢之间的关系，由于残酷的奴役和剥削，而引起来旺夫妇遭迫害和最后韩道国、来保卷款潜逃等阶级矛盾；西门庆与应伯爵等帮闲的关系，由于经济地位的暴殊而引起世情冷

---

① 福楼拜：《致乔治·桑》（1876年2月16日），见《文艺理论译丛》1958年第3册。
② 文龙：《金瓶梅》第九回批语。

暖的矛盾；西门庆与李桂姐、王六儿、林太太等妓女、姘妇的关系，由于性生活上的腐化堕落，不仅引起道德沦丧，而且导致西门庆本人的髓竭人亡；西门庆与蔡京、蔡状元、宋巡按等官场人物的关系，由于西门庆能为他们提供金钱美女、珍馐佳肴，便得到他们的庇护和提拔，不管西门庆如何不断地猖狂作恶，他都能够化险为夷，为所欲为，不但逍遥法外，而且还加官进禄，而敢于跟西门庆作斗争的武松、来旺、宋仁等等则一个个皆惨遭迫害。《金瓶梅》中的西门庆与《水浒传》中的西门庆最根本的区别，不仅在于有主角和配角之分，《金瓶梅》作者是把他置于封建没落社会上下左右全部复杂的关系网之中的，更重要的，他不只是个淫棍，还是个极为丰富复杂、具有多方面性格特征的活生生的艺术形象。他既有新兴市民暴发户的进取性和冒险性，更有垂死的封建阶级的专制性和腐朽性，具有极为深广的社会典型意义。正如鲁迅所指出的："至谓此书之作，专以写市井间淫夫荡妇，则与本文殊不符，缘西门庆故称世家，为搢绅，不惟交通权贵，即士类亦与周旋，著此一家，即骂尽诸色，盖非独摹下流言行，加以笔伐而已。"[①] "著此一家，即骂尽诸色"，这正是《金瓶梅》作者艺术构思的独到和深刻之处——赋予普通人的形象以极为深广的社会典型意义。

正因为《金瓶梅》作者的艺术构思是着力于刻画真实的普通人，赋予普通人的形象以深广的社会典型意义，因此，他就不是把他笔下的人物加以神化，不是把目光集中在西门庆一个人身上，而是力求面对现实，使他的目光四射，左顾右盼，由此及彼，由小见大，在广泛的社会关系之中，既突出了西门庆这一个主人公，又通过再现环绕西门庆的众生相，揭露了整个封建社会。如张竹坡在《金瓶梅读法》中所指出的：

---

① 鲁迅：《中国小说史略》。

《金瓶梅》因西门庆一分人家，写好几分人家，如武大一家，花子虚一家，乔大户一家，陈洪一家，吴大舅一家，张大户一家，王招宣一家，应伯爵一家，周守备一家，何千户一家，夏提刑一家，他如翟云峰在东京不算，伙计家以及女眷不往来者不算。凡这几家，大约清河县官员大户，屈指已遍；而因一人写及一县。①

《金瓶梅》不仅"因一人写及一县"，而且还因"一家"写及了"天下国家"。如张竹坡在第七十回回评中所指出的："甚矣，夫作书者必大不得于时势，方作寓言以垂世。今止言一家，不及天下国家，何以见怨之深而不能忘哉。故此回历叙运艮峰之赏无谓，诸奸臣之贪位慕禄，以一发胸中之恨也。"②

"因一人写及一县"，因"一家"写及"天下国家"，不只是从《金瓶梅》作者艺术构思的广泛性的角度来看是如此，更重要的，还由此反映出了《金瓶梅》作者艺术构思的深刻性。如张竹坡在《金瓶梅读法》中所指出的：

文章有加一倍写法。此书则善于加倍写也。如写西门之热，更写蔡、宋二御史，更写六黄太尉，更写蔡太师，更写朝房，此加一倍热也。如写西门之冷，则更写一敬济在冷铺中，更写蔡太师充军，更写徽、钦北狩，真是加一倍冷。要之加一倍热，更欲写西门之热者何限，而西门独倚财肆恶；加一倍冷者，正欲写如西门之冷者何穷，而西门乃不早见机也。③

《金瓶梅》之所以采用这种"加一倍写法"，乃因为作者在艺术构思上

①②③　见齐鲁书社 1987 年出版的《金瓶梅》。

"欲写如西门之热者何限"，"欲写如西门之冷者何穷"。这种艺术构思的特点是由此及彼，由小及大，寓深刻性于广泛性之中。最突出的事例，如杀人犯苗青，作者不是孤立地揭露苗青如何谋财害命，西门庆如何贪赃枉法，而是由此写出：苗青如何通过王六儿的邻居乐三嫂用银子买通西门庆的姘妇王六儿，通过王六儿向西门庆走后门，西门庆得了一千两银子的贿赂，又以其中的五百两买通同僚夏提刑，使苗青得以逃脱法办。接着作者又写出由于这桩人命案发展为受贿案，西门庆受到山东巡按御史曾孝序的弹劾。按照通常的艺术构思，以揭露西门庆等人的贪赃枉法，来歌颂曾孝序"极是个清廉正气的官"（第四十八回），也就大功告成了。可是《金瓶梅》作者却打破这种揭露贪官、颂扬清官的俗套，而写曾孝序因为参劾西门庆的罪行，却遭到了朝廷给予罢官流放的处分；西门庆则因给朝廷太师蔡京送了大量珍贵礼品，不但没有受到应有的惩办，相反却由理刑副千户晋升为正千户。《宋史》第二百一十八卷有曾孝序的传记，记载他因与蔡京政见不合，而一度被革职流放，历史上的曾孝序既未担任过巡按御史，更无因参劾过下级官吏而受处分的记载。《金瓶梅》作者移花接木，把曾孝序的革职流放和他参劾西门庆联系起来，显然是要着意说明：在那个黑暗的时代，已经使清官不但无能为力，无济于事，而且连清官本人也都难以有容身之地了。因为不只是有一个西门庆，而且上上下下都有"又一西门庆"，如文龙的批语所指出的："苗青，弑主之奴，为天地之所不容，鬼神之所不佑，王法之所不宥。而西门庆容之、佑之、宥之，是欺天地，侮鬼神，废王法，此等人尚可留于人世间乎？人皆欲杀，此犹是公道还存，良心不泯。而竟有容之、佑之、宥之，是又一西门庆矣。"①作者的这种艺术构思，该是多么新颖、独到而发人深省啊！

由表及里，追根溯源，这也是《金瓶梅》的艺术构思具有深刻性的一个重

---

① 文龙:《金瓶梅》第四十七回批语。

要特色。如滥施淫欲，荒淫不堪，这是西门庆性格的显著特征。可是作者即使对于西门庆荒淫无耻的私生活的描写，也不是只写西门庆个人的本性嗜淫，而是揭示出这种无耻淫荡的风气，首先是由上层封建贵族带头滥觞的。如作者介绍李瓶儿的身世，特意指出她以前在"大名府梁中书家为妾"，而据《水浒传》对梁中书的介绍，却从未提到他有妾。后来李瓶儿改嫁给花子虚为妻，作者又特意写她的公公是"由御前班直升广南镇守"的花太监，西门庆与潘金莲的无耻荒淫行径，就是从李瓶儿老公公花太监传下的内府春宫画上学来的（第十三回）。贵为王招宣府的林太太，却"是个绮阁中好色的娇娘，深闺内俏盼的菩萨"（第六十九回），西门庆初次登门，即跟她奸淫上了。使西门庆淫欲过度，置之于死地的春药，"乃老君炼就，王母传方"，由胡僧送给他的。连徽宗皇帝都"爱色贪杯"（第七十一回）。这一切说明，绝不仅仅只是西门庆个人荒淫堕落的问题，更重要的是"实亦时尚"[①]，由此反映了整个封建统治阶级的腐朽堕落。

西门庆在经济上成为暴发户，由开一爿生药铺，发展到又开缎子铺、绸绒铺、绒线铺、典当铺，到他临死前，资产总数当在十万两银以上，不啻为一巨富之家。他是怎么暴发起来的呢？是跟他倚仗封建势力，进行投机倒把，偷税漏税，贪污受贿，分不开的。如西门庆的伙计韩道国为西门庆贩运的"十车货少使了许多税钱"，原因就是凭钱老爹的一封信，西门庆"少不的重重买一分礼，谢那钱老爹"（第五十九回）。西门庆的货物能靠行贿逃税的办法牟取暴利，这显然也是封建政权腐败的反映，西门庆不是通过正常的商业竞争，而是采取封建恶霸的手段，来把对手打垮，求得自身的发展。如蒋竹山被李瓶儿招赘为夫后，开了爿生药铺，作者不是写西门庆为自己的情妇李瓶儿被他占有而嫉妒，而是突出他认为蒋竹山"在我眼皮子根前开铺子，要撑我的买卖"（第

---

① 鲁迅：《中国小说史略》。

十九回）。便用"四五两碎银子"，收买两个流氓，伪造蒋竹山欠债银三十两，去捣毁他的生药铺。蒋竹山不承认借债，西门庆又买通官府，把蒋竹山"打的皮开肉绽，鲜血淋漓"（第十九回）。逼着他只有白白地出三十两银子，把生药铺关闭才完事。可见西门庆绝不是一般的市井商人，而是带有严重的封建性的；作者写他成为暴发户的过程，也就是揭露他与封建势力狼狈为奸、封建统治腐朽的过程。

统治阶级中个别人物的腐朽，绝不等于整个统治阶级的腐朽；腐朽的实质，也绝不只是个人道德品质恶劣的问题。《金瓶梅》作者艺术构思的独特和可贵之处，就在于他能面向现实，具有当时的时代特色。那是个资本主义经济萌芽的时代，金钱的力量无限膨胀，使得政治的、道德的、宗教的一切形形色色的封建羁绊，都被破坏了，使人与人之间的关系赤裸裸地变成金钱关系，不顾一切地拼命追求财和色。为了满足自己对财和色的私欲，不管什么卑鄙无耻、伤天害理的勾当，都能干得出来。这正是资本主义经济还处于萌芽的阶段，新的市民力量虽然已经崛起，但依然带有严重的封建腐朽性，新的民主主义思想尚处于朦胧的幼稚的状态；旧的封建主义的思想体系虽然已经腐朽，封建统治阶级传统的思想道德观念已经趋于瓦解，失去继续统治的力量，但它们却依然顽固地占据着统治的地位，社会正处于最腐朽、黑暗的历史时期。不管《金瓶梅》作者是否明确地认识到这一点，但他的艺术构思是反映了那个时代特色的。

他能够看到，在那个时代，现金交易的原则已经渗透到封建朝廷之中。如"因北虏犯边，抢过雄州地界，兵部王尚书不发人马，失误军机"，引起"圣旨恼怒，拿下南牢监禁，会同三法司审问"，连累及西门庆和他在朝中做官的亲家陈洪，被弹劾为"皆鹰犬之徒，狐假虎威之辈"，要"置之典刑，以正国法，不可一日使之留于世也"。这么严重的罪名，可是当西门庆派人给"当朝右相、资政殿大学士兼礼部尚书"李邦彦送上五百两银子后，他的罪名即被一笔勾销。堂堂的朝廷简直成了行贿受贿的交易所,不仅罪名可以"卖",官职也可以"买"。西门庆的山东理刑所副千户的官职,就是通过他给朝廷蔡太师送礼"买"来的。作者写道:"正是:富贵必因奸巧得,功名全仗邓通成。"(第三十回)

他还能够看到,在那个时代,金钱的地位已经置于封建的尊卑等级之上。贵为朝廷太师的蔡京,只因西门庆有钱给他送厚礼,不但被授予官职,而且接受西门庆这个市井恶棍为义子。只因西门庆有钱有势,贵如王招宣的后裔王三官,竟拜西门庆为义父;贱如妓女李桂姐,也拜吴月娘为义母。潘金莲不但与奴才琴童私通,而且还与西门庆的女婿陈敬济打情骂俏,荒淫乱伦。西门庆本人为了满足自己的淫欲,更是不管什么女人他都要奸淫,甚至连男小厮书童,他也要鸡奸。更值得注意的是,他撕下了男女关系上温情脉脉的面纱,把这种关系变成了纯粹的金钱关系。如西门庆店铺里的伙计韩道国的妻子王六儿,被西门庆用金钱收买,成为他的情妇之后,韩道国知道了不但不生气,相反还嘱咐他妻子:"等我明日往铺子里去了,他若来时,你只推我不知道,休要怠慢了他,凡事奉他些儿。如今好容易撰钱,怎么赶的这个道路!"(第三十八回)为了"撰钱",竟不惜怂恿妻子卖淫!金钱对于人的灵魂的腐蚀,世俗人心的卑鄙无耻,该是达到了何等触目惊心的地步!

《金瓶梅》作者艺术构思的特色,之所以不是着力歌颂理想的英雄人物,而是着力描绘现实生活中普通的小人物,不是着眼于揭露个别坏人,而是着眼于揭露那整个社会政治的腐朽,世情的险恶,人心的卑劣,正因为在他看来,不能寄希望于英雄造时势;西门庆这样的人物的出现,既不是孤立的,也不是偶然的,而是那个历史时代的必然产物。只要那个时代整个的社会环境不改变,即使死了一个西门庆,还会有蔡京、宋巡按等"又一西门庆",又会有"俨然又一西门"的张二官。至于西门庆的女婿陈敬济,"又俨然一小西门庆，写敬济之淫，正是写西门庆衣钵得传人。"①因此，人们在看了《金瓶梅》以后，绝不会像看了《金瓶梅》以前的其他古典小说那样，认为只要出几个英雄豪杰，把几个无恶不作的奸臣、赃官、恶霸除掉就好了，而是会感到出几个英雄豪杰，除掉几个坏人，仍无济于世，非彻底改造产生坏人的那整个社会环境不可。"象这样的堕落的古老的社会，实在不值得再生存下去了。难道便不会有一个时候的到来，用青年们的红血把那些最龌龊的陈年的积垢，洗涤得干干净净？"②这种感慨绝不是凭空而发。能够把读者的视野和思路，由幻想引向现实，由真实的典型人物扩大到产生典型人物的整个社会环境——上自最高的封建朝廷政治，下至小人物的心灵深处，启示读者认识那整个社会的腐朽，激起改造那整个社会的强烈欲望和激情，这正是《金瓶梅》把我国古典小说的现实主义推向近代批判现实主义，而达到前所未有的广度和深度的重要标志。

三、既是作品的严重缺陷，也是作者的最大不幸

人们说，读了《金瓶梅》，渴望"用青年们的红血把那些最龌龊的陈年的积垢，洗涤得干干净净"。我认为这只是作品的客观效果之一，并不是《金瓶梅》作者的主观创作意图。《金瓶梅》的艺术构思，也不能不受到作者封建的立场、观点的局限。

首先，作者的基本立场绝不是要推翻封建统治，而是从维护传统的封建统治秩序出发的，明显地带有封建阶级内部自我批判的性质。如西门庆霸占伙计来旺的妻子宋蕙莲，这本是对西门庆罪恶本质的揭露，可是作者的构想却是要借此劝戒："凡家主切不可与奴仆并家人之妇苟且私狎，久后必紊乱上下，窃

---

① 文龙：《金瓶梅》第九十八回批语。
② 郑振铎：《谈〈金瓶梅词话〉》，《金瓶梅论集》，人民文学出版社 1986 年版，第 4 页。

弄奸欺，败坏风俗，殆不可制！"（第二十二回）这说明作者揭露西门庆腐化堕落，目的还是为了反对"紊乱上下"，维护封建的等级制度。为此，作者在写西门庆霸占宋蕙莲的同时，又写了来旺与西门庆的妾孙雪娥私通。从《金瓶梅》故事的编年上，也可看出作者的这个创作意图。《金瓶梅》全书所写的故事是发生在宋代政和二年至南宋建炎元年（1112—1127），共计十六年间。其中主要故事，即到李瓶儿、西门庆、潘金莲等主要人物先后皆死了之后的第八十八回，只有七年时间，其余第八十八至一百回，共计十三回的篇幅却占据了九年的时间。作品的结尾之所以要拉这么长的时间，显然是旨在说明：这样腐朽的社会，虽然必定招致异族入侵，人民受国破家亡之苦，但最终仍然使"梁山泊贼王宋江，三十六人，万余草寇，都受了招安，地方平复"（第九十八回），大宋江山，南北"分为两朝，天下太平，人民复业"（第一百回）。为了迁就这个结局，作者不得不把故事结尾的年代拉长。这个事实本身表明，《金瓶梅》作者是非常强烈地希望封建统治能够长治久安，或转危为安的。正因为如此，在他的作品中，我们很难看到人民的力量，正义的力量，美好的力量；看到的几乎全是罪恶和腐朽，黑暗和卑劣。这是那个封建统治已经腐败，而能够代替封建统治的新兴的阶级力量又尚未形成的历史时代的反映。列宁曾经指出："赫尔岑不能在四十年代的俄国内部看见革命的人民，这并不是他的过错，而是他的不幸。"① 对于《金瓶梅》作者兰陵笑笑生，我们岂不也可作如是观？

其次，作者一方面对和尚、道士、尼姑进行了辛辣的讽刺，揭露他们贪婪、好色，说："此辈若皆成佛道，西方依旧黑漫漫。"（第四十回）另一方面又非常强调宿命论，宣扬"万事不由人计较，一生都是命安排"（第四十六回）。"得失荣枯命里该，皆因年月日时栽。"（第九十五回）"痴聋喑哑家豪富，伶俐聪明却受贫。年月日时该载定，算来由命不由人。"（第九十四回）

① 列宁：《纪念赫尔岑》，见列宁《论文学与艺术》，第262页。

这种宿命论，不只表现在作者的说教中，而且体现在作者艺术构思的框架上。如以第三十九、七十四、八十八等回的说经、化缘为线索，以最后一回"普静师荐拔群冤"为总结，把全部故事还原为一场因果报应。这就势必严重地削弱了作品的批判意义。

再次，作者受封建传统文化思想的影响，错误地把社会的病根归结为人性的弱点——对酒、色、财、气的贪婪，把情和淫、美和丑往往混为一谈。如作者把奴才来旺对主子西门庆的反抗，写成是"醉谤"；把西门庆的贪淫好色，归罪为女人是"祸水"；把妇女被迫卖身，说成是"以色图财"；把武松、来旺因反抗斗争而惨遭迫害，归咎于他们本人的尚气使性，劝戒人们"为了苟全痴性命，也甘饥饿过平生"；把潘金莲与陈敬济丧伦败俗的奸淫活动，与《西厢记》中张君瑞与崔莺莺的美好爱情相提并论，并一字不改地照抄了《西厢记》中的四句诗（第八十二回），以月下玉人、迎风花影——诗情画意般美的诗、美的景、美的情、美的人，来与奸夫淫妇"赤身露体，席地交欢"（第八十二回），相提并论，叫人看了多么恶心！这里不仅造成艺术性与道德性的矛盾，而且就艺术性本身来看，也纯属以效颦续貂，媚世悦俗。

好在《金瓶梅》作者的艺术构思是以现实生活为源泉和范本的。生活既是文艺创作的源泉，也是作家最好的导师。只要忠实于生活，就会使作家主观思想上的许多偏颇在很大程度上得到端正。上述陈腐的思想观点和低下的艺术趣味，只是给《金瓶梅》的思想性和艺术性带来了一定程度的损伤。我们既不必把它夸大，也不应无视或掩饰它的存在，重要的是要从中吸取经验教训。

综上所述，实现艺术的创新，有赖于作家观念的更新；而这两者都必须通过面向现实，以忠实地描写自己时代的现实生活为途径。这便是《金瓶梅》作者艺术构思的可贵而颇有现实意义之处。

曙光高照，光彩炫目

——论《金瓶梅》的近代现实主义特色

在中国小说史上，"近代现实主义的曙光"是由谁升起的？是哪一部小说在这方面取得了"历史性进展"，成为有划时代意义的代表作？这不仅关系到对某个作家作品的历史评价，而且是涉及到对整个中国小说发展历史面貌的正确认识问题。特别是在有人提出我国"近代现实主义的曙光"，是由《儒林外史》"展露"的，是"《儒林外史》的历史性进展"[①]的情况下，我们弄清这个问题，就显得更有其必要性了。

一、《金瓶梅》的近代现实主义所取得的历史性进展

历史事实，不容篡改，也不容抹杀。在中国小说史上，近代现实主义的曙光，早在明代中叶后的《金瓶梅》即已升起，而绝不是在晚于《金瓶梅》问世约一个半世纪的《儒林外史》才"展露"的。《金瓶梅》在跨向近代现实主义方面所取得的历史性进展，主要表现在以下十个转变上：

由反映古老的历史时代，转变为直接反映当时的现实生活。高尔基说："现实主义到底是甚么呢？简略地说，是客观地描写现实。"[②]可见强烈的现实

---

① 李汉秋：《近代现实主义的曙光——〈儒林外史〉的历史性进展》，《安徽大学学报》1987年第1期。以下本篇再引此文，不另注。

② 高尔基：《俄国文学史》，上海译文出版社1979年版，第207页。

性，是近代现实主义的首要特征。而在《金瓶梅》以前的我国小说中，所写的几乎都是以古老的历史故事或民间传说为基础的。它们所反映的时代范围比较古老和宽泛，汉魏六朝、唐宋元明，几乎都可以适用，在现实性上，跟当时特定的社会生活总还存在着一定的距离，人们很难看出作者创作时特定的时代特色。《金瓶梅》虽然名义上也说故事发生在宋代，但是它所反映的实际生活，却道道地地是明代中叶的。欣欣子的《金瓶梅词话序》中明确宣告，该书"寄意于时俗"①。明史专家吴晗也作过翔实的考证，说："它所写的是万历中年的社会情形"，"是作者所处时代的市井社会的侈靡淫荡的生活"。②明代沈德符的《万历野获编》也记载："闻此为嘉靖间大名士手笔，指斥时事，如蔡京父子则指分宜，林灵素则指陶仲文，朱勔则指陆炳，其他各有所属云。"③还有人说："书中西门庆，即世蕃之化身。世蕃小名庆，西门亦名庆；世蕃号东楼，此书即以西门对之。"④尽管"××则指××"的说法很可能是穿凿附会，但是由此却可以证明它的现实性是很强的，从当时的现实生活中，是不难找到作品中所描写的人物的影子的。

由带有理想化的倾向，转变为不加粉饰的赤裸裸的真实描写。近代现实主义，要求"对于人和人的生活环境作真实的、不加粉饰的描写"⑤，要求"毫无假借的直率，生活表现得赤裸裸到令人害羞的程度，把全部可怕的丑恶和全部庄严的美一起揭发出来，好象用解剖刀切开一样"⑥。而在《金瓶梅》以前的我国小说中，在揭露奸臣、赃官的同时，总是伴随着对圣君贤相、忠臣清官的

---

① 见 1985 年人民文学出版社出版的《金瓶梅词话》卷首。

② 吴晗：《〈金瓶梅〉的著作时代及其社会背景》，《文学季刊》创刊号，1934 年 1 月出版。

③ 明·沈德符：《万历野获编》卷二十五《词曲·金瓶梅》，1959 年中华书局印《元明史料笔记丛刊》本。

④ 见《寒花盦随笔》，据蒋瑞藻《小说考证》转录，1935 年商务印书馆印本。

⑤ 高尔基：《谈谈我怎样学习写作》，见《论文学》，人民文学出版社 1978 年出版。

⑥ 别林斯基：《论俄国中篇小说和果戈理君的中篇小说》，见《西方文论选》下卷，第 377 页。

美化和颂扬，把现实剪裁得有几分由乎作者的理想。《金瓶梅》则不然。它从地方恶霸西门庆，直到最高统治者皇帝，作者以前所未有的魄力，写出了封建社会的罪恶整体，使人们清楚地看出，社会的黑暗，不只是少数坏人作恶的结果，更重要的是当时的腐败政治、势利人心和恶劣世俗，必然使西门庆之流加官进爵，步步高升，必然使一批妇女被金钱势力和享乐思想所支配，必然会出现应伯爵那样一群帮闲者。它所描写的已经丝毫不带理想化的色彩，而是完全的写实；所揭露的已经不再是社会上某一类或某几种坏人，而是那整个罪恶的封建社会。

由着力追求故事情节离奇曲折的传奇手法，转变为着力表现普通的、日常的生活真实的写实手法。近代现实主义，要求"按生活的本来面目描写生活"[①]。而在《金瓶梅》以前的我国长篇小说中，所写的一般都是重大的政治、军事斗争，追求的是故事情节的传奇性、曲折性和紧张性。《金瓶梅》所写的则完全是家庭的日常生活，故事情节也与家庭日常生活一样平淡无奇。它不是靠故事情节的传奇性吸引人，而是靠日常生活的真实描写打动人。这不仅是作品题材和写作手法的变化，更重要的是反映了长篇小说艺术描写日常生活的能力有了长足的进步，使小说与世俗人生更加贴近了，表现了现实主义的发展和深化。

由以帝王将相、英雄豪杰、神仙鬼怪为长篇小说的主人公，转变为以日常生活中的普通人为作品主人公。如同近代现实主义者所宣称的："不要妖怪！不要英雄！"[②]《金瓶梅》所写的，恰是"自寻常之夫妻、和尚、道士、姑子、拉麻、命相士、卜卦、方士、乐工、优人、妓女、杂戏、商贾，以至水陆杂物、衣用器具、嬉戏之言、俚曲，无不包罗万象，叙述详尽，栩栩如生，如跃

---

① 契诃夫：《致基塞列娃》，见汝龙译《契诃夫论文学》，人民文学出版社 1958 年版，第 35 页。
② 福楼拜：《致乔治·桑》，见《文艺理论译丛》1958 年第 3 期。

眼前"①。

由轻视、排斥妇女在长篇小说中的地位，转变为以妇女为作品的主人公。封建社会是以男子为中心的，男尊女卑，是根深蒂固的封建传统观念。这种传统观念反映在我国长篇小说的创作上，自然不可能给予妇女形象以应有的重视。在《三国演义》中，只有一个貂蝉，可算是比较成功的妇女形象。在《水浒传》一百零八位水浒英雄中，也只有扈三娘、顾大嫂、孙二娘三位女将。从全书来看，这些妇女形象皆处于从属地位，根本算不上主角。只有《金瓶梅》，才在我国长篇小说史上第一次以潘金莲、李瓶儿、庞春梅等妇女形象，作为书中的主角之一。妇女形象不仅在《金瓶梅》中占据了极为突出的地位，而且它的作者以细腻入微的笔墨，写出了妇女所独有的性格——她们的理想和追求，苦恼和悲伤，美貌和才情，长处和短处，其描写妇女形象之众多和生动，可以说是空前未有的。

由描写和歌颂正面人物为主，转变为"曲尽人间丑态"②，以揭露和批判反面人物为主。《金瓶梅》可谓是中国小说史上第一部以写反面人物为主的长篇小说，并且为在我国长篇小说中运用讽刺的笔法开了先河。向来的小说皆以美为审美的对象，而《金瓶梅》却能化丑为美。以"丑"为审美的对象，使读者从作品对种种丑恶人物和丑恶现象的嬉笑怒骂之中，能够收到"一哂而忘忧"③的审美效果。这不仅为长篇小说的人物画廊和现实主义的发展开辟了新的天地，而且在美学观念上也是个巨大的突破。

由类型化的性格描写，转变为个性化的性格描写。恩格斯在给拉萨尔的信中指出："古人的性格描绘在我们时代是不够用的，而且在这点上我认为你原

---

① 《满文译本金瓶梅序》，见朱一玄编《金瓶梅资料汇编》，南开大学出版社1985年版，第357页。

② 廿公：《金瓶梅跋》，见1985年人民文学出版社出版的《金瓶梅词话》卷首。

③ 欣欣子：《金瓶梅词话序》，见1985年人民文学出版社出版的《金梅瓶词话》卷首。

可以毫无害处地更多多注意莎士比亚在戏剧发展上的意义。"①莎士比亚的人物性格描写的特点，就在于它的充分个性化。这是近代现实主义才可能做到的。用黑格尔的话来说："只有当着非神的，专门属于人的东西获得自己充分的重要性的时候，才能够出现性格的独立自主。莎士比亚的人物主要就是这种性格。"②《金瓶梅》中的人物性格描写也是个性化的。潘金莲与李瓶儿同为淫妇，同为西门庆的妾，而作者却写出了她俩个性上的重大差别。在《金瓶梅》中，不仅故事本身完全服从于人物性格的需要，而且连作家的笔调也力求适应人物个性的要求。如张竹坡所说："《金瓶梅》于西门庆不作一文笔，于月娘不作一显笔，于玉楼则纯用俏笔，于金莲不作一钝笔，于瓶儿不作一深笔，于春梅纯用傲笔，于敬济不作一韵笔，于大姐不作一秀笔，于伯爵不作一呆笔，于玳安儿不作一蠢笔，此所以各各皆到也。"③

　　由夸张的、粗略的细节描写，转变为逼真的、琐屑的细节描写。近代现实主义者是特别重视细节的真实和细节的描写的，如同巴尔扎克所说的："小说在细节上不真实的话，它就毫无足取了。"④别林斯基也特别赞赏果戈理的中篇小说："一切都摹写得惊人的逼真，从原型人物的表情直到他脸上的雀斑；从伊凡·尼基弗洛维奇的全部服装直到穿长统皮靴、身上沾着石灰、在涅瓦大街上走着的俄国农民；从嘴衔烟斗、手执军刀、世间什么也不怕的勇士布尔巴的巨大的面孔，直到嘴衔烟斗、手执酒杯、世间什么也不怕、甚至连鬼怪和巫女也不怕的坚忍派哲学家霍马。"⑤而在《金瓶梅》以前的我国小说，恰如曹雪芹

　　① 见《马恩列斯论文艺》，人民文学出版社1953年版，第13页。
　　② 《黑格尔全集》俄文本，社会经济书籍国家出版社1940年版，第八卷第140页。转引自布·布尔索夫等著：《现实主义问题讨论集》，新文艺出版社1958年版，第30页。
　　③ 张竹坡：《金瓶梅读法》，见齐鲁书社1987年出版的《金瓶梅》卷首。
　　④ 巴尔扎克：《〈人间喜剧〉前言》，见《西方文论选》下册，人民文学出版社1964年版，第172页。
　　⑤ 《别林斯基论文学》，上海新文艺出版社1958年版，第106页。

在《红楼梦》第一回所指出的："不过传其大概，以及诗词篇章而已；至家庭闺阁中一饮一食，总未述记。"《金瓶梅》则扭转了"传其大概"，不重视细节描写的现象。它使人"读之，似有一人亲曾执笔在清河县前西门家，大大小小，前前后后，碟儿碗儿，一一记之，似真有其事，不敢谓为操笔伸纸做出来的"①。

由相沿加工民间的集体创作，转变为作家的个人创作。以前在民间集体创作基础上，由作家加工创作的长篇小说，总不免"有不少牵合、增补的显然痕迹"②。而《金瓶梅》尽管还有少量因袭《水浒传》和其他话本、戏曲的成分，但从总体上看，它是我国第一部由作家个人独创的长篇小说。全书结构之宏伟、完整，风格之新颖、统一，在我国小说史上，可说是展开了前所未有的新的一页。

由作家以说书人的身份公然出现在作品中对人物和事件加以介绍、评述，转变为由作家和作品中的人物多视角地展开描写。在《金瓶梅》以前的我国长篇小说中，作家描写的视角比较单一，在作品中的人物和读者之间，往往横亘着一个说书人，要靠说书人不时出来作"看官听说"之类的介绍和评述。在《金瓶梅》中这种影响虽然还存在着，但是作家描写的视角已经由单一转变为多样。如当潘金莲嫁到西门庆家时，就不是由作家直接出面介绍潘金莲给众人的观感如何，而是从吴月娘的视角和心理感受写道："吴月娘（对潘金莲——引者注）从头看到脚，风流往下跑；从脚看到头，风流往上流。论风流，如水晶盘内走明珠；语态度，似红杏枝头笼晓日。看了一回，口中不言，心内暗道：'小厮每家来，只说武大怎样一个老婆，不曾看见，今日果然生的标致，怪不的俺那强人爱他。'"（第九回）张竹坡于此处夹批道："盖是把一向的月

① 张竹坡：《金瓶梅读法》，见齐鲁书社 1987 年出版的《金瓶梅》卷首。
② 叶德均：《〈水浒传〉和宋元风习》，见《戏曲小说丛考》，中华书局 1979 年版。

娘点出，非单描金莲也。"崇祯本《金瓶梅》于此处的眉批指出："此一想，若惊若妒，不独写月娘心事，画金莲美貌，而无意化作有意，且包尽从前之漏。"这种写法的好处，不仅以极为省简的笔墨，起到了多方面的作用，而且大大缩短了小说形象与读者之间的距离。不用作者另作介绍，就使我们透过吴月娘的视角，既感受到了潘金莲的风流无比、美丽动人，又看到了吴月娘那微妙复杂的心理。这不能不说是小说艺术的发展和进步。

上述十个转变，是《金瓶梅》由古典现实主义跨向近代现实主义的主要标志。它们使《金瓶梅》在我国小说史上开辟了一个新的艺术时代，给我国小说艺术的发展带来了颇为巨大而深远的影响。其历史贡献，如黎明的曙光，光彩炫目，为大家所有目共睹。如《醒世姻缘传》被称为"仿佛得其笔意"[1]。"《儒林外史》也是这一流派的嫡传。不过技术上是更凝练，更精简了。"[2]参与曹雪芹创作《红楼梦》的脂砚斋也指出，《红楼梦》的创作是"深得《金瓶》壸[壸]奥"[3]。因此，在我国小说史上，升起近代现实主义的曙光、取得"历史性进展"的划时代的代表作，无疑地绝不是《儒林外史》，而是《金瓶梅》。这不只是笔者个人的看法，也是学术界不少知名学者的共识。如郑振铎的《插图本中国文学史》即指出："只有《金瓶梅》却彻头彻尾是一部近代期的产品，不论其思想，其事实，以及描写方法，全都是近代的。在始终未尽脱过古旧的中世纪传奇式的许多小说中，《金瓶梅》实是一部可诧异的伟大的写实小说。它不是一部传奇，实是一部名不愧实的最合于现代意义的小说。"著名中国文学史家李长之也认定："狭义的现实主义，在中国是始于《金瓶梅》。""《金瓶梅》是严格的现实主义出现的标志"，"是现实主义在中国质变的标志"。它

---

① 邓之诚：《骨董琐记全编·茶馀客话》"金瓶梅"条。
② 李长之：《现实主义和中国现实主义的形成》，《文艺报》1957 年第 3 期。
③ 《脂砚斋重评石头记》甲戌本第十三回眉批。

"更具有鲜明的近代味"，"具有近代现实主义特征"。[①] 至于在《金瓶梅》问世约一个半世纪之后才出现的《儒林外史》，只不过是在《金瓶梅》的近代现实主义的曙光照耀下，作为"这一流派的嫡传"，继续有所前进和发展罢了，怎么能把它说成是"展露了近代现实主义的曙光"和取得了"历史性进展"的代表作呢？这岂不是数典忘祖、公然颠倒历史么？

二、《金瓶梅》的近代现实主义所存在的缺陷和不足

我们说《金瓶梅》是我国小说跨向近代现实主义的标志，是取得历史性进展，具有划时代意义的代表作，这绝不意味着我们把对《金瓶梅》的评价，抬高到在它之前产生的《三国演义》《水浒传》《西游记》和在它之后出现的《儒林外史》《红楼梦》等伟大作品之上；事实上它们是各有千秋的，都是我国小说史上不可多得的、堪与世界杰作媲美的伟大作品。这里我们强调指出的只是现实主义在我国小说中的历史发展——《金瓶梅》创造了在它以前的作品里所未能创造的许多新东西、新特色，而并不是对这些作品的思想和艺术成就作全面的评价。

当然，我们还必须看到，《金瓶梅》的近代现实主义，只是个朦胧的"曙光"，还存在着古典现实主义甚至非现实主义的某些浓重的阴影，还存在着一些缺陷和不足。

第一，作者在实际反映明代中叶的现实生活的同时，却未摆脱假借历史的旧套，仍然把他所描写的时代背景，放在"话说宋徽宗皇帝政和年间"如何如何。这一点我们既要看到其是个缺陷，又不应加以苛求。连《儒林外史》也是以假借写明代的历史来写清代的现实的。直到《红楼梦》的作者曹雪芹才明确

---

① 李长之：《现实主义和中国现实主义的形成》，《文艺报》1957 年第 3 期。

提出："何必拘拘于朝代年纪哉！"反对"历来野史，皆蹈一辙"——"竟假借汉唐等年纪添缀。"①

第二，在对现实作赤裸裸的揭露的同时，缺乏必要的崇高理想的成分。近代现实主义虽然强调"极度忠实于生活。在他写来，生活是一幅真正的肖像画"②。但是它并不排斥理想。如同巴尔扎克所指出的："只有遵照了理想的法则和形式的法则，才能永垂不朽。"③他还批评浦莱渥的长篇小锐《季勒林司祭长》"拘泥事实"，写得太沉闷，以致让人读不下去。④我们读《金瓶梅》，岂不是也有这种沉闷、窒息，甚至读不下去的感觉么？

第三，在运用写实手法对生活作逼真的描写的同时，缺乏必要的艺术提炼和加工。如情节的重复、疏漏和自相矛盾之处，比比皆是；细节描写过于琐碎，令人不免生厌；对许多次要人物皆缺乏典型化，全书所写的人物多达八百二十七人，其中除了几个主要人物有相当的典型性之外，其余众多的人物性格很不鲜明，难以给人留下深刻的印象。

第四，以日常生活中的普通人为作品的主人公，这是应该肯定的，但是作者却把那些日常生活中的普通人全部描写得太卑劣、懦弱、渺小了。如秋菊、迎儿，简直成了潘金莲的出气筒，百般受其无端的折磨，却毫无反抗的表示。蒋太医遭西门庆收买的捣子凌辱、敲诈，有冤无处诉，反被官吏"打的皮开肉绽，鲜血淋漓"（第十九回）。回到家中，又被李瓶儿撵出家门，像是个颇为令人同情的形象。然而作者却又说他"极是个轻浮狂诈的人"（第十七回）。真叫人哭笑不得。宋惠莲分明认为西门庆"是个弄人的刽子手，把人活埋惯了。害死人，还看出殡的！"（第二十六回）而含愤自缢的，可是作者却写她

① 见《红楼梦》第一回。
② 《别林斯基选集》第一卷，上海译文出版社 1979 年版，第 187 页。
③ 段宝林编：《西方古典作家谈文艺创作》，春风文艺出版社 1980 年版，第 336 页。
④ 巴尔扎克：《致〈星期报〉编辑意保利特·卡斯狄叶先生书》，见《文艺理论译丛》1957 年第 2 册。

是"含羞自缢"。其父宋仁为"女儿死的不明","进本告状"，本属理所当然。然而作者却写宋仁"口称西门庆因倚强奸要他，我家女儿贞节不从，威逼身死"（第二十六回）。这又显与实情不符，给官府"反问他打网诈财，倚尸图赖"（第二十七回）以口实。总之，我们在《金瓶梅》描写的几乎所有的人物身上，看到的都是或可憎可恨，或可悲可怜，或可气可恼的丑态，似乎很难看到人间希望和光明之所在。

第五，它写出了人物性格的多面性、复杂性和流动性，然而却没有充分地写出其所以如此的主客观根据和个性的统一性。如李瓶儿在气死其亲夫花子虚，撵走其招赘的后夫蒋竹山时，所表现出来的是那样一种凶狠无情、泼辣恣肆的性格，然而她在跟西门庆为妾之后，却又表现得那样仁慈善良、忍辱退让、委曲求全，前后性格确实"判若两人"[①]。她的性格究竟怎么会有这样巨大的变化和发展呢？她的个性的统一性又究竟表现在哪里呢？尽管有的学者对此作了辩解[②]，但终不能令人信服。比较合理的解释，只能说是反映了作者在人物复杂性格的描写上还存在着不成熟性。

第六，重视了对世俗人生的忠实描写，却又陷入了颇为淫秽、庸俗、低级的自然主义倾向。如揭露西门庆荒淫无耻的丑态是必要的，但是应该侧重于揭示其卑劣的灵魂和丑恶的性格，而不应赤裸裸地展览其玩弄女性的性生活的具体过程。近代现实主义绝不是要求照相式地复制生活，绝不是要把生活中所有的东西都随意拉入艺术的领域。诚如鲁迅所指出的："世间实在还有写不进小说里去的人。倘写进去，而又逼真，这小说便被毁灭。"[③]"选材要严，开掘要深，不可将一点琐屑的没有意思的事故，便填成一篇，以创作丰富自乐。"[④]

---

① 中国科学院文学研究所编：《中国文学史》第 3 册，第 953 页。

② 见徐朔方等编：《金瓶梅论集》，人民文学出版社 1986 年出版，第 94、95 页。

③ 鲁迅：《半夏小集》，《鲁迅全集》第 6 卷，人民文学出版社 1981 年版，第 598 页。

④ 鲁迅：《关于小说题材的通信》，《鲁迅全集》第 4 卷，第 368 页。

《金瓶梅》中对性生活具体过程的淫秽描写，使艺术性与道德性发生不可调和的矛盾，便是这部小说长期遭禁锢，几乎"便被毁灭"的根本原因。这说明早期的近代现实主义，尚没有和自然主义划清界限，中国如此，外国亦如此。

第七，《金瓶梅》虽然在主题、人物、情节、结构、语言和风格等方面，皆表现了作家个人创作的特色，在早期的《金瓶梅》版本和欣欣子的《金瓶梅词话序》中，也明确记载它是兰陵笑笑生的个人创作，然而它受说书艺人传统影响的痕迹仍然是很多、很深的。如书中的主要人物西门庆和潘金莲，是从《水浒传》中移植过来的；在某些故事情节乃至语言文字上，甚至基本上原封不动地借用了《刎颈鸳鸯会》《五戒禅师私红莲记》等话本小说；"看官听说"之类的说教多达四十七处；至于把当时流行的诗、词、曲，照抄进书中的就更多了。这一切虽然是为了模仿话本的俗套，迎合听惯说书的读者的嗜好，但却损害了写实小说叙述结构的独创性和完整性。

《金瓶梅》存在的上述缺陷和不足，是近代现实主义处于早期所难以完全避免的弱点和稚气的必然反映。我们当然必须予以正视，但也不应完全把它归咎于作家作品自身的过错，要看到一切都是特定的历史条件的产物。正像我们不能要求婴儿一呱呱坠地就非常清洁、成熟一样，我们又怎么能向刚刚跨入近代现实主义的《金瓶梅》提出完美无缺的苛求呢？对于我们来说，"判断历史的功绩，不是根据历史活动家没有提供现代要求的东西，而是根据他们比他们的前辈提供了新东西。"[1] 作为历史唯物主义者，我们如同绝不能把婴儿和污水一起泼掉一样，也绝不能因为《金瓶梅》存在着种种缺陷和不足之处，就把它在跨向近代现实主义方面所取得的历史性进展，也一笔抹杀，而移花接木地把它说成是《儒林外史》取得的历史性进展。

---

[1] 《列宁全集》第 2 卷，第 159 页。

三、产生《金瓶梅》的近代现实主义的社会历史根源

《金瓶梅》在跨向近代现实主义方面，之所以取得了历史性的进展，又带有严重的缺陷和不足，这一切都绝不是偶然的，而是有其复杂的深刻的社会历史根源的。

首先，它是我国在明代中叶出现资本主义萌芽的时代的产物。恩格斯说："政治、法律、哲学、宗教、文学、艺术等的发展，是以经济发展为基础的。"[①] 近代现实主义，在西方也是伴随着资本主义的产生而出现的。因为它不仅需要印刷等物质条件，需要社会生活的复杂化和阶级关系的两极化等社会条件，还需要作家思想观念的解放，眼界的开阔，对社会环境和人的力量有较深刻的认识，自然科学的发达，使作家有可能用自然科学的态度和方法来从事写作，等等。因此，只有当社会取得历史性进展，才有可能出现取得历史性进展的作家作品。明代中叶资本主义萌芽的兴起，市民阶层的壮大，封建社会腐朽性的充分暴露，李贽等进步思想家的出现及其影响，诸如此类的社会历史条件，就使明代中叶以后不仅有可能而且必然会出现带有近代现实主义新特征的《金瓶梅》。这是历史的必然。

当然我们还应看到，中国封建社会的历史特点，封建专制主义特别根深蒂固，资本主义萌芽与封建势力纠集在一起，带有很大的封建性，始终未能发展到资本主义社会。因此，在《金瓶梅》这样最早展露近代现实主义曙光的作品中，还带有陈旧的甚至封建腐朽的严重阴影，这也是有其历史的必然性，一点也不足为奇的。

其次，《金瓶梅》之所以能够跨入近代现实主义，我认为还跟它继承和发展了我国瓦舍说书的市民艺术传统有直接的关系。我国白话小说的发展，和瓦

---

① 恩格斯:《致海·施塔尔根堡》，《马克思恩格斯书信选集》，第 517 页。

舍说书结下了不解之缘。在宋代兴起的瓦舍说书，本身就是以城市经济的发达和市民阶层的壮大为基础的。说书艺人和听众，主要是城市市民。因此，在话本基础上加工创作的小说，也就不能不反映城市市民的观念和爱好，城市市民的思想方法和创作方法。如《三言》中的《卖油郎独占花魁》《杜十娘怒沉百宝箱》等作品，不仅鲜明地反映了市民意识，而且皆直接以普通市民为主人公，侧重于日常生活和细节的真实描绘。在瓦舍说书基础上加工创作的《水浒传》，已明显地实现由故事型小说向性格型小说的转变。尽管《水浒传》的故事性也很强，但它并不是以故事为中心，而是以人物性格为主轴，诸如"武十回""鲁十回"之类，分别集中刻画武松、鲁智深的性格。恰如我国文学史上最著名的小说批评家金圣叹所指出的："《水浒传》一个人出来，分明便是一篇列传。""《水浒》所叙，叙一百八人，人有其性情，人有其气质，人有其形状，人有其声口。""别一部书，看过一遍即休，独有《水浒传》，只是看不厌，无非为他把一百八个人性格，都写出来。"①陈独秀也说："《水浒传》的长处，乃是描写个性十分深刻，这正是文学上重要的。"②可见人物的性格化、个性化，已成为《水浒传》最突出的艺术成就。《水浒传》所写的宋江、林冲、杨志等人物性格，也都是很复杂的，他们被逼上梁山的过程，也是他们的性格经过了质的变化和发展的过程。因此，那种把《水浒传》归结为"故事小说型"，而排斥于"性格小说型"之外，指责《水浒传》的人物性格特征单一化、类型化，而否定其丰富性、复杂性和流动性，这显然是不公道的。《水浒传》虽然以歌颂英雄人物为主，但它同时也写了如武大郎、西门庆、潘金莲、何九叔、王婆、郓哥、阎婆惜、李达、李固、董超、薛霸、富安、陆谦等等许多平凡的小人物。他们也都是从当时的现实生活中来的。早在明代《李卓

---

① 见《水浒传会评本》卷首，北京大学出版社 1981 年版。

② 陈独秀：《水浒新叙》，见上海亚东图书馆 1928 年版《水浒》卷首。

吾先生批评忠义水浒传》中，就有人明确指出："如世上先有淫妇人，然后以杨雄之妻、武松之嫂实之；世上先有马泊六，然后以王婆实之；世上先有家奴与主母通奸，然后以卢俊义之贾氏李固实之。若管营，若差拨，若董超，若薛霸，若富安，若陆谦，情状逼真，笑语欲活，非世上先有是事，即令文人面壁九年，呕血十石，亦何能至此哉？亦何能至此哉？"[①] 所有这一切，我认为都说明，近代现实主义的曙光，在《三言》和《水浒传》中已透露出几缕光束。到了《金瓶梅》，可谓已曙光高照。而《金瓶梅》之所以能实现由古典现实主义跨向近代现实主义的转变，正是由于明代中叶资本主义的萌芽和《三言》《水浒传》等市民小说哺育的结果。《金瓶梅》的主要人物和故事，直接从《水浒传》中的西门庆和潘金莲的故事生发开来，并因袭了不少话本、戏曲中的文字，这个事实本身就是个有力的佐证。

四、驳"近代现实主义的曙光"是由《儒林外史》"展露"说

尽管《儒林外史》只不过是《金瓶梅》所开辟的近代现实主义"这一流派的嫡传"，它与《金瓶梅》的历史条件大不相同，可是时下竟然有人把"近代现实主义的曙光"说成是《儒林外史》才"展露"的，把它归功于《儒林外史》所取得的"历史性进展"，并列举出下列五条论据：

从传奇性到现实性，小说更接近现实人生。

从故事小说型到性格小说型，小说艺术发展到更高层次。

从古典典型形态到近代典型形态，小说人物更切近人的真实面貌。

---

① 见《李卓吾先生批评忠义水浒传》，明容与堂本卷首《水浒传一百回文字优劣》。

从说书人的评述模式到隐身人的叙述方式，小说形象更贴近读者。

从相沿加工到作家独创，作家的主体性空前加强。

这五条论据能站得住脚么？

首先，它显然违背中国小说发展的历史实际，是建立在主观幻想、人为编造的基础之上的。历史在发展，小说艺术也在不断地前进。如果说《儒林外史》比它以前的小说"更接近现实人生"，"更"如何如何，这当然是合乎常规的。但这种"更"，只是量的发展，不是质的飞跃，并不具有"历史性进展"的划时代的意义。具有这种意义的，应该是这五条中每条的前一句："从传奇性到现实性"，"从……到……"。问题在于，早在《儒林外史》诞生约一百五十年之前，《金瓶梅》已经具备这五条"从……到……"了，为什么要抹杀历史事实，而硬要把它推后一个半世纪，说成是《儒林外史》才"到"的呢？

其次，正因为它不符合中国小说发展的历史事实，所以它在具体论述中就必然矛盾百出，不能自圆其说。如该文一方面论定"从传奇性到现实性"，是《儒林外史》才"展露"的"近代现实主义的曙光"，是《儒林外史》才取得的"历史性进展"的表现之一，另一方面却又不得不承认："明代中叶后，小说的新观念开始胎动，《金瓶梅》发展了宋元短篇话本描写市井生活的传统，开创了长篇世情小说，它和'三言''二拍'所展现的已经不是古典式的明净天地，而是近代式的世俗人生，古典小说开始了向近代小说的重大转折。"既然如此，这一切难道不正是《金瓶梅》已经"从传奇性到现实性，小说更接近现实人生"的表现么？为什么还要硬把它说成是清代中叶的《儒林外史》才"展露"的"曙光"，才取得的"历史性进展"呢？

该文为了抬高《儒林外史》，不仅抹杀《金瓶梅》的成就，而且也竭力贬低和歪曲《三国演义》《水浒传》《西游记》等伟大作品的贡献，说它们所展现的是"明净天地"，把它们的"传奇色彩都很浓，主要写超群人物的奇异故事"，归结为是"在瓦舍说书基础上发展起来的"。这种种说法，也是与历史事实不符的。《三国演义》所揭露的董卓、曹操之类奸臣施行的暴政，《水浒传》所展现的那种"官逼民反""逼上梁山"的黑暗社会，《西游记》所鞭挞的那些昏君、奸臣和害人吃人的妖魔鬼怪，这一切难道都是"明净天地"，而不具有相当的现实性么？瓦舍说书是在宋代才兴起的，而我国小说在唐代就称为"传奇"，更早的魏晋六朝"志怪"小说，传奇的色彩更浓，它们跟"瓦舍说书"，可谓毫不相干。尽管后来的瓦舍说书对我国小说"传奇性"的继续发展，起了推波助澜的作用，但是"传奇性"的社会历史基础绝不是瓦舍说书，而是由于社会发展的水平和人类对自然及社会的认识水平决定的；从小说本身的发展来说，主要是由于"小说起源于神话"，"从神话演进，故事渐近于人性，出现的大抵是'半神'，如说古来建大功的英雄，其才能在凡人以上，由于天授的就是。"[1]《三国演义》《水浒传》《西游记》中那些"建大功的英雄"，正是"其才能在凡人以上"，带有"半神"的味道，系民间传说中对"神"的崇拜加以人格化的反映。把它归咎于瓦舍说书，恰恰是对我国小说发展历史的一种歪曲。

这种歪曲历史、自相矛盾之处，在该文中可谓屡见不鲜。如该文又宣称：吴敬梓"使自己的小说具有了近代现实主义的高峰——批判现实主义的主要特征"。既然如此，怎么又说《儒林外史》才"展露了近代现实主义的曙光"呢？不言而喻，"曙光"只能代表黎明的早期，而批判现实主义则"标志着社会主义以前的时代的现实主义艺术发展中的最高阶段"[2]。既是黎明的"曙

① 鲁迅：《中国小说的历史的变迁》。
② 苏·奥夫相尼柯夫等主编：《简明美学辞典》，知识出版社 1981 年版，第 72 页。

光"，又是"最高阶段"的"高峰"，这两者难道不自相矛盾么？一部《儒林外史》，难道就足以代表中国小说的近代现实主义从"曙光"到"高峰"的全部发展历史么？这真是咄咄怪事！

再次，上述五条论据的某些提法本身就是属于乱用新名词，有的已经超出了近代现实主义的范畴，而塞进了西方现代派的货色。如"从相沿加工到作家独创"，是否就意味着"作家的主体性空前加强"？如果"作家的主体性"，仅限于"作家的个人风格"，那么，唐人传奇已经"具备了鲜明的个性风格。长篇小说的个人风格的出现则更晚到了明代中叶"，[①] 怎么能说直到清代中叶的《儒林外史》才"空前加强"呢？事实上，真正近代现实主义的作家，一般都不强调作家的主体性，而强调"客观地描写现实"[②]，"极度忠实于生活"[③]，"对于人和人的生活环境作真实的、不加粉饰的描写。"[④] "为现在作一面明镜，为将来留一种记录。"[⑤] "要严格摹写现实。"[⑥] 曹雪芹在《红楼梦》第一回中宣称他对现实的反映，"追踪蹑迹，不敢稍加穿凿。"巴尔扎克也说："法国社会将要作历史家，我只能当它的书记。"[⑦]作家的主体必须无条件地服从于他所描写的社会客体。如同恩格斯所说的："我们不应该为了观念的东西而忘掉现实主义的东西。"[⑧]正因为巴尔扎克的现实主义，"甚至可以违背作者的见解而表露出来"，恩格斯才赞赏："这是现实主义的伟大胜利"，"他是比过去、现在和未来的一切左拉都要伟大得多的现实主义大师，他在《人间喜剧》里给我们提供

---

① 何满子：《论风格》，《光明日报》1987 年 11 月 20 日。

② 高尔基：《俄国文学史》，新文艺出版社 1956 年版，第 207 页。

③ 《别林斯基选集》第一卷，上海译文出版社 1979 年版，第 187 页。

④ 高尔基：《谈谈我怎样学习写作》，见《论文学》，人民文学出版社 1978 年版。

⑤ 鲁迅：《叶永臻作〈小小十年〉小引》，《鲁迅全集》第 4 卷，人民文学出版社 1957 年版，第116 页。

⑥⑦ 巴尔扎克：《〈人间喜剧〉前言》，见《西方文论选》下册，人民文学出版社 1964 年出版，第 172 页。

⑧ 恩格斯：《致斐·拉萨尔》，《马克思恩格斯选集》第 4 卷，第 345 页。

了一部法国'社会'特别是巴黎'上流社会'的卓越的现实主义历史。"如果巴尔扎克的"主体性空前加强"，他就不可能"违反自己的阶级同情和政治偏见"，而对"他政治上的死对头"，"经常毫不掩饰地加以赞赏"①了。

强调"作家的主体性空前加强"，这并不是近代现实主义的特点，而是西方现代派的文艺主张。"现代西方艺术就产生在这样一种观念中，即认为艺术的对象并不是现实，而是艺术家所见到的现实。画家不应该去画看得见的东西，而画出来后才成为看得见的东西。"②其理论根据，如存在主义哲学家，小说家让－保尔·萨特所说："现实从来就不是美的。美是一种永远而且只能适用于想象物的价值。"③

近代现实主义要求"极度忠实于"社会生活的客体性，西方现代派强调作家的主体性，这两种文学主张的功过是非，我们姑且不论，历史自会作出公正的评价。但是，历史事实是不容混淆的，我们绝不能因为加强作家的主体性成为当今时髦的说法，就把我国古代小说中的近代现实主义，也说成是"作家的主体性空前加强"。

获得的"历史性进展"，其谬误本来是显而易见，不值一驳的。然而它的发明者却自诩为"这在《儒》研究中是一崭新的突破"④。这就使我们不能不把这个问题提到国内外学术界面前，请求方家作出评判。

---

① 恩格斯：《致玛·哈克奈斯》，《马克思恩格斯选集》第4卷，第463页。
② 朱狄：《当代西方美学》，人民出版社1984年版，第332页。
③ 萨特：《想象》，转引自朱狄《当代西方美学》，第330页。
④ 见1987年12月12日《安徽日报》第4版《惟砖惟瓦惟扎实》。

现实主义，不容抹杀

——评《金瓶梅》是"自然主义的标本"说

《金瓶梅》的创作方法究竟是自然主义的，还是现实主义的？有人认为，它"在中国文学史上"是"一个自然主义的标本"[①]，"自然主义的倾向贯穿于全书，并非次要的方面。"[②]有人则肯定："《金瓶梅》是一部现实主义作品。"[③]"是一部很伟大的写实小说。"[④]"它显示出现实主义在我国小说创作中的进一步发展，标志着我国小说史上的一个新阶段的开始。"[⑤]弄清这个问题，不仅关系到对《金瓶梅》历史地位的正确评价，而且对于我们划清现实主义和自然主义的界限，正确地继承和发扬现实主义的优良传统，克服自然主义的消极影响，也有着现实的意义。

一、划清客观描写与客观主义的界限，认识《金瓶梅》的倾向性

"《金瓶梅》自然主义倾向的主要表现是它的客观主义，即由于过分重视

---

① 徐朔方：《〈金瓶梅〉的成书以及对它的评价》，见《金瓶梅论集》，人民文学出版社 1986 年版。

② 许可：《中国古代文学研究现状一瞥（上）》，《山西师院学报》1981 年第 4 期。

③ 吴晗：《〈金瓶梅〉的著作时代及其社会背景》，《文学季刊》1934 年 1 月创刊号。

④ 郑振铎：《谈〈金瓶梅词话〉》，《文学》1933 年 7 月第 1 卷第 1 期。

⑤ 章培恒：《论〈金瓶梅词话〉》，《复旦学院》1983 年第 4 期。

细节描写而忽视了作品的倾向性。"①这是"标本论"的首要论据。

现实主义创作方法的特点，用高尔基的话来说，就是"对于人和人的生活环境作真实的、不加粉饰的描写"②。因此，它很注重客观性。俄国现实主义文艺理论家别林斯基曾经强调地指出："客观性是诗的条件，没有客观性就没有诗；没有客观性，一切作品无论怎样美，都会有死亡的萌芽。"③"诗人所创造的一切人物形象对于他应该是一种完全外在于他的对象，作者的任务就在于把这个对象表现得尽可能地忠实，和它一致，这就叫做客观的描写。"④

但是，这种"客观的描写"，绝不能流于客观主义。还是这个别林斯基，他又指出俄国批判现实主义的杰作"《死魂灵》里到处渗透着他的主观性"。"这种主观性显示出艺术家是一个具有热烈心肠，同情心和精神性格的独特性的人，——它不容许艺术家以冷漠无情的态度去对他所描写的外在世界，逼使他把外在世界现象引导到他自己的活的心灵里走一过，从而把这活的心灵灌注到那些现象里去。"⑤他要求现实主义的作家，要有"植根于占优势的时代精神中的强烈的主观动机"⑥，要有"热烈的充满着爱和恨的思想"⑦，并认为这是"一切真正诗的生命"⑧。

因此，我们有必要划清现实主义"客观的描写"和自然主义的客观主义的界限。而划清这个界限的关键，看来就在于作品的"客观的描写"之中，有没有渗透着当时"占优势的时代精神"，有没有体现出作家"热烈的充满着爱和恨的思想"，也就是说，《金瓶梅》究竟是不是"忽视了作品的倾向性"。

---

① 徐朔方：《金瓶梅》的成书以及对它的评价》。见《金瓶梅论集》，人民文学出版社 1986 年版。

② 高尔基：《谈谈怎样学习写作》，《论文学》，人民文学出版社 1978 年版，第 162 页。

③ 《别林斯基全集》第 2 卷，第 419 页。

④ 《别林斯基全集》第 3 卷，第 419 页。

⑤ 《别林斯基全集》第 6 卷，第 217 —218 页。

⑥ 《别林斯基全集》第 6 卷，271 页。

⑦⑧ 《别林斯基全集》第 7 卷，第 344 页。

拿西门庆与王招宣府林太太通奸的描写来说，如果作者只是一味地渲染他们的奸淫活动，那可谓是客观主义；而实际上作者却是先客观地写出他俩会面如何彬彬有礼，林太太要求西门庆惩办日逐引诱她儿子王三官在外嫖妓饮酒的奸诈之徒，说："几次欲待要往公门诉状，争奈妾身未曾出闺门，诚恐抛头露面，有失先夫名节。今日敢请大人至寒家诉其衷曲，就如递状一般。望乞大人千万留情，把这干人怎生处断开了，使小儿改过自新，专习功名，以承先业，实出大人再造之恩，妾身感激不浅，自当重谢。"西门庆也一本正经地答道："老太太怎生这般说，言谢之一字。尊家乃世代簪缨，先朝将相，何等人家！令郎既入武学，正当努力功名，承其祖武，不意听信游食所哄，留连花酒，实出少年所为。太太既分付，学生到衙门里，即时把这干人处分惩治；亦可戒谕令郎，再不可蹈此故辙：庶可杜绝将来。"这些话说得是多么言之有理、冠冕堂皇啊！可是作者紧接着却写他们"说话之间，彼此言来语去，眉目顾盼留情"。不久那林太太即主动"自掩房门"，跟西门庆"相挨玉体，抱搂酥胸"（第六十九回）。口口声声唯恐"有失先夫名节"，要"戒谕"后生"以承先业"的人，原来自身却是奸淫狗盗之徒！这种言行对照、前后映衬、表里不一的客观描写，其揭露封建礼教虚伪、堕落的倾向性，难道还不昭然若揭么？诚如戴不凡所指出的，他俩"若无衣冠，便是禽兽。放下房帏，'节义'全无。作者不赘一词，而'结论'自显。此其笔墨高超处，亦明社会之最深刻揭露"[①]。

有的学者虽然也说倾向性不是看作者的"道德教训"，而是"要看它的具体描写"，可是却又撇开上述具体描写揭露封建的节义已经徒具虚名，成为对他们卑鄙行为的辛辣讽刺的倾向于不顾，而孤立地摘出其中的四句"有诗为证"："面腻云浓眉又弯，莲步轻移实匪凡。醉后情深归帐内，始知太太不寻

---

① 戴不凡：《小说见闻录》，浙江人民出版社 1980 年版，第 147 页。

常。"据此指责："作者往往不是使人对它所描写的丑恶现象引起反感，而是津津乐道，仿佛要读者和他一起欣赏。"①其实，这四句诗是作者客观地描写西门庆对林太太的感受，读者从中看到的是西门庆那好色的卑劣灵魂，是林太太那"不寻常"的节义全无。如果谁要把自己置于西门庆或林太太同一角色，那就正如前人早就指出的："生欢喜心者，小人也；生效法心者，乃禽兽耳。"②因此，与其指责这种客观描写缺乏倾向性，不如说这是对作品本身的曲解或误解。

事实上不是《金瓶梅》作者"忽视了作品的倾向性"，而是我们有的批评家忽视了《金瓶梅》作为现实主义作品的倾向性有其自身的特点：它不是侧重于歌颂理想和光明，而是着力于揭露现实的丑恶和黑暗；不是塑造和讴歌高大的英雄形象，而是冷峻刻画日常生活中平凡的小人物；不是让倾向直接通过作家或人物的口说出来，而是"通过对现实关系的真实描写"，"从场面和情节中自然而然地流露出来"。③这就是现实主义的发展和深化。

有的学者之所以批评《金瓶梅》是自然主义、客观主义的标本，就是由于忽视了《金瓶梅》对于现实主义的发展和深化，而按照《水浒传》等经典作品的传统模式来要求《金瓶梅》。因此，他一方面不得不承认："纯客观的描写或叙述是不可能的。要在《金瓶梅》那样洋洋七八十万言的作品中掩蔽作者的观点更是难以想象。"而另一方面，却又以《水浒传》为范本，指责《金瓶梅》的客观主义还表现在："应该歌颂的没有歌颂或歌颂不够，应该否定的没有否定或者否定不够。"④所举的具体例证，就是："在《金瓶梅》里提到的如

① 徐朔方：《〈金瓶梅〉的成书以及对它的评价》，见《金瓶梅论集》，人民文学出版社 1986年版。
② 东吴弄珠客：《金瓶梅序》，见《金瓶梅词话》卷首。
③ 恩格斯：《致敏·考茨基》，见《马克思恩格斯全集》第 36 卷，第 385—386 页。
④ 徐朔方：《〈金瓶梅〉的成书以及对它的评价》，见《金瓶梅论集》，人民文学出版社 1986年版。

宋江、武松等人物，除照抄不改的部分外都已经走样了。例如第八十四回，宋江在清风山，'看见月娘（西门庆的正妻）头戴孝髻，身穿缟素衣服，举止端庄，仪容秀丽，断非常人妻子，定是富家贵眷。'又见她'词气哀婉动人，便有几分慈怜之意'，于是就假托是自己'同僚正官之妻'，要释放她回去，并且决心为这个恶霸的妻子报仇，这哪里还有一点点水浒英雄的气味呢？这个故事是《水浒传》第三十二回的翻版。《水浒传》释放的是官府刘知寨的夫人，《金瓶梅》换成了西门庆的正妻。也许有人问：官僚同恶霸，半斤八两，到底有什么区别呢？《水浒传》写宋江的心理活动，起先是'我正来投奔花知寨，莫不是花荣之妻？我如何不救？'当他知道是刘知寨夫人之后，他又想：'他（她）丈夫既是花荣同僚，我不救时，明日到那里须不好看。'他想到的只是江湖义气，哪里像《金瓶梅》那样见一个'富家贵眷'，就不惜捏造关系为她求情，一副无原则的奴才相呢？两部书对武松杀嫂的不同写法也是一个绝好的对照。在《水浒传》中武松借亡兄断七为名，请来了前后邻舍，关紧门户，迫得潘金莲与王婆一一招认明白，一个叫胡正卿的人从头写下，四家邻舍都书了名画了字，然后把潘金莲杀了。光明磊落，理直气壮，不失封建时代大丈夫本色。《金瓶梅》所写却是武松假意与潘金莲成亲，骗入新房，虽然仇是报了，尴尬畏葸，昔日景阳冈打虎的豪气如今何在呢？"[1]

这种以《水浒传》为典范和模式，来要求和批评《金瓶梅》，难道是公正的、实事求是的么？

让我们先看两书对宋江救妇人的描写。宋江救妇人的原因和动机是什么？在《水浒传》中写"那妇人含羞向前，深深地道了三个万福，便答道：'侍儿是清风寨的浑家。为因母亲弃世，今得小祥，特来坟前化纸。那里敢无事出

① 徐朔方：《〈金瓶梅〉的成书以及对它的评价》，见《金瓶梅论集》，人民文学出版社1986年版。

来闲走。告大王垂救性命！'"这是由于"母亲弃世"等个人偶然的原因。又写"宋江寻思道：'他丈夫既是知寨花荣同僚，我不救时，明日到那里，须不好看"。这是从个人情面观点出发。《金瓶梅》写宋江因"月娘向前道了万福，'大王，妾身吴氏之女，千户西门庆之妻，守节孤孀。因为夫主病重，许下泰山香愿。先在山上，被殷天锡所赶，走了一日一夜，要回家去。不想天晚，误从大王山下所过。行李驮垛都不敢要，只是乞饶性命还家，万幸矣。'宋江因见月娘词气哀婉动人，便有几分慈怜之意"。这分明是出于反对官僚恶霸殷天锡的政治原因和对受欺压的孤孀的同情。宋江根本不知道西门庆是个恶霸，怎么能说宋江要救月娘，就是"决心为这个恶霸的妻子报仇"呢？宋江提出要求释放妇人的理由是什么？在《水浒传》中写道："但凡好汉，犯了'溜骨髓'三个字的，好生惹人耻笑。我看这娘子说来，是个朝廷命官的恭人。怎生看在下薄面，并江湖上'大义'两字，放他下山回去，教他夫妻完聚，如何？"这是以江湖义气来为"朝廷命官的恭人"说情。在《金瓶梅》中写宋江"乃便欠身道：'这位娘子，乃是我同僚正官之妻，有一面之识。为夫主到此进香，因被殷天锡所赶，误到此山所过，有犯贤弟清跸。也是个烈妇，看我宋江的薄面，放他回去，以全他名节罢。'"又说："不争你今日要了这个妇人，惹江湖上好汉耻笑。殷天锡那厮，我不上梁山便罢，若上梁山，决替这个妇人报了仇。"接着作者写道："看官听说：后宋江到梁山做了寨主，因为殷天锡夺了柴皇城花园，使黑旋风李逵杀了殷天锡，大闹了高唐州。此事表过不题。"这里《金瓶梅》作者显然是把殷天锡作为梁山农民革命的对象来描写的，宋江是从反对殷天锡迫害烈妇的正义立场出发的。这样的宋江形象不是比鼓吹江湖义气的理想更真实，更具有社会典型意义么？怎么能说他是"一副无原则的奴才相"呢？

再让我们来看两书对武松杀嫂的描写。武松杀嫂的原因，是为了替哥哥武大报仇雪恨。那么，谁是害死武大的罪魁祸首呢？当然首先是勾引潘金莲，并向潘金莲提供毒药的恶霸西门庆。因此，在《金瓶梅》中是写武松首先要杀西门庆，而在《水浒传》中却写武松首先杀嫂，然后再去杀西门庆，"将两颗人头供养在灵前"，以突出他对淫妇和奸夫的憎恨。《水浒传》的这个描写，实际上是宋元话本《刎颈鸳鸯会》的翻版。不过《刎颈鸳鸯会》是写淫妇被丈夫捉奸，当场"则见刀过处：一对人头落地，两腔鲜血冲天"。而《水浒传》则是写武松为兄报仇。两者情节虽有差异，但以"鸳鸯"被"刎颈"，来惩罚奸夫淫妇的思想倾向则是一致的。《金瓶梅》作者虽然也未摆脱反对奸夫淫妇的传统思想影响，但是他却在"西门庆"的名字上特地戴了顶"豪恶"的帽子，灌注并拓展了更为广阔的社会内容。武松杀嫂的方式，在《水浒传》中是借祭祀亡兄断七，在《金瓶梅》中是武松假意与潘金莲成亲，骗入新房。这两种写法，实际上是反映了两种不同的思想倾向：前者是为了突出武松的兄弟之义；后者是为了深刻揭示和鞭挞潘金莲为情欲所迷的丑恶灵魂。因为作者早已经写明，潘金莲第一次见到武松时就心想："这段姻缘却在这里"；在武松仇恨未报成却身陷囹圄，六七年之后遇赦归来，假意要娶潘金莲时，她却仍然"旧心不改，心下暗道：'这段姻缘，还落在他家手里。'"连吴月娘听了，都"暗中跌脚，常言仇人见仇人，分外眼睛明。与孟玉楼说：'往后死在他小叔子手里罢了。'"而潘金莲竟欲令智昏到这种地步！作者把人物性格刻画得真是入骨三分，令人感到既可笑，又可悲，可以说作者是把反对滥施情欲的思想倾向，融入到潘金莲这个人物的血液之中去了。至于说到武松采用了"骗"的方式，就说他是"尴尬畏葸"，那么，在《水浒传》中武松对潘金莲说："明日是亡兄断七。你前日恼了众邻舍街坊，我今日特来把杯酒，替嫂嫂相谢众邻。"他不仅骗了潘金莲，而且还骗了众邻舍街坊。两者同样是"骗"，又有什么本质区别呢？在《水浒传》中，武松杀嫂之后是主动向官府投案自首，而在《金瓶梅》中，武松杀嫂之后是"上梁山为盗去了"。对比这两种写法，我们能说后者缺乏"打虎的豪气"么？不，它缺乏的只是在《水浒传》中过于浓重渲染的江湖义气，而奋不顾身的"打虎的豪气"，则被带到那个现实社会梁山农民革命的正道上去了。当然，我们也承认，从总体上来看，《金瓶梅》中武松的形象，确实不及《水浒传》中的武松那样"打虎的豪气"光彩逼人，但这不是由于《金瓶梅》的写法自然主义、客观主义，或倾向性有问题，而是因为两书的题材内容、思想倾向和艺术方法有所不同。《水浒传》是旨在歌颂武松等水浒英雄，而《金瓶梅》却是要揭露社会的黑暗，尤其是财和色的罪恶。恰如文龙所指出的："《水浒》以武松为主，此则以西门庆为主，故不能不换面，此题旨使然耳。"① 正是这种不同，我们才说它是创造性地继承和发展，如果是完全雷同，那就成为毫无可取的因循抄袭了。

二、划清典型化与非典型化的界限，认识《金瓶梅》的理想性

典型化，是现实主义创作方法的核心。如同俄国现实主义文艺批评家别林斯基所指出的："典型化是创作的一条基本法则，没有典型化，就没有创作。"② 恩格斯也说："现实主义的意思是，除细节的真实外，还要真实地再现典型环境中的典型人物。"③

《金瓶梅》所反映的是明代中叶以后的社会现实。那时虽然已经有资本主义的萌芽，但整个社会是处于日趋腐朽、堕落的黑暗时期。而《金瓶梅》作者所采用的创作方法，既不是以浪漫主义，也不是以现实主义与浪漫主义相结合，来描绘和歌颂理想的英雄形象，而是要用严格的现实主义来刻画那个时代"典型环境中的典型人物"。这种创作方法是跟那个失去理想主义光辉的黑暗时代相适应的，是那个时代的产物，也是再现那个时代的需要。

---

① 文龙《金瓶梅》第五回批语。
② 别林斯基：《评〈同时代人〉》，1839 年。
③ 恩格斯：《致玛·哈克奈斯》，《马克思恩格斯全集》第 4 卷，第 462 页。

"缺乏先进的理想就不可能有真正的现实主义，而只能降低为庸俗的消极的现实主义，即现在所通称的自然主义。"①这是持"标本"论的学者指责《金瓶梅》是自然主义的又一重要论据。

　　现实主义当然需要有先进的理想。但是，我们应当区分两种不同创作方法的理想。一种是浪漫主义主观性的理想。"浪漫主义最突出的而且也是最本质的特征是它的主观性。""积极的浪漫主义派多半幻想到未来的理想世界，例如雪莱的《普洛米修斯的解放》；消极的浪漫主义派则幻想过去的'黄金时代'，例如梯克的仿歌德的《威廉·迈斯特》而作的《弗兰茨·希特巴尔德的漫游记》。"②另一种是现实主义客观性的理想。它不是以主观想象、虚构的方式，直接描绘"理想世界"，而是按照生活的本来面目，再现现实世界上的"典型环境中的典型人物"，把作家的理想灌注和融化在艺术创作的典型之中。我们不能以浪漫主义或带有浪漫主义因素的理想模式，来作为对现实主义作品要求和评价的唯一标准，而应该把对客观现实的描写是不是加以典型化，作为区分现实主义和自然主义的一个重要界限。

　　自然主义的创作方法是排斥典型化的。左拉说："自然主义小说不插手对于现实的增、删，也不服从一个先入观念的需要，从一块整布上再制成一件东西。自然就是我们的全部需要——我们就从这个观念开始；必须如实地接受自然，不从任何一点来变化它或削弱它。"③高尔基也指出："自然主义这个手法，并不是同那应该消灭的现实进行斗争的手法。自然主义从技巧上指出事实——给事实'定影'；自然主义是照相师的手艺，而照相师只能够复制，例如，一个只带凄惨微笑的人的脸庞，为了照出这个脸庞带有嘲讽微笑或欢乐微笑的相

---

　　①　徐朔方：《〈金瓶梅〉的成书以及对它的评价》，见《金瓶梅论集》，人民文学出版社 1986 年版。

　　②　朱光潜：《西方美学史》下册，第 352、353 页。

　　③　左拉：《戏剧上的自然主义》，《西方文论选》下册，人民文学出版社 1964 年版，第 248 页。

片，他就得一次又一次地拍摄。所有这些相片或多或少都是'真实'，然而是一个人凄惨地、或者愤怒地、或者欢乐地生活着的那一分钟的'真实'。但是对于一个人的全部复杂的真实，照相师和自然主义者是没有能力去描绘的。"①

现实主义的创作方法是既反对浪漫主义的理想化，又不赞成自然主义小说"不插手对于现实的增、删"，而主张忠实于现实，寓理想于艺术的典型化之中的。"典型"这个名词源于希腊文 Tupos，"由这个词派生出来的 Ideal 就是'理想'。所以从字源看，'典型'与'理想'是密切相关的。在西方文艺理论著作里，'典型'这个词在近代才比较流行，过去比较流行的是'理想'；即使在近代，这两个词也常被互换使用，例如在别林斯基的著作里。"②正因为现实主义的创作方法要求忠于现实，理想完全服从于刻画"典型环境中的典型人物"的需要，所以恩格斯才强调："作家不必要把他所描写的社会冲突的历史的未来的解决办法硬塞给读者。"③"作者的见解愈隐蔽，对艺术作品来说就愈好。我所指的现实主义甚至可以违背作者的见解而表露出来。"④

《金瓶梅》绝非自然主义的照相式的反映生活。从它对一些话本题材的加工、改写之中，我们可以清楚地看出，无论在社会环境或人物形象描写方面，它都是力求做到充分地典型化的。如《金瓶梅》第四十七、四十八回关于"西门庆受赃枉法""曾御史参劾提刑官"的故事，是根据《百家公案全集·港口渔翁》的故事改写的。这本书又称为《龙图公案》或《包公案》。是以历史上著名的清官包拯为主人公的。包公的形象实际上跟北宋名臣包拯已经面目全非，而是成为人民群众理想的化身——箭垛式的人物。原故事是说扬州一位有钱的善人，姓蒋名奇来，号天秀。因撞见家仆董某与一个丫鬟调情，而严厉地

①　高尔基：《给华·谢·格罗斯曼》，《文学书简》下册，人民文学出版社1965年版，第273页。
②　朱光潜：《西方美学史》下册，第329页。
③　恩格斯：《致明娜·考茨基》，《马克思恩格斯全集》第4卷，人民出版社2012年版，第579页。
④　恩格斯：《致玛·哈克奈斯》，《马克思恩格斯全集》第4卷，第463页。

惩治了董某，以致董某怀恨在心。一个多月后，蒋天秀带董某和一个琴童雇船赴京，途中，董某便与艄公合谋，杀死蒋天秀，并把琴童扔到河里。不料琴童没有淹死，被一个老渔翁搭救。蒋的尸体漂流到清河县慈惠寺附近，被和尚埋在河滩上。一天，包拯骑马路过清河，一股旋风把他引到埋尸的地方，发现了蒋的尸体。当地官员便武断地认定杀人凶手是慈惠寺的和尚，使和尚蒙受冤狱。后来琴童偶然遇见参与谋杀蒋天秀的艄公，向包公告发，才使真正的杀人凶手艄公正法，和尚被无罪开释。另一个杀人凶手董某，以谋得的不义之财经商，成了一个大富商。虽然他逃脱了法律的惩罚，但几年后却被海盗杀害，得到了应得的报应。这个故事被移植到《金瓶梅》中，不只是把蒋天秀改成苗天秀，董某改为苗青，琴童沿用了《金瓶梅》原有的人物安童，更重要的是把苗青调情的对象，从丫鬟改为苗天秀的小妾，使主仆间的怨恨显得更加真实、合理，有典型性；又把苗青之所以逃脱法律的惩罚，改成是由于理刑副千户西门庆和夏提刑接受了他一千两银子的贿赂；同时又把理想化的箭垛式的清官包拯删去，改为小说所写的历史上实有其人的曾孝序，而这个曾御史对西门庆等受赃枉法的参劾，又由于西门庆给朝廷太师蔡京送了大量礼品，而得到了蔡京的庇护，结果西门庆不但没有受到应得的惩处，反而被提拔为理刑正千户，参劾西门庆的清官曾御史，反而遭到了革职流放的处分。经过《金瓶梅》这样的改写，就从根本上改变了原小说《港口渔翁》歌颂清官包公、美化封建统治的主旨，而使西门庆的形象更加富有"典型环境中的典型人物"的特色。因为：

第一，原故事中的董某得以逃脱法网，是带有偶然性的，没有多大典型意义的。《金瓶梅》改成苗青用行贿的办法，得到了提刑官西门庆的庇护，这是带有必然性的，具有社会典型意义的，其中寄寓着作家对社会政治黑暗进行揭露批判的崇高理想。

第二，清官在历史上虽然确实存在，也起过一定的进步作用，但从根本上来说，清官个人也不能不受到整个封建统治阶级和封建统治制度的制约，特别是到了封建统治腐朽没落的时代，即使有清官也无能为力。原故事中把包公作为理想化的清官来歌颂，既有反映人民理想的一面，也有美化封建官吏，散布对于封建统治阶级寄予幻想的一面。《金瓶梅》改成曾孝序参劾西门庆反而遭到革职流放的处分，这就更加真实、更加深刻，因而也更加典型地揭露了那个社会环境的黑暗和险恶。

第三，《金瓶梅》把《港口渔翁》的故事，不仅用来为刻画西门庆这个典型环境中的典型人物服务，而且它不只是鞭挞了苗青、西门庆等个别坏人，更重要的是揭露了那整个腐朽、黑暗、没落的封建时代。正如清代张竹坡的批语所指出的："平插曾公一人，特为后文宋巡按对照，且见西门庆之恶，纯是太师之恶也。夫太师之下，何止百千万西门，而一西门之恶已如此，其一太师之恶为何如也？"[1]这里面所具有的社会典型意义，其揭露的广泛性和深刻性，该是多么令人震惊啊！

从《金瓶梅》对《港口渔翁》故事的改写之中，我们可以清楚地看出：它既摒弃了包公式的浪漫主义理想化的描写，又改变了传统的公案小说就事论事的自然主义的写法，而是把个人的偶然的原因，改为社会的必然的原因，把个别的特殊的人物和事件，上升到具有社会普遍意义的典型的高度，如张竹坡所说的，从"一西门之恶"，使读者可以看到"何止百千万西门"。这种典型化的写法，既反映了作者对当时社会现实和人物性格具有真切的本质的认识，又寄托了作者对丑恶的社会现实给予无情地揭露和鞭挞的先进理想和强烈感情。

"艺术家的使命就是创造伟大的典型。"[2]创造了西门庆、潘金莲、李瓶儿、应伯爵等一系列典型环境中的典型人物，这是《金瓶梅》现实主义艺术成就的集中表现。"它的若干主要人物形象在某些方面已经达到高度现实主义成

---

[1] 张竹坡："第一奇书"本《金瓶梅》第四十八回批语。
[2] 达文：《巴尔扎克〈十九世纪风俗研究〉序言》，见《古典文艺理论译丛》第3册，第168页。

就。"①这是连把《金瓶梅》指责为"自然主义的标本"的学者也不得不承认的客观事实。可是"标本"论者一方面承认《金瓶梅》在人物形象塑造上"高度现实主义成就",另一方面,又无视典型化本身就是理想,把这部"长篇小说完全写反面人物",作为它缺乏理想的论据之一,说《金瓶梅》作者既没有"真正忠实地反映一个时代的面貌,……在生活中发现令人鼓舞的乐观的人和事",又不会"凭自己的主观创造出一些积极的东西,这也是我们通常所说的作家理想的一个组成部分"。②

要求作家"凭自己的主观创造出一些积极的东西",这是浪漫主义的创作特色。用它来要求《金瓶梅》,如同要求男人生孩子,实在是看错了对象。

指责《金瓶梅》作者"完全写反面人物",没有"在生活中发现令人鼓舞的乐观的人和事",这也未免言过其实。对此,张竹坡早就批驳过。他说:"《金瓶》内有一李安是个孝子,却还有一个王杏庵是个义士,安童是个义仆,黄通判是个益友,曾御史是个忠臣,武二郎是个豪杰悌弟,谁谓一片淫欲世界中,天命民彝为尽灭绝也哉!"③

再说,批判现实主义的特色本来就不是要写"令人鼓舞的乐观的人和事"。不仅《金瓶梅》是这样,西方许多杰出的批判现实主义作品也大多如此。茅盾就说过:"十九世纪的批判现实主义只能算是半面的现实主义,因为它反映了资产阶级没有前途、资本主义社会制度必然要改革的一面,但没有反映出资本主义的掘墓人——工人阶级力量的壮大,及其必将创造历史新页的一面。如果说巴尔扎克在他的《人间喜剧》中所反映的他那时代的现实可以说是比较全面的,那么,晚于巴尔扎克几十年的批判现实主义者就没有在他们的作

---

①②　徐朔方:《〈金瓶梅〉的成书以及对它的评价》,见《金瓶梅论集》,人民文学出版社1986年版。

③　张竹坡:《金瓶梅读法》之89,见"第一奇书"本《金瓶梅》卷首。

品中反映出他们那时代的全貌。"① 可见，以没有写出"令人鼓舞的乐观的人和事"，没有反映"时代的全貌"，来指责《金瓶梅》是自然主义的作品，也是站不住脚的。

值得注意的是，《金瓶梅》第九十八、九十九回写韩爱姐跟陈敬济成为情人，与《古今小说》第三卷《新桥市韩五卖春情》从情节到语句都很相似。《新桥市韩五卖春情》全文近一万字，《金瓶梅》第九十八、九十九回与其文字相似的达七千字，除了前面的入话和后面胖大和尚的三次托梦外，大部被借入《金瓶梅》所用。《古今小说》的出版，虽然略迟于《金瓶梅》成书，但在《宝文堂书目》中著录有宋元话本《三梦僧记》，可见它是宋元旧篇。颇有意思的是，《金瓶梅》作者并不是简单地抄袭，也不只是将人物的姓名和故事发生的地点变了一下，重要的是他把人物性格和作家所寄托的理想完全颠倒了过来。原小说中的吴山，是个"生来聪俊，粗知礼义，干事朴实，不好花哄"的商人子弟，而小妇人金奴则是个好色的私娼，"不止陷了一个汉子"，吴山就是其中之一，"只因不把色欲警戒，去恋着一个妇人，险些儿坏了堂堂六尺之躯，丢了泼天的家计，惊动新桥市上，变成一本风流说话。"后来吴山在和尚托梦的教育下，才"从此改过前非，再不在金奴家去"。《金瓶梅》作者则把吴山改为腐化堕落成性的浪荡子陈敬济，成为与原小说中的吴山有天壤之别的人物，而好淫的韩金奴也改成了坚守贞节的韩爱姐，成为截然相反的形象。在陈敬济与庞春梅私淫被人杀害后，韩爱姐竟一往情深，说："奴和他恩情一场，活是他妻小，死傍他魂灵。""虽剜目断鼻，也当守节，誓不再配他人。"原小说中吴山与韩金奴的关系，体现了话本作者把女人视为祸水，宣扬戒色欲的封建理想。经过《金瓶梅》作者的改写，则成了针砭男子的腐化堕落，不可救药，自取灭亡，歌颂女子的爱情，信誓旦旦，矢志不渝。如果《金瓶梅》作者

---

① 茅盾：《夜读偶记》，百花文艺出版社 1958 年版，第 89 页。

没有理想，他怎么会对吴山、韩金奴这两个人物形象作如此相反的大幅度的改塑呢？

指责《金瓶梅》为"自然主义的标本"论者，还提出了另一个重要的论据："《红楼梦》同《金瓶梅》都是封建时代的产物，都是愁云惨雾、黯无天日的景象，但是在曹雪芹那里尽管伸手不见五指，却使人想起云层之外太阳仍然在那里运行，不管多么长久我们还是会见到它的；在《金瓶梅》中，虽然黑暗似乎并不加深，但是太阳是永远沉没了，或者是它虽然会重新升起，但是人们却已经对它不再有所期待了。所以批评一个作品缺乏理想，不一定嫌它没有正面人物，像《死魂灵》那样虽然没有正面人物也不使人感到有所缺欠。"①

这种说法，未免自相矛盾。既然"不一定嫌它没有正面人物"，为什么又要以"完全写反面人物"来责备《金瓶梅》为"缺乏理想"的"自然主义的标本"呢？至于拿《金瓶梅》和《红楼梦》相比，《红楼梦》的思想和艺术成就都远远高于《金瓶梅》，这是确凿无疑的；可是没有《金瓶梅》，也就很难想象会有《红楼梦》，《红楼梦》是对《金瓶梅》的继承和发展，这也是众所周知的。如果以《红楼梦》的水平来要求《金瓶梅》，那就如同以壮年人的成熟来责难青少年的幼稚一样，只不过暴露了责难者本身不看客观对象、不顾历史条件而已。我们评价任何一部作品，必须从该作品本身的实际出发。再伟大的作品，都不能作为要求和批评其他作品的唯一范本。否则，就势必导致千篇一律，把文艺创作引入狭窄的死胡同。何况《红楼梦》的创作方法与其说是现实主义的，不如说是现实主义与浪漫主义相结合的。它所创造的贾宝玉、林黛玉等主要人物，显然都带有浪漫主义的理想成分，"大观园"更属"太虚幻境"式的"理想世界"。而《金瓶梅》的创作方法则是严格的现实主义，或者说是

---

① 徐朔方：《〈金瓶梅〉的成书以及对它的评价》，见《金瓶梅论集》，人民文学出版社 1986年版。

批判现实主义。它的特色和任务，不是要描绘和歌颂"云层之外的太阳"，而是要"曲尽人间丑态"①，要无情地赤裸裸地再现"一片淫欲世界"②。

这是不是就证明它"缺乏理想"呢？我们姑且不说《金瓶梅》中绝不是太阳"永远沉没了"，人们"已经对它不再有所期待了"，它还写了武松、宋江等是投奔梁山造反的英雄，来旺、宋惠莲是有一定反抗性的奴仆，曾孝序是跟贪官作斗争的忠臣，周秀是抗击敌人入侵、为国捐躯的将领，王杏庵是慷慨助人的义士，李安是不受春梅财色引诱的好汉，即便从它对反面人物的描写和丑恶事物的揭露中，难道不也寄托了美好的理想么？问题在于理想的表达，不是只有一种途径，而是可以多种多样的。世界文学发展的历史经验证明："现实主义的最大贡献之一在于它扩大了文艺题材的范围。由于它在十九世纪主要是批判性或揭露性的，它抛弃了过去古典主义和浪漫主义都遵守的避免丑恶的戒律。现实主义派所描绘的无宁说绝大部分都是社会丑恶现象。法国美学家塞阿依甚至把现实主义叫做'丑恶的理想主义'，这就是说，把丑恶提升到理想。"③什么叫"把丑恶提升到理想"呢？对此，果戈理说得更清楚："如果你表现不出一代人的所有卑鄙龌龊的全部深度，那时你就不能把社会以及整个一代人引向美。"④我们可以批评《金瓶梅》对表现"一代人的所有卑鄙龌龊的全部深度"，还有这样或那样的不足，但却不能因为它写了"一代人的所有卑鄙龌龊"，就说它"缺乏理想"。因为这不仅是对《金瓶梅》这一部作品的评价问题，而且涉及到文学创作能否打破"避免丑恶的戒律"，能否百花齐放的重大原则问题。

---

① 廿公：《金瓶梅跋》，见《金瓶梅词话》卷首。
② 张竹坡：《金瓶梅读法》之89，见"第一奇书"本《金瓶梅》卷首。
③ 朱光潜：《西方美学史》下册，第361页。
④ 见《果戈理及其讽刺艺术》。

三、划清细节描写的本质精确性与现象精确性的界限，认识《金瓶梅》的写实性

重视日常生活中细节的真实描写，这也是现实主义创作方法的一个重要特点。世界现实主义的文学大师巴尔扎克说："只有细节才形成小说的优点。"[①]达文在巴尔扎克的《十九世纪风俗研究》序言中说："在他以前从来还没有过小说家这样深入地观察过细节和琐碎的事情，而这些，解释和选择得恰到好处，用老剪嵌工的艺术和卓越的耐心加以组织，就构成一个统一的、有创造性的和新的整体。"[②]在为巴尔扎克写的《哲学研究》导言中，达文又强调地指出："他所写的真实乍看起来甚为卑微，但这一点无关紧要，只要作品的整体构成一个巍然壮观的整体就行了。"[③]恩格斯也把"细节的真实"，列为现实主义必备的条件，并且对巴尔扎克的作品"甚至在经济细节方面"，都提供了极为真实、丰富的内容，而大加赞赏。[④]

但是现实主义作家所重视的细节真实，绝不是罗列现象，把自然或生活中的细节原封不动地搬到作品中来，而是要经过作家的典型化或理想化的。如巴尔扎克所指出的："在现实里一切都是细小的，琐屑的；在理想的崇高境界里一切都变大了。"[⑤]这种"变大"，也就是要由小见大，通过细节描写，反映出生活的本质和人物的性格，而不是使细节描写游离于作品的主题和人物形象之外。如左拉的《卢贡家族的家运》，其中有一处作者离开主题和人物性格，写了长达一百四十三页的插曲，对普拉桑镇市和卢贡家族的起源作了极其烦琐的描述。这种长篇累牍的细节堆砌，才是自然主义创作方法的特色。

---

① 转引自维亚尔和丹尼斯：《十九世纪文论选》第 251 页的引文。
② 达文：《巴尔扎克〈十九世纪风俗研究〉序言》，见《古典文艺理论译丛》第 3 册，第 158 页。
③ 见《古典文艺理论译丛》第 10 册，第 146 页。
④ 恩格斯：《致玛·哈克奈斯》，《马克思恩格斯全集》第 4 卷，第 463 页。
⑤ 巴尔扎克：《给伊波立特·卡斯提尔的信》，见《十九世纪文论选》第 261 页的引文。

因此，虽然现实主义作家和自然主义作家都同样重视细节描写，但他们对待细节描写的态度和写法，是有原则区别的。如同朱光潜所指出的："现象的精确性和本质的精确性是两回事，自然主义者所看重的是前者，而真正的现实主义者所看重的却是后者。这是现实主义与自然主义的基本分野所在。"①

大家对于这个原则，也许都是同意的，问题是如何用来评价具体作品。批评《金瓶梅》为"自然主义的标本"的学者便认为："《金瓶梅》的这些描写多半是家庭阴司、官场内幕的丑事、笑料，算得上社会病态和怪现象的罗列，却不能算是本质的揭露。"②他所举的唯一例证，现照录如下：

> 伯爵道："……他胸中才学，果然班、马之上；就是他人品，也孔、孟之流。他和小弟通家兄弟，极有情分的。曾记他十年前应举，两道策，那一科试官极口赞他好。却不想又有一个赛过他的，便不中了。后来连走了几科不中，禁不的发白鬓斑。如今他虽是飘零书剑，家里也还有一百亩田，三四带房子，整的洁净住着。"西门庆道："他家几口儿也够用了，却怎的肯来人家坐馆？"应伯爵道："当先有的田房，都被那些大户人家买去了，如今只剩得双手皮哩！"西门庆道："原来是卖过的田，算什么数！"伯爵道："这果是算不的数了。只他一个浑家，年纪只好二十左右，生的十分美貌，又有两个孩子，才三四岁。"西门庆道："他家有了美貌浑家，那肯出来！"伯爵道："喜的是两年前浑家专要偷汉，跟了个人上东京去了。两个孩子又出痘死了。如今止有他一口，定然肯出来。"（第五十六回）

---

① 朱光潜：《西方美学史》下册，第360页。
② 徐朔方：《〈金瓶梅〉的成书以及对它的评价》，见《金瓶梅论集》，人民文学出版社1986年出版。

论者由此得出的结论是："细节描写本身不是目的。""这个有趣的故事会博得读者一笑，但是一笑之余，剩下来的东西怕就不多了。像应伯爵说的水秀才的故事也许有助于刻画叙说者——帮闲清客逢迎凑趣的嘴脸，可是同类的描写多了，思想意义却还在原地停留不前，那还有什么意思呢！《金瓶梅》很多故事雷同重复（色情描写也如此），好像一个拙劣的演员，接连扮演许多不同人物，脸谱和戏装虽然极尽变化之能事，但是一开口，却还是同一副嗓门。"

事实果真如此吗？

"细节描写本身不是目的。"这个论点无疑是正确的。问题是我们不能把作品中的细节孤立地看，而应该如达文对待巴尔扎克的作品那样，把细节放在作品的整体之中来看待。只要从作品的整体所描写的实际出发，我们就不难发现上述例证绝非没有什么意思，绝非"同一副嗓门"的重复。事实上是：

首先，作者由此所刻画的应伯爵这个"帮闲清客"的性格，不只是擅长变换嘴脸，逢迎凑趣，还更深一层地揭示了应伯爵和水秀才同样处于"飘零书剑"的没落地位。但他在心理上又不甘心没落，极力用吹嘘的手法来掩饰和美化自己。水秀才应举，明明考不中，他却强调"试官极口赞他好。却不想又有一个赛过他的，便不中了"。所谓"胸中才学，果然班、马之上"，这不只是对水秀才的吹捧，更重要的也是对他自己的美化。在上面抄录的原文之后，作者便写应伯爵对西门庆介绍说，他和水秀才从小到大都"是一个人一般，极好兄弟"。他俩一起"上学堂读书写字，先生也道：'应二学生子，和水学生子一般的聪明伶俐，后来已定长进。'"他俩"后来已定长进"在哪儿呢？只不过"长进"在以擅长变换嘴脸，逢迎凑趣来谋生罢了。这种性格所具有的典型意义，所反映的社会内容和时代特征，难道只"会博得读者一笑"了之，而不引起我们的深思猛醒么？

其次，它对西门庆的性格也是一种强烈的映照和辛辣的讽刺。像西门庆那样浅薄无知、腐化堕落、道德败坏、品质恶劣至极的人，他却有脸嫌弃水秀才"才学荒疏，人品散弹"。应伯爵强调水秀才的"人品比才学又高"，而所用的例证却是"前年他在一个李侍郎府里坐馆，那李家有几十个丫头，一个个都是美貌俊俏的；又有几个伏侍的小厮，也一个个都标致龙阳的。那水秀才连住了四五年，再不起一些邪念。后来不想被几个坏事的丫头、小厮，见是一个圣人一般，反去日夜括他。那水秀才又极好慈悲的人，便口软勾搭上了，因此被主人逐出门外。哄动街坊，人人都说他无行。其实水秀才原是坐怀不乱的。若哥请他来家，凭你许多丫头、小厮，同眠同宿，你看水秀才乱么？再不乱的！"明明是品德"无行"，却要用"圣人一般""坐怀不乱""极好慈悲"来百般美化。崇祯本《金瓶梅》在这段话上眉批曰："今人实有类此而大言不惭者。"可见其确有经久不衰的广泛的社会典型意义。尽管应伯爵说得天花乱坠，尽管西门庆本人品行的恶劣胜过水秀才百倍，可是西门庆却一口拒绝应伯爵的举荐，说："二哥虽与我相厚，那桩事不敢领教。"对人是"不敢领教"，而对己呢？却是连身边的丫鬟、小厮皆不放过，那样肆无忌惮地沉湎于荒淫无耻的糜烂生活之中，这岂不是对极端虚伪、卑劣的西门庆性格的强烈映照和辛辣讽刺么？

再次，应伯爵为向西门庆证明水秀才"胸中才学，果然班、马之上"，还特地念了水秀才作的《哀头巾诗》和《祭头巾文》。那既是对封建科举制度的血泪控诉，又为水秀才这类人物的出现，描绘了一个典型的社会环境。请看水秀才的《哀头巾诗》：

> 一戴头巾心甚欢，岂知今日误儒冠。
> 别人戴你三五载，偏恋我头三十年。
> 要戴乌纱求阁下，做篇诗句别尊前。
> 此番非是吾情薄，白发临期太不堪。

今秋若不登高第，踮碎冤家学种田。

在《祭头巾文》中，水秀才又慨叹道："你看我两只皂靴穿到底，一领蓝衫剩布筋。埋头有年，说不尽艰难凄楚；出身何日，空历过冷淡酸辛。赚尽英雄，一生不得文章力；未沾恩命，数载犹怀霄汉心。嗟乎哀哉！哀此头巾。"封建科举制度把一个文人折磨到如此不堪的地步，这该是多么令人可悲可愤可憎可恨啊！在那个时代，读书人是如此穷困潦倒，而不学无术、无恶不作的市井恶棍西门庆，却能青云直上，官运亨通，无论在政治上或经济上都成为暴发户。他竟然对水秀才的才学和人品都看不上眼，连应伯爵举荐他充当替西门庆写写书柬的差使，西门庆都加以嫌弃。而后来西门庆所用的温秀才，其才学和人品则比水秀才更为恶劣。可见在那个时代封建文人的堕落已绝不是个别的；在封建科举制度的毒害下，所谓"斑、马之才""孔、孟人品"，只不过纯属自欺欺人的吹嘘，而在实际上已不复存在了。

因此，《金瓶梅》作者写"应伯爵举荐水秀才"，绝不是细节的堆砌，现象的罗列，而是在作品的整体上加深和拓宽了思想容量，构成了"一个巍然壮观的整体"，使作品所描写的社会环境和人物形象，都增强了典型性。

退一步说，即使这一段的细节描写有值得非议之处，它也不足以代表《金瓶梅》全书。因为明代沈德符的《万历野获编》即已指出："原本实少五十三回至五十七回"，是"陋儒补以入刻"的"赝作"。上述例证为第五十六回，属赝作之列。

在《金瓶梅》中确实存在着某些故事雷同重复和细节描写过于琐碎、庸俗等缺陷。但与其说这是因为自然主义创作方法的过错，不如说是由于作家对反映丰富而平凡的日常生活，在艺术描写上还缺乏足够的经验和必要的创作才能，在思想感情上对那些庸俗低级的情趣又缺乏强烈的憎恨，甚至未免臭味相投。现实主义的创作方法未必就不会造成这些缺陷。如果我们不分青红皂白，把《金瓶梅》中一切缺陷都推到自然主义头上，这不利于我们认清现实主义本身有个不断成熟、发展和提高的过程。

四、《金瓶梅》中确实存在某些自然主义的倾向

我们肯定《金瓶梅》是现实主义的作品，这是就其基本的方面来说的，绝不意味着它丝毫没有自然主义的倾向。必须指出，《金瓶梅》中的自然主义倾向还是相当严重和比较突出的。我们跟一些学者的分歧，不是在《金瓶梅》有没有自然主义的倾向，而是在《金瓶梅》究竟是现实主义的作品，还是"自然主义的标本"？我们只是反对把《金瓶梅》中现实主义的描写也当成是自然主义的表现加以排斥，而绝非要为《金瓶梅》中真正属于自然主义的倾向作辩护。因为只有这样，才能正确划清现实主义和自然主义的界限，为我们今天的文学创作提供有益的历史经验。

在确认《金瓶梅》为现实主义作品的同时，我们认为它还存在着哪些严重的自然主义倾向呢？

首先，它过分地渲染了人的动物性的自然本能，在某种程度上用人生悲剧冲淡了社会悲剧。周扬指出："用生物主义的观点来看社会和人，是自然主义的一个最重要的特点。在许多自然主义者的作品中，人物不是社会的人，而是生物学的或病理学的人。他们把人写成脱离社会的动物，把人的生活和行为都归结为生物学的现象。"①《金瓶梅》虽然与这类自然主义的作品有本质的不同，也就是说，它把人基本上还是写成社会的人，而不是只写人的动物性本能。如潘金莲的本性并不是生来就好淫，《金瓶梅》作者在移植《水浒传》中潘金莲与西门庆的故事时，特地加了一段关于潘金莲小时候的社会经历："从九岁卖

---

① 周扬：《建设社会主义文学的任务》，《文艺报》1956 年第 56 期。

在王招宣府里，习学弹唱，就会描眉画眼，傅粉施朱，梳一个缠髻儿，着一件扣身衫子，做张做势，乔模乔样。"而在第六十九、七十二、七十八回又再次写到那个王招宣府实是个腐化堕落的黑窝，不但女主人林太太"是个绮阁中好色的娇娘"，公子王三官更是个嫖妓宿娼的恶棍，潘金莲的淫荡性格正是从小在这样的社会环境中养成的。可见《金瓶梅》作者加上潘金莲"从九岁卖在王招宣府里"这一笔，是画龙点睛之笔，把养成潘金莲淫荡性格的社会阶级根源揭示出来了。但是，在《金瓶梅》中也确实有把人的动物性本能渲染得过分之处。如"潘金莲醉闹葡萄架"，竟然写她在光天化日之下，"早在架儿底下铺设凉簟枕衾停当，脱的上下没条丝，仰卧于衽席之上，脚下穿着大红鞋儿，手弄白纱扇儿摇凉。西门庆走来看见，怎不触动淫心，于是乘着酒兴，亦脱去上下衣，坐在一凉墩上。"并对潘金莲的好淫进行刁钻下流的戏弄。原始人尚且知道用树叶子遮羞，潘金莲和西门庆怎么竟荒淫无耻到这般地步呢？难道他们连一点人间的羞耻之心都没有么？又如最后潘金莲因私通陈敬济，被吴月娘撵出家门，潘金莲刚刚大哭大闹，被迫暂住到王婆家里等候发卖。在这种情况下，作者写她竟然会有那份闲情，刚到王婆家即又跟她的儿子"王潮儿刮剌上了"。把潘金莲的好淫说成"狗改不了吃屎"的，写得如此丝毫不顾羞耻，不问场合，不看对象，仿佛与禽兽无异，叫人实在难以置信。

在《金瓶梅》中为什么会出现对人物的性生活作动物性的自然主义描写呢？这跟作者存在自然主义的人性观是分不开的。他看不清封建阶级腐朽没落的阶级根源和社会根源，而错误地把它看成是人性的普遍弱点，认为"富与贵，人之所慕也，鲜有不至于淫者；哀与怨，人之所恶也，鲜有不至于伤者"。"房中之事，人皆好之，人皆恶之。人非尧舜圣贤，鲜不为所耽。"因此他企图通过写"淫人妻子，妻子淫人，祸因恶积，福缘善庆，种种皆不出循环之机"，来达到"明人伦，戒淫弃，分淑慝，化善恶"，使人们"涤虑洗心"①的目的。在这种自然主义的人性观和唯心主义的历史观的指导和影响之下，他就必然把淫欲过度写成是人生的最大悲剧。西门庆的灭亡，本来是封建统治阶级的腐朽堕落所必然造成的社会悲剧，可是《金瓶梅》作者却偏偏要突出他是"贪欲得病"，"玉山自倒非人力，总是卢医怎奈何！"以自然主义的人性悲剧，冲淡了社会悲剧。

其次，《金瓶梅》的严重自然主义倾向还表现在对猥小、庸俗的东西，缺乏必要的艺术提炼，而过分地绘声绘色，津津乐道，以致显得格调低下，缺乏高尚的美感情趣。如在一次酒席上，应伯爵与谢希大打双陆，西门庆与李桂姐便离席到后花园藏春坞雪洞里性交去了。应伯爵发觉他俩离席不归，便到花园里四处找寻。这时作者写道：

> 不想应伯爵到各亭儿上寻了遭，寻不着，打滴翠岩小洞儿里穿过去，到了木香棚，抹转葡萄架，到松竹深处藏春坞边，隐隐听见有人笑声，又不知在何处。这伯爵慢慢蹑足潜踪，掀开帘儿，见两扇洞门儿虚掩，在外面只顾听觑，听见桂姐颤着声儿，将身子只顾迎播着西门庆，叫："达达，快些了事罢，只怕有人来。"被应伯爵猛然大叫一声，推开门进来，看见西门庆把桂姐儿扛着腿子在椅儿上，正干得好，说道："快取水来，泼泼两个攘心的，搂到一答里了。"李桂姐道："怪攮刀子，猛的进来，唬了我一跳。"伯爵道："快些儿了事？好容易！也得值那些数儿。是的怕有人来看见，我就来了。且过来，等我抽个头儿着。"西门庆便道："怪狗材，快出去罢了，休鬼混我，只怕小厮来看见。"那应伯爵道："小淫妇儿，你

---

① 欣欣子：《金瓶梅词话序》。

央及我央及儿。不然，我就吆喝起来，连后边嫂子们都嚷的知道。你既认做干女儿了，好意交你躲住两日儿，你又偷汉子，交你了不成。"桂姐道："去罢，应怪花子！"伯爵道："我去罢，我且亲个嘴着。"于是按着桂姐，亲讫一嘴，才走出来。西门庆道："怪狗材，还不带上门哩！"伯爵一面走来把门带上，说道："我儿，两个尽着捣尽着捣，捣吊底子，不关我事。"才走到那个松树儿底下，又回来说道："你头里许我的香茶在那里？"西门庆道："怪狗材，等住会我与你说就是了，又来缠人。"那伯爵方才一直笑的去了。桂姐道："好个不得人意的攮刀子的！"这西门庆和桂姐两个，在雪洞内足干勾约一个时辰，吃了一枚红枣儿，才得了事，雨散云收。有诗为证：

　　海棠枝上莺梭急，绿竹阴中燕语频；

　　闲来付与丹青手，一段春娇画不成。（第五十二回）

　　作者如此津津乐道的"应伯爵山洞戏春娇"，就是这般庸俗、低级、下流！把男女性交混同于动物的兽性发作，说成如狗的雌雄交配一般，要"快取水来，泼泼两个攮心的，搂到一答里了"。一般人见到男女同房，回避尚唯恐不及，而应伯爵竟然还故意找上门来插科打诨，如赌棍一般，要"抽个头儿着"，如流氓一样，要"亲个嘴着"。如果说应伯爵本来就是个丑死人的小丑，还情有可原，问题在于作者也并不感到其丑无比，却反而把它当作一幅其美无穷的"春娇画"，在作绘声绘色的描画。这种写法，未免把现实主义引上庸俗化，而滑向了自然主义的歧途。

　　再次，《金瓶梅》的严重自然主义倾向，还表现在有时是机械地、照相式地记录事实，热衷于对琐屑的、外表的、偶然的现象作烦琐描绘，而显得艺术的提炼、加工、概括和典型化的程度不够。如第三十九回下半回"吴月娘听尼僧说经"，便原原本本地记录了尼僧说经的全文及全过程。其中有一段是说五祖投胎在腹中十个月的经历：

> 千金说，在绣房，成其身孕；心中悔，无可奈，忍气吞身。
>
> 一个月，怀胎着，如同露水；两个月，怀胎着，才却朦胧。
>
> 三个月，怀胎着，才成血饼；四个月，怀胎着，骨节才成。
>
> 五个月，怀胎着，才分男女；六个月，怀胎着，长出文根。
>
> 七个月，怀胎着，生长七窍；八个月，怀胎着，着相成人。
>
> 九个月，怀胎着，看看大满；十个月，母腹中，准备降一生。

这显然纯属十月怀胎过程的自然主义描写，毫无典型意义可言，成为节外生枝、令人厌烦的赘疣。因此，《金瓶梅词话》中关于这段"尼僧说经"的描写长达三千字左右，到了"第一奇书"本《金瓶梅》便删去三分之二，只剩下一千字左右，包括上述对十月怀胎过程的描写全删去了。如此大砍大削，对于全书的故事情节和人物形象塑造不但毫无损伤，而且使之显得更加精练和突出了。

我们既肯定《金瓶梅》是杰出的现实主义作品，又指出它存在着严重的自然主义倾向，这两者是不是矛盾呢？不。因为：第一，现实主义和自然主义之间，本来就没有不可逾越的鸿沟。"法国现实主义一开始就有自然主义的倾向。过去法国人一般都把现实主义看作自然主义。朗生在《法国文学史》里就把福洛贝尔归到《自然主义》卷里，他根本不曾用过'现实主义'这个名词。夏莱伊在《艺术与美》里介绍现实主义时劈头一句话就是：'现实主义，有时也叫做自然主义，主张艺术以摹仿自然为目的。'"[①]自然主义的创始人左拉本身就是个现实主义的作家，尽管他散布了不少自然主义的谬论，在创作上也确有

---

① 朱光潜：《西方美学史》下册，第358页。

不少自然主义的倾向。自然主义理论和创作方法的消极有害的一面，发展成为作家创作流派的主导特征——只醉心于对生活中个别的表面的现象作记录式的描绘，不表现这些现象的内在意义，不作本质的、典型的、合乎规律的艺术概括，甚至美丑颠倒，错误地作出社会政治的、道德的和美学的评价。这种反现实主义的自然主义，是在后来资产阶级文艺堕落时期才出现的。我们所说的《金瓶梅》中有严重的自然主义倾向，是从前一种现实主义和自然主义尚未划清界限的意义上说的。它跟自然主义的"标本"，虽有某些现象的相似，但却有质的区别。第二，我们认为《金瓶梅》的自然主义倾向尽管相当严重和突出，但从全书来看，它的现实主义成就还是主要的。在艺术上它的积极影响也是主要的，无论是《红楼梦》的写实艺术，或《儒林外史》的讽刺艺术，都跟《金瓶梅》的影响是分不开的。消极影响是次要的，主要表现为《续金瓶梅》《肉蒲团》的宣扬因果报应和专写性交。而"标本"论者则认为《金瓶梅》的自然主义倾向是占主导地位的，说："要在中国文学史上找一个自然主义的标本却只得首推《金瓶梅》了。""由于《金瓶梅》的影响，自然主义的消极影响后来扩大了一些。""单就艺术而论，它不同《红楼梦》接近，而同《官场现形记》之类的谴责小说类似而稍胜，不过在内容上却不及后者可取。"[①] 可见这两种看法，涉及到对于《金瓶梅》的艺术成就及其在中国文学史上的地位和影响等一系列根本性的分歧。因此，我们有必要通过学术讨论，求得更加切合实际的科学认识。

---

① 徐朔方：《〈金瓶梅〉的成书以及对它的评价》，见《金瓶梅论集》，人民文学出版社1986年版。

文笔透骨，洞隐烛微

——论《金瓶梅》的讽刺艺术

　　《金瓶梅》具有讽刺艺术的特色，这是前人早已说过的。如明代万历本《金瓶梅词话》前面廿公写的《跋》中，说它"曲尽人间丑态"，"盖有所刺也"。鲁迅也说它"幽伏而含讥"①。香港有的研究者称：《金瓶梅》的讽刺艺术为"《儒林外史》的先河"②。可惜，他们皆语焉不详。《金瓶梅》的讽刺笔法究竟表现在哪里？它有哪些特色？具有哪些优点和缺陷？认清《金瓶梅》的讽刺艺术，对于我们有着什么意义？它对于《儒林外史》的讽刺艺术又有什么影响？对于这些问题，我们有必要作深入的探讨。

一、《金瓶梅》讽刺笔法的具体表现

　　《金瓶梅》的讽刺笔法具体表现在哪呢？

　　（一）前后映照。如西门庆听说潘金莲与奴仆琴童有奸情，便怒气冲冲地"取了一根马鞭子拿在手里，喝令：'淫妇脱了衣裳跪着！'那妇人自知理亏，不敢不跪，倒是真个脱去了上下衣服，跪在面前，低垂粉面，不敢出一声儿"。作者说这是"潘金莲私仆受辱"（第十二回）。可是紧接着下一回，作者

---

　　① 鲁迅：《中国小说史略》第 19 篇。

　　② 孙述宇：《金瓶梅的艺术》，台北时报文化出版公司出版，第 28 页。

就写潘金莲发现西门庆私奸李瓶儿，她便"一手撮着他耳朵，骂道：'好负心的贼！你昨日端的那去来？把老娘气了一夜！又说没曾揸住你，你原先干的那茧儿，我已是晓的不耐烦了。趁早实说，从前已往，与隔壁花家那淫妇，得手偷了几遭？——说出来，我便罢休。但瞒着一字儿，到明日你前脚儿但过那边去了，后脚我这边就吃喝起来，教你负心的囚根子，死无葬身之地。……'这西门庆不听便罢，听了此言，慌的妆矮子，只跌脚跪在地下，笑嘻嘻央及说道……"两者都因偷情而受责备，两人都跪在地下。一对奸夫淫妇，既然本是一路货，他们又有什么理由互相斥责，有什么权利要求对方忠贞不二呢？可是他们却说得振振有词，做得煞有介事。两者前后映照，更显出了他们那恬不知耻的卑劣灵魂，毫无人的尊严的丑恶形骸，叫人感到实在可鄙而又可笑！

前后映照，既不是两个相似的故事情节简单并立，也不是两个相类的人物形象机械重复，而是既要揭示出故事情节的必然发展，又要进一步丰富人物的典型性格，使作品的思想意义得到深化，在艺术上也更富有魅力。如西门庆对潘金莲与琴童的奸情的审问，尽管凶神恶煞，气势逼人，但最终却被潘金莲的花言巧语蒙混过去了。而潘金莲对西门庆与李瓶儿的奸情的审问，却轻而易举地就迫使西门庆供认不讳。因此这两者的前后映照，给人毫无重复累赘之感。它既反映了故事情节的进一步发展，又活画出各自不同的典型性格——潘金莲的偷情似乎理应受辱，而西门庆的偷情却可满不在乎；潘金莲的下跪是畏惧、无奈、可怜，西门庆的下跪则是装佯、撒娇、可鄙。它使读者在对这一对奸夫淫妇感到可耻可笑的同时，不能不进而深切地感受到：在旧社会，妇女的命运实在是尤为悲惨的。

类似这种前后映照的笔法，在《金瓶梅》中是屡见不鲜的。如潘金莲和李瓶儿先后皆遭西门庆用马鞭子毒打；宋惠莲的金莲赠送给西门庆，潘金莲的金莲则遗失给陈敬济；有个潘六儿，又有个王六儿；李桂姐拜西门庆为干女儿，西门庆又拜蔡太师为干儿子，这些加以前后映照，都无不具有讽刺的意味。它使对象既丰富化，又深刻化，使那些本来易于被忽略而溜过去的东西，变得惹人注目和发人深思起来。诚如张竹坡在第五十五回批语中所指出的："写桂姐假女之事方完，而西门假子之事乃出，递映丑绝。吾不知作者有何深恶于太师之假子而作此以丑其人，下同娼妓之流。文笔亦太刻矣。"这种"下同娼妓之流"，显然是由前后映照所生发出来的意蕴，这种文笔的"太刻"，也正是前后映照所产生的讽刺效应。

（二）是非颠倒。如巡按山东监察御史曾孝序，经过一年的调查访问，在给皇帝的参本中指出："理刑副千户西门庆：本系市井棍徒，夤缘升职，滥冒武功，菽麦不知，一丁不识。纵妻妾嬉游街巷，而帷薄为之不清；携乐妇而酣饮市楼，官箴为之有玷。至于包养韩氏之妇，恣其欢淫，而行检不修；受苗青夜贿之金，曲为掩饰，而赃迹显著。"是"贪鄙不职，久乖清议，一刻不可居任者也"（第四十八回）。尽管曾孝序的参本"颇得其实"，但是经过西门庆向蔡太师行贿后，不但曾孝序被撤职"除名"（第四十九回），而且在兵部的考察官员照会中，名为"尊明旨，严考核，以昭劝惩，以光圣治事"，实则竟颂扬"理刑副千户西门庆，才干有为，英伟素著，家称殷实而在任不贪，国事克勤而台工有绩，翌神运而分毫不索，司法令而齐民果仰，宜加转正，以掌刑名者也"（第七十回）。"菽麦不知，一丁不识"，被称为"才干有为"；"滥冒武功"，被颂扬为"英伟素著"；"赃迹显著"，被说成是"在任不贪"；"贪鄙不职"，被描绘成"台工有绩"；"一刻不可居任者"，顷刻变为"宜加转正"，提拔重用的对象。混淆黑白到如此地步，颠倒是非至这般程度，不仅对那个封建黑暗统治是个莫大的讽刺，而且它以鲜明的对比，有力的反衬，足以引起读者心灵的震惊，激起愤怒的火焰，起到振聋发聩的作用。

好在作者还用颠倒是非的讽刺笔法，生动地刻画出了被讽刺者的形象。如西门庆在获悉曾孝序的参本而派人赴京行贿后，跟西门庆狼狈为奸的夏提刑，特地前来感谢西门庆的"活命之恩"，说："不是托赖长官余光，这等大力量，如何了得！"而西门庆竟笑着说："长官放心。料着你我没曾过为，随他说去便了，老爷那里自有个明见。"（第四十九回）分明是因贪赃枉法、胡作非为被弹劾而去行贿的，而西门庆却装得很坦然地说："你我没曾过为，随他说去便了"；事实是因受贿而蓄意庇护，而西门庆却称颂为这是老爷自有"明见"。如此颠倒是非，而又泰然自若，它不仅对那个腐朽黑暗的社会是个有力的讽刺，而且以西门庆本人的寥寥数语，就把他那个无耻之徒的卑鄙灵魂和有恃无恐的丑恶嘴脸，都惟妙惟肖地刻画出来了。

因此，这种是非颠倒，绝不是作者任意颠之倒之，故作惊人之笔，而是看似荒谬透顶，实则适度得体。因为它文笔透骨地活现了作者所要刻画的那种丑恶的人物性格，洞隐烛微地再现了作者所要反映的那个黑暗的时代，所以它能够在激起我们的愤慨之余，以一种极其真实、强大的力量叩动我们的心弦，似乎在从一个最黑暗、最可怕的幽灵身上，要把人类的本性和良知召唤回来。

（三）表里不一。如西门庆到王招宣府去勾搭林太太，作者特地写了那个王招宣府外表如何标榜节义："正面供养着他祖爷太原节度邠阳郡王王景崇的影身图，穿着大红团袖蟒衣玉带，虎皮交椅坐着观看兵书，有若关王之像，只是髯须短些。傍边列着枪刀弓矢。迎门碌红匾上'节义堂'三字；两壁书画丹青，琴书潇洒；左右泥金隶书一联：'传家节操同松竹；报国勋功并斗山。'"（第六十九回）住在这个王招宣府的女主人林太太，"诚恐抛头露面，有失先夫名节"，而实际上却"是个绮阁中好色的娇娘，深闺内含秘的菩萨"。她通过媒婆文嫂牵线搭桥，滥肆淫欲。明知西门庆"是个富而多诈奸邪辈，压善欺良酒色徒"，她却"一见满心欢喜"，顷刻勾搭成奸，还教其子王三官拜西门庆做了义父，要西门庆凡事指教他"为个好人"。作者随即作诗感叹道："三官不解其中意，饶贴亲娘还磕头。""不但悖得家声丧，有愧当时节义堂。"（第七十二回）这种表里不一的鲜明对照，把封建礼教的虚伪、堕落，讽刺得该是多么剔肤见骨啊！把西门庆和林太太那种臭味相投，表面上极力打扮成正人君子，实际上却是彻头彻尾的男盗女娼，揶揄得该是多么妍媸毕见、令人瞠目啊！

这种表里不一的讽刺笔法，不是停留在对社会丑恶现象的谴责上，不是满足于个人愤怒情绪的发泄，而是揭露了那个时代礼教已经虚伪的通病，从被讽刺者身上反映了那个社会腐朽的阶级根源，给人以一种深广而真实的历史感。如林太太之所以那么淫荡无度，西门庆那样的淫棍所以能横行无忌，作者都不只是停留在对他们个人的谴责上，而是与《金瓶梅》开卷第一回所写的潘金莲的出身经历相呼应的。潘金莲"从九岁卖在王招宣府里，习学弹唱，就会描眉画眼，傅粉施朱，梳一个缠髻儿，着一件扣身衫子，做张做势，乔模乔样"。潘金莲的淫荡性格，可以说就是王招宣府培养出来的。张竹坡在《金瓶梅读法》中便指出："王招宣府内，固金莲旧时卖入学歌学舞之处也。今看其一腔机诈，丧廉寡耻，若云本自天生，则良心为不可必，而性善为不可据也。吾知其自二三岁时，未必便如此淫荡也。使当日王招宣家，男敦礼义，女尚贞廉，淫声不出于口，淫色不见于目，金莲虽淫荡，亦必化而为贞女。奈何堂堂招宣，不为天子招服远人，宣扬威德，而一裁缝家九岁女孩至其家，即费许多闲情教其描眉画眼，弄粉涂朱，且教其做张做致，乔模乔样。其待小使女如此，则其仪型妻子可知矣。宜乎三官之不肖荒淫，林氏之荡闲逾矩也。招宣实教之，夫复何尤。"可见这种表里不一，道德败坏，实肇始于王招宣本人，而不只是其遗孀和儿子；罪魁祸根是在于王招宣为代表的封建统治阶级本身已经腐朽溃烂，以致流毒四溢，贻害无穷。

（四）言行相悖。西门庆有六个妻妾，还到处奸人妻女，先后被他淫过的妇女多达二十人。妓女李桂姐被他每月三十两银子包着。诚如妓院李虔婆所说的："你若不来，我接下别的，一家儿指望他为活计。吃饭穿衣，全凭他供些柴米。"可是当李桂姐接了客人丁二官，西门庆便"大闹丽春院"，"一手把吃酒桌子掀倒，碟儿盏儿打的粉碎，喝令跟马的平安、玳安、画童、琴童四个小厮上来，不由分说，把李家门窗户壁床帐都打碎了。"（第二十回）后来获悉王三官一伙人又与李桂姐鬼混，西门庆更进一步利用职权，捉拿王三官的同伙，说："你这起光棍，设骗良家子弟，白手要钱，深为可恶！既不肯实供，都与我带了衙门里收监，明日严审取供，枷号示众。"回家后，西门庆与吴月娘谈起王三官嫖妓女李桂姐一事，还一本正经地议论："人家倒运，偏生出这样不肖子弟出来。你家父祖何等根基，又做招宣，你又见入武学，放着那名儿不干，家中丢着花枝般媳妇儿，——自东京六黄太尉侄女儿。——不去理论，白日黑夜，只跟着这伙光棍在院里嫖弄，把他娘子头面都拿出来使了。今年不上二十岁，年小小儿的，通不成器。"月娘当场就揭穿他："你不曾潜胞尿看看自家，乳儿老鸦笑话猪儿足，原来灯台不照自。你自道成器的，你也吃这井里水，无所不为，清洁了些甚么儿？还要禁的人！"以西门庆本人的行为，揭穿他的本性"原来灯台不照自"，——自己同样嫖妓女，不仅有脸禁别人，还有脸摆出一副"自道成器的"架势。这把西门庆的恬不知耻，讽刺得简直无地自容！难怪作者写道：月娘"几句说的西门庆不言语了"（第六十九回）。

好在这种言行相悖的讽刺笔法，并不是径直让被讽刺者夸夸其谈，撒谎吹牛，而是传神入化地刻画出那自身遍体疮痍，而又指责别人嗜痂逐臭的被讽刺者的形象。

作者为了催人以他所塑造的被讽刺者作为一面镜子，照照自己，特地安排了个"磨镜老叟"来西门家磨镜的情节，还生动地刻画了又一个"灯台不照自"的陶扒灰的形象。当众人都在围观韩道国妇人与小叔因通奸而被人拴作一处时，有个老者"便问左右站的人：'此是为什么事的？'旁边有多口的道：'你老人家不知，此是小叔奸嫂子的。'那老者点了点头儿，说道：'可伤！原来小叔儿要嫂子的，到官，叔嫂通奸，两个都是绞罪。'那旁多口的，认的他有名叫做陶扒灰，一连娶三个媳妇，都吃他扒了，因此插口说道：'你老人家深通条律，想这小叔养嫂子的便是绞罪，若是公公养媳妇的却论什么罪？'那老者见不是话，低着头，一声儿没言语走了"（第三十三回）。可见"灯台不照自"的，绝不只是西门庆一个人，而是在那个社会带有一定普遍性的病症。陶扒灰之被羞得低头无言，赧然而去，对于某些人来说，犹如当头棒喝，使其不能不猛醒；犹如一架明镜，使其不能不照一照自己的原形。

以上几种讽刺笔法的共同特质，皆不是简单肤浅地罗列一些可笑的怪现状，加以斥责或谩骂，而是利用现象和本质、理想和现实、真理和谬误、对人和对己等等社会生活中固有的矛盾，以这一思想和那一思想的脱节，这一感情和那一感情的冲突，这一表现方式和那一表现方式的雷同，来达到使其曲尽丑态、原形毕露的讽刺效果。因此，这种讽刺笔法能够极其清醒、深刻、准确、犀利地揭穿被讽刺者的本质，既不同于辞气浮露、笔无藏锋的嬉笑怒骂，又有别于居高临下、庄严肃穆的揭露、批判。它是愤怒和轻蔑的结合体，在鄙视中进行愤怒的挞伐，在挞伐时又给人以幽伏含讥、不屑一顾的轻松之感。

二、《金瓶梅》讽刺艺术的鲜明特色

由于运用了上述种种讽刺笔法，这就使《金瓶梅》具有讽刺艺术的鲜明特色。

用平常人、平常事、平常话，来曲尽人间丑态，这是《金瓶梅》讽刺艺术的显著特色之一，也是它的讽刺艺术达到现实主义高水平的一个重要标志。在我国，"寓讥弹于稗史者，晋唐已有"①，但总"不离于搜奇记逸"②。《西游补》《钟馗捉鬼传》所塑造的精魅鬼怪，更是以奇幻为讽刺特色的。用平常人、平常事、平常话来进行讽刺，实在是《金瓶梅》的一大创造，是《金瓶梅》对中

---

① 鲁迅：《中国小说史略》第 23 篇。
② 鲁迅：《中国小说史略》第 8 篇。

国小说历史发展的杰出贡献。

因为它用的是平常人、平常事、平常话，这就更加具有真实感。正如鲁迅所说的："讽刺的生命是真实；不必是曾有的实事，但必须是会有的实情。所以它不是'捏造'，也不是'诬蔑'；既不是'揭发阴司'，又不是专记骇人听闻的所谓'奇闻'或'怪现状'。它所写的事情是公然的，也是常见的，平时是谁都不以为奇的，而且自然是谁都毫不注意的。不过这事情在那时却已经是不合理，可笑，可鄙，甚而至于可恶。但这么行下来了，习惯了，虽在大庭广众之间，谁也不觉得奇怪；现在给它特别一提，就动人。"①《金瓶梅》的讽刺艺术便具有这个特色。如它写西门庆正与潘金莲打得火热的时候，一听媒婆薛嫂来介绍寡妇孟玉楼如何既有钱又漂亮，便把娶潘金莲的事抛在一边，迫不及待地"就问薛嫂儿：'几时相会去？'"薛嫂儿随即领他到孟玉楼处相亲。"西门庆把眼上下不转睛看了一回。妇人把头低了。西门庆开言说：'小人妻亡已久，欲娶娘子入门为正，管理家事。未知意下如何？'"此时孟玉楼不作正面回答，而是反"问道：'官人贵庚？没了娘子多少时了？'"这看似岔开话题，实则既曲折地活现了她的忸怩作态，又隐约地表明了她对嫌她年龄大的担心。西门庆答道："小人虚度二十八岁，七月二十八日子时建生。不幸先妻没了一年有余。不敢请问娘子青春多少？"孟玉楼说："奴家青春是三十岁。"西门庆道："原来长我二岁。"虽未明说，但话语之间已流露出大为惊讶的口气和有所不满的神态。因为薛嫂向西门庆介绍孟玉楼的年龄是"不上二十五六岁"。由比西门庆小二岁变成大二岁，这已把媒婆薛嫂惯于扯谎的嘴脸暴露无遗了。然而这时薛嫂却不但毫无羞愧之色，反而巧舌如簧地"在傍插口道：'妻大两，黄金日日长；妻大三，黄金积如山。'"说着，又"慌的薛嫂向前用手掀起妇人裙子来，裙边露出一对刚三寸恰半扠，一对尖尖趄趄金莲脚来，穿

---

① 鲁迅：《什么是"讽刺"》，《鲁迅全集》第6卷，1958年版，第258页。

着大红遍地金云头白绫高底鞋儿，与西门庆瞧"。这既迎合了西门庆爱财如渴的贪婪心理，又契合他那偏爱妇女金莲脚的低级趣味，自然使"西门庆满心欢喜"。当场西门庆就拿出宝钗、金戒等定婚礼品，孟玉楼便问："官人行礼日期？奴这里好做预备。"西门庆道："既蒙娘子见允，今月二十四日，有些微礼过门来。六月初二日准娶。"（第七回）一桩婚事，就这样定下来了。人物、事情和语言，无一不是平平常常，字字句句皆令人感到真实可信。

然而，写平常人、平常事、平常话，这是一般现实主义作品共同的特色；《金瓶梅》的独特之处，是在于它能以此"曲尽人间丑态"，从平常之中写出不平常的"可笑，可鄙，甚至于可恶"的人物性格来。如西门庆的贪婪和庸俗，一听"黄金积如山"，一见"尖尖趫趫金莲脚"，猝然就由惊变喜，已经够引人可笑的了；更令人可鄙的是他的虚伪和卑劣，明明自家有妻有妾，却对孟玉楼谎称："小人妻亡已久，欲娶娘子入门为正。"薛嫂在谎言被事实揭穿后，还厚颜无耻地以她那如簧之舌和"掀起妇人裙子来"等丑恶表演，使这桩婚事得以当场撮合，岂不也显得很可笑么？孟玉楼的表现像煞很赧颜、持重，实际上她听任薛嫂掀起自己的裙子，当场急于询问："官人行礼日期？"这已经把她的赧颜、持重，瞬间化成了忸怩作态，显得很可笑了，何况她初次与西门庆相见，连西门庆已有妻妾全不了解，便乐于接受他的婚礼，草草定下婚事。因此，她给人的感受，确属"虽非蠢妇人，亦是丑妇人"[①]。

讽刺艺术，必须像《金瓶梅》这样建立在极平常的如实描写之中。对于这条宝贵的艺术经验，并非已经为后代作家所普遍理解和接受了，追求"怪现状"的谴责小说之不能与讽刺小说同伦，便是个深刻的历史教训。

《金瓶梅》的这种讽刺艺术特色，虽然平常、真实得"似真有其事，不敢

---

① 文龙：《金瓶梅》第七回批语，见《文献》1985 年第 4 期，第 42 页。

谓为操笔伸纸做出来的"①。但它又绝不是生活的实录，而确实是"操笔伸纸做出来的"，只不过它是以日常的真实生活为基础，并且需要作家有很敏锐的眼力和很高超的写实技巧才能做到的。正如果戈理所说的："那些每天围绕我们的，跟我们时刻不离的、平平常常的东西，只有深厚的、伟大的、不平常的天才才能觉察，而那些稀有的、成为例外的，以其丑陋和混乱引人注意的东西，却被中庸之才双手抓住不放。"②鲁迅也说："在或一时代的社会里，事情越平常，就越普遍，也就愈合于作讽刺。"③在谈到果戈理的《死魂灵》的讽刺艺术时，他还说："这些极平常的，或者简直近于没有事情的悲剧，正如无声的言语一样，非由诗人画出它的形象来，是很不容易觉察的。然而人们灭亡于英雄的特别的悲剧者少，消磨于极平常的、或者简直近于没有事情的悲剧者却多。"④可见越是平常、越是难写，而又越是具有普遍的典型意义。

寓庄于谐，悲剧的实质，而又具有喜剧的色彩。这是《金瓶梅》的讽刺艺术的又一显著特色。

《金瓶梅》是怎样做到寓庄于谐的呢？它在诙谐的喜剧性的形式中，寄寓着庄严的悲剧性的思想内容；以对丑恶事物的嘲笑、耻笑、讪笑、冷笑，来寄托作者给予无情鞭挞和悲愤痛绝的感情。谐趣有理趣、情趣、意趣、语趣等多种。《金瓶梅》作者正是利用不同的谐趣，来引起不同感情色调的笑，达到既"将那无价值的撕破给人看"，又"将人生的有价值的东西毁灭给人看"。⑤其具体表现：

（一）用以正衬反的理趣，来进行辛辣的嘲笑。如西门庆抨击他的上司夏

---

① 张竹坡：《金瓶梅读法》。

② 转引自耶里扎罗娃：《契诃夫的创作与十九世纪末期现实主义问题》。

③ 鲁迅：《什么是"讽刺"》，《鲁迅全集》第6卷，1958年版，第259页。

④ 鲁迅：《几乎无事的悲剧》，《鲁迅全集》第6卷，1958年版，第293页。

⑤ 鲁迅说："悲剧将人生的有价值的东西毁灭给人看，喜剧将那无价值的撕破给人看。讥讽又不过是喜剧的变简的一支流。"见《鲁迅全集》第1卷，1956年版，第297页。

提刑说："只吃了他贪滥蹹婪的，有事不问青水皂白，得了钱在手里就放了，成什么道理！我便再三扭着不肯，'你我虽是个武职官儿，掌着这刑条，还放些体面才好。'"可是正当他发表这个高论之时，他却正在和应伯爵一起喝着受贿的木樨荷花酒，吃着受贿的糟鲥鱼等佳肴，感到"馨香美味，入口而化，骨刺皆香"。接着他又徇情枉法，包庇通奸的叔嫂韩二和王六儿，反把捉奸的四人"打的皮开肉绽，鲜血迸流"（第三十四回）。作者以西门庆的卑劣行为和他所讲的大道理相对照，岂不使他显得很滑稽可笑么？这是辛辣的嘲笑。它不只是针对西门庆一个人，而且也是针对着整个封建官僚阶级。正如张竹坡在该回的回批中所指出的："提刑所，朝廷设此以平天下之不平，所以重民命也。看他朝廷以之为人事，送太师；太师又以之为人事，送百千奔走之市井小人。而百千市井小人之中，有一市井小人之西门庆，实太师特以一提刑送之者也。今到任以来，未行一事，先以伯爵一帮闲之情，道国一伙计之分，将直作曲，妄入人罪，后即于我所欲入之人，又因一龙阳之情，混入内室之面，随出人罪。是西门庆又以所提之刑为帮闲、淫妇、幸童之人事。天下事至此，尚忍言哉！作者提笔著此回时，必放声大哭也。"可是作者这种"放声大哭"的感情，其表达方式，却不是以令人声泪俱下的悲剧性场面，而是通过以正衬反的喜剧性冲突，把他笔下的人物刻画得非常滑稽可笑，从而达到对其进行辛辣讽刺的目的。

（二）用以雅衬俗的情趣，来进行奚落的耻笑。如西门庆要和宋惠莲在潘金莲房里奸宿一夜，潘不肯，西门庆又说："我和他往那山子洞儿那里过一夜。你分付丫头拿床铺盖，生些火儿那里去。不然，这一冷怎么当？""金莲忍不住笑了，'我不好骂出你来的！贼奴才淫妇，他是养你的娘。你是王祥寒冬腊月行孝顺，在那石头床上卧冰哩！'"（第二十三回）王祥是古代著名的孝子。他因为母亲要吃鲤鱼，便不惜卧冰求鲤。这种"孝"的感情，在封建社会是很高雅的。因此它成为我国民间流传千古的美谈。而西门庆为了与奴才妻子宋惠莲奸宿，则不怕石头的冰冷，睡在山洞里，其感情的庸俗、卑下，已足以令人嗤之以鼻，再加上通过潘金莲嬉笑他是王祥卧冰，以雅衬俗，更在盎然的情趣中，达到了作者对西门庆进行奚落地耻笑的艺术效果。

（三）用譬喻、象征的意趣，来进行鄙夷的讪笑。如潘金莲被吴月娘撵出西门家，在王婆家等待发卖的几天之中，却又和王婆的儿子王潮儿刮刺上了。"晚间等的王婆子睡着了，妇人推下炕溺尿，走出外间床子上，和王潮儿两个干，摇的床子一片响声。被王婆子醒来听见，问那里响。王潮儿道：'是柜底下猫捕的老鼠响。'王婆子睡梦中，喃喃呐呐，口里说道：'只因有这些麸面在屋里，引的这扎心的半夜三更耗爆人，不得睡。'良久，又听见动旦，摇的床子格支支响，王婆又问那里响。王潮道：'是猫咬老鼠，钻在炕洞底下嚼的响。'婆子侧耳，果然听见猫在炕洞里咬的响，方才不言语了。"接着，作者写道：

> 有几句双关，说得这老鼠好：你身躯儿小，胆儿大，嘴儿尖，忒泼皮。见了人藏藏躲躲，耳边厢叫叫唧唧，搅混人半夜三更不睡。不行正人伦，偏好钻空隙。更有一庄儿不老实：到底改不了偷馋抹嘴。（第八十六回）

这里作者显然是以老鼠的好"搅混人"，"偷馋抹嘴"，比喻潘金莲的偷淫；以老鼠的丑态，象征和讽刺潘金莲的卑劣。令人感到颇有意趣的是，它不同于一般诗文通常那种对比喻词语和象征手法的运用，而是巧妙地把所谓老鼠的活动，纳入到他们掩盖偷淫行径的具体情节之中，使读者在幽默的意趣之中，对潘金莲的偷淫成性，不禁发出鄙夷的讪笑，给予刺骨的讥讽。

（四）用打诨、解嘲的语趣，来进行愤怒的冷笑。如西门庆与他的亲家陈洪等人一起，被人向朝廷控告为"皆鹰犬之徒，狐假虎威之辈，揆置本官，倚势害人；贪残无比，积弊如山；小民蹙额，市肆为之骚然。乞勒下法司，将一干人犯，或投之荒裔，以御魑魅；或置之典刑，以正国法，不可一日使之留于世也"。西门庆闻讯后，急忙派人赴京，给主办此案的右相兼礼部尚书李邦彦送上五百两银子。作者既不说西门庆送礼金，也不云李邦彦受贿赂，而是写道："邦彦见五百两金银只买一个名字，如何不做分上，即令左右抬书案过来，取笔将文卷上西门庆名字改作贾庆；一面收上礼物去。"（第十八回）明明是贪赃纳贿，目无王法，包庇犯罪，却竟以打诨、解嘲的口气，写成"五百两金银只买一个名字"，这语句该是多么滑稽有趣！而在这看似打诨、解嘲的语趣之中，实则却寄寓着作家愤怒的冷笑，令人对这般奸臣赃官欲杀、欲割，犹难解恨。

妙在这种打诨、解嘲，绝不是作者外加上去的，而是既符合特定人物的性格，又达到了作者给予愤怒冷笑的目的。又如西门庆死后，他店里的伙计韩道国跟他的老婆王六儿商议，要把西门庆家的一千两银子"拐了上东京"。韩道国说："争奈我受大官人好处，怎好变心的，没天理了。"他老婆道："自古有天理倒没饭吃哩！他占用着老娘，使他这几两银子不差甚么。"（第八十一回）天理良心，向来是人们所追求的，而王六儿却说："自古有天理倒没饭吃哩"，这该是多么滑稽可笑而又富有惊世骇俗的语趣啊！这不只是王六儿对拐银行为的辩解，更重要的是作者以极其悲愤之情，对那个黑暗社会的有力鞭挞和嘲讽；它所引起的是一种令人无比愤怒的冷笑。

这些寓庄于谐的讽刺艺术特色，不仅好在荒唐滑稽的形式之中寄寓着严肃深刻的思想内容，使诙谐滑稽耐人寻味，发人深省，而不是庸俗、油滑，使人生厌；更重要的，它还好在既塑造出了一系列鲜明、生动的被讽刺者的形象，又显示了讽刺者尖锐、犀利的目光和幽默、写生的艺术才能，而不是停留在对奇形怪状的社会现象的谴责和谩骂上。因此，它能使现实丑恶、令人悲愤的不快之感和艺术美的快感相沟通。《金瓶梅》所描写的人物，几乎都是丑恶不堪、令人不快的。正如车尔尼雪夫斯基所说的：“丑在滑稽中我们是感到不快的；我们所感到愉快的是，我们能够这样洞察一切，从而理解，丑就是丑。既然嘲笑了丑，我们就超过它了。”“那种不快之感几乎完全被压下去了。”①

三、《金瓶梅》的讽刺艺术存在的缺陷

用平常人、平常事、平常话，创造寓庄于谐的讽刺艺术，这在《金瓶梅》以前可以说是史无前例的。既然是首次独创的新生命，它在令人欣喜、庆幸之余，就难免还存在着许多的稚气，乃至严重的缺陷。我们在充分肯定《金瓶梅》的讽刺艺术成就的同时，对于它在讽刺艺术上所存在的严重缺陷，也必须有足够的清醒的认识。

首先，由于作者世界观的矛盾，大大削弱了《金瓶梅》讽刺艺术的思想深刻性。如作者一方面同情妇女被蹂躏、被玩弄的命运，认为：“为人莫作妇人身，百年苦乐由他人。”（第十二回、第三十八回）“堪悼金莲诚可怜。”（第八十七回）另一方面，又受“女人是祸水”的封建历史观的影响，宣扬“由来美色丧忠良。纣因妲己宗祀失，吴为西施社稷亡”（第四回）。“二八佳人体似酥，腰间仗剑斩愚夫。”（第七十九回）一方面讽刺了一夫多妻制所造成的重重矛盾，另一方面又不否定一夫多妻制。一方面同情劳动人民的疾苦，认为世上农夫、商人、兵士最怕热，皇宫内院、富室名家、琳宫梵刹最不怕热；另一方面，又肯定封建等级制度，认为“尊卑上下，自然之理”（第八十九回）。一方面对世俗的许多丑恶现象，进行了尖刻的讽刺，如常时节得钞傲妻；另一方面，作者本人又未免陷入世俗之见，如在讽刺陶扒灰不能灯台自照之后，却又写道：“正是：各人自扫檐前雪，莫管他家屋上霜。”（第三十三回）

① 《车尔尼雪夫斯基论文学》中册，上海译文出版社1979年版，第97页。

作者世界观上的这种种矛盾，就必然使他的讽刺锋芒难以触及封建制度和封建统治阶级的罪恶本质，而往往停留在酒色财气等社会现象上。用《金瓶梅》作者的话来说："色是伤人剑"，"积财惹祸胎"（第七十九回）。"妾妇索家，小人乱国，自然之道。"（第七十回）因此他所讽刺的对象，主要是"妾妇"和"小人"，"财"和"色"，而不是社会制度和反动阶级的阶级本质。《金瓶梅》中所以充斥着淫秽色情的描写，除了鲁迅所说的在当时"实亦时尚"①之外，我看这跟作者把好色这种社会病态，错误地当作社会病根，把封建统治阶级的腐朽堕落，错误地归咎于商品经济的繁荣——"财宝祸根荄"（第五十六回）——这种形而上学的唯心史观，是分不开的。在他之后一个多世纪产生的吴敬梓的《儒林外史》，虽然也不可能把讽刺的矛头指向整个封建制度和封建统治阶级，但它毕竟是把讽刺社会丑恶现象上升到否定封建科举制度的高度，在作家的思想高度和讽刺的深刻性上，毕竟比《金瓶梅》前进了一大步。

其次，由于作者缺乏鲜明、强烈的爱憎感情，在他的讽刺对象中，有一些是属于某些基本上善良的普通人或被压迫者，讽刺得未免过于冷酷和尖刻，使人不是产生快感，而是感到痛心，甚至对其真实性产生怀疑。如荒淫不堪的陈敬济残酷迫害他的妻子西门大姐，"一把手采过大姐头发来，用拳撞、脚踢、拐子打，打得大姐鼻口流血，半日甦醒过来，这敬济便归娟的房里睡去了，由着大姐在下边房里，呜呜咽咽只顾哭泣。"半夜，"用一条索子悬梁自缢身死，亡年二十四岁。"连作者也说："可怜大姐。"可是作者接着写次日早晨，陈敬济骂西门大姐："贼淫妇，如何还睡，这咱晚不起来！我这一跺开门进去，把淫姐鬓毛都拔净了。"此时，却用戏谑、讽刺的笔调，写丫头"重喜儿打窗眼内望里张看，说道：'他起来了，且在房里打秋千耍子儿哩。'又说：'他提偶

———————————
① 鲁迅：《中国小说史略》第19篇。

戏耍子儿。'"（第九十二回）对一个被迫害而上吊自杀的善良妇女，怎么能用这种语言来讽刺她呢？这岂不比陈敬济对她的毒打和摧残更令人可恶么？如果说丫头重喜儿说这种话是由于在窗眼内未看清楚，还情有可原的话，那么，作者对西门大姐的被迫上吊自杀是看得很清楚的，又为什么要让重喜儿说出这种冷酷无情而又令人极其反感的话来呢？这就使人不能不怀疑，西门大姐的被迫自杀，究竟是可怜还是可笑？

讽刺的生命是真实。而要真实，就必须根据讽刺的对象，正确掌握讽刺的分寸，绝不能不分对象，乱加讽刺，使亲者痛，仇者快。在《金瓶梅》中，便存在着这种缺陷。如第五十八回写有个磨镜老叟，在替孟玉楼、潘金莲磨完镜子，收了工钱之后，还只顾立着不去。玉楼便叫来安问其原因，老汉哭着说他已经六十一岁，家有五十五岁的老妻，因儿子赌钱，"归来把妈妈的裙袄都去当了，妈妈便气了一场病，打了寒，睡在炕上半个月"。"如今打了寒才好些，只是没将养的，心中想块腊肉儿吃"，街上又买不到。因此，孟玉楼就送了他一块腊肉，潘金莲也送了他二升小米，两个酱瓜茄。这一切在我们看了都感到真实可信、深表同情的时候，作者却指出，原来"他妈妈子是个媒人，昨日打这街上走过去不是，几时在家不好来！"因而他通过来安当场讥笑磨镜老叟："你家妈妈子不是害病想吃，只怕害孩子坐月子，想定心汤吃。"如果说在这个磨镜老叟身上，寄寓着作者对磨镜者自己却不用镜子照照自己，干着扯谎行骗的勾当，这对揭示全书的寓意还有其一定的作用的话，那么，书中并未写他的老伴有什么丑行，为什么又讥笑他那个五十五岁的老妈妈子"害孩子坐月子"呢？这就未免是对于讽刺的使用不当，而使读者产生反感了。

《金瓶梅》的有些讽刺描写，显得过于浅露，这也使人感到不够真实可信。如写有个太医，竟然会在病家面前自道：

　　　　我做太医姓赵，门前常有人叫。只会卖杖摇铃，那有真材实料。

行医不按良方，看脉全凭嘴调。撮药治病无能，下手取积儿妙。头疼须用绳箍，害眼全凭艾醮。心疼定敢刀剜，耳聋宜将针套。得钱一味胡医，图利不图见效。寻我的少吉多凶，到人家有哭无笑。（第六十一回）

世上尽管有这种靠行骗为生的医生，但绝不会像赵太医这样"自报家门"。这是作者为了制造讽刺的笑料而杜撰出来的。可惜这种笑料不仅过于浅露，而且已落入油腔滑调，够不上讽刺艺术了。

《金瓶梅》还有些讽刺描写，虽然没有油腔滑调的弊病，但由于作者未能抓住客观事物本身固有的矛盾，为讽刺而讽刺，这也必然使人感到不够真实。如在"群僚庭参朱太尉"的场合，作者让五个俳优，面对贪赃枉法的群僚和朱太尉，唱了李开先《宝剑记》第五十出的一套曲词，在曲词中痛骂："你有秦赵高指鹿心，屠岸贾纵犬机。待学汉王莽不臣之意，欺君的董卓燃脐。但行动弦管随，出门时兵杖围。入朝中为官悚畏，仗一人假虎张威。望尘有客趋奸党，借剑无人斩佞贼，一任的恣狂为。""南山竹罄难书罪，东海波干臭未遗。万古流传，教人唾骂你！""当时酒进三巡，歌吟一套，六员太尉起身。朱太尉亲送出来，回到厅，乐声暂止。"（第七十回）始终无人对唱这套曲词提出任何责难。这对那些官僚的昏聩、麻木，贪赃枉法而自觉若无其事，固然是个辛辣的嘲笑。然而这又毕竟使人感到太失真了，因为那班官僚怎么能听任自己挨骂而装聋作哑或颟顸无知到如此地步呢？这如同疯狗挨打而一声也不狂吠那样，令人太难以置信了。

讽刺是以带喜剧性的艺术手段揭示生活中的矛盾冲突。因此，作家首先必须把握住生活中矛盾的实质，才能使讽刺艺术具有真实动人的力量。同时，还必须对于丑恶事物有满腔的仇恨，才能燃起讽刺的烈火；必须对于美好事物有必胜的信念，才能产生对丑恶事物的极度蔑视；必须有鲜明、强烈的爱憎感情，掌握好对不同对象、不同性质问题的分寸，才能使讽刺艺术得到恰到好处的运用。

再次，由于作者缺乏高尚的审美趣味，使《金瓶梅》中还有一些讽刺描写，显得过于粗野、低级，甚至沦为庸俗、下流，读了不仅难以引起美感，而且反而令人恶心。如西门庆在和李瓶儿淫乐时说："我的心肝，你达不爱别的，爱你好个白屁股儿。"这话被潘金莲偷听到了。当西门庆要用茉莉花肥皂洗脸时，作者就通过潘金莲讽刺道："我不好说的，巴巴寻那肥皂洗脸，怪不的你的脸洗的比人家的屁股还白。"（第二十七回）这无异于讥讽西门庆爱李瓶儿的白屁股，就如同爱自己的脸一样；虽然讽刺得很尖刻，但已未免流于形同粗野的谩骂了。

还有一次，西门庆、应伯爵和妓女韩金钏等一起在郊园饮酒作乐。席间，"那韩金钏吃素，再不用荤，只吃小菜。伯爵道：'今日又不是初一月半，乔作衙甚的。当初有一个人，吃了一世素，死去见了阎罗王，说：我吃了一世素，要讨一个好人身。阎王道：那得知你吃不吃，且割开肚子验一验。割开时，只见一肚子涎唾。原来平日见人吃荤，咽在那里的。'众人笑得翻了。金钏道：'这样捣鬼，是那里来！可不怕地狱拔舌根么？'伯爵道：'地狱里只拔得小淫妇的舌根，道是他亲嘴时，会活动哩！'"因李瓶儿病重，西门庆被书童叫回去了。接着作者便写："一个韩金钏，霎眼挫不见了。伯爵蹑足潜踪寻去，只见在湖山石上撒尿，露出一条红线，抛却万颗明珠。伯爵在隔篱笆眼，把草戏他的牝口。韩金钏尿也撒不完，吃了一惊，就立起，裙腰都湿了。骂道：'贼短命，怎尖酸的没槽道！'面都红了，带笑带骂出来。伯爵与众人说知，又笑了一番。"（第五十四回）万历词话本原回目是"应伯爵郊园会诸友"。"第一奇书"本特地把它改成"应伯爵隔花戏金钏"。张竹坡并在回批中指出："盖伯爵戏金钏，明言遗簪坠珥，俱是相思，隔花金串，行当入他人之手，是瓶儿未死已先为金梅散去一影。然瓶儿一死，亦未尝不有隔花人远天涯近意。是此一回既影瓶儿，复遥影莲摧梅谢。"这是从象征、影射的角度来看的，未免有深文周纳、不切实际之嫌。我看这不是属于象征手法，而是讽刺手法，是韩金钏对应伯爵讥笑她假吃素、会亲嘴的反击，是以妓女撒尿尚有槽道，来反衬、讥刺应伯爵"恁尖酸的没槽道"。且不管是象征或讽刺，用妇女撒尿来加以戏谑，这实在是太低级、下流了！无论象征得多么寓有深意，或讽刺得多么尖酸刻薄，叫人看了都只能感到是个恶作剧，而绝无美感可言。

讽刺艺术是打击社会中的丑恶现象的有力武器。并且它不是一般地揭露和鞭挞丑类，而是要更为清醒、更为理智地解剖丑类。因此，它是严肃的艺术，需要有崇高的审美理想，对丑类的灵魂具有洞察秋毫的透视力，这样才能不仅更有力量，而且也更为轻松愉快地给予丑类以深刻的讽刺。可笑是由轻松愉快而引起的。因此，这种轻松愉快不是轻佻浅薄，更不是轻狂下作，而是一种力量的表现。它显示了美的优越和丑的渺小，需要经过作家化丑为美——由生活丑转化为艺术美的艺术创造。看来《金瓶梅》作者由于自己未能完全摆脱低级趣味的影响，审美情趣不够高尚，这就使他的讽刺艺术难免存在着粗俗有余而雅洁不足的严重缺陷。即使把其中描写淫秽的字句统统删去，其在讽刺艺术上的这个缺陷，仍然丝毫改变不了。

四、认识《金瓶梅》的讽刺特色有不可低估的意义

我们对于研究《金瓶梅》的讽刺艺术的意义，不应低估。

只有不仅从一般的揭露、批判，而且也从讽刺艺术的角度，我们才能更加全面、透彻地了解《金瓶梅》的思想意义和艺术特色。如万历本《金瓶梅词话》第四十九回回目"西门庆迎请宋巡按"，"第一奇书"本改为"请巡按屈体求荣"。文龙则在对此回的批语中指出："此一回斥西门庆屈体求荣，窃不谓然。此宋乔年之大耻，非西门庆之耻也。一个御史之尊，一省巡抚之贵，轻

骑减从，枉顾千兵（户）之家，既赴其酒筵，复收其礼物。心之念念，有一翟云峰在胸中。斯真下流不堪，并应伯爵之不若，堂堂大臣，耻莫大焉。西门庆一破落户而忝列提刑，其势位悬绝，纵跪拜过礼，亦其分也。周守备等尚在街前伺候，谓之曰荣可也，亦何为屈体乎？至若献妓于小蔡，究与献姬妾不同，而又非其所交之银、桂也，其宋、蔡二御史，屈体丢人，西门庆沾光不少矣。"

一个说是西门庆"请巡按屈体求荣"；一个则认为"宋、蔡二御史屈体丢人，西门庆沾光不少矣"。为什么会出现如此尖锐对立的看法呢？其实，如果我们把握住《金瓶梅》的讽刺笔法和特色，就不难发现，无论是西门庆或宋、蔡二御史，都是本回所要刻画的被讽刺者的形象，而完全没有必要在究竟谁"屈体"上纠缠不清。西门庆跟蔡御史早有交往，他要通过蔡的关系来结交刚离京至本省上任的宋御史，因此他早就派人打听他们的行程，"出郊五十里迎接"，"先到蔡御史船上拜见了，备言邀请宋公之事。"蔡御史心领神会，说："我知道。一定同他到府。"次日，蔡御史约请宋御史一起到西门庆家去，宋称："学生初到此处，不好去得。"可是当他一听蔡说："年兄，怕怎的！既是云峰分上，你我去去何害。"便"分付着轿，就一同起行"。翟云峰是太师蔡京的管家，西门庆因给他娶了个妾，而攀为亲家。原来蔡、宋二御史之所以接受西门庆的邀请，皆看在"云峰分上"，这难道不是颇有讽刺意味么？上回曾御史刚刚弹劾西门庆是"市井棍徒"，"赃迹显著"，"贪鄙不职"，此回蔡御史便颂扬西门庆"乃本处巨族，为人清慎，富而好礼"。宋御史也恭维地说："久闻芳誉"，"幸接尊颜"。这无论对西门庆或对吹捧他的蔡、宋二御史，难道不都是个辛辣的讽刺么？西门庆既已"赃迹显著"，难怪宋御史起初不敢登门，蔡御史劝他"怕怎的！既是云峰分上"，他们也就不怕了，这难道不是一语穿透了蔡、宋二御史的灵魂，可笑之至么？

西门庆迎请蔡、宋二御史，除了以"费勾千两金银"的酒席款待之外，又送了"共有二十抬"礼品："宋御史的一张大桌席，两坛酒，两牵羊，两对金丝花，两匹段红，一付金台盘，两把银执壶，一个银酒杯，两个银折盂，一双牙箸。蔡御史的也是一般的。都递上揭帖。宋御史再三辞道：'这个，我学生怎么敢领？'因看着蔡御史。蔡御史道：'年兄贵治所临，自然之道。我学生岂敢当之？'西门庆道：'些须微仪，不过乎侑觞而已，何为见外！'比及二官推让之次，而桌席已抬送出门矣。宋御史不得已，方令左右收了揭帖，向西门庆致谢，说道：'今日初来识荆，既扰盛席，又承厚贶，何以克当？徐容图报不忘也。'"这种对受贿既羞羞答答，故作推辞，又公然把它说成是"自然之道"，难道不是绝妙的讽刺么？受贿而不忘"图报"，似乎就扪心无愧了。可是他们究竟"图报"什么呢？曾御史弹劾西门庆"受苗青夜贿之金，曲为掩饰"，如今谋财杀人犯苗青已被捕获，受西门庆之托，蔡御史对宋御史说："此系曾公手里案外的，你管他怎的？""遂放回去了。"西门庆又利用蔡御史任"两淮巡盐"的职权，要蔡御史对他派往扬州贩盐的伙计"青目青目，早些支放"。蔡即表示："只顾盼咐，学生无不领命。""我到扬州，你等径来察院见我，我比别的商人早掣你盐一个月。"如此滥用职权，使杀人犯和赃官得到庇护，并进一步大肆渔利，这种"徐容图报不忘也"，又该是多么可笑、可鄙、可憎啊！西门庆那样盛情款待蔡、宋二御史，究竟是情乎？礼乎？利乎？他名为"情"和"礼"，实则赤裸裸地为了"利"，蔡御史却把他说成是"富而好礼"；那样贪赃枉法、卑劣不堪的蔡御史，作者却说他"终是状元之才"。这一切难道不皆是以正衬反的讽刺笔法么？其讽刺意义，显然不只是谁"屈体"的问题，更重要的，是嘲笑和鞭挞了封建吏治的腐败、黑暗，从堂堂的御史到执法的提刑官，竟然如此狼狈为奸，灵魂卑劣异常，行为丑恶不堪。

如果不从讽刺艺术的角度来看，人们不仅难以认清《金瓶梅》所蕴藏的深广的典型意义，而且连对其中的某些具体描写，都会感到无法理解。如第七十一回"提刑官引奏朝仪"，作者写道："这帝皇果生得尧眉舜目，禹背汤肩。若说这个官家，才俊过人：口工诗韵，目览群籍；善写墨君竹，能挥薛稷书；道三教之书，晓九流之典。朝欢暮乐，依稀似剑阁孟商王；爱色贪杯，仿佛如金陵陈后主。"明代天启、崇祯年间刊印的《新刻绣像批评金瓶梅》，对这段描写的眉批曰："称尧眉舜目，忽接到孟商王、陈后主，又似赞，又似贬，可见败亡之主，何尝不具圣人之姿？即孟子所谓尧舜与人同之意。"这段描写，果真"即孟子所谓尧舜与人同之意"么？否！它为什么"又是赞，又是贬"呢？难道是为了正面说明"败亡之主，何尝不具圣人之姿"么？否！它显然是运用赞与贬的不和谐，描绘出一幅讽刺画像，讥讽这位皇帝名为尧舜禹汤一般圣贤，实则是孟商王、陈后主那样的荒淫之徒和亡国之君。《金瓶梅》的全部描写，都可证明：只有掌握和理解它的讽刺笔法，才能领悟其深刻隽永的真谛。

只有认清《金瓶梅》的讽刺特色，我们才能更加全面、准确地评价《金瓶梅》在中国小说史上的地位和影响。《金瓶梅》对我国小说创作的现实主义的发展，及其对于《红楼梦》的影响，这是众所公认的；而《金瓶梅》作为批判现实主义的特色，及其对于《儒林外史》等讽刺小说的影响，则往往还没有引起人们足够的重视。它所描写的，几乎没有什么理想的正面人物，而把笔墨主要集中于讽刺、批判形形色色的反面人物，或种种丑恶的社会现象。作者着力于从大家习以为常的日常生活和平凡琐细的事件中，发现其丑恶和荒诞的实质，从丑恶和荒诞的偶然性中，揭示出其得以在社会上风行的必然性，从而形成了尖锐的讽刺。讽刺的实质，就是更尖刻而轻松的批判。因此，车尔尼雪夫斯基指出："在俄国美文学中持久地贯彻讽刺——或者说得更公允一点，所谓批判倾向的功勋，却应当特别归给果戈理。"[①]主要以讽刺笔法来进行批判，不是追求塑造理想的英雄人物，而是热衷于"把罪恶的一切丑态在光天化日之下

---

① 《车尔尼雪夫斯基论文学》上卷，新文艺出版社1957年版，第26页。

暴露出来，并且把罪恶的巨大形象展示在人类的眼前"①。在这种种方面，我认为《金瓶梅》跟果戈理的《死魂灵》等批判现实主义作品，是颇为相像的。我们理所当然地也应把贯彻讽刺和批判倾向的功勋，特别归给《金瓶梅》的作者笑笑生。

应当看到，不只是《金瓶梅》的写实艺术对《红楼梦》有明显的影响，同时，它的讽刺艺术对《儒林外史》也有直接的影响。这种影响，首先表现在把讽刺手法建立在对日常生活的严谨的写实上。如鲁迅早就以"《金瓶梅》写蔡御史的自谦和恭维西门庆道：'恐我不如安石之才，而君有王右军之高致矣。'"跟"《儒林外史》写范举人因为守孝道，连象牙筷也不肯用，但吃饭时，他却'在燕窝碗里拣了一个大虾圆子送在嘴里'"并为例证，论定"这分明是事实，而且是很广泛的事实，但我们皆谓之讽刺"②。从极平常的写实中进行讽刺，使之具有"很广泛的事实"作基础，这就使讽刺有了强大的生命力。正是在讽刺的生命——真实这个问题上，《儒林外史》与《金瓶梅》是一脉相承的。其次，还表现在《金瓶梅》犀利地抨击封建腐朽统治的战斗精神，也给了《儒林外史》以及近代的谴责小说以明显的影响。它们都共同揭示了封建官僚吏治的黑暗，封建伦理道德的堕落和科举制度的腐败，甚至连"火到猪头烂，钱到公事办"等某些语言，都如出一辙。《金瓶梅》所写的"富贵必因奸巧得，功名全仗邓通成"（第三十回）。"囊内无财莫论才。"（第四十八回）以及蔡状元、温秀才等被讽刺者的形象，都不愧为《儒林外史》的先河。当然，《儒林外史》的讽刺艺术不仅对《金瓶梅》有继承和借鉴的一面，更有新的重大突破和发展。

认清《金瓶梅》的讽刺艺术特色，对于我们今天的文学创作也有一定的借

---

① 席勒：《强盗》第 1 版序言。
② 鲁迅：《论讽刺》，《鲁迅全集》第 6 卷，1958 年版，第 218、219 页。

鉴和启发作用。如作家的主观动机和作品的客观效果必须统一。《金瓶梅》作者的主观动机，无疑地是要讽刺和批判当时的社会现实，其全书的主要篇幅也确实讽刺得颇为出色，批判得相当深刻。但由于作者对荒淫的性生活以及其他一些丑态的描写，比较低级、庸俗，缺乏高尚的审美情趣，就使它的社会效果不可避免地带来了一些严重的消极影响，以致使它那本应产生积极影响的讽刺艺术和批判精神，也受到"株连"，险遭湮没。这是一个多么沉痛而又具有现实意义的历史教训啊！至于《金瓶梅》作为讽刺艺术的其他许多成功的经验和存在的缺陷，上面已经作了比较充分的阐述，它们究竟有哪些值得借鉴之处，读者自会得出结论，这里就不用赘述了。

传情写态，质朴无华

——论《金瓶梅》的白描艺术

　　白描艺术是我们的传家宝。李准有感于现在有些同志"只说人家的小说好"，而语重心长地说："对白描的继承问题我很担心。从中国明清小说到五四乃至现在传下的这套本领，是了不起的本领，千万不能失传。外国有些大作家也不一定运用得纯熟，中国作家在这条道路上下的功夫太大了。中国有些作家三句话就能写出一个人物，甚至于一个细节、一个动作就写出一个人物，外国的一些作家未必有此本领。"①这说明我们对《金瓶梅》白描艺术的探讨，是颇有现实意义的。

　　白描，本是中国绘画技法之一。其特点是：无须浓墨重彩，只着力用墨线勾描物象，"扫去粉黛，轻毫淡墨"，"不施丹青而光彩动人"。②我国历史上的著名画家，如唐代的吴道子，北宋的李公麟，元代的张渥，皆以擅长白描而著称。把国画的白描艺术，充分地运用到语言艺术——小说创作中来，即使用最简练的笔墨，不加夸饰和做作，便极其真实地刻画出鲜明生动的人物形象。这是《金瓶梅》作者的一大功绩，是《金瓶梅》十分显著的艺术特色和值得借鉴的艺术经验之一。正如张竹坡所指出的："读《金瓶》当看其白描处，子弟能看其白描处，必能自做出异样省力巧妙文字来也。"③

---

　　①　李准：《谈谈塑造人物》，见彭华生等编《新时期作家谈创作》，人民文学出版社 1983 年版。

　　②　转引自《唐宋画人名辞典·李公麟》。

　　③　张竹坡：《金瓶梅读法》。

一、《金瓶梅》白描艺术的特色

直接通过对日常生活中普通人的语言和行动的白描，使人物的一言一行充分地性格化，具有酷似生活的强烈的真实性和质朴性，这是《金瓶梅》白描艺术的显著特色。

在《三国演义》里，如果离开"借东风""空城计"等曲折紧张的故事情节，就不可能有诸葛亮那样超凡入圣的智慧的动人形象。在《水浒传》里，如果没有景阳冈打虎的惊险场面，武松的形象也就失去了震撼人心的魅力。而在《金瓶梅》里，我们却找不到任何一个情节或场面，对于它的人物形象塑造有如此决定性的作用。《金瓶梅》跟它以前的小说传统写法迥然有别。它不是借助于紧张曲折的故事情节和惊心动魄的战斗场面，而是直接把笔触一下子就集中到人物本身，通过对人物自己的语言和行动的白描，着力于刻画出日常生活中普通的、性格化的、真实的人。

例如《金瓶梅》第十九回"草里蛇逻打蒋竹山"，虽然也写了武打，但却不像《水浒传》中"鲁达三拳打死镇关西"那样，把最精彩的笔墨集中在鲁达的三拳上：一拳"正打在鼻子上，打得鲜血迸流，鼻子歪在半边，却便似开了个油酱铺，咸的、酸的、辣的，一发都滚出来"；再一拳打在眼眶眉梢，"打得眼棱缝裂，乌珠迸出，也似开了个彩绵铺的，红的、黑的、绛的，都绽将出来"；"又只一拳，太阳上正着，却似做了一个全堂水陆道场，磬儿、钹儿、铙儿，一齐响"。这虽然是十分精彩的描写，叫人感到痛快淋漓，有力地突出了鲁达英勇无畏和疾恶如仇的英雄气概，但它毕竟是属于艺术的夸张，带有神奇的色彩，如同浓墨重彩渲染的油画，跟实际生活总有一段距离。而《金瓶梅》作者采用的则完全是写实的白描手法，不仅写"草里蛇""隔着小柜嗖的一拳去，早飞到竹山面门上，就把鼻子打歪在半边"，"又是一拳，仰八叉跌了一跤，险不倒栽入洋沟里，将发散开，巾帻都污浊了"，显得平淡无奇，更重要的，他着力于通过写西门庆如何用四五两碎银子收买"草里蛇"充当打手，"草里蛇""接了银子，扒倒地下磕了个头，说道：'你老人家只顾家去坐着，不消两日，管情稳扣扣教你笑一声。'"仅此一笔，就把"草里蛇"这个奴才的流氓嘴脸勾画出来了。西门庆回家又对潘金莲说道："我有一件事告诉你，到明日教你笑一声。你道蒋太医开了生药铺，到明日，管情教他脸上开果子铺出来。""教你笑一声"，以害人为乐，这淡淡的一笔白描，把西门庆那奸险、狠毒的性格本质，刻画得该是多么生动而又深刻啊！作者也不是写"草里蛇"把蒋竹山毒打一顿了事，而是以他到蒋竹山生药铺，不买"牛黄"，要买所谓"狗黄"，不买"冰片"，要买所谓"冰灰"，蓄意无理挑衅，又公然地对蒋竹山进行讹诈，要他偿还所谓借银三十两，不答应，便毒打，活画出一副流氓无赖的嘴脸。蒋竹山无故地挨了打，还"被保甲上来，都一条绳子拴了"，送到官府。这时西门庆早已"拿贴子，对夏大人说了"。因此，夏提刑看了"草里蛇"伪造的蒋竹山借银文契之后，便"拍案大怒，说道：'可又来！见有保人、文契，还这等抵赖。看这厮咬文嚼字模样，就相个赖债的！'喝令左右：'选大板，拿下去着实打！'当下三四个人，不由分说，拖番竹山在地，痛责三十大板，打的皮开肉绽，鲜血淋漓。一面差两个公人，拿着白牌，押蒋竹山到家，处三十两银子，交还鲁华。（即外号'草里蛇'。——引者注）不然，带回衙门收监"。身为执法的提刑官，竟然说："看这厮咬文嚼字模样，就相个赖债的！"这是一种多么荒唐的逻辑啊！作者仅如实地白描出夏提刑这种刚愎自用的腔调，就把他这个昏官的形象和封建社会政治的腐朽、黑暗，都活画出来了。看了真令人哭笑不得，心情久久不能平静。

由此可见，《金瓶梅》作者既不以曲折紧张的故事情节和惊心动魄的武打场面吸引人，也不以夸张、神奇的笔墨取胜，而是以生活本身的错综复杂，来展示艺术再现生活的无穷兴味；以人物自身所特有的语言和行动，来白描出活生生的人物性格，以人物性格的丰富多彩，来启人心扉，扣人心弦。需要说明的是，这里我们把《金瓶梅》和《水浒传》等作品加以对比，并不是说《水浒传》中毫无白描之处，更绝无贬低《水浒传》等作品之意。《水浒传》对于英雄形象的刻画，自有其不可企及的高超之处。我们只是通过对比，借以显示出《金瓶梅》在中国小说史上别有一番崭新的艺术特色，这就是不借助于夸张、渲染、神奇化等其他艺术手段，而主要靠对日常生活的白描来塑造普通人的形象。

由表入里，准确传神，深入写出人物的灵魂，使之具有形象的典型性和传神性，这是《金瓶梅》白描艺术的又一特色。

由于《金瓶梅》的白描艺术是直接通过白描日常生活中普通人的语言和行动来塑造人物形象，因此它具有强烈的真实性和质朴性。但是它这种真实和质朴，又绝不是简单、直率地复制生活，更不是单调、乏味地罗列生活现象，而是抓住人物的性格特征，通过用隐语、比喻等多种修辞手段，力求白描得准确、传神，写出人物生动活泼和丰富复杂的灵魂。

如西门庆从妓女吴银儿家喝得醉醺醺的骑马回家，途中遇见李瓶儿家的冯妈妈，便对她说："你二娘在家好么？我明日和他说话去。"冯妈妈道："兀得大人还问甚么好也来！把个见见成成做熟了饭的亲事儿，吃人掇了锅儿去了！""西门庆听了，失惊问道：'莫不他嫁人去了？'"（第十八回）这里作者不写冯妈妈直截了当地说李瓶儿已嫁给蒋竹山，而是用隐语说："把个见见成成做熟了饭的亲事儿，吃人掇了锅儿去了。"这语言既极其生动、形象，又活画出了冯妈对西门庆讨好、卖乖的心理，以及对他未娶李瓶儿的那种惋惜、失望的神态。

又如有一次西门庆问潘金莲，李瓶儿死后装椁穿的什么衣服，潘金莲道："你问怎的？"西门庆道："不怎的，我问声儿。"潘金莲说："你问必有个缘故。……"又道："我做兽医二十年，猜不着驴肚里病！你不想他，问他怎的？"这便逼得西门庆说出："我方才梦见他来。"（第六十七回）这段对话，尤其是潘金莲那"我做兽医二十年……"的比喻，如此简洁、生动而又奇妙、精彩，一点也没有人为地雕琢或渲染的痕迹，就把潘金莲那机灵的性格、妒忌的心理和自鸣得意的神情，把西门庆对李瓶儿那种既思念又难言的苦衷，皆刻画得神情毕肖，跃然纸上。

准确地运用隐语、比喻等修辞手段，虽然有助于把人物形象白描得生动传神，但是《金瓶梅》白描艺术成功的秘诀，并不在于这些生动的隐语、比喻本身，而在于作者的描写总是非常切合人物的性格和神情。因此，即使不用隐语、比喻等修辞手段，《金瓶梅》的白描艺术也同样能收到准确、传神的艺术效果。如有一次西门庆和应伯爵在一起喝酒，吩咐"就把糟鲥鱼蒸了来"，接着作者写道：

> 伯爵举手道："我还没谢的哥，昨日蒙哥送了那两尾好鲥鱼与我。送了一尾与家兄去。剩下一尾，对房下说，拿刀儿劈开，送了一段与小女；余者打成窄窄的块儿，拿他原旧红糟儿培着，再搅些香油，安放在一个磁罐内，留着我一早一晚吃饭儿，或遇有人客儿来，蒸恁一碟儿上去，也不枉辜负了哥的盛情。"（第三十四回）

这里作者所用的完全是家常的碎语，然而通过应伯爵的"举手道"，三个字就白描出他那有得吃便得意的心理和极为兴奋的神态，通过应伯爵介绍他对西门庆送的两条鲥鱼如何珍重处理的具体过程，更进一步地道出了他是如何"不枉辜负了哥的盛情"，活画出了应伯爵那种趋炎附势的帮闲性格和以吃白食为荣的卑鄙灵魂，真可谓"写得肺肝如见"[①]。

由此及彼，从人物的语言和行动中写出其所处的典型环境，以环境与人物

---

① 崇祯本《金瓶梅》第十二回眉批。

的反衬，揭示出深邃的思想性，这是《金瓶梅》白描艺术的又一特色。

《金瓶梅》是一部"世情书"[①]。我们必须掌握其白描的艺术手法，才能正确地深切地认识其讽刺世情的真谛。如吴月娘至泰山烧香，被引至岱岳庙石道士的方丈室休息。那室内"糊的雪白"，挂着"携两袖清风舞鹤；对一轩明月谈经"的对联，显得非常圣洁、高雅，令人俨然肃穆、崇敬。然而就在这个方丈室内，"忽听里面响亮了一声，床背后纸门内跳出一个人来，淡红面貌，三柳髭须，约三十年纪，头戴渗青巾，身穿紫锦袄衫，双关抱住月娘，说道：'小生姓殷，名天锡，乃高太守妻弟。久闻娘子乃官豪宅眷，天然国色，思慕已久，渴望一见，无由得会。今既接英标，乃三生有幸，死生难忘也。'一面按着月娘在床上求欢。月娘唬的慌作一团，高声大叫：'清平世界，朗朗乾坤，没事把良人妻室强霸拦在此做甚！'就要夺门而走。被天锡抵死拦住不放……只见月娘高声：'清平世界，拦烧香妇女在此做甚么！'这吴大舅便叫：'姐姐休慌，我来了！'一面拿石头把门砸开。那殷天锡见有人来，撒开手，打床背后一溜烟走了。原来这石道士床背后都有出路。"一直到吴月娘与吴大舅等连夜逃到山下客店内，"如此这般，告店小二说。小二叫苦连声，说：'不合惹了殷太岁，他是本州知州相公妻弟，有名殷太岁。你便去了，把俺开店之家，他糟蹋凌辱，怎肯干休！'"最后吴月娘还是蒙宋江的搭救，给予"活命之恩"，才得"取路来家"（第八十四回）。无须作者另作说明，仅从作者所白描的这些事实本身，就可看出这是对那个号称"清平世界"的辛辣讽刺，对标榜"舞鹤""谈经"的宗教圣地的莫大亵渎，也是对吴月娘迷信宗教的无情捉弄！可是张竹坡只看到月娘不该"奔走于数百里之外"去泰山烧香，便认定"此回乃大书月娘之罪"，"月娘之罪，至此极矣。"[②]文龙在对该回的批语

---

① 张竹坡：《竹坡闲话》。
② 张竹坡：《金瓶梅》第八十四回批语。

中则打抱不平，认为吴月娘"能拒天锡之强"，"论人观其大节，月娘正未可厚非。"①两人对于吴月娘的评价虽然意见相左，但却同样未窥见其辛辣讽刺和无情揭露的艺术真谛。这除了由于评论者为自身的阶级偏见所囿限，跟《金瓶梅》的白描艺术侧重于客观描绘，具有蕴藉含蓄的特点，也有关系。

由于《金瓶梅》的白描艺术侧重于客观地白描，因此，读者必须把《金瓶梅》所写的前后左右作为艺术的整体，对照、连贯起来加以思考，如同吃橄榄一样，必须经过反复的咀嚼，品味，才能领会其所溶汇的深厚底蕴。如武松因为兄报仇，而被关进牢狱，作者通过"武二口口声声叫冤"，不得不"将家活多办卖了，打发两个公人路上盘费，央托左邻姚二郎看管迎儿"，与西门庆的欢庆胜利对照起来加以白描：

> 这里武二往孟州充配去了不提。且说西门庆打听他上路去了，一块石头方落地，心中如去了痞一般，十分自在。于是家中吩咐家人来旺、来保、来兴儿，收拾打扫后花园芙蓉亭干净，铺设围屏，悬起锦障，安排酒席齐整，叫了一起乐人吹弹歌舞。请大娘子吴月娘，第二李娇儿，第三孟玉楼，第四孙雪娥，第五潘金莲，合家欢喜饮酒。家人媳妇，丫鬟使女，两边侍奉。怎见当日好筵席，但见……

这里《金瓶梅》作者以鲜明的对比、强烈的反差告诉人们：武松的正义斗争却横遭发配，家破人亡，而西门庆的猖狂肆虐，倒得心应手，合家欢庆。不用作者另加一句贬词，仅靠这种反差对比的白描，就能使广大读者对那个公理灭绝、人妖颠倒的社会愤极恨绝，使作品产生了强烈的揭露和批判效应。因为

---

① 文龙:《金瓶梅》第八十四回批语。

通过这种前后对比、衬托的白描，使读者鲜明地看到：问题不只是西门庆一个人很坏，更在于西门庆这样的坏人能够得到政府的庇护。《金瓶梅》的这种客观对比、衬托的白描艺术，不仅对当时社会现实的揭露显得更加深刻，而且正如契诃夫所说，由于作家的"态度越客观，所产生的印象就越有力"[①]。

总之，不借助于神奇的夸张、渲染等超现实的艺术手段，而直接通过对人物日常生活中的语言和行动的白描，来强化小说艺术的真实性、典型性和深刻性，这是《金瓶梅》颇为可贵的艺术特色，也是它把我国小说创作的现实主义传统，推进到了近代现实主义的新的历史阶段的重要标志。

二、《金瓶梅》白描艺术的缺陷

那么，《金瓶梅》的白描艺术是否完美无缺，达到了完全成熟的境界呢？否。其可贵之处，不在于它本身已经尽善尽美，而在于它所体现的作家的创新精神，以及在这种新的艺术创造中所得出的新鲜经验，包括成功和失败的经验。因此，我们要全面地认识和吸取《金瓶梅》白描艺术的经验，就不能不严正地指出它所存在的缺陷。

白描艺术不只是写实的艺术，同时它要求作家必须有深邃的眼力和高尚的情趣，进行艺术的提炼和开掘。而提炼不足，开掘不深，不少段落停留在琐细现象和粗野语句的白描上，正是《金瓶梅》白描艺术的一个突出的缺陷。如第七回"杨姑娘气骂张四舅"：

（杨姑娘）扯定张四大骂道："张四，你休胡言乱语！我虽不能不才，是杨家正头香主。你这老油嘴，是杨家那膫子合的！"张四

---

① 《契诃夫论文学》，第209页。

道："我虽是异姓，两个外甥是我姐姐养的。你这老咬虫，女生外向行，放火又一头放水！"姑娘道："贼没廉耻老狗骨头！他少女嫩妇的，留着他在屋里，有何算计？既不是图色欲，便欲起谋心，将钱肥己！"张四道："我不是图钱，争奈是我姐姐养的！有差池多是我，过不得日子不是你。你老杀才，搬着大，引着小，黄猫儿黑尾！"姑娘道："张四，你这老花根，老奴才，老粉嘴！你恁骗口张舌的，好淡扯！到明日死了时，又不使了绳子扛子！"张四道："你嚼舌头老淫妇！挣将钱来焦尾靶！怪不的恁无儿无女！"姑娘急了，骂道："张四贼，老苍根，老猪狗！我无儿无女，强似你家妈妈子穿寺院，养和尚，合道士！你还在睡里梦里！"

这段对话除了骂人的脏话连篇以外，我们实在很难看出它有什么积极的意义。有人称赞它"绘声绘色，痛快淋漓"，"张四的图财无理，杨姑娘的气急败坏；——活现纸上"。[①]其实，文学作品要求思想性和艺术性的统一，给读者以思想教益和美的感染；光有艺术的生动性，而缺乏思想的深刻性，甚至纯客观地展示丑恶和污秽，这是不值得称赞的。明容与堂刻本《水浒传》第三十二回，把孔家庄庄客的名字写或"长王三，矮李四，急三千，慢八百，笆上粪，屎里蛆，米中虫，饭内屁"之类，李卓吾便批曰："可删！"第四十四回描写杨雄眼中的潘巧云形象，自"黑鬒鬒鬓儿，细弯弯眉儿"，一直写到"肉奶奶胸儿，白生生腿儿"，以至下身，李卓吾批道："说出便俗！"而《金瓶梅》作者却同样将这段描写移到潘金莲身上。李卓吾所反对的小说中这类庸俗、琐细的描写，如果说在《水浒传》中还属偶尔罕见的话，那么，在《金瓶梅》中则恰恰得到了大量的恶性的发展。

---

① 胡文彬等选编：《论金瓶梅》，第266页。

白描艺术是最讲究形象性和客观性的艺术。插进一些空洞的说教，使《金瓶梅》白描艺术的和谐、完美受到了破坏，这是其存在的又一个缺陷。如潘金莲在为亡夫武大请和尚斋戒时，"众和尚见了武大这个老婆，一个个都违了佛性禅心，关不住心猿意马七颠八倒，酥成一块。"西门庆和潘金莲在房里淫乐，隔壁佛堂里正在做法事的和尚却"听了个不亦乐乎"，"不觉都手之舞之，足之蹈之"。这种形象的白描，本身已经是对众和尚和奸夫淫妇的丑态作了赤裸裸的揭露。可是，作者在这当中又插入一段：

> 看官听说，世上有德行的高僧，坐怀不乱的少。古人有云：一个字便是"僧"，二个字便是"和尚"，三个字是个"鬼乐官"，四个字是"色中饿鬼"。苏东坡又云：不秃不毒，不毒不秃；转毒转秃，转秃转毒。此一篇议论，专说这为僧戒行。住着这高堂大厦，佛殿僧房，吃着那十方檀越钱粮，又不耕种，一日三餐，又无甚事萦心，只专在这色欲上留心。譬如在家俗人，或士农工商，富贵长者，小相俱全，每被利名所绊，或人事往来，虽有美妻少妾在旁，忽想起一件事来关心，或探探瓮中无米，囷内少柴，早把兴来没了，却输与这和尚每许多，有诗为证：
>
> 色中饿鬼兽中猱，坏教贪淫玷祖风。
>
> 此物只宜林下看，不堪引入画堂中。（第八回）

这段说教，如同在和谐的乐曲中突然插进了一段刺耳的噪音，不仅破坏了前后用白描所创造的艺术境界，而且其说教的内容本身也十分浅薄、迂腐。把和尚好色不是归咎于宗教禁欲主义本身的扼杀人性，而是说成由于"一日三餐，又无甚事萦心"所致。这种浅薄的说教，不是阐发和深化了艺术形象本身所蕴含的意义，而是使生动的艺术形象和读者从中所得到的丰富的思想感受，用作者的主观说教加以局限住了。

在以白描为特色的散文中，插入言辞夸饰的韵文，也对《金瓶梅》白描艺术的和谐、完美有所损害。如作者写西门庆"使琴童儿叫赵裁缝去。这赵裁正在家中吃饭，听的西门庆宅中叫，连忙丢下饭碗，带着剪刀就走"。这时作者突然插入一段"时人有几句夸赞这赵裁好处"：

> 我做裁缝姓赵，月月主顾来叫。
>
> 针线紧紧随身，剪尺常掖靴靿。
>
> 幅折赶空走偿，裁弯病除手到。
>
> 不论上短下长，那管襟扭领拗。
>
> 每日肉饭三餐，两顿酒儿是要。
>
> 剪截门首带出，一月不脱三庙。
>
> 有钱老婆嘴光，无时孩子乱叫。
>
> 不拘谁家衣裳，且交印铺睡觉。
>
> 随你催讨终朝，只拿口儿支调。
>
> 十分要紧腾挪，又将后来顶倒。
>
> 问你有甚高强？只是一味老落！

然后接着再写"不一时走到，见西门庆坐在上面，连忙磕了头。桌上铺着毡条，取出剪尺来，先裁月娘的……"（第四十回）这段韵文名为"夸赞"，实则讥讽。散文写是第三者——"时人夸赞这赵裁"，而韵文本身用的却又是第一人称："我做裁缝姓赵。"出现这种自相矛盾的情况，说明作者是把现成的韵文硬塞进小说之中的。它不仅跟白描写实的语言风格不协调，而且有损于人物形象的真实性。

我们绝不是说小说中运用白描艺术就不可以插入韵文。如《红楼梦》中就运用了大量的诗词。但《红楼梦》中所用的诗词都是出于作家的创作，是为塑造人物的典型性格服务的。因此它成了《红楼梦》全书这个有机整体不可分割的一部分。《金瓶梅》中的韵文则不同，它多数是游离于故事情节和人物形象塑造之外，由作者硬加进去的，是在小说中生硬地照搬或因袭了属于戏曲或说唱文字为表现演员的唱功而采用的一种艺术形式，是从说唱词话向小说过渡所留下的痕迹。

在个性化的语言描写中，羼杂了一些陈词滥调，这也是《金瓶梅》白描艺术存在的又一个缺陷。如王婆向潘金莲介绍西门庆家中是"钱过北斗，米烂陈仓"，薛嫂也用同样的词句向孟玉楼作了介绍。"光阴似箭，日月如梭。""如胶似漆，百依百随。""欢从额角眉尖出，喜向腮边脸上生。""两手劈开生死路，翻身跳出是非门。""谁人汲得西江水，难洗今朝一面羞。""前车倒了千千万，后车倒了一如然。分明指与平川路，错把忠言当恶言。"如此等等说唱文学中的套话，皆多次重复出现。被打得"杀猪也似叫起来"，先后重复出现达七次以上。这些反复出现的陈词滥调，跟白描艺术对语言个性化的要求是相背迕的，令人读了感到很讨厌。

三、《金瓶梅》的白描艺术给予的启示

综观《金瓶梅》的白描艺术，它既有成功的经验，也有失败的教训，对于我们当前的小说创作，都是颇有启迪的。

首先是关于文学的主体性和忠实于生活的客体性的关系问题。《金瓶梅》的白描艺术，对于《三国演义》《水浒传》等我国传统小说的写法，无疑地是个重大的突破和发展，作家个人的主体性和在艺术上的创造性，其贡献和功绩都是有目共睹的。我们当前处于实现社会主义现代化的新时期的小说家，也在孜孜以求地使我们的小说创作能对传统小说有新的重大突破和发展。有些同志

提倡发挥文学的主体性和作家的主体性，也意在摆脱过去极"左"的束缚，在艺术上充分发挥作家的创造性。问题在于作家的这种主体性和艺术上的创造性，究竟怎样才能得到充分地发挥呢？《金瓶梅》的经验告诉我们，文学的主体性和作家在艺术上的创造性，绝不是天上掉下来的，也不是靠作家个人的冥思苦想所能奏效的，而是必须建立在忠实于生活的客体性的基础之上。作家和文学的主体只有投身于、服从于社会生活这个客体，以社会生活为文艺创作取之不尽、用之不竭的源泉，才能在艺术上不断有新的突破和创造。《金瓶梅》的白描艺术，就是写实的艺术。作家能深入到现实生活中吸取创作的真情实感，就是它所以能创新的源泉。如袁宏道所说："真，则我面不能同君面。"[①]又如朱之臣所说："情之所至，乃能日新而不穷。"[②]用张竹坡的话来说："作《金瓶梅》者，必曾于患难穷愁，人情世故，一一经历过，入世最深，方能为众脚色摹神也。"[③]"做文章不过情理二字。今做此一篇百回长文，亦只是情理二字。于一个人心中，讨出一个人的情理，则一个人的传得矣。虽前后夹杂众人的话，而此一人开口，是此一人的情理。非其开口便得情理，由于讨出这一人的情理，方开口耳。"[④]因此，那种一味强调文学的主体性，而忽视文学对于社会生活的从属性，是不符合文学发展的历史规律的。忠实于社会生活的客体性，这才是第一位的，才是发挥文学的主体性和作家的创造性的基础和关键之所在。《金瓶梅》中那些精彩的栩栩如生的白描，便是作家极为熟悉实际生活中的人物性格和群众语汇的反映；而其中那些抽象的说教和反复出现的陈词滥调，恰恰是作家离开社会生活实际，简单地因袭前人的结果。社会生活本身无比的复杂性、丰富性和生动性及其日新月异的发展，为现实主义文学的不断创新开辟了无限广阔的道路。《金瓶梅》的艺术创新，正是在作家熟悉当时新

---

① 袁宏道：《与丘长孺》。
② 见《新刻谭友夏合集》卷二十三附录。
③④ 张竹坡：《金瓶梅读法》。

的生活、新的人物——市民经济和市民阶层的基础上创造的。它有力地启示我们，当前我国新时期的新文学，也必须在作家投身到新时期为实现四个现代化而斗争的火热的社会生活中去，熟悉新的生活、新的人物和新的语汇，才能为艺术创新奠定最坚实的基础。否则，作家仅凭主观上刻意求新，那就只能陷入胡编乱造，搞出一些莫名其妙，读者看不懂，而只能供作家孤芳自赏的"杰作"，名为艺术创新，而实则是西方没落艺术陈腐花招的模仿。这种历史的经验和现实的教训，难道还不值得我们加以正视么？

在极"左"的理论毒害下，我们确实出现过以政治代替艺术，忽视艺术技巧的偏向。这无疑地应该坚决纠正。但是，如果背离正确的政治方向，脱离社会生活，单纯地追求艺术技巧，这同样也是错误的，不可取的。这里涉及到对文学创作的艺术技巧本身的认识问题。文学创作的艺术技巧，实质上就是文学如何反映生活的技巧。因此，它跟别的技巧迥然不同，是离不开生活，离不开思想的指导的。针对有些人，特别是青年同志喜欢探听"作文秘诀"，鲁迅指出："做医生的有秘方，做厨子的有秘法，开点心铺子的有秘传，为了保全自家的衣食，听说这还只授儿妇，不教女儿，以免流传到别人家去。……但是，作文却好像偏偏并无秘诀，假使有，每个作家一定是传给子孙的了，然而祖传的作家很少见。"如果说作小说也有秘诀的话，鲁迅认为，那就是"白描"，即真实、直率地按生活本来的样子描写生活，"和障眼法反一调：有真意，去粉饰，少做作，勿卖弄而已。"①

叶圣陶认为鲁迅的这四句话，"其实是作文的要道，对咱们非常有用，应该把它看作座右铭。"他还指出："白描的确最见功夫，就像我们苏州人说的'赤骨肋相打'。两个人戴上头盔穿上战袍来打，不免有所凭借，有所掩护，算不得真功夫。什么都不穿不戴，赤条条一丝不挂，你一拳，我一脚，才见得

---

① 鲁迅：《作文秘诀》，《鲁迅全集》第4卷，第471、474页。

出真本领。""鲁迅先生提倡白描，也不是说不要讲究技巧。会画画的人都知道，没有技巧的训练，白描也是描不好的。写文章的技巧，我想，最要紧的大致是选择最切当的语言，正确而又明白地把真意表达出来，决不是在粉饰、做作、卖弄上瞎费心思。有些人把这些障眼法当作技巧，着力追求，以为练好了这一手就把文章写好，这就走到歧路上去了。"①《金瓶梅》的白描艺术，我觉得跟鲁迅、叶圣陶等老作家的经验之谈是一致的。对于那些脱离社会生活，脱离群众，在"障眼法"上瞎费心思，把粉饰、做作、卖弄当作追求艺术技巧和艺术创新的人来说，是一副清醒剂，应该迷途知返，吸取历史的经验，把精力花在深入生活和进行白描的真本领上。

白描艺术不仅"的确最见真功夫""真本领"，而且它反映了我们民族一贯崇尚求实、纯真、朴素的性格爱好和民族传统。《庄子·外物篇》说："筌者所以在鱼，得鱼而忘筌。蹄者所以在兔，得兔而忘蹄。言者所以在意，得意而忘言。"魏晋时的王弼在《周易略例·明象》中具体解释道："得意在忘象，得象在忘言。故立象以尽意，而象可忘也；重画以尽情，而画可忘也。"白描之所以在我国绘画艺术中成为传统的民族形式，正是跟建立在这种传统的理论基础上的民族性格爱好分不开的。自唐代以来，我们民族的这种审美爱好更是得到了进一步的发展，许多名家皆大力提倡诗歌的平淡，戏剧的本色，小说的白描。如唐代李白赞美"清水出芙蓉，天然去雕饰"；晚唐司空图的《诗品》强调"淡者屡深"；宋代梅尧臣在《赠杜挺之诗》中说："作诗无古今，唯造平淡难"；明代李东阳的《麓堂诗话》也极力推崇"淡而愈浓"。强调淡中见浓的白描的表现能力，这一民族传统被引进小说创作；这一审美观念也很快被引进小说理论。因此，张竹坡在对《金瓶梅》的批语中，"白描"一词用得最

① 叶圣陶:《重读鲁迅先生的〈作文秘诀〉》,《文艺报》1981 年第 18 期。

多，如"一路纯是白描勾挑""纯是白描追魂摄影之笔"[①]，"白描入骨""白描入化"[②]，等等。鲁迅之所以特别重视白描，也正是由于他对我们民族的传统有深切的认识。他说："中国旧戏上，没有背景，新年卖给孩子看的花纸上，只有主要的几个人（但现在的花纸却多有背景了），我深信对于我的目的，这方法是适宜的，所以我不去描写风月，对话也决不说到一大篇。""我力避行文的唠叨，只要觉得够将意思传给别人，就宁可什么陪衬拖带也没有。"[③]时代在发展，文学的民族传统形式自然也应发展。光靠《金瓶梅》的白描手法，显然在今天是不够用的。学习和吸取西方小说的创作经验，正是为了丰富和发展我们自己的艺术表现形式。但是这种丰富和发展，绝不能取代，而应该使它建立在发扬我们自己民族传统的基础之上。我们反对夜郎自大，因循守旧，同时也要反对妄自菲薄，"只说人家的小说好"，把追求艺术创新和发扬民族传统对立起来。事实上我们民族传统本身也是在不断发展、变化的，从《三国演义》《水浒传》到《金瓶梅》的巨大变化，就是个有力的证明。李准同志有个预见："我觉得中国的白描的硬功夫过关，再吸收外国的心理描写的长处，将来会出现一种新的文学。""我们一方面学习他们的心理描写，学习他们在叙述上打破时间、空间限制的简洁，吸收它的手段为我所用。另方面更要注意中国自己的民族传统。把这两套功夫糅合起来，相信会出现一种新的文学。"[④]我看李准的这个预见是有道理的。不信，请走着瞧！

---

① 张竹坡：《金瓶梅》第一回。
② 张竹坡：《金瓶梅》第三十回批语。
③ 鲁迅：《我怎么做起小说来》，《鲁迅全集》第4卷，第393页。
④ 李准：《谈谈塑造人物》，见彭华生等编《新时期作家谈创作》，人民文学出版社1983年版。

摹神肖形，活相逼人

——论《金瓶梅》的人物形象塑造

　　《金瓶梅》的人物形象塑造，向来受到人们的称赞。在它刚问世的时候，就有人说它"妍媸老少，人鬼万殊，不徒肖其貌，且并其神传之"①。后来的评点家更热烈赞赏它"摹神肖形，追魂取魄"②，"凡有描写，莫不各尽人情"③，"写得肺肝如见"④，"活相逼人"，"真是生龙活虎，非耍木偶人者"⑤。当代著名文学史家刘大杰也认为："《金瓶梅》在写人技巧上，得到高度的成就"，"超过了他的前辈"。⑥即使批判它是"自然主义的标本"的《金瓶梅》研究家，也承认"《金瓶梅》的确比以前的小说更善于以精细的笔触刻画人的一颦一笑，捕捉平凡的日常生活中的诗情画意"。"它的若干主要人物形象在某些方面已经达到高度现实主义成就。"⑦

　　现在我们需要进一步探讨的是，《金瓶梅》的人物形象塑造"达到高度现实主义成就"的主要表现，及其成功的艺术经验究竟何在？

---

　　①　谢肇淛：《金瓶梅跋》，见侯忠义等编《金瓶梅资料汇编》，北京大学出版社 1985 年版，第217 页。

　　②　张竹坡：《金瓶梅读法》之 54，见 1987 年齐鲁书社出版的《金瓶梅》卷首。

　　③　张竹坡：《金瓶梅读法》之 62，见 1987 年齐鲁书社出版的《金瓶梅》卷首。

　　④　崇祯本《金瓶梅》第十二回眉批。

　　⑤　张竹坡：《金瓶梅》第五十九回夹批。

　　⑥　刘大杰：《中国文学发展史》。

　　⑦　徐朔方：《〈金瓶梅〉的成书以及对它的评价》，见《金瓶梅论集》，第 104、106 页。

一、人物形象的真实性和现实性

不是写帝王将相、英雄豪杰、神仙鬼怪，而是写现实的日常生活中真实的普通人，这是《金瓶梅》在人物形象塑造上一个突出的新成就。它所塑造的人物形象，以其前所未有的真实性和现实性，揭开了中国小说史的新篇章。对此，早在明代《金瓶梅》尚以抄本流传的时候，谢肇淛的《金瓶梅跋》中即指出其所写"朝野之政务，官私之晋接，闺闼之媟语，市里之猥谈，与夫势交利合之态，心输背笑之局，桑中濮上之期，尊罍枕席之语，驵侩之机械意智，粉黛之自媚争妍，狎客之从臾逢迎，奴佁之稽唇淬语，穷极境象，駴意快心"①。这不仅说明小说创作终于从纷纭复杂的现实生活中找到了取之不尽用之不竭的源泉，跟现实生活更贴近了，跟日常生活中普通人的思想感情更合拍了，而且反映了作家运用小说形式描绘真实的普通人的创作能力，取得了突破性的进展。这种进展是符合世界小说艺术发展的历史规律的。高尔基在评价十六、十七世纪的英国文学对欧洲文学发展的贡献时，曾这样说过："我所以评述英国文学，是因为正是英国文学给了欧洲以现实主义戏剧和小说的形式，它帮助欧洲替换了十八世纪资产阶级所陌生的世界——骑士、公主、英雄、怪物的世界，而代之以新读者所接近、所亲切的自己的家庭环境和社会环境，把他的姑姨、叔伯、兄弟、姊妹、朋友、宾客，一句话，把他所有的亲故和每天平凡生活的现实世界，放在他的周围。"②

"人的性格是环境所造成的。"③写出"典型环境中的典型人物"，是现实主义最基本的要求。在《金瓶梅》以前的我国长篇小说中，无论是《三国演

---

① 谢肇淛：《金瓶梅跋》，见侯忠义等编《金瓶梅资料汇编》，北京大学出版社 1985 年版，第217 页。
② 高尔基：《俄国文学史》。
③ 见《马克思恩格斯全集》第 2 卷，第 167 页。

义》《水浒传》或《西游记》，所写的典型环境皆是高度抽象化、概括化的，基本上皆不涉及家庭环境，至于社会环境，也无非是奸臣当道，贪官酷吏横行，缺乏特定的时代感和具体的真实感。《金瓶梅》则在我们面前展现了一个无比真实的亲切可感的明代中叶城市市民生活的世界。它所塑造的西门庆、潘金莲、李瓶儿等人物形象，不是任何一个封建时代都可能产生的，而是由作家所描写的中国明代中叶的封建社会这个特定的典型环境，才有可能造就和必然产生的典型人物。也就是说，把特定的典型环境与特定的典型人物结合得最好、写得最真实的，在我国小说史上是始于《金瓶梅》。

人的性格不但受特定的典型环境的制约，随着环境的发展而发展，而且对特定的典型环境起着推动的作用，使环境随着人物性格的变化而变化。如西门庆在霸占潘金莲、李瓶儿时，对待她们的丈夫武大、花子虚，尚只敢偷偷摸摸地暗中下毒手，而在霸占宋惠莲时，则公然勾结官府，诬陷其夫来旺为贼。如文龙的批语所指出的："西门庆前犹挖壁拨门之贼，今则明火执杖之盗。"[1] 这就显然地写出了西门庆性格的发展。而他的性格之所以如此发展，又是由客观环境决定的，因为那个社会环境"为之画策者有人，为之助力者有人，为之旁敲侧击、内外夹攻者有人"[2]。文龙的批语还指出："此数回放笔写西门庆得意，即放笔写潘金莲肆刁。得意由于得官，肆刁由于失宠，一处顺境，一处逆境，处顺境则露娇〔骄〕态，处逆境则生妒心。骄则忘其本来面目，妒则另换一副肝肠。"[3] "作者写西门庆罪恶，不至十分不止，至十分而犹不止也。家中纵性，院内恣情，亦足以杀其躯矣。乃令其波其门下室家，伙计妇女，由近及远，由亲及疏，亦足以绝其嗣矣。乃又令其辱及旧族之家，缙绅之妇，真可谓流毒无穷，书恶不尽。若再令其活在人间，日月为之无光，霹雳将为之大

---

① ② 文龙：《金瓶梅》第二十六回回评。
③ 文龙：《金瓶梅》第三十五回回评。

作。"①这就突出了人物性格对环境的反作用。总之，《金瓶梅》中的典型环境和典型性格皆不是凝固不变的，而是始终处于变化和发展之中的。如此真实地写出典型环境与典型人物的辩证统一，这也是《金瓶梅》取得高度现实主义成就的一个重要标志。

在《金瓶梅》中，人物性格的特征不是打上忠、奸、善、恶等封建传统思想的烙印，也不是忠、孝、节、义等封建伦理道德观念的化身，而是真实地写出了"一片淫欲世界中"②形形色色的男人和女人对酒、色、财、气的恣意追求。从突破封建传统观念来看，这是写出了人性的解放；从人性的正常发展来看，它实质上又是人性向兽性的蜕化，人性被利欲熏心的社会环境所扭曲。那是个封建主义已经腐朽，资本主义萌芽刚刚兴起，新旧交替的社会环境所造就的新旧混杂的人物性格。既写出了人性的自然性——追求欲的本能，又写出了人物的社会性——世俗人情，这正是《金瓶梅》人物形象塑造的一个重要特征，也是世界现实主义文学发展的必然要求。如契诃夫在《写给玛·符·基塞列娃》信中所说的："讲到这世界上'充斥着坏男子和坏女人'，这话是不错的。人性并不完美，因此如果在人世间只看见正人君子，那倒奇怪了。然而认为文学的职责就在于从坏人堆里挖出'珍珠'来，那就等于否定文学本身。文学所以叫艺术，就是因为它按生活的本来面目描写生活。它的任务是无条件的、直率的真实。把文学的职能缩小成为搜罗'珍珠'之类的专门工作，那是致命的打击。"③使文学的职能不限于搜罗"珍珠"，而力求"按生活的本来面目描写生活"，做到"无条件的、直率的真实"，这正是《金瓶梅》人物形象塑造的艺术特色，也是它之所以取得现实主义成就的根本原因。

---

① 文龙：《金瓶梅》第六十八回回评。
② 张竹坡：《金瓶梅读法》之89，见齐鲁书社1987年出版的《金瓶梅》卷首。
③ 汝龙：《契诃夫论文学》，人民文学出版社1958年版，第35页。

二、人物性格特点的多面性和复杂性

《金瓶梅》人物性格的特点不是单一性的，而是多面性的，不是"写好的人，简直一点坏处都没有；而写不好的人，又是一点好处都没有"[①]，而是写出了人物性格的复杂性。如贪淫好色，狠毒残暴，嫉妒凶悍，这是潘金莲性格特征的主要方面，斥责她为"淫妇""坏女人"，是一点也不过分的。可是作者不是简单地写出她的"淫"和"坏"，而是在写她好淫的同时，写出了她对情欲的正当追求，她对不合理的一夫多妻制的强烈愤懑，她所反映的是妇女共同的悲惨命运；在写她"坏"的同时，也写出了她身上还有令人爱慕和值得夸耀的"好"的一面。当"潘金莲见西门庆许多时不进他房里来"，她便"每日翡翠衾寒，芙蓉帐冷。那一日把角门儿开着，在房内银灯高点，靠定帏屏，弹弄琵琶，等到二三更，便使春梅瞧数次，不见动静。正是：银筝夜夜殷勤弄，寂寞空房不忍弹。取过琵琶，横在膝上，低低弹了个《二犯江儿水》，以遣其闷。在床上和衣又睡不着，不免'闷把帏屏来靠，和衣强睡倒'。猛听的房檐上铁马儿一片声响，只道西门庆来到，敲的门环儿响，连忙使春梅去瞧。春梅回道：'娘错了，是外边风起落雪了。'"那边西门庆和李瓶儿在房里饮酒作乐，这边潘金莲"屋里冷冷清清，独自一个儿坐在床上，怀抱着琵琶，桌上灯昏烛暗。待要睡了，又恐怕西门庆一时来；待要不睡，又是那盹困，又是寒冷"。"又唤春梅过来，'你去外边再瞧瞧，你爹来了没有，快来回我话。'那春梅过去，良久回来，说道：'娘还认爹没来哩，爹来家不耐烦了，在六娘屋里吃酒的不是！'这妇人不听罢了，听了如同心上戮上几把刀子一般，骂了几句负心贼，由不得扑簌簌眼中流下泪来。一径把那琵琶儿放得高高的，口中又唱道"：

---

① 《鲁迅全集》第 8 卷，第 437 页。

论杀人好恕，情理难饶，负心的天鉴表！（好教我提起来，又是那疼他，又是那恨他。）心痒痛难搔，愁怀闷自焦。（叫了声贼狠心的冤家，我比他何如？盐也是这般盐，醋也是这般醋。砖儿能厚？瓦儿能薄？你一旦弃旧怜新。）让了甜桃，去寻酸枣。（不合今日教你哄了。）奴将你这定盘星儿错认了。（合）想起来，心儿里焦，误了我青春年少。你撇的人，有上稍来没下稍。

为人莫作妇人身，百般苦乐由他人。

痴心老婆负心汉，悔莫当初错认真。（第三十八回）

张竹坡于该回的回批中指出："潘金莲琵琶，写得怨恨之至，真是舞殿冷袖，风雨凄凄，而瓶儿处互相掩映，便有春光融融之象。"这里"风雨凄凄"与"春光融融"的"互相掩映"，不只是反映了西门庆对潘金莲的"负心"，如果西门庆在潘金莲那儿"春光融融"，李瓶儿独自一人不也会同样感到"风雨凄凄"么？可见祸根还在于一夫多妻制，它揭露了一夫多妻制的摧残人性，衬托了潘金莲的"怨恨之至"合情合理，令人同情。这不只是她个人的怨恨，更重要的，它反映了"为人莫作妇人身，百般苦乐由他人"的妇女共同的悲惨命运。潘金莲的性格，不仅有对负心汉的怨恨，有对一夫多妻制的抗争，有对情欲的合理追求，而且还有美丽、聪慧，多才多艺、心直口快等多方面的特点。她生得标致，不仅使西门庆看了"先自酥了半边"（第二回），连吴月娘看了也认为她"果然生的标致，怪不的俺那强人爱他"（第九回）。她做的一首五言四句诗，西门庆看了欣喜地说道："怎知你有如此一段聪慧少有。"（第八回）她弹唱起小曲来，使"西门庆听了，喜欢的没入脚处"。不禁"称夸道：'谁知姐姐你有这段儿聪明！就是小人在构栏，三街两巷相交唱的，也没你这手好弹唱！'"（第六回）孟玉楼说："俺这六姐姐，平昔晓的曲子里滋味。"吴月娘接着说："他什么曲儿不知道？但提起头儿，就知尾儿。"杨姑娘不禁惊叹："我的姐姐，原来这等聪明！"（第七十三回）她对秋菊那样狠毒，动不动就把她打得"杀猪也似叫起来"；而她对春梅却又竭力庇护，连吴月娘都抱怨她对春梅"惯的通没些折儿"（第七十五回）。她对李瓶儿是那样忌恨至极，而对孟玉楼却又亲爱之至。孟玉楼说她是"一个大有口没心的行货子"（第七十六回）。西门庆也说她"嘴头子虽利害，倒也没什么心"（第七十四回）。这些从各个不同侧面的描写，使潘金莲的形象显得十分丰满，不只是具有"淫妇""坏女人"的特征，而且还是个活生生的真实动人的妇女形象。

西门庆不仅有凶狠残暴的一面，是个"打老婆的班头，坑妇女的领袖"（第十七回）。而且作者写出了他色厉内荏的一面，当潘金莲发现他与李瓶儿的奸情之后，他便"慌的妆矮子，只跌脚跪在地下，笑嘻嘻央及说道：'怪小油嘴儿，禁声些。……'"（第十三回）他为了求吴月娘和好，也曾"一面折跌腿，装矮子，跪在地下，杀鸡扯脖，口里姐姐长姐姐短"（第二十一回）。他不仅有贪淫好色的一面，以霸占他人妻子，用马鞭子毒打妾妇，为赏心乐事，而且他也颇为多情，对于李瓶儿的死，他是那样地伤心哭泣，悲恸不已。他不仅有贪赃枉法的一面，公然接受贿赂，滥用职权，包庇杀人犯，而且又"仗义疏财，救人贫难，人人都是赞叹他的"（第五十六回）。在我们今天看来，西门庆是个罪大恶极的坏人，在当时"清廉正气的官"如曾御史，也认为他是个"赃迹显著"，"贪鄙不职，久乖清议"的"市井棍徒"（第四十八回）。可是在那个社会，他却极为吃得开，有钱财，又有权势。文嫂介绍他"如今见在提刑院做掌刑千户，家中放官吏债，开四五处铺面：缎子铺、生药铺、绸绢铺、绒线铺，外边江湖又走标船，扬州兴贩盐引，东平府上纳香蜡，伙计主管约有数十。东京蔡太师是他干爷，李太尉是他卫主，翟管家是他亲家，巡抚、巡按多与他相交，知府、知县是不消说"。其人又"正是当年汉子，大身材，一表人物"（第六十九回）。王招宣府的林太太不仅甘愿做他的姘头，而且要自己的儿子王三官拜他为义父。正是如此从多侧面写出了西门庆性格特点的多面性和复杂性，才使西门庆的形象显得极为丰满、真实、生动而又具有极为深广的社会典型意义。

在《金瓶梅》中，不仅主要人物的性格具有多面性和复杂性，次要人物也是如此。如陈敬济既是个追逐异性，纵欲无度的色情狂，又屡遭人捉弄，显得是个"无知小子，不经世事"。虽然是个无知的浪荡公子，却又不是无能之辈。作者写他"每日起早睡迟，带着钥匙，同伙计查点出入银钱，收放写算皆精。西门庆见了，喜欢的要不的"。又"会说话儿，聪明乖觉"，使西门庆"越发满心欢喜，但凡家中大小事务，出入书柬礼帖，都教他写。但凡人客到，必请他席侧相陪，吃茶吃饭，一时也少不的他"（第二十回）。直到西门庆临死时，还把陈敬济叫到病榻前叮嘱说："我养儿靠儿，无儿靠婿，姐夫就是我的亲儿一般。我若有些山高水低，你发送了我入土，好歹一家一计，帮扶着你娘儿们过日子，休要教人笑话。"（第七十九回）西门庆堪称是个精明能干的人，可是他对陈敬济却始终如此器重，从未看透他的丑恶本质。如同在现实生活中我们很难一眼看透一个人的本质，也很难找到一个十全十美的好人或十恶不赦的坏人一样，在《金瓶梅》中作者所描写的人物形象，也都具有现实生活中的人物同样的复杂性。

按照生活的本来面目，写出了人物性格的多面性和复杂性，这是《金瓶梅》的人物形象塑造取得成功的一条重要的艺术经验。这个艺术经验不仅在我国小说史上是开拓性的，而且在世界小说史上也居于领先的地位，它反映了世界文学发展的普遍规律。比《金瓶梅》作者约晚两个世纪的德国伟大作家席勒，在他的著名小说《强盗》第一版序言中就说过："如果我也企图写一个完全的活生生的人物的话，我就不能不把一个最坏的人物也不能全然缺少的优点写出来。当我劝告人们在一只老虎面前要怀着戒心的时候，我不能不把老虎的美丽发亮的斑纹也指出来，否则人们就会遇见老虎而不知道是老虎了。论人也是如此，如果全然邪恶，就绝对不构成艺术的对象，也不能抓住读者的注意力，结果反而会使人避之唯恐不及，他们会把书里这样的人发的什么言论跳过不看的。"①十九世纪法国最伟大的小说家巴尔扎克也说："我观察自己，如同观察别人一样；我这五尺二寸的身躯，包含一切可能有的分歧和矛盾。有些人认为我高傲、浪漫、顽固、轻浮、思考散漫、狂妄、疏忽、懒惰、懈怠、冒失、毫无恒心、爱说话、不周到、欠礼教、无礼貌、乖戾、好使性子，另一些人却说我节俭、谦虚、勇敢、顽强、刚毅、不修边幅、用功、有恒、不爱说话、心细、有礼貌、经常快活，其实都有道理。说我胆小如鼠的人，不见得就比说我勇敢过人的人更没有道理，再如说我博学或者无知，能干或者愚蠢，也是如此；没有什么使我大惊小怪的。我最后认为自己只是被环境玩弄的一种工具而已。"②人物性格的多面性和复杂性，是由社会生活的多面性和社会环境的复杂性决定的；只有当作家对社会生活的认识达到相当的深度，现实主义的创作方法发展到颇为高超的地步，才能使人物形象塑造具有如此色彩斑斓、缤纷多姿的艺术特色。

三、性格表达方式的曲折性和传神性

真实，是人物形象的生命。但是，这种真实绝不是简单的肤浅的实录，而是要摹形传神，"真写至骨"③，"真令其心肺皆出"④，"骨相俱出"⑤。因此，这就不仅要写出人物性格特点的多面性和复杂性，而且要发现并写出各个人物所特有的曲折的、传神的表达方式。"古人为诗，贵于意在言外，使人思而得之。"⑥

---

① 见席勒的《强盗》，杨文震、常文译，人民文学出版社 1961 年版。

② 巴尔扎克：《致阿柏朗台斯公爵夫人》，见《文艺理论译丛》1957 年第 2 册。

③ 张竹坡：《金瓶梅》第七十二回回评。

④ 张竹坡：《金瓶梅》第三十七回回评。

⑤ 张竹坡：《金瓶梅》第六十二回回评。

⑥ 司马光：《温公续诗话》，见《历代诗话》上册，中华书局出版。

这是我国诗歌创作的宝贵艺术传统。它说明艺术需要通过曲折的和传神的表达方式，来充分调动读者的思考力和想象力。这是符合人们对艺术审美鉴赏的客观规律的。《金瓶梅》作者创造性地吸取我国诗歌创作等传统的艺术经验，把我国小说人物性格的刻画提高到了一个新的水平。如张竹坡的批语所指出的："凡人用笔曲处，一曲两曲足矣，乃未有如《金瓶》之曲也。"[①]这种曲折性，就使他的人物性格的表达方式不是直截了当的，赤裸裸外露的，而是富有各自个性特色的，曲折的，传神的，人们读了不是一览无余，而是必须参加到作者的艺术创造中去，"思而得之"。

具体地说，《金瓶梅》中人物性格表达方式的曲折性和传神性，大致有如下几种写法：

（一）此与彼。即手写此处，眼觑彼处，以此衬彼，举一反三，不但使一连串的人物活现，而且给读者留下了想象的广阔余地。如张竹坡在第四十七回批语中所指出的："写陈三、翁八之恶，衬起苗青，写苗青之恶，又衬起西门庆也。然则写王六儿、夏提刑等，无非衬西门庆也。西门庆之恶，十分满足，则蔡太师之恶，不言而喻矣。"这种以此衬彼的写法，不仅以一个小小的西门庆之恶，衬托出朝廷重臣蔡太师之恶，同时还在于它"于写这一面时，却是写那一面，写那一面时，却原是写这一面，七穿八达，出神入化"。如潘金莲"因见西门庆夜间在李瓶儿房里歇了一夜，早晨请任医官又来看他，都恼在心里"。作者不直接写潘金莲如何对西门庆或李瓶儿发泄她的不满，而是写她"知道他孩子不好"，便以毒打丫鬟秋菊，既发泄自己的气恼，又惊吓李瓶儿的孩子，这边"打的这丫头杀猪也似叫"，"那边官哥才合上眼儿又惊醒了"。这就不仅写出了潘金莲的嫉妒心理，而且更深一层地揭示了她那刁钻、险恶、狠毒、残暴的性格，同时还又由此及彼地衬托出李瓶儿、潘姥姥等一系

---

① 张竹坡：《金瓶梅》第一回回评。

列的人物性格。如李瓶儿是那样的忠厚、懦弱，她根本没有想到秋菊挨打是无辜的，更未想到潘金莲打秋菊是为了惊吓官哥，因此，她还"使了绣春来说：'俺娘上覆五娘：饶了秋菊，不打他罢，只怕唬醒了哥哥。'"潘姥姥本是个局外人，但凭着她的善良和正义感，她对潘金莲的这种行为也不能不管。作者写她"正歪在里间屋里炕上，听见金莲打的秋菊叫，一古碌子扒起来，在旁边劝解，见金莲不依；落后又见李瓶儿使过绣春来说，又走向前夺他女儿手中鞭子，说道：'姐姐，少打他两下儿罢，惹的他那边姐姐说，只怕唬了哥哥。为驴扭棍不打紧，倒没的伤了紫荆树。'"潘姥姥分明出于一片好意，可是"金莲紧自心里恼，又听见他娘说了这一句，越发心中撺上把火一般。须臾，紫涨了面皮，把手只一推，险些儿不把潘姥姥推了一跤，便道：'怪老货，你不知道，与我过一边坐着去！不干你事，来劝甚么腌子。甚么紫荆树、驴扭棍，单管外合里差！'潘姥姥道：'贼作死的短寿命，我怎的外合里差？我来你家讨冷饭吃，教你恁顿摔我！'金莲道：'你明日夹着那老毯走，怕是他家不敢拿长锅煮吃了我。'那潘姥姥听见女儿这等证他，走那里边屋里呜呜咽咽哭起来了。由着妇人打秋菊，打勾约二三十马鞭子，然后又盖了十栏杆，打得皮开肉绽，才放起来。又把他脸和腮颊，都用尖指甲掐的稀烂。李瓶儿在那边，只是双手握着孩子耳朵，腮颊痛泪，敢怒而不敢言"（第五十八回）。这里由写潘金莲的妒嫉、狡黠、恶毒，使人看到丫鬟秋菊无辜横遭毒打的可怜、可气和可恼，潘姥姥的仗义执言，好意劝解，却遭到自己女儿那样粗暴的对待，由此又进一步揭示了潘金莲性格中的骄横和霸道，忤逆和不孝，而所有这一切又都更加鲜明地衬托了李瓶儿的善良和懦弱，"敢怒而不敢言"。它不仅由此及彼，写出了众多活生生的人物形象，而且引人遐想，发人深思，表面上看只是写潘金莲与李瓶儿妾妇相妒，实际上却反映了封建的一夫多妻制和宗法制所必然引起的矛盾的尖锐性，阶级压迫的极端不合理性和残酷性。

（二）虚与实。即一面虚写，一面实写。虚写以给人留下想象的空间，实

154

写则给人以强烈的印象；虚实相生，则使人物形象更加绚丽多姿，艺术境界更加丰满、动人。如作者一方面写西门庆霸占奴才来旺的妻子宋惠莲，另一方面又写来旺跟西门庆的妾孙雪娥私通。前者是具体、详尽地实写，后者则简略、侧面地虚写，只写"这来旺儿私已带了些人事，悄悄送了孙雪娥两方绫汗巾，两双装花膝裤，两匣杭州粉，二十个胭脂"。崇祯本《金瓶梅》于此处眉批指出："雪娥与来旺私情，绝不露一语，只脉脉画个影子，有意到笔不到之妙。"这里实写西门庆霸占宋惠莲，则突出了西门庆的荒淫无耻，凶残霸道，虚写来旺与孙雪娥私通，正如书中潘金莲所说："左右的皮靴儿没番正，你要奴才老婆，奴才暗地里偷你的小娘子，彼此换着做！"（第二十五回）这不仅从另一个角度对西门庆的丑恶面目进行了揭露，而且从道德沦丧、主奴颠倒这个更为广阔的层面上反映了那个腐朽的社会现实。这里如果作者对来旺与孙雪娥的偷情不是采取虚写，而是也像对西门庆霸占宋惠莲那样实写，那就不仅是对来旺形象的丑化，而且势必冲淡整个作品揭露封建统治腐败的思想倾向。可见何者该实写，何者该虚写，它不只是个塑造人物形象的艺术技巧问题，更重要的它是受作家的创作思想和整个作品的思想倾向制约的。

（三）口与心。俗话说："言为心声。"言语本应是心声的反映，可是这种反映并不见得是完全直率的，心口如一的，而以心口误差的形式表现出来，却往往更为具有艺术的情味，更能把人物的性格表现得入骨三分。如西门庆与李瓶儿的丈夫花子虚是结拜兄弟，是经常在一起吃喝的酒肉朋友，西门庆与李瓶儿口头上说得冠冕堂皇，而实际上却在互相调情。作者写李瓶儿"隔门说道：'今日他（指花子虚——引者注）请大官人往那边吃酒去，好歹看奴之面，劝他早些来家。两个小厮又都跟的去了，止是这两个丫鬟和奴，家中无人。'西门庆便道：'嫂子见得有理，哥家事要紧。嫂子既然分付在下，在下已定伴哥同去同来，怎肯失了哥的事。'"这话说得既恳切，又在理，可是他的实际心理却是意在言外。因此作者接着写"西门庆留心把子虚灌的酩酊大醉，又因李瓶儿央浼之言,相伴他一同来家"。李瓶儿名为出来道谢,而实际却意在进一步勾引。她说:"奴为他这等在外胡行,不听人说,奴也气了一身病痛在这里,往后大官人但遇他在院中,好歹看奴薄面,劝他早早回家,奴恩有重报,不敢有忘。""这西门庆是头上打一下脚底板响的人,积年风月中走,甚么事儿不知道。可可今日妇人到明明开了一条大路,教他入港。于是满面堆笑道:'嫂子说那里话!比来,比来相交朋友做甚么,我已定苦心谏哥,嫂子放心!'"这里口头说的都是金玉良言,而内心想的却是男盗女娼。用作者的话来说,"两个眼意心期,已在不言之表。"(第十三回)正是这种心口误差,二律背反,把西门庆那诡谲、狡黠的伪君子性格,和李瓶儿那贪淫好色而又假装正经的形象,皆刻画得惟妙惟肖。此外,如吴月娘说:"那怕汉子成日在你那屋里不出门,不想我这心动一动儿。"(第五十一回)崇祯本《金瓶梅》于此处夹批曰:"说不动,正是动处。"宋御史派人来叫准备酒席,迎接黄太尉,西门庆说:"又钻出这等勾当来,教我手忙脚乱。"(第六十五回)崇祯本《金瓶梅》于此处夹批曰:"分明快心事,却作埋怨说,酷肖。"诸如此类运用心口误差的手法,使人物形象神情活现的事例,在《金瓶梅》中是不胜枚举的。

(四)形与神。以形传神,是我国绘画艺术的传统技法之一,也是《金瓶梅》人物描写的一个重要特色。明代谢肇淛的《金瓶梅跋》即盛赞其"妍媸老少,人鬼万殊,不徒肖其貌,且并其神传之"。当西门庆携小厮玳安来到李瓶儿家之后,吩咐玳安:"吃了早些回马家去罢。"李瓶儿道:"到家里,你娘问,只休说你爹在这里。"玳安道:"小的知道,只说爹在里边过夜,明日早来接爹就是了。""西门庆便点了点头儿。当下把李瓶儿喜欢的要不的,说道:'好个乖孩子,眼里说话!'"(第十六回)这"眼里说话",不只是李瓶儿对玳安机灵神态的赞语,也反映了作者对人物描写的艺术追求——传神。

跟绘画艺术注重画眼睛不同,《金瓶梅》人物描写的以形传神,主要是通过对富有个性特色的人物语言和行动的描写,来使人物形象的神情毕肖,肺肝如见。如西门庆见潘金莲的猫吓坏了官哥，一怒之下，直到金莲房中把猫摔死了，这时作者写潘金莲"坐在炕上风纹也不动；待西门庆出了门，口里喃喃呐呐骂道：'贼作死的强盗，把人妆出去杀了，才是好汉！一个猫儿碍着你味屎，亡神也似走的来摔死了。他到阴司里，明日还问你要命，你慌怎的，贼不逢好死变心的强盗。'"（第五十九回）这就把西门庆的气恼、愤怒、凶狠、恶毒和潘金莲的畏惧、不满、憎恨、刻毒等微妙复杂的心理、神情全画出来了。如崇祯本《金瓶梅》于此处的眉批所指出的："西门庆正在气头上，又不敢明嚷，又不能暗忍。明嚷恐讨没趣，暗忍又恐人笑。等其去后，哼哼刀刀作絮语，妙得其情。"这种"妙得其情"，并不是通过作者对人物内心的直接剖析加以表现出来的，而是通过写她当面"风纹也不动"，背后却谩骂的"形"，来曲折地传出其"又不敢明嚷，又不能暗忍"的内心神情的。这种以形传神的曲折性，着力于绘形，而着眼于传神，就使人物形象具有立体的深邃的动态感，使读者感到有忍俊不禁的情趣和耐人咀嚼的滋味。

（五）表与里。"我见他且是谦恭礼体儿的，见了人把头儿低着，可怜见儿的"。"你看他迎面儿，就误了勾当。单爱外装老成，内藏奸诈。"（第十九回）这虽然是写潘金莲与西门庆在议论对蒋竹山的看法，但也反映了作者在人物描写上的观点，即不仅要写出人物的外表，而且要写出人物的内里，并且通过人物外表与内里的矛盾，更加曲折和传神地写出人物性格的复杂性，使人物形象具有纵深感和立体感。如明明潘金莲最嫉妒，作者却偏偏写她赞同西门庆娶李瓶儿为妾，赢得了李瓶儿对她的好感，因此李瓶儿对西门庆说："既有实心娶奴家去，到明日好歹把奴的房盖的与他五娘在一处，奴舍不的他，好个人儿。"（第十六回）这话不仅如崇祯本《金瓶梅》于此处的夹批所指出的："写出瓶儿之浅"，而且也写出了潘金莲表里不一和外表迷惑人的一面。吴月娘的性格明明最能容人，可是作者却偏写李瓶儿对西门庆说："惟有他大娘，性儿不是好的，快眉眼里扫人。"西门庆道："俺吴家的这个拙荆，他倒好性儿哩！不然，手下怎生容得这些人？"（第十六回）崇祯本《金瓶梅》于此处夹批道："知妻莫如夫。"这里不仅写出了李瓶儿和西门庆对吴月娘的表和里两种不同的认识，而且为李瓶儿由亲潘而疏吴的态度，发展为后来亲吴而疏潘，作了铺垫。作者写李瓶儿临终前，悄悄向月娘哭泣，说道："娘到明日好生看养着，与他爹做个根蒂儿，休要似奴心粗，吃人暗算了。"作者说："自这一句话，就感触月娘的心来。后次西门庆死了，金莲就在家中住不牢者，就是想着李瓶儿临终这句话。"（第六十二回）从李瓶儿对潘金莲、吴月娘的亲疏态度的变化，既反映了李瓶儿对人的认识由表及里的巨大发展，又画出潘金莲和吴月娘形象由表及里的不同层面，给读者留下了过目难忘的印象。

不仅写出了人物性格的前后发展有表与里等不同的层面，而且即使在描写人物的某一件事情上，作者往往也不是单刀直入，而总是由表及里，曲里拐弯，从而使人物形象神情如画，别开生面。如当西门庆听从妓女李桂姐的唆使，要剪下潘金莲"一料子头发拿来我瞧"，作者写西门庆回去不是直截了当地向潘金莲提出这个要求，而是写他在潘金莲面前迂回曲折地做出种种表象。一回家先给潘金莲一个下马威："他便坐在床上，令妇人脱靴。那妇人不敢不脱。须臾脱了靴，打发他上床。西门庆且不睡，坐在一只枕头上，令妇人褪了衣服，地下跪着。那妇人唬的捏两把汗，又不知因为甚么，于是跪在地下，柔声大哭道……"西门庆又叫春梅拿马鞭子，要毒打潘，连春梅都看不下去，说："爹，你怎的恁没羞！娘干坏了你的甚么事儿？你信淫妇言语，来平地里起风波，要便搜寻娘，还教人和你一心一计哩！你教人有刺眼儿看得上你！""那西门庆无法可处，反呵呵笑了，向金莲道：'我且不打你，你上来，我向你要桩物儿，你与我不与我？'"在这之后，西门庆才正式提出："我心要你顶上一绺儿好头发。"（第十二回）如崇祯本《金瓶梅》于此处的眉批所指出的："先寻事起水头写得肺肝如见。""到此方入题，西门庆亦费许多曲折矣。"正是由表及里，经历这"许多曲折"，才使西门庆的性格不仅显出了狡狯、狠毒、刁钻、卑劣等等深厚的内涵，而且在读者的面前"活"起来了。如果让西门庆一回家就径直向潘金莲提出："我心要你顶上一绺儿好头发"，那就不仅不能显示出西门庆性格的复杂性，而且很可能遭到潘金莲的拒绝和斥责，也绝不会收到这样蕴藉深邃、俊肖动人的艺术效果。

四、典型意义的广泛性和深刻性

《金瓶梅》写的虽然都是日常生活中平凡的小人物，然而他们的典型意义却既广且深，一点也不小。

从个别扩大到一般，这是《金瓶梅》作者使人物形象的典型意义既深且广的一个重要手法。如吴月娘、潘金莲、孟玉楼在一起议论李瓶儿嫁给蒋竹山的事儿，"孟玉楼道：'论起来，男子汉死了多少时儿，服也还未满就嫁人，使不得的。'月娘道：'如今年程，论的甚么使的使不的。汉子孝服未满，浪着嫁人的，才一个儿！淫妇成日和汉子酒里眠酒里卧底人，他原守的甚么贞节！'看官听说，月娘这一句话，一棒打着两个人：孟玉楼和潘金莲都是再醮嫁人，孝服都不曾满。"（第十八回）这里不仅"一棒打着两个人"，更重要的是"如今年程"，已经无法"论的甚么使的使不的"。说明封建伦理道德的隳败，已经不是个别人的问题，而是整个时代的特征。使典型人物具有鲜明的时代性，从他们身上可以感受到封建统治势力的衰朽、没落，市民阶层的力量纷纷崛起的时代气息，这是《金瓶梅》人物形象的典型特色之一。

从现象深入到本质，这是《金瓶梅》作者使人物形象的典型意义既深且广的又一重要手法。如西门庆为什么能够那样横行霸道，作者通过应伯爵劝告西门庆家的伶人李铭道："他有钱的性儿，随他说几句罢了。常言嗔拳不打笑面。如今时年尚个奉承的，拿着大本钱做买卖，还放三分和气。你若撑着硬船儿，谁理你？休说你每，随机应变，全要四水儿活，才得转出钱来。你若撞东墙，别人吃饱饭了，你还忍饿。你答应他几年，还不知他性儿？"（第七十二回）"有钱的性儿"，这就是西门庆的典型本质。他不同于以前小说中的任何典型，具有崭新的独特性。这种独特性又不是作者的任意杜撰，而是深深地植根于那个时代的风尚——"全要四水儿活，才得转出钱来。"一切以钱为轴心，大家皆围着钱转。这就在典型性格的独特性之中又寄寓着典型意义的普遍性。

从个人关系透视出主奴之间的阶级关系，这是《金瓶梅》作者使人物形象的典型意义既深且广的又一重要手法。如宋惠莲在与西门庆私淫时，议论潘金莲是"露水夫妻"，"再醮货儿"，被潘偷听到了，便以此讥讽她："俺每都是露水夫妻，再醮货儿，只嫂子是正名正顶，轿子婆将来的，是他的正头老婆，秋胡戏。"看上去这只是妾妇之间的争风吃醋，是属于潘金莲与宋惠莲的个人关系。然而作者笔锋一转，即写宋惠莲"于是向前双膝跪下，说道：'娘是小的一个主儿，娘不高抬贵手，小的一时儿存站不的。'"（第23回）这反映了宋惠莲虽然已经由奴才的妻子成为主子西门庆的姘妇，但却改变不了主奴之间阶级关系的实质，使后来宋惠莲的被迫害致死，显示出极为深刻、感人的典型意义。

由小见大，触类旁通，引人遐想，这是《金瓶梅》作者使人物形象的典型意义不断扩大的又一重要手法。看上去《金瓶梅》主要只是写了一个小小的市井细民西门庆及其一家人的日常生活，而通过作者由小见大、触类旁通的类比，却使读者不能不联想到那整个封建王朝和封建社会。如作者写西门庆家的奴才来旺为发泄他对主子的不满，说："我的仇恨与他结的有天来大。常言道：一不做，二不休。到根前再说话。破着一命剐，便把皇帝打！"（第二十五回）来旺及其妻宋惠莲，因潘金莲挑唆西门庆而受到残酷迫害后，吴月娘说："如今这一家子乱世为王，九条尾狐狸精出世了，把昏君祸乱的贬子休妻。"（第二十九回）在西门庆眼中，把潘金莲看作"犹如沉醉杨妃一般"（第二十八回）。李瓶儿生了儿子，潘金莲说西门庆"恰似生了太子一般，见了俺每如同生剎神一般"（第三十一回）。潘金莲用驯猫扑食的阴谋手段，把官哥惊吓致死，作者说这"就如昔日屠岸贾养神獒，害赵盾丞相一般"（第五十九回）。乍看起来，西门庆与皇帝、昏君，官哥与太子，潘金莲与杨妃、屠岸贾，都是风马牛不相干的，但是在情理上、在本质上，他们确有相通之处，经过作者这一类比，就不能不引起读者的深思遐想，从而使人物形象的典型意义不是局限于西门庆或潘金莲等一两个人物自身，而是由小见大，由此及彼，扩大到了整个社会。

上述四种手法的共同特征，不是局限于就事论事，而是尽量为人物形象的活动拓宽空间，使人物的言行富有张力，给读者留下思考和想象的余地，能够打开读者的眼界，引起丰富的联想，在读者的想象和联想之中，使人物形象的典型意义得到扩大和延伸。

深入心灵，生机蓬勃

——论《金瓶梅》的人物心理描写

太行之路能摧车，若比人心是坦途。

巫峡之水能覆舟，若比人心是安流。

这是唐代著名诗人白居易的诗《太行路》。它说明诗人早已认识到，世界上最复杂的不是自然界，而是人的内心世界。马克思、恩格斯也说过："人们头脑中和人们心中的秘密比海底的秘密更不可捉摸，更不易揭露。"①我国古代的小说艺术，经历了一个发展的过程：从侧重于写故事，到侧重于写人物；从着力于写人物的行动，到注重于向人物的内心深处开掘，刻画人物的内心世界。在这个历史性的进展中，《金瓶梅》起了重大的转折作用。它的作者笑笑生清醒地认识到："满怀心腹事，尽在不言中。"（第三十二回）"人面咫尺，心隔千里。"（第八十一回）因此，"《金瓶梅》的特长，尤在描写市井人情及平常人的心理，费语不多，而活泼如见。"②

---

① 马克思、恩格斯：《神圣家族》，见《马克思恩格斯论艺术》第 3 卷，第 31 页。

② 郑振铎：《插图本中国文学史》。

一、从注重人物的行动描写，到注重人物的心理描写

在《水浒传》中，对于潘金莲第一次见到西门庆之后的心理活动，只字未提。只写——

> 这妇人自收了帘子、叉竿归去，掩上大门，等武大归来。（第二十四回）

到了《金瓶梅》中，便加了一段心理描写：

> 当时妇人见了那人生的风流浮浪，语言甜净，更加几分留恋，"倒不知此人姓甚名谁，何处居住。他若没我情意时，临去也不回头七八遍了。不想这段姻缘，却在他身上。"却是在帘下眼巴巴的看不见那人，方才收了帘子，关上大门，归房去了。（第二回）

西门庆第一次见到潘金莲之后，在《水浒传》中也只字未写他的心理活动，只写——

> 不多时，只见那西门庆一转，踅入王婆茶坊里来，便去里边水帘下坐了。（第二十四回）

在《金瓶梅》中，则增加了一段心理描写：

> 这西门大官人自从帘下见了那妇人一面，到家寻思道："好一个雌儿，怎能勾得手？"猛然想起那间壁卖茶王婆子来，"堪可如此如

此，这般这般。撮合得此事成，我破几两银子谢他，也不值甚的。"于是连饭也不吃，走出街上闲游，一直径踅入王婆茶坊里来，便去里边水帘下坐了。（第二回）

从上述例证，我们不难看出，跟《水浒传》相比，《金瓶梅》作者在写人物行动的同时，更注重写人物的心理。这种发展和转变，有着不可低估的意义和作用。

首先，它有利于充分发挥小说创作驰骋想象的特殊功能。在描绘人物的外部特征方面，小说比绘画要显得逊色，但是在描写人物的内心活动方面，绘画则比小说要相形见绌。因此，向人物的内心世界开掘，就为小说家充分发挥自己的想象力和创造力，为刻画人物开拓了一个广阔的新天地。正如我国当代著名文艺理论家王朝闻所指出的："小说，既然是语言艺术，其语言上的长处，必须充分发挥，争取达到不是其他艺术可以达到的深度。而《安娜·卡列尼娜》就是充分发挥了语言艺术的特长，非常深入地表现出人物心理的复杂的微妙的活动的作品。"[1]在心理描写的成就上，《金瓶梅》虽然没有达到《安娜·卡列尼娜》的水平，但是，它们在注重心理描写的艺术发展的走向上，确是取同一步调的。

其次，它使作家刻画人物形象的视角，具备了多角度的特点。它不再是仅从作家叙述的角度，客观地对人物形象作出介绍和描述，同时还从人物特殊的心理和感受出发，从人物自身的视角来互相作双向或多向的描绘。如从潘金莲的眼光来看，西门庆是个"生的风流浮浪，语言甜净"，令她感到"更加几分留恋"的人物。这既道出了潘金莲爱好风流的心理，又画出了西门庆浮浪的性格特征。而从西门庆的眼光来看，潘金莲则是"好一个雌儿，怎能勾得手"？

---

① 王朝闻：《谈人物的心理描写》，见《文艺月报》1955 年 11 月号。

这就既画出了西门庆好色、贪婪的心理，又更加衬托出潘金莲的风骚动人。因此，这种变换视角的心理描写手法，具有一石二鸟、一箭双雕的作用，不但写了所描写的对象特征，而且写出了观察者的心灵特征，并且这种心灵特征既是对象特征的反映，又是对象特征的变形。这两种特征的沟通，就创造了一种崭新的艺术境界，使读者不能不刮目相看，不能不引起深沉的思索，从而也就很自然地吸引并调动起读者的艺术想象力和创造力，使作家所创造的人物形象变得更加精彩和动人，给读者留下深刻难忘的印象。

最后，更重要的是通过心理描写，大大增强了人物性格的丰富性和传神性。如西门庆与潘金莲之所以能很快勾搭成奸，是由他们各自的性格和社会环境等多方面的因素决定的。文龙读后得出的结论是："西门庆一蚁耳，而欲禁其不趋膻得乎？西门庆一蝇耳，而欲使之不逐臭得乎？而况有王婆之撮合。读者试掩卷思之：一边是善于偷香窃玉之西门庆，一边是善于迎奸卖俏之潘金莲，中间是善于把纤捞毛之王婆子，其苟合之能成与否，固不必再看下文而已知之。"① 其实，只是由于增加对西门庆、潘金莲的心理描写，才为他们后来的发展提供了充分的必然性。如西门庆去找王婆之前，作者写他就已想好"堪可如此如此，这般这般。撮合得此事成，我破几两银子谢他，也不值甚的"。这既刻画出西门庆奸险、狡黠的性格特征，又揭示了其性格的社会本质是发迹有钱，自恃"破几两银子谢他，也不值甚的"，尽可收买帮凶，恣意霸占他人妻子。正因为在《金瓶梅》中突出了罪魁祸首是西门庆，而改变了《水浒传》作者所写的武松先杀了潘金莲然后再去杀西门庆的写法。这种改写，不仅是出于全书整个情节发展的需要，也反映了《金瓶梅》作者对西门庆和潘金莲这两个典型本质的不同看法。从一开始对潘金莲和西门庆的心理描写上，即已露出端倪。潘金莲本人虽是个迎奸卖俏的淫妇，但她毕竟是处于被动的地位。她

---

① 文龙:《金瓶梅》第二回评语。

是在西门庆"临去也回头了七八回",才产生了这样的想法:"他若没我情意时,临去也不回头七八遍了。不想这段姻缘,却在他身上。"她之所以对西门庆"生的风流浮浪,语言甜净",感到"更加几分留恋",也不只是由于她的生性好淫,更重要的还因为她对封建包办婚姻深为不满。在这之前,作者已写她内心"报怨大户:'普天世界断生了男子,何故将奴嫁与这个货?每日牵着不走,打着倒退的。只是一味咪酒。着紧处,都是锥扎也不动。奴端的那世里悔气,却嫁了他!是好苦也!'"(第一回)因此,作者写潘金莲对西门庆"更加几分留恋",这既在客观上反映了西门庆风流、诡谲、迷惑人之处,又在潘金莲的主观上有把西门庆与其夫武大加以对比,对美满的爱情婚姻萦怀憧憬、向往和追求之意,不能简单地归结为淫荡的邪念。那种认为:"帘下勾情,必大书金莲,总见金莲之恶,不可胜言。犹云你若无心,虽百西门奈之何哉!凡坏事者,大抵皆是妇人心邪。"[①]便属于评论者的偏见。文龙的看法则比较公道:"使武大所娶非金莲,金莲所嫁非武大,事尚未可知。实逼处此,虽有十武松,亦无之何,而况普天之下,有几武松乎?"[②]潘金莲之所以被西门庆勾引为情妇,祸根是在于她与武大的婚姻为张大户包办的封建婚姻,同时也因为那个时代像武松那样的正经人太少,而如西门庆那样趋膻逐臭的蚁蝇之徒,则猖獗得很,怎么能仅仅归结为"妇人心邪"呢?由此可见,《金瓶梅》作者加上这些心理描写,绝不是无足轻重的,而是大大增强了人物性格的丰富性和复杂性,拓宽了人物形象的社会典型意义。

至于这种人物的心理描写与行动描写相配合,西门庆"临去也回头了七八回",潘金莲心想"他若没我情意时,临去也不回头七八遍了","在帘下眼巴巴的看不见那人,方才收了帘子,关上大门。"这种相互痴情张望、无限留

---

① 张竹坡:《金瓶梅》第二回评语。
② 文龙:《金瓶梅》第二回评语。

恋的神态，以及西门庆那种当天"连饭也不吃，走出街上闲游，一直径踅入王婆茶坊里来"，急不可耐地请王婆撮合的身影，则更是增加了人物形象的传神性和生动性，使之穷形尽相，如跃眼前。

因此，从注重写人物的行动，到注重写人物的心理，并把这两者结合起来，这标志着《金瓶梅》在我国古代小说艺术的历史性进展中向前迈进了一大步。

二、从对人物一般的心理描述，到对人物内心感情的充分抒发

在《金瓶梅》以前的我国古代小说中，对人物的心理描写也不是一点没有。《水浒传》作者便写武松在要不要冒险过景阳冈时，"寻思道：'我回去时，须吃他耻笑，不是好汉，难以转去。'存想了一回，说道：'怕甚么鸟！且只顾上去看怎地！'"（第二十三回）但是这种心理描写，毕竟是很简略的。如果说这是为了突出武松英雄形象的需要，不宜渲染武松的心理矛盾，那么，当梁山义军人人爱戴的领袖晁盖在战场上壮烈牺牲之时，总该在水浒英雄们的心里激起沸腾的感情波澜吧，可是《水浒传》作者却只写"宋江见晁盖死了，比似丧考妣一般，哭得发昏。众头领扶宋江出来主事，吴用、公孙胜劝道：'哥哥且省烦恼，生死人之分定，何故痛伤？且请理会大事。'宋江哭罢，便教把香汤沐浴了尸首，装殓衣服巾帻，停在聚义厅上"（第六十回）。这里虽然写了宋江"哭得发昏"，但由于对人物的心理和感情缺乏具体的描写，这就使晁盖的死很难在读者中激起同仇敌忾的感人力量。"生死人之分定，何故痛伤？"这种理性的说教，便是禁锢作者作心理和感情描写的桎梏。尽管《水浒传》的思想和艺术成就，无疑地是我国古代小说史上的一座高峰，有后人难以企及的许多长处。但是如同世界上的万事万物一样，我国古代的小说艺术也是处在不断地发展之中的，《金瓶梅》在人物的心理、感情的深入描写上，就比《水浒

传》有了发展。这个事实我们也不能不予以足够的重视。如《金瓶梅》中写"西门庆大哭李瓶儿"，就不同于《水浒传》中写宋江哭晁盖，只有"哭得发昏"一句，而是写了西门庆的三次大哭：

第一次，是当李瓶儿刚死之时，"揭起被，但见面容不改，体尚微温，脱然而逝，身上止着一件红绫抹胸儿。这西门庆也不顾的甚么身底下血渍，两只手抱着他香腮亲着，口口声声只叫：'我的没救的姐姐，有仁义好性儿的姐姐！你怎的闪了我去了，宁可教我西门庆死了罢。我也不久活于世了，平白活着做甚么！'在房里离地跳的有三尺高，大放声号哭。"（第六十二回）

第二次，是当李瓶儿的尸体装裹，用门板抬到大厅之时，"西门庆在前厅手拘胸膛，由不的抚尸大恸，哭了又哭，把声都呼哑了，口口声声只叫'我的好性儿有仁义的姐姐'不住。"（第六十二回）

第三次，是在吩咐人到各亲眷处报丧之后，"西门庆因想起李瓶儿动止行藏模样儿来，心中忽然想起忘了与他传神，叫过来保来问：'那里有写真好画师？寻一个传神。我就把这件事忘了。'……这来保应诺去了。西门庆熬了一夜没睡的人，前后又乱了一五更，心中感着了悲恸，神思恍乱，只是没好气，骂丫头，踢小厮，守着李瓶儿尸首，由不的放声哭叫。……把喉音也叫哑了，问他，与茶也不吃，只顾没好气。"（第六十二回）

这三次大哭，不仅把如何"哭得发昏"具象化了，更重要的是由此从人物的心理和感情深处，刻画出了一系列血肉丰满、生动活泼的人物性格。

首先是对西门庆性格的刻画。他的三次大哭，并不是数量的重复，而是分别写了西门庆内心感情的三个不同的层面：第一次大哭，主要是反映了他的悲痛已到了悲痛欲绝的地步；第二次大哭，主要是表现了他的伤心，几乎到了伤心不已的程度；第三次大哭，则主要是说明了他的恼怒，由悲痛、伤心过度，发展到迁怒于众。这不仅一次比一次更沉痛地反映了他内心的感情波澜，而且还深刻地揭露了他的性格本质。他不知"平白活着做甚么"，失去了爱妾李瓶儿，他就恨不得"宁可教我西门庆死了罢"。这岂不反映了市民的意识——有点爱情至上的味道？他"心中感着了悲恸，神思恍乱"，便可以把丫头、小厮当作他发泄悲恸、排遣气闷的对象，随心所欲地"骂丫头，踢小厮"。这岂不是对西门庆那个市井恶棍的性格本质真实而又生动的写照么？从表面上看，西门庆对李瓶儿的死已经悲痛到饭不思、茶不饮，无以复加的极点，然而当他听到应伯爵的劝导："争耐你偌大的家事，又居着前程，这一家大小太山也似靠着你。你若有好歹，怎么了得！就是这些嫂子都没主儿。常言：一在三在，一亡三亡。哥，你聪明，你伶俐，何消兄弟每说。就是嫂子他青春年少，你疼不过，越不过他的情，成服，令僧道念几卷经，大发送，葬埋在坟里，哥的心也尽了，也是嫂子一场的事，再还要怎样的？哥，你且把心放开！""当时被应伯爵一席话，说的西门庆心地透彻，茅塞顿开，也不哭了。须臾，拿上茶来吃了，便唤玳安：'后边说去，看饭来，我和你应二爹、温师父、谢爹吃。'"（第六十二回）西门庆内心感情的这个急剧变化，反映了他的悲痛心理的实质——只不过"令僧道念几卷经，大发送，葬埋在坟里"，就算"心也尽了"；想到"偌大的家事，又居着前程"，他的心理便立刻恢复了平衡，把对李瓶儿的悲痛瞬息化为乌有了。这对西门庆的性格本质，该是刻画得多么生动而又深刻啊！

同时，由西门庆的感情波澜，又激起吴月娘、潘金莲等人的心潮荡漾，从而在更为深广的意义上活现了众多的人物性格。如作者写"月娘因见西门庆搭伏在他身上，挝脸儿那等哭，只叫：'天杀了我西门庆了！姐姐，你在我家三年光景，一日好日子没过，都是我坑陷了你了！'月娘听了，心中就有些不耐烦了，说道：'你看韶刀！哭两声儿，丢开手罢了。一个死人身上，也没个忌讳，就脸挝着脸儿哭，倘忽口里恶气扑着你。是的，他没过好日子，谁过好日子来？人死如灯灭，半晌时不借。留的住他倒好！各人寿数到了，谁人不打这条路儿来？'"（第六十二回）这里既表现了吴月娘对丈夫的关心、疼爱之情，生怕他被死人口里的恶气儿扑着，又发泄了她对丈夫偏爱李瓶儿的不满——"他没过好日子，谁过好日子来？"还用"人死如灯灭""各人寿数到了"等宿命论的思想，既表示对丈夫的劝导，又表现出她那佛教徒的性格，使吴月娘的形象仿佛如浮雕般地凸现在我们面前。

又如对潘金莲、孟玉楼性格的刻画。由于西门庆为李瓶儿的死过度悲伤，心情烦躁，不想吃饭，再加上李瓶儿的死本来就与潘金莲对她的忌恨有关，因此当潘金莲劝他吃饭时，他便大骂潘金莲。为此潘金莲对吴月娘说："他倒把眼睁红了的，骂我：'狗攮的淫妇，管你甚么事！'我如今镇日不教狗攮，却教谁攮哩？恁不合理的行货子，只说人和他合气。"月娘道："热突突死了，怎么不疼？你就疼也放心里。那里就这般显出来。人也死了，不管那有恶气没恶气，就口挝着口那等叫唤，不知甚么张致。吃我说了两句：他可可儿来，三年没过一日好日子，镇日教他挑水挨磨来？"孟玉楼道："娘，不是这等说。李大姐倒也罢了，没甚么。倒吃了他爹恁三等九格的。"金莲道："他没得过好日子，那个偏受用着甚么哩，都是一个跳板儿上人。"（第六十二回）这里潘金莲、吴月娘、孟玉楼虽然同样都发泄了对西门庆偏爱李瓶儿的不满心理，但从潘金莲的不满中显得老辣、无耻，她竟以镇日"教狗攮"自居；在吴月娘的不满中露出贤淑，她对丈夫的健康满怀着关心、体贴之情；在孟玉楼的不满中则揭示了妾妇之间不平等的待遇——"倒吃他爹恁三等九格的"。从丈夫对待妾妇的不平等态度来看，是"恁三等九格的"；从一夫多妻制所造成的妇女悲惨命运来看，却又"都是一个跳板儿上人"。封建的一夫多妻制，就是这样矛盾重重，极不合理。这里作者从人物的心理、感情所迸发出来的语言，叫人感到字里行间皆饱含着辛酸和血泪，不仅充分地展现了各人的性格特色，而且从中蕴含着深广的社会典型意义。

值得注意的是，这里作者主要不是通过故事情节来表现人物性格，而是以人物心理发展的历程和感情变化的波澜，来使人物性格不断地得到丰富和深化。如西门庆的第一次大哭，是在他看到李瓶儿临死前，"身上止着一件红绫抹胸儿"，以后又写西门庆在梦中"只见李瓶儿蓦地进来，身穿糁紫衫、白绢裙……""从睡梦中直哭醒来"（第六十七回）。接着又写他问潘金莲："前日李大姐装椁，你每替他穿了甚么衣服在身底下来？"经过潘金莲追问，西门庆只好承认："我方才梦见他来。"潘金莲说："此是想的你这心里胡油油的。"第三次大哭前，西门庆叫来保请画师来给李瓶儿画像，下一回又写西门庆说："我心里疼他，少不的留个影像儿，早晚看着，题念他题儿。"画师把李瓶儿的像画得"俨然如生时一般。西门庆见了满心欢喜，悬挂像材头上。众人无不夸奖：'只少口气儿。'"（第六十三回）接着写西门庆看戏，看到贴旦扮玉箫唱"今生难会，因此上寄丹青"一句，"忽想起李瓶儿病时模样，不觉心中感触起来，止不住眼中泪落，袖中不住取汗巾儿搽拭。"（第六十三回）李瓶儿出殡之后，"西门庆不忍遽舍，晚夕还来李瓶儿房中，要伴灵宿歇。"（第六十五回）如此看来，作者把西门庆对李瓶儿的思念之情，渲染到了可谓登峰造极的地步。然而作者笔锋一转，又写他的贴身小厮玳安说："为甚俺爹心里疼？不是疼人，是疼钱。"（第六十四回）就在"伴灵宿歇"的夜间，西门庆要茶喝，当奶妈如意儿给他递茶时，西门庆便"令脱去衣服上炕，两个搂接，在被窝内不胜欢娱，云雨一处"（第六十五回）。从此奶妈如意儿就成了李瓶儿的替身。由此可见，西门庆之所以对李瓶儿爱之弥深，实际上只不过是他对财和色的萦怀不已罢了。这就把西门庆的性格本质，刻画得既血肉丰满，又剔肤见骨，令人心潮起伏，感慨万千。

三、从写人物表层的正常心理到写人物的潜意识、变态心理

在《金瓶梅》以前的我国古代小说中，对人物的心理描写，一般尚停留于对人物表层的正常的心理描述，而到了《金瓶梅》中，便发展为写人物的潜意

识、变态心理。

对梦境的大量描写，就是突出的表现之一。写梦，并不一定就是写人物的心理，更不等于写人物的潜意识、变态心理。《水浒传》第四十二回"还道村受三卷天书，宋公明遇九天玄女"，写宋江在回家接父亲的途中，遇到官兵追捕，他便躲进玄女庙的神厨里，遇到九天玄女，授给他三卷天书，要他"替天行道，为主全忠仗义，为臣辅国安民，去邪归正"。《水浒传》作者也写明这"乃是南柯一梦"。这种梦境描写，完全是出于全书故事情节发展的需要，并非人物心理变化的必然。从人物心理发展的必然性来看，这种对梦的描写是不真实的：首先，在面临官兵追捕，躲进神厨藏身逃命的情况下，宋江已经吓得"心中惊恐，不敢动脚"，他又怎么可能安然进入梦乡呢？其次，既然是做梦，梦醒之后，宋江手内怎么可能果真有梦中玄女授给他的三卷天书呢？对此，作者无法自圆其说，不得不声称："这一梦真乃奇异，似梦非梦。若把做梦来，如何有这天书在袖子里，……想是此间神圣最灵，显化如此。"清代芥子园刻本《忠义水浒传》于此处的眉批指出："凡小说戏剧，一着神鬼梦幻，便躲闪可厌，此传亦不免，终是扭捏。"清代醉耕堂刻本《评论出像水浒传》王望如亦评曰："受天书，遇玄女，此寇莱公之作也。"可见这类对梦境的描写，尽管从故事情节和人物性格的发展来看，是必要的，但从人物心理刻画来说，却谈不上是成功的，难免给人以扭捏、欺诈之感。

真正以写梦来写人物深层的心理，写人物的潜在的变态的心理——从人物的心灵深处来展现人物丰富复杂的性格，我们不能不首推《金瓶梅》。《金瓶梅》作者不是把梦幻与神鬼混为一谈，而是自觉地把它当作人物心理描写的一种手法。在书中作者曾两次明确宣告："梦是心头想。"（第六十七、七十九回）

当官哥儿被潘金莲驯的猫惊吓致病之后，作者写李瓶儿守着官哥儿睡在床上，"似睡不睡，梦见花子虚从前门外来，身穿白衣，恰像活时一般。见了李瓶儿，厉声骂道：'泼贼淫妇，你如何抵盗我财物与西门庆？如今我告你去也！'被李瓶儿一手扯住他衣袖，央及道：'好哥哥，你饶恕我则个。'花子虚一顿，撒手惊觉，却是南柯一梦。醒来手里扯着却是官哥儿的衣衫袖子。连哕了几口，道：'怪哉，怪哉！'听一听更鼓，正打三更三点。这李瓶儿唬的浑身冷汗，毛发皆竖起来。"（第五十九回）

官哥儿死后，李瓶儿恸极、气极，以致旧病复发。作者又写道："李瓶儿夜间独宿在房中，银床枕冷，纱窗月浸，不觉思想孩儿，欷歔长叹，似睡不睡，恍恍然恰似有人弹的窗棂响。李瓶儿呼唤丫鬟，都睡熟了不答，乃自下床来，倒鞔了鞋，翻披绣袄，开了房门，出户视之。仿佛见花子虚抱着官哥儿叫他，新寻了房儿，同去居住。这李瓶儿还舍不的西门庆，不肯去，双手就去抱那孩儿。被花子虚只一推，跌倒在地。撒手惊觉，却是南柯一梦，吓了一身冷汗，呜呜咽咽只哭到天明。"（第六十回）

在李瓶儿病危时，作者又写她对西门庆说："我不知怎的，但没人在房里，心中只害怕。恰似影影绰绰，有人在我跟前一般。夜里要便梦见他，恰似好时的，拿刀弄杖，和我厮嚷。孩子也在他怀里。我去夺，反被他推我一跤，说他那里又买了房子，来缠了好几遍，只叫我去。"（第六十二回）

对于这些梦幻的描写，清代《金瓶梅》评点家张竹坡评曰："官哥为子虚化身。""写梦子虚云'你如何盗我财物与西门庆？我如今告你去也'二句，明是子虚转化官哥，以为瓶儿孽死之由，以与西门庆索债之地。"[①] "瓶儿之病因官哥，本因子虚。乃官哥未死，子虚不来，是官哥即子虚。官哥既死，子虚频来，是子虚即官哥，而必写官哥在子虚怀中者，正子虚所以缠瓶儿之处，而瓶儿缠孽之因也。"[②]

---

① 张竹坡：《金瓶梅》第五十九回评语。
② 张竹坡：《金瓶梅》第六十回评语。

这种说法，我认为还是着眼于传统的观点和写法，把梦幻与鬼神混为一谈。事实上，《金瓶梅》作者已经打破了传统的观点和写法，而把梦幻作为深层心理描写的一种手法。因此，张竹坡的上述说法是与《金瓶梅》的实际描写不相吻合的。首先，在李瓶儿第一次梦见花子虚时，官哥儿尚活着，第二次梦见花子虚时，官哥儿虽然已经死了，但作者写明李瓶儿梦中"仿佛见花子虚抱着官哥儿叫他"。两次都写得清清楚楚，花子虚和官哥儿分明是两个人，怎么能说"官哥为子虚化身"，"官哥即子虚"呢？其次，如若果真"官哥即子虚"，李瓶儿对官哥是那样疼爱之至，而对为官哥化身的花子虚为什么却那样绝情之极呢？作者之所以写李瓶儿在官哥儿病危时梦见花子虚来说要告她，是为了反映李瓶儿对抵盗财物与西门庆，气死亲夫花子虚，在内心依然存在着负疚和恐惧心理。正因为她心中有"鬼"，所以当官哥儿病重时，在她的潜意识中便已经预感到她和官哥儿的性命难保。她生怕花子虚在阴间要告她。官哥儿的死，在她的心理上几乎深信不疑：就是花子虚为了报复她，才从她手中把官哥儿夺去的；他不但要夺去她的爱子，还要她本人也去。然而她却"舍不的西门庆，不肯去"。这就更进一步地写出了李瓶儿对西门庆的痴情和执着，反映了李瓶儿的内心矛盾和痛苦：既畏惧前夫花子虚在阴间要告她，又舍不得离开西门庆。正是这种对李瓶儿的潜意识和变态心理的描写，才把她那夫妇、母子生离死别的骨肉之情，写得那样悲切惨然，令人不寒而栗。

同时，作者在李瓶儿再三叙述梦见花子虚来缠她时，还特地写了西门庆对李瓶儿的解说："人死如灯灭，这几年知道他往那里去了。此是你病的久了，下边流的你这神气弱了，那里有甚么邪魔魍魉，家亲外祟。"（第六十二回）这说明西门庆的心理状态与李瓶儿迥然有别：他干尽坏事，却从无内疚或后怕之感，从不信会遭到阴司的报应。然而当李瓶儿果真死去之后，西门庆的心理却出现了变态。作者写他梦见李瓶儿"向床前叫道：'我的哥哥，你在这里睡哩，奴来见你一面。我被那厮告了我一状，把我监在狱中，血水淋漓，与秽污在一处，整受了这些时苦。昨日蒙你堂上说了人情，减了我三等之罪。那厮再三不肯，发恨还要告了来拿你。我待要不来对你说，诚恐你早晚暗遭他毒手。我今寻安身之处去也，你须防范来！没事，少要在外吃夜酒，往那去，早早来家。千万牢记奴言，休要忘了！'说毕，二人抱头放声而哭。西门庆便问：'姐姐，你往那去？对我说。'李瓶儿顿脱，撒手却是南柯一梦。西门庆从睡梦中直哭醒来，看见帘影射入书斋，正当卓午，追思起由不的心中痛切"（第六十七回）。张竹坡指出："此回瓶儿之梦。非徒瓶儿，盖预报西门庆之死也。"[①] 我认为作者的意图主要不在于此，而是在于刻画人物的潜意识和变态心理的需要——西门庆从不信"有甚么邪魔魍魉，家亲外祟"，变为笃信无疑。这种变态心理，既更深一层地反映了西门庆对李瓶儿的思念之情，又更生动地刻画出西门庆的色厉内荏，表面上对恣意作恶无所顾忌，而在内心深处却也惧怕花子虚在阴间告他，"早晚暗遭他毒手"。这就把西门庆矛盾的心理和复杂的性格，揭露无遗。它跟《水浒传》中写宋江梦遇玄女，显然是属于两种不同的写法：《水浒传》是写理、写事、写志，而《金瓶梅》则是写实、写心、写情。

写人物的潜意识和变态心理，看似虚幻的，而实则却更需要大胆写实的精神。如西门庆那样好色，恨不得使天下的女人尽为他所占有；李瓶儿竟把他当作"医奴的药一般"。正是对他们这种好色狂的潜意识和变态心理的赤裸裸的描写，才把这一对奸夫淫妇的性格本质，刻画得既传神出情，又入骨三分。

人物的潜意识与人物的外在表现，既是矛盾的，又是统一的。《金瓶梅》作者往往正是利用这种人物内心与外表的反差，来使人物形象显得更加深沉而又妙趣横生的。如作者写吴月娘一方面与西门庆反目不说话，另一方面又写她背着西门庆，"每月吃斋三次，逢七拜斗，夜夜焚香，祝祷穹苍，保佑夫

---

① 张竹坡：《金瓶梅》第六十七回评语。

主早早回心，齐理家事，早生一子，以为终身之计。"正是这种外表与内心的反差，使西门庆获悉后大为感动，悔恨"原来一向我错恼了他，原来他一篇都为我的心，倒还是正经夫妻"。可是，当西门庆主动向吴月娘要求和好时，吴月娘却不予理睬。"那西门庆见月娘脸儿不瞧，一面折跌腿，装矮子，跪在地下，杀鸡扯脖，口里姐姐长姐姐短。月娘看不上，说道：'你真个恁涎脸涎皮的，我叫丫头进来。'一面叫小玉。那西门庆见小玉进来，连忙立起来，无计支他出去，说道：'外边下雪了，一香桌儿还不收进来罢？'小玉道：'香桌儿头里已收进来了。'月娘忍不住笑道：'没羞的货，丫头跟前也调谎儿。'小玉出去，那西门庆又跪下央及。月娘道：'不看世界面上，一百年不理才好。'说毕，方才和他坐的一处，教玉箫来捧茶与他吃了。"（第二十一回）这里吴月娘刚刚还暗地里"祝祷穹苍，保佑夫主早早回心"，现在当面却又拒绝西门庆的回心和好，说："一百年不理才好。"看似前后矛盾，而实则把吴月娘潜意识中对西门庆的恼和喜、憎和爱、疏和亲、睥和尊，皆刻画得丰姿绰约，情趣盎然，使人感到吴月娘不仅有着鲜明的活生生的性格，而且是个有着复杂的内心世界和多重感情色彩的人物形象。在她身上，既表现了一夫多妻制给妇女造成的不幸和痛苦，又反映了封建妇女自身的弱点和追求，同时还衬托出了西门庆的昏庸、卑下和无耻。

《金瓶梅》的艺术实践证明，深入描写人物的潜意识和变态心理，并非一定要写梦幻或径直作人物的心理剖析，只要作家从人物形象的真实性出发，着眼于表现人物的潜意识和变态心理，其写作手法是层出不穷的，可以因人因事因时而异。而只要善于写出人物的潜意识和变态心理，就能大大增强人物形象的丰富性和深邃性，生动性和趣味性。

四、从写受封建伦理道德规范的群体心理，到写独特的个人心理

人的心理状态，归根结底，是社会现实的反映。在封建社会，由于封建的伦理道德观念占统治地位，因此，人们的心理也不能不受封建伦理道德观念的规范，表现为规范性的群体心理。如宋江上梁山后，首先想到的是要接他父亲上山："恐老父存亡不保，宋江想念，欲往家中搬取老父上山，以绝挂念。"晁盖也肯定"这件是人伦中大事"，只不过劝他"再停两日，点起山寨人马，一径去取了来"。而宋江却固执地要冒险只身前往，说："若为父亲，死而无怨。"在晁盖设宴"庆贺宋江父子完聚"时，又"忽然感动公孙胜一个念头：思忆母老在蓟州，离家日久，未知如何"。因此他当即提出，要回家探望老母。散席时，李逵又"放声大哭起来"，说："干鸟气么！这个也去取爷，那个也去望娘，偏铁牛是土掘坑里钻出来的？"他也要去接老娘上山来快乐几时（第四十二回）。这种心理描写，尽管在表现方式上多少有些个性差别，但在心理活动的本质属性上，却属于受封建伦理道德观念规范的群体意识。正如金圣叹对该回的批语所指出的："我闻诸我先师曰：夫孝，推而放之四海而准。"如此写"放之四海而准"的心理，这不是某个作家作品的过错，而是那个封建道德观念占统治地位的历史时代的必然反映。

《金瓶梅》的时代已经出现了资本主义的萌芽，封建统治阶级更加腐朽不堪，封建的伦理道德观念正在失去维系人心的力量。《金瓶梅》作者便极其敏锐地发现并及时地抓住了这个历史的新动向，时代的新特点，深入地发掘了人们不受封建传统道德观念的桎梏，超越于社会群体意识之外的独特的个人心理。这是《金瓶梅》在人物心理描写上的一个重大发展和崭新贡献。

例如在潘金莲的心里，只知发泄个人的情欲，根本没有封建孝道的影子。她为妒忌李瓶儿，便用毒打丫鬟秋菊来惊吓李瓶儿的儿子官哥儿。她母亲潘姥姥看不下去，劝解了几句，潘金莲便"越发心中撺上把火一般。须臾，紫涨了

面皮，把手只一推，险些儿不把潘姥姥推了一跤"，还骂她是"怪老货"，要她"你明日夹着那老屄走"。把她母亲气得"呜呜咽咽哭起来了"，"使性子家去了"（第五十八回）。潘金莲为什么"越发心中撺上把火一般"，竟然用如此不堪入耳的脏话来骂她的老娘呢？就是因为潘姥姥揭穿了她内心的秘密："为驴扭棍不打紧，倒没的伤了紫荆树。"——即打丫鬟事小，不要惊吓了李瓶儿的爱子官哥儿。这反映了潘金莲颇为独特的心理，即为了发泄对西门庆偏爱李瓶儿的私愤，便不惜把痛苦强加在无辜的丫鬟秋菊身上，不惜惊吓无辜的幼儿官哥儿，不惜伤害自己的母亲。她把做人的良心、封建的孝道，全抛到九霄云外去了。她这种把个人的情欲置于一切之上的心理，正是资本主义萌芽的产物。它是对受封建道德规范的群体意识的突破，而赤裸裸地表现为一种不受传统观念桎梏的新的个人意识。尽管这种个人意识是丑恶的，打上了市民损人利己的阶级烙印。

这种不同于封建传统的独特的市民心理，在西门庆身上反映得更为典型。当李瓶儿刚嫁到西门庆家之后，作者写道：

> 这西门庆心中大怒，教他下床来，脱了衣裳跪着。妇人只顾延挨不脱。被西门庆拖番在地平上。袖中取出鞭子来抽了几鞭子，妇人方才脱去衣裳，战惊惊跪在地平上。西门庆坐着，从头至尾问妇人："我那等对你说过，教你略等等儿，我家中有些事儿，如何不依我，慌忙就嫁了蒋太医那厮？你嫁了别人，我倒也不恼，那矮王八有甚么起解？你把他倒踏进门去，拿本钱与他开铺子，在我眼皮子根前开铺子，要撑我的买卖。"（第十九回）

上述对西门庆为什么"心中大怒"的描写，说明他是把商业竞争心理放在至高无上地位的，连自己的情人李瓶儿"嫁了别人"，他都可以"不恼"，唯独对她扶植蒋太医开铺子做他的竞争对手，则不能不"心中大怒"。我国传统的封建道德观念是义重如山，反对见利忘义。而西门庆的心里恰恰是只看重利，唯利是图。连夫妇关系都受金钱关系的支配。西门庆之所以爱上李瓶儿，决定性的因素就是因为李瓶儿有钱。连吴月娘都说："他有了他富贵的姐姐，把俺这穷官儿家丫头，只当亡故了的算帐。"（第二十回）

在西门庆的心理上起支配作用的，一是财欲，一是色欲。用他自己的话来说："咱闻那佛祖西天，也止不过要黄金铺地；阴司十殿，也要些楮锭营求。咱只消尽这家私广为善事，就使强奸了常娥，和奸了织女，拐了许飞琼，盗了西王母的女儿，也不减我泼天富贵。"（第五十七回）他靠给蔡太师送大量礼品，"买"到了理刑副千户、千户的官职。可是他做官的目的，并不是为了维护封建统治，而是为了利用职权，贪赃枉法，偷税漏税，个人发财致富。他的发迹，是靠了追求财和色；他的灭亡，也是因为追求财和色。用作者的话来说："积玉堆金始称怀，谁知财宝祸根荄。"（第五十六回）"一己精神有限，天下色欲无穷。""西门庆自知贪淫好色，更不知油枯灯尽，髓竭人亡。"（第七十九回）

总之，注重人物的心理描写，能够写出人物的感情波澜、潜意识和变态心理，写出人物不受传统道德规范的自己的主体意识和独特心理，并且以此为重要的内因，来安排作品的故事情节和人物的命运，这是《金瓶梅》在人物形象刻画上的一个新的特色和新的进展。

这个新的特色和新的进展，是历史性的。因为它反映了历史的发展，适应了时代的需要。在封建主义思想体系禁锢的时代，是根本不允许有个人的主体意识，有个人的独特心理的。只有到了资本主义萌芽，封建主义的思想统治出现裂缝，甚至面临瓦解的历史条件下，个人的主体意识，个人的独特心理，才能突破群体意识的规范，得以滋生和发展。注重人物的心理描写，这不仅符合社会历史发展的这个新动向，而且也为小说的人物描写开辟了一个广阔的新天地。如同法国伟大作家雨果所说的："世界最浩瀚的是海洋，比海洋更浩瀚的是天空，比天空还要浩瀚的是人的心灵。"[①]描写"比天空还要浩瀚的"人的心灵，这该给小说家的创作带来多少蓬勃的生机啊！在《金瓶梅》中，虽然对此做得尚很不充分，很不完美，但它毕竟已在小说艺术发展的这个必然走向上，迈出了可喜的一步。

---

① 转引自柏峰：《人的心灵比天空还要浩瀚——读〈心理学漫谈——致青年朋友十七封信〉》，《文汇报》1985 年 10 月 28 日第 4 版。

归真返璞，神酣意足

——论《金瓶梅》的人物对话艺术

"对话——这是小说里最难写的部分之一。需要熟悉生活中的对话。要凭空想出有趣的对话，几乎是不可能的。我们年轻的作家写得最差的正是对话。"①这是苏联作家马卡连柯说的。它道出了中外许多作家共同的体验。

《金瓶梅》的人物对话，有不少地方是写得相当出色的，值得我们加以仔细地鉴赏，从中总结和吸取有益的艺术经验。

一、人物对话的性格化

"对话就是人物性格等等的自我介绍。"②"要非常仔细地琢磨有性格的对话"③，力求使对话做到充分地性格化，从对话可以看出人来，这是《金瓶梅》人物对话艺术的一个重要特色。恰如有的研究者所指出的，《金瓶梅》"主要是通过对话，刻画个人性格"④。"凡写一人，始终口吻酷肖到底，掩卷读之，但道数语，便能默会为何人。"⑤

要使人物对话充分地性格化，就必须充分尊重人物性格自身的独立自主

---

① 马卡连柯：《和初学写作者的谈话》，《论写作》，人民文学出版社 1956 年版，第 37 页。
② 老舍：《我怎样学习语言》，《解放军文艺》1951 年第 3 期。
③ 富曼诺夫：《札记·书信》，《论写作》，人民文学出版社 1956 年版，第 218 页。
④ 朱星：《〈金瓶梅〉的文学评价以及对〈红楼梦〉的影响》，《河北大学学报》1980 年第 2 期。
⑤ 刘廷玑：《在园杂志》卷二。

性，从人物性格的真实性出发，而绝不能让作品中的人物对话充当作家的传声筒。《金瓶梅》的人物对话好就好在，它"于一个人心中，讨出一个人的情理"。"虽前后夹杂众人的话，而此一人开口，是此一人的情理。非其开口便得情理，由于讨出这一人的情理，方开口耳。"[①]

> 我有一件事告诉你，到明日教你笑一声。你道蒋太医开了生药铺，到明日，管情教他脸上开果子铺出来。（第十九回）

这种语言，我们一听就明，一看就知，它只有出自西门庆之口。因为它不仅对西门庆那种以自己的欢乐建立在他人痛苦的基础之上，用封建把头的手段代替商业竞争的市井恶棍的本性，作了赤裸裸的自白，而且把他那所谓"蒋太医开了生药铺，到明日"，就要"管情教他脸上开果子铺出来"的强盗逻辑，连同他那自鸣得意的神气和油腔滑调的口吻，都活生生地刻画出来了。这种语言不仅是人物的自画像，而且是他的灵魂、神情和口吻的写照，寥寥数语，就能使读者从人物的语言中了解其整个的为人。如果不是从西门庆的性格本质出发，作者绝不可能写出如此充分性格化的语言，读者也不会由此对西门庆的典型性格有这般洞察肺腑的深刻感受。

人物性格化的语言，不仅各有其独特的性格特色，而且各有其独特的语言表达方式。如前面所举的西门庆的语言，是以"蒋太医开了生药铺"，就要"教他脸上开果子铺"的恶霸逻辑，以及恣意作恶反而自以为得意的神情，打伤人家的脸，还说是"教他脸上开果子铺"的流氓口吻，表现出来的。以逢迎讨好、谄媚奉承为能事的应伯爵的语言，则是另一种表达方式：

---

① 张竹坡：《金瓶梅读法》。

不是面奖，就是东京卫主老爷，玉带金带空有，也没这条犀角带。（第三十一回）

江南此鱼（指鲥鱼——引者注），一年只过一遭儿，吃到牙缝儿里，剔出来都是香的。好容易！公道说，就是朝廷还没吃哩。不是哥这里，谁家有？（第五十二回）

分明是当面夸奖，却自称"不是面奖"；纯属夸大其词，却公然标榜是"公道说"。这便是应伯爵那种好逢迎拍马的帮闲性格所特有的语言表达方式。它以欲盖弥彰的手法，既迎合了西门庆骄奢淫逸的心理，又反映了那个社会竞相僭越，不守传统本分的世情，表现了说话人既要吹捧、讨好主人，而又生怕主人觉察其蓄意吹捧、讨好的那种微妙、卑劣的神情和声态。

人物语言除了特殊情况下的自言自语以外，一般总是通过人物对话表现出来的。既然是互相之间的对话，那么，这种对话就不仅要反映说话人自身的性格，而且力求要使对方的性格也兼容并包，互相辉映，起到互映、互补的作用。如潘金莲被撵出西门庆家时，她与王婆的一段对话：

金莲道："我汉子死了多少时儿，我为下甚么非，作下甚么歹来，如何平空打发我出去？"

王婆道："你休稀里打哄，作哑装聋！自古蛇钻窟窿蛇知道，各人干的事儿各人心里明。金莲，你休呆里撒奸，两头白面，说长并道短，我手里使不的你巧语花言，帮闲钻懒！自古没个不散的筵席，出头橡儿先朽烂。人的名儿，树的影儿。苍蝇不钻没缝儿弹。你休把养汉当饭，我如今要打发你上阳关！"（第八十六回）

这段对话，不仅生动地画出了潘金莲那既惯于养汉，老辣无耻，又尖嘴巧舌，呆里撒奸的复杂性格，同时也有力地塑造了王婆既洞察毫末，老于世故，又伶牙俐齿，妙语如珠的媒婆形象。王婆跟潘金莲的这段对话，只能出自惯于贩卖妇女、泼辣狠毒的媒婆之口，也只有她用这种一连串生动形象的俗语、歇后语，如连珠炮似的发射出来，才能对付得了此时此地潘金莲的诘难。她不是正面回答潘金莲的问题："我为下甚么非，作下甚么歹事？"而是用"自古蛇钻窟窿蛇知道，各人干的事儿各人心里明"。既当场揭穿了她"稀里打哄，作哑装聋"的丑恶形骸，又给读者留下了想象的余地。这种人物对话，完全成了在两种性格的互相交锋、映衬之中，使对话者的形象被互补得更加具有形象的生动性和性格的丰富性。

人物对话如果只在两个人之间进行，只反映彼此两个人物的性格，这还是比较容易做到的。困难的是众多人物在一起对话，作家也要能够从他们的对话之中反映出众多人物各自不同的性格。"精于用语言描写人物，善于使自己的语言生动可闻，对话纯熟完善，——这种技巧总是使我惊叹不已。"高尔基之所以如此说，主要就是因为他"在巴尔扎克的长篇小说《驴皮记》里，读到描写银行家举行盛宴和二十来个人同时讲话因而造成一片喧声的篇章时，我简直惊愕万分，各种不同的声音我仿佛现在还听见。然而主要之点在于，我不仅听见，而且也看见谁在怎样讲话，看见这些人的眼睛、微笑和姿势，虽然巴尔扎克并没有描写出这位银行家的客人们的脸孔和体态"[1]。在《金瓶梅》中，虽然没有能够达到如此高超的艺术技巧——写出二十来个人同时对话，而又能使读者从他们的对话之中"看见这些人的眼睛、微笑和姿势"。但是它也写出了四五个人一起对话而又各具性格特色的场面。例如西门庆为孟玉楼的生日举行的晚宴散席之后，潘金莲与李瓶儿——

---

[1] 高尔基：《谈谈我怎样学习写作》，《论文学》，人民文学出版社1978年版，第542页。

刚走到仪门首，不想李瓶儿被地滑了一跤。这金莲遂怪乔叫起来，说道："这个李大姐，只相个瞎子，行动一磨趄子就倒了。我搊你去，倒把我一只脚蹂在雪里，把人的鞋也蹂泥了。"月娘听见，说道："就是仪门首那堆子雪，我吩咐了小厮两遍，贼奴才，白不肯抬，只当还滑倒了。"因叫小玉："你打个灯笼，送送五娘、六娘去。"西门庆在房里向玉楼道："你看贼小淫妇儿，蹲在泥里把人绊了一跤，他还说人蹂泥了他的鞋。恰是那一个儿，就没些嘴抹儿。怎一个小淫妇，昨日教丫头每平白唱'佳期重会'，我就猜是他干的营生。"玉楼道："'佳期重会'是怎的说？"西门庆道："他说吴家的不是正经相会，是私下相会，恰似烧夜香有意等着我一般。"玉楼道："六姐他诸般曲儿倒都知道，俺每却不晓的。"西门庆道："你不知这淫妇，单管咬群儿。"（第二十一回）

　　这段对话，我看有三点特别精彩之处：

　　首先，它通过人物对话，给人以生动的形象感。使我们仿佛耳闻目睹了各个人物的话音、身态和神情。如潘金莲那"怪乔叫起来"的话音，"一只脚蹂在雪里"，"鞋也蹂泥了"的身态和埋怨李瓶儿"只相个瞎子"的神情，岂不栩栩如生地活跳在我们面前么？李瓶儿虽未答话，但我们从潘金莲的话中，已经完全可以想见她那一趔一趄的身影，自己滑了一跤而又受人责备，那种十分懊丧而又无言以对的尴尬神色。本是潘金莲与李瓶儿两人对话，妙在李瓶儿未答话，却引出了吴月娘的话。从吴月娘的话中，不仅体现了她那一家之主妇的身份，而且使我们仿佛看见她对潘金莲、李瓶儿在雪地里往回走的注视的神态，感受到了她那关切之情。潘金莲与李瓶儿的对话，同时却又引出西门庆与孟玉楼在房里的对话。他俩身在房中，而耳中却听到潘金莲、吴月娘在房外说的话语，口里便情不自禁地发表评论。通过这段对话，活现了一系列的人物性格：潘金莲的乖巧、刁钻，李瓶儿的宽厚、忍让，吴月娘的仁慈、忠厚，西门庆的机智、敏感，孟玉楼的老实、随和。而这一切皆无须另作专门的描绘，仅通过人物之间的对话，就使读者对他们各自的性格特征得到了鲜明、生动的感受。

其次，它通过人物对话，给人以纵深的历史感。使我们不仅如见到了眼前对话的这些人，而且透过他们的对话，仿佛对他们一生的为人都有了相当透彻的了解。尤其是潘金莲，作者通过西门庆与孟玉楼的对话，由潘金莲眼前对李瓶儿的责备和埋怨，进而联系到她以前的种种表现，揭示了她一贯"单管咬群儿"的性格：她一方面带头发起为西门庆与吴月娘的和好，大家凑份子，设宴祝贺，另一方面却又指使丫头唱"佳期重会"，来对吴月娘进行讽刺、挖苦；西门庆一听就知，分明是她"蹦在泥里把人绊了一跤，他还说人踹泥了他的鞋"。这在西门庆看来，是潘金莲"单管咬群儿"。而在孟玉楼的眼里，潘金莲却是个聪明伶俐、多才多艺的人，"他诸般曲儿倒都知道，俺每却不晓的。"吴月娘受了"佳期重会"小曲的嘲讽，不但毫未察觉，还依然那样对潘金莲关怀备至，一听说李瓶儿滑了一跤，就立即叫小玉"打个灯笼，送送五娘、六娘去"。独有西门庆，不但对潘金莲洞察肺腑，了如指掌，而且表现出了他对李瓶儿的偏爱。所有这一切，皆不用作者另外多花笔墨，仅通过人物的对话，就在互相烘托、映照之中，使我们对参与对话的各个人物一贯的性格特征，都得到了纵深的整体的感受。

最后，这段人物对话，还给人以空间的立体感。它突破了语言艺术受时间的限制，而充分利用对话的声音可以穿越空间的优越性，写出了三维空间同时立体交叉的人物对话：那边是潘金莲在"仪门首"伴随着"怪乔叫"声对李瓶儿说的话语；这边是吴月娘因听到潘金莲的话语，而对小厮"白不肯抬"雪的埋怨，同时吩咐小玉打灯笼，"送五娘、六娘去"；另一边又是西门庆和孟玉楼因听到潘金莲的话语，而对其为人加以议论。这种围绕同一话题，在不同空间所同时交叉进行的对话，便突破了"说话"艺术只能"花开两朵，各表一枝"的传统格局，而充分利用话音的穿越空间，使各种人物的对话形成一个四面贯通、交相辉映的整体。仅通过人物对话，就能更加真实而简洁地同时塑造出众多的人物形象，使小说艺术反映广阔、复杂生活的能力如行云流水，舒卷自如，不见生硬地中断或牵合的痕迹。

二、人物对话的世情化

人物对话的性格化，从对话能看出人来，这只是做到了形象的生动性。同时，还必须赋予人物对话以深广的思想内涵——用《金瓶梅》作者的话来说："话头儿包含着深意，题目儿里暗蓄着留心。"（第三十五回）——使人物形象具有高度的典型意义。富有思想的深邃性，从对话可以看出世情来，这便是《金瓶梅》的人物对话艺术又一重要特色。

人物对话的思想深邃性，绝不是作者外加上去的理论说教，而是从人物性格化的语言中自然地流露出来的。在这方面，《金瓶梅》的艺术手法主要有四种：

（一）并写两面。如西门庆为了长远霸占奴才来旺的妻子宋惠莲，便勾结官府，制造冤案，迫害来旺。作者一面写西门庆听从宋惠莲的求情："我的亲达达，你好歹看奴之面，奈何他两日，放他出来。随你教他做买卖，不教他做买卖也罢。这一出来，我教他把酒断了，随你去近到远，使他往那去，他敢不去？再不，你若嫌不自便，替他寻上个老婆，他也罢了。我常远不是他的人了。"西门庆道："我的心肝，你话是了。我明日买了对过乔家房，收拾三间房子与你住，搬了那里去，咱两个自在顽耍。"接着另一面又写西门庆听信潘金莲的挑唆："你空耽着汉子的名儿，原来是个随风倒舵、顺水推船的行货子！我那等对你说的话儿，你不依，倒听那贼奴才淫妇话儿。随你怎的逐日沙糖拌蜜与他吃，他还只疼他的汉子。依你如今把那奴才放出来，你也不好要他这老婆的了，教他奴才好藉口。你放在家里不荤不素，当做甚么人儿看成？待要把他做你小老婆，奴才又见在；待要说是奴才老婆，你见把他逼的怎没张置的，在人根前上头上脸，有些样儿！就算另替那奴才娶一个着，你要了他这老婆，往后倘忽你两个坐在一答里，那奴才或走来根前回话做甚么，见了有个不气的？老婆见了他，站起来是，不站起来是？先不先只这个就不雅相。传出去休说六邻亲戚笑话，只家中大小把你也不着在意里。正是上梁不正下梁歪。你既要干这营生，誓做了泥鳅怕污了眼睛，不如一狠二狠，把奴才结果了，你就搂着他老婆也放心。""几句又把西门庆又念翻了，把帖子写就了，送与提刑院。教夏提刑限三日提出来受一顿，拷几拶，打的通不象模样。"（第二十六回）

作者为什么在写了西门庆答应宋惠莲的求情之后，又写西门庆听信潘金莲挑唆的一面？张竹坡认为，其"本意止谓要写金莲之恶"，"一路写金莲之恶，真令人发指。"[1]愚意绝不仅限于此。还应看到这是并写两面的对话艺术，其作用和意义是多方面的。

首先，它不仅使我们看到了"金莲之恶"，而且还丰富和发展了众多人物的性格。它说明西门庆不只"是个随风倒舵、顺水推船的行货子"，更是个色迷心窍的恶棍。正因为"西门有迷色之念，金莲即婉转以色中之，故迷而不悟。倘不心醉惠莲而一旦忽令其杀一人，西门虽恶必变色而不听也"[2]。至于宋惠莲，她尽管对西门庆说了那么一番情意绵绵的话，表现出她的幼稚和痴情，但她的中心意思还是要为她的丈夫来旺求情。潘金莲说"他还只疼他的汉子"，这也是实情。由此又可以使我们进一步认清："惠莲本意无情西门，不

　　①② 张竹坡：《金瓶梅》第二十六回评语。

过结识家主为叨贴计耳。宜乎不甘心来旺之去也。"①如果作者不写西门庆听信潘金莲挑唆的一面，能使西门庆、宋惠莲的性格显得这么丰富、复杂、真实、生动么？

其次，它还扩大了人物形象的社会典型意义。宋惠莲既要与西门庆勾搭，又要保全自己的丈夫来旺，经过潘金莲的挑唆，使其幻想遭到破灭。它在客观上说明了压迫者与被压迫者之间的矛盾是没有调和的余地的。这对于读者有着惊醒的作用。而潘金莲的挑唆，从表面上看，是妾妇争宠，而实际上却又有普遍的意义，如张竹坡所赞叹的，它是"写尽千古权奸伎俩也"②。潘金莲的作用只限于在西门庆面前说了几句挑唆的话，而实际写帖子指使夏提刑进一步迫害来旺的，还是西门庆。后来作者写宋惠莲明知西门庆是"信着人，干下这等绝户计"，但作者仍然写她不是归咎于潘金莲，而是直接当面斥责西门庆"就是个弄人的刽子手"。由此可见，《金瓶梅》绝不是"本意止谓要写金莲之恶"，而是由"金莲之恶"，衬托出了西门庆这个刽子手的更大之恶。

最后，更为重要的是，这种并写两面的对话艺术，不是孤立地把矛头指向西门庆或潘金莲等个别坏人之恶，也不是简单地把西门庆写成两面派，而是写出了当时那个社会世情之险恶、虚伪、狠毒，写出了人物性格变化和发展的社会根源。西门庆当初答应宋惠莲把来旺放出来，并非虚情假意，而是已经准备叫陈敬济写帖子这样做。可是当他听到潘金莲的挑唆之后，他就改变了主意。这除了由于西门庆本身有"迷色之念"外，还在于潘金莲说的那番话"入情入理"，所谓"不雅相"，所谓"六邻亲戚笑话"，所谓"家中大小把你也不着在意里"，所谓"上梁不正下梁歪"，这一切名皆堂皇正大，而实则说明传统的社会世俗人情皆已颠之倒之，只有把坏事做绝，"誓做了泥鳅怕污了眼睛，不如一狠二狠，把奴才结果了，你就搂着他老婆也放心。"与其说这是"金莲

①② 张竹坡：《金瓶梅》第二十六回评语。

之恶"、西门之恶，不如说这是那个腐朽、黑暗社会的世情之恶，更为恰当一些。张竹坡盛赞这些人物对话，"文字俱于人情深浅中，一一讨分晓，安得不妙！"①这话是有见地的。

（二）由此及彼。如西门庆生子加官，设宴庆贺，小优弹唱助兴，周守备请两位老太监点唱时有一段对话：

> 刘太监道："两个子弟唱个'叹浮生有如一梦里'。"
>
> 周守备道："老太监，此是这归隐叹世之词，今西门大人喜事，又是华诞，唱不的。"
>
> 刘太监又道："你会唱'虽不是八位中紫绶臣，管领的六宫中金钗女'？"
>
> 周守备道："此是《陈琳抱妆盒》杂记，今日庆贺，唱不的。"
>
> 薛太监道："你叫他二人上来，等我分付他。你记的《普天乐》'想人生最苦是离别'？"
>
> 夏提刑大笑道："老太监，此是离别之词，越发使不的。"
>
> 薛太监道："俺每内官的营生，只晓的答应万岁爷，不晓的词曲中滋味，凭他每唱罢。"（第三十一回）

所谓"叹浮生有如一梦里""《陈琳抱妆盒》""想人生最苦是离别"，这都是作者对西门庆、李瓶儿和他们的儿子官哥儿命运的暗示。《陈琳抱妆盒》，本是元代杂剧剧本，写宋真宗时刘皇后谋害李妃所生太子，宫女寇承御和内使陈琳把太子藏在妆盒内，送到南清宫八大王处。后太子接位为仁宗帝，因闻妆盒事，询问陈琳，悉知前情，乃封李妃为太后。近代有些剧种的《狸猫换太

---

① 张竹坡：《金瓶梅》第二十六回评语。

子》即据此改编。它不仅通过人物对话对全书故事情节和人物命运的发展，起了暗示或预兆的作用，而且画出了刘、薛二太监的昏聩相："只晓的答应万岁爷，不晓的词曲中滋味。"所谓"俺每内官的营生"既皆如此，那"万岁爷"如何，岂不也可想而知么？

类似这种由此及彼的人物对话，在《金瓶梅》中比比皆是。如张四舅从西门庆"里虚外实，少人家债负，只怕坑陷了你"，劝孟玉楼不要嫁给他。作者不是写孟玉楼作就事论事的回答，而是写她由此及彼地说："常言道：世上钱财倘来物，那是长贫久富家？紧着起来，朝廷爷一时没钱使，还问太仆寺借马价银子支来使。休说买卖的人家，谁肯把钱放在家里！各人裙带上衣食，老人家倒不消这样费心。"（第七回）据《明史》等书记载，朝廷爷向太仆寺借马价银子使，当是明朝万历年间所出现的朝政腐败现象之一。如《明史》卷二三五《孟一脉传》称："居正死，起故宫。疏陈五事：言……数年以来，御用不给，今日取之光禄，明日取之太仆，浮梁之磁，南海之珠，玩好之奇，器用之巧，日新月异。……锱铢取之，泥沙用之。"朱国桢的《涌幢小品》卷二也说："太仆寺马价银隆庆年间积一千余万，万历年间节次兵饷借去九百五十三万。又大礼大婚光禄寺借去三十八万两。零星宴赏之借不与焉。……其空虚乃尔，真可寒心。"由该不该嫁西门庆而扯到朝廷爷借马价银，这种由此及彼的对话，它给读者留下了驰骋想象的广阔余地，如投石入潭，激起层层涟漪，引人思绪联翩。

这种由此及彼，既不是随意借题发挥，也不是任意拔高，而是从人物的性格出发，使对话的内容切合当时的世情。那个时代既然是封建统治阶级急剧腐朽、衰落，阶级分化十分剧烈，就必然使人有"浮生有如一梦里"之感，也就必然会产生如孟玉楼那样不以财产门第为择偶标准的新观念。因此，这是以有限的人物对话，表现出无限的社会世情，给读者以耐读耐嚼的无穷魅力。

（三）由表及里。如西门庆由于他包占的妓女李桂姐私自接客，而"大闹丽春院"之后，跟随他的小厮玳安回来告诉潘金莲："爹使性步马回家，路上发狠，到明日还要摆布淫妇哩。"此时作者写了金莲和玳安的一段对话：

> 金莲道："贼淫妇，我只道蜜罐儿长连拿的牢牢的，如何今日也打了！"又问玳安："你爹真个怎说来？"
>
> 玳安道："莫不小的敢哄娘？"
>
> 金莲道："贼囚根子！他不揪不采，也是你爹的表子，许你骂他？想着迎头儿，俺每使着你，只推不得闲，'爹使我往桂姨家送银子去哩'，叫的桂姨那甜。如今他败落下来，你主子恼了，连你也叫起他淫妇来了。看我到明日对你爹说不对你爹说！"
>
> 玳安道："耶呀，五娘！这回日头打西出来，从新又护起他家来了。莫不爹不在路上骂他淫妇，小的敢骂他？"
>
> 金莲道："许你爹骂他便了，原来也许你骂他？"
>
> 玳安道："早知五娘麻犯小的，小的也不对娘说。"（第二十一回）

这段对话，不仅写出了潘金莲对李桂姐失宠的得意劲儿，写出了她对玳安以往称"桂姨"的嫉妒心理，和如今一有机会就对玳安加以报复的褊狭性格，更重要的，它还揭露了玳安由"叫的桂姨那甜"，变为以"淫妇"相称的世情冷暖，并由这个表面现象，进而引出潘金莲对玳安的指责："也是你爹的表子，许你骂他？""许你爹骂他便了，原来也许你骂他？"尽管潘金莲也骂李桂姐是"贼淫妇"，但她却为此奚落、责备玳安，这岂不是在主子与奴才之间划出了一条不可逾越的阶级界限么？它该是多么发人深思，令人惊醒啊！好在这种由表及里的深邃的思想意义，毫无外加上去或故意找碴儿的痕迹，而完全既是发自人物性格自身的肺腑之言，又揭示了社会世情本身所固有的阶级本质。

（四）话中有话。人物的个性和思想、感情和心理，等等，是很复杂、微妙的，往往并不是直率的有什么就说什么，而不免要采用种种迂回曲折的说话方式。《金瓶梅》作者深谙此道，他在作品中明确地说过，他运用了"指山说磨"（第十回）、"话中之话"（第三十五回）、"一棒打三四个人"（第七十六回）、"有话休要说尽"（第七十九回）等多种方式。如潘金莲丢失了一只鞋，叫丫鬟秋菊去找。秋菊从藏春坞雪洞里拜帖匣子内，找到了西门庆收藏的宋惠莲的一只鞋，潘金莲叫春梅把那只鞋掠出去，春梅说把它赏与秋菊穿。这时——

> 那秋菊拾在手里，说道："娘这个鞋，只好盛我一个脚指头儿罢了。"妇人骂道："贼奴才，还教甚么秬娘哩！他是你家主子前世的娘！不然，怎的把他的鞋这等收藏的娇贵，到明日好传代。没廉耻的货！"（第二十八回）

这里看似潘金莲骂秋菊，而实则却是骂西门庆。因为她所说的把宋惠莲的鞋"这等收藏的娇贵"的，分明是西门庆，而不是秋菊，所以她说宋惠莲"是你家主子前世的娘"，并挖苦西门庆收藏宋惠莲的鞋子是为了"到明日好传代"。这段对话，不仅把秋菊的懵懵懂懂、代人受过挨骂、被潘金莲当作出气筒的可怜相，把潘金莲对西门庆不忘宋惠莲的满腔忌恨和冷嘲热讽，皆刻画得跃然纸上，而且它把西门庆这个"没廉耻的货"，也确实揭示得入骨三分。他既要听信潘金莲的挑唆，勾结官府血腥迫害宋惠莲的丈夫来旺，迫使宋惠莲自缢身亡，却又以收藏宋惠莲的一只鞋，来寄托对昔日供他淫乐的奴才媳妇的思念之情，这岂不如猫哭老鼠那样令人可憎可笑么？他不收藏宋惠莲的其他遗物，独独把她的一只鞋子"藏的娇贵"，其思想情趣之卑鄙、下流，岂不令人嗤之以鼻么？这种话中有话的人物对话，不是吞吞吐吐，故弄玄虚，而是从人物对话的特定情态和语气之中，赋予其非同寻常的思想和艺术容量，使读者由其对话本身便可进一步领略其话外音、言外意，看出众多人物形象冷酷、虚伪、狠毒的人情世态，令人不得不为之啧啧惊叹！

上述种种手法，其共同的特点是着力通过人物对话的世情化，来启人心扉，令人神解妙悟，洞察其深邃的典型意义。因此这种对话的思想性，就像糖溶化于水里、花香散发在空气中一样，绝无作者外加上去刻意说教的痕迹，而是溶化在人物性格之中的，粗看，就像家常说话一样平淡无奇，细读，则深感其别具一种甜美醇厚的意蕴，令人咀嚼不尽。

三、人物对话的口语化

人物对话本身就属于日常生活中的口语。如同画家之于色彩和线条，音乐家之于旋律和音调那样，《金瓶梅》作者对于口语有一种独到的敏感。广泛地吸取口语的长处，使人物对话做到充分地口语化，具有群众口语的许多活力和情趣，这也是《金瓶梅》人物对话艺术的一个显著特色。

新鲜活泼，是《金瓶梅》人物对话口语化的表现之一。例如：

> 春梅说："我把王八脸打绿了！"
>
> 金莲道："我知道贼王八，业罐子满了！"（第二十二回）

这是她俩对李铭调戏春梅一事的对话。不说把脸打肿了，打青了，打紫了，而说"打绿了"，这个"绿"字用得多么新鲜活泼啊！它既可说是对打得青而发紫的一种色彩更为鲜明的写照，又表现了春梅那种不可冒犯的傲气和打得痛快的得意劲儿，还跟王八有"绿衣龟"之称相一致，奚落李铭的脸既已被打绿就更为活像王八——绿衣龟了。潘金莲不是正面称赞春梅打得好，也不是直接斥责李铭如何该打，而是以"我知道贼王八，业罐子满了！"既表现了她对春梅的同情和赞赏，又形象地道出了她对李铭的鄙视和厌恶，并且以"我知道……"表明她仿佛有先见之明，早已看出他是个作满孽（业）的"贼王八"，对于这样的人，别说把他的脸打绿了，即使把他这个"业罐子"砸烂了，也活该！其安慰、讨好春梅之情，溢于言表。这种人物对话，其新鲜活泼，可谓别开生面，实在令人刮目相看，忍俊不禁。

类似的例子，在《金瓶梅》中俯拾即是。因此，早在明代万历年间欣欣子的《金瓶梅词话序》中，即以"虽市井之常谈，闺房之碎语"，然"语句新奇，脍炙人口"，对它备加赞赏。

比喻生动，这是《金瓶梅》人物对话口语化的又一表现。它不是让人物作一般化的叙述，而是往往通过形象的比喻，来刻画生动的人物性格，达到打动人心的艺术效果。如西门庆先是答应宋惠莲，派他的丈夫来旺往东京出差，后听了潘金莲的挑唆，便改派来保去了。为此，作者写宋惠莲"甚是埋怨西门庆，说道：'爹，你是个人！？你原说教他去，怎么转了靶子，又教别人去？你干净是个球子心肠，滚上滚下；灯草拐棒儿，原拄不定。把你到明日，盖个庙儿，立起个旗杆来，就是个谎神爷。你谎干净顺屁股喇喇！我再不信你说话了。我那等和你说了一场，就没些情分儿？'"（第二十六回）

这里作者让宋惠莲连用"球子心肠""灯草拐棒儿""谎神爷"三个比喻来形容西门庆，既把宋惠莲对西门庆的埋怨、不满情绪，非常形象生动地表达了出来，又一层深一层地揭示了西门庆的性格特征。"球子心肠，滚上滚下"，把西门庆那听人挑唆、毫无主见的性格，刻画得活灵活现。"灯草棒儿，原拄不定"，既画出了西门庆性格中如灯草一般极其轻浮的特征，又表现了宋惠莲本指望依靠西门庆而终于感到他靠不住的失望情绪。"就是个谎神爷"，"你谎干净顺屁股喇喇"，这不仅进一步揭露了西门庆那不是人的丑态，而且表现了宋惠莲那在气愤、谴责中又带有几分奚落、戏谑的神情。这些生动的比喻，完全是为刻画生动的人物性格、活现真实的人物形象服务的。它叫人读了，仿佛如身历其境，耳闻目睹一般。

在《金瓶梅》中还有一些生动的比喻，虽然不是直接用来刻画人物的性格，但它通过形象地反映比喻者和被比喻者之间的关系，同样也使对话双方的性格特征得到了非常传神的表现。如薛嫂为西门庆和孟玉楼做媒，她不说"你看了，一定会中意"，而说："大官人若见了，管情一箭就上垛"；不说"给杨姑娘送了礼，她一定会许婚"，而说送了礼去，就"一拳打倒他"。如果不用比喻的说法，就显得淡而寡味，毫无性格特色可言；用了"管情一箭就上垛""一拳打倒他"的比喻，不仅使语言形象化、生动化了，同时它还迎合了西门庆把妇女当猎物的那种贪婪、卑劣、好色的性格，活现了薛嫂那花言巧语、诡计多端、竭力帮衬的媒婆口吻和神态。这里"箭"和"垛"，"礼"和"拳"的比喻，便从运用比喻者和被比喻者的关系上，从它所反映的对话人的神态、口吻中，使人物性格得到了深刻的揭示和传神的表现，使人不仅如闻其声，如见其人，而且能透视出他们的灵魂，洞察出那整个世情的冷暖和险恶。

诙谐有趣，这是《金瓶梅》人物对话口语化的又一表现。如西门庆头上戴着孟玉楼的簪子，把潘金莲送给他的簪子丢了，潘金莲查问其下落，西门庆说："前日因吃酒醉跌下马来，把帽子落了，头发散了，寻时就不见了。"潘金莲道："你哄三岁小孩儿也不信。哥哥儿，你醉的眼花怎样了，簪子落地下，就看不见？"这时作者写王婆在旁插口道：

> 大娘子，你休怪大官人，他离城四十里见蜜蜂儿撇屎，出门交
> 癫象拌了一交，原来觑远不觑近。（第八回）

离城四十里之遥的小小的"蜜蜂儿撇屎"能看得见，而偌大的"癫象"就在眼面前却看不见，这是多么荒唐可笑的逻辑，又是多么滑稽有趣的语言！

它看似以"原来觑远不觑近"，对西门庆的丢失簪子作了帮腔和辩解，实则对西门庆以撒谎骗人来掩饰他那喜新厌旧的丑恶灵魂，作了诙谐、犀利而又略带恭维、戏谑式的嘲讽。既活现了王婆那伶牙俐齿、善谐喜谑的媒婆性格，又使潘金莲与西门庆之间对话的紧张气氛得到了缓解和调节，叫人看了不禁扑哧一笑，感到实在其趣无比，其味无穷。

人物对话的诙谐有趣，需因人而异，主要取决于运用语言逻辑既荒唐、滑稽，又切合特定人物的性格，并非一定要用王婆那种粗俗的语汇。如蒋竹山的语言一向文绉绉的，当西门庆收买流氓讹诈他借银三十两，告到提刑院时，夏提刑在公堂上"拍案大怒"，竟说："看这厮咬文嚼字模样，就相个赖债的！"（第十九回）"咬文嚼字模样"，怎么就"相个赖债的"呢？这是完全风马牛不相干的两码事嘛。退一步说，即使"模样""相个赖债的"，难道仅从"模样"就可判定谁是"赖债的"么？作者就以这种极其荒唐的语言逻辑，使读者在滑稽有趣的笑声中，看清了夏提刑那强词夺理、刚愎自用、为虎作伥、陷害书生的丑恶嘴脸。

好在这种语言逻辑的荒唐，绝不是作者主观的臆造，而是来源于生活的真实和群众口语的创造。它既活生生地刻画出善于戏谑的王婆和刚愎、昏聩的夏提刑等特定人物的性格，又与王婆所面对的西门庆、夏提刑所面对的蒋竹山这些对话者的特点相一致。所以它虽然语言逻辑荒唐得滑稽可笑，而人物对话的情景和性格，却令人感到十分真实可信。荒唐和真实的结合，对话和人物性格的统一，这说明《金瓶梅》人物对话的诙谐有趣，既吸取了群众口语，而又经过了作家的加工、提炼，寓深邃的思想意义于强大的艺术魅力之中，显得恰到好处。

四、人物对话应力避过分粗鄙、生僻的词语

综上所述，归真返璞，以性格的真、世情的真、口语的璞，来使人物对话做到神酣意足，这是《金瓶梅》人物对话颇为成功的艺术经验。同时，《金瓶梅》的人物对话也为我们提供了应力避过分粗鄙、生僻词语的教训。

人物对话既要生活化，又要艺术化。把生活中过分粗鄙的词语，照搬到小说中来，令人不免感到恶心、难受。我们并不一概反对在小说中可适当运用一些粗鄙的词语，只要是为表现人物性格和思想内容所必需。在《金瓶梅》中也有用得比较好的。如潘金莲动辄以打骂丫头秋菊出气，就既反映了她那妒忌、狠毒的性格，又对旧社会主子往往无故迫害奴婢的暴行有一定的揭露作用。但也存在着对粗鄙的词语用得过多、过滥的弊病。如第七十二回写潘金莲与奶妈如意儿的对话，就用了十种不同的詈词：淫妇，贼淫妇，贼捱刺骨，雌汉的淫妇，没廉耻的淫妇，嘲汉的淫妇，贼没廉耻雌汉的淫妇，久惯的淫妇，贼活人妻淫妇，一个眼里火、烂桃行货子。这一连串不堪入耳的詈词、脏话，叫人听了、看了，不是感到她骂得痛快，而是不禁浑身起鸡皮疙瘩，除了重复表现潘金莲的忌妒、狠毒以外，也看不出运用这些粗鄙的词语有什么积极的意义。可是有的研究者却说《金瓶梅》在"语言上突出地发展了妇人骂人的语言"，称赞"潘金莲的骂人如此形象、生动、尖刻、连贯，变化多端，有很高的骂人艺术"。[①] 其实，所谓潘金莲的"骂人艺术"，除了有的可显示她那泼辣、忌妒、粗鄙、狠毒的性格以外，大部分都没有多大的思想意义和艺术价值。如上述她对奶妈如意儿的漫骂，在十句詈词中有八句离不开淫妇，所谓"如此形象、生动、尖刻、连贯，变化多端"，只不过主要是在"淫妇"这个词上加上各种刻毒的形容词。在《金瓶梅》中不只潘金莲好骂人，其他不少人物，如西门庆、

---

① 朱星：《〈金瓶梅〉的文学评价以及对〈红楼梦〉的影响》，《河北大学学报》1980 年第 2 期。

杨姑娘、张四舅、应伯爵等也经常脏话连篇，满嘴喷粪，连吴月娘这样出身官宦之家，号称"秉性贤良"的人，有时竟也张口就是恶言秽语。如当来安向月娘通报韩大婶来给已故的西门庆烧纸时，作者写"这吴月娘心中还气忿不过，便喝骂道：'怪贼奴才，不与我走！还来甚么韩大婶，秘大婶，贼狗攮的养汉的淫妇，把人家弄的家败人亡，父南子北，夫逃妻散的，还来上甚么秘纸！'"（第八十回）如此连篇累牍骂人的脏话，不过是在如何骂人的词句上打圈子，变花样，缺乏积极的思想内容。那只能是如泼妇骂街那样庸俗无聊、污人耳目，而跟祢衡击鼓骂曹、焦大骂主、鸳鸯骂嫂等那些真正有价值的骂人艺术，却相距甚远。

其次，在《金瓶梅》的人物对话中，运用了大量的方言俗语，其中大多数是有助于增强人物对话的形象性、生动性和趣味性的，但也有一些是属于土话、行话，时间性、地域性、阶层性很强，令人感到过于生僻、费解，不仅削弱了表现力，而且有时简直叫人感到丈二的和尚摸不着头脑。如在一次宴席上，应伯爵拉妓女郑爱香递酒——

伯爵道："我实和你说，小淫妇儿，时光有限了，不久青刀马过，递了酒罢，我等不的了。"

谢希大便问："怎么是青刀马？"

伯爵道："寒鸦儿过了，就是青刀马。"（第三十二回）

究竟"怎么是青刀马"，连当时在场的谢希大都像煞听不懂，一般读者就更看不懂了，尽管应伯爵作了解释，可是为什么说"寒鸦儿过了，就是青刀马"，人们仍旧莫名其妙。原来这都是当时妓院里的行话、隐语。"青刀马"，指男子的精液。"过"，谓男女通体后，男子射精。"寒鸦儿"，是以寒鸦抖翎隐喻男子射精前的动作。短短的几句对话，就出现了三个生僻、费解的词语，这叫读者怎么能不感到扫兴呢？

小说中的人物对话，不仅要使对话双方一听就明，而且要使广大读者一看就懂。作品中的人物对话，归根结底是写给读者看的，如果不力避只在妓院等小圈子内流行的行话、隐语，那么，作者津津乐道，读者却如坠五里雾中，还谈得上有什么艺术感染力呢？

精当贴切，垂手天成

——论《金瓶梅》中运用比喻的艺术

文学是语言的艺术。比喻是"语言艺术中的艺术"，"具有一种奇特的力量"。[①] "凡是优秀的作家、诗人，可以说没有一个是不擅长譬喻的。"[②] 可见如何运用比喻，对于文学创作来说，是至关重要的。

《金瓶梅》中运用比喻的艺术相当高超，具有既新颖、独创，不同凡响，又精当、贴切，垂手天成的特色，确实不愧为作品中开拓思想意蕴、活跃人物形象的一支"奇特的力量"。

一、运用比喻来丰富、深化人物的典型意义和作品的思想意蕴

通过比喻，引起读者的联想，来丰富、深化人物的典型意义和作品的思想意蕴，这是《金瓶梅》中运用比喻的艺术特色之一。

"思想的对象同另外的事物有了类似点，文章上就用那另外的事物来比拟这思想的对象的，名叫譬喻。"[③] 这是当代汉语修辞学奠基人陈望道给比喻下的科学定义。它说明对比喻的运用，不仅是个语言艺术技巧问题，更重要的是作家对于"思想的对象"和有类似点的"另外的事物"，必须有深切的认识和准

---

① 秦牧：《艺海拾贝·譬喻之花》。
② 秦牧：《语林采英》。
③ 陈望道：《修辞学发凡》，新文艺出版社1958年版，第16页。

确的把握，这样才能使比喻运用得恰到好处，使"思想的对象"因为比喻的运用而变得更加丰富和深化，明朗和动人。《金瓶梅》中有不少好的比喻便具有这个特点。

由小见大，这是《金瓶梅》通过比喻扩大人物典型性的手法之一。例如潘金莲跟李瓶儿争宠，孟玉楼认为李瓶儿既有"尽让之情"，劝潘金莲也让了她，这时作者写道：

> 金莲道："你不知道，不要让了他。如今年世，只怕睁着眼儿的金刚，不怕闭着眼儿的佛。"（第三十五回）

大小妾之间嫉妒、争宠，这除了在客观上反映出一夫多妻制必然矛盾重重之外，就这种嫉妒、争宠本身来说，是谈不上有什么积极的思想意义的。可是，这里作者通过由小见大的超越性的比喻，让潘金莲把"如今年世"比喻成"只怕睁着眼儿的金刚，不怕闭着眼儿的佛"，来说明"不要让了他"的必要性，这就大大超越出妾妇争宠的范围，给读者拓展了宽广的联想空间，引导读者不能不联想到那"如今年世"的世情是多么险恶！金刚本是手执金刚杵（古印度兵器）守护佛的天神，是以面目狰狞、凶狠可怕为特征的，而佛则是佛教修行的最高果位，是以慈爱和善、普度众生为己任的。人们向来是以佛为崇拜的主要对象，"如今年世"竟颠倒过来了，变成强者为王，谁凶狠可怕谁就得势。这岂不是意味着封建的尊卑等级、伦理纲常、社会秩序、是非标准，等等，一切都已经乱了套么？这说明，潘金莲那种谋杀亲夫，跟西门庆为妾后又在众妻妾之间嫉妒争宠、称王称霸的性格，绝不是由于她个人是什么天生的"淫妇""悍妇"问题，而是那个封建的传统秩序已经错乱颠倒的"年世"所必然造就的，她实在是那个"典型环境中的典型人物"。

由个别上升到一般，这是《金瓶梅》通过比喻扩大人物典型性的又一手法。例如，从潘金莲的个人品质来看，她确实是凶狠、残暴的，不仅丈夫武大被她亲手毒死，而且丫鬟秋菊经常被她无故毒打，受尽折磨，备遭摧残，李瓶儿的儿子官哥儿也被她用阴谋手段害死，接着李瓶儿本人也因暗气惹病而死。这一切，潘金莲都确实负有无法逃脱的重大罪责。可是，如果《金瓶梅》作者仅仅把潘金莲写成是个罪恶滔天的"淫妇""悍妇"，那典型意义毕竟是很有限的。好在作者不是就事论事，就人写人，而是通过由个别到一般的上升式的比喻，由个别典型人物的言行而巧妙地写出那整个黑暗时代妇女的共同命运。如李瓶儿死后，西门庆悲恸地说："姐姐，你在我家三年光景，一日好日子没过，都是我坑陷了你了！"吴月娘听了当场就不满地说："他没过好日子，谁过好日子来？"潘金莲则说："他没得好日子，那个偏受着甚么哩，都是一个跳板儿上人。"（第六十二回）这最后一句比喻，说得既形象化而又深刻化。它使人不能不对潘金莲、李瓶儿等妇女形象的社会典型意义引起新的思考，得出更为全面的本质的认识：她们尽管各人的思想性格有别，但同样都要遭丈夫的欺压，都要受一夫多妻制的痛苦，都难逃封建社会妇女的种种不幸命运，这一切难道还不足以证明她们"都是一个跳板儿上人"吗？如果不用这个比喻，而仅仅像吴月娘那样斤斤计较于"他没过好日子，谁过好日子来"，那就停留于妻妾个人之争，毫无意义了。作者通过潘金莲这一比喻，不仅使人物形象的典型性大大开阔了，也使读者的认识得到了升华。犹如爆竹被点燃了引火线，突然腾空升起，爆炸，开花，声彻云霄，振聋发聩，火光四射，耀眼争辉，令人耳目为之一新，精神为之一振。

由表及里，这也是《金瓶梅》通过比喻扩大人物典型性的一个手法。西门庆被称为是"淫棍""恶棍"的典型。可是《金瓶梅》作者通过由表及里的穿透式的比喻，却使我们对这个形象的典型本质和社会意义，不能不透过表面现象，作更为广泛的联想、反复的思考和深入的认识。如西门庆听信潘金莲的挑唆，为了永远霸占来旺妻宋惠莲，便不惜陷害来旺"酒醉持刀"，"杀害家主"，"喝令左右把来旺儿押送提刑院去"。吴月娘把这比喻成是"拿纸棺材糊人"，把西门庆听信潘金莲的唆使，陷害来旺，不听吴月娘的忠告，比喻成是"恁没道理的昏君行货！"西门庆只是一家之主，跟一国之主的君王，如同一滴水和汪洋大海之间，本来是难以等量齐观、相提并论的。可是一滴水又确实能够反映整个大千世界。昏君的主要特征，不恰恰也是听信奸臣的挑唆，制造冤狱，陷害无辜，不听忠臣的进谏么？"修身，齐家，治国，平天下"，本是顺理成章的事。来旺儿醉骂西门庆，也说他"破着一命剐，便把皇帝打！"（第二十五回）西门庆与来旺儿本来只是家主与家奴之间的矛盾，可是作者通过这种由小见大的比喻，却仿佛穿透镜一样，引导读者透过主奴矛盾，进一步认识到它实质上是反映了以皇帝为首的整个封建压迫者与被压迫者之间尖锐斗争的一个缩影。这便是由表及里的比喻，使西门庆的形象在那个封建黑暗时代的典型意义，所获得的极大的开阔和深化。

上述比喻，共同的特点是：既有形象的直观，又有理性的思辨；既有微观的把握，又有宏观的透视。使人物形象的典型意义，随着作者的比喻，仿佛如水上的圆型波浪一样，不断地向外扩散，扩散，再扩散，又仿佛如钻井一样，向底层的深处掘进，掘进，再掘进。小小的比喻，展现在我们面前的，却是一个广袤无垠、深邃无比的意境！

二、运用比喻来使人物形象更加真实生动和丰富多彩

通过比喻，使作品中的人物形象更加真实生动和丰富多彩，给读者留下极为鲜明、深刻的印象，这是《金瓶梅》中运用比喻的又一艺术特色。

《金瓶梅》中几个主要人物形象之所以塑造得富有真实性、生动性和丰富性，善用比喻，是起了相当突出的作用的。下面我们不妨从潘金莲的形象塑造中，看《金瓶梅》作者是怎样善用比喻的。

用不同的比喻来反映人物形象发展的阶段性。如潘金莲早先是被卖为张大户家的丫鬟，长成十八岁，即被张大户"唤至房中，遂收用了"。这时作者把潘金莲比喻成是被损坏的"美玉""珍珠"，说："美玉无瑕，一朝损坏；珍珠何日，再得完全。"（第一回）看了这样的比喻，使人由不得不对潘金莲的遭遇表示极大的同情，而对糟蹋潘金莲的张大户产生满腔的义愤。

不久，潘金莲被张大户和主家婆强行嫁给武大。对于这桩封建包办婚姻，她极为不满，嫌武大"人物猥獕"，"每日牵着不走，打着倒退的。只是一味味酒。着紧处，都是锥扎也不动。奴端的那世里悔气，却嫁了他！"为了突出这桩婚姻的不般配，作者也是通过潘金莲常于无人处弹唱《山坡羊》小曲，以一系列的比喻表现出来的：

> 想当初，姻缘错配奴，把他当男儿汉看觑。不是奴自己夸奖，他乌鸦怎配鸾凰对。奴真金子埋在土里。他是块高号铜，怎与俺金色比。他本是块顽石，有甚福抱着我羊脂玉体。好似粪土上长出灵芝。奈何？随他怎样到底奴心不美。听知；奴是块金砖怎比泥土基！（第一回）

这一系列比喻性的对比，把"姻缘错配"本身的不合理说得淋漓尽致，令人感到她确有值得同情之处；潘金莲后来之所以发展成"淫妇"，封建势力强加于她的不合理的婚姻，不能不视为种下的一个祸根。不仅如此，这一系列比喻性的对比，还活画出了潘金莲那既为不合理的婚姻痛苦不堪，而又自夸自傲、风流伶俐的形象；她把武大比喻成"粪土"而加以嫌憎，这不能不认为是她后来对武大下毒手的一个基因。

与西门庆狼狈为奸，亲手毒死武大，这表明潘金莲的形象已经发生了质的变化。这种变化，作者也是通过比喻得到了鲜明生动的反映。如他通过孙雪娥把潘金莲比喻成"蝎子娘",说:"若是饶了这个淫妇,自除非饶了蝎子娘是的。"(第十二回)蝎子是毒虫,谁也不愿饶恕的。她跟西门庆的勾搭,是不是找到了美满的爱情婚姻呢?作者通过她自己的比喻,明确地告诉我们,她已落到"网中圈儿打靠后"的卑贱地位。武大刚死,她就担心地对西门庆说:"我的武大,今日已死,我只靠着你做主。大官人休是网中圈儿打靠后。"(第五回)如果说这时还只是她的担心的话,那么,当接着西门庆为迎娶孟玉楼,把潘金莲丢在一边,足有一个多月未曾见面,潘金莲便确信:"把我做个网中圈儿,打靠后了。"(第八回)这比喻,不仅在客观上揭露了西门庆欺骗、玩弄妇女的丑恶本性,而且把潘金莲那不得不自轻、自贱、自忧、自虑的形象,刻画得多么生动、贴切,令人感到她既可气可恼,又可悲可叹!

当潘金莲又与西门庆的女婿陈敬济、王婆的儿子王潮儿勾搭成奸后,其丧伦败俗已发展到不知人间尚有羞耻的地步。此时作者便以禽兽中最下贱的"狗""鼠"来比喻她。如潘金莲为与陈敬济的奸情败露而"闷闷不乐",作者便写春梅在旁劝导:"因见阶下两只犬儿交恋在一处,说道:'畜生尚有如此之乐,何况人而反不如此乎?'"(第八十五回)这明为安慰、开导,而在作者来看,实则是把陈敬济与潘金莲那种"女婿戏丈母",比喻成如同"两只犬交恋在一处",不知人伦。潘金莲被吴月娘撵出家门,孙雪娥比喻为"如同狗屎臭尿,掠将出去"(第八十六回)。潘金莲在王婆处等待发卖,却又与王婆的儿子王潮儿"刮刺上了",这时作者又把她比喻成老鼠,说"这老鼠好":"不行正人伦,偏好钻穴隙。更有一庄儿不老实:到底改不了偷馋抹嘴。"(第八十六回)这些比喻,不仅辛辣地讽刺和揭露了潘金莲形象的丑恶本质,而且显然寄寓了作者对潘金莲既可鄙可憎,又可笑可悲的感情。

从"美玉""珍珠"到"狗""鼠",从自夸"真金子"到自贱"网中圈儿,打靠后",这种种形象鲜明的比喻,仿佛如潘金莲一生行进的脚印,堕落的阶梯,使我们一目了然,留下了极为清晰、深刻的印象。

用人物自身的比喻来反映人物自我形象的多面性。如潘金莲自恃聪明、美丽，生性是很高傲的。跟武大相比，她说："奴是块金砖怎比泥土基！"（第一回）跟西门庆勾搭时，她也把自己比喻成："本是朵好花儿。"（第八回）充满着自傲、自信、自夸。可是当她跟西门庆的妻子吴月娘相比，她便自惭位卑。西门庆说她"与家下贱累同庚"，她便说："将天比地，折杀奴家。"（第三回）这并不是她的自谦，而是封建的尊卑等级观念所使然。后来她与吴月娘吵架，便不得不又去向吴月娘赔礼道歉，说："娘是个天，俺每是个地。娘容了俺每，俺每骨秃扠着心里。"（第七十六回）这天地之比，岂不反映了封建社会妻妾的尊卑等级悬殊么？尽管潘金莲的性格是极为要强的，但她在封建的尊卑等级面前，却不能不如此苟且示弱。有一次在西门庆谈到吴月娘时，潘金莲还说："俺每一根草儿，拿甚么比他？"（第七十二回）如果说自比"是块金砖"，"是朵花儿"，表现了她自傲、自信、自夸的一面，那么，自比"俺每是个地"，"俺每一根草儿"，则显然反映出她自谦、自卑、自贱的一面。

潘金莲那要强、泼辣的性格，必然是绝不甘心于处在那个卑贱地位的。因此，作者又通过比喻，形象地写出她愤懑、嫉妒、争宠的一面。如当孟玉楼劝潘金莲与吴月娘和好，作者写金莲道："耶哟耶哟，我拿甚么比他？可是他说的，他是真材实料，正经夫妻。你我都是趁来的露水儿，能有多大的汤水儿，比他的脚指头儿也比不上的。"（第七十六回）当她听说李瓶儿要生孩子时，便气愤地说："俺每是买了个母鸡不下蛋，莫不杀了我不成！"（第三十回）在封建社会，妾的地位之低下，连比妻的"脚指头儿也比不上"。妻妾又都只不过是为丈夫生儿育女的工具，不生育即可成为被丈夫休弃的理由，潘金莲在这里以"趁来的露水儿"和不下蛋的母鸡自比，在自轻自贱中，又表现出她有愤愤不平、自强不屈的一面。

潘金莲形象所表现出来的这种多面性，作者通过潘金莲自己所采用的这一系列生动、形象的比喻，是起了相当突出的作用的。

用各种人物不同的比喻来突出人物形象的丰富性。如西门庆在刚跟潘金莲勾搭上手时，把潘金莲比喻成"端的平欺神仙，赛过姮娥"。"恰便似月里姮娥下世来，不枉了千金也难买。"（第四回）在正式娶潘金莲为妾后，便把潘金莲和孟玉楼比喻成："好似一对儿粉头，也值百十银子。"（第十一回）还有一次，西门庆在吴月娘面前竟把潘金莲比喻成"臭屎"，说："你也耐烦，把那小淫妇儿只当臭屎一般丢着他哩，他怎的你！"（第七十五回）这不仅反映了潘金莲既有仙女般的美丽，却又与"粉头""臭屎"一般卑贱，而且也活画出了西门庆的好色和视妾妇为商品的淫棍、商人兼流氓的性格。

作者又通过吴月娘把潘金莲比喻成"泼脚子货"（第七十五回），"九条尾狐狸精"（第二十六回，第七十五回），这既反映了潘金莲下贱、淫荡、泼辣的形象，又表现了吴月娘对潘金莲的不满、鄙视和忌恨。

此外，如孙雪娥把潘金莲比喻成"蝎子娘"，王婆把潘金莲比喻成"改不了吃屎"的"狗"（第八十六回），陈敬济把潘金莲比喻成"弄人的刽子手"（第三十三回），也都从各个侧面增添了潘金莲形象的丰富性。

在《金瓶梅》中运用比喻来刻画人物形象，绝不只是表现在潘金莲一个人物身上，在其他人物形象上也有所表现。如西门庆的形象，潘金莲把他比喻成是"张生般庞儿，潘安的貌儿"（第二回）。李瓶儿则把西门庆与她曾招赘的蒋竹山相比，说："你是个天，他是块砖。"（第十九回）来旺儿以比喻来斥责西门庆是"没人伦的猪狗"（第二十五回），宋惠莲则以比喻来控诉西门庆是"谎神爷"，"弄人的刽子手"（第二十六回）。所有这些来自不同角度的比喻，既独具慧眼，自出机变，又血脉贯通，曲尽人情，都极其鲜明、强烈地使人物形象刻画得更为增姿添韵，异彩纷呈。

三、运用比喻来使人物性格表现得更加传神入化和含蓄有味

通过比喻，使人物的性格表现得更加传神入化和含蓄有味，这是《金瓶梅》中运用比喻的又一艺术特色。

充分地个性化，这是《金瓶梅》中的比喻能够使人物性格表现得传神入化、含蓄有味的一个重要原因。如同样是写对西门庆变心的埋怨情绪，潘金莲是这样说：

> 贼三寸货强盗，那鼠腹鸡肠的心儿，只好有三寸大一般。都是你老婆，无故只是多有了这点尿胞种子罢了，难道怎么样儿的，做甚么恁抬一个灭一个，把人蹦到泥里！（第三十一回）

这里用"鼠腹鸡肠"来比喻西门庆偏爱李瓶儿的心儿，不仅表现了西门庆心地的狭窄、卑劣，更重要的是由此生动地传达了潘金莲那气愤、恼火的神态和狠毒、泼辣的性格。这样的比喻，这样的语言，只有潘金莲才能说得出来，而绝不可能出自他人之口。

> 我是那活佛出现，也不放在你心左。就死了，终值了个破沙锅片子。（第七十五回）
> 一个汉子的心，如同没笼头的马一般，他要喜欢那一个，只喜欢那个。（第七十六回）

把西门庆的心比作"没笼头的马一般"，对他无能为力，只能听之任之，"他要喜欢那一个，只喜欢那个"，而埋怨西门庆不识她的好处，"我是那活佛出现，也不放在你心左。"这样的比喻，这样的语言，只能出自吴月娘之口，

它不但形象地画出了西门庆"如同没笼头的马一般"那种野性、兽性，而且活现出了吴月娘那种灰心、失望的神情，和既善良又无能，既愤懑不满又安于命运的性格特征。

同是比喻西门庆的心，潘金莲和吴月娘虽然所用的比喻各不相同，但却从不同的侧面都反映了西门庆独特的心态，同时又极为清晰而生动地折射出了运用比喻的人的心情神态和性格特色。这种高度个性化的比喻，不仅使读者闻其声便知其人，聆其语如见其态，而且它通过互相折射，一击两鸣，使读者从不同的角度都可领悟到不同的风采；明明是人工的意匠，却仿佛自然的宣泻，读之确实醒人眼目，耐人回味。

形似服从神似，这是《金瓶梅》中的比喻能够使人物性格表现得传神入化、含蓄有味的又一个重要原因。如西门庆的小厮玳安给李瓶儿的轿子打了两个灯笼，而给潘金莲等人的四顶轿子只打了一个灯笼，潘金莲便对玳安说："哥儿，你的雀儿只拣旺处飞，休要认着了，冷灶上着一把儿，热灶上着一把儿才好。俺每天生就是没时运的来？"（第三十五回）"雀儿只拣旺处飞"，本来是句俗语，用来比喻那些趋炎附势的小人行径的。可是这儿说成是"你的雀儿"，其实，玳安哪有什么雀儿呢？从形似的角度来看，似乎说不通。然而它却完全合乎神似的要求，非常准确、生动而又含蓄、传神地把玳安那种趋炎附势的性格刻画出来了，同时又反映了潘金莲性格的机灵和口齿的犀利。她不直接说出对李瓶儿的嫉妒，而通过对玳安的不满和警告，从比喻的言外之意中流露出来。她甚至也不直接指责玳安，而说"你的雀儿"，不说玳安对她和李瓶儿应一视同仁，而只说"冷灶上着一把儿，热灶上着一把儿才好"，这种比喻不仅使潘金莲的性格传神入化，颖异不凡，而且它含蓄不露，意味隽永，使读者不能不调动自己的理解力和想象力，领略其比喻后面所反映的丰富的思想意蕴和复杂的人物感情：同是西门庆的妾，却有"冷灶"与"热灶"之别，毫无平等可言，连西门庆的小厮玳安都如"雀儿只拣旺处飞"，这种众多妾妇之间的不平等待遇和趋炎附势的世俗习气，叫潘金莲那争强好胜的性格怎么能忍受得了呢？因此，潘金莲用的上述比喻，不只是对玳安的警告，也是对趋炎附势的世俗的抗议，不只是对李瓶儿的嫉妒，也是对妾妇之间平等待遇的呼唤。所用的比喻词语虽通俗浅显，而内涵却毫不浅薄，读了胜似吃橄榄那样，耐人品味。

集中排比，这也是《金瓶梅》中的比喻能够使人物性格表现得传神入化、含蓄有味的一个重要原因。如来旺听说其妻宋惠莲与西门庆有奸情，便责问宋惠莲的首饰是哪里来的？作者写宋惠莲回答道："呸，怪囚根子！那个没个娘老子？就是石头狢刺儿里迸出来，也有个窝巢儿；枣胡儿生的，也有个仁儿；泥人合下来的，他也有灵性儿；靠着石头养的，也有个根绊儿：当人就没个亲戚六眷？此是我姨娘家借来的钗梳！是谁与我的？白眉赤眼，见鬼倒死囚根子！"（第二十五回）这里宋惠莲用了一系列的比喻来集中排比，意思无非只是说明一句话："为人就没个亲戚六眷？"这种比喻看似重复，实则却毫不累赘，因为它极为含蓄、传神地画出了宋惠莲那色厉内荏，需要以连珠炮式的排比句法来壮胆的心理和贫嘴薄舌的形象。

集中排比，有时看似喻意重复，而实则是用层层推进的办法，使人物神情活现。如李瓶儿的儿子死后，潘金莲便用一系列的比喻，指着丫头骂道："贼淫妇！我只说你日头常晌午，却怎的今日也有错了的时节？你班鸠跌了弹也，嘴答谷了！春凳折了靠背儿，没的倚了！王婆子卖了磨，推不的了！老鸨子死了粉头，没指望了！却怎的也和我一般？"（第六十回）这里，"我只说你日头常晌午，却怎的今日也有错了的时节"，既是讥笑李瓶儿的得宠如同不可能"日头常晌午"，必"有错了的时节"，又画出了潘金莲推卸罪责、幸灾乐祸的心理。"你班鸠跌了弹也，嘴答谷了！"既漫画式勾画出了李瓶儿因丧子而"嘴答谷了"的可怜相，又传达了潘金莲那恣意奚落、讥笑的神情。"春凳折了靠背儿"，"王婆子卖了磨"，"老鸨子死了粉头"，既进一步比喻李瓶儿丧子后如何失去靠山、资本和指望，画出了李瓶儿丧子后孤独、凄惨的形象和绝望的处境，又把潘金莲那种泼妇骂街、指桑说槐、抖擞精神百般称快的神情，在害死官哥儿之后还要乘机气死李瓶儿的险恶用心，以及尖酸刻薄、刁钻毒辣的性格，全都刻画得仿佛从纸上活跳出来了！因此，这种集中排比，不是简单的比喻罗列，而是好像一个个音符，谱成了动人心弦的乐曲，犹如一颗颗明星，汇成了璀璨迷人的银河。其可贵之处，不仅在于比喻本身的形象化、生动化，更在于它们都是发自人物心灵的搏动与倾吐，都是人物性格的传神和写照。

四、运用比喻应力戒作家认识上的偏颇、谬误和审美情趣的庸俗、低级

作家认识上的偏颇和谬误，审美情趣的庸俗和低级，是造成《金瓶梅》中认识上的偏颇和谬误，主要是由于作家的思想感情为封建传统观念所囿。如丫鬟秋菊因揭露潘金莲与陈敬济的奸情而遭毒打，作者便打比喻说："正是：蚊虫遭扇打，只为嘴伤人。"（第八十三回）潘金莲与陈敬济有奸情，这是事实。秋菊只不过如实说了一下，就被潘金莲、春梅扣上"骗口张舌，葬送主子"的罪名，横遭毒打。这岂不是太专横霸道了么？任何一个稍有正义感的读者看了都会激起对金莲、春梅的不满，而对受迫害的秋菊寄予深切的同情。可是作者的爱憎感情却与我们截然相反。他把秋菊的无辜受迫害，看成是咎由自取，喻之为"蚊虫""嘴伤人"，"遭扇打"活该！这是公然为春梅的挑唆和金莲的暴行开脱罪责，也是对秋菊的形象的莫大的丑化和诋毁。

有的比喻失当，不仅是由于作家缺乏正确的爱憎感情，而且还反映了作家对人物形象缺乏本质的认识。如王六儿是个淫荡的妇女，她先与小叔子韩二通奸，继又成为西门庆的情妇。可是作者却把她比喻为"若非偷期崔氏女，定然闻瑟卓文君"（第三十七回）。众所周知，崔氏女莺莺和卓文君，都是妇女

中争取爱情自由、婚姻自主的光辉形象。王六儿是有夫之妇，她与西门庆的偷淫，绝不是为了争取爱情婚姻的自由幸福，而是为了以卖淫觅取钱财。把王六儿比喻成崔氏女、卓文君，完全歪曲了人物形象的本质特征，如同把一堆牛屎比成一簇蔷薇花一样，显得实在太荒唐可笑了。它反映了作家把正当的情欲和污秽的奸淫混为一谈，而认识不清两者之间有本质的区别，结果通过比喻使人物形象不是更加鲜明和突出，而是横遭扭曲和错位。

作家审美情趣的庸俗、低级，也是造成《金瓶梅》中有些比喻使用不当的一个重要原因。如应伯爵对妓女郑爱月说："你这两只手，天生下就是发髻髻的肥一般。"（第六十八回）这种比喻，无异于下流、淫秽的脏话，只能对淫荡的色欲起渲染作用，而毫无美感可言。

比喻不仅需要精当、贴切，而且还要富有高尚的情趣和隽永的美味。但是这种高尚的情趣，绝不是卖弄玄虚，故作高雅，这种隽永的美味，也绝不是玩弄文字游戏，故作艰深。《金瓶梅》中的有些比喻，便未免这种弄巧成拙的游戏笔墨。如王六儿来给西门庆悼丧，吴月娘在后边骂不绝口，拒不接见，"吴大舅问道：'对后边说了不曾？'来安儿把嘴谷都着不言语，问了半日，才说：'娘捎出四马儿来了。'"（第八十回）什么是"四马儿"呢？用"四马儿"又究竟比喻什么呢？一般读者看了不免要发懵，感到不知所云。原来作者在这里是用拆字格作比喻，"四马儿"是隐喻着一个"骂"字。我们并不一概反对用拆字格来作隐喻，关键是要使"隐"的效果不是"晦"，而是"显"。如作者为了说明潘金莲相思陈敬济，便写道："金莲每日难捱绣帏孤枕，怎禁画阁凄凉，未免害些木边之目，田下之心。"（第八十三回）这"木边之目，田下之心"，原来是隐喻着"相思"二字。不经点破，读者难免感到费解。《清平山堂话本·刎颈鸳鸯会》中也用了这个隐喻："本妇便害些木边之目，田下之心，要好，只除相见。"这是用在人物语言中，来表现妇人心害相思，而口难明言的情态。故以此隐喻"相思"二字，便活画出了那个含情脉脉而又羞羞答答的妇女形象，起到了以"隐"喻"显"的作用。而《金瓶梅》是把这个隐喻用在作者的叙述语言中，不仅毫无必要，而且显得生硬做作，晦涩难懂。这是故作高雅、艰深，玩弄文字游戏者，不能不自食其恶果。

总之，《金瓶梅》中运用比喻的艺术可以给我们很多的启迪：小说中比喻运用得好坏，对于人物形象塑造的成败，有着十分突出的作用；精彩的比喻，犹如字字珠玑，必然使人物形象闪耀着迷人的光彩；蹩脚的比喻，则如同布下人为的阴影，使活生生的人物形象横遭窒息；如何运用比喻，绝非微不足道的雕虫小技，而确实是受作家的思想指导、受作品中的人物性格支配的"语言艺术中的艺术"；美妙的比喻，既必然来自群众生活的海洋，同时又是作家思想的闪光，审美情趣的揭橥和艺术修养的发轫，运用比喻的艺术岂容忽视？！

博采口语，俗中见美

——论《金瓶梅》的语言艺术特色

《金瓶梅》的语言特色是：俗。用作者笑笑生的朋友欣欣子的话来说，它所写的是"市井之常谈，闺房之碎语"①。张竹坡说它是"一篇市井的文字"②。其弟张道渊在《仲兄竹坡传》中，介绍张竹坡之所以要把《金瓶梅》"梓以问世"，就是为了"使天下人共赏文字之美"③。以"市井之常谈""市井的文字"写成的《金瓶梅》，而具有"文字之美"，也就是说，它以市俗的俗语言代替传统的雅语言，却同样达到了美的境界。这是《金瓶梅》作者对我国小说语言艺术的独特创造和杰出贡献，颇值得我们加以研究。

一、活人的唇舌是语言艺术的源泉

《金瓶梅》的语言向以"语句新奇，脍炙人口"④著称于世。其所以如此者，主要的原因就在于它能"将活人的唇舌作为源泉"⑤，"从活人的嘴上采取有生命的词汇"⑥，使语言做到高度口语化，具有群众口语所独有的活力和生气。其具

---

① 欣欣子：《金瓶梅词话序》。
② 张竹坡：《金瓶梅读法》之 80。
③ 见乾隆四十二年刊本《张氏族谱》传述类。
④ 欣欣子：《金瓶梅词话序》。
⑤ 鲁迅：《写在〈坟〉的后面》，见《鲁迅全集》第 1 卷，第 364 页。
⑥ 鲁迅：《且介亭杂文二集·人生识字糊涂始》。

体表现：

一是新鲜活泼，富有独创性。例如：

（1）有话当面说，省得俺媒人们架谎。（第七回）

（2）怎的把奴来丢了，一向不来傍个影儿？（第八回）

（3）老娘如今也贼了些儿了。（第七十二回）

（4）叫我采了你去哩！（第十一回）

（5）你说的只情说，把俺每这里只顾旱着。（第六十八回）

例（1）不用"说谎""扯谎"，而用"架谎"，谎言本身就是架空的，这个"架"字该是用得多么贴切而又新鲜啊！它出自媒婆薛嫂之口，更是把她那种惯于扯谎而又公然宣称"省得俺媒人们架谎"的媒婆声口，活现出来了。例（2）是在西门庆忙于娶孟玉楼为妾，过了一个多月，在王婆的催促下，才来到潘金莲处，潘金莲责问西门庆时说的话。她不用"忘了"，而用"丢了"，"把奴来丢了"，这一个"丢"字，把西门庆那背信弃义的无情之性和潘金莲那横遭丢弃的失落之感，全表现出来了，可谓一字千钧。她不说"一向不来一遭儿"，而说"一向不来傍个影儿"，这把潘金莲对西门庆那种热烈盼望而又终于失望、痛加谴责的心理和声态，也刻画得意新语俊，不同凡响。例（3）本是潘金莲在西门庆面前自称她如今变得聪明了，不会再上别人的当。但她此处不用"聪明"，而用一个本属贬义却作褒义用的"贼"字，活现了潘金莲那老辣、调皮的泼妇性格。例（4）是春梅奉西门庆之命对丫鬟秋菊说的话。它不用"喊""叫""拉"，而用"采"，人又不是花卉，怎么能"采"呢？花卉被"采"了要枯萎，人被"采"了又怎么样呢？这个"采"字把西门庆那专横、暴虐的性格表现得多么令人触目惊心啊！例（5）我们常听说"庄稼旱了"，似乎未听说顾不上与客人交谈，也说是把客人"旱着"的。庄稼旱着是

216

要活活被旱死的，客人被旱着，如同庄稼遭旱一样，那该是多么难受啊！这是应伯爵当西门庆尽情与妓女吴银儿交谈，而把他冷落在一边时说的话，活画出了应伯爵那凑趣、讨欢、油滑、谐谑的帮闲性格。

这些语言之所以显得新鲜活泼，富有独创性，主要是因为它从群众的口语中采取了有生命的词汇和灵活的用法，并且它又不是出于作家随心所欲的猎奇，而是对人物性格的生动写照。

二是形象生动，富有可感性。例如：

（1）金莲虽故信了，还有几分疑疑，影在心中。（第十三回）

（2）我和你说的话儿，只放在你心里，放烂了才好。（第二十三回）

（3）只顾海骂。（第二十八回）

（4）你不说这一声儿，不当哑狗卖。（第三十二回）

（5）你虼蚤脸儿，好大面皮。（第五十二回）

例（1）是在西门庆跟李瓶儿奸淫一夜未归，回家对潘金莲谎称是花二哥邀他到妓院里去的，作者不说潘金莲将信将疑，而写她"还有几分疑疑，影在心中"。用"疑疑"来代替"疑心"，不仅词语形象化了，而且感情色彩也生动化了。它把潘金莲疑心得如有醒醒影在心中，写得仿佛使人亲身感受到那实在不是个滋味。例（2）是宋惠莲叮嘱西门庆不要把她俩说的悄悄话告诉人。"话儿"是只有声音而无形体的，即使写成有形体的文字，也不存在"放烂了"的问题。这里用"我和你说的话儿，只放在你心里，放烂了才好"，不仅使话儿变得仿佛有形体可以触摸，而且画出了一个跟西门庆私通而又生怕被他出卖的弱女子的心声。例（3）是写宋惠莲听说她的丈夫来旺与孙雪娥私通时，对孙"只顾海骂"。海的面积和容量特大，"海骂"这个词，把她那种骂得漫无边际、滔滔不绝的情景，写得实在再精练、形象不过了。例 (4) 是在西门庆家酒席散后，李桂姐、吴银儿正准备要走，应伯爵提出要她们"唱个曲儿与老舅听"，李桂姐便以"你不说这一声儿，不当哑狗卖"作答。狗，对主子总是奴性十足，而对外人则狂吠不已；从未听说有不会叫的"哑狗"。这里用"不当哑狗卖"，既斥责了应伯爵那走狗的形象，又画出了李桂姐那轻蔑、戏谑、打趣的神态。例（5）是应伯爵对李桂姐说，西门庆是看在他的面子上，才替她到县中说情的，李桂姐听后对应伯爵的嘲笑和奚落。这里不说"面子小"，而用"你屹蚤脸儿，好大面皮"加以讥讽，极为形象生动。

这些语言之所以显得形象生动，富有可感性，除了博采口语，使词语本身化抽象为具象，化深奥为浅显，化平淡为奇特之外，更重要的是这些形象化的词语皆被作者用得切合人物的性格、声口和神情，特别具有表现力。

三是声态毕肖，富有传神性。例如：

（1）传出去，丑听！（第四十三回）

（2）哥的盛情，谁肯！（第六十七回）

（3）他不骂的他，嫌腥！（第七十五回）

（4）这少死的花子，等我明日到衙门里与他做功德。（第三十八回）

（5）吃了脸洗饭，洗了饭吃脸？（第十五回）

例（1）是拜李瓶儿为干娘的吴银儿，在听说官哥儿丢失了一锭金子，她生怕担偷的名声时说的。"传出去，丑听！"这使我们仿佛听到了那斩钉截铁的口吻，看到了那避之唯恐来不及的神情。例（2）是应伯爵向西门庆借银二十两，西门庆不要他的借据，应伯爵"连忙打恭致谢"时说的。这"谁肯"二字，把应伯爵对西门庆的感激之情、吹捧之意和他那得意、兴奋的声态，仿佛全活画出来了。例（3）是春梅请申二姐为她唱曲，申二姐不肯，被春梅大骂一通后，吴月娘要潘金莲管教春梅，潘金莲回答吴月娘的话。意思是申二姐不识抬举，摆臭架子，本该挨骂。但此处不这样平铺直叙，却说"他不骂的他，嫌腥！"不仅语言生动，而且传达出潘金莲那口齿含锋的声态和骄纵恣肆的神色。例（4）是西门庆在其娅妇王六儿家碰见韩二骂淫妇时说的。他不直截了当地说要给韩二到衙门里上刑罚，而说"与他做功德"。这种反话正说，便连同西门庆那倚官仗势、横行霸道的声态和神情也一起俱现了。例（5）是应伯爵对妓院虔婆说的笑话，原来虔婆哭穷，不肯供水洗脸，不肯供饭吃，当客人拿出十两一锭银子放在桌上时，便慌得老虔婆没口子道："姐夫吃了脸洗饭？洗了饭吃脸？"作者正是用这种语无伦次，画出了虔婆那种见钱眼开，慌张不已的声态，同时又折射出了编造这个笑话的应伯爵那种夸大其词、恣意取笑的神情。

鲁迅非常夸奖陀思妥耶夫斯基，说他"写人物，几乎无须描写外貌，只要以语气、声音，就不独将他的思想感情，便是面目和身体也表示着"[1]。上述《金瓶梅》中的例证，不也具备这个特点么？"这种语言是从劳动大众的口语中汲取来的，但与它的本来面目已完全不同，因为用它来叙述和描写的时候，已经抛弃了口语中偶然的、临时的、不巩固的、含糊的、发音不正的，由于种种原因与基本精神——即与全民族语言结构——不相符合的部分。"[2] 这里重要的，"对一个作家——艺术家来说，他必须广泛地熟悉我国语言最丰富的语汇，必须善于从其中挑选最准确、明朗和生动有力的字。"[3] 要力求做到"一句性格化很高的语言，可以呼出一个人物来"[4]。《金瓶梅》的语言艺术特色，跟上述中

---

① 鲁迅：《集外集·〈穷人〉小引》。
② 高尔基：《和青年作家谈话》，《论写作》，第4页。
③ 高尔基：《论社会主义现实主义》，见《人民文学》总第41期，第73页。
④ 李准：《〈大河奔流〉创作札记》，《河南文艺》1978年第1期。

外许多著名作家的经验之谈是不谋而合的，具有普遍意义的。

二、市井文字俗中见美的具体特色

张竹坡说，《金瓶梅》是"一篇市井的文字"，要"使天下人共赏文字之美"。这是一种什么美呢？是俗中见美。它的具体表现有三个特色。

像日常生活语言一样真实、质朴，这是《金瓶梅》语言文字俗中见美的一个显著特色。如西门庆在元宵节举行家宴，作者写了宴席外的一个场面：

> 那来旺儿媳妇宋惠莲不得上来，坐在穿廊下一张椅儿上，口里嗑瓜子儿。等的上边呼酒，他便扬声叫："来安儿，画童儿，娘上边要热酒，快攒酒上来！贼囚根子，一个也没在这里伺候，多不知往那里去了！"只见画童盈酒上去，西门庆就骂道："贼奴才，一个也不在这里伺候，往那里去来？贼少打的奴才！"小厮走来说道："嫂子，谁往那去来？就对着爹说，嘤喝教爹骂我。"惠莲道："上头要酒，谁教你不伺候，关我甚事，不骂你骂谁？"画童儿道："这地上干干净净的，嫂子嗑下恁一地瓜子皮，爹看见又骂了。"惠莲道："贼囚根子，六月债儿热，还得快就是。甚么打紧，教你雕佛眼儿。便当你不扫，丢着，另教个小厮扫。等他问我，只说得一声。"画童儿道："耶哧嫂子，将就些儿罢了，如何和我合气。"于是取了笤帚来替他扫瓜子皮儿。（第二十四回）

这段描写，全是用的日常生活中的闲言碎语，不失为真实、质朴的语言文字之美的一个典型例证。

首先，它美在朴素的语言中，活现出真实、生动的人物形象。如用"坐在穿廊下一张椅儿上，口里嗑瓜子儿"这淡淡的一笔，就把宋惠莲那悠闲自得的形象勾画出来了。用"等的上边呼酒，他便扬声叫：'来安儿，画童儿……'"，不用作者另加任何形容和描绘，仅通过宋惠莲自己的声态，就把"婆娘之做作口腔，写得活现"[①]。

其次，它美在朴素的语言中，揭示出真实、复杂的社会矛盾。如画童儿"盪酒"上去稍迟一点儿，宋惠莲就"扬声叫"，西门庆便斥责为"贼奴才""贼少打的奴才"。由此画童儿即立刻识破并当场揭穿宋惠莲是"嗳喝教爹骂我"，宋惠莲则以"不骂你骂谁"加以反驳。画童儿复又抓住她"嗑下恁一地瓜子皮，爹看见又骂了"，给予责难。不料宋惠莲因得到西门庆的宠爱，却有恃无恐，认为"等他问我，只说得一声"，因此她反斥责画童儿是"雕佛眼儿"，"贼囚根子，六月债儿热，还得快就是"。旧时农民借债，一般都在秋收后归还，若六月借债，则秋收在即，故称"六月债儿热，还得快就是"。宋惠莲以此讽刺画童儿是找岔子当场报复她。这里不仅揭露了主奴矛盾，而且深刻地揭示出得宠的奴婢与奴才之间的矛盾，实质上也是主奴矛盾的延伸。作者仅如此寥寥几笔，就把宋惠莲、西门庆与画童儿之间错综复杂的矛盾，以及他们各自不同的声态、心理和神情，皆刻画得极为真实、生动而又富有深邃的社会典型意义。

再次，它美在朴素的语言中，富有真实、动人的生活情趣。如宋惠莲"嗑瓜子儿"，看似闲笔，却引出了后面画童儿借此对她的报复。不说宋惠莲如何用心计，而只写她"扬声叫"，就揭示出她那讨好主子，唆使西门庆怪罪来安儿、画童儿的卑劣用心。不说画童儿如何机灵，而通过他对宋惠莲当场给予反击，就将他那机灵的性格和既深感受气，又急欲出气的心理，刻画得生趣盎然。不是由作者直接道破，而是把它倾注在勾画人物声态的字里行间，使读者

---

① 崇祯本《金瓶梅》第二十四回眉批。

不只是感到人物形象生动如画,而且为人物感情的沸腾激荡,心理的妙趣横生所深深地吸引,颇为耐读耐嚼。

由此可见,《金瓶梅》语言文字的俗中见美,是一种真实、质朴美,这里既包含有作家的精心构思,对语言的充分性格化,但又显得直率、自然,如大匠运斤,斧凿无痕,在质朴的白描中展示出精彩纷呈、情趣盎然的世俗生活真谛。

刻画人物形象肖貌传神,这是《金瓶梅》语言文字俗中见美的又一显著特色。《金瓶梅》的语言既博采口语,又经过作家的精心加工和反复锤炼,使之能为塑造作品中的人物形象服务。如明代谢肇淛的《金瓶梅跋》所指出的:"譬之范工抟泥,妍媸老少,人鬼万殊,不徒肖其貌,且并其神传之。信稗官之上乘,炉锤之妙手也。"①

例如,有一次吴月娘和潘金莲、李瓶儿、孟玉楼在一起听姑子唱佛曲儿,作者写道:

> 那潘金莲不住在旁,先拉玉楼不动,又扯李瓶儿,又怕月娘说。月娘便道:"李大姐,他叫你,你和他去不是,省的急的他在这里恁有刮划没是处的。"那李瓶儿方才同他出来。被月娘瞅了一眼,说道:"拔了萝卜地皮宽。交他去了,省的他在这里跑兔子一般。原不是那听佛法的人!"
>
> 这潘金莲拉着李瓶儿走出仪门,因说道:"大姐姐好干这营生!你家又不死人,平白交姑子家中宣起卷来了。都在那里围着他怎的?咱每出来走走,就看看大姐在屋里做甚么哩。"于是一直走出大厅来。(第五十一回)

---

① 侯忠义等编:《金瓶梅资料汇编》,第217页。

这段文字，作者没有一句对人物外形的刻画，也没有一点对人物心理的剖析，仅通过人物自身的动作和语言，就使得各人的心理状态和外貌神情，皆跃然纸上。如崇祯本《金瓶梅》对这段的眉批所指出的："金莲之动，玉楼之静，月娘之憎，瓶儿之随，人各一心，心各一口，各说各是，都为写出。"[①]

这里值得注意的是，作者如何使"有刮划没是处""拔了萝卜地皮宽""跑兔子一般"等俗语，为人物的肖貌传神服务。

首先，作者把这些组成的俗语，皆放在吴月娘这个人物语言之中，不像一般小说那样，外加"俗话说"之类的套话，而是如"范工抟泥"，使之水乳交融地变成人物语言非常自然的一个组成部分，从而便增强了人物语言的形象性、生动性和传神性。

其次，作者使语言始终着眼于为刻画人物形象服务。如把"有刮划没是处"，说成"省的急的他在这里怎有刮划没是处的"，这就既活现了说这话的吴月娘那洞察秋毫，对潘金莲的举动看不下去的神态，又把"他"——潘金莲那着急的形象和神情给勾画出来了，使读者如临其境，如见其人。把"跑兔子一般"，说成"省的他在这里跑兔子一般"，也既表现出吴月娘的伶牙俐齿，泰然自若，又是对"他"——那个坐不住，不安心听佛法的潘金莲的绘形传神。

再次，作者还赋予人物语言以强烈的感情色彩，使之不是"字卧纸上"，而是能"字立纸上"[②]。如前面加上"省的急的他""省的他"，就表现了吴月娘那种厌恶、鄙弃、嫌憎的感情。"拔了萝卜地皮宽"，更表现出吴月娘那种排除异己之后的宽慰感和舒畅感。吴月娘说潘金莲"原不是那听佛法的人"，潘

---

① 崇祯本《金瓶梅》第五十一回眉批。
② 袁子才在《随园诗话补遗》卷 5 中说："一切诗文总须字立纸上，不可字卧纸上。"

金莲则说吴月娘"你家又不死人，平白交姑子家中宣起卷来了"。一个傲视凡俗，不屑一顾；一个莫明所以，恶毒诅咒，一听就使人感到肖貌逼真，传神入骨。

鲁迅在谈到对群众口语的使用时曾指出："太做不行，但不做，却又不行。用一段大树和四枝小树做一只凳，在现在，未免太毛糙，总得刨光它一下才好。但如全体雕花，中间挖空，却又坐不来，也不成其为凳子了。高尔基说，大众语是毛胚，加了工的是文学。我想，应该是很中肯的指示了。"①《金瓶梅》语言的肖貌传神，就在于它是经过作家精心加工过的世俗口语，它比"毛胚"更精美、生动，更性格化和传神化，但又不露人工雕琢的痕迹，仍葆其口语的风格。

蕴藉含蓄，意味隽永，这也是《金瓶梅》语言文字俗中见美的特色之一。群众口语，虽然明白如话，但绝不意味着它就浅露、单薄，淡而无味。正如张竹坡在《金瓶梅》批语中所指出的，它"笔蓄锋芒而不露"②，其"文字千曲百曲之妙，手写此处，却心觑彼处，……处处你遮我映，无一直笔、呆笔，无一笔不作数十笔用"③。我们只有认识《金瓶梅》语言含蓄不露、曲折有致的特色，才能充分领略其语言文字意味隽永之美。如李瓶儿被正式娶到西门庆家做六姜之后，西门庆家中吃会亲酒，作者写道：

> 应伯爵、谢希大这伙人，见李瓶儿出来上拜，恨不的生出几个口来夸奖奉承，说道："我这嫂子，端的寰中少有，盖世无双。休说德性温良，举止沉重；自有这一表人物，普天之下，也寻不出来。那里有哥这样大福！俺每今日得见嫂子一面，明日死也得好处。"
> （第二十回）

---

① 鲁迅：《做文章》，《鲁迅全集》第5卷。
② 张竹坡："第一奇书"本《金瓶梅》第八十九批语。
③ 张竹坡："第一奇书"本《金瓶梅》第二十四批语。

这段文字很少，而耐人寻味的意蕴却很多：

首先，它活画出了应伯爵等人那种大言浮辞，沸沸扬扬，极力夸奖、奉承的帮闲性格。所谓"俺每今日得见嫂子一面，明日死也得好处"，这看似锥心泣血的满口称誉，而实则是言不由衷的信口雌黄。因此它不仅画出了帮闲者谄媚的嘴脸，而且还揭示了其虚伪的灵魂，叫人读了既感到其形象生动，如跃眼前，又为其性格的诡谲深奥，而惊诧不已，叹为观止。

其次，这段话语明为对李瓶儿的赞美，而实则是对西门庆的吹捧。从表面上看，他们是对李瓶儿说的，而在内心里，却是要说给西门庆听的。用张竹坡的话来说，这叫"手写此处，却心觑彼处"。所谓"那里有哥这样大福"，这一句便是点睛之笔。它说明西门庆作为主子，才是应伯爵等所要帮闲的主要对象。通过赞美其爱妾李瓶儿，来达到奉承和取悦西门庆的目的，这就既进一步揭露了帮闲者心计的狡黠和圆滑，又把他们那令人肉麻的逢迎嘴脸刻画得入木三分。

再次，从作者的意图和读者的感受来看，这段话语对李瓶儿又是明为赞颂，而实为讥讽。因为在此之前作品已经写明：李瓶儿是个与西门庆奸淫狗盗，将亲夫花子虚活活气死，毫无德性可言的淫妇、悍妇。应伯爵却夸赞她是"德性温良"，如此名实相悖的夸奖，岂不是个辛辣的讽刺么？再说她在等待西门庆即将娶其为妾的短期间，却又看中给她治病的医生蒋竹山，并迅即将蒋倒踏门招进来，成为夫妇。婚后又嫌蒋竹山"你本虾鳝，腰里无力"，把他骂得狗血喷头，赶出家门，然后再嫁给西门庆为妾。如此轻浮淫乱的一个女人，而作者却让应伯爵等赞美她"举止沉重"，这岂不是对她的莫大嘲笑么？

不仅如上所述，作者还由此要对西门庆众妻妾之间的矛盾起到催化和加剧的作用。当应伯爵等未说这段话之前，"孟玉楼、潘金莲、李娇儿簇拥着月娘，都在大厅软壁后听觑"，当听到唱"永团圆世世夫妻"等曲词时，"金莲向月娘说道：'大姐姐，你听唱的。小老婆今日不该唱这一套。他做了一对鱼水团圆，世世夫妻，把姐姐放到那里？'"使月娘"未免有几分动意，恼在心中"。在这种情况下，再让她们听了应伯爵等说的吹捧李瓶儿的那段话，吴月娘等众人更是"骂扯淡轻嘴的囚根子不绝"。而这一切又都为此后作者进一步通过描写潘金莲、吴月娘等与李瓶儿的矛盾，充分展示各个妻妾的人物性格作了铺垫。这就是张竹坡所说的："处处你遮我映，无一直笔、呆笔，无一笔不作数十笔用。"

由此可见，《金瓶梅》的语言文字俗中见美，不是美在僻字奥句的"新奇"上，而是美在以活人的唇舌为源泉的口语的真实、质朴、肖貌传神和蕴藉含蓄上。这样的语言绝不是作家闭门造车或漫不经心所能写出来的，也绝不是单纯靠博采口语所能造就的。它必须在作家刻苦学习群众口语、熟悉世俗人情和市井生活的基础上，经过精心构思，反复锤炼，力求使每句话不仅要结结实实，而且要丰厚富赡，具有多方面、多层次的含意。因此它使人每读一遍，都会有新的感触，新的发现，深感其趣味津津，美妙无穷。

我国传统的美学观念，以语言文字忌俗求雅为美。所谓"常言俗语，文章所忌，要在斸句清新，令高妙出群，须众中拈出时，使人人读之，特然奇绝者，方见功夫也。又不可使言语有尘埃气，唯轻快玲珑，使文采如月之光华"①。为了求雅忌俗，不惜使文章与口语脱节。《三国演义》作者把本属口头说书的话本加工为小说时，便力求使之向文言的方向提高，成为半文半白的语言。《金瓶梅》作者则与此相反，他不是"忌俗"，而是求俗，从俗中求美，使小说语言跟人民大众的口语趋向一致。这是他对我国小说语言艺术所作的富有突破性的伟大创举。

---

① 宋·王正德：《余师录》卷9引李方叔云，见丛书集成本。

三、美中不足还在于对群众口语的使用有失当之处

应该肯定，《金瓶梅》在我国小说的语言文字上竭力俗中求美，其独创性的重大贡献，是不可低估的。但是，我们也必须指出，《金瓶梅》的语言还有不少美中不足之处。法国伟大作家雨果说得好："独创性在任何情况下都不能当作荒谬的借口。……滥造新词只不过是补救自己的低能的一个可怜的办法。"①而在《金瓶梅》中为追求"语句新奇"，把"独创性""当作荒谬的借口"，"滥造新词"或滥用群众口语的现象，还是相当严重地存在的。

首先，玩弄拆白道字的文字游戏，是《金瓶梅》语言中存在的一个美中不足之处。当时在封建文人的口头上确实盛行拆白道字。博采口语自然也包括文人的口语。但是这种"博采"绝不是兼收并蓄，而是必须加以正确的筛选。如果说《金瓶梅》中水秀才写给应伯爵的一封信，以"舍字左边，傍立着官"，代替"舘"字，要求帮他荐馆教书，还有助于表现他那卖弄斯文的性格的话，那么把这种连应伯爵都认为"拆白道字，尤人所难"（第五十六回）的文字游戏用在下层人物身上，就不符合人物的身份、性格，而只能令人感到生涩、费解了。例如：

宋惠莲："咱不如还在五娘那里，色丝子女。"（第二十三回）
韩玉钏："好淡嘴，女又十撇儿！"（第四十二回）

这些话别说在今天，即使在当时，一般读者也是很难懂的。原来"色丝子女"是"绝好"二字的拆字格，"女又十撇儿"是"奴才"二字的拆字格。宋惠莲、韩玉钏是不识字的下层妇女，她们怎么会懂得利用拆字格来说话？这

---

① 雨果：《〈短曲与民谣集〉序》，见《外国作家谈创作经验》，第 144、145 页。

除了说明作者作为封建文人对拆白道字的偏爱和故弄玄虚以外，又能说明什么呢？这种拆白道字，也确属"语句新奇"，然而它却为一般人所看不懂，更谈不上"脍炙人口"。这说明再新奇的语句都必须"从人里面流露出来，不要从外面把语言粘贴在人身上"[①]。尽管拆字格也是活在当时封建文人唇舌上的口语，但它的流通范围有限，不是真正"有生命"的词语，特别是把它粘贴在不识字的人身上，那就显得十分荒谬了。

其次，滥用谐音、隐语，是《金瓶梅》语言中存在的又一美中不足之处。应该肯定，《金瓶梅》中有些谐音、隐语是用得比较好的。如李瓶儿生孩子，孙雪娥抢着去看，潘金莲妒性大发，说："卖萝卜的拉盐担子，攘咸嘈心。"（第三十回）这个歇后语中的"咸嘈心"，就是"闲操心"的谐音，说得既形象，又风趣，既含蓄，又明白，活画出了潘金莲那嫉妒、刁钻的性格和讽刺、挖苦的口吻。又如潘金莲因西门庆宠爱李瓶儿，有一次她听说西门庆在李瓶儿房里喝酒，气头上便咒骂道："贼强人！把我只当亡故了的一般。一发在那淫妇屋里睡了长觉也罢了。"（第三十四回）这"睡了长觉"便是"死"的隐语。不直接用"死"字，既增加了语言的含蓄性，又把潘金莲那狠毒、妒忌的性格，表现得鲜明突出而又分寸适当。由此可见，谐音、隐语运用得好，第一，必须明白易懂；第二，必须为刻画人物性格所必需。不符合这两条原则，我们就称之为"滥用"。在《金瓶梅》中，滥用谐音、隐语的现象也不在少数。例如：

（1）自今以后，你是你，我是我，绿豆皮儿青褪了！（第八十二回）
（2）你平日光认的西门庆大官人，今日求些周济，也做了瓶落水。（第五十六回）

① 高尔基：《走向胜利与创造》，见《苏联的文学》中译本，第124页。

以上语句不能说不"新奇"，可是它究竟有几个人能看得懂呢？对于刻画人物性格又有多少作用呢？例（1）是以"绿豆皮儿青褪了"，来作"请退了"的谐音。这是潘金莲在发现陈敬济有孟玉楼的簪子时对陈敬济说的气话。既然是情人生气时表示要分手，又何必以"青褪了"作"请退了"的谐音来打趣呢？这种打趣显然是作者粘贴在人物身上，而不符合当时人物生气的特定神情的。例（2）是以"瓶落水"作为"不！不！不！"的隐语。因为瓶子落水，水往瓶里灌，就必然发出"不！不！不！"的声音。这是常时节的妻子对常时节说的话。夫妻谈话，又无外人在场，有什么必要用这种令人费解的隐语呢？可见"语句新奇"，绝不能猎奇；猎奇的结果就不是脍炙人口，而是令人生厌，是为小说语言之一大忌。

再次，滥用俗语、歇后语，也是《金瓶梅》语言中存在的一个美中不足之处。俗语、歇后语，是群众口语的结晶，它对于增强《金瓶梅》语言的形象性和趣味性，无疑地是起了积极作用的。但是也确有一些俗语、歇后语用得晦涩、累赘，令人费解。例如：

（1）然后叫将王妈妈子，来是是非人，去是是非者，把那淫妇教他领了去，变卖嫁人。（第八十二回）

（2）莫不是我昨夜去了，大娘有些二十四么？（第五十三回）

例（1）"来是是非人，去是是非者"，是指谁做的事，谁来收拾，即"解铃还须系铃人"的意思。这是孙雪娥在与吴月娘议论拟叫王婆把潘金莲领出去时说的。这个俗语本身缺乏形象性，如果不费一番思索，人们很难理解其含意。例（2）"二十四"是指什么？叫人实在颇费思索。原来因为一年有二十四个节气，叫做"二十四气"，所以把"二十四"作为"气"的歇后语。这是西门庆问丫鬟小玉，吴月娘是不是有些生气的意思。何必用这种既缺乏形象性，含意又很晦涩的歇后语来为难读者呢？不但读者很难看得懂，连当事人丫鬟小玉也未必听得懂吧。

事实说明，群众中的俗语、歇后语虽然大多数是好的，但也有些是缺乏形象性，晦涩难懂的；有的可能在此时此地人看来好懂，而在彼时彼地人看来就感到费解了。因此作家博采口语必须考虑到口语流行的时空限度，采取那些真正有生命力的词语。

除了以上三个美中不足之外，《金瓶梅》在语言方面还存在着粗俗、琐碎、单调、肤浅等弊病，这些我已有专文论述，[①] 这里就不谈了。

---

① 见拙文《青胜于蓝——论〈红楼梦〉的语言艺术对〈金瓶梅〉的继承和发展》，载《红楼梦学刊》1986 年第 4 辑。

以人为主，别出机杼

——论《金瓶梅》对我国长篇小说艺术结构的重大发展

"创作长篇小说，感到最困难的，是结构问题。"①它"像喝干海水一样困难"，"足以耗尽作者的全部智力活动"。②这是中外著名作家的经验之谈。我们探讨《金瓶梅》对我国长篇小说艺术结构的重大发展，不仅有助于我们对这部作品的正确了解，而且对于当代作家克服长篇小说创作上艺术结构的困难，有所启迪或借鉴。

一、由板块结构发展为以人为中心的网络结构

从以故事为中心的板块结构，演变为以人物为中心的网络结构，这是《金瓶梅》对我国长篇小说艺术结构的一个重大发展。

小说的根本任务是要刻画人物性格，塑造人物形象。可是无论在中国或在外国，早期的小说创作都只着重于故事情节的编撰，而缺乏人物性格的刻画。如郑振铎所指出的，六朝志怪小说的代表作《搜神记》之类，"实在不能算真正的小说，不过具体而微的琐碎的故事集而已。"③《三国演义》《水浒传》等长篇小说的出现，标志着我国小说进入了成熟的阶段，作者已能自觉地使故事情

① 孙犁：《关于长篇小说》，见《人民文学》1978 年第 4 期。
② 冈察洛夫：《迟做总比不做好》，见《古典文艺理论译丛》第 1 册。
③ 见《郑振铎古典文学论文集》，第 331 页。

节的叙述，服从于并服务于人物性格的刻画。如"怒鞭督邮"的情节，本来是刘备所为，由于这个情节放在刘备身上有损于刘备仁慈宽厚的性格，作者便把它移植到张飞身上，用来突出"莽张飞"的性格，则恰到好处。《水浒传》在人物性格的刻画上，更"是一个划时代的著作"，"十四世纪在世界各国还都在写故事的时候，我们的祖先就能创作出这样不朽的作品，实在是我国的光荣与骄傲。"① 但是从艺术结构上来看，这些著名长篇小说仍然是以故事情节的编撰为中心的。如《三国演义》的结构，基本上是由官渡之战、赤壁之战、彝陵之战等故事为一个一个"板块"拼成的；《水浒传》是由"鲁十回""武十回"等各个主要英雄人物的传记为一个一个"板块"串成的；《西游记》是由大闹天宫和取经途中克服八十一难的故事为一个一个"板块"凑成的。郑振铎早就指出："除了《金瓶梅》外，《水浒》《西游》都是英雄历险故事，都只是一件'百衲衣'，分之可成为许多短篇，合之——只是以一条线串之！例如《水浒》以梁山泊的聚义为线串，《西游》以唐三藏取经为线串之类——则成为一个长篇，其结构是幼稚而松懈的，还脱离不了原始期的式样。《三宝太监下西洋记》《封神传》以及《韩湘子传》《云合奇纵》等等，也都陷于同一的型式里。"②

只有《金瓶梅》，才在我国长篇小说发展史上第一次打破了以一个一个故事组成的板块结构。《金瓶梅》艺术结构的特色，是以西门庆这个人物为中心，联系到从寻常之妻妾、妍妇到妓女、媒婆、乐工、优人，从丫鬟、奴婢到伙计、商贾，从帮闲、捣子到和尚、道士、姑子、命相士、卜卦、方士，从皇帝、太师、大臣、御史、太监到府尹、县吏、衙役，等等，社会各阶层人士纵横交错，有机组成的网络结构。贯串全书的主线，是西门庆由破落户到暴发户，淫人妻子，妻子淫人，最后因淫欲过度而暴卒，人亡家破。全书所有的故

---

① 见《郑振铎古典文学论文集》，第 296 页。
② 见《郑振铎古典文学论文集》，第 453 页。

事情节，其他各色人物，几乎都是因西门庆这个中心人物而生发出来的，都是以西门庆为轴心而旋转的。不再像传统的小说那样，以一个个故事情节为结构的主线，而是以一个中心人物作为结构的主体，这是《金瓶梅》在我国长篇小说艺术结构上的一个重大突破。

由于《金瓶梅》的艺术结构是以人物形象塑造为主体的，因此，它不仅使故事情节的安排完全服从于人物形象塑造的需要，而且有时可以脱离故事情节，更多地把人物的肖像描写、心理描写等等非情节化的艺术手段，纳入它的艺术结构之中。如在《水浒传》中对潘金莲的衣着打扮只字未提，《金瓶梅》作者在移植《水浒传》这段故事情节时，却对潘金莲的衣着打扮作了大段描写。张竹坡的批语便特地指出："上回内云，金莲穿一件扣身衫儿，将金莲性情形影魂魄一齐描出。此回内云，毛青布大袖衫儿，描写武大的老婆又活跳出来。"①李瓶儿的前夫花子虚，在《金瓶梅》第十四回已经"因气丧身"，有关他的故事情节也就到此结束了。然而直到第五十九回，李瓶儿跟西门庆生了官哥儿之后，作者却仍然写李瓶儿"梦见花子虚从前门外来，身穿白衣，恰像活时一般。见了李瓶儿，厉声骂道：'泼贼淫妇，你如何抵盗我财物与西门庆？如今我告你去也！'"在李瓶儿死后，作者又写西门庆梦见李瓶儿叮咛嘱咐他："那厮不时伺害于你。千万勿忘奴言，是必记于心者。"（第七十一回）这些显然都不是故事情节本身的必然发展，而是李瓶儿、西门庆虚弱、恐惧心理的真实写照。《金瓶梅》作者有时只用闲笔稍加点染，就使人物的心态活现。张竹坡的批语指出："如买蒲甸等，皆闲写吴月娘之好佛也。读者不可忽此闲笔，千古稗官家，不能及之者，总是此等闲笔难学也。"②其所以难学，就在于作家处处要为表现人物性格，要调动一切艺术手段来刻画人物性格，而不是只

---

① 张竹坡："第一奇书"本《金瓶梅》第二回批语。
② 张竹坡："第一奇书"本《金瓶梅》第三十七回批语。

满足于故事情节的编撰。

当然，以人物形象为结构的主体，绝不意味着排斥故事情节。相反，曲折生动的故事情节，仍然是长篇小说艺术结构的重要组成部分，是塑造人物形象所不可忽视的艺术手段。《金瓶梅》在艺术结构上的发展，不仅使各种艺术手段都服从于和服务于人物形象的塑造，而且使一个故事情节由着重刻画一个人物性格，变为能同时刻画出众多的人物性格。《三国演义》中的"携民渡江""三让徐州""三顾茅庐""的庐妨主""遗诏托孤"，主要为表现刘备的性格服务；"斩华雄""诛文丑""义释曹操""刮骨疗毒""失荆州""走麦城"，只有关羽的性格才能做得出来；"怒鞭督邮""长坂坡""古城会"，只能是属于张飞所为；"草船借箭""借东风""空城计"，更非诸葛亮其人莫属；"装病诳叔""孟德献刀""许田射猎""借头压军心""割发权代首""哭袁绍""梦中杀人""虚设疑塚"，则非曹操的性格不可。《水浒传》中的"拳打镇关西""醉打山门""大闹野猪林"，必定是鲁智深性格的体现；"义夺快活林""醉打蒋门神""血溅鸳鸯楼"，只有打虎英雄武松才干得出来。诸如此类的故事情节，其共同的特征都是侧重于一人一事，即以一个故事情节，主要表现一个人物的性格特征。它反映了作家虽然已经使故事情节性格化了，但通过故事情节刻画人物性格的艺术表现能力，相对地说还未免捉襟见肘，其刻画人物形象的艺术容量颇为有限，还需要由一个一个故事串联起来，才能使一个人物的性格得到较充分的表现。这是造成板块结构的根本内因。《金瓶梅》在这方面则有了长足的进步。它通过一个故事情节，往往可以把众多的人物性格同时都刻画出来。如通过潘金莲丢失一只红绣花鞋的情节，引出了找鞋、拾鞋、收鞋、送鞋、剁鞋等层层波澜，使潘金莲因不觉丢鞋而显其狂淫，陈敬济因送鞋戏金莲而露其轻薄，西门庆因竟把宋惠莲的红绣鞋当作宝贝收藏而显其多情和卑劣，小铁棍儿因拾鞋而露其天真无邪，不料西门庆听信潘金莲的挑唆，对其大打出手，更显出西门庆的性格既狠毒又颟顸，丫鬟秋菊奉命找鞋，因误把宋惠莲的鞋当作潘金莲的，而遭到潘金莲的残酷刑罚，来昭儿也因此被撵，宋惠莲已经被害死，留下一只红绣鞋还要遭潘金莲用刀剁碎，被扔到茅厕里去。这就不仅使潘金莲、陈敬济、西门庆等人物的性格活跳出来，而且使小铁棍儿、秋菊、来昭、宋惠莲等被压迫者孱弱、怯懦、凄惨的形象，皆给人留下了难忘的印象，谁能说这个故事情节只是为表现某一个人物性格服务的呢？《金瓶梅》作者通过李瓶儿逝世这个情节，更是写出了一系列众多的人物性格。"如写瓶儿，写西门，写伯爵，写潘道士，写吴银儿、王姑子，写冯妈妈，写如意儿，写花子由，其一时或闲笔插入，或明笔正写，或关切或不关切，疏略浅深，一时皆见。关于瓶儿遗嘱，又是王姑子、如意、迎春、绣春、老冯、月娘、西门、娇儿、玉楼、金莲、雪娥，不漏一人，而浅深恩怨皆出。其诸人之亲疏厚薄浅深，感触心事，又一笔不苟，层层描出，文至此，亦可云至矣。看他偏有余力，又接手写其死后西门大哭一篇。"[①]使西门庆的悲痛，吴月娘的嗔怪，孟玉楼的疏淡，潘金莲的畅快，玳安的乖巧，应伯爵的逢迎，又一齐活现。张竹坡盛赞这"是神工，是鬼斧"，仅通过一个故事情节就写得"如千人万马却一步不乱"[②]。这种说法虽未免夸张，但也确实道出了《金瓶梅》作者不是一事写一人，而是一事写多人的独特的艺术结构手腕。

《金瓶梅》以人物形象为结构的主体，不仅表现在运用非情节化的艺术手法增多，运用故事情节刻画人物性格的艺术容量扩大，而且使故事情节本身也由神奇化发展为酷似日常生活的真实化。我国古代白话小说是直接从民间说书艺术发展而来的。民间说书艺人为了吸引听众，不得不在故事情节的离奇曲折和人物形象重点突出上下功夫，这就强化了故事和人物的神奇化倾向。神奇，尽管也有迷人的魅力。"然而失真之病，起于好奇。"[③]真实，是艺术的生命。

---

① ② 张竹坡："第一奇书"本《金瓶梅》第六十二回批语。

③ 睡乡居士：《二刻拍案惊奇序》。

不再追求故事和人物的神奇化，而是力求做到酷似日常生活的真实化，使长篇小说的艺术结构，既恢宏雄伟，万象纷呈，而又无人工拼接、板块串联的痕迹，既经过作家的匠心独运，达到高度的典型化，而又跟日常生活难分轩轾，达到高度的真实化。如郑振铎所指出的："《金瓶梅》完全是一部描写现实生活中的普通人的小说，不但把每个人都写出个性来，而且场面也非常大，从皇帝、宰相的家庭一直到最下层的小市民的生活，写得非常逼真，把封建社会里黑暗矛盾刻画得极其细微，入骨三分。在十七世纪的初期，出现这样一部描写社会生活的大书是很不简单的，由此可见中国小说的发展是非常快的。"①

《金瓶梅》在艺术结构上的重大发展，不仅是个结构方式的问题，更重要的是，它反映了现实主义文学发展的客观规律。如究竟是应以人物形象，还是应以故事情节为结构的主体？法国杰出的现实主义小说家司汤达介绍他的写作经验是："尽量清晰地勾画出性格，极其粗略地描绘出事件，然后才给添上细节。"②乔治·桑在给福楼拜的信中也写道："你如今又在拿莎士比亚滋养自己，你做的对！就是他，放出人来，和事件斗争；你注意一下，他们好也罢，坏也罢，永远战胜事件。在他的笔下，他们击败了事件。"③应该以人物性格的刻画为主，并力求使之得到强化，至于故事情节，则应服从于、服务于人物性格的刻画，并且要力求使之淡化，这是现实主义作家共同的艺术经验。契诃夫说："情节越单纯，那就越逼真，越诚恳，因而也就越好。"④左拉也说："小说的妙趣不在于新鲜奇怪的故事；相反，故事愈是普通一般，便愈有典型性。"⑤可见小说结构由以编故事为主，演变为以写人物为主，由追求故事情节的离奇曲折，演变为力求情节的单纯逼真，这是世界现实主义小说发展的共同的历史

① 见《郑振铎古典文学论文集》，第 299 页。
② 见《译文》1958 年 7 月号，第 143 页。
③ 见《文艺理论译丛》1958 年第 3 册，第 179 页。
④ 契诃夫：《致基塞列娃》，见汝龙译《契诃夫论文学》，第 31 页。
⑤ 左拉：《论小说》，见《古典文艺理论译丛》第 8 册，第 123 页。

走向；而在这方面，我国的《金瓶梅》不仅是跟世界现实主义小说的发展取同一走向，而且是走在世界现实主义小说的前列，值得我们加以珍惜并引以自豪的。

二、由短篇连环结构发展为以主人公贯串始终的有机整体结构

由以各个人物和故事组合的短篇连环结构，嬗变为以作品的主人公——西门庆的性格发展和家庭兴衰——一线贯串的有机整体结构，这是《金瓶梅》对我国长篇小说艺术结构的又一重大发展。

在《金瓶梅》以前，《三国演义》《水浒传》《西游记》等长篇小说，虽然也有贯穿全书的主要人物，其中《水浒传》《西游记》的某些人物，作者还写出了其性格的发展，如林冲的性格由一味懦弱、忍让，发展为刚烈、豪强；孙悟空由无法无天，大闹天宫，要求"皇帝轮流做，明年到我家"，转变为助唐僧取经，只限于跟昏君奸臣、妖魔鬼怪作斗争。但是，《三国演义》的人物性格是定型化的，全书只有故事情节的发展，而鲜有人物性格的变化；《水浒传》在英雄排座次以后，《西游记》在孙悟空拜唐僧为师之后，尽管全书的故事情节仍在继续，而人物性格却没有多大发展和变化了，宋江"两赢童贯"和"三败高俅"，孙悟空"三调芭蕉扇"和"三打白骨精"，尽管故事情节变化多端，而人物性格却一以贯之。这些作品的艺术结构有个共同的特点：许多故事情节，并不是根据主要人物性格发展的需要来安排的，而是出于故事情节自身发展的需要来设计的，主要人物只是起到把一个一个故事串联起来的作用，而一个一个故事本身有其相对的独立性。如"赤壁之战""智取生辰纲""三调芭蕉扇"等，皆可抽出来独立成篇。因此，茅盾说："从全书看来，《水浒》的结构不是有机的结构。我们可以把若干主要人物的故事分别编为各自独立的短篇

或中篇而无割裂之感。"①其实,不只是《水浒》,《三国演义》《西游记》在结构上也有着类似的特点。这可能跟它们来源于说书艺术有关系,说书艺人需要分出章回,说完一段,下次再说一段。

我国长篇小说,只有发展到《金瓶梅》,才使故事情节真正成为"某种性格、典型的成长和构成的历史"②。也就是说,只有《金瓶梅》的艺术结构,才真正创造了以作品主人公性格的发展为全书的有机整体,从而使故事情节本身失去了其独立存在的价值,再也无法"分别编为各自独立的短篇或中篇而无割裂之感"。西门庆一生性格的发展和家庭的兴衰,便是《金瓶梅》情节结构的轴心和贯串全书的一条主线。这条主线大致可分为四个发展阶段:

(一)第一至三十回,西门庆由一个开药材铺的商人,"生子喜加官",变成市井商人兼封建官僚。在这个阶段,西门庆先后霸占了潘金莲、孟玉楼、李瓶儿为妾,外又包占妓女李桂姐,奸占奴才妻宋惠莲。对潘金莲、宋惠莲,主要是看中其色,对孟玉楼、李瓶儿,则主要是贪婪其财。害武大而夺其妻,死花子虚则夺其财并夺其妻,为长期霸占宋惠莲而迫害其夫来旺,又引起了宋仁、宋惠莲父女双亡。这一切都不只是故事情节的自然延续,更重要的是反映了西门庆性格的必然发展。说明:"杀其夫,占其妻,已成西门庆惯伎。自被武松放过,胆一日大似一日,手一日辣似一日。武大郎尚在暗中,花子虚仍是偷作,迨至来旺,居然大锣大鼓,明目张胆,大明大白,于众闻共睹之下,直做出来矣。"③

好在《金瓶梅》作者不仅通过故事情节的变化,写出了西门庆等人物性格的发展,而且还同时写出了促成西门庆性格发展的典型社会环境。作品写得很清楚,西门庆本属"倚势害人,贪残无比"的"鹰犬之徒,狐假虎威之辈",

---

① 茅盾:《谈〈水浒〉的人物和结构》,见《文艺报》第2卷第2期。

② 高尔基:《和青年作家谈话》,见《文学论文选》,第297页。

③ 文龙:《金瓶梅》第二十六回批语。

理应"或投之荒裔，以御魑魅；或置之典刑，以正国法，不可一日使之留于世也"（第十八回）。然而因为他有钱送礼行贿，却不但罪行被一笔勾销，而且朝廷蔡太师还以山东理刑副千户的官职，作为回赠的礼物送给西门庆，使西门庆由一介市井细民成为执掌刑法的理刑官。作者以此说明，那是个"富贵必因奸巧得，功名全仗邓通成"（第三十回），极端腐败的社会，是个"天下失政，奸臣当道，谗佞盈朝"（第三十回），极端黑暗的时代。西门庆就是那个典型环境中的典型人物。

使故事情节不仅融入人物性格之中，成为人物性格发展的脉络，而且使人物性格置身于典型的社会环境之中，成为人物性格产生和发展的依据。这是《金瓶梅》的艺术结构成为有机的整体而无板块拼接之感的重要原因。

（二）第三十一至四十九回，西门庆由贪淫好色发展为祈求胡僧施春药，由贪财违法发展为贪赃枉法，为最后人亡家破种下祸根。

西门庆生子加官后，身价倍增，更加骄奢淫逸。李桂姐来拜他做干女儿，应伯爵来打诨趋时，又帮助西门庆压价买下湖州客人何官儿的丝线，开了个绒线铺子。新雇佣的伙计韩道国，因其妻王六儿与小叔通奸被人捉奸，请应伯爵向西门庆说情，西门庆便利用职权，免提王六儿到提刑院，把四个捉奸的人毒打了一顿，关进大牢。四个捉奸人的家长又以四十两银子买通应伯爵，通过西门庆的书童与李瓶儿说情，让西门庆放了捉奸的人。朝廷蔡太师的管家翟谦来信，要西门庆给他送一个十五六岁的女子为妾，西门庆便将韩道国的女儿送去，并因此而跟翟谦结为亲家。西门庆又包占了韩道国的妻子王六儿，本来与王六儿有通奸关系的小叔子韩二，被西门庆"衙门里差了两个缉捕"，"拿到提刑院，只当做掏摸土贼，不由分说，一夹二十，打的顺腿流血。睡了一个月，险不把命花了。往后吓了，影也再不敢上妇人门缠搅了。"（第三十八回）韩道国为了赚钱，则甘愿当王八。西门庆享尽淫乐，还要向永福寺的胡僧"求房术的药儿"。据说服了这种药，"一夜睡十女，其精永不伤。"（第四十九回）

事实上却正是这种胡僧药，使西门庆淫欲过度，"瓶儿之死，伏根于此，西门庆之死，亦由于此。"①

西门庆不但贪淫不知节，而且贪财不知止。谋财害命的杀人犯苗青，向西门庆贿赂一千两银子，西门庆便利用职权，纵其潜逃。巡按御史曾孝序查明此案，对西门庆及其同僚夏提刑进行弹劾，认为他们"皆贪鄙不职，久乖清议，一刻不可居此任者也"（第四十八回）。然而西门庆通过派人给朝廷太师蔡京送礼行贿，不但使曾御史的弹劾无效，而且连曾御史本人的官职也被"除名，窜于岭表"（第四十九回）。作者由此得出结论："囊内无财莫论才。"（第四十八回）有财便能无恶不作。"盖以前西门诸恶皆是贪色，而财字上的恶尚未十分，惟苗青一事，则贪财之恶与毒武大、死子虚等矣。"②

这些故事情节，说明西门庆的性格已经有了进一步的发展：（1）因生子加官而得意忘形，更加穷奢极欲；（2）一朝权在手，便把令来行，公然贪赃枉法，为所欲为；（3）色欲、财欲已得意非凡，他却仍不满足，还要祈求"永福"，结果超出极限，必然走向自取灭亡的绝路。上述故事情节不仅完全成为人物性格发展的历史，也不仅使典型人物置身于典型的社会环境之中，而且还不断向典型意义的深处开掘，广处扩展，富有旨深寄远的寓意。如同张竹坡的批语所指出的："写苗青之恶，又衬起西门庆也。""西门庆之恶，十分满足，则蔡太师之恶不言而喻矣。"③

（三）第五十至七十九回，西门庆贪财好色的性格继续恶性发展，一面财富、权势在增加，一面却被淫欲过度所戕害。

西门庆的财富由开一爿生药铺，发展为缎子、绒线、绸布、典当等五个店铺。在政治上，由于他亲赴京城，送二十扛金银缎匹给蔡太师庆寿诞，并拜蔡

---

① 文龙：《金瓶梅》第四十九回批语。
② 张竹坡："第一奇书"本《金瓶梅》第五十回批语。
③ 张竹坡："第一奇书"本《金瓶梅》第四十七回批语。

太师为干爷，不久便被提升为正千户掌刑，又再次进京谢恩，"庭参朱太尉"，"引奏朝仪"，受到皇帝的亲自接见。从此西门庆煊赫一时，连招宣府太原节度邠阳郡王王景崇的后裔王三官，也拜西门庆为义父，宋御史、安郎中等也主动到西门庆的"厅上叙礼"（第七十四回）。

西门庆的财富和权势地位日渐上升，而西门庆的家庭矛盾却日益激化。由于"潘金莲平日见李瓶儿从有了官哥儿，西门庆百依百随，要一奉十，每日争妍竞宠，心中常怀嫉妒不平之气"，因此，她为了"使李瓶儿宠衰，教西门庆复亲于己"，就以驯猫扑食的阴谋手段，吓死了官哥儿。李瓶儿则因西门庆不顾她下身流血而强行行房事，造成她下身流血不止，再加上官哥儿被害而"暗气惹病"，不久也死了，使西门庆伤心得"如刀剜心肝相似"（第六十二回）。但他在与李瓶儿守灵时却又搂着官哥儿的奶妈如意儿睡觉。尽管西门庆由于淫欲过度，已经身体不支，要靠人"拿木滚子滚身上，行按摩导引之术"（第六十七回），然而他却仗着服胡僧的春药，在与原有的姘妇、妻妾频频发泄兽欲的同时，又与奶妈如意儿，妓女郑月儿，王招宣府的林太太，伙计贲四的娘子，狂淫不已，最后在西门庆已经吃了胡僧药与王六儿淫欲过度的情况下，"吃的酩酊大醉"，回到潘金莲房中，又被潘金莲连给他吃了三丸胡僧药，使西门庆行房，终于"精尽继之以血，血尽出其冷气而已"，年仅三十三岁，即"髓竭人亡"（第七十九回）。

在这个阶段，说明西门庆的性格：（1）已经由贪淫好色发展为发泄淫欲如有狂疾的变态心理。如他勾搭上了王招宣府的林太太，却又想奸污她的儿媳妇，在与老姘妇王六儿同房时，却又"心中只想何千户娘子兰氏，欲情如火"，用作者的话来说："西门庆自知淫人妻子，而不知死之将至。"（第七十九回）（2）已经由贪赃枉法发展为跟朝廷奸臣蔡京狼狈为奸，结为义父子的关系，受到朝廷的提拔重用和皇帝的青睐。（3）西门庆财富的增加，作者一方面旨在说明他是倚仗权势发的横财，另一方面也是为了针砭："多少有钱者，临了没棺材"，"原来西门庆一倒头，棺材尚未曾预备"（第七十九回）。因此，他一死之后，不仅理刑千户的官职为张二官所取代，财产被姜妇、伙计所拐盗，连妾妇李娇儿也跟张二官"做了二房娘子"（第八十回）。

（四）第八十至一百回，西门庆其人虽然已经死了，但是作为典型形象的西门庆仍是全书故事情节的主线。西门庆的儿子孝哥儿诞生于西门庆断气之时，就是作为西门庆的替身出现的。如张竹坡对该回的总评即指出："孝哥必云西门转世，盖作者菩心欲渡尽世人。言虽恶如西门，至死不悟，我亦化其来世。又明言如西门庆等恶人，岂能望其省悟，若是省悟，除非来世也。"① 文龙更进一步指出："作者以孝哥为西门庆化身，我则以敬济为西门庆分身。西门庆不死于刀而死于病，终属憾事，故以敬济补其缺。盖敬济即西门庆影子，张胜即武松影子，其间有两犯而不同者，有相映而不异者，此作者之变化，全在看官之神而明者也。"② 因此，《金瓶梅》全书的结构仍旧是个有机的整体。那种认为"全本书，原来至多编撰到八十七回'王婆贪财受报，武都头杀嫂祭兄'就完了"，"从八十八回起，以春梅为主角的以下各回，当是后来别人续作的。"③ 这种论断恰恰忽视了《金瓶梅》作者在艺术结构上以孝哥、陈敬济为西门庆的"化身""分身"，对于突出全书的主题思想和深化西门庆这个艺术形象的典型意义所具有的重大作用。

我国戏曲结构讲究"减头绪"，"止为一线到底"，"贯穿只一人也"。④《金梅瓶》的艺术结构之所以能由短篇连环发展为不可分割的有机整体，汲取我国戏曲艺术结构的经验，以西门庆这个主角的性格发展和家庭兴衰为一线贯串到底，不能不说是个重要的原因。

---

① 张竹坡："第一奇书"本《金瓶梅》第七十九回批语。
② 文龙：《金瓶梅》第九十九回批语。
③ 潘开沛：《〈金瓶梅〉的产生和作者》，见《光明日报》1954 月 8 月 29 日。
④ 李渔：《闲情偶寄·减头绪》，见《中国古典戏曲论著集成》第 7 册。

三、由一人一事为主的封闭型结构发展为主副线复合、经纬线交错的开放型结构

由一人一事为主的封闭型结构，转变为主副线复合、经纬线交错的开放型结构，这也是《金瓶梅》对我国长篇小说艺术结构的一个重大发展。

在《金瓶梅》以前，我国长篇小说的艺术结构，都是以男子为中心的，以重大政治军事斗争为一线贯串的，尽管作为具体的场面也描写得颇为丰富复杂，多彩多姿，有声有色，但作为长篇小说的艺术整体来看，却未免显得有点单调，我们从中看不到人物的家庭生活，也很少能看到人物的七情六欲和为个人所特有的丰富的精神世界，仿佛作家所写的那些人物都是高出于普通的凡人之上的。这固然跟作品的题材有关系，但与作家的创作思想也是分不开的。如《三国演义》作者通过刘备把妻子说成如"衣服"可以随便抛弃，《西游记》作者让孙悟空宣称"男不和女斗"，在这种轻视妇女的思想影响下，怎么可能让妇女形象在作品的情节结构中占据重要的地位呢？《金瓶梅》作者虽然也未摆脱封建的妇女观的影响，但他严格忠于现实的创作思想、现实主义的创作方法和所写的家庭生活题材，却使他在以西门庆的性格发展和家庭兴衰为主线的同时，又交织着女主人公潘金莲、李瓶儿、庞春梅的荣辱、兴亡为副线。这条副线与主线不仅组成复合的经线，而且又生发出与此相交织的一系列的纬线。副线与主线并立，纬线与经线交错，才编织出了五色缤纷的彩锦，使《金瓶梅》不只塑造了众多男性形象，而且成为我国古代小说史上"在描写妇女的特点方面可谓独树一帜"①的作品。这条与主线并立的副线及与之相交织的纬线，大致经历了七个阶段：

---

① 见《法国大百科全书·金瓶梅》，转引自王丽娜：《〈金瓶梅〉在国外》，《河北大学学报》1980 年第 2 期。

（一）第一至九回，西门庆与潘金莲勾搭成奸，并合谋害死了潘金莲的丈夫武大，潘金莲正做着与西门庆长远做夫妻的美梦，不料西门庆因看中寡妇孟玉楼有家财，便忙于娶孟玉楼为妾，把潘金莲丢在一边一个多月，使"潘金莲永夜盼西门庆"，为西门庆"如今另有知心"，而"气的奴似醉如痴"，甚至要"海神庙里和你把状投！"（第八回）

这段情节，在结构方式上完全体现了《金瓶梅》主副线并立、经纬线交错的特点。西门庆与潘金莲的关系是主副线复合的经线，西门庆娶孟玉楼便是在其中穿插的纬线。有了这条穿插在其中的纬线，不仅使故事情节不平铺直叙，有了曲折波澜，使结构不呆板一律，有了错综变化，而且使西门庆、潘金莲等主要人物的性格特色得到了丰富，典型意义得到了深化。它说明，西门庆不只是好色，更为贪财，一听说孟玉楼"手里有一分好钱"，守寡待嫁，他便不惜把潘金莲抛在一边，迫不及待地忙着娶孟玉楼为妾，可见在他的心目中只有对财色的无穷贪婪，绝无一点纯真的爱情；潘金莲本为追求爱情婚姻幸福，而不惜害死丈夫，图谋跟西门庆长远做夫妻的，不料夫妻尚未做成，西门庆却已另有新欢，这就使潘金莲对爱情专一和婚姻幸福的要求，一开始便跟西门庆的贪财好色和一夫多妻制发生了尖锐的矛盾。由此所揭露的性格本质和典型意义，该是多么生色动人，令人为之触目惊心啊！至于孟玉楼、薛嫂、杨姑娘和张四舅等次要人物的性格，由于这条纬线的插入而得到了表演的机会，那就更不用赘述了。

（二）第十至二十一回，西门庆正式娶潘金莲为第五妾，又收用了潘金莲的丫鬟春梅，勾搭上了邻居、义弟花子虚的老婆李瓶儿。为博得西门庆的欢心，潘金莲便让他"收用了这妮子"，使春梅从此和潘金莲沆瀣一气，让她恃宠生骄，挑唆西门庆毒打四妾孙雪娥，使西门庆对潘金莲"宠爱愈深"（第十一回）。不料西门庆却又贪恋住妓女李桂姐，在妓院里半月不归，使潘金莲"欲火难禁一丈高"，便勾引西门庆家的小厮琴童成奸，被孙雪娥揭发出来，西门庆将琴童"打得皮开肉绽"，"赶出去了"（第十二回）。又将潘金莲毒打了一顿，幸得春梅为她辩护，才使西门庆被她蒙混过关。为讨得妓女李桂姐的欢心，西门庆还迫使潘金莲剪下一绺头发，给桂姐垫在鞋垫下端，使潘金莲受尽了屈辱。不久，潘金莲又抓住西门庆偷淫李瓶儿的把柄，"一手撮着他耳朵，骂道：'好负心的贼！你昨日端的那去来？把老娘气了一夜！……'"骂得西门庆"慌的妆矮子，只跌脚跪在地下"求情（第十三回）。当西门庆要正式娶李瓶儿为妾时，作者又插入两条纬线："宇给事劾倒杨提督，李瓶儿招赘蒋竹山"。西门庆和他的亲家受到杨提督案件的牵连，被吓得"每日将家门紧闭"，经过派人赴京行贿，由受贿的奸臣把他的罪名一笔勾销，他才又张牙舞爪，派捣子捣毁了蒋竹山的药材铺，促使李瓶儿将蒋竹山扫地出门，重新嫁给西门庆为妾。潘金莲又利用吴月娘不同意西门庆娶李瓶儿为第六妾，挑拨西门庆与吴月娘的关系，使"西门庆与月娘尚气，彼此见面都不说话"（第十八回）。当吴月娘与西门庆和好，潘金莲一方面与孟玉楼等主动凑份子设宴庆贺，另一方面却又教丫头在宴会上唱"佳期重会"的小曲，讥讽吴月娘与西门庆"不是正经相会"（第二十一回）。

在这个阶段，主副线并立、经纬线交错的结构方式，首先，使故事情节的发展，勾连环互，曲折有致。如潘金莲让春梅给西门庆收用，使春梅跟潘金莲更贴心，在潘金莲因与琴童的奸情遭到西门庆毒打时，春梅便在西门庆面前为潘金莲辩护；潘金莲因挑唆西门庆毒打了孙雪娥，使孙怀恨在心，孙便将潘与琴童的奸情揭露出来；西门庆抓住潘与琴童的奸情，对潘进行责罚，潘又抓住西门庆与李瓶儿的奸情，对西门庆进行谩骂。如此纵横交错，前呼后应，不仅结构紧凑，一气贯串，而且使众多的人物性格皆各擅胜场，各极其趣。其次，它以鲜明的对比、烘托，给人以相映成趣、含意隽永的感受。一方面是西门庆的淫欲无度，另一方面则是潘金莲的欲壑难填。一方面是西门庆受朝廷杨提督案件的牵连，恐惧得如惊弓之鸟、丧家之犬，眼看着到手的李瓶儿招赘蒋竹山为夫，另一方面则是一旦贿赂得逞，便又迫使蒋竹山倒霉，李瓶儿人财皆归西门庆所有。两幅画面，前后映照，彼此烘托，各极其妙。西门庆贪淫好色，乱搞女人，潘金莲只能忍气吞声，尽管有时也加以责备，但最终只能一再退让；潘金莲也欲火难禁，但她只要有不轨行为，一旦被西门庆听到一点风声，便要受尽刑罚和屈辱。因此作者说："为人莫作妇人身，百年苦乐由他人。"（第十二回）它反映了夫权统治的不合理和妇女的悲惨命运。而西门庆之所以能为非作歹，横行无忌，又完全是以封建政权的贪官为靠山的，是封建统治腐败的产物。这就更深一层地揭示了西门庆和潘金莲等人物的性格本质和典型意义。再次，它还使人物性格显得更为丰富和复杂。如西门庆在政治上既很凶恶，又很脆弱，关键完全取决于他能否从封建政权中收买到靠山和后台。他对潘金莲也是既宠爱，又狠毒，在宠爱之中对别的女人滥施淫欲，而根本谈不上有什么纯真、专一的爱情，在狠毒之中又总是受潘金莲的蒙骗和唆使，而显得极其浅薄、颠顿。至于潘金莲的性格就表现得更为复杂了，她对西门庆既争宠又不忠，既抗争又忍让，对春梅是拉，对孙雪娥是打，对李桂姐是愤恨，对李瓶儿是利用，对吴月娘是讨好，把这个人物写得八面玲珑，变化莫测，真是丰姿绰约，活灵活现。

（三）第二十二至二十九回，潘金莲发觉"西门庆私淫来旺妇"宋惠莲，由于宋惠莲"常贼乖趋附金莲"，金莲为"图汉子喜欢"，便"教他两个苟合"（第二十二回）。后由于潘偷听到宋惠莲和西门庆私下议论潘"是后婚儿来"的"露水夫妻"，便"气的在外两只胳膊都软了"，她当面警告宋惠莲："不许你在汉子根前弄鬼！"（第二十三回）因为孙雪娥忌恨潘金莲，又与来旺有奸情，便把"你媳妇怎的和西门庆勾搭"，"金莲屋里怎的做窝巢"，告诉来旺，引起来旺醉骂西门庆，扬言"只休要撞到我手里，我教他白刀子进去，红刀子出来"（第二十五回）。这话传到潘金莲耳朵里，变成"他打下刀子，要杀爹和五娘"。潘金莲一方面唆使西门庆"不如一狠二狠，把奴才结果了，你就搂着他老婆也放心"，另一方面她又发誓："我若教贼奴才淫妇与西门庆做了第七个老婆，我不是喇嘴说，就把潘字吊过来哩！"（第二十六回）结果不但来旺被诬陷为持刀杀人的贼，押送官府，被刑发配，而且使宋惠莲闻讯气得上吊自杀，她那卖棺材的父亲宋仁也因为女儿之死鸣冤叫屈，而被西门庆买通官府处以酷刑，"呜呼哀哉死了"（第二十七回）。西门庆收藏宋惠莲留下的一只红绣鞋，潘金莲发现后还要把它剁碎甩到茅厕里去，在发泄她的不满中表现出她的狠毒。

在这个阶段，作者把《金瓶梅》主副线并立、经纬线交错的情节结构，又向纵深地带延伸了一大步，使问题不再局限于姜妇之间的妒忌、争宠，也不再是奸夫淫妇对丈夫的情杀，而是压迫者对被压迫者的卑鄙陷害，是直接借助于封建政权充当残酷镇压的工具，成了压迫者与被压迫者你死我活的阶级斗争。宋惠莲尽管贪图西门庆的小恩小惠，甘愿供西门庆奸淫，然而当西门庆陷害她的丈夫时，她却敢于当面斥责西门庆："你原来就是个弄人的刽子手，把人活埋惯了。害死人，还看出殡的！"（第二十六回）这对宋惠莲的性格该是个升华，对西门庆的本质则是个深刻的揭露。尽管作者把西门庆对来旺的迫害，总是归咎于潘金莲的挑唆，有为西门庆开脱罪责之嫌，但是潘金莲的挑唆之所以能得逞，既说明了潘金莲的阴险和狠毒，也反映了西门庆自身的昏聩和无能，他只能听信潘金莲的唆使，猖狂肆虐。因此，这种主副线并立、经纬线交错的结构方式，不只使小说的思想容量扩大了，深化了，而且使人物性格也具有了多侧面玲珑剔透的特色。

（四）第三十至六十三回，因李瓶儿生了儿子，西门庆便对李瓶儿备加宠爱，使潘金莲"心上如揣上一把火相似"，她一方面经常在西门庆、李瓶儿面前怄气，无事生非，指桑骂槐，挑拨离间，甚至经常借毒打丫鬟秋菊来出气，另一方面，又暗中驯猫扑食，"必欲唬死其子，使李瓶儿宠衰，教西门庆复亲于己。"（第五十九回）李瓶儿的官哥儿被唬致死后，潘金莲又趁机对李瓶儿幸灾乐祸，冷嘲热讽，使"李瓶儿因暗气惹病"，不久亦病死。

在这个阶段，《金瓶梅》主副线并立、经纬线交错的情节结构，从表面上看，又回到了姜妇争宠的峡谷之中，而实际上却是从谷底又升到了峰巅。它说明，以能否生子传宗接代，作为妻妾得宠与否的封建婚姻基础，以及一夫多妻制的矛盾，已经危及到无辜的婴儿和母亲的生命，实在令人惊心动魄！如果把这只归咎于潘金莲是"祸水"①，那未免失之片面，潘金莲反对西门庆在她们妾妇之间"恁抬一个灭一个，把人踢到泥里"，这难道不是有其合理性的么？而西门庆之所以"恁抬一个灭一个"，又是养儿传宗接代的封建思想造成的。因此，作者采用西门庆与潘金莲这条主线和副线并立为经线，而让李瓶儿生子得宠，以致被害死这条纬线交织其中，这既是对潘金莲奸险、狠毒、残忍性格的深刻揭示，又在实质上是对西门庆的封建思想和一夫多妻制的血泪控诉，使人看了不禁要发出强烈呼吁："救救孩子！救救母亲！"

（五）第六十四至七十九回，潘金莲抓住吴月娘房里丫鬟玉箫与书童私通的把柄，对玉箫提出约法三章，要玉箫做她的耳报神，"你娘房里但凡大小事儿，就来告我说。"（第六十四回）后来玉箫便把吴月娘在西门庆面前说潘金莲"好把拦汉子"，告诉潘，引起潘与吴大吵大闹，最后由于吴是大老婆，潘只得"含着眼泪儿"，对吴"瞌了四个头"，"赔了不是儿"才了事（第七十六回）。与此同时，对西门庆又把搂着官哥儿的奶妈如意儿直当搂着李瓶儿一般，潘金莲一方面忌恨得要命，哀叹"又是个李瓶儿出世了！"（第七十二回）另一方面又无可奈何，对如意儿说："你主子既爱你，常言船多不碍港，车多不碍路，那好做恶人。你只不犯着我，我管你怎的？"（第七十四回）自此，西门庆更加纵欲无度，接连与郑爱月、林太太、贲四嫂、王六儿等

---

① 文龙在《金瓶梅》第五十九回批语中说："要知官哥初生之时，金莲已有死之之意。……入门以来，杀其姬妾，今又杀其子，不久杀其夫。迨西门庆被杀，直杀西门全家矣。此祸水也。"

人狂淫。回家后，潘金莲为满足自己的淫欲，又在西门庆醉酒昏睡中给他吃了过量的春药，使西门庆终于"贪欲得病"（第七十九回）而死。

在这个阶段，《金瓶梅》以西门庆、潘金莲这条主线与副线并立为经线，以吴月娘、如意儿、郑爱月、林太太、王六儿等为交织在其中的纬线，说明即使像潘金莲那样的女强人，在一夫多妻制的社会现实面前，也不能不低头，不能不忍气吞声；西门庆那样的好淫贪欲者，必自取灭亡，把命送在淫妇身上。西门庆以奸淫潘金莲谋害武大始，以自己被潘金莲纵淫而终，这是发人深省的。有人说这是"潘金莲杀西门庆"①，其实这也有欠公平，未免属"女人是祸水"的封建观点的偏见。请看作者在第五回就写潘金莲问西门庆："你若负了心怎么说？"西门庆答："我若负了心，就是你武大一般。"事实证明，西门庆早已对潘金莲"负了心"。他之所以落得与武大同样的下场，首先是他咎由自取，罪有应得。因为作者在这条主副线并立为经线的同时，还有西门庆接连滥淫那么多女人为交织其中的纬线。如果西门庆只有潘金莲一个女人，不管他或她如何好淫，他也不致于到"髓竭人亡"的地步。潘金莲既是害人者，她本人也是封建一夫多妻制的受害者。西门庆、潘金莲等人物形象之所以有如此丰富复杂的意蕴，应该说在某种程度上正是得力于这种主副线复合、经纬线交错的情节结构。

（六）第八十至八十七回，西门庆死后，潘金莲与西门庆的女婿陈敬济通奸，被春梅撞见，潘为防止春梅说出去，便叫春梅"和你姐夫睡一睡"（第八十二回）。后又被吴月娘发觉，吴便叫媒婆将春梅、潘金莲先后都领出去卖了。潘金莲暂住在王婆家等待出卖，又和王婆的儿子王潮通奸。陈敬济已与潘金莲讲好，回家筹措银子来买她。武松被赦归来，诡称要"娶嫂子家去"，潘一听便认为"这段姻缘，还落在他家手里"，便立刻要"叔叔上紧些"。原来

---

① 文龙：《金瓶梅》第七十九回批语。

武松是要为兄"报仇雪恨",将潘娶到家,即把她的心肝五脏生扯下来,血沥沥地供在武大灵前。作者一方面哀叹:"可怜这妇人,正是三寸气在千般用,一旦无常万事休,亡年三十二岁。但见手到处,青春丧命;刀落时,红粉亡身。"另一方面,又说这是"世间一命还一命,报应分明在眼前"(第八十七回)。

在这个阶段,西门庆这条主线由他的女婿陈敬济在延续着,潘金莲这条副线依然与主线复合为经线,而吴月娘、王婆、王潮、武松等则是与经线相交织的纬线。它提出了在西门庆死后,潘金莲的三种发展趋向:一是与陈敬济的关系,二是与王潮的关系,三是与武松的关系。除了与王潮的关系完全是为了发泄淫欲以外,她的主导思想还是要寻找个好姻缘,而武松正是她最早的意中人,所以当听说武松要娶她,她便欣然同意。她欲令智昏,没有料到武松的目的是要杀她,以为兄报仇。因此,作者对她被杀的态度,既有同情的一面,又认为是她应得的报应。这种态度看似矛盾,而实质上却是比较客观、公允的,它如实地反映了潘金莲性格的复杂性,而这种复杂性正是借助于经纬交错的结构方式才得到了充分的表现。

(七)第八十八至一百回,潘金莲虽然已经死了,但是庞春梅在继承着她的衣钵。她派人将尸横街头的潘金莲,安葬于其夫周守备的香火院——永福寺,又千方百计把陈敬济找到自己身边,以继续她与陈敬济的通奸关系。后因陈敬济串通春梅唆使周守备迫害他手下的张胜,才被张胜将陈敬济杀死。春梅又与周守备老家人的次子周义私通,因"贪淫不已",而"死在周义身上"(第一百回)。

由陈敬济和庞春梅来继续西门庆和潘金莲这条主线和副线复合的经线,以周守备、张胜、周义等为交织其中的纬线,不但使春梅那重情义而又贪淫的性格,得到了充分展示的机会,而且进一步扩大和深化了西门庆和潘金莲形象的典型意义。它使人清楚地看到,像西门庆那样滥施淫欲的人,即使不淫死在潘金莲手下，也会像陈敬济那样被杀身在刀下；像潘金莲那样贪淫的女人，即使像春梅那样做了唯我独尊的贵夫人，仍无满足之时，即使她逃过武松的杀戮，最终还会像春梅那样淫死在奸夫的身上。作者的戒淫之旨，实在用心良苦，读者岂可不察？！

总之，《金瓶梅》的艺术结构完全打破了我国长篇小说结构的常规。它不仅使我国长篇小说的结构本身趋于性格化、严谨化、复杂化，更重要的是创造了一种跟现实生活一样真实、自然的结构方式：它看似如日常生活一样随便，而实则经过了作家的苦心经营，精心结撰；它看似如日常生活一样平淡，而实则意趣丛生，令人刮目相看，耳目一新。恰如契诃夫所说："谁为剧本发明了新的结局，谁就开辟了新的纪元。"① 这就是人的新纪元，人的情欲恶性膨胀，支配一切，也支配长篇小说结构的新纪元；《金瓶梅》作者笑笑生不愧为我国长篇小说新纪元的开辟者。

---

① 汝龙：《契诃夫论文学》，人民出版社 1958 年版，第 210 页。

网状辐射，世情毕现

——论《金瓶梅》中对次要人物的安排

在《金瓶梅》以前，我国长篇小说中对次要人物的安排，一般皆只是让次要人物为适应某种需要而出场一下就完了，可称为"流星型"的，虽然也光芒刺眼，但却只是一闪而过。《金瓶梅》中对次要人物的安排，则不是命运短暂，而是贯穿始终，不是零星分散，而是系列组合，可称为"辐射型"的，如同太阳光波一样，从西门庆这个主要人物身上辐射到整个社会的四面八方，不仅其结构本身如光波一样显得壮观、严密，成为不可分割的有机整体，更重要的是它完全适应了"世情书"的需要，具有描写社会各式人物的覆盖面广、反映世俗人情的容量大等特异功能。其结构艺术和经验，很值得我们加以剖析。

系列支线之一：媒婆群像

王婆、薛嫂、文嫂、冯妈妈等媒婆形象，是这个辐射型结构的系列支线之一。

这些媒婆形象，不仅作为《金瓶梅》中的次要人物，各有其鲜明的个性特色，如王婆的狡黠和狠毒，薛嫂的圆滑和善良，文嫂的机敏和练达，冯妈妈的勤恳和势利，而且作者还有意使她们成为一组支线辐射开去，在全书的情节结构上发挥着多方面的作用。

首先，它使情节更加曲折、复杂，大大扩充和丰富了其社会容量。如王婆的形象，原是从《水浒传》中移植过来的，《金瓶梅》第二、三两回便增写了她有个十七岁的儿子王潮儿的情节。第八十六回又写潘金莲被撵出西门家后在王婆家等待发卖期间，却又跟王婆的儿子王潮儿苟合通奸。这就更加突出了潘金莲好淫的性格。《金瓶梅》中的王婆也不只是单一拉皮条的媒婆。她还是个刘姥姥式的人物。第七十二回作者写王婆到西门庆家为何九的兄弟说情，潘金莲以傲慢的态度接待她。王婆已经由玳安引进了她的房门，她还"脚登着炉台儿，坐的磕瓜子儿"，大有王熙凤接见刘姥姥的架势。当初她喊王婆一口一声"王干娘"，如今竟直称"老王"。这既进一步揭示了潘金莲性格的另一个层面：势利；又为后来西门家的衰落作了映照。因此，当西门庆死后，吴月娘派玳安来叫王婆把潘金莲领出去发卖时，王婆还耿耿于怀地对玳安说："想着去年，我为何老九的事央烦你爹。到宅内，你爹不在。贼淫妇，他就没留我在房里坐坐儿，折针也迸不出个来，只叫丫头倒了一钟清茶我吃了出来了。我只道千年万岁在他家，如何今日也还出来！好个浪家子淫妇，休说我是你个媒主，替你作成了恁好人家，就是世人进去，也不该那等大意。"当金莲问："如何平空打发我出去？"王婆便乘机把她奚落了一顿。这就不仅表现了潘金莲的势利、泼辣和可耻、可悲的下场，而且反映了王婆的积愤和酸楚，使她充当了西门庆家兴衰的历史见证人，西门庆家虽然衰落了，但这绝不意味着市民经济的衰落，相反，市民经济却依然在那个社会继续崛起。当初那个靠卖茶和做媒为生的王婆，"自从他儿子王潮儿跟淮上客人，拐了起车的一百两银子来家，得其发迹，也不卖茶了，买了两个驴儿，安了盘磨，一张罗柜，开起磨坊来。"（第八十六回）《金瓶梅》中由王婆所引出来的这些比《水浒传》新增加的内容，不仅使情节本身更加曲折、复杂，更重要的是由此所折射出来的思想意蕴，也更为丰富和深邃了。

其次，它起到了脉络贯通的作用，使结构更加谨严。《水浒传》中的王婆只是个过场人物，她充当西门庆霸占潘金莲、谋害武大的帮凶，迅即被处死，完毕其在作品中的使命了。也就是说，她如同一闪而过的流星，只是在《水浒传》的某一"块"的故事情节中起作用，而不在全书的情节结构中发挥一条"线"的功能。《金瓶梅》中的王婆则是要起到使全书脉络贯通的"线"的作用。因此，不仅在《金瓶梅》第一至十回中，她是个不可缺少的重要角色，而且在第十五、六十八、七十六、八十六、八十七、八十八、一百回中都提到她。她的命运跟西门庆、潘金莲等主要人物的命运紧密相联，构成《金瓶梅》整个结构框架不可或缺的一部分。又如薛嫂，在《金瓶梅》第七回重点写了她为西门庆"说娶孟玉楼"，其能说会道的媒婆形象已经栩栩如生，可是作者却同样不满足于把她在这个"块"中重点写，而仍要把她作为一条"线"来一再写。在第三回就介绍她是个"卖翠花的"。在第二十三回，又通过宋惠莲以"我少薛嫂儿几钱花儿钱"为由，向西门庆要钱。第三十二回蔡京的管家翟谦托西门庆给他找个妾，吴月娘找了几个媒人，其中又提到薛嫂。第四十回"妆丫鬟金莲市爱"，也被说成是西门庆叫薛嫂买来的丫鬟。所有这些地方，如果不是需要把薛嫂作为一条"线"，完全可以不提其人。然而正因为使其一线贯串下来，最后写到由薛嫂经手卖春梅、卖秋菊，才显得一点也不突兀。当春梅以周守备夫人的身份，要薛嫂将孙雪娥卖为娼妓时，薛嫂却良心未泯，以"我养儿养女，也要天理"为由，背着春梅，替孙雪娥"寻个单夫独妻"（第九十四回）。所有这一切，不仅使薛嫂的性格得到了丰富和发展，给读者留下了难忘的印象，而且薛嫂作为与西门庆家常来常往的一个媒婆，既突出地反映了西门庆家的盛衰，又使全书的情节结构脉络贯通，显得缜密严谨。

最后，它通过前后呼应，还使情节结构富有深刻的寓意。如潘金莲、孟玉楼当初是分别由王婆、薛嫂做的媒，西门庆死后，也是分别由王婆、薛嫂经手将她们再嫁的，前后映照，西门庆的盛衰，世俗人情的冷暖，给人恍如隔世的无穷感慨。又如作者早在第三回就介绍，西门庆的女儿西门大姐嫁给"东京八十万禁军教头杨提督亲家"陈洪的儿子陈敬济，是由文嫂做的媒；第六十九回西门庆要偷淫王招宣府的林太太，也是找文嫂通的情。父女共一媒人，由西门大姐嫁人使西门庆与陈洪结亲而攀附上权贵，由西门庆与林太太通奸而使王招宣府的衰朽毕露，同中见异，同则给予辛辣的讽刺，异则见其由盛而衰的本质，如此前呼后应，鲜明映照，岂不耐人寻味、发人深省？

系列支线之二：帮闲者群像

应伯爵、谢希大、吴典恩等帮闲者的形象，是这个辐射型结构的系列支线之二。如果说辐射向王婆、文嫂等媒婆形象，是旨在折射西门庆、潘金莲、李瓶儿、春梅等主要人物性格的话，那么，辐射向应伯爵、吴典恩等帮闲者的形象，则主要是折射整个社会世俗人情的冷热。

应伯爵"原是开绸绢铺的应员外儿子"，"一分儿家财都嫖没了，专一跟着富家子弟帮嫖贴食，在院中顽耍，诨名叫做应花子。"谢希大"亦是帮闲勤儿"，"专在院中吃些风流财食"。吴典恩"乃本县阴阳生，因事革退，专一在县前与官吏保债，以此与西门庆来往"（第十一回）。这些人共同的特点是：当西门庆有钱有势时，他们助纣为虐，殷勤效劳，卖乖讨欢，竭尽吹牛拍马、逢迎谄媚之能事；一旦西门庆人亡家破，他们便忘恩负义，落井下石。其混迹浊世，两副面孔，不啻霄壤之别。他们既有自身的典型意义，在情节结构上又有其特殊的作用。

首先，它增加了情节的生动性和趣味性。由于应伯爵等是帮闲人物，这种身份决定了他们既必须依附于权贵，就要有能说会道、讨主子欢心的本领。但他们又不同于一般的奴仆，而是以清客的身份进行帮闲。因此，比较机动灵活，哪里有应伯爵等帮闲人物在场，他们就会嬉皮笑脸地在那里引起欢声笑语。虽然不免市俗的低级趣味和下流气息，但从总的来看，还是对世俗人情进行了诙谐的讥笑和戏谑的揶揄，具有折射整个社会世俗人情的作用。如西门庆为了玩弄妓女李桂姐，不惜拿出五十两一锭银子和四套衣服来送她。应伯爵说："我有个《朝天子》儿，单道这茶好处"，其最后一句是"原来一篓儿千金价"。这时西门庆正"把桂姐搂在怀中陪笑"，谢希大便接着"笑道：'大官人使钱费物，不图这"一搂儿"，却图些甚的！'"他利用茶叶"一篓儿"和西门庆把桂姐"一搂儿"的谐音说笑话，不仅使人忍俊不禁，而且道破了西门庆把妓女当作商品买卖的实质。接着谢希大又以"说个笑话儿，与桂姐下酒"为由，说："有一个泥水匠，在院中墁地。老妈儿怠慢着他些儿，他暗暗把阴沟内堵上个砖。落后天下雨，积的满院子都是水。老妈慌了，寻的他来，多与他酒饭，还秤了一钱银子，央他打水平。那泥水匠吃了酒饭，悄悄去阴沟内把那个砖拿出，把水登时出的罄尽。老妈便问作头：'此是那里的病？'泥水匠回道：'这病与你老人家病一样，有钱便流，无钱不流。'"李桂姐一听这笑话是刺伤她家，便说："我也有个笑话回奉列位：有一孙真人，摆着筵席请人，却教座下老虎去请，那老虎把客人一个个都路上吃了。真人等至天晚，不见一客到。人都说，你那老虎都把客人路上吃了。不一时，老虎来，真人便问：'你请的客人都往那里去了？'老虎口吐人言：'告师父得知，我从来不晓得请人，只会白嚼人，就是一能。'"（第十二回）这两则针锋相对的笑话，不仅通过互相讽刺，增加了情节的生动性和趣味性，活画出谢希大油滑、"会白嚼人"，李桂姐机敏、贪钱的性格，而且在解颐开颜的嬉笑中，折射出那个"有钱便流，无钱不流""只会白嚼人"的污浊社会，令人在嬉笑之余，不能不生起锥心泣血、摧肠裂肝的悲愤之情。

其次，它增强了结构的机巧性和蕴藉性。如有一次西门庆到妓院去发现李桂姐在房内陪一个戴方巾的蛮子饮酒，便"由不的心头火起，走到前边，一手把吃酒桌子掀倒，碟儿盏儿打的粉碎，喝令跟马的平安、玳安、画童、琴童四个小厮上来，不由分说，把李家门窗户壁床帐都打碎了"。"多亏了应伯爵、谢希大、祝日念三个死劝"，才平息下来。"西门庆大闹了一场，赌誓再不踏他门来。"（第二十回）应伯爵等"受了李家烧鹅瓶酒，恐怕西门庆动意摆布他家，敬来邀请西门庆进里边陪礼"。西门庆不肯去，应伯爵等人"一齐跪下"，"死告活央，说的西门庆肯了"。到了院里，"老虔婆出来跪着陪礼，姐儿两个递酒。"家产遭西门庆无理打碎了，还要如此卑躬屈膝地向西门庆赔礼，此情此景，叫人看了不能不为西门庆的横行霸道和妓女家的曲意逢迎而感到悲愤和辛酸。然而作家却接着写"应伯爵、谢希大在傍打诨耍笑，说砂磴语儿，向桂姐道：'还亏我把嘴头上皮也磨了半边去，请了你家汉子米。就不用着人儿，连酒儿也不替我递一杯儿，自认你家汉子。刚才若他撅了不来，休说你哭瞎了你眼，唱门词儿，到明日诸人不要你，只我好说话儿，将就罢了。'桂姐骂道：'怪应花子，汗邪了你，我不好骂出来的，可可儿的我唱门词儿来。'应伯爵道：'你看贼小淫妇儿，念了经打和尚，往后不省人了。他不来，慌的那腔儿，这回就翅膀毛儿干了。你过来，且与我个嘴温温寒着。'于是不由分说，搂过脖子来就亲了个嘴。桂姐笑道：'怪攮刀子的，看推撒了酒在爹身上！'伯爵道：'小淫妇儿会乔张致的，这回就疼汉子，"看撒了爹身上酒"，叫的爹那甜。我是后娘养的，怎的不叫我一声儿？'……把西门庆笑的要不的"（第二十一回）。这里丝毫未直接写李桂姐与西门庆如何和好，但通过应伯爵的这一番打诨耍笑，不仅更深一层地折射出妓女任人玩弄的可悲可怜的处境，而且以李桂姐"叫的爹那甜"和"把西门庆笑的要不的"，使他俩那和好的心态，以及应伯爵那从中拉皮条、揩油和讨好的神情，皆写得活泼俊俏，如跃眼前。从艺术结构上看，安排应伯爵这个帮闲人物，穿插在西门庆与李桂姐、老虔婆之间，便使他（她）们之间的关系和各个人物的性格表现，显得跌宕有致，变幻多姿，其辐射的穿透力，足以洞隐烛微，如见肺腑，其辐射的覆盖面，犹如神驰八极，世情毕现。如果缺少应伯爵这类角色，那就势必使作品无论在思想上或艺术上皆要大为逊色。

再次，它还通过帮闲人物诡谲怪异的嘴脸，使前后情节结构具有回环往复的讽喻性和谐谑性。如吴典恩仅靠替西门庆给蔡太师送礼，就获得蔡太师赏赐的清河县驿丞的官职。上任之时，他无钱行参官赟见之礼，西门庆不要利钱，借给他一百两银子。可是当西门庆人亡家破之后，西门庆家的小厮平安儿偷盗出解当库首饰，在南瓦子里宿娼，被吴驿丞拿住，吴不但不秉公处理，相反却叫平安儿诬陷吴月娘与玳安有奸，要罗织吴月娘出官。这不仅反映了吴典恩个人的恩将仇报，而且在作品的结构上如光波辐射，以奴仆叛于内，友朋哄于外，孤儿寡妇忍辱受气，屈己求人，耐一片凄凉，遭百种苦恼，与西门庆生前的夸富争荣，骄奢淫逸，人皆趋炎附势，不可一世的情景，形成鲜明的对照，强烈的反差。其所蕴藉的封建政治之腐朽，西门庆家之兴衰，世情之冷热，人心之险恶，犹如瞬息之间天悬地隔，令人不能不溯本穷源，感慨万端。

系列支线之三：奴仆群像

来旺、来保、韩道国、秋菊等西门庆家男女奴仆的形象，是这个辐射型结构的重要支线之三。

西门庆共有男女奴仆五十一人，其中全家合用的奴仆二十八人，各个娘子专用奴仆十三人，西门庆店铺伙计十人。由西门庆这位主人公所辐射出来的这些奴仆形象，不仅多数皆有自己的性格特征，在情节结构上还有其向当时受压迫受剥削的社会最底层进行辐射的作用。

首先是对西门庆、潘金莲等主要人物的性格起折射的作用。如西门庆荒淫好色，把他随身的小厮玳安也引入追求色情的魔道。从玳安在妓院里大耍威风，以"好不好，拿到衙门里去，交他且试试新夹棍着"（第五十回）胁迫蝴蝶巷的两个妓女金儿、赛儿，无偿地为他唱曲、斟酒。可以看出这完全是狐假虎威，是西门庆权势的延伸。西门庆惯于偷淫奴仆的妻子，玳安也勾引上了西门庆店铺伙计贲四的老婆，并促使西门庆也与贲四老婆通奸。"主子行苟且之事，家中使的奴仆皆效尤而行。"自古上梁不正则下梁歪，此理之自然也。"（第七十八回）作者写玳安的堕落，旨在对西门庆的形象起到折射的作用，这话已经说得再明白不过了。潘金莲经常以毒打和体罚丫鬟秋菊，作为她发泄对西门庆不满的出气筒，充当她妒忌李瓶儿、指桑骂槐的替罪羊。作者通过秋菊这个人物，除了写出她那饱经风霜的摧残、忍辱负重的奴婢性格之外，还使潘金莲性格的一个重要层面——奸险、狠毒、残暴，得到了鞭辟入里的折射，给读者留下了刻骨难忘的印象。

与此同时，它对商品经济的实质有透视的作用。西门庆之所以由开一爿药材铺，发展为开药材、绒线、绸绒、缎子、典当等五个铺子。除了侵吞孟玉楼、李瓶儿带来的家产和陈敬济带来杨戬应没官的赃物外，主要是靠商业资本的剥削。西门庆之所以能够那样纵淫好色、穷奢极欲和大肆行贿，是靠他的商业资本为经济基础的。他雇用了十名商业伙计，从事长途贩运和设铺经销。西门庆的店铺伙计和家用奴仆，不仅要受西门庆的经济剥削，而且连他们的妻子、女儿也要被西门庆占用。如韩道国的妻子王六儿与西门庆公开姘居，他们的独生女儿韩爱姐，被西门庆送给蔡太师的管家翟谦为妾，西门庆以此跟翟谦结为亲家，并通过翟谦加紧他与蔡太师的勾结。来旺妻宋惠莲，来爵妻惠元，贲地传妻叶五儿，李瓶儿的丫头绣春、迎春，孟玉楼的丫头兰香，潘金莲的丫头春梅，都被西门庆奸淫过。西门庆的儿子官哥儿的奶妈如意儿，不仅要供西门庆奸淫，而且还要挤奶水给西门庆喝。值得注意的是，这种超经济剥削，并不是完全靠封建的人身依附，而主要"是建筑在资本上面，建筑在私人发财上面的。它的补充现象是无产者的被迫独居和公开的卖淫"[①]。如韩道国的妻子王六儿之所以被西门庆"包占"，就是因为"与他凹上了"，不"愁没吃的、穿的、使的、用的！"（第三十七回）她的丈夫韩道国也认为这是条赚钱的好门

---

① 马克思、恩格斯：《共产党宣言》，第 41 页。

路，主动离家睡到店铺里去，把自己的妻子让给西门庆。韩道国夫妇为了感谢西门庆的"照顾"，"挣了恁些钱"，还特地宴请西门庆，名为因他死了官哥儿，与他释闷，实则为了让人家看到"也知财主和你我亲厚，比别人不同"（第六十一回）。可见钱财的神通是多么广大，它已经完全腐蚀了人的灵魂，支配着人的一言一行。古人的格言是："为人多积善，不可多积财。积善成好人，积财惹祸胎。"可是正如《金瓶梅》作者所指出的："今日非古比，心地不明白：只说积财好，反笑积善呆。"（第七十九回）《金瓶梅》作者尽管不是站在歌颂商品经济发展的进步立场上，但他通过对西门庆与奴仆关系的如实描写，却非常敏锐而突出地反映了这类不受封建道德观念桎梏的新的人物形象，并从他们身上透视出西门庆之流新的商人阶层的剥削的极端残酷性，使读者不能不为之感到惊心动魄，从而对作者笔下的典型形象的社会本质也有了更深一层的认识。

这些男女奴仆作为一组重要的辐射支线，对于西门庆由盛到衰的发展史，也有着强烈的渲染作用。当西门庆兴盛时，这些奴仆不得不为他卖命，而一旦西门庆人亡家破，无论是韩道国或来旺、来保，皆千方百计地把西门庆的家财拐盗出去，据为己有。值得称道的是，作者并不是以这一切来说明奴仆们的品质恶劣，而是用以反映西门庆应得的下场。如西门庆生前霸占奴才来旺妻宋惠莲，死后其第四个娘子孙雪娥则做了来旺的妻子。当韩道国夫妇商议要拐盗为西门庆卖布的一千两银子时，韩道国说："争奈我受大官人好处，怎好变心的，没天理了。"王六儿道："自古有天理倒没饭吃哩！他占用着老娘，使他这几两银子不差甚么。"（第八十一回）这里作者既没有把这些奴仆形象加以拔高，又如实地写出了他们本能的反抗是加剧西门庆家衰落的一个根本原因。

系列支线之四：命相和僧道形象

吴神仙、卜龟儿卦婆子、胡僧、吴道官等命相和宗教人士，是组成这个辐射型结构的重要支线之四。

《金瓶梅》中写了和尚、道士、尼姑等宗教人士共三十一人，命相法术人士九人。这些人物形象，几乎都是漫画式的，缺乏鲜明的性格特色。他们的价值，主要是在艺术结构上向广处和深处辐射，起到穿针引线，伏脉千里，使结构缜密、完整，韵味淳厚、隽永，引人首尾联贯地对作品加以深思遐想的作用。

吴神仙是位相命先生。据说，他能"审格局，决一世之荣枯；观气色，定行年之休咎"。他给西门庆相命，说他"一生多得妻财，不少纱帽戴"，有"平地登云之喜，添官进禄之荣"。"旬日内必定加官"，"今岁间必生贵子"，"不出六六之年，主有呕血流脓之灾，骨瘦形衰之病。"（第二十九回）接着西门庆又请他给吴月娘、李娇儿、孟玉楼、潘金莲、李瓶儿、孙雪娥、西门大姐、春梅等人相命。他所说的，后来皆一一应验，对于后来人物命运的发展起了预示的作用。正如张竹坡对该回的批语所指出的：

> 此回乃一部大关键也。上文二十八回一一写出来之人，至此回方一一为之遥断结果，盖作者恐后文顺手写去，或致错乱，故一一定其规模，下文皆照此结果此数人也。此数人之结果完，而书亦完矣。……
>
> 凡小说必用画像。如此回凡《金瓶》内有名人物，皆已为之摄神追影，读之固不必再画。而善画者，亦可即此而想其人，庶可肖形，以应其言语动作之态度也。

第四十六回"妻妾笑卜龟儿卦",通过写一个卜龟儿卦的老婆子,给吴月娘、孟玉楼、李瓶儿等人卜卦,也是要在结构上起到预示人物命运发展的作用。

问题在于,"龟婆未必如此之神,亦如神仙之谈相云尔"①,为什么作者要用吴神仙、卜龟婆的相命、卜卦来预示人物的命运呢?这就不能不指出,作者受宿命论世界观的影响了。因此他无论在写吴神仙或卜龟婆时,总不免要宣扬"平生造化皆由命"(第二十九回),"万事不由人计较,一生都是命安排。"(第四十九回)

但是,我们在指出这种受宿命论的消极影响的同时,又不能不看到,这种消极的思想影响,在全书只占次要的地位,作者的主导思想还是要忠于写实。因此在他们相命、卜卦之后,作品当即通过人物之口强调:"相逐心生,相随心灭。"(第二十九回)"算的着命,算不着行。"(第四十六回)更重要的,作者还通过如实描写,使人们面对黑暗的社会现实,不能不打破对于迷信宿命的幻想。如造成西门庆"骨瘦形衰之病"的,完全不是什么天命,而是由于听信了胡僧所说的,吃了他的春药,足以"一夜歇十女,其精永不伤"(第四十九回)。结果却因淫欲过度,"遗精溺血流白浊"(第七十九回)而暴卒。西门庆的死固然是他罪有应得,但是胡僧的春药毕竟亦难辞其咎。这使人不能不看作也是对胡僧的一种揭露和批判。西门庆耗费大量财物,把官哥儿寄在吴道官名下,改名吴道元,在玉皇庙打醮,以求"续箕裘之胤嗣,保寿命之延长"(第三十九回)。结果由于潘金莲的迫害,只活了一周岁多,就夭亡了。吴月娘是个虔诚的宗教徒,可是她所经常交往的薛姑子,却是个在地藏庵以接受十两银子的赃款,"窝藏男女通奸,因而致伤人命"(第三十四回)的罪人。西门庆死后,她长途跋涉,不惜含辛茹苦,登泰山碧霞宫,还西门庆病重时许的愿,可

---

① 文龙:《金瓶梅》第四十六回批语。

是她遭受的却"极是个贪财好色之辈，趋时揽事之徒"（第八十四回），与庙祝道士勾结的殷太岁，图谋对她进行强奸。胡僧、吴道官、薛姑子、庙祝道士这些人物，在《金瓶梅》的艺术结构中充当如此可耻的角色，显然是表明了在作者看来，宗教家以宣扬宿命迷信为名，不过是以虚妄的把戏，行骗人、坑人之实罢了。

因此，《金瓶梅》作者写这些人物，一方面是借以充当结构上的预示手法，引导读者对作品加以前后贯通，收到反复品赏、加深印象的艺术效果；另一方面，通过这些人物又辐射出了作为帮助人类通向理想天国的神圣宗教界的腐朽和黑暗，为作品实现揭露社会现实丑恶的主旨，又开拓了一个新的颇为发人深省的层面。

系列支线之五：官场群丑

杨戬、蔡京、宋乔年、钱龙野等官场人物，是组成这个辐射型结构的重要支线之五。

《金瓶梅》所写的官场人物，从皇帝宋徽宗、东京八十万禁军提督杨戬、左丞相兼吏部尚书蔡京到山东监察御史宋乔年、沙关收税的主事钱龙野等大大小小的官场人物达二百余人。就人物形象塑造来看，这些官场人物绝大多数只是一笔带过，有的即使花了较多的笔墨，也只是写出其或贪婪、或虚伪、或卑劣的特征，缺乏丰满、生动的性格刻画。他们虽然都算不上全书的主要人物，但是从艺术结构上看，他们对为西门庆等典型人物提供广阔的典型环境，揭露社会政治的黑暗，推动故事情节和西门庆等主要人物性格的发展，都起了重大的甚至决定性的作用。

前人曾经指出："此书借《水浒传》已死之西门庆，别开蹊径，自发牢骚，明之示人，全是捣鬼。"①谁在捣鬼呢？我看既不是作者，也不是西门庆，而是那些封建官吏。《水浒传》已死之西门庆，为什么在《金瓶梅》中得以又活下来？他霸占武大的妻子潘金莲，又提供砒霜给潘金莲毒死了武大，已足可构成死罪。只是由于清河"知县、县丞、主簿、吏典，上下多是与西门庆有首尾的"，被西门庆"使心腹家人来保、来旺，身边袖着银两，打点官吏，都买嘱了"。"贪图贿赂"（第九回）的清河县官吏，不愿惩处西门庆。号称"极是个清廉的官"东平府尹陈文昭，也由于西门庆"央求亲家陈宅心腹，并使家人来旺，星夜往东京，下书与杨提督。提督转央内阁蔡太师"，再通过蔡太师"下书与陈文昭，免提西门庆、潘氏"（第十回）。可见在那个社会，西门庆不仅得到赃官的纵容，而且连清官对他的犯罪行为也只能听之任之，因为他还得到朝廷蔡太师、杨提督的庇护。

作者由此又进一步辐射到整个朝廷的腐败，不久，"因北虏犯边，抢过雄州地界，兵部王尚书不发人马，失误军机，连累朝中杨老爷俱被科道官参劾太重。圣旨恼怒，拿下南牢监禁，会同三法司审问。"（第十七回）这案子又连累到西门庆和他的亲家陈洪，但经过西门庆派人给当朝右相、资政殿大学士兼礼部尚书李邦彦贿赂五百两金银，便让他又一次逃过了死刑，而从此更加胆大妄为地继续作恶。

内阁太师蔡京接受了西门庆的大量贵重礼品，不但把他的累累血债，滔天罪恶，皆一笔勾销，而且还以"朝廷钦赐"的名义，赏给西门庆以山东提刑所理刑副千户的官职（第三十回）。使西门庆从此可以利用职权，贪赃枉法，霸占民女，更加无恶不作。

山东巡按御史曾孝序，"极是个清廉的官"（第四十八回）。他对西门庆等人加以弹劾。然而经过西门庆和夏提刑派人给蔡太师送上五百两银子，金镶

---

① 文龙：《金瓶梅》第三十六回批语。

玉宝石闹妆、银壶等礼品，西门庆和夏提刑不但平安无事，而且西门庆还由理刑副千户晋升为正千户。参劾西门庆的曾孝序，反被朝廷"除名，窜于岭表"（第四十九回）。清廉正气如曾御史者，被革职流放；贪赃枉法如西门庆者，获褒扬升官。这种情节结构上的鲜明对照，强烈反差，对封建政治的腐朽黑暗，该是个多么尖锐的揭露和犀利的讽刺啊！

封建官吏不仅在政治上充当了西门庆作恶的保护伞和发迹的靠山，而且在经济上为西门庆偷税漏税，成为暴发户，大开方便之门。如凭西门庆给临清关收税的钱老爹一封信，西门庆的伙计韩道国贩运价值一万两银子的十大车缎货，"只纳了三十两五钱钞银子"，"少使了许多税钱"（第五十九回）。

《金瓶梅》由西门庆所辐射出来的这些上上下下的官场人物，再清楚不过地说明，西门庆几次遇到足以被处死刑的险境，皆是通过行贿、送礼而化险为夷；他之所以无论在政治上或经济上皆处于直线上升的地位，完全是整个封建统治的腐朽、衰落的结果；他的人亡家破，从表面上看，是属于他个人贪淫好色造成的人生悲剧，而在实质上却也是封建统治腐朽没落、封建伦理道德观念解体的社会讽刺喜剧。

综上所述，《金瓶梅》中对次要人物的安排，其特色在于由西门庆这个主要人物展开向社会上的各式人物进行辐射，形成一个极为广泛的辐射网络，不仅使作品显得结构宏伟、复杂而又浑然一体，而且使主要人物置于广阔、深邃的典型社会环境之中，具有透视整个社会世情的巨大功能。

百面贯通，严整有序

——论《金瓶梅》的结构艺术特色

《金瓶梅》向来是以结构谨严、铺张，为人称道的。如自称作者为"吾友"的欣欣子，在他的《金瓶梅词话序》中称它"始终如脉络贯通，如万系迎风而不乱也"①。清代谢颐的《金瓶梅序》夸"其细针密线，每令观者望洋而叹"②。清代刘廷玑在《在园杂志》中赞其"结构铺张，针线缜密，一字不漏，又岂寻常笔墨可到者哉！"③这些评语，虽然不失为真知灼见，但也有夸张失实的（如赞其"一字不漏"），更为不足的是未免失之笼统、浮泛。因此，我们有必要对其总的结构艺术特色，作进一步的具体阐述。

一、时空交错，波澜壮阔

《金瓶梅》不是完全以时间为结构的单位，使故事情节直线发展，而是在同一时间内，向空间延伸，使故事情节纵横交叉，经纬交织，曲线演进。如武大被害死后，正当西门庆与潘金莲两个如鱼得水，终日难分难舍，取乐欢娱，打得火热之时，作者突然一方面写西门庆忙着迎娶孟玉楼为三妾，另一方面写"潘金莲永夜盼西门庆"。这两条线便是在同一时间内，各自向空间扩展。犹

---

① 见1985年人民文学出版社出版的《金瓶梅词话》卷首。
② 见1987年齐鲁书社出版的《金瓶梅》卷首。
③ 见"申报馆丛书"本《在园杂志》卷二。

如并列着两幅画面：一幅是媒婆薛嫂儿，如何以孟玉楼原是"贩布杨家的正头娘子"，手中有一大笔家财，说得西门庆动了心，急于就要薛嫂儿领他去相亲。而为了使孟玉楼得以顺利改嫁，又必须以馈赠厚礼来取得杨姑娘的支持。杨姑娘同意了，娘舅张四却又不答应，由此引出了一场"杨姑娘气骂张四舅"（第七回）的闹剧。另一幅则是潘金莲"每日门儿倚遍，眼儿望穿"，一会儿使王婆到西门庆家去，一会儿"又打骂小女儿街上去寻觅"。不见西门庆，便以打骂小女，罚她跪着，不给饭吃，来出气，或则独自"无情无绪，闷闷不语，用纤手向脚上脱下两只红绣鞋儿来，试打一个相思卦，看西门庆来不来"（第八回）。前一幅画面是向广阔的社会风俗世情扩展，后一幅画面则是向潘金莲苦闷的内心深处开掘，两幅画面并行发展，交相辉映，该是令人感到多么生趣横溢、含意隽永啊！

这种时空交错，是《金瓶梅》情节结构首尾一贯的特色。它不仅增加了情节发展的曲折性，画面结构的壮阔感，而且使人物性格得到了多角度、多层面的生动揭示。如果说西门庆对潘金莲的勾搭，展现了西门庆好色的一面，那么，在中间插入"薛嫂儿说娶孟玉楼"，则突出了西门庆贪财更甚于爱色的一面。如果说在西门庆和潘金莲的故事中间，插入"薛嫂儿说娶孟玉楼"，是向广阔的社会世情风俗画面扩展的话，那么，在西门庆和李瓶儿的故事中间，插入"宇给事劾倒杨提督""来保上东京干事"和"李瓶儿招赘蒋竹山""草里蛇逻打蒋竹山"，则把西门庆置身于京城朝廷里的奸臣和社会上的光棍之间，展开了从封建统治中枢到社会底层的更为广阔的社会画面，而西门庆的性格特色，也由贪财、好色的层面，进一步展现出在政治上以奸臣为靠山，以社会上的光棍为打手，极为狠毒而又虚弱、卑劣而阴险等等新的层面。

由此可见，《金瓶梅》运用时空交错的结构手法，不只是为了情节结构本身的波澜壮阔，更重要的是为揭示社会世情和刻画人物性格服务的；它不是作家故意追求情节的曲折和结构的铺张，而是反映了人情事理之必然。正如清人张竹坡在第四十回"抱孩童瓶儿希宠"与第四十一回"潘金莲共李瓶儿斗气"之间，插进"妆丫鬟金莲市爱"的批语所说的："此回小文为下回愤深作引也。盖金莲之愤何止此日起，然金莲生日，西门乃在玉皇庙宿，玉皇庙却是为瓶儿生子，则金莲此夕已二十分不快，乃抱孩儿时，月娘之言，西门之爱，俱如针刺眼，争之不得，为无聊之极思，乃妆丫鬟以邀之也。虽暂分一夕之爱，而愤已深矣。宜乎后文，再奈不得也。文字无非情理，情理便生出章法，岂是信手写去者？"① 使作品的章法，建立在作家对情理透彻了解的基础上，由"情理便生出章法"，这确实道出了《金瓶梅》现实主义艺术结构的真谛。

二、主次分明，曲折有致

《金瓶梅》全书始终以西门庆一家的兴衰荣枯为主线，以潘金莲、李瓶儿、庞春梅为副线，以其他各式人物为支线，来组织材料，展开矛盾。书中所有的人物和故事，几乎无不是由这条主线所引起，或无不和这条主线发生着直接或间接的关系，无不从某一个侧面反映了西门庆家的兴衰荣枯。因此，《金瓶梅》的艺术结构既是头绪纷繁，又是主次分明的。如同参天大树一样，不管多么枝繁叶茂，它的枝叶不但离不开主干，而且枝叶越是繁盛，越是突出地证明了主干的粗壮。

突出主线，是为了强化主人公的性格和作品的主题思想，它和展开相对次要的副线和支线的描写，并不是对立的，而是统一的。因此，它通过副线和众多支线的描写，既从妻妾奴仆、市井商人、官吏政客、宗教僧侣、媒婆妓女等各个方面展示了西门庆一生多重复杂的社会关系和人物活动的社会典型环境，使主要人物和众多次要人物的性格都得到了多角度、多层面的刻画，又使整部

---

① 张竹坡批语，见 1987 年齐鲁书社出版的《金瓶梅》第四十回。

作品呈现出一幅幅姿态各异、曲尽世情的社会生活画面，显得布局跌宕腾挪，此起彼伏，别开生面，主题思想也得到了丰富和深化。

《金瓶梅》情节结构的曲折有致，不仅始终是以西门庆一家的兴衰为轴心的，而且也是以人物性格的发展为根据的。如李瓶儿对潘金莲的始亲而终疏，对吴月娘的始疏而终亲，就反映了李瓶儿性格中幼稚、善良的一面，潘金莲性格中狡黠、阴毒的一面和吴月娘性格中古板、纯朴的一面。此外，作者在结构技巧上的高明，我们还应看到其"皆于百忙之中，故作消闲之笔，非才富一石者，何以能之！"如"娶玉楼时，即夹叙嫁大姐。生子时，即夹叙吴典恩借债。官哥临危时，乃有谢希大借银。瓶儿死时，乃入玉箫受约。择日出殡，乃有六黄太尉等事"。"每于极忙时，偏夹叙他事入内。"①这种"忙中消闲"的结构手法，便增强了作品疏密相间、曲折有致的节奏感。

三、伏脉千里，浑然一体

《金瓶梅》写的人物是日常生活中的普通人，故事是以日常家庭生活琐事为主，而又涉及到上自中央朝廷，下至市井细民，极为广泛的社会生活内容，描写和提到的人物达八百余人。这么众多的人物和纷繁琐碎的事件，如何在艺术结构上给人以浑然一体的有机感和整体感，这是个极为犯难的问题。采用伏脉千里的结构手法，"必伏线于千里之前，又流波于千里之后"②，"如脉络贯通"③，这是它之所以做到"结构铺张"，而又"针线缜密"④，"如万系迎风而不乱"⑤的一个重要原因。

---

① 张竹坡：《金瓶梅读法》之44，见1987年齐鲁书社出版的《金瓶梅》卷首。
② 张竹坡批语，见1987年齐鲁书社出版的《金瓶梅》第三十六回。
③ 见1985年人民文学出版社出版的《金瓶梅词话》卷首。
④ 见"申报馆丛书"本《在园杂志》卷二。
⑤ 见1985年人民文学出版社出版的《金瓶梅词话》卷首。

那么，在《金瓶梅》中又是怎样运用伏脉千里的结构手法的呢？

一是谶语式的。除了"吴神仙贵贱相人""妻妾笑卜龟儿卦"，采用相命、卜卦的迷信手法，直接以谶语预示情节的发展和人物的命运以外，还有的并非迷信手法，却也是以谶语式的语言，跟后面情节的变化和人物的遭遇相呼应。如在吴月娘等人卜龟儿卦时，潘金莲却不愿卜卦，她说："随他，明日街死街埋，路死路埋，倒在洋沟里就是棺材！"（第四十六回）后来作者写她被武松杀死，果真尸体"在街暴露日久，风吹雨洒，鸡犬作践，无人领埋"（第八十八回）。这种谶语式的前后呼应，丝毫没有给人以迷信宿命之感，却在艺术结构上起到了血脉贯通的作用，并且在思想上引人瞩目，使我们不能不回味到潘金莲的这种死法，确实是她一生只知贪淫纵欲，"随他"，不管"明日街死街埋"的人生态度和性格特征的必然下场。

二是烘托式的。如李瓶儿生下官哥儿之后，薛内相来给西门庆送贺礼，特地要"请出哥儿来看一看，我与他添寿"。在贺礼中有"追金沥粉彩画寿星博浪鼓儿一个"（第三十二回）。后来官哥儿只活了一周岁多就死了，李瓶儿伤心至极，"劝归后边去了。到了房中，见炕上空落落的，只有他要的那寿星博浪鼓儿还挂在床头上，一面想将起来，拍了桌子，由不的又哭了。"（第五十九回）埋葬了官哥儿之后，西门庆"见官哥儿的戏耍物件都还在根前，恐怕李瓶儿看见，思想烦恼，都令迎春拿到后边去了"（第五十九回）。薛内相贺喜的博浪鼓，后来却成了李瓶儿目睹而哭官哥儿之物，吉凶相倚，前后烘托，不仅使人感到在艺术结构上伏线穿插的巧妙，突出了李瓶儿对丧子的悲痛之心和西门庆对李瓶儿的关切之情，而且在思想内容上以"寿星"与短命相反衬，令人不由得思绪萦怀，感慨系之。

三是象征式的。如第八回写潘金莲在西门庆头上发现一根孟玉楼给他的簪子，"上面钑着两溜子字儿：'金勒马嘶芳草地，玉楼人醉杏花天'。"西门庆死后，第八十二回作者又写潘金莲从陈敬济的袖子内摸出一个簪儿，上面也是"钑着两溜字儿：'金勒马嘶芳草地，玉楼人醉杏花天'"。这簪子原来是陈敬济从花园中拾的。后来孟玉楼改嫁李衙内，陈敬济便拿这根簪子为证据，讹诈孟玉楼"先与他有了奸"，结果被孟玉楼和李衙内"将计就计，把他当贼拿下"（第九十二回）。

张竹坡的批语指出："玉楼来时，在金莲眼中将簪子一描。玉楼将去，又将簪子在金莲眼中一描。两两相映，妙绝章法。"[①]这种章法之所以"妙绝"，不仅在于"两两相映"，在结构上增加了整体感，更重要的是它具有多方面的象征意义，在内容上给人以深邃感。试想，"芳草地""杏花天"，这是多么令人神往的美好境界啊！然而它先后落到了西门庆、陈敬济这两个污浊、卑劣的淫棍手里，这又该是多么令人可悲可叹啊！西门庆死后，由陈敬济来持有这根簪子，它不也象征着陈敬济是西门庆衣钵的继承人么？如果说在被西门庆占有时，这根簪子的主人孟玉楼还对他抱有幻想的话，那么，当陈敬济拿着这根簪子企图占有她时，她便给了他以严酷的惩罚。陈敬济比起西门庆来，毕竟要显得更加卑劣和稚嫩。这一根簪子该是联结着人间多么巨大的沧桑变化，又该是蕴藉着多么丰富的寓意啊！

四是心理梦幻式的。如李瓶儿跟西门庆通奸，并把家财私交给西门庆，使其夫"花子虚因气丧身"。作者写道："子虚气塞柔肠断，他日冥司必报仇。"（第十四回）第五十九回官哥儿临死前，李瓶儿果真梦见花子虚对她"厉声骂道：'泼贼淫妇，你如何抵盗我财物与西门庆？如今我告你去也！'……这李瓶儿唬的浑身冷汗，毛发皆竖起来"（第五十九回）。

李瓶儿在临死前，再次对西门庆说她梦见花子虚，"那厮但合上眼，只在我根前缠。"（第六十二回）

上述前后三四次写李瓶儿梦见花子虚，作者通过梦幻的形式反映李瓶儿的

---

① 张竹坡批语，见1987年齐鲁书社出版的《金瓶梅》第八十二回。

心理，把李瓶儿人生道路的终点——为了西门庆和他的儿子官哥儿，自己"因暗气惹病"而死，与她在《金瓶梅》中人生道路的起点——为爱西门庆而气死亲夫花子虚，作了结构上的呼应和心理上的联结。如一条流淌不绝的溪水，使李瓶儿的人生道路得以豁然贯通，给读者留下了深长思索的余地。

四、悲喜冷热，鲜明对照

《金瓶梅》是世情小说。作者正是通过结构上的悲喜冷热的鲜明对照，更加突出了那个封建社会世情的险恶。如一方面是奴才来旺遭西门庆诬陷，被买通官府"打的稀烂"，"递解徐州"，其妻宋惠莲及岳丈宋仁皆被迫害致死；另一方面，接着就写西门庆听说蔡太师要过寿诞，叫他上京走走，便"满心欢喜"，"西门庆刚了毕宋惠莲之事，就打点三百两金银，交顾银率领许多银匠，在家中卷棚内，打造蔡太师上寿的四阳捧寿的银人，每一座高尺有余；又打了两把金寿字壶，寻了两副玉桃杯，不消半月光景，都攒造完备。西门庆打开来旺儿杭州织造的蟒衣，少两件蕉布纱蟒衣，拿银子教人到处寻，买不出好的来，将就买二件。一日打包，还着来保同吴主管，五月二十八日离清河县，上东京去了。"（第二十七回）这里一幅画面是来旺遭陷害，"致死冤魂塞满衙"，紧接着的另一幅画面，却是打造"四阳捧寿的银人""金寿字壶"，给"蔡太师上寿"。如此悲喜映照，该是多么令人触目惊心，义愤填膺！正如文龙在该回的批语中所指出的："看完此本而不生气者，非丈夫也。一群狠毒人物，一片奸险心肠，一个淫乱人家，致使朗朗乾坤变作昏昏世界，所恃者多有一个铜钱耳。钱之来处本不正，钱之用处更不端，是钱之为害甚于色之为灾。"[1]

---

① 文龙：《金瓶梅》第二十七回批语。

在《金瓶梅》的对照中，还有一种"遥对"，即将两件在某一点上相似或相反的事件，在隔数回之后，遥相对照。"如金莲琵琶，瓶儿象棋，作一对；偷壶、偷金，作一对等，又不可枚举。"①"《金瓶》是两半截书，上半截热，下半截冷，上半热中有冷，下半冷中有热。"②如李瓶儿死时，写得热极、盛极，吊唁之隆重，排场之盛大，竟使"此殡诚然压帝京"（第六十五回）。而西门庆死时，却写得冷极、衰极，不但"送殡之人终不似李瓶儿那时稠密"，而且那些在西门庆生前"竭力奉承，称功颂德"的应伯爵之流，在西门庆"身死未几，骨肉尚热"之时，"便做出许多不义之事"（第八十回）。一热一冷，前后映照，使人该是多么感慨不已！如文龙的批语所指出的："西门庆在日，内而妻妾，外而亲朋，只是一个假字。西门庆死后，当年之假心肠，全行收起，此日之真面目，露出原形。"③可见这些悲喜冷热、对照衬托的结构手法，皆起到了增强艺术感染力，扩大人物形象的典型意义，深化作品主题思想的效果。

五、层见叠出，韵味无穷

《金瓶梅》的艺术结构，犹如长江的滚滚波涛一样，每个波涛之间，层见叠出，看似相似，而实则各别；孤立地看个别波涛，似无足轻重，滚滚波涛连接在一起，那就势必形成恣肆汪洋，给人以波涛滚滚不绝，令人惊心骇目之感。如西门庆霸占了潘金莲，又霸占李瓶儿；毒死了武大，又气死花子虚；潘金莲逼死了宋惠莲，又害死官哥儿，气死李瓶儿；写了李瓶儿生子，又写吴月娘生子，潘金莲堕胎；写了西门庆拜蔡太师为义父，又写王三官拜西门庆为义父；写了李瓶儿的丧事，又写西门庆的丧事；写了应伯爵充当西门庆的帮闲，

① 张竹坡：《金瓶梅读法》之9，见1987年齐鲁书社出版的《金瓶梅》卷首。
② 张竹坡：《金瓶梅读法》之83，见1987年齐鲁书社出版的《金瓶梅》卷首。
③ 文龙：《金瓶梅》第八十回批语。

西门庆死后，随即又写应伯爵投靠张二官为帮闲；写了潘金莲最后被武松杀死，又写陈敬济最后遭张胜杀死；写了西门庆因淫欲过度而死，又写庞春梅也因淫欲过度而死。所有这些，皆不能不引人瞩目，发人深思，使人感到在那个污浊的社会，绝不只是个别人作恶的问题，它反映了封建政治的腐败已成为那整个社会的不治之症。因此，它看似情节结构的重叠，而实则如层见叠出的波涛一样，不但其本身在汹涌澎湃地向前推进，而且以波澜壮阔的气势，给读者以惊心动魄、韵味无穷的感受。

以层见叠出的结构手法，揭示出人物性格的不同侧面，是其特征之一。如潘金莲毒死武大，是为了与西门庆长远做夫妻而迫于势不得已，李瓶儿气死花子虚，则是由于她把西门庆当作"医奴的药一般"，而出于情不自禁；潘金莲逼死宋惠莲，着重是表现了她性格中狠毒的一面，害死官哥儿便突出了她性格中阴险的一面，气死李瓶儿，不只是说明了她性格中妒忌的一面，更重要的还反映了一夫多妻制和传宗接代的封建宗法制所造成的矛盾，已经把这种妒忌推向了生死不相容的罪恶的深渊。

以层见叠出的结构手法，衬托出西门庆家的兴衰荣枯，是其特征之二。如李瓶儿生子于西门庆加官发迹之际，为此"开宴吃喜酒"，那热闹非凡的场面就甭提了，仅是接生的蔡老娘，作者就写"临去，西门庆与了他五两一锭银子，许洗三朝来，还与他一匹段子。这蔡老娘千恩万谢出门"（第三十回）。而吴月娘则产子于西门庆临死之时，那一片凄凄惨惨戚戚的情景可想而知，就拿还是那个接生的蔡老娘来说，"月娘与了蔡老娘三两银子，蔡老娘嫌少，说道：'养那位哥儿赏了我多少，还与我多少便了。休说这位哥儿是大娘生养的。'月娘道：'比不的那时有当家的老爹在此，如今没了老爹，将就收了罢。'"（第七十九回）如此前后相叠，把西门庆家的兴衰作了鲜明的映照，使西门庆家的衰落，令人备觉凄凉。

以层见叠出的结构手法，反映出封建末世的世态炎凉，人情冷暖，是其特征之三。如西门庆一死，张二官"又打点了千两金银，上东京寻了枢密院郑皇亲人情，对堂上朱太尉说，要讨提刑所西门庆这个缺"。他也跟西门庆一样，"家中收拾买花园，盖房子。"应伯爵原来跟西门庆"如胶似漆，赛过同胞弟兄，那一日不吃他的，穿他的，受用他的"。西门庆一死，应伯爵便"无日不在"张二官"那边趋奉，把西门庆家中大小之事，尽告诉与他"。还把西门庆的姜李娇儿，转卖给张二官"做了二房娘子"（第八十回）。世态炎凉、人情冷暖如此，西门庆式的人物又怎么能死得绝呢？难怪张二官成了"又俨然一西门"①。这样污浊、腐朽的社会，又怎么能抵御外敌的入侵呢？它终于导致国破家亡的严重后果。这种层见叠出的艺术结构，其寓意之深广，韵味之无穷，岂不犹如长江之水波涛层起，汹涌澎湃，不可穷尽么？

总之，一系列的事实说明，《金瓶梅》是一部精心结构的长篇小说。认识它的百面贯通、严整有序之结构特色，不仅可见有人以"结构松散"，来断定《金瓶梅词话》是"未经文人写定的民间长篇说唱'底本'"②，是根据不足的，更重要的，这有助于我们借鉴和吸取《金瓶梅》的创作经验，对于我们阅读、欣赏和正确理解这部名著，也颇为有益。正因《金瓶梅》的结构是个有机的整体，我们就必须从整体上才能把握它。如同清人张竹坡所说的："《金瓶梅》不可零星看，如零星便只看其淫处也。故必尽数日之间，一气看完，方知作者起伏层次，贯通气脉，为一线穿下来也。"③清人文龙也认为《金瓶梅》"实作者结构紧严，心细如发，笔大若椽，分观之而不觉，合观之而始悟也"④。这些都说明了从结构整体上把握这部作品的重要性。当然，它在结构上也有许多谬误和疏漏之处，对此我们将另作专题阐述。

---

① 张竹坡：《金瓶梅读法》之23，见1987年齐鲁书社出版的《金瓶梅》卷首。
② 刘辉：《金瓶梅成书与版本研究》，辽宁人民出版社1986年版，第32页。
③ 张竹坡：《金瓶梅读法》之52，见1987年齐鲁书社出版的《金瓶梅》卷首。
④ 文龙：《金瓶梅》第九十八回批语。

美中不足，历史使然

——论《金瓶梅》的艺术缺陷及其形成的原因

在中国小说史上，《金瓶梅》是一部由民间说书艺人集体创作向作家个人创作过渡的作品。它明显地带有过渡性的特点：既在题材内容、人物形象塑造、语言描写、情节结构等等方面，有重大的突破和崭新的创造，又因袭和保留了说唱艺术的许多熟套和痕迹，再加上作家个人世界观中的陈腐之见渗透其中，使之在艺术上更显得相当芜杂、粗糙，甚至未免拙劣。它犹如一块璞玉浑金，虽然从总的来看，瑕不掩瑜，但终究瑕瑜互见；虽然含金量很高，但毕竟羼有不少杂质。因此，我们在充分地认识和肯定《金瓶梅》的艺术成就的同时，有必要指出它在艺术上的缺陷。只有这样，才有助于我们提高对于美和丑的鉴别能力，批判地继承《金瓶梅》这宗文学遗产，全面地吸取它在创作上的经验教训。

一、在题材上，未完全摆脱加工、改编他人之作的熟套

在总体上，《金瓶梅》虽然是取材于当时的现实生活，但是并未完全摆脱我国小说题材因袭，惯于采撷、加工、改编他人之作的熟套。

综合国内外学者研究的成果，《金瓶梅》中所采撷的他人之作，有白话小说《水浒传》《京本通俗演义百家公案全传》，文言小说《如意君传》，《清平山堂话本》中的《西山一窟鬼》《志诚张主管》，《古今小说》中的《新桥市韩

五卖春情》；有戏曲《琵琶记》《西厢记》《宝剑记》《香囊记》《玉环记》《月下老问世间配偶》；有宝卷《黄梅五祖》《金刚科仪》《黄氏女》。它们在《金瓶梅词话》一百回中的分布，大致可列表如下：

《金瓶梅》回次	所采撷的作品名称及内容
第一回	《清平山堂话本·刎颈鸳鸯会》的序词"丈夫只手把吴钩"及对"情色"二字的评述。《清平山堂话本·志诚张主管》中王招宣府及张大户买下的婢女，被移植为潘金莲的身世。
第一至六回	借用《水浒传》第二十三至二十五回武松打虎，西门庆和潘金莲勾搭成奸，并合谋害死武大的故事。
第八回	套用《水浒传》第四十五回骂和尚的描写，并将《水浒传》中对潘巧云的肖像描写移植到潘金莲身上。
第九至十回	改编《水浒传》第二十六至二十七回武松为兄报仇的故事，把武松一举打死西门庆，改为误打死皂隶李外传，武松被发配孟州，西门庆逍遥法外。
第十五回	对灯市的描述，抄自《水浒传》第三十三回对清风寨元宵小鳌山的描绘。
第二十六回	写来旺儿被西门庆陷害的情节，与《水浒传》第三十回武松被张都监陷害的经过相似。
第二十七回	蹈袭《水浒传》第十六回"赤日炎炎似火烧"一首诗及文言小说《如意君传》的色情描写。《梁州序》小曲则引自《琵琶记》第二十二出。
第三十四回	借用《清平山堂话本·戒指儿记》中阮三与权贵之女陈玉兰由尼姑薛姑子撮合成奸的故事。
第三十六回	引用《香囊记》第二出"红入仙桃"的情节和《锦堂月》唱词。
第三十九回	大段抄录《黄梅五祖》宝卷。

《金瓶梅》回次	所采撷的作品名称及内容
第四十一回	引用元杂剧《玉箫女两世姻缘》第三折套曲。
第四十七至四十八回	借用《百家公案全传·港口渔翁》中富翁蒋天秀乘船赴京途中为仆人和艄公所害的故事，把蒋天秀改成苗天秀，仆人取名苗青。
第五十一回	借用《清平山堂话本·戒指儿记》中薛姑子撮合阮三与陈玉兰私通的故事。引用《金刚科仪》宝卷。
第五十六回	引用《开卷一笑》中的《哀头巾诗》和《祭头巾文》。
第六十一回	几乎抄录了《宝剑记》第二十八出的全部内容，并作了某些补充，移植了这出戏中那位庸医的人物形象。
第六十二回	将《京本通俗小说·西山一窟鬼》中老道士驱魔，阴风吹走人影，改编为潘道士给李瓶儿驱邪，怪风吹灭李瓶儿身边的"本命灯"。
第六十三至六十四回	引用了《玉环记》第十出的部分内容。
第六十七回	抄录了《宝剑记》第三十三出《驻马听》套曲中"寒夜无茶""四野彤霞"二曲。
第六十八回	"脸虽是尼姑脸……到此会佳期"一段，抄自《宝剑记》第五十一出。
第七十回	将《宝剑记》第三出的一段独白移作描写朱勔所拥有的万贯家财的一段文字，后面紧接着供演唱的《端正好》套曲，则抄自《宝剑记》第五十一出。
第七十一回	引用元杂剧《宋太祖龙虎风云会》第三折套曲。
第七十二回	引用《月下老问世间配偶》杂剧第四折《新水令》套曲。
第七十三回	由薛姑子讲述《清平山堂话本·五戒禅师私红莲记》的故事。

《金瓶梅》回次	所采撷的作品名称及内容
第七十四回	"盖闻法初不灭……空手荒田望有秋"一大段，抄自《宝剑记》第四十一出的韵白；"百岁光阴瞬息回""人命无常呼吸间"等韵文，抄自《宝剑记》第四十一出的《诵子》，只是前后四句顺序颠倒；《一封书》曲（"生和死两下"）也见于《宝剑记》第四十一出。引录《黄氏女》宝卷达三千余字。
第七十九回	抄录了《宝剑记》第十出的部分内容，把剧中的给林冲算命，改为给西门庆算命。
第八十二回	移植《西厢记》第三本第二折"待月西厢下"的四句诗及情节。
第八十四回	将《水浒传》第三十二回刘知寨妻子的遭遇改为吴月娘上泰山烧香后的遭遇。
第八十七回	借用《水浒传》第二十六回武松杀潘金莲的故事。
第九十、九十九回	借用《清平山堂话本·杨温拦路虎传》中"山东夜叉"李贵的名字。
第九十三回	将《水浒传》第三十九回形容江州浔阳楼的文字，移植到对临清谢家酒楼的描写上。
第九十八、九十九回	将《古今小说·新桥市韩五卖春情》中吴山会见金奴等情节，改写成陈敬济会见王六儿、韩爱姐的情景。
第一百回	描写韩爱姐的文字，跟《京本通俗小说·志诚张主管》中描写那位姑娘乞求主人公开恩的文字相同，且语言环境大致相仿。

以上一百回中有四十回是有移植、改编他人之作的现象的。至于从《盛世新声》《雍熙乐府》《词林摘艳》等曲选中，引用套曲二十套（其中全文引用的

有十七套），清曲一百零三首，尚未计算在内。

在着重从日常的现实生活中吸取小说题材的基础上，《金瓶梅》作者如此大量地抄录、移植和改编他人的现成之作，这种现象究竟说明了什么问题呢？

笔者认为，它反映了《金瓶梅》作者是在通俗小说、话本、戏曲和说唱文学的哺育下成长起来的作家，他的小说艺术还带有不成熟性，表现了从集体创作向文人个人创作过渡的特征。即在以日常的现实生活题材为主体的同时，却又采录了不少他人的现成之作，使两者显得有点生硬、别扭，很不协调，损害了他的小说艺术的统一性和完整性。如《水浒传》中的西门庆，本来只是个贪淫好色的市井恶棍的形象，而《金瓶梅》作者在着力渲染他的贪淫好色的同时，既要把他刻画成为一个有作为的新兴商人——经济上的暴发户，又要把他写成是个贪婪、暴虐、昏庸、腐朽的官吏和土豪，集新兴与腐朽、发展与衰亡于一身。因此，有的研究者认为，西门庆是"十六世纪中国的新兴商人"，"二千年封建社会的掘墓人"。[1] 有的研究者则认为，"西门庆性格是在那些传统的反面形象性格基础上的一个新发展"，"一个别具一格的不朽的反面典型。"[2] 既然是"传统的反面形象"，当然就谈不上是"新兴"的，既然是"反面典型"，当然也就不可能成为进步的革命者——"二千年封建社会的掘墓人"。如此尖锐矛盾的论断，不只是由于论者本身的片面性，也是作品中现实生活题材和传统故事题材存在矛盾所致。这种矛盾在潘金莲形象的塑造上，也表现得很明显。《水浒传》中的潘金莲只是个狠毒的淫妇形象，《金瓶梅》中的潘金莲则不仅是个狠毒的淫妇，同时她还多才多艺，追求婚姻自主和爱情专一，反抗封建的一夫多妻制。因此武松杀嫂在《水浒传》中是个英雄的壮举，

① 卢兴基：《论〈金瓶梅〉——16 世纪一个新兴商人的悲剧》，《中国社会科学》1987 年第 3 期。
② 沈天佑：《论西门庆形象的典型意义》，《金瓶梅论集》，人民文学出版社 1986 年版，第173 页。

而在《金瓶梅》中则显得有点"尴尬畏葸"①。《金瓶梅》作者在描写潘金莲被武松杀死时,一方面说"武松这汉子,端的好狠也","堪悼金莲诚可怜",另一方面却又说这是为兄"报仇雪恨","世间一命还一命,报应分明在眼前。"(第八十七回)这明显地反映了新旧两种题材、两种观点的矛盾。

大量采撷他人现成之作,给《金瓶梅》在艺术上带来的另一缺陷,是显得臃肿、累赘,落入俗套,削弱了作品的紧凑感和新鲜感。如第三十九、七十四回写王姑子、薛姑子说经,在《金瓶梅词话》本中,游离于故事情节之外,抄录了《黄梅五祖》宝卷中的"偈语""白文""又偈",《黄氏女》宝卷中的《金刚经》等,文字皆长达二三千字,令人不堪卒读,只得一翻而过。张竹坡"第一奇书"本《金瓶梅》改为一笔带过,将其原文几乎全部芟除,便由繁冗、累赘变为紧凑、利落。还有许多诗、词、韵语,是属于说书艺人常用的陈词滥调。如《水浒传》第八回写林冲为"免得高衙内陷害",在他被刺配沧州道之前,便写了封休书给妻子,"那妇人听得说,心中哽咽,又见了这封书,一时哭倒声绝在地,未知五脏如何,先见四肢不动,但见":

荆山玉损,可惜数十年结发成亲;宝鉴花残,枉费九十日东君匹配。花容倒卧,有如西苑芍药倚朱栏;檀口无言,一似南海观音来入定。小园昨夜东风恶,吹折江梅就地横。

《金瓶梅》第八十六回写陈敬济胡说吴月娘的儿子孝哥"倒像我养的",使"这月娘不听便罢,听了此言,正在镜台边梳着头,半日说不出话来,往前一撞,就昏倒在地,不省人事。但见":

---

① 徐朔方:《〈金瓶梅〉的成书以及对它的评价》,《金瓶梅论集》第104页。

荆山玉损，可惜西门庆正室夫妻；宝鉴花残，枉费九十日东君匹配。花容淹淡，犹如西园芍药倚朱栏；檀口无言，一似南海观音来入定。小园昨日春风急，吹折江梅就地拖。

在《金瓶梅》中，类似"荆山玉损"这样蹈袭《水浒传》中的韵语达五十四处之多。[①]这种蹈袭现象，不仅破坏了作品的新鲜感，而且在思想和艺术上也显得很不协调。在《水浒传》中是以"荆山玉损，可惜数十年结发成亲"，来控诉高衙内活活拆散林冲结发夫妇，而在《金瓶梅》中却以"荆山玉损，可惜西门庆正室夫妻"，来描绘吴月娘所受到的中伤，这既对中伤吴月娘的陈敬济无丝毫谴责之意，更令人感到困惑不解的是：它对西门庆似有所同情，而对吴月娘在"可惜"之中又似有调侃的意味。这是蹈袭现成的韵语所造成的不伦不类。它反映了作家对现实生活的艺术描写能力尚感不足，而不得不贪图省事，蹈袭现成的陈词滥调。如果作家的创作才能已经很高，或者如《三国演义》《水浒传》那样纯粹是话本的加工、写定，那就一般不致出现这种不伦不类、不协调的现象。

二、在人物形象塑造上，典型化的程度尚不够充分

在人物形象塑造上，《金瓶梅》虽然不再是着力刻画理想的帝王将相、英雄豪杰、神仙鬼怪的形象，而是竭力追求生活的真实，开创了完全以日常生活中真实的普通人为长篇小说描写对象的新篇章。但是它在追求真实性的同时，却显得典型化的程度不够充分，存在着某些自然主义的倾向。有的学者说《金

---

① 详见黄霖：《〈忠义水浒传〉与〈金瓶梅词话〉》，《水浒争鸣》第 1 辑。

瓶梅》是"自然主义的标本"①，这未免言过其实。它基本上是一部杰出的现实主义作品。但是它确实尚未完全跟自然主义划清界限，带有早期近代现实主义的许多弊病，这也毋庸讳言。

首先，突出地表现在对西门庆、潘金莲等主要人物形象的塑造上，《金瓶梅》作者过分地专注于人的性欲本能，写西门庆如何"有财以肆其淫，有势以助其淫，有色以供其淫"②，"潘金莲者，专于吸人骨髓之妖精也。"③肆无忌惮地追求淫欲，不仅是这些主要人物的性格特征，而且成为作者区别人物个性的重要标志。如"金之淫以荡，瓶之淫以柔，梅之淫以纵"④。男女性爱，本是人之常情。它既是人的自然本性，又是跟整个社会生活和人类文化的进步相联系的。把性意识引入文学，处理得好，原可深化对社会现实和人的灵魂奥秘的揭示。可是把它夸大，把它从社会生活的整体中过分突出出来，加以自然主义的描绘和赏玩，那就难免不堕入恶趣和陷于渲染色情的淫秽描写。由于《金瓶梅》对于性生活、性意识的动物本能般的描写，是贯穿于整个作品的故事情节和主要人物的性格之中，因此把它删掉了就有损于人物性格的表现，而且即使把其中淫秽的语句全部删去，它也不适合广大青少年阅读。处于发育成长过程之中的青少年，是很难不受其过分渲染的性欲的诱惑，而能够透过其对性欲的描绘，领略其隐约地潜藏于画屏后社会的丑恶本质的。只有人到中年，娶妻生子，阅历已深，才不致于专注于其对性欲的描写，看了入魔，而能"莫但看面子，要看到骨髓里去；莫但看眼前，要看往脊背后去，斯为会看书者矣"⑤。这不只是读者会不会看书的问题，而是由于《金瓶梅》的描写本身，存在着人性与兽性、艺术性与道德性的矛盾，在描写手法上有自然主义的倾向。如作者

---

① 徐朔方：《〈金瓶梅〉的成书以及对它的评价》，《金瓶梅论集》第99页。
② 文龙：《金瓶梅》第七十二回批语。
③ 文龙：《金瓶梅》第二十八回批语。
④ 文龙：《金瓶梅》第九十七回批语。
⑤ 文龙：《金瓶梅》第二十七回批语。

一方面揭露王招宣府的林太太："就是个绮阁中好色的娇娘，深闺内含毡的菩萨"，另一方面却纯客观地描写西门庆对林太太尽情欣赏的态度和深深陶醉的感受，这怎么能不在读者中煽动起猎奇心和尝试欲，而把人引入魔道呢？一味地追求生活的真实，赤裸裸地过分突出地揭露人的兽性的一面，而不顾及其社会效果，这是《金瓶梅》之所以长期遭禁锢的一个严重教训。

其次，如果说西门庆、潘金莲、李瓶儿、应伯爵等主要人物的塑造，还算具有相当的典型性，李桂姐、宋惠莲、王六儿、韩道国、玳安、王婆、薛嫂儿等次要人物，也描写得颇成功的话，那么，从整个作品所写到的八百二十七个人物来看，其够得上典型形象的成功率，还是比较低的。它反映了作家对人物形象典型化的概括能力尚嫌不足，因此他就比较拘泥于对历史上真人真事的描写。据初步查考，《金瓶梅》中所写的属于真实的历史人物，可列表如下：

人　名	出现在《金瓶梅》中的回目	见于历史书名
赵　佶	一、十四、三十、四十九、七十、九十九、一百	《宋史》卷十九至二十二有传
蔡　京	一、十、十四、十七、十八、二十二、二十五、二十七、三十、三十四、四十八、四十九、五十五、六十四、六十六至七十二、七十六、九十五、九十八	《宋史》卷四百七十二有传
童　贯	一、三十、三十四、三十五、六十四、九十八	《宋史》卷四百六十八有传
高　俅	一、三十、七十、九十八	《宋史》卷二十二《徽宗本纪》
高　廉	八十四	同上

人　名	出现在《金瓶梅》中的回目	见于历史书名
杨　戬	一、三、七、十、十四、十七、十八、三十、六十六、八十六、九十二	《宋史》卷四百六十八有传
张叔夜	六十五、七十七、九十七、九十八、九十九、一百	《宋史》卷三百五十三有传
侯　蒙	二十七、三十、六十五、六十七、七十、七十四、七十五、七十六、七十八	《宋史》卷三百五十一有传
朱　勔	二、八、三十、三十四、五十一、六十五、六十九、七十、七十一、七十二、八十、九十八	《宋史》卷四百七十有传
宋妃娘娘	七十八	《宋史》卷二百四十三有传
蔡　攸	十八、三十四、七十、九十八	《宋史》卷四百七十二有传
张邦昌	七十	《宋史》卷四百七十五有传
李　彦	七十	《宋史》卷四百六十八《杨戬传》后有附传
汪伯彦	六十五	《宋史》卷四百七十三有传
李邦彦	十八、七十、九十八	《宋史》卷三百五十二有传
王　黼	十七、十八	《宋史》卷四百七十有传
林灵素	七十	《宋史》卷二百二十一有传
郑居中	七十	《宋史》卷三百五十一有传
王祖道	七十	《宋史》卷三百四十八有传
白时中	七十	《宋史》卷三百七十一有传
余　深	七十	《宋史》卷三百五十二有传
林　摅	七十	《宋史》卷三百五十一有传
张　阁	七十	《宋史》卷三百五十三有传

续表

人　名	出现在《金瓶梅》中的回目	见于历史书名
郭药师	一七	《宋史》卷四百七十二有传
王晋卿	七十	《宋史》卷二百七十一有传
杨　时	十四	《宋史》卷四百二十八有传
刘延庆	一百	《宋史》卷三百五十七有传
陈　东	九十八	《宋史》卷四百五十五有传
种师道	九十九、一百	《宋史》卷三百三十五有传
安　惇	三十六	《宋史》卷四百七十一有传
王景崇	六十九、七十八	《新五代史》卷三十五有传
曾　布	四十八	《宋史》卷四百七十一有传
曾孝序	三十五、三十六、四十九、五十一	《宋史》卷四百五十三有传
宋乔年	四十九、五十一、五十二、五十七、六十五、六十六、六十七、七十、七十二、七十四、七十五、七十六、七十七、七十八、七十九	《宋史》卷三百五十六有传
宇文虚中	十七	《宋史》卷三百七十一有传
蓝从熙	七十	《宋史》卷四百七十二《蔡京传》
胡师文	四十二、四十七、四十八、四十九、五十一、五十三、六十二、六十三、六十五、七十五、七十六、七十七、七十八	《宋史》卷四百七十二《蔡京传》及《续资治通鉴》
赵　霆	七十七	《宋史》卷十九至二十二《徽宗本纪》

人　名	出现在《金瓶梅》中的回目	见于历史书名
黄葆光	五十一、五十二、五十三、六十五、六十八、七十二、七十四、七十五	《宋史》卷四百七十二《蔡京传》
辛兴宗	一百	《宋史》卷十九—二十二《徽宗本纪》
王禀	一百	《续资治通鉴》卷九十四
杨惟忠	一百	《宣和遗事》前集
王焕	一百	《泊宅编》及《皇宋十朝纲要》卷十八
尹大谅	七十	《宣和遗事》前集
孙荣	七十	《宣和遗事》前集
窦监	七十	《宣和遗事》前集
周秀	十二、十四、十七、二十九、三十一、三十四、四十二、四十三、四十五、四十七、四十八、四十九、五十八、五十九、六十一、六十四、六十五、六十九、七十、七十二、七十三、七十五至八十、八十六至九十、九十四至一百	《宣和遗事》前集
六黄太尉	五十一、六十五、六十七、七十三、七十八	《宣和遗事》前集
陈正汇	六十五、七十七	《东都事略》《宋元学案》及《宋史·蔡京传》
黄经臣	七十	《宋史·郑居今中传》及《宋史·陈瓘传》

人　名	出现在《金瓶梅》中的回目	见于历史书名
陈　洪	三、十四、十七、十八、二十、八十五、八十九、九十一、九十七	《淳熙三山志》卷二十一
蔡　絛	三十四、三十五	《宋史》卷四百七十二《蔡京传》
蔡五老爹	三十四	《宋史》卷四百七十二《蔡京传》
蔡　修	七十二、七十三、七十四、七十五	《宋史》卷四百七十二《蔡京传》
韩侣（招）	四十八、七十	《宋史》卷四百七十二《蔡京传》
谭积（稹）	六十四	《宋史》卷四百六十八《童贯传》
龚芝（夬）	六十五	《宋史》卷三百四十六《龚夬传》
何沂（诉）	七十	《宋史》卷二百四十三《刘贵妃传》
韩邦奇	六十五	《明史》卷二百一十有传
凌云翼	六十五、七十七	《明史》卷二百二十二有传
王烨（晔）	十七	《明史》卷二百一十有传
狄斯彬	四十八	《明史》卷二百零九《马从谦传》内
温　玺	七十七	《桂州文集》卷四十九及《费文宪公摘稿》卷十四
曹　禾	四十九	《掖垣人鉴》卷十四
赵　构	七十、一百	《宋史》卷二十四至三十一有传

人　名	出现在《金瓶梅》中的回目	见于历史书名
任廷贵	六十五	《明清进士题名录》
尹　京	七十	《明清进士题名录》
王　炜	七十	《明清进士题名录》
黄　甲	六十五	《明清进士题名录》
赵　讷	六十五、七十七	《明清进士题名录》
陈文昭	十	《明清进士题名录》及康熙《山东通志》卷二十六
何其高	六十五	《龙津原集》卷一《白坡何公治吉郡传》及康熙《山东通志》
赵　桓	七十、九十九、一百	《宋史》卷二十三有传
宋　江	一、八十四、九十七、九十八	《宋史》卷二十三《徽宗本纪》
方　腊	一	《宋史》卷四百六十八有传
宗　泽	一百	《宋史》卷三百六十有传

以上有文献记载可查的即多达七十五人。[①]它说明《金瓶梅》的人物形象塑造并未完全摆脱真人真事的局限。写真人真事，这固然有助于增强作品的真实感，但却不尽符合文学创作典型化的要求。高尔基曾经对那种"感到兴趣的是事实的文学"的说法，提出严厉的批评，认为"这是一种最粗鲁和最糟糕的自然主义'偏向'"。他说："文学不是从属于个别事实的，它比个别事实更高。""文学的事实是从许多同样的事实中提炼出来的，它是典型化的，而且只有当它通过一个现象真实地反映出现实生活中许多反复出现的现象的时候，

---

① 曾吸收了陈诏：《〈金瓶梅〉人物考——兼谈作者之谜》的部分资料，陈文见上海《学术月刊》1987年第3期。

才是真正的艺术作品。"①高尔基还指出:"假如一个作家能从二十个到五十个,以至从几百个小店铺老板、官吏、工人中每个人的身上,把他们最有代表性的阶级特点、习惯、嗜好、姿势、信仰和谈吐等等抽取出来,再把它们综合在一个小店铺老板、官吏、工人的身上,那么这个作家就能用这种手法创造出'典型'来,——而这才是艺术。"②《金瓶梅》中所写的人物数量很多,而能成为典型形象的却很少。其根本原因,就在于作家缺乏对众多真人真事身上"最有代表性"的东西加以"提炼""抽取"和"综合"等典型化的功夫。这是值得我们引以为戒的。

《金瓶梅》作者不仅缺少"提炼""抽取"和"综合"等典型化的功夫,而且对描写如此众多的人物,也实在缺乏足够的驾驭能力,因此在《金瓶梅》中出现了不少人名重复、人物错乱等缺陷。

人名重复,如《金瓶梅》中有:

两个王婆。都是媒婆,一为武大的邻居,卖茶,撮合西门庆和潘金莲成奸的王婆;另一为吴月娘梦至济南云离守处,又见到一个王婆。这两个王婆显然不是一个人,因为书中从未交代清河县的王婆何时到了济南云离守处。

两个来安。从第十五至九十一回,共有三十九回皆写到西门庆的男仆来安;第六十八回却又写黄四的男仆来安。

两个张胜。第十九回写充当西门庆的打手、绰号"过街鼠"的张胜,后跟夏延龄做了亲随。在第八十七至一百回中,又有十回写到周秀的亲随也叫张胜。

两个兰花。第八十九回写吴大妗子的女仆叫兰花,第九十四、九十五、九十九回写庞春梅的丫头也叫兰花。

① 高尔基:《给初学写作者的信(6)》,《论文学》,人民文学出版社1978年版,第243—245页。

② 高尔基:《谈谈我怎样学习写作》,《论文学》,人民文学出版社1978年版,第159页。

两个金儿。第五十回写鲁长腿妓院妓女叫金儿，第九十四回写临清潘家妓院妓女也叫金儿。

两个周义。第九十七至一百回写周秀的男仆周忠的次子叫周义，在第一百回这同一回中却又写领青兖之兵抗金的将领也叫周义。

两个姚二郎。第十、四十一、八十七回写武大的邻居叫姚二郎，第九十八回写杨光彦的姑夫又叫姚二郎。

两个李太监。第五十五回的李太监住东京皇城后，西门庆曾在他家住宿。第九十八回又有一个李太监被陈东参劾充军。

三个刘太监。第十七回写的刘太监是在东街上住，胡鬼嘴曾住他的房子。第二十一回写的刘太监是在北边酒醋门住，李铭曾去他家教弹唱。在第三十一至八十回中曾先后有十九回出现的刘太监，则在南门外庄上住，是管砖厂的。

三个安童。第七、七十七回写杨姑娘的男仆叫安童。第四十七、四十八、四十九回写苗天秀的男仆也叫安童。第九十三回写王宣的男仆又叫安童。

三个来定。第四十五、四十六回写吴铠家的男仆叫来定。第六十八回写黄四的男仆也叫来定。第七十九回写花子由的男仆又叫来定。

这些人名的重复，说明《金瓶梅》作者只知如实描写，或对次要人物的描写非常漫不经心，而缺乏如高尔基所说的"从二十个到五十个，以至从几百个"同样的人物中，"抽出""最有代表性"的特征，加以典型化的功夫，以致使《金瓶梅》中绝大多数次要人物都只剩下一个名字，而缺乏活生生的人物个性。

《金瓶梅》中所写的人物错讹、混乱的情况，也是很严重的：

有的人名音同而字不同。如第四回吴月娘的丫头玉箫，第十四回作玉筲；第十一回西门庆的男仆来昭，第十六回作来招；第十回西门庆结拜的十兄弟中有白来抢、云里手，第十一回又写作白来创、云离守；第六十五回写山东兵备副使雷启元，第六十七回写同一个雷兵备又自称叫"雷起元"，第七十七回还是这个"兵备雷老爹"，又自称叫"雷启元"；第六十五回东昌府知府徐崧，第七十三回又写作徐松。

有的人名音和字皆不同。如第二十二回应伯爵称李娇儿之弟、说唱艺人李铭叫李自新，第四十六回还是这个应伯爵却又称那个李铭叫李日新；第三十四回写来兴"媳妇惠秀"，第三十九回却又说"来兴儿媳妇子惠香"，第四十一回又称"来兴媳妇惠秀"；第四十三回西门庆说："今日观里打上元醮，拈了香回来，还赶了往周菊轩家吃酒去，不知到多咱才得来家。"第四十五回又写"西门庆道：'我昨日周南轩那里吃酒，回家也有一更天气。'"第三十二回写前来西门庆家祝贺李瓶儿生官哥儿的有："知县李达天，并县丞钱成，主簿任廷贵，典史夏恭基"，第六十五回还是写这帮人来给李瓶儿吊丧，却写成"本县知县李拱极，县丞钱斯成，主簿任良贵，典史夏恭棋"。第四十八回写"阳谷县县丞狄斯彬"，第六十五回却又写"阳谷县知县狄斯杓"，不知他是何时由"县丞"升官为"知县"的？何时由"狄斯彬"改名为"狄斯杓"的？第六十七、七十七回写钞关收税的钱龙野，第七十二回又写作"钱云野"。第七十二回写说唱艺人邵镰，第七十三回却又叫"邵谦"。第六十五回写莱州府知府叶迁，第七十七回又写作"蔡州知府叶照"。第八十八回写"铁指甲杨二郎"，同一回下文又称"杨大郎"，第九十二回还说："这杨大郎……绰号为铁指甲。"第八十八回写陈敬济有个朋友陆大郎，同一回陈敬济却又称他"二郎"，第九十二回又写作"陆三郎"。第六十七回写孟玉楼的"兄弟孟锐"，第九十二回孟玉楼却又称"我二哥孟饶"。第九十七回写陈敬济在周秀家用的男仆叫喜儿，第九十八、九十九回却又变成了"小姜儿"。

有的名同而姓不同。如第十七回写兵科给事中宇文虚中参劾王黼、杨戬手下的犯罪者贾廉，第十八回却写成王廉。第六十八回写跟王三官一起在妓女李桂姐那儿鬼混的游民沙三，第六十九回却变成了何三。第六十回交代郑奉、郑春是兄弟，第七十二回却又写成郑春、邵奉，同一回又把郑春写成邵春。第

292

七十四回写的李学官，同一回及第七十五回又称刘学官。在第七十九回以前，西门庆的男仆叫来昭，在第九十回以后却写作刘昭。

以上人名的错讹，有的可能是由于音同或形似，而在抄写或刻印时造成的笔误；有的无论读音或字形皆相距甚远，显然不大可能是属于笔误，而是反映了作者对一些次要人物的描写，不但没有刻意使他们做到典型化，而且简直有点漫不经心。它说明文人早期独创的长篇小说，一方面有许多极为可贵的创新，另一方面也还处于艺术上比较粗糙的阶段，作者尚缺乏在一部作品中描写那样众多人物的艺术创作能力。这也不只是《金瓶梅》作者个人的创作能力问题，更重要的是反映了创作《金瓶梅》的时代还不可能给我们贡献一部在艺术上更为成熟和精美的长篇小说。因为小说艺术的发展，跟任何事物的发展一样，需要一个长期经验积累的过程，包括成功和失败这两个方面的经验。

三、在情节结构上，破绽和漏洞很多

《金瓶梅》虽然从总体结构的缜密性和完整性来看，是个空前的杰出创造，但是如果仔细检阅，就不难发现它在情节结构上仍然破绽百出，显得艺术上还是很粗糙的。

首先，是时序颠倒。《金瓶梅》所写的故事是发生在宋徽宗政和二年至南宋高宗建炎元年，一共是十六年（1112—1127）。总的来看，全书的时间顺序是清楚的。但是在具体描写上，却出现了很多疏漏：

人物的年龄忽大忽小。如西门庆在书中一贯自称是"属虎的"，当第七十九回西门庆临死前，吴月娘请吴神仙给他算命，作品写道："吴神仙掐指寻纹，打算西门庆八字，说道：'属虎的，丙寅年，戊申月，壬午日，丙辰时，今年戊戌流年，三十三岁。'"这里所写西门庆丙寅年生，属虎的，到这年戊戌，正是三十三岁，一点不错。可是在第九回却写道："妇人（潘金莲）因问

西门庆：'贵庚？'西门庆告他说：'属虎的，二十七岁，七月廿八日生。'"
这是在政和四年（1114）甲午说的，属虎的应是二十九岁。在同一年，作者又
写"那妇人（孟玉楼）问道：'官人贵庚？没了娘子多少时了？'西门庆道：
'小人虚度二十八岁，七月廿八日子时建生，不幸先妻殁有一年有余。'"实际
这年西门庆应是二十九岁。可是他对潘金莲说是二十七岁，对孟玉楼又说是
二十八岁，不知西门庆怎么如此糊涂，连自己的岁数都搞不清。如果说这是由
于西门庆不老实，故意要在潘金莲、孟玉楼面前把自己说得年轻一二岁，那
么，当他本人在请吴神仙相命时，总不会说谎吧，可是作者在第二十九回却写
"西门庆便说与八字，属虎的，二十九岁了，七月二十八日子时建生"。实际
上这年西门庆应是三十一岁。他有什么必要在相命先生面前隐瞒两岁呢？而且
他既说自己"属虎的"，相命先生即刻就会算出他的年龄。因此，他不必要也
不可能是有意隐瞒岁数，而只能是属于作者写错了。

潘金莲的年龄，在第三回作者写："西门庆道：'小人不敢动问：娘子青
春多少？'妇人（潘金莲）应道：'奴家虚度二十五岁，属龙的，正月初九日
丑时生。'"这是在政和四年甲午（1114）说的，属龙的，应是二十七岁。第
十二回写西门庆要潘金莲把头发剪给李桂姐，潘说："这个剪头发却成不的，
可不唬死了我罢了。奴出娘胞儿，活了二十六岁，没干这营生。"这跟第三回
所写是在同一年，又是同一个潘金莲亲口跟同一个西门庆在说自己的年龄，却
一说二十五岁，一说二十六岁，而实际皆应是二十七岁。潘金莲为什么要如
此公然撒谎？西门庆怎么会这般懵懂，竟然一点听不出前后的矛盾呢？这也只
能说明是作者写错了。第八十七回写"潘金莲出来在王婆家聘嫁，……属龙
的，今才三十二岁儿"。又说她亡年"三十二岁"。这也都写错了，实际应是
三十一岁。

李瓶儿的年龄，在第十三回写"西门庆问妇人多少青春，李瓶儿道：'奴
属羊的，今年二十三岁。'"实际上，属羊的这年应是二十四岁。在第十七回

写蒋竹山问李瓶儿："青春几何？"李瓶儿答："奴虚度二十四岁。"实际上她这年应是二十五岁。

吴月娘的年龄，第三回当潘金莲对西门庆说她二十五岁时，作者写西门庆道："娘子到与家下贱累同庚，也是庚辰，属龙的，只是娘子月分大七个月，他是八月十五日子时。"实际上，吴月娘与潘金莲同庚，属龙的生年应是戊辰，不是庚辰，年龄都应是二十七岁，不是二十五岁。第十三回写李瓶儿问吴月娘的年纪，"西门庆道：'房下属龙的，二十六岁了。'"实际应是二十七岁。这两回都是同一年内的事情，又都同是由西门庆说出来的，怎么会对潘金莲说吴月娘二十五岁，对李瓶儿又说吴月娘二十六岁呢？第九十二回写道："告状人吴氏，年三十四岁，系已故千户西门庆妻。"实际上吴月娘这年应为三十二岁。

孟玉楼的年龄，第七回写她对西门庆说："奴家青春是三十岁。"实际应是三十一岁。

以上主要人物的年龄尚且皆有出入，至于次要人物的年龄，错讹的就更多了。如武松的年龄，在第一回就写潘金莲问他："叔叔青春多少？"武松道："虚度二十八岁。""此正是十月间天气"，可是到了第二年的八月间，武松误打死皂隶李外传，被清河县衙门押送东平府，却仍称："犯人武松，年二十八岁。"岁月已经增加了一年，而武松的年龄为什么却依然如故呢？第十四回写"月娘因问老冯多大年纪，……李瓶儿道：'他今年五十二岁，属狗儿。'"冯妈妈是李瓶儿的女仆。说她五十六岁，即生于宋仁宗嘉祐五年庚子，应为属鼠；如属狗，即生于嘉祐三年戊戌，应为五十八岁，两者皆与这里所写的不相符。宋惠莲的年龄，第二十二回写"月娘因他叫金莲不好称呼，遂改名惠莲。这个老婆属马的，小金莲两岁，今年二十四岁了"。实际上潘金莲这年二十八岁，宋惠莲应为二十六岁。第二十六回写宋惠莲"自缢身死，亡年二十五岁"。实际上应为二十七岁。王六儿的年龄，第三十七回写"他是咱后街宰牲口王屠的妹子，排行六姐，属蛇的，二十九岁了"。实际上属蛇的这年应是二十八岁。第二十四回写冯妈妈领两个丫头来卖，说其中一个"他今年属牛，十七岁了"。实际上"今年属牛"，应是二十岁，官哥儿的生日，第三十回写是"六月二十一日"，第三十九回写成是"七月二十三日"，第四十一回又写成是"六月二十三日"。总共只活了一年零两个月的官哥儿，却有上述三个不同的生日，岂不怪哉？！

故事发生的时间忽前忽后。如第八回已写西门庆过生日。王婆应潘金莲之请，去找西门庆，傅伙计告诉她："大官人昨日寿日，在家请客吃酒。吃了一日酒，到晚拉众朋友往院里去了，一夜通没来家。"在回来的路上，王婆恰好遇见"西门庆骑马远远从东来"，西门庆随即跟王婆一起来见潘金莲，潘金莲已"预先安排下与西门庆上寿的酒肴"，又"向箱中取出与西门庆做下上寿的事物，用盘托盛着，摆在面前，与西门庆观看。一双玄色段子鞋，一双挑线密约深盟随君、膝下香草、边阑松竹梅花岁寒三友、酱色段子护膝，一条纱绿潞绸、永祥云嵌八宝、水光绢里儿、紫线带儿、里面装着排草玫瑰花兜肚，一根并头莲瓣簪儿，簪儿上钑着五言四句诗一首，云：'奴有并头莲，赠与君关髻。凡事同头上，切勿轻相弃'。西门庆一见，满心欢喜"。这里把潘金莲为西门庆过生日的情景，写得如此具体生动。接着就是武松被发配孟州道，潘金莲被娶到西门家，潘金莲挑唆西门庆打孙雪娥，西门庆梳笼李桂姐，在妓院里"贪恋住桂姐姿色，约半月不曾来家"（第十二回）。这都是紧接在第八回写西门庆于七月二十八日过生日之后的事情，可是在第十二回作者却又写道："不想将近七月二十八日，西门庆生日来到。""正值七月二十七日，西门庆上寿，从院中来家。"张竹坡于此处批道："未娶金莲，西门生日矣。今未几又是生日，然则已为一年乎？总是故为重叠，要写得若明若晦。一者见韶华迅速，二者见西门在醉梦，三者明其为寓言也。"这种"故为重叠"说，实在是荒谬的辩解。明明是岁月倒流，却说成是"见韶华迅速"；分明是作者的叙述，却说成是"见西门庆在醉梦"，如果真是为了"见西门在醉梦"，作者为什么又写吴月娘特地"使小厮玳安，拿马往院中接西门庆"来家过生日呢？难道吴月娘也"在醉梦"中么？在相距仅一两个月时间内，就两次写"西门庆上寿"，分明是自相矛盾，还说什么"明其为寓言也"，真是活见鬼！

第二十五回写道："到了次日，西门庆在厅上坐着，叫过来旺儿来，'你收拾衣服行李，赶后日三月二十八日起身，往东京押送蔡太师生辰担去。'"第二十六回写"西门庆听了金莲之言，变了卦儿"，不要来旺去。"西门庆就把生辰担，并细软银两，驮垛书信，交付与来保和吴主管，五月二十八日起身，往东京去了。"接着又写"来旺儿如此这般，对宋仁哭诉其事。打发了他一两银子，与那两个公人一吊铜钱、一斗米，路上盘缠。哭哭啼啼，从四月初旬离了清河县，往徐州大道而来"。"一日，也是合当有事。四月十八日，李娇儿生日，院中李妈妈并李桂姐，都来与他做生日。"（第二十六回）第二十七回一开头就写："话说来保正从东京来，下头口，在卷棚内回西门庆话，具言：'到东京，先见禀事的管家下了书，然后引见太师。……翟叔多上覆爹：老爷寿诞六月十五日，好歹教爹上京走走，他有话和爹说。'这西门庆听了，满心欢喜。"同一回接着又写："西门庆刚了毕宋惠莲之事，就打点三百两金银，交顾银率领许多银匠，在家中卷棚内，打造蔡太师上寿的四阳捧寿的银人，……不消半月光景，都儧造完备。……一日打包，还着来保同吴主管，五月二十八日离清河县，上东京去了。"请看这里时间顺序是多么地颠倒错乱：第二十五回已写"来保和吴主管，五月二十八日起身，往东京去了"，那时往东京去单程约需半个月，要六月十三日才能到达东京，第二十七回怎么写他们已经返回，并说："老爷寿诞六月十五日，好歹教爹上京走走"呢？怎么第二次又写"还着来保同吴主管，五月二十八日离清河县，上东京去了"呢？显然第二十六回所写的"五月二十八日起身"，是"三月二十八日起身"之误。这个在时间上明显的矛盾，人民文学出版社1985年出版的新校本《金瓶梅词话》

中仍未加改正,而早在清代康熙年间出版的张竹坡评本《金瓶梅》中,却已改正为"三月念八日"了。不过张的旁批称:"回来即是六月",仍不对。回来应是五月上旬,这样,第二十七回所写经过半个月准备,"来保同吴主管,五月二十八日离清河县",再次上东京,前后时间才合榫。如果来保同吴主管"回来即是六月",怎么可能"五月二十八日"再上东京去呢?人物行动的时间如此忽前忽后,难道他们有什么分身术么?

第七十回写西门庆由清河县起身赴京,是十一月二十日。约半个月的旅程,方能抵达京城。在京中过了四晚,才是冬至令节。拜完了冬,又在何千户家住了两夜,方始整装起身返回清河。在京城一共逗留了七天,加上路途行程,西门庆到家无论如何应该是十二月中旬了。可是第七十一回却写西门庆是"十一月十一日,东京起身"返里。上回写"十一月十二日"才去,这回却写"十一月十一日"返回。时间如此倒置,岂不荒唐透顶?这不能不损害到作品的真实性,令人疑窦丛生,难以置信。

年号纪元前后倒置。如果说人物年龄和事件发生的日月颠倒错讹,还只是某些人物和具体事件本身个别性的问题,那么,历史纪年倒置,便是涉及到作品整个故事编年的全局性问题了。作品第一回就写"话说宋徽宗皇帝政和年间",根据书中西门庆等主要人物对各自年龄的叙述,推算该书的故事是始于宋徽宗政和二年。宋徽宗的年号,在政和之后,是重和、宣和。稍有历史常识的人,这个年号是绝不会搞颠倒的。可是在《金瓶梅词话》中却多次搞颠倒了。如西门庆的爱子官哥儿的出生年月,在他一出生时,作者写"时宣和四年戊申六月廿一日也"(第三十回)。在次年正月西门庆到玉皇庙打醮,给官哥儿还愿时,却又称"男官哥儿,丙申七月廿三日申时建生,……谨以宣和三年正月初九日天诞良辰,特就大慈玉皇殿……"(第三十九回)在官哥儿死时,作品又写道:"哥儿生于政和丙申六月廿三日申时,卒于政和丁酉八月廿三日申时。"孟玉楼还说:"原是申时生,还是申时死,日子又相同,都是二十三日，只是月分差些，圆圆的一年零两个月。"（第五十九回）按照书中这三条记载，官哥儿一生的纪年顺序是：

宣和四年（壬寅，公元1122年。据第三十回记载官哥儿出生的时间）

宣和三年（辛丑，公元1121年。据第三十九回记载西门庆给官哥儿还愿的时间）

政和七年（丁酉，公元1117年。据第五十九回记载官哥儿死的时间）

按照书中所写的上述纪年，官哥死亡的年代，竟比他出生的年代还要早五年。李瓶儿在官哥儿死的同一年，即政和七年已经去世，她怎么可能在死了五年之后的宣和四年还能为西门庆生儿子呢？西门庆为官哥儿打醮还愿的时间，怎么会发生在官哥儿还未出世之前一年呢？世间竟然会有如此岁月倒流的咄咄怪事么？如果我们把第三十回写的官哥儿出生于"宣和四年"，改为"政和六年"（丙申），这样与第三十九回所写的"男官哥儿，丙申七月七廿三日申时建生"、与第五十九回所写的"哥儿生于政和丙申……"全吻合了，第三十九回为官哥儿打醮还愿的时间，则应由"宣和三年"改为"政和七年"。只要如此改动第三十、三十九回这两处的纪年，岁月倒流的谬误便能得到纠正。

类似这种纪年倒置、岁月讹错的怪事，在《金瓶梅词话》中是屡见不鲜的。如第十回写的"政和三年八月"，应为"政和四年八月"；第七十一回"诏改明年为宣和元年"，应为"诏改明年为重和元年"，第七十六回所写"伯爵看了，开年改了重和元年，该闰正月"，可以印证。

由于长篇小说头绪纷繁，人物和重大事件的年代偶有出入，这是不足为怪的。问题是像《金瓶梅》这样明摆着的时间错乱，其原因又究竟何在呢？

张竹坡说："若再将三五年间甲子次序排得一丝不乱，是真个与西门庆计账簿。有如世之无目者所云者也。故特特错乱其年谱，大约三五年间，其繁华如此。则内云某日某节，皆历历生动，不是死板一串铃，可以排头数去。而偏又能使看者五色迷目，真有如捱着一日日过去也。此为神妙之笔。嘻！技至此亦化矣哉！"① 小说不是"计账簿"，这个观点无疑地是正确的。但是，"故特特错乱其年谱"，制造混乱，使读者如坠五里雾中，明摆着写错了，还赞为"神妙之笔"，岂能令人信服？也是这个张竹坡，在他的"第一奇书"本《金瓶梅》中，就改正了《金瓶梅词话》中在时间上的一些错乱。如第二十六回来保及吴主管去东京的时间"五月二十八日"，就改为"三月念八日"，这样与第二十七回又写来保及吴主管于"五月二十八日"再次去东京给蔡太师送寿礼，时间上就对头了。第七十一回"诏改明年为宣和元年"中的"宣和"为"重和"之误，说散本也把它改正过来了。如按"特特错乱"的理论，又何必作这样的改动呢？可见张竹坡自己就是理论与实践脱节，无法自圆其说。

台湾学者魏子云一方面认为《金瓶梅》在时间上的错讹，造成"情节上的错误，是无话可以辩说的"，另一方面却又认为："都不是无意的错误"，而是在"隐指"明代万历年间的某些历史事实。② 在《金瓶梅》中用了不少明代的官职和地名，作者借宋代的历史背景写明代的现实生活，是昭然若揭，有目共睹的，何必要用时间上的错乱来"隐指"呢？这种"隐指"，如说"写于七十一回的'诏改明年为宣和元年'，实际上隐指泰昌"，这又有什么意义呢？宋代重和的纪年为一年，宣和的纪年长达七年，明代泰昌的纪年以实际仅有一个月算作一年，如果真要"隐指泰昌"，为何不径直地写"诏改明年为重和元年"，而要故意地把"重和"错写成"宣和"呢？可见这种索隐派的观点，完全是牵强附会。

---

① 张竹坡：《金瓶梅读法》之 37。
② 魏子云：《〈金瓶梅〉编年说》，见刘世德编《中国古代小说研究——台湾香港论文选辑》，上海古籍出版社 1983 年版。

大陆有的学者认为，《金瓶梅》在纪年上的错乱，是它来自集体创作的证明，"如果出现在前后文一气呵成的某一文人笔下，那是难以想象的。"①集体创作，大家分回写，各写各的部分，最后统稿也没有作仔细的审订，便匆匆付梓，以致造成时间上的前后错乱。这种解释自然是有其合理性的。但这也只是一种可能性的推想，不能作为集体创作的确证。我们还可作另一种可能性的推想，它是由某一两个文人创作，但却不是"前后文一气呵成的"，如此长篇巨著，写作时间必然很长，写到后头，忘了前头，再加上在多次的传抄和刻印过程中，又发生了种种笔误，如第二十六回的"五月二十八日"，就很可能是"三月二十八日"之笔误，"政和""重和""宣和"也只是一字之差，在抄写或刻印时写错、刻错的可能性都是存在的。这种推想，显然也不是毫无根据的。我们且不管这两种推想究竟何者为实，但由此都足以证明《金瓶梅》在艺术上的疏漏和粗糙。

其次，是在情节和文字上的前后重复。

正如车尔尼雪夫斯基所指出的："紧凑——是作品美学价值的第一个条件，一切其他优点都是由它表现出来的。"②契诃夫也说："简洁是才力的姊妹。""写作的艺术就是提炼的艺术。"③文学创作虽然并不完全排斥重复，只要这种重复有利于鲜明地衬托出故事情节和人物性格的发展，但是它绝不容纳无谓的重复和多余的赘疣。还是车尔尼雪夫斯基说得好："无情地删去一切多余的东西——这就是审读已经写下东西时的最重要的一部分工作；假使作者严格履行这个责任，他的作品就会获得许多东西，篇幅虽然减少一半，对读者的价值却要增加三十倍。"④看来《金瓶梅》的艺术缺陷之一，恰恰在于作者缺少这

---

① 徐朔方：《〈金瓶梅〉的成书以及对它的评价》，《金瓶梅论集》第59页。
② 《车尔尼雪夫斯基论文学》中卷，第247页。
③ 转引自季莫菲耶夫著《俄罗斯古典作家论》，陈冰夷译，第1139页。
④ 《车尔尼雪夫斯基论文学》中卷，第243页。

种"最重要的一部分工作"——"无情地删去一切多余的东西"。因而在作品中出现了不少情节和文字重复的现象。例如：

西门庆结拜十兄弟，在第十回已作了介绍，第十一回又介绍了一遍。不仅内容大致相同，而且语句也颇为相似。在第十回已介绍应伯爵"原是开绸绢铺的应员外儿子，没了本钱，跌落下来"。第十一回又介绍他"是个破落户出身，一分儿家财都嫖没了"。第十回已写他"专在本司三院帮嫖贴食"，第十一回又说他"专一跟着富家子弟帮嫖贴食"。在上下两回中，从内容到语句如此重复，必然在艺术上造成累赘、拖沓、令人生厌的恶劣效果。说散本《金瓶梅》把这两段的内容加以合并、改写，作为全书第一回的上半回"西门庆热结十兄弟"，这样就不仅去掉了重复、累赘的毛病，而且在结构上突出了全书的主角和主旨。

潘金莲扑蝶，陈敬济调情，在书中也写了两次。第一次是在第十九回，第二次是在第五十二回。两段描写，不仅情节雷同，而且语句相似。现将这两回有关段落的原文对照抄录如下：

第十九回金莲扑蝶

惟有金莲，且在山子前，花池边，用纱团扇扑蝴蝶为戏。不防敬济悄悄在他身背后观，戏说道："五娘，你不会扑蝴蝶儿，等我替你扑。这蝴蝶儿忽上忽下，心不定，有些走滚。"那金莲扭回粉颈，斜睃了他一眼，骂道："贼短命，人听着，你待死也！我晓得你也不要命了。"那陈敬济笑嘻嘻扑近他身来，搂他亲嘴。被妇人顺手只一推，把小伙儿推了一交。却不想玉楼在玩花楼远远瞧见，叫道："五姐，你走这里来，我和你说话。"金莲方才撇了敬济，上楼去了。原来两个蝴蝶也没曾捉的住，到订了燕约莺期，则做了蜂须花嘴。正是：狂蜂浪蝶有时见，飞入梨花没处寻。敬济见妇人去了，默默归房，心中怏然不乐。

第五十二回金莲扑蝶

惟有金莲，在山子后那芭蕉丛深处，将手中白纱团扇儿且去扑蝴蝶为戏。不防敬济蓦地走在背后，猛然叫道："五娘，你不会扑蝴蝶，等我与你扑！这蝴蝶，就和你老人家一般，有些毬子心肠，滚上滚下的走滚大。"那金莲扭回粉颈，斜睨秋波，对着陈敬济笑骂道："你这少死的贼短命，谁要你扑！将人来听见，敢待死也。我晓得你也不怕死了，搵了几锺酒儿，在这里来鬼混。"因问："你买的汗巾怎了？"那敬济笑嬉嬉向袖子中取出，一手递与他。说道："六娘的都在这里了。"又道："汗巾儿稍了来，你把甚来谢我？"于是把脸子挨向他身边，被金莲只一推。不想李瓶儿抱着官哥儿，并奶子如意儿跟着，从松墙那边走来。见金莲和敬济两个在那里嬉戏，扑蝴蝶，李瓶儿这里赶眼不见，两三步就钻进去山子里边，猛叫道："你两个扑个蝴蝶儿，与官哥儿耍子！"慌的那潘金莲恐怕李瓶儿瞧见，故意问道："陈姐夫与了汗巾子不曾？"李瓶儿道："他还没与我哩。"金莲道："他刚才袖着，对着大姐姐不好与咱的，悄悄递与我了。"于是两个坐在花台石上，打开，两个分了。

两者都同样写金莲扑蝶为戏，同样写陈敬济以蝴蝶的忽上忽下比喻潘金莲的心不定，同样写潘金莲与陈敬济打情骂俏，同样写陈敬济与潘金莲正欲亲嘴之际，被人惊散，不同的只是前者由孟玉楼瞧见，后者被李瓶儿发现。可取之处只在于后者显示出了李瓶儿主动退让、避嫌和潘金莲随机应变的性格特色。说散本《金瓶梅》第五十二回把前面重复的部分，由扑蝶改成摘花，就显得比词话本稍胜一筹。

冯妈妈经手卖丫头的情节，不仅前后重复，而且张冠李戴。在第二十四回已经写过冯妈妈领了两个丫头要找买主,孟玉楼对她说:"如今你二娘(指李娇儿)房里只元宵儿一个,不勾使,还寻大些的丫头使唤。你倒把这大的卖与他罢。"因此该回末尾写道:"那日冯妈妈送了丫头来,约十三岁,先到李瓶儿房里看了,送到李娇儿房里,李娇儿用五两银子,买下房中伏侍。不在话下。"可是到第三十回又写:"李瓶儿道:'老冯领了个十五岁的丫头,后边二姐买了房里使唤,要七两五钱银子。请你过去瞧瞧。要送与他去哩。'这金莲遂与李瓶儿一同后边去了。李瓶儿果然问了西门庆,用七两银子买了丫头,改名夏花儿,房中使唤。不在话下。"李娇儿房里一共两个丫头,原有一个元宵儿,后又向冯妈妈买了一个大的,叫夏花儿,在第二十四回已经交代清楚,怎么到第三十回李瓶儿又"用七两银子买了丫头,改名夏花儿"?这里不仅前后情节重复,而且买丫头夏花儿的"李瓶儿",显系"李娇儿"之误。因为只有李娇儿有个大丫头叫夏花儿,李瓶儿的丫头叫绣春、迎春,是早在第十回、第十三回就写明了的;再说李瓶儿有的是银子,她要买丫头也根本无需向西门庆要银子。

任太医给李瓶儿看病的情节,不仅前后重复,而且前后情节自相矛盾。在第五十四回末尾已写到任太医给李瓶儿看病,开药方,并派书童跟任太医回去取了药,李瓶儿服了药,"到次早,西门庆将起身,问李瓶儿:'昨夜觉好些儿么?'李瓶儿道:'可霎作怪,吃了药,不知怎地睡的熟了。今早心腹里,都觉不十分疼了。学了昨的下半晚,真要疼死人也。'西门庆笑道:'谢天,谢天。如今再煎他二钟吃了,就全好了。'迎春就煎起第二钟来吃了。"可是,紧接着在下一回却又写道:"却使任医官看了脉息,依旧到厅坐下。西门庆便开言道:'不知这病症看得何如?没的甚事么?'任医官道:'夫人这的病,原是产后不慎调理,因此得来。……如今夫人两手脉息虚而不实,按之散大,却又软不能自固。这病症都只为火炎肝腑,土虚木旺,虚血妄行。若今番不治,他后边一发了不的了。'"这话语之间,清楚地表明:任医官是第一次给李瓶儿看病。这就不仅在是什么病情、吃什么药、由书童买药等情节上与前回重复，而且与前回刚写过吃了任太医的药，李瓶儿的病情已大有好转，造成前后矛盾，令人感到莫名惊诧。说散本《金瓶梅》为了弥补这个缺陷，便在第五十四回末只写任太医诊断病情，而将任太医叙述病症、书童买药、李瓶儿服药等与下回重复、矛盾的情节全部删去，这才避免了情节的前后重复和矛盾。

还有的重复，造成了人物性格的突兀。如第七十三回写杨姑娘与吴月娘谈论潘金莲"原来这等聪明"，"孟玉楼在旁戏道：'姑奶奶你不知，我三四胎儿只存了这个丫头子。这丫头这般精灵儿古怪的，如今他大了，成了人儿，就不依我管教了。'金莲便向他打了一下，笑道：'你又做我的娘起来了。'"第七十五回写春梅叫申二姐唱小曲，遭到申二姐的拒绝，因而引起春梅的怒骂。为了给春梅消气，作者也写迎春以妈妈劝女儿的口吻说道："胡乱且吃你妈妈这钟酒儿罢。"那春梅忍不住笑骂迎春，说道："怪小淫妇儿，你又做起我妈来了！"第七十六回潘金莲与吴月娘吵架，孟玉楼劝和，又以妈妈劝女儿的口吻对潘金莲说："我儿，还不过来与你娘磕头！"一边又对吴月娘说："亲家，孩儿年幼，不识好歹，冲撞亲家。高抬贵手，将就他罢，饶过这一遭儿。到明日再无礼，犯到亲家手里，随亲家打，我老身却不敢说了。""那潘金莲插烛也似与月娘磕了四个头，跳起来赶着玉楼打道：'汗邪了你这淫妇，你又做我娘来了。'连众人都笑了，那月娘忍不住也笑了。玉楼道：'贼奴才，你见你主子与了你好脸儿，就抖毛儿打起老娘来了。'"这里在第七十三、七十五、七十六回先后三次分别写孟玉楼与迎春戏称自己是潘金莲与春梅的娘，虽然前后情节重复，但可以看出一次比一次写得好，尤其是第三次写孟玉楼以戏称老娘来与吴月娘和潘金莲劝和，显得很有性格和情趣，而在前两次写得就与人物性格有点突兀了。

最令人不解的是，在同一回紧相连接的两段文字之间，竟然也出现了重复。如第八十三回在写明秋菊向吴月娘揭发了潘金莲与陈敬济的奸情之后，"虽是吴月娘不信秋菊说话，只恐金莲少女嫩妇，没了汉子，日久一时心邪，着了道儿。恐传出去，被外人辱耻。"因此，"又以爱女之故，不教大姐远出门，把李娇儿厢房挪与大姐住，教他两口儿搬进后边仪门里来。遇着傅伙计家去，教陈敬济轮番在铺子里上宿。取衣物药材，同玳安儿出入。各处门户都上了锁钥，丫鬟妇女无事不许往外边去。凡事都严禁。这潘金莲与敬济两个热突突恩情都间阻了。"可是在写了"有诗为证"之后，紧接着这一段作者却又重复地写道："潘金莲自被秋菊泄露之后，月娘虽不见信，晚夕把各处门户都上了锁，西门大姐搬进李娇儿房中居住，敬济寻取药材、衣物，同玳安或平安眼（跟）同出入，二人恩情都间阻了，约一个多月不曾相会一处。"崇祯本《金瓶梅》将"月娘虽不见信……二人恩情都间阻了"，共五十六个字全部删去，代之以"与敬济"三个字，就如同割掉赘疣一样，干净利落了。

上述情节和文字的重复，充分说明《金瓶梅》在艺术上的疏漏和粗糙。如果付梓前经过统一的加工和审慎的定稿，这些重复的现象是不难发现和纠正的。事实上崇祯本和"第一奇书"本《金瓶梅》已经作了一些弥补。

再次，是情节错乱，漏洞百出。例如：

《水浒传》中的武大与潘金莲婚后不久即一直在紫石街居住。《金瓶梅》作者改写成武大先后四次搬家。第一次，是"自从与兄弟分居之后，因时遭荒馑，搬移在清河县紫石街，赁房居住"。第二次，"那消半年光景，又消折了资本，移在大街坊张大户家临街房居住。"第三次，因张大户与潘金莲勾搭，张死后，武大夫妇被逐，"又寻紫石街西王皇亲房子，赁内外两间居住。"第四次，因潘金莲勾引子弟，"武大在紫石街住不牢"，变卖潘的首饰，"典得县门前楼，上下两层四间房屋居住。""武大自从搬到县西街上来，照旧卖炊饼。"（以上四次搬家均见第一回）《金瓶梅》作者既已写明武大夫妇的住址从紫石街搬到县西街，可是后文写西门庆勾搭潘金莲时，却依然因袭《水浒传》

中所写"径往紫石街来"（第3回），形成了前后矛盾，把本来连贯的情节改得不连贯了。这是《金瓶梅》改编《水浒传》的故事所留下的明显的痕迹，也是《金瓶梅》作者在艺术上的加工修改颇为草率的有力证明。

第十四回写花子虚为兄弟争家产而吃官司，李瓶儿把三千两大元宝和四口描金箱柜的珍宝都私交给西门庆，"西门庆道：'只怕花二哥来家寻问，怎了？'妇人道：'这个都是老公公在时，梯己交与奴收着的，之物他一字不知，大官人只顾收去。'"就在这同一回，接着写"花子虚打了一场官司出来，没分的丝毫，把银两、房舍、庄田又没了，两箱内三千两大元宝又不见踪影，心中甚是焦燥。因问李瓶儿，查算西门庆那边使用银两下落"。李瓶儿说："你那三千两银子，能到的那里？蔡太师、杨提督好小食肠儿，不是惹大人情嘱的话，平白拿了你一场，当官蒿条儿也没曾打在你这王八身上，好好放出来，教你在家里惹说嘴。"可见花子虚是知道家中有三千银两的。那么，李瓶儿为什么又对西门庆说"他一字不知"呢？这种前后矛盾，不能不说是作品在艺术上的疏漏之处。

在第四十七回末尾以及第四十九回开头，已经写明苗青是杀害苗天秀的凶手，巡按山东御史曾孝序"明文下来"，要求"沿河查访苗天秀尸首下落"。可是接着写阳谷县县丞狄斯彬在慈惠寺附近的新河口查到已埋入土的尸体，"宛然颈上有一刀痕"，"县丞即令拘寺中僧行问之，皆言：去冬十月中，本寺因放水灯儿，见一死尸，从上流而来，漂入港里。长老慈悲，故收而埋之。不知为何而死。"众僧所说的是实情，可是狄县丞却武断地认为："'分明是汝众僧谋杀此人，埋于此处。想必身上有财帛，故不肯实说。'于是不由分说，先把长老一箍、两拶、一夹一百敲，余者众僧都是二十板，俱令收入狱中。回覆曾公，再行报看。各僧皆称冤不服。"如果这是为了坐实狄县丞"问事糊突，人都号他做狄混"的话，那么，曾孝序既是个清官，又已知道案情，总该纠正狄混的糊突了吧，可是作者接着却写"曾公寻思：既是此僧谋死，尸必弃于河中，岂反埋于岸上，又说干碍人众，此有可疑。因令将众僧收监。将近两月，不想安童来告此状，即令委官押安童前至尸所，令其认视。这安童见其尸，大哭道：'正是我的主人，被贼人所伤，刀痕尚在。'于是检验明白，回报曾公。即把众僧放回。一面查刷卷宗，复提出陈三、翁八审问，执称苗青主谋之情。曾公大怒，差人行牌，星夜往扬州提苗青去了；一面写本参劾提刑院两员问官受赃卖法"（第四十八回）。如此说来，狄县丞查到死尸，关押众僧，是在安童向曾御史告状之前两个月的事情；可是狄县丞之所以查访死尸，作者写明是在曾御史接到安童的告状之后，由曾御史明文批示给东平府尹胡师文及阳谷县丞狄斯彬的。叙述同一个情节的始末，竟然如此因果颠倒，糊突透顶，这种疏漏，令人实在难以容忍。

第七十七回写苗青为报答西门庆的活命之恩，给他买了个名唤楚云的十六岁女子。"待开春，韩伙计、保官儿船上带来，伏侍老爹，消愁解闷。"西门庆听说那女子"端的有沉鱼落雁之容，闭月羞花之貌。腹中有三千小曲，八百大曲。端的风流如水晶盘内走明珠，态度似红杏枝头推晓日"。"于是恨不的腾云展翅，飞上扬州，搬取娇姿，赏心乐事。"既然如此迫不及待，可是到第八十一回当韩道国与来保到苗青处时，西门庆和苗青却只字未提带楚云之事，只说苗青"打点了些人事礼物"。崇祯本《金瓶梅》为弥补这个明显的漏洞，不得不加上一段："不想苗青讨了送西门庆的那女子楚云，忽生起病来，动身不得。苗青说等他病好了，我再差人送了来罢。"

第五十九回写明官哥儿"只活了一年零两个月"，孟玉楼也说官哥儿活了"圆圆的一年零两个月"，阴阳徐先生还说："哥儿生于政和丙申六月廿三日申时，卒于政和丁酉八月廿三日申时"，也是恰好一年零两个月。可是第八十五回作者却写潘金莲说"李瓶儿孩子周半还死了哩"。明明是一周零两个月死的，怎么又说成是"周半"呢？官哥儿出生时，潘金莲气得偷偷地哭泣（第三十回），官哥儿的死，是潘金莲亲自用驯猫扑食的阴谋手段害死的，她对于官哥儿一共活了多少岁月难道还不清楚吗？

第七十六回写西门庆说有个名叫宋得的，跟后丈母通奸，被告发，"这一到东平府，奸妻之母，系缌麻之亲，两个都是绞罪。"可是第八十六回却又写陈敬济说："我把这一屋子里老婆都刮剌了，到官也只是后丈母通奸，论个不应罪名。"同样是与后丈母通奸，一个说要处以"绞罪"，一个却满不在乎地说只是"论个不应罪名"，这究竟是怎么回事呢？

如果说上述漏洞，还是属于局部性的，那么，作为后二十回情节主线的庞春梅与陈敬济的关系不合情理，就是带有全局性的问题了。在前八十回中，已经一再写明，守备周秀与西门庆的交往是十分密切的。第十二回写西门庆过生日，周守备在他家整整吃了一天的酒。周守备是西门庆家的常客，连他家的奴婢都认识。当春梅后来嫁给他时，作者写道："周守备见了春梅，生的模样儿比旧时又红又白。"（第八十六回）可是他对一贯住在西门庆家的女婿陈敬济怎么会不认识呢！李瓶儿死后，周守备等特地送了"一副猪羊吃桌祭奠"，"良久，把祭品摆下，众官齐到灵前，西门庆与陈敬济伺候还礼。"（第六十四回）李瓶儿出殡，"西门庆预先向帅府讨了五十名巡捕军士"助威，作者一再写"那女婿陈敬济跪在枢前摔盆"，"陈敬济紧扶棺舆走"，"陈敬济跪在面前，那殡停住了"，"陈敬济扶枢，到于山头五里原，……才下葬掩土。西门庆易服，备一对尺头礼，请帅府周守备点主。"（第六十五回）陈敬济在给李瓶儿送葬中扮演了如此突出的角色，参加送葬的周守备对他怎么会没有一点印象呢？第九十四回庞春梅向周守备谎称陈敬济是她的姑表兄弟，周守备怎么会一点不觉察，竟然听任春梅留他在身边，继续他们在西门庆家早已开始的奸夫淫妇的生活呢？"第一奇书"本《金瓶梅》为了弥补这个大漏洞，特地加了一段："看官听说，若论周守备与西门庆相交，也该认得陈敬济，原来守备为人老成正气，旧时虽然来往，并不留心管他家闲事。就是时常宴会，皆同的是荆都监、夏提刑一班官长，并未与敬济见面。况前日又做了道士一番，那里还想的到西门庆家女婿？所以被他二人瞒过，只认是春梅姑表兄弟。"（第九十七回）这种辩解，不仅徒劳，而且欲盖弥彰。"为人老成正气"，"不留心管他家闲事"，难道既常来常往连他家里的人都不认识么？"时常宴会""并未与敬济见面"，祭奠李瓶儿及给李瓶儿送葬，不是两次都与陈敬济见面了么？怎么就不会"想的到西门庆家女婿"呢？

这里的破绽不仅反映在周守备竟然不认识陈敬济这个大关节上，而且还表现在一系列的细节描写上。如文龙在《金瓶梅》第九十四回的批语中所指出的："此一回欲使陈、庞凑合一起，而又无因凑合之，又有孙雪娥在旁碍眼，故必先令闻其名，然后罗而致之，方不为无因。于是有刘二撒泼一事，此截搭渡法也。但渡要渡得自然，不要渡得勉强。刘二不过要房钱耳，有金宝鸨子在，何至殴打冯金宝；既打冯金宝，为何又打陈敬济？或谓酒醉故也。既已并打矣，自有众人说散，何为又送守备府？小人虽狗仗人势，然亦自有斟酌，何至凶暴至此，视守备衙门直如张胜衙门也。路非咫尺，事非重大，刘二送之，张胜收之，周老又复打之，此其间方引出春梅来，许多纠缠，着意只在此一处。然未免有许多生拉硬扯，并非水到渠成，有不期然而然之趣，此作者未尝用心之过也。"

上述情节上的漏洞、破绽和矛盾，不仅破坏了情节自身的合理性和连贯性，而且也有损于人物形象的真实性和作品结构的缜密性。这不仅是"作者未尝用心之过也"，也是从吸收说唱话本等传统题材刚刚过渡到作家独创长篇小说，在艺术上还缺乏足够的驾驭能力的历史条件决定的。

第四，在文体上生搬硬套戏曲的表现手法，造成形式和内容之间的不协调。

各种文体皆有自己不同的特点和表现手法，正如明人徐师曾所指出的："夫文章之有体裁，犹宫室之有制度，器皿之有法式也。为堂必敞，为室必奥，为台必四方而高，为楼必狭而修曲，为笪必圜，为筐必方，为簋必外方而内圈，为篆必外圜而内方，夫固各有当也。苟舍制度法式，而率意为之，其不见笑于识者鲜矣，况文章乎？"①各种文体之间虽然有共同点，在表现手法上也可以互相吸收，但能否熔为一炉，充分发挥本文体的特长，这是一种文体是否臻于成熟的重要标志。

戏曲因为受舞台空间和时间的限制，有时需要通过旁白的手法，来展示人物的内心世界和真实面目。如《宝剑记》第二十八出写有个姓赵的太医上场后自报家门：

> 我做太医姓赵，门前常有人叫。
>
> 只会卖杖摇铃，那有真材实料。
>
> 行医不按良方，着脉全凭嘴调。
>
> 撮药治病无能，下手取积儿妙。
>
> 头疼须用绳箍，害眼全凭艾醮。
>
> 心疼定敢刀剜，耳聋宜将针套。
>
> 得钱一味胡医，图利不图见效。
>
> 寻我的少吉多凶，到人家有哭无笑。
>
> 正是：半积阴功半养身，古来医道通仙道。

《金瓶梅》第六十一回把戏曲《宝剑记》中的这段文字全部抄录过来，作为西门庆给李瓶儿请来治病的赵太医在西门庆等众人面前说的话，这就使读者感到莫名惊诧了：身为医生的赵太医，怎么可能在病家面前自称："只会卖杖摇铃，那有真材实料"，他究竟还想不想让人家请他看病呢？既然医生本人已经当面明言，他是"得钱一味胡医，图利不图见效"，西门庆为什么还要请他

---

① 徐师曾：《文体明辨序》，见《文体明辨序说》卷首，人民文学出版社出版。

给李瓶儿看病呢？难道他不想找个好医生来把李瓶儿的病治好么？把戏曲这种旁白的表现手法，生搬硬套在小说的人物语言之中，这就破坏了小说叙事观点的统一性和人物关系的真实性。类似这种情况的还有第三十回接生婆蔡老娘上场的韵语"自报家门"，第四十回虽然说是"时人有几句夸赞这赵裁好处"，而接着写的赞语本身，却仍是用的第一人称"自报家门"："我做裁缝姓赵，月月主顾来叫……"而赞语本身又有"不拘谁家衣裳，且交印铺睡觉。随你催讨终朝，只拿口儿支调"。这分明是对其缺点的自我写照，或无情讽刺，又怎么能说成是"夸赞"呢？如果说是名为夸赞，实为讽刺，西门庆为什么又请他做衣服呢？明显地暴露出艺术形式和内容之间存在着尖锐的矛盾。

又如第九十回写"那李贵诨名号为'山东夜叉'，头戴万字巾，脑后扑匾金环，身穿紫窄衫，销金裹肚，脚上鞴蹋腿绷，乾黄鞴靴，五彩飞鱼袜口，坐下银鬃马，手执朱红杆明枪头招风令字旗，在街心扳鞍上马"。这是作者的客观叙述，是完全符合小说的艺术特点的，可是作者接着却插入戏曲人物自报家门的手法，写李贵"高声说念一篇"道：

> 我做教师世罕有，江湖远近扬名久。双拳打下如锤钻，两脚入来如飞走。南北两京打戏台，东西两广无敌手。分明是个铁嘴行，自家本事何曾有。少林棍，只好打田鸡；董家拳，只好吓小狗。撞对头不敢喊一声，没人处专会夸大口。骗得铜钱放不牢，一心要折章台柳。……

这李贵为什么要如此"高声说念一篇"呢？如果是演员在戏台上演戏，戏曲中惯用这种自报家门的表现手法，观众还可理解；把它放在酷似真实生活的小说之中，则叫人感到太突兀了，甚至不禁使人怀疑李贵的这种表现是不是有点神经质？否则他怎么会这样不惜往自己身上泼污水？值得注意的是，这种自报家门式的韵语，不仅自我暴露的内容风格相似，而且七字句的形式，甚至连韵脚都相同，成了完全公式化的老套子。这就同小说的描写要求别开生面，人物富有个性化，显得更加格格不入了。

形式是受内容制约，并为表达内容服务的。小说是属于记叙文。文与诗虽然也可以互相取长补短，如前人所说："文中有诗，则语句精确；诗中有文，则词调流畅。"① 但是它们毕竟是两种不同的文体："有所记述之谓文，吟咏情性之为诗。"② 把适宜于吟咏情性的诗体词曲，生拉硬扯成用于叙述的人物对话，这也是《金瓶梅》作者以文体的混乱，造成内容与形式不相协调的一个突出表现。例如：

在人物对话当中突然插入一段词曲，造成词曲的表达形式与人物对话的方式不协调。当西门庆忙着娶孟玉楼，把潘金莲撇在一边个把月，西门庆的小厮玳安把真实情况告诉潘金莲之后，作者写道："这妇人不听便罢，听了由不的那里眼中泪珠儿顺着香腮流将下来。玳安慌了，便道：'六姨，你原来这等量窄，我故便不对你说。对你说，便就如此。'妇人倚定门儿，长叹了一口气，说道：'玳安，你不知道，我与他从前已往那样恩情，今日如何一旦抛闪了。'止不住纷纷落下泪来。玳安道：'六姨，你何苦如此？家中俺娘也不管着他！'妇人便道：'玳安，你听告诉。另有前腔为证：乔才心邪，不来一月。如绣鸳衾旷了三十夜。他俏心儿别，俺痴心儿呆。不合将人十分热。常言道容易得来容易舍。兴，过也；缘，分也。'说毕，又哭了。玳安道：'六姨，你休哭。……'"这里所插入的《前腔》，分明是《山坡羊》曲词，是以唱代说。可是作者不写"唱毕"，却写"说毕"。既然是"说"，又何必用唱的词曲形式呢？除了戏曲以外，在现实生活里哪有人物对话当中突然唱起词曲来的

---

① 宋·蔡梦弼：《草堂诗话》卷一，见《历代诗话续编》。
② 金·元好问：《杨叔能小亨集引》，见《遗山先生文集》卷三十六。

呢？这不显得太不真实、太不协调了么？

互相以曲词作为吵架、詈骂的语言，造成语言表达方式与环境气氛的不协调。当西门庆撞见妓女李桂姐在接待别的客人时，作者写道："西门庆心中越怒起来，指着骂道，有《满庭芳》为证"：

> 虔婆你不良，迎新送旧，靠色为媚。巧言词将咱诓，说短论长。我在你家使勾有黄金千两，怎禁卖狗悬羊？我骂你句真伎俩媚人狐党，衔一片假心肠！
>
> 虔婆亦答道：官人听知：
>
> 你若不来，我接下别的，一家儿指望他为活计。吃饭穿衣，全凭他供柴籴米。没来由暴叫如雷，你怪俺全无意。不思量自己，不是你凭媒婆娶的妻。

这里，西门庆和妓院的虔婆都是以唱《满庭芳》词曲的形式来互相詈骂的。怒不可遏，互相斥责。这是一种非常急迫、紧张的环境气氛，而唱小曲尽管也可以表达愤怒的感情，但互相用唱小曲来詈骂则必然使急迫、紧张的环境气氛舒缓下来，何况在现实生活中哪有这样滑稽的事儿——以歌唱代替詈骂的呢？因此，这既使歌唱的形式与紧张的环境气氛相抵牾，又人为地把生活的真实扭曲了，令人感到别扭得很。

更令人感到诧异的，是当西门庆已病入膏肓，即将断气身亡之际，竟然有气力、有兴致用唱小曲的形式，来对吴月娘作临终遗言。作者写"西门庆道：'你休哭，听我嘱付你，有《驻马听》为证'"：

> "贤妻休悲，我有衷情告你知：妻，你腹中是男是女，养下来看大成人，守我的家私。三贤九烈要贞心，一妻四妾携带着住。彼此

光辉光辉，我死在九泉之下口眼皆闭。"

月娘听了，亦回答道：

"多谢儿夫，遗后良言教道奴。夫，我本女流之辈，四德三从，
与你那样夫妻。平生作事不模糊，守贞肯把夫名污。生死同途同途，
一鞍一马不须分付。"

在这之前，西门庆已"不觉哽咽，哭不出声来"，吴月娘也"放声大哭，
悲恸不止"，在双方悲伤、激动得如此难以控制的情况下，说话尚且困难，小
曲又怎么能唱得出口呢？何况西门庆的唱词，跟他在这之前对吴月娘所说的：
"我觉自家好生不济，有两句遗言和你说：我死后，你若生下一男半女，你姊
妹好好待着，一处居住，休要失散了，惹人家笑话。"曲词的语义与此是重复
的。吴月娘的唱词，以"四德三从"，"平生作事不模糊"，自赞自夸，也显
得很不得体。说散本《金瓶梅》把这两支曲词全部删掉，不仅在文体上切合小
说的要求，而且在文字表达上也神似意足了。

因此，恰如有的学者所指出的，《金瓶梅》作者对于词曲的癖好，有时竟
使"他牺牲了现实主义的逻辑，以满足介绍词曲的欲望"，这"对于小说的功
能并无丝毫裨益"，反而使他仿佛成了"故意跟自己捣蛋的作家"①。

四、形成《金瓶梅》艺术缺陷的原因

一系列的事实说明，《金瓶梅》的艺术缺陷是多方面的，也是颇为突出、
相当严重的。这是不容掩饰，也无法否认的客观存在。问题是我们对这些现
象，该作何种解释？究竟应如何认识？其原因何在？

---

① 夏志清：《〈金瓶梅〉新论》，美国《知识分子》杂志 1984 年 10 月号。

有的学者认为："这些事实，充分说明了《词话》本，根本不是作家个人创作，无论哪一个笨拙的作家，也写不出如此众多的败笔。"① 他们以此论证："《金瓶梅》是世代累积型的集体创作。"② 甚至断言《金瓶梅词话》本身就是"一部完整的未经文人写定的民间长篇说唱'底本'"③。

笔者认为，以《金瓶梅》存在的种种艺术缺陷，来否定兰陵笑笑生对《金瓶梅》的个人著作权，根据是很脆弱的，理由是很不充足的。因为：

第一，在我们今天所见到的《金瓶梅词话》最早刊本明万历四十五年丁巳（1617）东吴弄珠客序本上，有署名欣欣子的序。在该序言的开头就写道："窃谓兰陵笑笑生作《金瓶梅传》，寄意于时俗，盖有谓也。"结尾又称："吾故曰笑笑生作此传者，盖有所谓也。"两次确认《金瓶梅》为"笑笑生作"，而且这个欣欣子在该序中又自称笑笑生为"吾友"，以深知其人及其创作意图自居。在未发现确凿的证据足以推翻这个历史记载之前，我们没有理由不相信欣欣子说的是事实。这与《三国演义》《水浒传》的最早版本写明是"编"，情况迥然不同。如明代郎瑛在《七修类稿》中所指出的："《三国》《宋江》二书，乃杭人罗本贯中所编。予意旧必有本，故曰编。"可见明代人对于"作"和"编"，是分得很清楚的，不容混淆的。

第二，我们说《三国演义》《水浒传》《西游记》等是在说唱话本的基础上由作家加工创作的，这不但有历史上流传下来的《三国志平话》《大宋宣和遗事》《大唐三藏取经诗话》等话本作证，而且从唐代李商隐的《骄儿诗》，宋代苏轼的《志林》，孟元老的《东京梦华录》等作品中，皆可以找到当时流行说三国故事的记载，宋人罗烨的《醉翁谈录》中有说《石头孙立》《青面兽》《花和尚》《武行者》等水浒故事的记载，明代《永乐大典》

---

① 刘辉：《金瓶梅成书与版本研究》，辽宁人民出版社 1986 年版，第 20 页。
② 徐朔方：《〈金瓶梅〉的成书以及对它的评价》，《金瓶梅论集》第 55 页。
③ 刘辉：《金瓶梅成书与版本研究》，辽宁人民出版社 1986 年版，第 36 页。

第一万三千一百三十九卷"送"韵"梦"字条下，有"梦斩泾河龙"一段一千二百余字的古本《西游记》佚文，还有朝鲜古汉语教科书《朴通事谚解》的注文中引录的话本《西游记》的故事；这些都是毋庸置疑的铁证。《金瓶梅》如果也跟它们一样"是世代累积型的集体创作"，怎么既无"累积"初期的话本片段流传下来，在所有的书籍中又找不到《金瓶梅》成书前有说唱金瓶梅故事的历史记载呢？它既是"世代累积"的，竟然会在"世代"的历史记载中不留下丝毫的痕迹么？我们不能只根据《金瓶梅》作品中存在的一些现象加以推测，而要以可靠的历史文献为证据。从历史文献中，找不到如《三国演义》《水浒传》《西游记》那样有《金瓶梅》说唱话本流传的确凿铁证，就把《金瓶梅》说成跟它以前的作品一样是"世代积累型的集体创作"，这是难以成立，更不能令人信服的。

第三，从《金瓶梅》所反映的社会内容来看，它是属于明代中叶以后，城市资本主义经济萌芽，市民意识蓬勃兴起，传统的封建文化和伦理道德观念在急剧衰落，封建阶级的统治日趋腐朽，而新生的市民阶层又尚未觉悟，仍然依附于封建统治阶级，还未形成与封建统治阶级相抗衡的独立的政治力量，也就是说，那是个旧的统治已经衰朽，而新生的力量又尚未成熟的极其令人窒息的黑暗时代的反映。它所具有的鲜明的时代特色，表明它不像是"世代累积型"的，而是以当时的现实生活为源泉创造出来的。它跟《三国》《水浒》《西游》等作品囿于传统题材，世代相传，在思想内容上就表现出"世代累积型"的特点，而缺乏特定的具体时代特色，是迥然有别的。

第四，从《金瓶梅》的艺术特色来看，它从反映重大的社会政治历史题材，变为描写日常的家庭生活和社会世情，从粗犷的大笔勾勒，变为细致的工笔描绘，从塑造顶天立地的英雄人物形象，变为刻画日常生活中普通的小人物，从理想与真实相统一、歌颂与暴露相结合的艺术方法，变为直率的逼真的写实和以无情的赤裸裸的暴露为主的艺术方法，从以故事情节发展为线索的板块拼接或短篇连环式的结构，变为以人物性格的发展为线索，伏脉千里，前呼后应的有机整体结构，从乐观、豪放、明朗、外露的艺术风格，变为悲观、厌世、灰暗、辛辣的艺术风格，这些都明显地带有文人作家创作的个性特色，而跟在话本小说基础上加工的"世代累积型的集体创作"的作品，显然是别具特色，各极其妙。

第五，从《金瓶梅》所存在的种种艺术缺陷来看，如题材内容上某些片段对旧作的因袭，穿插了大量曲词，"有诗为证""看官听说"等话本熟套，人物姓名、年龄、故事情节、时间顺序有某些重叠、错讹，等等，这些常常被持"世代积累型的集体创作"论者作为证据指出来的，实际上这一切却并非《金瓶梅》中所特有的现象。《红楼梦》是学术界公认的曹雪芹个人创作，而且经过作者"披阅十载，增删五次"①，上述缺陷和错讹之处，不是也仍然存在吗？②只不过在程度上不像《金瓶梅》那样突出和严重罢了。古今中外的文学史上无数事实证明，一部头绪纷繁、卷帙浩大的长篇小说，出现某些疏漏，是难免的，何况《金瓶梅》还是我国第一部由文人独创的长篇小说，如果没有那些艺术缺陷，那才真是怪事呢！正如列夫·托尔斯泰所说的，连"好的作家也常常碰到一些不可饶恕的疏忽"。他举出柯罗连柯的书中一段描写："当响起晨祷钟声的时候，一轮明月照耀得如同白昼一般。而复活节时不可能有满月。"托尔斯泰认为这种疏忽"没有什么了不起"，读者"不过是失望罢了"。③同样，我们对《金瓶梅》中的一些艺术缺陷也不必大惊小怪，如果由此深文周纳，再作进一步的推测，那就有陷入主观唯心论的危险。

因此，在没有从历史文献中发现直接的证据，足以证明《金瓶梅》是"世

---

① 曹雪芹：《红楼梦》第一回。

② 前人曾指出《红楼梦》中错讹、疏漏之处达数十条之多，详见一粟编《古典文学研究资料汇编·红楼梦卷》，中华书局 1963 年版，第 78—81、104—111、150—153、172—175 页。

③ 见《列夫·托尔斯泰论创作》，第 136 页。

代积累型的集体创作"之前，我们把《金瓶梅》本身存在的艺术缺陷，与其看成是说唱话本的特色，不如把它们看成是早期的作家创作仍然摆脱不了说唱话本的影响，在艺术上尚不够成熟，缺乏足够的独立创作才能，难免还有美中不足的表现，更为切合中国小说发展的客观实际和历史轨迹。

既然如此，那么，我们又应如何解释《金瓶梅》中明显存在的故事情节重复、矛盾等等错讹呢？有的学者认为，这是"由于作者仓促成书"①。此外，我们还要考虑到作为早期的文人创作，《金瓶梅》这样的长篇巨著，从写成初稿到以手抄本的形式流传，再到最后刻印流传，这中间似经过他人的增订、修补。从我们今天所见到的历史记载来看，《金瓶梅》在刻印流传之前，人们看到的皆非全帙。如：

（1）明代袁宏道在《与董思白书》中说："《金瓶梅》从何得来？伏枕略观，云霞满纸，胜于枚生《七发》多矣。后段在何处？抄竟当于何处倒换？幸一的示。"②

（2）明代袁中道在《游居柿录》中写道："往晤董太史思白，共说诸小说之佳者。思白曰：'近有一小说，名《金瓶梅》，极佳。'予私识之。后从中郎真州，见此书之半，大约模写儿女情态俱备，乃从《水浒传》潘金莲演出一支。"③

（3）明代屠本畯在《山林经济籍》中说："按《金瓶梅》流传海内甚少，书帙与《水浒传》相埒。相传嘉靖时，有人为陆都督炳诬奏，朝廷籍其家。其人沉冤，托之《金瓶梅》。王大司寇凤洲先生家藏全书，今已失散。往年予过金坛，王太史宇泰出此，云以重赀购抄本二帙。予读之，语句宛似罗贯中笔。复从王征吾百谷家，又见抄本二帙，恨不得睹其全。"④

① 黄霖：《〈金瓶梅〉作者屠隆考》，《复旦学报》1984年第2期。

② 《袁中郎全集》卷一尺牍，《有不为斋丛书》本。

③ 《袁小修日记》，《中国文学珍本丛书》本。

④ 据阿英《金瓶梅杂话》转录，见1958年古典文学出版社印《小说闲谈》。

（4）明代薛冈在《天爵堂笔余》中说："往在都门，友人关西文吉士以抄本不全《金瓶梅》见示，余略览数回，谓吉士曰：'此虽有为之作，天地间岂容有此一种秽书？当急投秦火。'后二十年，友人包岩叟以刻本全书寄敝斋，予得尽览。'"①

（5）明代谢肇淛的《金瓶梅跋》称："此书向无镂版，抄写流传，参差散失。唯弇州家藏者最为完好。余于袁中郎得其十三，于丘诸城得其十五，稍为厘正，而阙所未备，以俟他日。"②

（6）明代沈德符的《万历野获编·词曲·金瓶梅》称："袁中郎《觞政》以《金瓶梅》配《水浒传》为外典，予恨未得见。丙午，遇中郎京邸，问：'曾有全帙否？'曰：'第睹数卷，甚奇快。今惟麻城刘涎白承禧家有全本，盖从其妻家徐文贞录得者。'又三年，小修上公车，已携有其书，因与借抄絜归。吴友冯梦龙见之惊喜，怂恿书坊从重价购刻；马仲良时榷吴关，亦劝予应梓人之求，可以疗饥。予曰：'此等书必遂有人板行，但一刻则家传户到，坏人心术，他日阎罗究诘始祸，何辞置对？吾岂以刀锥博泥犁哉！'仲良大以为然，遂固箧之。未几时，而吴中悬之国门矣。然原抄本实少五十三回至五十七回，遍觅不得，有陋儒补以入刻，无论肤浅鄙俚，时作吴语，即前后血脉，亦绝不贯串，一见知其赝作矣。"③

上述六条明代人的记载，证明：（1）《金瓶梅》曾长期以零散的抄本流传，人皆未睹其全；（2）虽然有人听说王凤洲、刘涎白家藏有《金瓶梅》全本，但也只是传闻，始终未有目睹全本的直接的证人；（3）《金瓶梅》的刊刻本也不是原本全帙，而是拼凑、增补的，如谢肇淛说："余于袁中郎得其十三，

① 据马泰来《有关〈金瓶梅〉早期传播的一条资料》转录，见《光明日报》1984年8月14日。

② 谢肇淛：《小草窗文集》卷二十四，据《中华文史论丛》1980年第4辑所载马泰来《谢肇淛的〈金瓶梅跋〉》文中所引转录。

③ 沈德符：《万历野获编》卷二十五。

于丘诸城得其十五，稍为厘正，而阙所未备。"沈德符则明确指出，五十三至五十七回是"陋儒补以入刻"。既然流传下来的《金瓶梅》刊刻本并非来自原作者齐全的定稿本，而是根据零散流传的抄本拼凑、增补而成的，这当中出现前后重复、矛盾、错讹、疏漏，那就是很自然的，一点也不足为怪了。何况它还是第一部由文人创作的长篇小说，一边创作，一边就以零散的抄本传开了，在传抄的过程中，作者又很可能传出不同的稿本，传抄者又难免抄错、散失，最后把不同的抄本拼凑、补齐、印刻出来，其在艺术上的破绽百出和粗糙不堪，自然也就是很难避免的了。我们必须从这些有历史记载可查的《金瓶梅》创作和流传的实际出发，对其存在的艺术缺陷作实事求是的分析；如果把自己的结论建立在主观推想和臆断上，那就如同把宏伟的大厦建筑在沙滩上一样，是很不牢靠的。

在《金瓶梅》中前后脱节或重出的情况虽然是相当突出的，但也有的属于有的学者所举的某些例证并非作品本身的问题，而是由于论者自己的理解有误。如举出"西门庆已经转生为他自己的遗腹子孝哥儿，这在第一百回有明白的描写，而同一回却又说西门庆托生为东京富户沈通的次子"为例证，来说明它不是作家个人创作，而是"作为每日分段演唱的词话，各部分之间原有相对的独立性"所造成的"前后脱节或重出"。① 其实，这在作品中已经写得很清楚，西门庆托生为孝哥儿，与托生富户沈通为次子，这并不是重出，而是存在着因果关系。如普静禅师所说："当初你去世夫主西门庆，造恶非善。此子转身托化你家，本要荡散其财本，倾覆其产业，临死还当身首异处。今我度脱了他去，做了徒弟。常言一子出家，九祖升天。你那夫主冤愆解释，亦得超生去了。"（第一百回）西门庆之所以能"托生富户沈通为次子"，正是由于孝哥儿出家，使西门庆"冤愆解释，亦得超生去了"的结果。因此，当小玉看见西

---

① 徐朔方：《〈金瓶梅〉的成书以及对它的评价》，《金瓶梅论集》第58页。

门庆"今蒙师荐拔，今往东京城内，托生富户沈通为次子——沈钺去也"，同时也正是吴月娘梦见"砍死孝哥儿"之时，孝哥儿出家之后，就"起了他一个法名，唤做'明悟'，作辞月娘而去"。也就是说，西门庆原来托生的孝哥儿已经死了，现在又重新"托生富户沈通为次子"了。按照张竹坡的说法，这是说明"孝可通神也"，"西门庆复变孝哥，孝哥复化西门，总言此身虚假，惟天性不变，其所以为天性至命者，孝而已矣。"[①]这种以孝相劝，使西门庆这样的恶人"亦得超生"，恰恰是封建文人之作的思想局限性的反映；这种隐晦曲折的艺术手法，也正是有别于艺人演唱的文人创作的特色。

---

① 张竹坡：《金瓶梅》第一百回批语。

下启《红楼梦》而终属两种文化

——论《红楼梦》对《金瓶梅》的继承和发展

《金瓶梅》与《红楼梦》的关系是什么？对这两部书应如何正确评价？前人有《红楼梦》"本脱胎于《金瓶梅》"①，是"暗《金瓶梅》"②，"乃《金瓶梅》之倒影"③云云，今人也皆肯定《红楼梦》对《金瓶梅》既有所继承，又有所发展，但是皆未从两种文化上来阐明这种继承与发展的实质，有人不仅强调"《红楼梦》完全是模仿《金瓶梅》的"，而且说："《金瓶梅》之意识，实是反抗的、积极的，不若《红楼梦》意识之腐化与消沉。"④《金瓶梅》"可谓中国小说发展的极峰"。"只有《金瓶梅》却彻头彻尾是一部近代期的产品。不论其思想，其事实，以及描写方法，全都是近代的。""《红楼梦》的什么金呀、玉呀，和尚、道士呀，尚未能脱尽一切旧套。"⑤大有把《金瓶梅》的成就捧到《红楼梦》上面之势。因此，我们有必要从文化性质上来剖析和认清这个问题。

列宁指出："每一种民族文化中，都有两种民族文化。有普利什凯维奇、古契柯夫和司徒卢威之流的大俄罗斯文化，但是也有以车尔尼雪夫斯基和普列汉诺夫为代表的大俄罗斯文化。乌克兰也有这样两种文化，正如德国、法国、

---

① 诸联：《红楼评梦》，见《古典文学研究资料汇编·红楼梦卷》，第117页。
② 张新之：《红楼梦读法》，见《古典文学研究资料汇编·红楼梦卷》，第154页。
③ 苏曼殊：《小说丛话》，见《古典文学研究资料汇编·红楼梦卷》，第567页。
④ 阿丁：《金瓶梅之意识及技巧》，见蔡国梁选编《金瓶梅评注》，第352页。
⑤ 郑振铎：《插图本中国文学史》。

英国和犹太人有这样两种文化一样。"①中国是否也有两种文化呢？一九五八年八月毛泽东在陆定一《教育必须与生产劳动相结合》一文中，加了"关汉卿、施耐庵、吴承恩、曹雪芹的民主文学"②一句，这就是说，在中国封建社会，也存在着民主文学与封建文学这样两种文化。我看《红楼梦》和《金瓶梅》就是这样两种文化在中国古典小说中的典型代表，不信，请看事实。

一、从两种思想体系上反映了两种文化性质的区别

是民主主义的思想体系，还是封建主义的思想体系，这是封建社会区别两种文化的根本标准。《红楼梦》和《金瓶梅》对于封建社会的黑暗和腐朽，虽然都是采取揭露和批判的态度，但是两者的思想体系却有民主主义与封建主义这样两种文化性质上的区别。

有人说："《金瓶梅》以西门庆一家为中心，《红楼梦》也是以贾府为中心。"③不错，以家庭生活为中心，这确实是《金瓶梅》在我国小说题材上的一个重大突破，在这方面，《红楼梦》对《金瓶梅》确有继承的关系，但是我们必须指出，两者由家庭生活题材所表现出来的矛盾性质却根本不同。《红楼梦》所表现的是以贾宝玉、林黛玉、晴雯等为代表的初步民主主义思想，与以贾政、薛宝钗、王熙凤等为代表的封建主义思想的矛盾冲突，是属于两种思想体系的根本对立。而《金瓶梅》所反映的却是西门庆家庭内部妻妾之间妒忌、争宠的矛盾，以及西门庆与朝廷里的奸臣贪官互相勾结，贪财好色，造成酒色财气与忠孝节义等封建伦理道德之间的矛盾，是属于封建主义思想体系内部的矛盾。两者的矛盾性质不同，所反映的文化性质也自然有别。

---

① 《列宁全集》第 20 卷，第 15 页。
② 转引自龚育之、宋贵仑：《"红学"一家言》，见《文汇报》1986 年 3 月 9 日。
③ 阿丁：《金瓶梅之意识及技巧》，见蔡国梁选编《金瓶梅评注》，第 352 页。

例如对于封建政治黑暗的揭露，《金瓶梅》突出的是揭露奸臣当道，贪官污吏横行。所谓"那时徽宗，天下失政，奸臣当道，谗佞盈朝，高、杨、童、蔡四个奸党，在朝中卖官鬻狱，贿赂公行，悬秤升官，指方补价，夤缘钻刺者，骤升美任；贤能廉直者，经岁不除，以致风俗颓败，赃官污吏，遍满天下，役烦赋重，民穷盗起，天下骚然。不因奸佞居台辅，合是中原血染人"（第三十回）。这对于封建统治的腐朽、没落，虽然是个有力的揭露和鞭挞，在当时有一定的进步意义，但是从思想性质上来看，它所反映的只是奸臣与忠臣、赃官与清官的矛盾，是属于封建主义思想体系内部的矛盾，站在封建主义正统的立场上，对于奸臣和赃官，也是必须揭露和反对的。明太祖朱元璋曾下令对贪官要实行剥皮等最严酷的刑罚，严嵩、刘瑾等明代著名的大奸臣、大贪官，都落到了身败名裂的可耻下场。

《红楼梦》所揭露的却不是几个奸臣、贪官个人的罪恶，而是封建制度本身所存在的不治之症，如贾雨村对薛蟠打死人命案的处理，作者写他之所以"徇情枉法，胡乱判断了此案"，实因为薛蟠出身于大地主家庭，封建政权本身就是大贵族大地主阶级的政权，若"一时触犯了这样的人家，不但官爵，只怕连性命还保不成呢"。所以这不仅是贾雨村个人的罪过，更重要的是封建政权的阶级本质所决定的。贾元春身为皇妃，物质上可谓富贵已极，然而作者却偏要突出她精神上的悲苦之至，一再写她省亲时如何哭哭啼啼，"不禁又哽咽起来"，"又隔帘含泪谓其父曰：'田舍之家，虽齑盐布帛，终能聚天伦之乐；今虽富贵已极，骨肉各方，然终无意趣。'"她为什么感到在精神上这么悲苦呢？原来宫廷是个"那不得见人的去处"，"怎奈皇家规范，违错不得"。这显然也不是哪个昏君的问题，而是"皇家规范"——封建专制制度本身必然扼杀人性的自由。作家如果不是站在初步民主主义思想的高度，如果没有对于当时现实的社会关系本质的认识，能够作出如此深刻的揭露么？这种站在初步民主主义立场上揭露封建专制制度本身的弊病，与《金瓶梅》作者站在提倡忠臣、清官的封建主义正统立场上，揭露奸臣、赃官的罪恶，难道不正是反映了不同性质的两种文化么？

封建主义的重要特征是封建的等级制度，而民主主义的思想基础，则要求打破封建的等级界限，实行人与人之间的平等、自由。《金瓶梅》揭露了西门庆奸污、霸占奴才的妻子，并且买通封建官吏，使家奴来旺蒙受酷刑和冤狱，使其妻宋惠莲、岳丈宋仁相继被迫害致死，作者对此愤愤不平地写道："头上青天自恃欺，害人性命霸人妻，须知奸恶千般计，要使人家一命危。""县官贪污更堪嗟，得人金帛售奸邪。宋仁为女归阴路，致使冤魂塞满衙。"这就不仅揭露了西门庆这个市井恶棍个人的罪恶，也反映了封建官吏受到金钱的腐蚀，已经变得腐朽不堪。这种揭露当然是有一定的典型意义的，对于人们认清封建社会的政治的丑恶，也是十分有益的，但是从思想性质上来看，《金瓶梅》作者的这种揭露，却不是从民主思想出发，而是站在封建主义正统立场上的。如他写西门庆对来旺妻宋惠莲的奸污和霸占，并不是以此来维护来旺、宋惠莲等被压迫者自由、平等的人权，而是企图说明："凡家主，切不可与奴仆并家人之妇苟且私狎。久后必紊乱上下，窃弄奸欺，败坏风俗，殆不可制。"指责这是"西门贪色失尊卑"，"暗通仆妇乱伦彝"（第二十二回）。可见其实质还是出于维护尊卑等级和伦彝道德的封建主义思想。正是这种封建主义的思想意识和文化观念，使作者写宋惠莲连个妾的地位都未得到，为了一点小恩小惠，便心甘情愿地接受西门庆的"私淫"；在她丈夫来旺被西门庆诬陷蒙受冤狱之后，她明明已经认识到西门庆"原来就是个杀人的刽子手"，被迫含愤上吊自杀，可是作者却偏说她是"含羞自缢"（第二十六回），这就既为西门庆和那个罪恶的社会开脱了罪责，又使宋惠莲的人物性格受到了某种扭曲，阻碍了《金瓶梅》的现实主义成就。

在《红楼梦》中也写了个丫鬟鸳鸯，被贾府的老爷贾赦看中，要霸占为妾。这在封建世俗之见看来，是"进门就开了脸，就封你姨娘，又体面，又尊贵"的"天大的喜事"。可是《红楼梦》作者却偏偏写"鸳鸯女誓绝鸳鸯偶"，坚决拒绝跟贾赦为妾，说那是"把我送在火坑里去"，贾赦还以为"自古嫦娥爱少年"，"他必定嫌我老了，大约他恋着少爷们，多半是看上了宝玉，只怕也有贾琏。果有此心，叫他早早歇了心，我要他不来，此后谁还敢收！凭他嫁到了谁家，也难出我的手心，除非他死了。"贾赦以为凭着他那封建专制主义的权威，由不得鸳鸯不服从。可是他得到鸳鸯的回答却是："我这一辈子莫说是'宝玉'，就是'宝金''宝银''宝天王''宝皇帝'，横竖不嫁人就完了！就是老太太逼着我，我一刀抹死了，也不能从命！"姚燮于此处的眉批惊呼：这是"一篇号神泣鬼，惊天动地之文"[①]！其所以有如此震撼人心的巨大力量，就在于它写出了鸳鸯对于富贵等级的利诱毫不动心，面对封建专制的魔爪，毫无畏惧，具有誓死捍卫自己人权的民主思想；正是由于作家有这种以初步民主思想为核心的崭新的文化意识，才能塑造出鸳鸯这样敢于向封建专制权威和封建等级思想挑战的光辉形象。

我们当然不必要求作家把每个人都写得像鸳鸯那样具有民主的思想意识。在《红楼梦》中也写了个宋惠莲式的人物——鲍二媳妇，她跟主子贾琏私淫后，也被迫上吊自杀了。有趣的是，《金瓶梅》写了潘金莲窃听西门庆与宋惠莲私淫时说的私房话，《红楼梦》也写了王熙凤窃听贾琏与鲍二媳妇私淫时说的私房话。不同的是，潘金莲窃听到西门庆说："到明日替你买几钱的各色鞋面。谁知你比五娘脚儿还小。"宋惠莲说："拿甚么比他？昨日我拿他的鞋略试一试，还套着我的鞋穿。倒也不在乎大小，只是鞋样子周正才好。"接着又听到她问："你家第五的秋胡戏，你娶他来家多少时了？是女招的，是后婚儿来？"西门庆道："也是回头人儿。"宋惠莲说："嗔道恁久惯老成，原来也是个意中人儿，露水夫妻。"这里突出的是"拿甚么比他？"——封建等级观

---

① 见商务印书馆万有文库版《石头记》。

念，"是女招的，是后婚儿来？"——封建贞节观念，《红楼梦》写王熙凤窃听到"那妇人笑道：'多早晚你那阎王老婆死了就好了。'贾琏道：'他死了，再娶一个也是这样，又怎么样呢？'那妇人道：'他死了，你倒是把平儿扶了正，只怕还好些。'贾琏道：'如今连平儿他也不叫我沾一沾了，平儿也是一肚子委曲不敢说，我命里怎么就该犯了"夜叉星"。'"这里突出的是对"阎王老婆"的憎恨，而且不只是凤姐一个人的问题，"他死了，再娶一个也是这样"，这说明由于男子的腐朽无能，封建的夫权受到动摇，已是具有典型意义的普遍现象，对于受害者的被迫上吊自杀，《金瓶梅》强调的是"宋惠莲含羞自缢"，西门庆说："他自个拙妇，原来没福。"突出的还是封建伦理和等级观念。《红楼梦》突出的却是封建阶级的凶恶狠毒："林之孝家的进来悄回凤姐道：'鲍二媳妇吊死了，他娘家的亲戚要告呢。'凤姐儿笑道：'这倒好了，我正想要打官司呢！'林之孝家的道：'我才和众人劝了他们，又威吓了一阵，又许了他几个钱，也就依了。'凤姐儿道：'我没一个钱！有钱也不给，只管叫他告去，也不许劝他，也不用震吓他，只管让他告去，告不成倒问他个"以尸讹诈"！'"我们再联系到凤姐说的："便告我们家谋反也没事的"，可见这不只是凤姐个人凶恶狠毒的问题，更重要的是因为有封建政权作靠山，使她有恃无恐。贾琏虽然瞒着凤姐，拿出二百两银子发送，但他在依靠封建政权欺压人上却是与凤姐一致的："贾琏生恐有变，又命人去和王子腾说，将番役仵作人等叫了几名来，帮着办丧事。那些人见了如此，纵要复辩亦不敢辩。只得忍气吞声罢了。"这里作者写出了被压迫者的"忍气吞声"，不得不屈服于封建政权的压力，作者的同情显然是在被压迫者一边的，这也正是作者具有民主思想的一种反映，它跟《金瓶梅》作者归咎于西门庆个人的"失尊卑""乱伦彝"，宋惠莲本人的"含羞自缢"和"县官贪污更堪嗟"，显然是属于民主主义和封建主义两种文化思想的不同艺术表现。

二、在对待妇女态度上表现了两种文化意识的分野

恩格斯说："阶级压迫是同男性对女性的奴役同时发生的。"[①] 是男女平等，还是男尊女卑，这是民主主义文化意识和封建主义文化意识的重要分水岭之一。

有人说："《金瓶梅》写女性多于男性，《红楼梦》也是相同。"[②] 使女性形象在长篇小说中占据重要的地位，这确实是《金瓶梅》的一大创造，对于《红楼梦》的创作，无疑地是有积极影响的。但是把两者说成"相同"，就是只看表面现象了。实质恰如毛泽东所指出的："《金瓶梅》的作者，不尊重女性。《红楼梦》《聊斋志异》是尊重女性的。"[③]

《金瓶梅》中塑造的妇女形象，皆打上了作者封建主义文化意识的烙印。如孔子鼓吹："唯女子与小人为难养也。近之则不孙，远之则怨。"[④]《金瓶梅》作者则宣扬："妾妇索家，小人乱国，自然之道。"（第七十回）吴月娘、潘金莲、李瓶儿、庞春梅等个个皆可谓"近之则不孙，远之则怨"的"索家"的"妾妇"，蔡京、朱勔、高俅、西门庆等，则都是"乱国"的"小人"。"唯女子与小人为难养也"。儒家的这种传统的文化观念，实质上成了《金瓶梅》中所有主要人物形象的神髓和内核。在《金瓶梅》中可以说没有一个妇女形象是我们感到可敬可亲可爱的，她们似乎只知道满足自己的淫欲或私利。西门庆的六个妻妾，为讨得丈夫的欢心，而互相争宠、嫉妒、辱骂、中伤、甚至残害；西门庆的丫鬟、奶妈、奴才妻子，只要得到一点小恩小惠，便心甘情愿地供西门庆奸淫，俯首帖耳地听任主子的奴役。尽管《金瓶梅》作者也看到"为

---

① 恩格斯：《家庭、私有制和国家的起源》。
② 阿丁：《金瓶梅之意识及技巧》，见蔡国梁选编：《金瓶梅评注》，第352页。
③ 转引自龚育之、宋贵仑：《"红学"一家言》，见《文汇报》1986年3月9日。
④ 见《论语·阳货》。

人莫作妇人身，百年苦乐由他人"（第十二、三十八回），然而在封建文化意识的支配下，却仍旧把女人写成是"祸水"。实际上是蓄意往妇女身上泼脏水，把罪责都推到妇女头上。如作品一开头就说："请看项籍并刘季，一似使人愁。只因撞着，虞姬戚氏，豪杰都休。"又说他写的"如今这一本书，乃虎中美女，后引出一个风情故事来。一个好色的妇女，因与了破落户相通，日日追欢，朝朝迷恋，后不免尸横刀下，命染黄泉，永不得着绮穿罗，再不能施朱傅粉。静而思之，着甚由来。况这妇人，他死有甚事！贪他的断送了堂堂六尺之躯，爱他的丢了泼天哄产业，惊了东平府，大闹了清河县"（第一回）。西门庆因贪淫好色，而"髓竭人亡"，这本是他的咎由自取，罪有应得。可是作者却偏偏要嫁祸于妇女，借用所谓"古人有几句格言"，把妇女诬蔑成："花面金刚，玉体魔王，绮罗妆做豺狼。法场斗帐，狱牢牙床。柳眉刀，星眼剑，绛唇枪，口美舌香，蛇蝎心肠，共他者无不遭殃。纤尘入水，片雪投汤。秦楚强，吴越壮，为他亡，早知色是伤人剑，杀尽世人人不防。"（第七十九回）如此恶毒攻击和极端丑化妇女，正是封建统治阶级更趋腐朽而嫁祸于妇女，为自己开脱罪责的表现。也是他们的统治更加反动，疯狂反扑而又色厉内荏的反映。

　　和《金瓶梅》作者以男尊女卑、"女人是祸水"等封建文化意识所塑造的妇女形象相反，《红楼梦》作者则热烈赞美女子的纯洁无瑕、志趣高尚、心明眼亮和多才多艺，尽情歌颂她们争取民主、平等的反抗斗争精神和追求自由、幸福的人生理想。这绝不是偶然的，而是由于曹雪芹接受了初步民主主义的新文化思想的影响。随着资本主义萌芽的出现，明代中叶就有个杰出的思想家李贽说："谓人有男女则可。谓见有男女，岂可乎？谓见有长短则可，谓男子之见尽长，女子之见尽短，又岂可乎？"[①]曹雪芹在《红楼梦》开卷也说："忽念

---

① 李贽：《焚书》卷三。

及当日所有之女子，一一细考较去，觉其行止见识，皆出于我之上。何我堂堂须眉，诚不若彼裙钗哉？实愧则有余，悔又无益之大无可如何之日也！"这与李贽所说的"见有长短"而不分男女，岂不是前呼后应的么？曹雪芹不仅接受了以李贽为代表的民主思想的影响，更重要的，他从当时的社会现实生活出发，看到以男子为中心的封建统治阶级不是头脑冬烘，思想僵化，就是道德败坏，腐化堕落，独有女子则较少地受到封建主义思想的毒害，"其行止见识，皆出于我之上"。因此，他在《红楼梦》中通过贾宝玉之口明确提出："女人是水做的骨肉，男人是泥做的骨肉。我见了女儿，我便清爽；见了男子，便觉浊臭逼人！""凡山川日月之精秀，只钟于女子，须眉男子，不过是些渣滓浊沫而已。"这对那种"男尊女卑"的封建文化意识和"夫为妻纲"的封建纲常伦理，岂不是个猛烈的反击么？《红楼梦》中所写的女子如黛玉、晴雯、鸳鸯、司棋等人的高贵品格，岂不是如水一样纯洁么？而它所写的男子如贾珍、贾琏、贾蓉、薛蟠等人的糜烂生活，岂不恰如"污泥""渣滓"一样"浊臭逼人"么？因此，这些话虽然出自贾宝玉之口，但恰恰是作者对那个封建没落的社会现实的深刻写照，是曹雪芹具有反对男尊女卑的民主、平等思想的生动反映。作者还通过贾宝玉说："这女儿两个字，极尊贵，极清净的，比那阿弥陀佛、元始天尊的这两个宝号还更尊荣无对的呢！"把女子抬到"极尊贵"的地位，这对于封建统治阶级把女子压在最卑贱的底层，显然也是个尖锐的批判。

当然，女子并不是处在那个污浊的封建社会之外，生活在真空之中，因而在社会上必然也有坏女人。作家不是不可以坏女人为描写的对象，关键在于怎么写？——是写妇女个人天生命定的坏，还是应由当权的封建统治阶级负责？《金瓶梅》强调的是前者而不是后者，如它通过一个相命先生给西门庆等人看相，说吴月娘"泪堂黑痣，若无宿疾，必主刑夫"；李娇儿"额尖鼻小，非侧室，必三嫁其夫"；孟玉楼"威媚兼全财命有，终主刑夫两有余"；潘金莲"发浓鬓重，光斜视以多淫"，"面上黑痣，必主刑夫"，"眼如点漆坏人伦"；

西门大姐"鼻梁仰露，破祖刑家；声若破锣，家私消散"。这些说法，皆为作品后来的情节发展所一一应验。这就不只是一般的写作手法问题，更重要的它之所以采用这种写法，反映了作者的封建宿命论和把"刑夫""破祖""坏人伦"的责任统统归咎于妇女的命运，这仍是"女人是祸水"的封建妇女观的表现。《红楼梦》作者在竭力歌颂女子的同时，也并没有脱离社会现实，不加区别地对女子一概进行美化。即使对于本来很纯洁的女儿，作者也随着贾宝玉阅历的增长和现实生活的教训，写出了她们不同的思想和性格特点。如贾宝玉由"见了姊姊就忘了妹妹"，转变为认定林黛玉为"知己"，不但跟宝姐姐"生分了"，而且当面斥责说："好好的一个清净洁白女儿，也学的钓名沽誉，入了国贼禄鬼之流。"他不只是斥责宝钗个人，更重要的是愤恨："这总是前人无故生事，立言竖辞，原为导后世的须眉浊物。不想我生不幸，亦且琼闺绣阁中亦染此风，真真有负天地钟灵毓秀之德！因此，祸延古人，除四书外，竟将别的书焚了。"可见这不仅是妇女观的问题，更重要的是作者由此要写出两种文化的尖锐对立。对于大观园里的丫鬟，作者也写出宝玉由亲袭人疏晴雯，转变为亲晴雯疏袭人。晴雯被撵，宝玉哭道："我究竟不知晴雯犯了何等滔天大罪！"并当面责问袭人："怎么人人的不是太太都知道，单不挑出你和麝月、秋纹来？"使"袭人听了这话，心内一动，低头半日，无可回答"。司棋被逐，宝玉"指着恨道：'奇怪，奇怪，怎么这些人只一嫁了汉子，染了男人的气味，就这样混帐起来，比男人更可杀了！'"藕官烧纸，被一个老婆子看见，便硬要告到老太太那里去，幸被宝玉发现才庇护下来。芳官等也受到她的干娘的欺负。宝玉看到"这些老婆子都是铁心石头肠子"，便深深地认识到："女孩儿未出嫁，是颗无价之宝珠；出了嫁，不知怎么就变出许多的不好的毛病来，虽是颗珠子，却没有光彩宝色，是颗死珠子；再老了，更变的不是珠子，竟是鱼眼睛了。"这种从宝珠——死珠——鱼眼睛的发展，正是揭露了女子受封建主义思想毒害的变化过程，实际上也是对封建文化思想的一种控诉。在封建社会，从一国之君到一家之长，皆是由男子担任的，妇女只能处于从属的地位。而《金瓶梅》作者在封建文化思想的影响之下，却硬要把"刑夫""破祖""祸国"的罪责强加到妇女的头上；《红楼梦》作者则为妇女鸣冤叫屈，"祸延古人"，把罪恶的渊薮追究到封建思想文化的毒害上，尽管两书的作者未必很自觉，但是从我们指出的上述事实足可证明，他们对于妇女形象的塑造，确实打上了封建主义和民主主义两种不同思想文化的烙印。

《金瓶梅》作者并没有让他笔下的妇女形象按照封建主义的标准来立身行事。相反，他写她们恣意追求淫欲，竭力嫉妒争宠，敢于蔑视封建夫权，甚至不惜谋害或气死亲夫，有的妇女（如潘金莲）还聪明伶俐，多才多艺，有的虽身为婢女（如庞春梅），却也很有傲气，这一切能否说明作者就具有反封建的文化思想呢？否。它只不过是反映了随着封建统治阶级的腐朽堕落，封建的礼教、道德、文化已经丧失了对妇女的统治能力。作者一方面是以此来揭露封建社会世情的险恶，另一方面也是为了证实孔子的"女子难养"论和作者本人所宣扬的"妾妇索家""自然之道"。因此，它实质上还是封建主义文化思想的反映，不过带有封建没落时期的时代特点罢了。

《红楼梦》和《金瓶梅》作者同样写妇女不按封建主义的标准立身行事，由于两种文化的性质不同，在思想和艺术上便大异其趣。如同样写妇女扑蝶，《金瓶梅》的写法在本书第287—288页已全文迻录。《红楼梦》的写法则是：

> 刚要寻别的姐妹去，忽见前面一双玉色蝴蝶，大如团扇，一上一下迎风翩跹，十分有趣。宝钗意欲扑了来玩耍，遂向袖中取出扇子来，向草地下来扑。只见一双蝴蝶忽起忽落，来来往往，穿花度柳，将欲过河去了。倒引的宝钗蹑手蹑脚的，一直跟到池中滴翠亭上，香汗淋漓，娇喘细细。宝钗也无心扑了，刚欲回来，只听滴翠亭里边喊喊喳喳有人说话。原来这亭子四面俱是游廊曲桥，盖造在

池中水上，四方雕镂槅子糊着纸。宝钗在亭外听见说话，便煞住脚往里细听，只听说道："你瞧瞧这帕子，果然是你丢的那块，你就拿着；要不是，就还芸二爷。"又有一人说话："可不是我那一块！拿来给我罢。"……宝钗在外面听见这话，心中吃惊，想道："怪道从古至今那些奸淫狗盗的人，心机都不错。……今儿我听了他的短儿，一时人急造反，狗急跳墙，不但生事，而且我还没趣。如今便赶着躲了，料也躲不及，少不得要使个'金蝉脱壳'的法子……"

两者同在池边，同用扇子，同为扑蝶，同遇"奸淫狗盗的人"，相似之处，显而易见。然而两者所反映的却是不同的思想文化性质。《金瓶梅》是以金莲扑蝶为戏，揭露陈敬济与潘金莲不顾纲常伦理，女婿与岳母公然打情骂俏。作者是站在维护封建礼教这个传统文化的立场上来描写的，所以把陈、潘二人皆写得丑陋不堪，鄙劣至极。《红楼梦》则是以宝钗扑蝶，反映了少女追求自由活泼的天性与封建主义思想禁锢的矛盾。如同甲戌本第二十七回脂批所指出的："池边戏蝶偶而适兴，亭外急智脱彀，明写宝钗非拘拘然一女夫子。"一个少女，"忽见前面一双玉色蝴蝶"，便情不自禁地"意欲扑了来玩耍"，并且被"那一双蝴蝶忽起忽落"，"倒引的""蹑手蹑脚"，"香汗淋漓，娇喘细细"，这从追求自由欢乐的人类天性来看，该是令人多么神往啊！然而从一个具有封建文化教养，恪守封建礼教的女夫子来要求，这岂不又失去了封建少女所应有的端庄、镇静么？因此，一刹那间，她又公然把正当的男女爱情斥责为"奸淫狗盗"，既要偷听人家的谈话，却又用"金蝉脱壳的法子"嫁祸于人。这就写出了宝钗性格的复杂性，既有少女天真活泼的一面，更有受封建礼教熏陶，城府很深的一面，正如脂批所谓既"明写宝钗非拘拘然一女夫子"，又"写宝钗无不相宜"。叫人看了，感到《红楼梦》作者的出发点，显然不是站在维护传统文化——封建礼教一边，而是从初步民主主义的新文化思想出发，揭露封建传统文化的丑恶和不合理，赞美少女追求个性自由活泼的天性。"金莲扑蝶"之所以令人恶心，遭人唾弃，"宝钗扑蝶"之所以惹人喜爱，纷纷吟诗作画，传为美谈，追根溯源，我认为就在于两者所反映的文化思想，有陈腐和清新、丑恶和美好之别。

《金瓶梅》作者不仅妇女观是属于封建传统文化范畴的，而且对于妇女的审美观也反映了封建传统文化的陈腐之见。如作者一再把女人的小脚夸耀为"美"的标志，对潘金莲，作者写"西门庆夸之不足，搂在怀中，掀起他裙来，看见他一对小脚，穿着老鸦段子鞋儿，恰刚半扠，心中甚喜"（第四回）。"西门庆又脱下他一只绣花鞋儿，擎在手内，放一小杯酒在内，吃鞋杯耍子。"（第六回）薛嫂领西门庆到孟玉楼处相亲，西门庆听孟玉楼说她年纪比他大二岁，就心里有点不高兴，"慌的薛嫂向前用手掀起妇人裙子来，裙边露出一对三寸恰半扠，一对尖尖趄趄金莲脚来，穿着大红遍地金云头白绫高底鞋儿，与西门庆瞧。"马上就使"西门庆满心欢喜"（第七回）。西门庆私淫宋惠莲时，也是"只顾端详"她的脚，赞美说："你比你五娘脚儿还小。"（第二十三回）宋惠莲死后，西门庆还把她的"一只大红平底鞋儿"珍藏在书箧内，"和些拜贴子纸、排草、安息香，包在一处。"（第二十八回）陈敬济看上潘金莲，也是"一面把眼瞧着众人，一面在下戏把金莲小脚儿踢了一下"（第二十四回）。有个小孩子在葡萄架下拾到一只鞋，作者把那只鞋赞美成"曲似天边新月，红如退瓣莲花，把在掌中恰刚三寸，就知是金莲脚上之物"（第二十八回）。春梅被卖给周守备为妾，作者也是强调周守备见了她"一对小脚儿，满心欢喜"（第八十六回）。所有这些都不只是某个人的审美观问题，更重要的是反映了传统的封建文化对妇女的要求。其社会基础和思想根源，是由男尊女卑，发展为把女子当作男人的玩物。相传南唐李后主令宫嫔窅娘以帛绕脚，令纤小作新月状，由是人皆效之，以小脚如三寸金莲为美。宋代卢炳的《烘堂词·踏莎行》便赞美："明眸剪出玉为肌，凤鞋弓小金莲衬。"

《红楼梦》作者曹雪芹虽然先世原是汉人，但是祖辈早就入了满族籍。他在吸收汉族文化的同时，也得到了满族文化的滋补。妇女缠足本是摧残妇女身心健康的野蛮、愚昧的行为，是封建阶级的思想文化腐朽、堕落的表现。满族文化当时尚处于上升时期，对于妇女缠足便不以为美。因此，清康熙三年曾有诏禁裹足。[①]终因汉族封建文化传统阻力过大，难以推行，而于康熙七年又罢此禁。在这种情况下，曹雪芹在《红楼梦》中写了那么多美女，却从不以女人的小脚为美。这是十分难能可贵的。在凤姐把尤二姐领给贾母看，要贾母"只说比我俊不俊"时，作者写贾母特地"戴了眼镜"，"细瞧了一遍"，已经写到贾母瞧了她的手，"鸳鸯又揭起裙子来"让贾母瞧，可是作者就是不写"提起裙子来"瞧见的是大脚还是小脚，只写贾母瞧毕笑道："更是个齐全孩子，我看比你俊些。"这跟《金瓶梅》以突出女人小脚为美，不仅大异其趣，而且显然反映了两种文化所造成的不同的审美观念。

三、在男女性爱问题上表露了两种文化观念的分歧

　　有人说："西门庆调女人，贾宝玉也喜狎金钗。"[②]把两者混为一谈。虽然以男女性爱问题，作为长篇小说故事情节的主要线索和中心问题之一，这也是《金瓶梅》的一个重大创造，对于《红楼梦》的创作也有影响，但是，《金瓶梅》的故事情节主线是西门庆"淫人妻子，妻子淫人"，《红楼梦》的故事情节主线则是贾宝玉与林黛玉、薛宝钗的爱情婚姻悲剧，西门庆的性格特征是好淫，而贾宝玉的性格特色则是重情，两者分属于两种文化，有着质的根本区别。

---

① 据《陔馀丛考》。
② 阿丁：《金瓶梅之意识及技巧》，见蔡国梁选编《金瓶梅评注》，第352页。

尽管把《金瓶梅》说成"淫书"，是带有很大片面性，不够恰当的。因为它写"淫人妻子，妻子淫人"，是着眼于揭露封建社会政治的腐朽、黑暗，道德的沦丧、堕落，世情的势利、险恶，贪淫好色的可恶和危害，对于人们认识封建社会的必然没落和世道人心的丑恶，还是有其积极意义的。但是，我们也必须看到，《金瓶梅》所宣扬的"淫"，反映了封建传统文化的腐朽性，对于人们是确有腐蚀和毒害作用的。

在淫与情的问题上，封建主义与民主主义两种文化的斗争，在文学史上一直是存在着的。如被《红楼梦》中的贾宝玉称赞为"真真这是好书"的《西厢记》，就是属于反对封建礼教，歌颂男女自由爱情的民主文学，而封建统治阶级却斥之为"诲淫""诱以为恶"。①它的最早题材来源于唐代元稹的传奇小说《莺莺传》，所写的则是张生对莺莺的始乱终弃，不仅宣扬了男尊女卑、"妇女是祸水"等封建思想，而且为官僚文人玩弄女性的无耻行径开脱，用鲁迅的话来说，是"文过饰非，遂堕恶趣"②。在王实甫的《西厢记》"天下夺魁"③，产生巨大进步影响之后，一些封建文人炮制了诸如《续西厢升仙记》《翻西厢》《锦西厢》《不了缘》之类的翻案膺品，利用《西厢》题材，竭力宣扬封建思想，妄图抵销《西厢记》的进步影响。

在《金瓶梅》中，作者也是从封建主义的观点来曲解和看待《西厢记》的。他恣意把《西厢记》中正当的男女爱情，歪曲为不正当的荒淫，如把惯于淫人妻子的西门庆，写成"越显出张生般庞儿"（第二回），把西门庆与李瓶儿的奸淫，写成"好似君瑞遇莺娘，尤若宋玉偷玉女"（第十三回）；把西门庆与王六儿的通奸，也写成"君瑞追陪崔氏女"，写王六儿的容貌；"若非偷期崔氏女，定然闻瑟卓文君"，连王六儿房中的摆设，也是"挂着四扇各样颜

---

① 见《大清高宗纯皇帝圣训》。
② 鲁迅：《中国小说史略》。
③ 贾仲明：《录鬼簿续编》。

色绫段剪贴的张生遇莺莺蜂花的吊屏儿"（第三十七回）。潘金莲月夜期待与陈敬济偷淫，作者却引用《西厢记》第十出中的一首诗，说这"正是：待月西厢下，迎风户半开，隔墙花影动，疑是玉人来"（第八十二回）。在《金瓶梅》中不仅把《西厢记》中具有反封建意义的青年男女的正当爱情，歪曲、诬蔑为等同于奸夫淫妇的滥施淫欲，而且还对《西厢记》中的红娘肆意糟蹋，诬蔑成极为庸俗下流的人物。如写西门庆想偷奸何千户妻蓝氏未成，便与来爵儿媳妇行奸，作者说这"正是：未曾得遇莺娘面，且把红娘去解馋"（第七十八回）。玳安为潘金莲与西门庆传递柬帖儿，作者也通过潘金莲之口，把他比作是"再来的红娘"（第八回）。陈敬济与潘金莲月夜偷期，说是"早知搂了你，就错搂了红娘，也是没奈何"（第八十二回）。春梅替潘金莲给陈敬济送柬帖儿，他便"和春梅两个搂抱，按在炕上，且亲嘴咂舌"。作者说这"正是：无缘得会莺莺面，且把红娘去解馋。"（第八十三回）有人说："《金瓶梅》作者根据内容情节行文的需要，将《西厢记》中的文字，信手拈来，插入文中，且丝毫不露斧凿之痕。"①实际上这不仅"斧凿之痕"历历在目，而且他把《西厢记》中所写的反封建的爱情，混同于《金瓶梅》中奸夫淫妇的乱淫，这显然是对《西厢记》中进步人物形象的极大歪曲。是对《金瓶梅》中奸夫淫妇的蓄意美化。是以封建传统文化来糟蹋和阉割反封建民主文化的精神实质，其要害是把低级下流的"淫"，混同于高尚纯真的"情"。

正像柏拉图所说的："真正的爱就要把疯狂的或近于淫荡的东西赶得远远的。"②在《红楼梦》中，则划清了淫和情的原则界限。它在开卷第一回，就公开遣责那些"贬人妻女，奸淫凶恶"的"历来野史"，以及"淫秽污臭，屠毒笔墨，坏人子弟"的"风月笔墨"。指出"大半风月故事，不过偷香窃玉，

---

① 周钧韬：《也谈〈西厢记〉与〈金瓶梅〉》，《华东师范大学学报》1987 年第 2 期。
② 转引自傅憎享：《〈红楼梦〉与〈金瓶梅〉比较兼论性的描写》，见蔡国梁选编：《金瓶梅评注》，第 161 页。

暗约私奔而已，并不曾将儿女之真情发泄一二"。而《红楼梦》的"大旨谈情"，则"实非别书之可比"，"非假拟妄称，一味淫邀艳约、私订偷盟之可比"。它所写的贾宝玉，不同于"如世之好淫者，不过悦容貌，喜歌舞，调笑无厌，云雨无时，恨不能尽天下之美女供我片时之趣兴"的"皮肤淫滥之蠢物"。他是"天分中生成一段痴情"，"在闺阁中，固可为良友，然于世道中未免迂阔怪诡，百口嘲谤，万目睚眦"。它所写的几个女子，也是"异样的"，"或情或痴，或小才微善，亦无班姑、蔡女之德能"。它所继承和发扬的是《西厢记》《牡丹亭》等具有反封建倾向，表现男女之真情的民主文化。如果说在《西厢记》《牡丹亭》中还有一些淫秽描写的话，那么在《红楼梦》中则进一步划清了爱情与奸淫的界限。正如有正本第六十六回脂批所指出的："余叹世人不识'情'字，常把'淫'字当作'情'字；殊不知淫里无情，情里无淫，淫必伤情，情必戒淫。"

《红楼梦》不仅划清了情和淫、爱情和色情的界限，而且它在全书的具体描写中，也体现了与《金瓶梅》迥然有别的两种文化。例如：

在性爱的对象上，恩格斯早就指出："不言而喻，体态的美丽、亲密的交往、融洽的旨趣等，曾经引起异性间的性交的欲望，因此，同谁发生这种最亲密的关系，无论是对男子还是对女子，都不是无关紧要的。"[①]《金瓶梅》中西门庆所追逐的，不外乎是有夫之妇，如潘金莲、李瓶儿、宋惠莲、王六儿等，或有钱有地位的寡妇，如孟玉楼、林太太，或丫环、奶妈，如春梅、迎春、绣春、如意儿，或妓女，如李桂姐、吴银儿、郑月儿，或男宠，如书童、王经。先后被他奸淫过的妇女有十九人之多，被他猥亵过的男子也有二人。由此也可以看出，他的所谓"爱"，实际是对众多妇女和男宠的蹂躏和玩弄，是把自己的快乐建立在他人痛苦的基础之上的，是属于封建统治阶级腐化堕落的表现。

---

① 恩格斯：《家庭、私有制和国家的起源》。

《红楼梦》中的贾宝玉虽然也与袭人发生过不正当的两性关系，但作者写得很清楚，那是由于他小时候受了宁国府荒淫生活的影响，"同领警幻所训云雨之事"，当他的叛逆性格正式形成之后，就跟这种腐化堕落的作风划清界限了。作者写他所笃爱的，实际上唯有林黛玉一人，对于晴雯，与其说是爱情，不如说是对于她的悲惨命运的深切同情。由此可见，在爱的对象问题上，《金瓶梅》和《红楼梦》存在着乱搞与专一、虚假与真挚、玩弄与尊重、摧残与同情之别；这种差别的实质，反映了封建主义与民主主义两种不同的文化观念。

在性爱的标准上，《金瓶梅》作者写西门庆之所以爱孟玉楼、李瓶儿，主要是看上她们手中有一笔钱财，而王六儿、宋惠莲等等之所以甘心供西门庆淫乐，则是由于"借色求财"。除了钱财之外，就是潘金莲的小脚、风流，李瓶儿、如意儿的"屁股比脸还要白"，潘金莲、李桂姐会弹琵琶、唱小曲，供人解颐开颜，凑趣逗笑。西门庆与吴月娘怄气、不说话，只因撞见吴月娘"逢七拜斗，夜夜焚香，祝祷穹苍，保佑夫主"，"早生一子，以为终身之计"，便立即使西门庆回心转意，"要与月娘上床宿歇求欢"。李瓶儿也因为给西门庆生了个儿子，而受到西门庆的特别宠爱。这种以金钱、女色、生子传宗接代为基础的婚姻和通奸行为，把妇女"变成男子泄欲的奴婢，变成生孩子的简单工具"[①]，岂不是封建文化思想的产物么？

《红楼梦》作者所歌颂的性爱，则摆脱了门第、金钱、体态、生孩子等封建婚姻观念的桎梏，而把才情相当，旨趣相同，性格相合，爱好相投，特别是在政治思想上志同道合，互相知己，作为爱情婚姻的最重要的标准。如贾宝玉与林黛玉在相爱的过程中，曾多次互相怄气、闹别扭，薛宝钗的美貌和雪白的手臂，也曾使贾宝玉动过心，但是最终使贾宝玉与林黛玉之间发展为生死不渝的爱情的，其决定性的关键，作者把它放在因为薛宝钗劝贾宝玉走读书考举人

---

① 恩格斯：《家庭、私有制和国家的起源》。

进士，为官做宰的封建人生道路，贾宝玉认为这是"说混帐话"，所以便"同他生分了"，"林妹妹不说这样混帐话"，所以他"深敬黛玉"。这使林黛玉"不觉又惊又喜，又悲又叹。所喜者，果然自己眼力不错，素日认他是个知己，果然是个知己"。这种建立在政治思想上互为知己的爱情，显然是具有近代爱情的性质的。论门第家产，林黛玉已经家庭衰落，成为寄人篱下的孤女，而薛宝钗家则是"珍珠如土金如铁"的赫赫皇商。论模样、思想、性格，薛宝钗都更为符合封建传统观念的要求。况且还有封建迷信的"金玉之论"竭力配合，封建家长的坚决主张和一手包办。但是，这一切只能使贾宝玉无力抗拒他与薛宝钗的封建婚姻，却无法剥夺他与林黛玉的坚贞爱情。结果，必然只能酿成爱情和婚姻两者皆以悲剧而告终。作者宣扬近代文化性质的爱情婚姻标准，不只反映在贾宝玉与林黛玉身上，在鸳鸯、司棋、晴雯、尤三姐等众多人物身上，皆有鲜明的表现。如作者写尤三姐说，爱情婚姻是"终身大事，一生至一死，非同儿戏"，"只要我拣一个素日可心如意的人方跟他去。若凭你们拣择，虽是富比石崇，才过子建，貌比潘安的，我心里进不去，也白过了一世。"可见这不只是《红楼梦》中某一个人物的思想，而是《红楼梦》作者思想的写照，也不只是《红楼梦》作者个人的思想，而是具有近代性爱的新的时代特色的反映。如恩格斯所说的："今日的性爱，是跟单纯的性欲，跟古人所说的爱，根本不同的。第一，它是以所爱者的互爱为前提的；在这一方面，现今妇女和男子处于平等的地位，而在古代爱盛行时代，决不总是征求妇女同意的。第二，性爱有时达到这样猛烈和持久的程度，以致如果不能结合和必须分离，那末在双方看来，就是个大不幸，甚至是个最大的不幸；两方仅仅为了互相结合起见，甚至甘冒很大的危险，直至拿生命为孤注。"①贾宝玉与林黛玉、柳湘莲与尤三姐的爱情悲剧，与恩格斯所指出的近代性爱的上述两个特点，是完全一

---

① 恩格斯：《家庭、私有制和国家的起源》。

致的。

由此可见，在性爱的内容标准上，《金瓶梅》以满足财欲、淫欲和生孩子为标准，是反映了封建传统文化的要求，《红楼梦》则以政治思想上互为知己，"可心如意"为标准，是近代民主思想文化的表现。

在性爱的方式上，《金瓶梅》所写的大多数是采用"偷香窃玉""奸淫狗盗"的通奸方式，其行径是十分丑恶的，手段是极其恶毒的，性质完全是封建的、野蛮的。如西门庆和潘金莲为了达到"先奸后娶"的目的，不惜将潘金莲的亲夫武大活活毒死；西门庆和李瓶儿也是先以爬墙头的方式偷淫。如果说《西厢记》中的张生爬墙头和崔莺莺幽会，还有反抗封建家长的进步意义的话，西门庆的爬墙头与李瓶儿通奸，则纯属破坏他人的家庭幸福。不仅如此，西门庆还继而又倚仗权势，乘人之危，攫取钱财，把李瓶儿的丈夫花子虚生生气死。当李瓶儿招赘医生蒋竹山之后，他又收买两个流氓，寻衅捣毁蒋竹山开的生药铺，促使李瓶儿赶走蒋竹山，终又嫁给西门庆为妾。西门庆并因此而令李瓶儿脱光衣服跪在地上，用马鞭子加以毒打。潘金莲因与奴才琴童偷淫，也遭到西门庆用马鞭毒打，这两次用马鞭子，表明西门庆根本不把妇女当人看待，更无平等地位可言，而是视妇女如牛马。奴才来旺妻宋惠莲也是由于和西门庆通奸，使来旺身陷囹圄，她才被迫上吊自杀的。置李瓶儿于死地的病因，则是由于西门庆在她月经期间硬要行房事，造成她下身流血不止，死后身底下还有血渍。最后西门庆本人也死于淫欲过度。潘金莲终因谋害武大，迷恋武松，而被武松杀死。陈敬济则因和春梅通奸而遭人杀害。春梅也因乱淫而死于奸夫身上。这种性爱的方式不仅充满野蛮的、兽性的特征，而且在西门庆身上还表现为封建恶霸的特质，无疑地是属于封建腐朽文化的反映。

在《红楼梦》中，除了揭露贾琏与鲍二家的偷淫等，属于皮肤滥淫之外，作者着力描写和歌颂的，则是建立在互相尊重、互相关心、互相体贴、民主平等基础上的高尚、纯洁、真挚的爱情。如有一次黛玉吃了饭就午睡，宝玉走进她的房间,"只见黛玉睡在那里,忙走上来推他道:'好妹妹,才吃了饭,又睡觉。'将黛玉唤醒。黛玉见是宝玉,因说道:'你且出去逛逛。我前儿闹了一夜,今儿还没有歇过来,浑身酸疼。'宝玉道:'酸疼事小,睡出来的病大。我替你解闷儿,混过困去就好了。'"庚辰本于此处脂批曰:"若是别部书中写此时之宝玉,一进来便生不轨之心,突萌苟且之念,更有许多贼形鬼状等丑态邪言矣。此却反推醒她,毫不在意,所谓说不得淫荡(荡)是也。"有一次宝玉已经和黛玉道别,"下了阶矶,低头正欲迈步,复又忙回身问道:'如今的夜越发长了,你一夜咳嗽几遍?醒几次?'"关切之情,溢于言表。庚辰本于此处脂批称:"此皆好笑之极,无味扯淡之极,回思则皆沥血滴髓之至情至神也,岂别部偷寒送暖,私奔暗约,一味淫情浪态之小说可比哉!"还有一天雨夜,宝玉披着蓑衣去看望黛玉,问她:"今儿好些?吃了药没有?今儿一日吃了多少饭?"还用灯光"向黛玉脸上照了照,觑着眼细瞧了一瞧,笑道:'今儿气色好了些。'"黛玉说:"多谢你一天几次瞧我,下雨还来。"还担心他脚上穿的木屐失脚滑倒,临别时特地给他玻璃绣球灯照明。宝玉怕把灯打破了,黛玉说:"跌了灯值钱,跌了人值钱?……就是失了手也有限的,怎么忽然又变出这'剖腹藏珠'的脾气来!"这种重人甚过重物的人本思想和互相关怀、体贴的纯真感情,显然是跟民主主义思想文化相辉映的。

由此可见,在性爱的方式上,《金瓶梅》与《红楼梦》分明存在着淫荡与爱情、兽性与人性、霸道与人道、专制与民主之分,封建主义与民主主义两种文化之别。

在性爱的目的上,《金瓶梅》中西门庆等所追求的,只是为了满足个人的财欲和色欲。以追求财和色为目的的享乐主义,不只成了他们性爱的主要目的,而且仿佛也是他们人生的最大理想。如同西门庆所说的:"咱闻那佛祖西天,也止不过要黄金铺地;阴司十殿,也要些楮镪营求。咱只消尽这家私广为善事,就使强奸了嫦娥,和奸了织女,拐了许飞琼,盗了西王母的女儿,也不减我泼天富贵。"（第五十七回）这不仅是西门庆个人的思想，而且也反映了恣意荒淫腐朽乃是那个封建主义衰落的时代特征之一。

《红楼梦》作者曹雪芹所歌颂的性爱，则根本不是为了满足个人的财欲和色欲，而是以反抗封建阶级的压迫，反抗封建主义的人生道路，追求民主、平等、自由、幸福的新的人生理想为目的的。贾府的老祖宗贾母对待贾宝玉和林黛玉都很溺爱，把他们当作自己的"命根子""心肝儿肉"。如果他们所追求的仅仅是个人自由的爱情婚姻，而不在整个人生道路上反封建，封建家长未尝不可像《西厢记》中的崔母、《牡丹亭》中的杜宝那样，跟他们达成妥协，在他们完成科举功名的前提下，成全他们的自由婚姻。然而贾宝玉与林黛玉的爱情却是以共同走反封建的人生道路为基础的，谁要是破坏他们爱情的这个思想政治基础，他们就宁死而不屈。自由的爱情婚姻，只是他们反封建的人生理想的一部分，即使这是最重要的一部分，也是必须服从于和服务于他们整个的民主平等的新的人生理想的。如贾宝玉在为丫鬟金钏儿和唱戏的蒋玉菡的事情而遭到贾政的毒打以后，他说他"就便为这些人死了，也是情愿的！"他跟许多女孩子亲近，并非出于淫欲的邪念，而是同情她们的不幸遭遇和悲惨命运。在他力所能及的条件下，他对奴婢总是尽力庇护，尽量给予同情、体贴和安慰，甚至"每每甘心为诸丫鬟充役"。正如二知道人所指出的："宝玉一视同仁，不问迎、探、惜之为一脉也，不问薛、史之为亲串也，不问袭人、晴雯之为侍儿也，但是女子，俱当珍重。若黛玉，则性命共之矣。""宝玉能得众女子之心者，无他，必务求兴女子之利，除女子之害，利女子乎即为，不利女子乎即止。推心置腹，此众女子所以倾心事之也。"①林黛玉所憧憬的理想："愿奴胁下生双翼，随花飞到天尽头。天尽头，何处有香丘？"她"癖性喜洁"。她宣称她的人生信条就是："质本洁来还洁去，强于污淖陷渠沟。"这一切都说明，

---

① 二知道人：《红楼梦说梦》，见《古典文学研究资料汇编·红楼梦卷》，第90页。

贾宝玉和林黛玉不仅在爱情婚姻问题上反封建，更重要的是他们在整个人生道路上叛逆于封建阶级。他们是在追求着一种自由、平等和高尚、纯洁的新的人生理想。正是由于他们的这种新的人生理想，跟整个封建主义统治的根本利益是势不两立的。因此，封建家长才不可能向他们妥协。他们的悲剧，与其说是爱情婚姻悲剧，不如说实质上是封建社会没落时期的人生悲剧。也可以说是以民主主义文化观念剧烈撞击封建主义文化观念的社会悲剧。

由此可见，在性爱的目的上，《金瓶梅》追求的是荒淫腐朽的享乐主义。《红楼梦》追求的则是民主、平等、自由、幸福的人生理想，这两种根本不同的目的，更加鲜明地反映了封建社会没落时期腐朽和新生两种不同的文化观念。

四、两种文化观念的影响下所创造的两种不同的思想和艺术境界

有人说："《金瓶梅》先死了瓶儿，落后死了西门庆，但出丧之盛，后不如前，而《红楼梦》先死了秦可卿，后死了贾太君，各种情景，也还是一模一样。"以一个大家庭的前后兴衰对比，来反映整个社会的兴衰史，这也是《金瓶梅》的一大创造，对于《红楼梦》的创作，无疑地也是有重大的启迪和借鉴作用的，但如果把它们说成是"一模一样"的模仿，那就十分荒谬了。其实，《红楼梦》作者在借鉴《金瓶梅》的艺术成就的基础上，已经作了根本的改造，使之完全貌合而神离。

《金瓶梅》写的是酒、色、财、气对人生和国家社会的危害，《红楼梦》写的则是"离合悲欢，兴衰际遇"的历史轨迹。两者虽然同样以一个家庭的兴衰为题材，但所反映的思想文化性质、历史内涵和典型意义却大相径庭。

《金瓶梅》在正文开始之前，首先写了《四贪词》，把"疏亲慢友""背义忘恩""损身害命""强梁逞能"等种种社会人生弊病，统统归咎于人的自然情

欲——嗜酒、好色、贪财、逞气。

把酒、色、财、气，列为人生四戒，这在我国古代早已有之。《战国策·魏二》即记载："昔者帝女令仪狄作酒而美，进之禹。饮而甘之，遂疏仪狄，绝旨酒。曰：后世必有以酒亡其国者。"《后汉书》记载杨秉称："我有三不惑，酒，财，色也。"宋金时又加上"气"，合为四。元代的《东南纪闻》即记有韩翁对韩大伦说，须禁酒色财气。在《全元散曲》中，有不少斥责酒色财气的散曲。《清平山堂话本·错认尸》里也有两句诗："只因酒色财和气，断送堂堂六尺躯。"明代万历年间还有个大理评事雒于仁，因"疏上酒色财气四箴，直攻帝失"，而被削职为民。其《疏》称："臣闻嗜酒则腐肠，恋色则伐性，贪财则丧志，尚气则戕生。陛下八珍在御，嗜酗是耽，卜昼不足，断以长夜，此其病在嗜酒也。宠十俊以启倖门，溺郑妃靡言不听，忠谋摈斥，储位久虚，此其病在恋色也。传索帑金，括取币帛，甚且掠问宦官，有献则已，无则谴怒，李沂之疮痍未平，而张鲸之贿赂复入，此其病在贪财也。今日搒宫女，明日挟中官，罪状未明，立毙杖下，又宿怨藏怒于直臣，如范儁、姜应麟、孙如法辈，皆一诎不申，赐环无日，此其病在尚气也。四者之病，胶绕身心，岂药石所能治。臣今敢以四箴献……"[1] 可见，嗜酒、好色、贪财、尚气，这是封建统治阶级腐化堕落的表现，而反对酒色财气，则符合封建禁欲主义的要求。两者同属封建文化，只不过前者表现了封建文化的腐朽性，后者则反映了封建文化的专制性。

我们把《金瓶梅》和《红楼梦》中关于酒色财气的具体描写，加以比较分析，对于两者在文化性质上的不同，就可以看得更清楚了。

首先说"酒"

西门庆的贪淫好色，奸人妻子，这本是他那市井恶棍的阶级本性决定的，

---

[1] 见《明鉴纲目》卷七《神宗显皇帝》。

可是作者却蓄意把这写成："自古风流茶说合，酒是色媒人。"奴才来旺听说他的妻子宋惠莲被西门庆奸耍，便"在前边恨骂西门庆，'由他，只休撞到我手里，我教他白刀子进去，红刀子出来。好不好把潘家那淫妇也杀了，我也是个死。你看我说出来做的出来。潘家那淫妇，想着他在家摆死了他头汉子武大，他小叔武松因来告状，多亏了谁替他上东京打点，把武松垫发充军去了，今日两脚踏住平川路，落得他受用，还挑拨我的老婆养汉。我的仇恨与他结的有天来大，常言道：一不做，二不休，到根前再说话。破着一命剐，便把皇帝打！'"（第二十五回）这本是被压迫者对压迫者的愤怒的不满之情和正义的反抗之声，可是作者却偏偏要写"来旺儿吃醉了"，是"来旺醉谤西门庆"。来旺所骂的全是实情，可是作者却说这是"来旺无端醉詈主"。可见《金瓶梅》作者通过写酒，实际上是为统治阶级掩盖和开脱罪责，对被压迫者则起到了污蔑和丑化的作用。如作者通过宋惠莲骂来旺："怪倒路的囚根子！味了那黄汤（即黄酒——引者注），挺你那觉受福，平白惹老娘骂你那秘秘脸弹子！"（第二十五回）把他那醉酒的丑态，骂得真是不堪入耳。

　　类似的情节，到了《红楼梦》作者笔下就大不相同了。作者写贾府的奴才焦大——

　　　　因趁着酒兴，先骂大总管赖二，说他不公道，欺软怕硬，"有了好差事就派别人，象这等黑更半夜送人的事，就派我。没良心的王八羔子！瞎充管家！你也不想想，焦大太爷跷跷脚，比你的头还高呢。二十年头里的焦大太爷眼里有谁？别说你们这一起杂种王八羔子们！"

　　　　正骂的兴头上，贾蓉送凤姐的车出去，众人喝他不听。贾蓉忍不得，便骂了他两句，使人捆起来，"等明日酒醒了，问他还寻死不寻死！"那焦大那里把贾蓉放在眼里，反大叫起来，赶着贾蓉叫:"蓉哥儿,你别在焦大跟前使主子性儿,别说你这样儿的,就是你爹、你爷爷,也不敢和焦大挺腰子!不是焦大一个人,你们就做官儿享荣华受富贵?你祖宗九死一生挣下这家业,到如今了,不报我的恩,反和我充起主子来了。不和我说别的还可以,若再说别的,咱们白刀子进去,红刀子出来!"①

这段焦大醉骂和《金瓶梅》中的来旺醉骂颇为相似:所骂的对象同为主子;所骂的内容,同样是向主子表白功劳情分,对主子的忘恩负义表示愤懑不满;甚至连所骂的用语如"白刀子进去红刀子出来",也一模一样。所不同的是,《红楼梦》作者的创作思想根本不是从批判酒色财气的封建传统观念出发的,因此,他不是斥责焦大的骂为"醉谤",而只是"趁着酒兴";他所骂的内容,也不是"无端醉詈主",而是实话实情。可见酒在这里不是如《金瓶梅》作者所写的那样,成为损害来旺反抗斗争精神的污水,而是成为催化剂——"趁着酒兴",使焦大的愤懑不平之气得以一吐为快,使焦大这个忠实的奴才得以激发为怒向刀丛的反抗斗士!两种不同的文化观念,所表现出来的两种不同的创作思想,同样写醉酒詈骂,所刻画出来的人物形象却有如此卑下和崇高之分,所创造的艺术境界,却有这般生生扭曲和堂堂正大之别,这难道还不发人深省么?

次说"色"

我国封建社会是以男子为中心的,妇女是受压迫最深的。除了受封建政权、族权、神权的压迫之外,还要受封建夫权的压迫,然而,从汉代开始,封

---

① 已卯、梦稿本作"白刀子进去,红刀子出来",此据甲戌、蒙府、有正、甲辰、舒序本。

建统治阶级就把亡国败家的罪责嫁祸于妇女，把女人污蔑成是"祸水"①。《金瓶梅》作者完全继承了这个封建传统观念，一再宣扬"酒色多能误国邦，由来美色丧忠良。纣因妲己宗祀失，吴为西施社稷亡"（第四回）。"可怪狂夫恋野花，因贪淫色受波喳。亡身丧命皆因此，破业倾家总为他。"（第六回）并且把它化为作品的故事情节和艺术形象。如把西门庆丧命的直接原因归咎于潘金莲的好淫。当西门庆从姘妇王六儿那儿醉酒行房回家，"径往前边潘金莲房中来"，作者接着写道："此这一不来倒好，若来，正是：失脱人家逢五道，滨冷饿鬼撞钟馗。"潘金莲睡在炕上，听见西门庆来了，"连忙一骨碌扒起来"。张竹坡于此处夹批道："所为钟馗番身也。"作者是有意把潘金莲写成钟馗式的恶鬼的。西门庆一见潘金莲就说："小淫妇儿，你达达今日醉了，收拾铺我睡也。""那西门庆丢倒头在枕头上鼾睡如雷，再摇也摇不醒。"只是由于潘金莲"怎禁那欲火烧身，淫心荡意"，给西门庆吃了过量的春药，而西门庆是个"醉了的人，晓的甚么，合着眼只顾吃下去，那消一盏热茶时，药力发作起来……初时还是精液，往后尽是血水出来，再无个收救。西门庆已昏迷过去，四肢不收。妇人也慌了，急取红枣与他吃下去。精尽继之以血，血尽出其冷气而已，良久方止。妇人慌做一团，便搂着西门庆道：'我的哥哥，你心里觉怎么的？'西门庆苏省了一回，方言：'我头目森森的，莫知所以。'"（第七十九回）

以上描写，清楚地说明：西门庆本人始终处于醉酒昏睡之中，用作者的话来说，他是"醉了的人，晓的甚么"。"由他啜弄，只是不理。"造成西门庆的"髓竭人亡"，是由于潘金莲的淫欲无度，给西门庆多吃了春药。因此张竹坡的批语指出："与武大吃药时一般也。"文龙的批语也说，这是"潘金莲杀西

---

① 据汉代的《飞燕外传》，汉赵飞燕有妹合德，美容貌，成帝召入宫，有宣帝时披香博士淖万成，在帝后唾曰："此祸水也，灭火必矣！"按五行家说汉以火德王，此谓赵合德得宠，必使汉亡，如水之灭火。后以祸水称得祸而败坏国家的女性。

门庆"。"潘金莲以忌之者杀武大郎，以爱之者杀西门庆，同死于金莲之手。"①
《金瓶梅》作者的这种艺术构思和描写，是要告诉人们："原来这女色坑陷得人
有成时必有败，古人有几句格言道得好：……二八佳人体似酥，腰间仗剑斩愚
夫。虽然不见人头落，暗里教君骨髓枯。"（第七十九回）这显然是把"西门
庆贪欲得病"的责任，完全推到所谓"淫妇"的身上，为西门庆本人开脱罪
责。作者受"女人是祸水"的封建传统文化观念的影响，岂不是暴露无遗么？

　　同样也是写淫妇，《红楼梦》作者由于不为"女人是祸水"的封建文化观
念所囿，吸取了同情和尊重妇女的新的民主文化思潮，因此他就不是把"淫
丧"的罪责人为地推到妇女头上，而是真实地写出妇女实为封建统治阶级的
牺牲品。据甲戌本脂批，《红楼梦》第十三回原来的回目是"秦可卿淫丧天香
楼"，后来才改成现在的回目"秦可卿死封龙禁尉"。"此回只十页，因删去
天香楼一节，少却四五页也。"这删去的"天香楼一节"，显然是具体描绘秦
可卿如何"淫丧"的。秦可卿本人具有好色的一面，这是毋庸讳言的。作者
写贾宝玉一走进她的房间，"便有一股细细的甜香袭人而来。宝玉觉得眼饧骨
软，连说'好香！'入房向壁上看时，有唐伯虎画的《海棠春睡图》，两边有
宋学士秦太虚写的一副对联，其联云：嫩寒锁梦因春冷，芳气袭人是酒香。案
上设有武则天当日镜室中设的宝镜，一边摆着飞燕立着舞过的金盘，盘内盛着
安禄山掷过伤了太真乳的木瓜，上面设着寿昌公主于含章殿下卧的榻，悬的
是同昌公主制的联珠帐。"还有"西子浣过的纱衾"，"红娘抱过的鸳枕"。这
些陈设，正如甲戌本脂批所指出的："艳极，淫极。"但是《红楼梦》作者毕
竟没有具体描写她如何好淫，只是暗示她是"悬梁自缢"，点出全家对于她
的死因"无不纳罕，都有疑心"，而把主要笔墨放在描写跟她"爬灰"的公
公贾珍，如何"哭的泪人一般"，如何腐朽无能，只好把丧事托给二房的凤

----

　　①　文龙：《金瓶梅》第七十九回批语，见刘辉著：《金瓶梅成书与版本研究》，第257页。

姐料理，这就是所谓"王熙凤协理宁国府"，揭示出"家事消亡首罪宁"。这跟《金瓶梅》显然是属于两种不同的艺术构思和两种不同的写法，一个是嫁祸于妇女，一个是回护妇女。同样的情况，还表现在对尤三姐的描写上，尤三姐本来是个"淫奔女"。可是《红楼梦》作者却不像《金瓶梅》作者那样，对妇女的如何淫荡津津乐道，而是着重写她立志悔改，找了个可心如意的对象柳湘莲。只是由于得不到柳湘莲的理解，（而柳湘莲则是受了封建思想的影响，所谓"我不做这剩忘八"。）她便不惜以自刎来殉情。曹雪芹把她的自刎描绘成："可怜'揉碎桃花红满地，玉山倾倒再难扶'。芳灵惠性，渺渺冥冥，不知哪边去了。"这字里行间该是充满着多么深切的同情和多么崇高的赞美啊！这难道是《金瓶梅》作者从封建的文化观念出发所能写得出来的么？

再说"财"

《金瓶梅》作者一再宣扬："但凡世上人，钱财能动人意。"（第四回）"世上钱财，乃是众生脑髓，最能动人。"（第七回）西门庆之所以娶孟玉楼、李瓶儿为妾，主要就是看中了她们手中的钱财。当西门庆"断气身亡"时，作者写道："正是：三寸气在千般用，一日无常万事休。古人有几句格言说得好"：

为人多积善，不可多积财。积善成好人，积财惹祸胎。石崇当日富，难免杀身灾。邓通饥饿死，钱山何用哉！今日非古比，心地不明白：只说积财好，反笑积善呆。多少有钱者，临了没棺材！

原来西门庆一倒头，棺材尚未曾预备。（第七十四回）

《金瓶梅》作者通过西门庆的形象，揭露那个社会"富贵必因奸巧得，功名全仗邓通成"。西门庆之所以能够巴结上朝廷重臣，取得理刑千户的官职，肆无忌惮地奸淫妇女，无不是通过钱财来收买的。揭露钱财对世道人心的腐蚀作用，这正是传统的封建文化观念。如《晋书·鲁褒传·钱神论》即指出：

"谚曰：'钱无耳，可使鬼。'凡今之人，惟钱而已。"唐代张固的《幽闲鼓吹》也记载有个相国张延赏说："钱至十万，可通神矣。无不可回之事，吾惧及祸，不得不止。"

《红楼梦》也同样揭露了钱财的危害。薛蟠打死冯渊，他之所以能逍遥法外，就是倚仗他是"珍珠如土金如铁"的薛家公子，如作者所说："人命官司一事，他竟视为儿戏，自为花上几个臭钱，没有不了的。"跟《金瓶梅》不同，《红楼梦》作者对钱财的揭露，不限于揭露世情的险恶，而是跟对封建统治阶级罪恶本质的揭露联系在一起的。

《金瓶梅》作者揭露西门庆的贪财，如同作者在第三十四回开头的诗中所说的："贪财不顾纲常坏"，是从维护封建纲常的传统文化观念出发的。因此，《金瓶梅》中所写的西门庆掠夺钱财的手法，无非是霸占寡妇家产，受赃枉法，以及佣工长途贩运，偷税漏税，牟取暴利，等等。用作者的话说，是发的所谓"横财"，是违背封建纲常礼教的。这在客观上虽然对封建社会的政治黑暗、道德堕落，有一定的揭露作用，但是作者的创作思想，明显地还是受封建文化观念支配的，其目的不过是妄想恢复传统的封建统治秩序罢了。

《红楼梦》作者揭露贾府贪财，则突出地反映了他们把奢侈糜费的生活，转嫁到加重对农民的残酷剥削上。在那样一个涝灾、雹灾频仍、收成实在不好的年头，乌进孝向贾府所缴的租，开了多达四五十项的长单子，价值二千五百两银子。可是贾珍看了却"皱眉道：'我算定了你至少也有五千两银子来，这够作什么的！……这几年添了许多花钱的事，一定不可免是要花的，却又不添些银子产业。这一二年倒赔了许多，不和你们要，找谁去！'"完全是一副"剥削有理"的嘴脸。这种情形跟作者在《红楼梦》第一回所写的"偏值近年水旱不收，鼠盗蜂起，无非抢田夺地，鼠窃狗偷，民不安生"，是相呼应的。它所揭露的绝不只是某一个人贪财的问题，而是反映了由于封建统治阶级的腐朽，剥削的加重，造成了阶级矛盾的激化。《红楼梦》作者这种揭露的思想出发点，显然不同于《金瓶梅》所揭露的"贪财不顾纲常坏"，他是从同情"民不安生"的民主思想出发，"追踪蹑迹"地揭露了封建统治必然走向衰落的历史趋势。

最后说"气"

这里的所谓"气"，据《金瓶梅》作者在卷首《四贪词·气》，所指的是"莫使强梁逞技能，挥拳掳袖弄精神。一时怒发无明穴，到后忧煎祸及身。莫太过，免灾迍。劝君凡事放宽情。合撒手时须撒手，得饶人处且饶人"。《全元散曲》中有一首题为《气》的小曲，也要求"吾善养，今方是，唾面来时休教拭。看英雄自古如痴，前程万里，饶人一步，却是便宜"。可见反对尚气弄性，就是叫人逆来顺受，忍气吞声，甘受他人的奴役和凌辱。这是在鼓吹扼杀个性，不要反抗斗争，一味消极忍受的奴才处世哲学，其属于封建统治阶级的反动文化观念，是不言而喻的。

在这种封建文化观念的支配下，《金瓶梅》作者便竭力扼杀他笔下人物所应有的反抗性，即使移植《水浒传》中的英雄人物，对其反抗性格也多有所扭曲。如武松为兄报仇，未打死西门庆，却"一时怒起，误打死了"皂隶李外传，并为此而遭受刑罚，被押"往孟州大道而行"。接着作者写道："此这一去，正是：若得苟全痴性命，也甘饥饿过平生。"（第十回）这不是歪曲武松的英雄性格，公然叫人苟且偷生、放弃反抗斗争么？

奴才来旺因为妻子被西门庆偷淫，而气愤地骂了几句，为此，不但被作者诬蔑为"醉谤"，而且在他被西门庆买通官府将其投进冤狱，递解徐州时，作者又写道："这来旺儿，又是那棒疮发了，身边盘缠缺乏，甚是苦恼。正是：若得苟全痴性命，也甘饥饿过平生。"（第二十六回）这不也是公然提倡活命哲学，叫人甘受奴役、压迫吗？

《红楼梦》作者也反对"弄性尚气"，但他不是如《金瓶梅》作者那样把矛头指向被压迫者的反抗斗争，而是以此斥责草菅人命的封建统治者。如他通过门子之口，说："这薛公子的混名人称'呆霸王'，最是天下第一个弄性尚气的人，而且使钱如土，遂打了个落花流水，生拖死拽，把个英莲拖去，如今也不知死活。这冯公子空喜一场，一念未遂，反花了钱，送了命，岂不可叹！"

在《金瓶梅》中，有个西门庆最宠爱的通房丫头春梅，作者把她写得傲气十足。可是，她的"傲"也只是敢于欺凌小丫鬟秋菊，大骂说唱艺人李铭、申二姐，而在主子面前则俯首帖耳，奴颜媚骨。有一次潘金莲与陈敬济偷淫，被春梅撞见。潘金莲对她说："你若肯遮盖俺们，趁你姐夫在这里，你也过来，和你姐夫睡一睡，我方信你。你若不肯，只是不可怜见俺每了。"对于这种丧失人格的事情，作者写"那春梅把脸羞的一红一白，只得依他"（第八十二回）。在西门庆已经人亡家破，春梅被卖给官僚周守备为妾之后，春梅见到吴月娘及其大妗子，还"磕下头去"，连大妗子都说："今非昔比，折杀老身。"而春梅却说："如何说这话，奴不是那样人！尊卑上下，自然之理。"（第八十九回）好个"尊卑上下，自然之理"！这不是典型的封建奴才哲学吗？

有趣的是，《红楼梦》作者也写了个贾宝玉最宠爱的丫鬟晴雯。不同的是，《红楼梦》作者不是以晴雯的奴性来博得主子的欢心，而是以敢于"尚性弄气"，要求与主子在人格上取得平等、自由的权利，赢得了有叛逆思想的宝玉的尊重。如当晴雯跌折了扇子而遭到贾宝玉的指责时，作者写"晴雯冷笑道：'二爷近来气大的很，行动就给脸子瞧。前儿连袭人都打了，今儿又来寻我们的不是。要踢要打凭爷去。就是跌了扇子，也是平常的事。先时连那么样的玻璃缸、玛瑙碗不知弄坏了多少，也没见个大气儿，这会子一把扇子就这么着了。何苦来！要嫌我们就打发我们，再挑好的使，好离好散的，倒不好？'宝玉听了这些话，气的浑身乱战"。一个奴婢竟敢于如此顶撞主子，这还有什么"尊卑上下"呢？后来宝玉果真要回太太去，打发晴雯走。经过袭人央求，才作罢。当天晚上，晴雯睡在凉榻上，宝玉推她起来，她说："我这身子也不配

354

坐在这里。"宝玉笑道:"你知道不配为什么睡着呢?""晴雯没的话,嗤的又笑了,说:'你不来便使得,你来了就不配了。'"接着宝玉又叫她去拿果子来吃,"晴雯笑道:'我慌张的很,连扇子还跌折了,那里还配打发吃果子。倘或打破了盘子,还更了不得呢。'"晴雯这番关于自己在主子面前配不配的言论,是公然向主子争取平等的地位。幸好贾宝玉又是个有叛逆思想的公子,他通过晴雯对他的顶撞,却更加理解了这位女奴的心。因此作者写宝玉对晴雯"笑道:'你爱打就打,这些东西原不过是借人所用,你爱这样,我爱那样,各自性情不同。比如那扇子原是扇的,你要撕着玩也可以使得,只是不可生气时拿他出气。就如杯盘,原是盛东西的,你喜听那一声响,就故意的碎了也可以使得,只是别生气时拿他出气。这就是爱物了。'晴雯听了,笑道:'既这么说,你就拿了扇子来我撕。我最喜欢撕的。'宝玉听了,便笑着递与他。晴雯果然接过来,嗤的一声,撕了两半,接着嗤嗤又听几声。宝玉在旁笑着说:'响的好,再撕响些!'"这里作者对宝玉早先向晴雯弄性尚气,耍公子哥儿的脾气,显然是持批评态度的;而对晴雯敢于反对主子,向宝玉要求平等待人的权利,要求个性的自由,尊重"各自性情不同",则是持颂扬态度的;贾宝玉后来欣然怂恿晴雯撕扇子取乐,既表现了他的民主、平等思想,也说明了晴雯反抗斗争的胜利。此外如焦大骂主、晴雯倒箧、鸳鸯抗婚,等等,凡属被压迫者反抗阶级压迫的正义斗争,《红楼梦》作者也总是采取肯定和颂扬的态度的。如果作者没有反封建的新的文化观念,没有民主、平等的新思想,他怎么可能把这些卑贱的奴才写得"身为下贱,心比天高",那样光彩夺目呢?!

春梅对待卑贱者傲气十足,是为封建等级制度所容许的,她与西门庆、潘金莲、吴月娘的关系,仍然是典型的封建主奴关系。而宝玉与晴雯的关系,则具有民主、平等的新因素,可以说是反封建的,是为封建的尊卑等级制度所不容许的。这两种对待弄性尚气的态度,这两种主奴关系、两种写法,恰恰反映了作者封建主义与民主主义两种不同的文化观念。

因此，虽然从形式上看《金瓶梅》写李瓶儿的出殡与西门庆的出殡一前一后，《红楼梦》写秦可卿的出殡与贾母的出殡也是一前一后，两者皆是前后映照，作兴衰对比，甚至对秦可卿丧事的某些具体描写，跟写李瓶儿丧事颇有相似之处，但是两者所反映的思想和艺术境界却迥然有别。前者是从反对酒色财气的传统封建文化观念，来说明酒色财气对社会人生的危害，所反映的是一幅世俗人心的隳败史；后者则受了反封建的民主主义文化思想影响，认为社会的兴衰不是由个人追求酒色财气的秉性所决定的，而是由于封建统治阶级的腐朽，引起阶级矛盾和统治阶级内部矛盾的加剧，即所谓"自杀自灭"的内因所决定的，所描写的是封建社会必然衰落的历史轨迹。这两种不同的思想和艺术境界，说明了两种不同的文化观念，对于作家创作的影响是不可低估的。

五、《红楼梦》对《金瓶梅》继承与发展的实质

以上我们从多方面对《红楼梦》和《金瓶梅》是属于两种文化的论证，说明《红楼梦》不仅把"传统的思想和写法都打破了"[①]，而且这种"打破"是对于封建文化思想体系的一种突破，是新的民主思想文化的产物；《红楼梦》对于《金瓶梅》的继承和发展，不只是一般艺术技巧性的，更重要的，是在文化思想性质上的根本改造和质的飞跃。

需要说明的是，我们指出《金瓶梅》反映的是封建传统文化思想，绝不是说它在思想倾向上就毫无可取之处，更不是抹杀它在中国小说发展史上巨大的创造性的历史贡献；我们说《红楼梦》是新的民主思想文化的产物，也绝不意味着它就没有封建性的糟粕，更不是否定它在艺术上受到《金瓶梅》的重大影响。应该看到，《红楼梦》和《金瓶梅》从它们的思想性质上来看，是属于两

---

① 鲁迅：《中国小说的历史的变迁》，《鲁迅全集》第 9 卷，第 338 页。

种文化，它们的思想境界确有天壤之别，但是它们又毕竟都是共生于中国封建社会的母体之中，都打上了诸如因果报应的历史循环论，人生空幻、悲观绝望的历史虚无主义，为封建社会的衰落而痛心疾首的拳拳之心和眷恋之情，等等历史的胎记和阶级的烙印。两种文化，只是就其基本的主导的文化思想性质来说的；它们之间，不仅有其质的区别的一面，而且还有许多相互联系、彼此影响的一面。用孤立的形而上学的方法来看待问题，是不可取的。

《金瓶梅》作者虽然受了封建传统文化思想的严重影响，但是他的作品所描写的侧重点，并不是正面宣扬封建传统文化如何正确，而是着重揭露了封建传统文化在实际生活中如何遭到最粗暴最卑劣的践踏。如郑振铎所指出的："它是一部很伟大的写实小说，赤裸裸的毫无忌惮的表现着中国社会的病态，表现着'世纪末'的最荒唐的一个堕落的社会景象。"使人们读后深深地感到："象这样的堕落的古老的社会实在不值得再生存下去了。"① 因此，尽管作者的思想出发点，是要恢复传统的封建秩序，作者所使用的思想武器，是属于封建传统文化，但是作品所揭露所批判的社会上的种种腐败现象，却是非常真实的，在客观上，它对于我们认识封建社会的腐朽性和衰落的必然性，是有一定的认识价值和教育意义的。因而它的实际思想倾向，在那个时代所具有的进步意义，还是应予充分肯定而不容低估。只是可惜封建的传统文化思想，终究使他的作品的思想和艺术境界受到了很大的局限和一定的扭曲。

《金瓶梅》更为重大的、主要的贡献，是在艺术方面为中国小说艺术的发展，作出了全面的历史性的突破。对此拙著前面已作了多方面的论述，兹不赘。《红楼梦》确实如脂批所指出的，是"深得《金瓶》（壶）壶奥"。我们可以说，没有《金瓶梅》，也就不会有《红楼梦》。我们不仅应该充分肯定《金瓶梅》的筚路蓝缕之功，更重要的是由此还应进一步认识到，两种文化之间也

---

① 郑振铎：《谈〈金瓶梅词话〉》，见《西谛书话》，三联书店 1983 年 10 月出版。

完全可以有继承的一面，不能狭隘地片面地认为，只有民主性的精华才能继承。这不仅为《红楼梦》对《金瓶梅》的继承所证实，而且在理论上也不符合列宁的教导："只有确切通晓人类全部发展过程所造成的文化，只有改造这种已往的文化，才能建设无产阶级的文化。""凡人类思想所建树出的一切，他（指马克思——引者注）都重新探讨过，批判过，并根据工人运动的实践一一检验过，于是就作出了那些为资产阶级狭隘性限制或被资产阶级偏见束缚住的人所不能得出的结论。"①

　　尽管我们肯定《红楼梦》对《金瓶梅》确有继承的一面，但是我们又绝不同意把《红楼梦》和《金瓶梅》混为一谈，把《红楼梦》说成"完全是模仿《金瓶梅》的"，是"暗《金瓶梅》"，"乃《金瓶梅》之倒影"，更不同意把《金瓶梅》说成是"中国小说发展的极峰"，捧到《红楼梦》之上。过去那些论述《红楼梦》对《金瓶梅》的继承与发展的大作，之所以未能说清这种继续与发展的实质，甚至出现了这种种不切实际的说法，其思想认识根源，我认为就是只看某些艺术现象，没有从思想文化性质上来道破其属于两种文化的实质，因而也就抹杀或忽略了《红楼梦》对《金瓶梅》在思想和艺术上所作的脱胎换骨的改造和质的发展与飞跃。而《红楼梦》创作的成功经验，恰恰在于它以新的文化思想为灵魂，既把"传统的思想和写法都打破了"，又从先辈们所创造的全部文化艺术成果中吸取一切可取的成分，并根据自己时代的先进文化思想和现实的社会生活，加以彻底的改造和创造性地发展。既要对前人有所继承，更须有重大的突破和创新，不仅《红楼梦》对于《金瓶梅》是如此，《金瓶梅》对于《水浒传》，以及《水浒传》对于它以前的作品，亦莫如此，看来这是中国小说史上一切杰出作品共同的艺术经验。

---

① 列宁:《青年团底任务》。着重号为引者所加。

后　记

　　《金瓶梅》是我国的作品，可是长期以来，《金瓶梅》热却在国外[①]，而不在国内。这不免令人感到遗憾。随着我国对外开放政策的实行，《金瓶梅》热也正在我国大陆掀起。拙著的写作，就是弥补这种缺憾心理，为改变我国大陆的《金瓶梅》研究落后于海外的现状所作的努力的一部分。

　　《金瓶梅》也是属于世界的。它在国外有英、法、德、俄、意、拉丁、瑞典、芬兰、南斯拉夫、捷克、匈牙利、日、朝、蒙、越等至少十五种文字的节译或全译本。其印数和发行量之大，远远超过国内。

　　国外关于《金瓶梅》研究的成果颇为可观。据不完全统计，本世纪初迄今，关于《金瓶梅》的论著，日本学者发表的约有一百五十余种，西方学者发表的约有五十余种。著名的如美国哈佛大学韩南教授的《〈金瓶梅〉探源》，法国波尔多第三大学雷威安教授的《金瓶梅法译本导言》，苏联李福清的《兰陵笑笑生和他的〈金瓶梅〉》，日本千田九一的《土豪劣绅的家庭——〈金瓶梅〉的世界》，等等。

　　我国港、台地区《金瓶梅》研究成果也很丰硕。如香港中文大学孙述宇教授的《〈金瓶梅〉的艺术》；台湾魏子云先生先后出版了《金瓶梅探原》《金瓶梅的问世与演变》《金瓶梅词话注释》《金瓶梅编年纪事》和《金瓶梅审探》五本专著。

---

　　① 吴晓铃：《大陆外的〈金瓶梅〉热》，见《新华文摘》1985 年 10 月号。

我国大陆的《金瓶梅》研究大有后来居上之势。1985 年以来，仅出版的《金瓶梅》研究资料即有四种，出版的专著、论文集在十种以上。全国性的《金瓶梅》学术讨论会已举行过两次，一支具有相当规模的研究队伍已经形成，更多的论著必将相继问世。

《金瓶梅》在国外赢得了很高的声誉。美国哈佛大学的海陶玮教授说："《金瓶梅》内容的广阔、情节的复杂、人物的雕塑，都足以和西方最伟大的小说比肩。"①《美国大百科全书》称："《金瓶梅》是中国第一部伟大的现实主义小说。"《法国大百科全书》说"它在中国通俗小说的发展史上是一个伟大的创新"。《日本大百科事典》称《金瓶梅》"作者对各种人物完全用写实的手段，排除了中国小说传统的传奇式的写法，为《红楼梦》《醒世姻缘传》等描写现实的小说开辟了道路"②。

大陆学者虽然如鲁迅、郑振铎、吴晗等有识之士，也早已给予《金瓶梅》以很高的评价，然而总的来说，还是对它的贬斥居多。自从我国批判极"左"思潮以来，大陆对于《金瓶梅》的研究已逐渐呈现一个新的局面。拙著就是在解放思想的基础上，坚持从《金瓶梅》及中国小说发展的历史实际出发，广泛吸收国内外《金瓶梅》研究的一切成果，力求对《金瓶梅》的艺术特色、成就和缺陷，作出实事求是的论述。其中不免要涉及到跟一些前辈学者或时贤商榷的意见，尽管见解有所不同，但是我从他们那里受到的启发却不下于良师净友的教益。拙著的出版，热诚希望能得到更多的批评和指教。

第一次《金瓶梅》国际学术讨论会，是 1983 年由美国印第安那大学主持召开的。第二次《金瓶梅》国际学术讨论会将于 1989 年在我国徐州召开。我谨以拙著作为献给这个大会的一束小花。

---

① 吴晓铃：《大陆外的〈金瓶梅〉热》，见《新华文摘》1985 年 10 月号。
② 转引自王丽娜：《〈金瓶梅〉在国外》，见《河北大学学报》1980 年第 2 期。

今年夏天合肥天气特别炎热，七月上中旬持续十余天 38 摄氏度左右的高温。为了早日完成这部书稿的修订和杀青，我不得不赤膊上阵，尽管小心翼翼，还是难免在稿纸上滴了不少汗渍。这部书稿真可谓是用我的心血和汗水写成的。

我第一次读到全本的《金瓶梅词话》，是在 1963 年跟山东大学关德栋教授借阅的。那时只是为了教课心中有底，至于研究，在我思想上它还是个禁区。我真正开始研究《金瓶梅》，是 1985 年初刘辉同志约我为他主编的《金瓶梅》论文集撰稿。不久，王利器先生又慨然把他珍藏的日本影印《词话》本借给我复印；刘辉也把他珍藏的"第一奇书"本复印赠送给我，把他在北京图书馆新发现的清代文龙批语借给我抄录。他们都对我的研究工作给予了可贵的帮助，谨在此表示热忱的谢意。

在当今学术著作出版经济效益不佳的情况下，漓江出版社在出版了我的《红楼梦的语言艺术》《中国的小说艺术》之后，又出版我的这本专著，其为繁荣学术而不惜工本的高尚精神和厚爱之情，令我感佩之至！在此谨向该社及陈肖人等同志致以衷心的谢忱。

1988 年 7 月 30 日于合肥安徽大学中文系

（台北贯雅文化事业有限公司于 1990 年 8 月出版繁体字本。广西教育出版社于 1993 年 10 月出版。台北里仁书局出版未给样书，出版年月不明。）

相关链接

论潘金莲的形象结构及其典型本质

潘金莲是《金瓶梅》中的一个重要角色。人们向来对她是采取痛斥的态度。本文试图从不同的观点和方法，对这个艺术形象提出新的看法。

一、究竟应该怎样评价潘金莲

人们历来对于潘金莲的评价，几乎全是否定的：

> 潘金莲者，专于吸人骨髓之妖精也。①
>
> 若潘金莲者，则可杀而不可留者也。赋以美貌，正所谓倾城倾国并可倾家，杀身杀人并可杀子孙。②

这是清代人的评论。它明显地贯穿着"女人是祸水"的封建主义观点。新中国建立以后，时代不同了，明显的封建主义观点见不得人了，然而对潘金莲这个艺术形象的贬斥却一如既往：

> 潘金莲是封建社会中那些堕落成性然而又是凶狠的妇女的典型。

---

① 文龙：《金瓶梅》第二十八回批语。
② 文龙：《金瓶梅》第四十一回批语。

她们虽是被玩弄的人，但完全离开了人民。[1]

潘金莲这类人是妇女中的魔鬼，在她们身上反映了属于原始性的人性毁灭。[2]

她是一个最淫荡、最自私、最阴险毒辣、最刻薄无情的人。[3]

最近几年，人们对潘金莲的看法有没有什么改变呢？没有。仍然认为：

坏女人淫妇潘金莲。[4]

潘金莲已成了西门庆家的女恶霸了。[5]

小说塑造了潘金莲这个人物的名字，已经成了淫妇的代名词。[6]

给潘金莲加上这种种罪名，对不对呢？就人论人、就事论事来看，毋庸置疑，是对的。

潘金莲确属罪恶累累：

她受西门庆和王婆的指使，毒死了自己的丈夫武大；

她唆使西门庆迫害奴才来旺，气死来旺的妻子宋蕙莲；

她用"昔日屠岸贾养神獒，害赵盾丞相一般"（第五十九回）的阴谋毒辣手段，置李瓶儿母子于死地；

她生性残忍，屡次无故毒打秋菊等佣人；

她热衷于追求性欲，在跟西门庆先奸后嫁之后，又相继跟琴童、陈敬济、

---

① 李西成：《〈金瓶梅〉的社会意义及其艺术成就》，见《山西师院学报》1957 年 1 月号。
② 李西成：《〈金瓶梅〉的社会意义及其艺术成就》，见《山西师院学报》1957 年 1 月号。
③ 任访秋：《略论〈金瓶梅〉中的人物形象及其艺术成就》，见《开封师范学院学报》1962 年第 2 期。
④⑤ 朱星：《〈金瓶梅〉的故事梗概和主要人物评介》，见《河北大学学报》1980 年第 8 期。
⑥ 郭豫适：《〈金瓶梅〉简论》，见《华东师范大学学报》1984 年第 6 期。

王潮儿发生两性关系。

按照她的上述罪行，无论根据过去或今天的法律，对她处以死刑，都是罪有应得的。

但是，《金瓶梅》作者塑造潘金莲这个艺术形象，绝不仅仅是要揭发一个十恶不赦、"可杀而不可留"的罪犯；我们的文学评论，如果仅仅是如法院判决书那样，起到列举犯人罪状给予判决的作用，那也未免太简单化了。

文学作品是社会生活的反映，但是它绝不能等同于社会生活。如同酒是粮食酿造的，人们绝不能把酒当成粮食一样。

虽然在社会生活中，"若潘金莲者，处处有之，吾亦时时见之"①。但是，"艺术并不要求人们把它的作品当作现实"②。我们也绝不能把小说《金瓶梅》中的潘金莲，与社会生活中的潘金莲等量齐观，混为一谈。

即使在社会生活中的潘金莲，她也不可能是孤立的个人。诚如马克思、恩格斯所指出的：

> 既然从唯物主义意义上来说，人是不自由的，就是说，既然人不是由于有逃避某种事物的消极力量，而是由于有表现本身的真正个性的积极力量才得到自由，那就不应当惩罚个别人的犯罪行为，而应当消灭犯罪行为的反社会的根源，并使每个人都有必要的社会活动场所来显露他的重要的生命力。既然人的性格是由环境造成的，那就必须使环境成为合乎人性的环境。既然人天生就是社会的生物，那他就只有在社会中才能发展自己的真正的天性，而对于他的天性的力量的判断，也不应当以单个个人的力量为准绳，而应当以整个

---

① 文龙：《金瓶梅》第五回批语。
② 列宁：《哲学笔记》，《列宁全集》第38卷，第66页。

社会的力量为准绳。^①

何况《金瓶梅》中的潘金莲是属于小说家创造的"典型环境中的典型人物"，她同社会生活中的潘金莲，如同酒虽然也以粮食为原料一样，但两者之间却有着本质的区别：

第一，潘金莲是属于《金瓶梅》作者的艺术创造。这种创造虽然也是以社会生活为源泉，但它却"比普通的实际生活更高，更强烈，更有集中性，更典型，更理想，因此就更带普遍性"^②。

第二，作者通过潘金莲等艺术形象，不仅要反映生活，而且还要"说明生活"^③，"为有思想的人提出或解决生活中所产生的问题"^④。

第三，尽管潘金莲在社会生活中是丑恶的，然而《金瓶梅》作者通过揭露和否定她的丑恶，却使这个人物形象具有永久的美学价值和审美作用。因此，社会生活中的潘金莲确属"可杀不可留"的罪犯，而《金瓶梅》中的潘金莲，如同中外文学史上的曹操、贾桂、王熙凤、葛朗台、赫列斯达柯夫、乞乞可夫等一大批著名的反面典型一样，确属万古常新、永葆青春，有着不朽的艺术生命力。

因此，我们对《金瓶梅》中潘金莲这个艺术形象的评论，就不应采取庸俗社会学的态度和简单化的方法，仅仅把她当成社会生活中的潘金莲一样，历数她的罪状，把她痛骂一顿了事，而应对这个典型形象的性格特点及其形成的典型环境，作出历史的辩证的美学的分析和评价，只有这样，才能使我们从整个社会的大系统中充分认识这个典型形象所具有的典型意义，发挥出其应有的认

---

① 马克思、恩格斯：《神圣家族》，《马克思恩格斯全集》第2卷，第167页。
② 毛泽东：《在延安文艺座谈会上的讲话》。
③ 车尔尼雪夫斯基：《艺术与现实的美学关系》，见《西方文论选》下卷，1979年版，第412页。
④ 车尔尼雪夫斯基：《艺术与现实的美学关系》，见《西方文论选》下卷，1979年版，第414页。

识、教育和美感作用。

二、其主体表层结构是"美玉""珍珠"

"难道潘金莲生来就是个坏女人么？"人们读了许多评论家对潘金莲的评论，不禁要发出这样的疑问。

"潘金莲绝非生来就是个坏女人。"这是《金瓶梅》本身所作出的回答。作者写得很清楚，她本是个出身贫苦的女孩子。从小就有着一部受尽压迫的血泪史，是个非常令人同情的被压迫的阶级姊妹。因此，《金瓶梅》作者赋予这个形象的表层结构是"美玉""珍珠"般的优美可珍。

众所周知，《金瓶梅》中的潘金莲是从《水浒传》中的潘金莲移植过来的。可是移植绝不是照搬，而是重新生根繁殖。因此，尽管两者有着某种血缘关系，但毕竟是两个不同的艺术形象。

在《水浒传》中，潘金莲的形象结构，从外表到内里全是丑恶的。她一出场就是个淫妇的形象。作者介绍她是"为头的爱偷汉子，有诗为证"：

> 金莲容貌更堪题，笑蹙春山八字眉。
> 若遇风流清子弟，等闲云雨便偷期。[①]

打开《金瓶梅》，首先映入我们眼帘的潘金莲并不是个淫妇的形象，而是个穷困得一再被卖，聪明美丽，多才多艺，却又遭到剥削阶级"损坏"的"美玉""珍珠"般的少女。只是由于张大户"收用"了她，才使她从此如《金瓶梅》作者所说的：

---

① 见明万历末年杭州容与堂刻本《李卓吾先生批评忠义水浒传》第二十四回。《金瓶梅》移植《水浒传》有关的情节皆据此本，故本文引用《水浒传》原文，亦据此本。以下不另注明。

美玉无瑕，一朝损坏；

珍珠何日，再得完全。（第一回）

在《水浒传》中，虽然也写到张大户要"收用"潘金莲，但因潘金莲和主家婆的反对，使张大户终未得逞，而只能"以此恨记于心，却倒赔些房奁，不要武大一文钱，白白地嫁与他"。《金瓶梅》作者则非常醒目地把张大户写成是"损坏"潘金莲这个无瑕美玉、完全珍珠的罪魁，只是由于"后主家婆颇知其事，与大户攘骂了数日，将金莲甚是苦打。大户知不容此女"，才不得不将潘金莲名义上嫁给武大为妻，实际上仍为张大户霸占着。"武大若挑担儿出去，大户候无人，便踅入房中与金莲厮会。武大虽一时撞见，并不敢声言。朝来暮往，如此也有几时。"

武大和潘金莲之所以搬到紫石街住，在《水浒传》中是因为"有几个奸诈的浮浪子弟们"经常与潘金莲鬼混在一起，甚至公然"在门前叫道：'好一块羊肉，倒落在狗口里'"，奚落武大。《金瓶梅》作者则把它改成因"主家婆察知其事（指张大户暗中仍霸占着潘金莲，并因年老又淫欲过度，患阴寒病症而死），怒令家童将金莲、武大即时赶出去，不容在房子里住"。

由此可见，《金瓶梅》和《水浒传》对潘金莲出场的描写，是踵事增华，貌合神异的：《水浒传》中的潘金莲本来就是个"爱偷汉子"的淫妇，《金瓶梅》中的潘金莲本来却是个"美玉""珍珠"；《水浒传》中的张大户是个既未奸淫潘金莲，又"倒赔些房奁"，白送一个妻子给武大的恩人，《金瓶梅》中的张大户则是个压迫潘金莲和武大的罪魁。他不仅损坏了潘金莲这个"美玉""珍珠"，而且在被迫把她嫁给武大为妻之后，仍旧暗中霸占着，使武大"亦不敢声言"。《水浒传》由此突出描写的是身为淫妇的潘金莲与丈夫武大之间，以及张大户与主家婆之间的夫妻矛盾；《金瓶梅》由此着力表现的则是张大户夫妇与潘金莲、武大之间属于压迫与被压迫性质的阶级矛盾，潘金莲本来和武大一样，也是属于被侮辱、被损害者。

不错，在《金瓶梅》中也写了潘金莲"为头的一件，好偷汉子"，接着也原文照抄了《水浒传》中上述四句"有诗为证"。不同之处，一是《水浒传》把它放在潘金莲刚出场的时候，《金瓶梅》则把它放在潘金莲早已出场，她这个"美玉""珍珠"已经被张大户"损坏"之后；二是《水浒传》只简略地提到"原来这妇人见武大身材短矮，人物猥獕，不会风流"，《金瓶梅》则详细地描写了她好偷汉子的原因是由于对婚姻不自主的不满，突出地强调她"报怨大户"对她的包办婚姻，使她"好苦也！"因此，潘金莲的"好偷汉子"，实际上是被张大户给她这个奴婢包办婚姻所"逼"出来的。在一夫一妻制的时代，尽管女人"好偷汉子"是不光彩的，但是潘金莲对于封建主子给奴婢包办婚姻所带来的极端痛苦表示抗争，这却不能不认为是合理的，值得令人同情的。我们不能从封建的观点，只斥责潘金莲是"淫妇"，更重要的是应谴责把潘金莲逼成"淫妇"的祸根——在封建主压迫和包办下的封建婚姻制度。《金瓶梅》作者这样改写的结果，显然绝不仅仅使我们对潘金莲个人表示憎恶和义愤，还足以激发人们为彻底铲除这个祸根而斗争。

潘金莲嫌弃武大，并非因为武大是个穷卖炊饼的，而是因为两人相貌不配，性格不合，"常与他合气"。她之所以看上武松，是因为"武松身材凛凛，相貌堂堂，身上恰似有千百斤气力"。"若似叔叔这般雄壮，谁敢道个不是"。"常言人无刚强，安身不牢。奴家平生快性，看不上这样三打不回头，四打连身转的人。"她不仅希望有武松这样刚强的人做她的丈夫，而且向往由此过上不被人欺负，得以"安身"的生活。如果我们摆脱封建的世俗之见来看潘金莲，她的这种婚姻要求和生活愿望，难道不是合情合理的么？问题在于那个封建的社会制度，不允许潘金莲有离婚的权利和择偶的自由。因此，应该受谴责的首先是那个不合理的、扼杀人性的封建社会制度，而不是潘金莲个人的道德品质。

就个人的道德品质来说，潘金莲敢于冲破封建统治阶级强加在妇女身上的封建道德——"三从四德"，在那个时代应该说还是有进步意义的。当然，我们绝不赞成她在性生活上的放荡行为。但这跟她不受"三从四德"的桎梏一样，都共同表现了她作为新兴市民阶层的两重性——进步性和劣根性。如果我们仅仅把潘金莲当作个"淫妇"的典型，这就不但没有和封建的妇女观划清界线，而且也抹杀或歪曲了这个典型的时代的和阶级的本质。

潘金莲之所以博得西门庆的喜爱，不同于孟玉楼和李瓶儿靠的主要是自己手中握有大宗的财产，她所靠的只有自己的美貌和聪慧。当西门庆初次见到潘金莲时，《水浒传》的描写非常简略，只有一句话，说她"是个生的妖娆的妇人"；《金瓶梅》不仅把这句话改成"是个美貌妖娆的妇人"，而且紧接着增加了一大段对她如何"美貌妖娆"的具体描写：

> 但见他黑鬒鬒赛鸦翎的鬓儿，翠湾湾的新月的眉儿，清冷冷杏子眼儿，香喷喷樱桃口儿，直隆隆琼瑶鼻儿，粉浓浓红艳腮儿，娇滴滴银盆脸儿，轻袅袅花朵身儿，玉纤纤葱枝手儿，一捻捻杨柳腰儿，软浓浓白面脐肚儿，窄多多尖趫脚儿，肉奶奶胸儿，白生生腿儿……（第二回）

上述不仅是在写作手法上有简略和详细之别，更重要的是反映了两者对潘金莲的本性的看法不同，因而赋予这个形象的主体表层结构自然也就不同：

第一，在《水浒传》作者看来，潘金莲生性就是个淫妇，因此她即使有外貌美的一面，也只能是"妖娆"的美，带有妖艳、轻佻、邪恶的色彩，而《金瓶梅》作者则从潘金莲本是个"美玉""珍珠"出发，不厌其详地全力描画和突出了她的美丽、妩媚和动人。

第二，《水浒传》作者把潘金莲的形象仅仅概括为"妖娆"二字，《金瓶梅》作者则既不是抽象地，也不只是从某个局部，而是从眉、眼、口、鼻、腮、脸、身、手、腰、肚、脚、胸、腿等各个部分，画出了潘金莲其人体的整体美。这不仅反映了由抽象到具体的现实主义艺术的发展和深化，而且表现了作者对潘金莲人体美的衷心倾倒和热烈赞颂。如同黑格尔所说的："人体到处都显出人是一种受到生气灌注的能感觉的整体。他的皮肤不像植物那样使一层无生命的外壳遮盖住，血脉流行在全部皮肤表面都可以看出，跳动的生命的心好像无处不在，显现为人所特有的生气活跃，生命的扩张。"① 这从忽视人体美的封建的观点是写不出来的。

第三，紧接在上段引文之后，《金瓶梅》作者还对潘金莲的衣着、打扮作了详尽描写。它不仅反映了潘金莲对美的热烈追求，而且也非常切合潘金莲的个性、身份。正如张竹坡在该回回首的批语中所指出的："此回内云：'毛青布大袖衫儿'，描写武大的老婆又活跳出来。"

当潘金莲嫁到西门庆家时，作者通过吴月娘的眼光，又一次对潘金莲的美貌作了非常传神的扫描："月娘在坐上，仔细定睛观看这妇人，年纪不上二十五六，生的这样标致，但见"：

> 眉似初春柳叶，常含着雨恨云愁；脸如三月桃花，暗带着风情月意。纤腰袅娜，拘束的燕懒莺慵；檀口轻盈，勾引得蜂狂蝶乱。玉貌妖娆花解语，芳容窈窕玉生香。吴月娘从头看到脚，风流往下跑；从脚看到头，风流往上流。论风流，如水晶盘内走明珠；语态度，似红杏枝头笼晓日。看了一回，口中不言，心内暗道："小厮每家来，只说武大怎样一个老婆，不曾看见，今日果然生的标致，怪

① 黑格尔:《美学》第1卷，1958年版，第184页。

不得俺那强人爱他。"（第九回）

　　作者如此反复地突出地以潘金莲的美作为这个形象的表层结构，目的正是为了证明她的主体本是个"无瑕"的"美玉"，"完全"的"珍珠"；她之所以被"损坏"，主要是那个时代的客体——封建统治阶级和社会制度造成的。因此，这绝不是对潘金莲形象的蓄意掩饰和美化，而恰恰正是对造就潘金莲的社会典型环境所作的有力揭橥和反衬。

　　按照封建的观点，高贵者最聪明，卑贱者最愚蠢；女子无才便是德。女孩儿家不应读书认字，只该做些针线纺织的事。可是《金瓶梅》作者对潘金莲的描写却突破了这些封建的观点。他赞美潘金莲"虽然微末出身，却倒百伶百俐，会一手好弹唱，针指女工，百家奇曲，双陆象棋，无般不知"（第三回）。

　　论弹唱，有一次她应西门庆的要求，弹着琵琶，唱了一支《两头南调儿》小曲。"西门庆听了，喜欢的没入脚处，一手搂过妇人粉项来，就亲了个嘴，称夸道：'谁知姐姐你有这段儿聪明！就是小人在构栏，三街两巷相交唱的，也没你这手好弹唱！'"（第六回）

　　论针指，她为给西门庆上寿，特地做了"一双玄色段子鞋，一双挑线密约深盟随君、膝下香草、边阑松竹梅花岁寒三友、酱色段子护膝，一条纱绿潞绸、永祥云嵌八宝、水光绢里儿、紫线带儿、里面装着排草玫瑰花兜肚，一根开头莲瓣簪儿。簪儿上钑着五言四句诗一首，云：'奴有并头莲，赠与君关髻。凡事同头上，切勿轻相弃。'西门庆一见，满心欢喜，把妇人一手搂过，亲了个嘴，说道：'怎知你有如此一段聪慧少有。'"（第八回）

　　论知识，她的母亲潘姥姥说："他七岁儿上女学，上了三年，字仿也曾写过，甚么诗词歌赋唱本上字不认的。"（第七十八回）孟玉楼说：她"平昔晓的曲子里滋味"。吴月娘夸赞："他什么曲儿不知道：但题起头儿，就知尾儿。相我，若叫唱老婆和小优儿来，俺每只晓的唱出来就罢了。偏他又说那一段儿

唱的不是了，那一句儿唱的差了，又那一节儿稍了。"杨姑娘更惊叹："我的姐姐，原来这等聪明！"（第七十三回）

她的聪明才智也不是天生的，作者特地写出，这是从小培养教育的结果。用她母亲潘姥姥的话来说："想着你从七岁没了老子，我怎的守你到如今，从小儿交你做针指，往余秀才家上女学去，替你怎么缠手缚脚儿的，你天生就是这等聪明伶俐到这步田地？"（第七十八回）

作者如此热烈地赞美潘金莲的美丽和聪慧，并且不是宣扬先天论，而是强调后天的教育培养，这不仅进一步显示出潘金莲的主体结构本是个可以雕琢的美玉，能够培养的珍珠，而且充分地表明，《金梅瓶》作者对人物形象的塑造，是体现了不受封建传统观点羁绊的新兴市民思想，跟它以前的许多小说相比，是另出机杼，大异其趣的。那种仅仅把潘金莲臭骂一顿的评论，是既未看到潘金莲形象的结构特色，又有乖于《金瓶梅》作者的创作初衷的。

三、其主体深层结构是合理的抗争和追求

中国妇女是受压迫最深的。毛泽东同志曾经指出，妇女除跟男子一样受政权、族权、神权的支配以外，"还受男子的支配（夫权）"[1]。潘金莲形象的主体深层结构中所反映的抗争和追求，非常生动地表明，在反抗被压迫的命运，追求幸福生活方面，她是跟广大妇女有共同的命运和要求的。

我们且看潘金莲形象主体深层结构中抗争和追求的具体内容：

第一，她最初抗争和追求的是幸福的婚姻。她之所以嫌弃武大，是由于她跟武大的婚姻是封建主子张大户包办的，所以她"报怨大户：'普天世界断生了男子，何故将奴嫁与这样个货！'"她嫌武大"一味老实，人物猥獕"，是

---

[1] 《毛泽东选集》第1卷，1951年版，第34页。

"姻缘错配奴"。"他乌鸦怎配鸾凰对？奴真金子埋在土里。他是块高号铜，怎与俺金色比？他本是块顽石，有甚福抱着我羊脂玉体！好似粪土上长出灵芝。奈何？随他怎样到底奴心不变。听知：奴是块金砖，怎比泥土基？！"（第一回）幸福的婚姻必须以爱情为基础。既然潘金莲不爱武大，张大户硬要把她嫁给武大，那么潘金莲对这种封建包办婚姻进行反抗，就是合理的。应该看到，她"对丈夫的不忠只不过是维护自己的一种方式"①。尽管她从私偷汉子进而发展到谋杀亲夫的行为是极端错误的，使自己堕落成了杀人犯，但是我们不能因此而完全否定她对封建包办婚姻的反抗有其合理性的一面。

武大被毒死，潘金莲固然有不可逃脱的重大罪责。但是，如果完全把罪责都推到潘金莲身上，也是不公道的。在《水浒传》中未明确主犯是谁。《金瓶梅》作者通过写武松告状，则写明是"小人哥哥武大，被恶豪西门庆与嫂潘氏通奸，踢中心窝；王婆主谋，陷害性命"（第九回）。这就是说，武大的被害，潘金莲虽有重大的罪责，但她并非主谋。同时，她之所以亲手毒死武大，这一方面反映了封建包办婚姻的不合理，另一方面也表明她对自由爱情和自主婚姻的强烈追求。她对西门庆的爱情是建立在性格相投的基础上，带有近代爱情因素的。用她自己的话来说："奴家又不曾爱你钱财，只爱你可意的冤家，知重知轻性儿乖。"（第八回）她是那样真诚、热烈地爱西门庆，正如恩格斯所指出的："性爱常常达到这样强烈和持久的程度，如果不能结合和彼此分离，对双方来说即使不是一个最大的不幸，也是一个大不幸；仅仅为了能彼此结合，双方甘冒很大的危险，直至拿生命孤注一掷，而这种事情在古代充其量只是在通奸的场合才会发生。"②因此，武大的被害，不只是潘金莲个人的罪孽，更重要的，它反映了封建包办婚姻的悲剧，带有发人深省的历史必然性。

---

① 恩格斯：《致玛·哈克奈斯的信》，见《马克思恩格斯选集》第4卷，第462页。
② 恩格斯：《家庭、私有制和国家的起源》，见《马克思恩格斯列宁斯大林论妇女解放》，第131页。

第二，当武大死后，她追求的是西门庆能忠于对她的爱情，而这又与西门庆的负心和一夫多妻（妾）制发生了尖锐的矛盾。

在武大被害的当天，潘金莲就急切地对西门庆说道："我的武大今日已死，我只靠你做主。大官人休是网巾圈儿打靠后。"西门庆道："这个何须你费心。"潘金莲仍不放心地问："你若负了心怎的说？"西门庆答："我若负了心，就是你武大一般。"（第五回）从此，反对负心，就成了她跟西门庆之间斗争的焦点。

负心，这不只是西门庆个人的思想品质问题，更重要的是由实行一夫多妻（妾）制的社会制度决定的。在那个社会，"多妻制是富人和显贵人物的特权"[①]。西门庆身为富商，不仅享有多妻制的特权，而且他的阶级本性就是如蝇嗜血那样要拼命攫取钱财，因此当薛嫂儿来向他介绍有钱的寡妇孟玉楼时，他便迫不及待地忙着要迎娶孟玉楼为妾，而把潘金莲撇在一边。长达一个多月，潘金莲连西门庆的影子都未见到，急得她"永夜盼西门庆"，见到西门庆的小厮玳安跑过家门，便一把拉住问他："你爹家中有甚事？如何一向不来傍个影儿，看我一看？想必另续上了一个心甜的姊妹，把我做了网巾圈儿打靠后了。"在她的一再追问下，"玳安如此这般，把家中娶孟玉楼之事，从头至尾告诉了一遍。这妇人不听便罢，听了由不的那里眼中泪珠儿顺着香腮流将下来。"她为自己又一次追求不到爱情婚姻的幸福而感到深深的失望和痛心，以致连自己的身体都支撑不住了。她不得不"倚定门儿，长叹了一口气，说道：'玳安，你不知道，我与他从前已往那样恩情，今日如何一旦抛闪了。'止不住纷纷落下泪来"。她痛斥西门庆是"乔才心邪"，"兴，过也；缘，分也。""说毕，又哭了。"她不仅伤心不已，而且"气的奴似醉如痴"，独自诅

---

① 恩格斯：《家庭、私有制和国家的起源》，见《马克思恩格斯列宁斯大林论妇女解放》，第115页

咒："你若负了奴的恩情，人不为仇天降灾。""你如今另有知心，海神庙里和你把状投！"（第八回）这一切，不仅是对西门庆这类负心男子的强烈谴责，而且反映了旧社会广大妇女得不到爱情婚姻幸福的共同痛苦，是对享有多妻制特权的旧的婚姻制度的愤怒控诉！

可是在那个黑暗的时代，潘金莲个人是没有力量能够抗拒使富人享有多妻制特权的封建制度的。她唯一的办法，只有跟西门庆负心的思想和行为作斗争，并以自己的姿色和才情去继续博得西门庆对她的爱。当她托玳安捎信并请王婆去把西门庆找来后，她便奚落西门庆道："大官人，贵人稀见面。怎的把奴来丢了，一向不来傍个影儿？家中新娘子陪伴，如胶似漆，那里想起奴家来。还说大官人不变心哩！"西门庆抵赖说："那讨甚么新娘子来。"潘金莲故意要他"指着旺跳身子说个誓，我方信你"。那西门庆道："我若负了你情意，生碗来大疔疮，害三五年黄病，匾担大蛆蟒口袋。"潘金莲又戳穿他骂道："贼负心的！匾担大蛆蟒口袋，管你甚事？"说着，便"一手向他头上把帽儿撮下来，望地下只一丢。慌的王婆地下拾起来"，说："还不与他带上，着试了风。"潘金莲气愤地说："那怕负心强人阴寒死了，奴也不疼他。"接着她又看西门庆头上戴的簪子，发现是根钑着孟玉楼名字的簪子，原来她送给西门庆的簪子已经不见了。又把他手中的一把红骨、细洒金、金钉铰川扇儿，取过来迎亮处一照，见扇儿多是牙咬的碎眼儿，就知是那个妙人与他的扇子。她"不由分说，两把折了。西门庆救时，已是扯的烂了"（第八回）。她如此百般奚落西门庆，正表明她跟西门庆的负心行为是作斗争的。尽管在那个时代的妇女的地位决定了她不可能取得斗争的胜利，但是我们并不能因此而抹杀她这种斗争精神的正义性。

第三，在那个夫权统治的时代，尽管她无法制止丈夫乱搞女人，但她仍竭力要向西门庆的夫权提出挑战。

当潘金莲发现西门庆勾搭上花子虚的老婆李瓶儿时，她气得"通一夜不曾睡"。清晨，西门庆从花家归来，她便从床上"跳起来坐着，一手撮着他耳朵，骂道：'好负心的贼！你昨日端的那去来？把老娘气了一夜！又说没曾揸住你，你原来干的那茧儿，我已是晓的不耐烦了。趁早实说，从前已往，与隔壁花家那淫妇，得手偷了几遭？——说出来，我便罢休。但瞒着一字儿，到明日你前脚儿但过那边去了，后脚我这边就吆喝起来，教你负心的囚根子死无葬身之地。你安下人标住他汉子在院里过夜，却这里要他老婆。我教你吃不了包着走！……'这西门庆不听便罢，听了此言，慌的妆矮子，只跌脚跪在地下，笑嘻嘻央及说道：'怪小油嘴儿，禁声些。实不瞒你，……'"（第十三回）你看，这时"跪在地下"的西门庆，岂不是潘金莲使他那夫权的威风扫地？

在那个夫权统治的时代，一般的封建妇女，只有恪守封建妇德，对丈夫唯命是从的义务，而绝无管住丈夫的权利。如《金瓶梅》中的吴月娘，对西门庆的放荡行为就听之任之，从不敢过问。而潘金莲却竭力要劝说和管住丈夫，甚至公然要煞煞夫权的威风。她对夫权统治的挑战和抗争，岂不比吴月娘等恪守封建妇德要前进了一步？

第四，在西门庆的一妻五妾之间，她追求平等的甚至得宠的地位，反对"抬一个，灭一个，把人踩到泥里"。

在那个众多妻妾合法存在的时代，潘金莲自然无法反对西门庆娶小老婆，何况她本人被西门庆娶进门时已经是第四个妾，只能被称为"五娘"，因此当西门庆要娶李瓶儿为"六娘"时，潘金莲只得自解自嘲地说："自古船多不碍港，车多不碍路。我不肯招他，当初那个怎么招我来？"（第十六回）

问题不在于潘金莲个人是否嫉妒和争宠，而在于一夫多妻（妾）制本身存在无法避免的矛盾。嫉妒与争宠，实质上是对极不合理、极不合人性的多妻制的一种抗争。

在夫权制社会，"妻子则被贬低，被奴役，变成丈夫淫欲的奴隶，变成生孩子的简单工具了。"①在中国，封建的宗法制度更讲究传宗接代，所谓"不孝有三，无后为大"。妻子不能为丈夫生儿子，就可成为被丈夫休弃的理由。因为李瓶儿为西门庆生了唯一的一个儿子，所以她就得到了西门庆的特别宠爱。有一次潘金莲听说西门庆又进了李瓶儿的房门，便"心上如撺上一把火相似，骂道：'贼强人，到明日永世千年，就跌折脚，也别要进我那屋里！蹿蹿门槛儿，教那牢拉的囚根子把怀子骨歪折了！'"孟玉楼问道："你今日怎么的下恁毒口咒他？"金莲道："不是这说，贼三寸货强盗，那鼠腹鸡肠的心儿，只好有三寸大一般。都是你老婆，无故只是多有了这点尿泡种子罢了，难道怎么样儿的，做甚么恁抬一个灭一个，把人踩到泥里！"（第三十一回）潘金莲"下恁毒口咒他"，反映了她对西门庆的强烈不满，而这种不满的根子则在于"多有了这点尿胞种子"，就"抬一个灭一个，把人踩到泥里"，这在客观上、在实质上，岂不是对封建的宗法制度和婚姻制度的有力抗争和愤怒抨击么？

为了保佑李瓶儿的儿子"长命富贵"，西门庆特地请了道士吴道官来打醮。潘金莲看到经疏上只写了西门庆底下同室人吴氏，旁边只写了李氏，再没别人，就忿忿不平地"拿与众人瞧瞧：'你说贼三等儿九格的强人，你说他偏心不偏心？这上头只写着生孩子的，把俺每都是不在数的，都打到赘字号里去了。'"吴月娘说："也罢了，有了一个，也多是一般。莫不你家有一队伍人，也多写上，惹的道士不笑话么？"潘金莲则不以为然，她仍旧不满地说："俺每都是刘湛儿鬼儿么？比那个不出材的，那个不是十月养的哩！"（第三十九回）在她看来，每个人生来就有要求平等的权利。她反对西门庆把老婆分成"三等儿九格的"，这种抗争和要求，岂不是完全合情合理的么？

李瓶儿死后，西门庆对她百般思念，潘金莲看不惯，便常对西门庆讥讽

---

① 恩格斯：《家庭、私有制和国家的起源》，见《马克思恩格斯列宁斯大林论妇女解放》，第111页。

几句。杨姑娘对潘金莲劝道："姐姐，你今后让他官人一句儿罢。常言一夜夫妻百日恩，相随百步也有个徘徊之意，一个热突突人儿，指头儿似的少了一个，如何不想不疼不题念的！"潘金莲道："想怎不想，也有个常时儿。一般都是你的老婆，做什么抬一个灭一个？俺每多是刘湛儿鬼儿不出材的！"（第七十三回）世界上哪个老婆不想得到丈夫的宠爱？潘金莲要求得到这种宠爱，是完全可以理解的。问题在于西门庆既然有六个老婆，他在感情上又怎么可能一视同仁，毫无偏爱，不抬一个灭一个呢？事实上，他抬潘金莲，就必然要灭孙雪娥等；抬李瓶儿，也难免要灭潘金莲等。因此，尽管潘金莲主观上并没有认识到祸根是在多妻制，但她斥责西门庆抬一个灭一个，实际上也就是控诉了一夫多妻的封建婚姻制度的摧残人性和极不公平；她的抗争，绝不是"成了西门庆家的女恶霸"，而是实质上揭露了一夫多妻的封建婚姻制度不可调和的内在矛盾，是捍卫妇女权利的正义斗争。

四、其客体表层结构是犯罪和堕落

尽管潘金莲在爱情婚姻问题上的追求和抗争，有其正义性、合理性的一面，但是，她毕竟不是一个反抗封建婚姻的觉醒的女性，而是被剥削阶级思想严重腐蚀，堕落成了杀人犯和淫荡的女人。

潘金莲无论对于自由爱情的追求，或对于封建婚姻的反抗，都不是由于她有什么觉悟，而是出于一种世俗女性的本能。如她对于张大户把她嫁给武大虽有"报怨"之情，但她对于暗中收用她，并在把她嫁给武大之后，仍然"朝来暮往"地霸占她的张大户，却没有任何反抗的表现。她只是从世俗之见出发，认为嫁给忠厚老实的武大是"奴端的那世里的悔气"。尽管她并不安于命运的摆布，仍然竭力要追求自由爱情婚姻的幸福，但她的思想基础，只不过是出于世俗的人之常情，如作者所指出的："但凡世上妇女，若自己有些颜色，所禀伶俐，配个好男子，便罢了。若是武大这般，虽好杀也未免有几分憎嫌。自古佳人才子相凑着的少，买金偏撞不着卖金的。"（第一回）可见作者主观上并没有、在那个时代也不可能认识到这是个爱情婚姻不自由的阶级压迫的问题，他只是直觉地感到"自古佳人才子"本能地票求"相凑着"，而事实上却缺少这样的机遇。

但是，作者的主观认识和他所写的人物自身的思想基础是一回事，人物形象的客观典型意义则又是另一回事。如潘金莲"报怨大户"把她嫁给武大，她不满于张大户给她包办的这桩婚姻，而要追求新的自由爱情婚姻，这在事实上无疑地就具有反抗封建包办婚姻的典型意义。至于作者和潘金莲本人皆缺乏自觉的、觉醒的反抗意识，他们只是出于世俗的人之常情，这不但丝毫也不能改变她的反抗封建包办婚姻的实质，而且只有更充分地说明，作者一点也未把潘金莲的思想觉悟拔高，没有把他笔下的人物加以理想化，因而这种潘金莲式的反抗，在当时社会上具有更真实更普遍的典型意义。

同时，正由于潘金莲式的追求和反抗，不是建立在自觉的、觉醒的思想基础上的，而是本能的、自发的，因此，她这种追求和反抗就难以走上正确的道路，而那个社会制度又决定了这种追求和反抗在当时是没有出路的，因此当她一旦受到西门庆、王婆等人的勾引和挑动，就堕落成了亲手谋杀丈夫武大的罪犯。

为什么说这是潘金莲形象的客体表层结构呢？因为作品写得很清楚，潘金莲之所以走上堕落、犯罪的道路，武大之所以被谋杀、丧身，从根本上来看，这都不是任何偶然的、个人的过错，而是那个社会环境腐朽、黑暗的必然结果。《金瓶梅》作者并不是把它写成一件普通的个人之间的情杀案，而是以此构成它作为"世情书"的令人惊心动魄的一章。如作者首先写出潘金莲为她跟武大的不称心的婚姻，而对包办这桩婚姻的张大户怀有满腔"报怨"之情，便在事实上向读者指明了封建包办婚姻是酿成这个悲剧的思想根源。同时，作者又写出那是个恶人称霸的社会环境。像西门庆那样的"浮浪子弟","专一飘风戏月,调占良人妇女",由于"近来发迹有钱,专在县里管些公事,与人把揽说事过钱,交通官吏。因此满县人都惧怕他"。这就必然使他更加胆大妄为,无法无天,不仅敢于收买王婆引诱潘金莲上钩,而且敢于送砒霜唆使潘金莲毒死武大,达到他霸占良人妻子的目的。而开茶馆的王婆,又是个"积年通殷勤,做媒婆,做牙婆,又会收小的,也会抱腰,又善放刁",一心只要"撰他几贯风流钱使"的人,她有本事使"玉皇殿上侍香金童,把臂拖来;王母宫中传言玉女,拦腰抱住。略施奸计,使阿罗汉抱住比丘尼;才用机关,交李天王搂定鬼子母。甜言说诱,男如封涉也生心;软语调和,女似麻姑须乱性。藏头露尾,撺掇淑女害相思;送暖偷寒,调弄嫦娥偷汉子"(第二回)。在封建社会,玉皇殿、王母宫等等,一向皆被人们认为是神圣不可亵渎的,如今只凭王婆的唇枪舌剑,全皆染上淫秽污浊的恶习,可见那整个社会已经腐朽堕落到何等骇人听闻的地步! 在社会风气如此颓败的环境中,潘金莲又受到夫妇婚姻不称心的苦恼,她怎么能不被西门庆、王婆引诱上钩呢?

潘金莲既然已经被西门庆勾搭成奸,就必然想跟西门庆长做夫妻,而既要跟西门庆长做夫妻,就必然要谋害原夫武大。因为在那个社会,妇女没有离婚的自由,只有死了丈夫才能够再嫁。更重要的是,那个腐朽黑暗的社会环境,使王婆有根据坚信:"把这矮子结果了他命,一把火烧得干干净净,没了踪迹。便是武二回来,他待怎的? "西门庆也盛赞"干娘此计甚妙"。潘金莲完全是在王婆、西门庆的唆使之下犯罪的,她说:"好却是好,只是奴家临时手软了,安排不得尸首。"(第五回)不难设想,如果不是由于封建包办的不称心的婚姻,不是生活在那个腐朽堕落的社会环境之中,不是受到王婆、西门庆的直接唆使,潘金莲是不可能堕落成为谋害丈夫的罪犯的。我们指出这些客观原因,绝不是要为潘金莲开脱罪责,而只是要从潘金莲走上犯罪道路的思想根源和社会根源之中,进一步认清她这个典型形象的复杂结构和社会本质,吸取必要的历史教训。

如果说潘金莲毒死武大，是受了王婆、西门庆的唆使，那么，西门庆迫害来旺儿，则是出于潘金莲的一再挑唆，其罪责自然更是不容推卸的。然而，《金瓶梅》作者的着眼点，同样不只是限于揭露潘金莲或西门庆个人的罪责，而总是要着力挖掘出酿成他们犯罪的社会根源，使其具有广泛而深邃的典型性。

当西门庆跟来旺妻宋蕙莲初次通奸，被潘金莲发现后，她虽然扬言"我若不把奴才淫妇脸打的胀猪，也不算"（第二十二回），但她的目的也只不过是要西门庆跟她说实话。因此，当西门庆后来主动跟她说："要留蕙莲在后边一夜儿"，潘金莲只不同意留她在自己屋里睡，却答应西门庆派秋菊抱铺盖笼火，在花园假山底下的藏春坞雪洞里给他们备好床铺。只是当她偷听到宋蕙莲跟西门庆私下议论到她是"后婚儿来""露水夫妻"，她才"气的在外两只胳膊都软了，半日移脚不动，说道：'若教这奴才淫妇在里面，把俺每都吃他撑下去了。'"即使在这种情况下，她也毫无迫害来旺夫妇之意，事后只是当面警告宋蕙莲："我眼子里放不下砂子的人。汉子既要了你，俺每莫不与争？不许你在汉子根前弄鬼，轻言轻语的。你说把俺每踩下去了，你要在中间踢跳。我的姐姐，对你说，把这等想心儿且吐了些儿罢！"从此，宋蕙莲"每日只在金莲屋里把小意儿贴恋，与他顿茶顿水，做鞋脚针指，不拿强拿，不动强动。正经月娘后边，每日只打个到面儿，就来前边金莲这边来。每日和金莲、瓶儿两个下棋抹牌，行成伙儿，或一时撞见西门庆来，金莲故意令他旁边斟酒，教他一处坐。每日大酒大肉玩耍，只图汉子喜欢"（第二十三回）。可见这时宋蕙莲不但不敢把潘金莲踩下去，而且对潘金莲分外殷勤，"抱金莲腿儿"；潘金莲对宋蕙莲也既无嫉妒之心，更无迫害之意，为了"只图汉子喜欢"，她俩都宁愿忍气吞声，委曲求全。

因此，问题不在于潘金莲或宋蕙莲个人的主观意愿，而在于那个社会阶级矛盾发展的客观法则，必然使来旺夫妇陷于惨遭迫害的绝境。如作者写出，由于西门庆用衣服、财物引诱，迫使来旺妻宋蕙莲供他淫乐。这事儿被来旺获悉，必然引起"来旺醉谤西门庆"，扬言"我教他白刀子进去，红刀子出来"，"破着一命剐，便把皇帝打！"把西门庆、潘金莲杀了，"我也只是个死"。这虽然是"醉谤"，但它显然真实地反映了被压迫阶级要跟统治阶级作殊死斗争的心声。由于西门庆与来旺妻勾搭，把奴才来兴儿的买办夺了，教来旺儿管领，造成来兴与来旺不睦，因此来兴便把来旺的"醉谤"告诉潘金莲，使潘金莲气得"银牙咬碎"，骂："这犯死的奴才，我与他往日无冤，近日无仇，他主子耍了他的老婆，他怎的缠我？我若教这奴才在西门庆家，永不算老婆。"因此，她便对西门庆说："你的皮靴儿没番正，那厮杀你便该当。与我何干？连我一例也要杀。趁早不为之计，夜头早晚，人无后眼，只怕暗遭他毒手。"（第二十五回）可见连潘金莲也认为，来旺儿杀西门庆"便该当"，只是连她"一例也要杀"——置她与西门庆处于同一阶级地位，才把她推上了挑唆西门庆迫害来旺夫妇的罪恶道路。

即使在这种情况下，潘金莲也只是要西门庆"先把奴才打发他离门离户"（第二十五回）。而设计陷害来旺儿见财起意，贪夜持刀，谋杀家主，买通官府，对来旺儿施以酷刑，"打的皮开肉绽，鲜血淋漓"，然后"递解徐州"（第二十六回）。这一切直接迫害来旺儿的罪恶行径，则完全是出自西门庆本人的一手导演。更值得注意的是，封建衙门里的官吏已完全成了西门庆手中的工具。它清楚地说明，问题已经根本不是任何个人之间的奸情和私仇，而是道道地地的属于阶级压迫的性质。

至于宋蕙莲的"含羞自缢"，固然与潘金莲挑动孙雪娥对她进行辱骂有关，但是真正的根源还在于阶级压迫，罪魁还是西门庆。对此，连宋蕙莲本人也看清楚了。她愤绝地对西门庆说："你原来就是个杀人的刽子手，把人活埋惯了。害死人，还看出殡的！……你就打发，两个人都打发了，如何留下我做甚么？"她气得"只是哭泣，每日饭粥也不吃"。"西门庆又令潘金莲亲来对他说，也不依。"（第二十六回）可见由于西门庆这个刽子手的嘴脸得到充分暴露，她的丈夫来旺儿惨遭迫害，使得宋蕙莲对那个黑暗的社会已经完全绝望了，她要跟那个社会诀别的决心已经下定了；潘金莲挑唆孙雪娥辱骂宋蕙莲，只不过是促使她自缢身死的加速器罢了。

因此，那种把来旺儿和宋蕙莲的被迫害，看成是"情敌"之间争斗的结果，把罪过主要归咎于"潘金莲心肠的凶狠恶毒"，是不妥当的。如有的评论者说："由于她（指宋蕙莲）的'金莲'比潘的还小，潘认为她是最危险的情敌，于是展开激烈的斗争。先计划把她的丈夫开刀，……潘看一计不成，又生一计，……潘金莲心肠的凶狠恶毒全暴露出来了。"[1]这不仅不符合作者所描写的潘金莲形象结构的实际，把潘金莲的形象歪曲和贬低成为仅仅好妒成性的一个泼妇，而且反映了评论者的水平远在《金瓶梅》作者之下，《金瓶梅》作者尚且能从社会世情的角度，来写西门庆与潘金莲在迫害来旺夫妇中所扮演的不同角色，在客观上深刻地揭示出他们对来旺夫妇名为"情敌"，实则完全是阶级压迫的性质，而这位当代的评论者却从潘金莲是"坏女人"这个人性论的唯心观点出发，完全歪曲和掩盖了问题的实质。

李瓶儿的儿子官哥儿被惊吓致死，那倒确实是由于潘金莲的谋害。作者明确地写出，她"不生好意，因李瓶儿官哥儿平昔怕猫，寻常无人处，在房里用红绢裹肉，令猫扑而挝食"。使那猫看见穿红缎衫的官哥儿，便"只当平日哄喂他肉食一般，猛然望下一跳，扑将官哥儿，身上皆抓破了。只听那官哥儿呱的一声，倒咽了一口气，就不言语了，手脚俱被风搐起来"。不久官哥儿便"呜呼哀哉，断气身亡"（第五十九回）。

潘金莲为什么要蓄意谋害官哥儿呢？这也不只是由于潘金莲的"野心"，

---

① 朱星：《〈金瓶梅〉的故事梗概和主要人物评介》，见《河北大学学报》1980年第8期。

"是要在西门家称王称霸，独霸天下"，更重要的，这是追求嗣续的封建宗法制度和一夫多妻（妾）的封建婚姻制度必然造成的恶果。如《金瓶梅》作者所明确指出的："这潘金莲平日见李瓶儿从有了官哥儿，西门庆百依百随，要一奉十，每日争妍竞宠，心中常怀嫉妒不平之气，今日故行此阴谋之事：驯养此猫，必欲唬死其子，使李瓶儿宠衰，教西门庆复亲于己。"（第五十九回）潘金莲也有得到丈夫宠爱的权利，为什么她要争取丈夫"复亲于己"就被指责为有"野心"，"要在西门家称王称霸"呢？一夫多妻（妾）制本身决定了丈夫对妻子不可能有专一的宠爱，因此在众多的妻妾之间就必然发生争宠的恶斗。官哥儿的死，实际上是充当了这种恶斗的牺牲品；它不只是对潘金莲个人狠毒心肠的揭露和鞭挞，更重要的是控诉了封建的宗法制和多妻（妾）制在害人、吃人！

官哥儿是李瓶儿的命根子，官哥儿一死，李瓶儿不久也就气得病死了。这再一次地证明了那个腐朽黑暗的社会制度在害人、吃人！

可是，官哥儿、李瓶儿死后，潘金莲有没有达到"教西门庆复亲于己"的目的呢？没有。官哥儿的奶妈如意儿，又被西门庆勾搭成奸了。西门庆看到如意儿的身体皮肉跟李瓶儿一般白净，便无耻地说："我搂着你，就如同和他睡一般。"（第六十七回）潘金莲被气的"手也冷了，茶也拿不起来"，对孟玉楼说："你看又是个李瓶儿出世了！"（第七十二回）作品以此清楚地向人们表明，妨碍潘金莲争宠的，既不是官哥儿，也不是李瓶儿，而是一夫多妻（妾）制使丈夫有权见一个爱一个，气死了一个李瓶儿，会又有个李瓶儿出世。在那个不合理的社会制度下，包括潘金莲在内，所有妇女都是受害者，只是在受害的程度和形式上有所区别，而受害者的命运则是共同的。即使像潘金莲这样凶悍、泼辣的女强人，也无法挣脱这种命运的摆布。因此，我们既要从主体上谴责潘金莲是个"坏女人"，更应看到潘金莲形象结构的这种社会客体性，认清这个艺术形象所蕴含的社会典型意义。

毫无疑问，从主体上看，潘金莲的心肠毫无疑义是凶狠恶毒的。这不仅表现在她对武大、来旺夫妇和李瓶儿母子等人的迫害上，在对待秋菊等佣人的态度上也得到了充分的暴露。她经常把秋菊作为她发泄气闷的出气筒，或"教他顶着块大石头跪着"（第二十九回），或"打得皮开肉绽"，"又把脸和腮颊，都用尖指甲掐的稀烂"（第五十八回），"拧的脸胀肿的"（第七十三回）。不仅对待秋菊很残暴，其他的小厮也抱怨"五娘行动没打不说话"（第七十七回），连她的母亲潘姥姥都动辄被她骂得哭回家去，抱怨她"没人心，没人义"（第七十八回）。

同样毫无疑问，潘金莲也确实太淫荡了。她嫁给武大为妻时，主动调戏、勾引小叔子武松。正式嫁给西门庆为妾后，又先后跟西门庆家的奴仆琴童、女婿陈敬济私通。西门庆之死，是由于她为满足自己的淫欲，给醉酒中的西门庆服了过量的春药，造成淫欲过度而暴卒。在她被吴月娘撵出门，由王婆领回家出卖，在王婆家暂住的头天晚上，却又与王婆的儿子王潮儿通奸。陈敬济已经和她讲好回家取银子来买她，而当武松来买她时，她却又迫不及待地表示愿嫁给武松了。她最需要的似乎不是一个理想的丈夫，而是只需要个能满足她淫欲的男人就行了。

但是，我们必须看到，潘金莲的残暴和淫荡，并非出于她的阶级本性。她是个出身贫苦，本来很纯洁的少女，只是由于那个污浊的社会环境的逼迫，由于剥削阶级思想对她的腐蚀和毒害，才使她走上堕落、犯罪的道路的。如封建包办婚姻，一夫多妻（妾）制给她在精神上带来无穷的痛苦，她无法摆脱这种痛苦，于是便在婢女甚至自己嫡亲的母亲身上加以发泄；正当的情欲得不到满足，于是她便追求婚外的性刺激。《金瓶梅》作者特地在《水浒传》原有情节的基础上，加了一段潘金莲"从九岁卖在王招宣府里，习学弹唱，就会描眉画眼，傅粉施朱，梳一个缠髻儿，着一件扣身衫子，做张做势，乔模乔样"的描写，这是与后面第六十九、七十八回西门庆私通王招宣府林太太的情节前后呼应的，连她的打扮都是跟王招宣府的主妇学来的。据书中妓女郑爱月向西门庆介绍，那"王三官娘林太太，今年不上四十岁，生的好不乔样，描眉画眼，打扮狐狸也似。他儿子镇日在院里，他专在家，只送外卖，假托在个姑姑庵儿打斋。但去就他，说媒的文嫂儿家落脚。文嫂儿单管与他做牵儿，只说好风月"（第六十八回）。西门庆果然教"文嫂通情林太太"，两人第一次见面就奸通上了。作者称那王招宣府的林太太"就是个绮阁中好色的娇娘，深闺内合秘的菩萨"（第六十九回）。潘金莲从小就生活在这样一个淫荡的环境之中，耳濡目染，封建没落阶级的这种腐朽的思想作风，又怎么能使潘金莲不受到严重的污染和侵蚀呢？后来她被卖给张大户，又遭到张大户的蹂躏。她为摆脱与武大的包办婚姻，嫁给西门庆之后，看到西门庆又是那么荒淫无度，他从李瓶儿那儿取来一张春画，"递与金莲瞧，道：'此是他老公公内府画出来的，俺两个点着灯，看着上面行事。'"（第十三回）两人正在行房事的时候，又"叫春梅筛酒过来，在床前执壶而立……"潘金莲"骂道：'好个刁钻的强盗，从几时新兴出来的例儿，怪刺刺教丫头看答着，甚么张致！'"（第十八回）西门庆告诉她，是从李瓶儿那儿学来的，而李瓶儿的所作所为，显然又是花太监的祖传。既然这些没落的贵族、有钱的财主和自己的丈夫都如此荒淫无耻，她又怎么能不受到严重的污染和侵蚀呢？尽管她走的是一条堕落的甚至犯罪的道路，然而我们却不能不看到，归根结底，这并不是出于她的本性的自觉和主动，而是那个腐朽和恶浊的封建社会环境的必然产物。

我们绝无意于为潘金莲的残暴和淫荡作辩护。对于她身上的残暴和淫荡以及一切腐朽的思想作风，无疑地我们是必须严厉批判、彻底唾弃的。问题是这种批判和唾弃，需要跟轻视妇女的封建传统观点划清界限，需要全面地从《金瓶梅》所描写的实际出发，联系造成潘金莲这个典型人物的社会环境，来实事求是地作具体分析，不能只停留在对潘金莲个人思想品质的谴责上，不应把一切罪责仅仅归咎于潘金莲是个"坏女人"。因为这不仅贬低和缩小了潘金莲这个人物形象的社会典型意义，抹杀和掩盖了产生潘金莲的社会制度和社会环境的罪责，而且也不符合《金瓶梅》所描写的实际。

关于产生潘金莲的社会制度和社会环境的罪责，前面已作过分析。这里再看看《金瓶梅》中的人物和作者对潘金莲究竟是怎么个看法。不只西门庆说她"嘴头子虽利害，倒也没什么心"（第七十四回），连孟玉楼也说她是"一个大有口没心的行货子"（第七十五回），春梅和如意儿也在潘姥姥面前为潘金莲辩护，说潘姥姥"错怪了五娘"，"莫不我护他，也要个公道。"（第七十八回）作者在揭露潘金莲的丑恶灵魂的同时，对潘金莲的不幸遭遇也是有所同情的。如潘金莲在遭到西门庆毒打时，作者写道："为人莫作妇人身，百年苦乐由他人。"（第十二回）在潘金莲被武松杀死后，作者也感叹"可怜这妇人""青春丧命"，"红粉亡身"，还写"古人有诗一首，单悼金莲死的好苦也：堪悼金莲诚可怜，……"（第八十七回）可见《金瓶梅》作者也绝不是要我们仅仅把潘金莲个人痛骂一顿了事，而是要我们由此看到那个社会制度的不合理，统治阶级的腐朽，世情的险恶，至于潘金莲个人的命运遭遇，那只不过是从另一方面反映了妇女的痛苦和不幸。因此作者在对她进行揭露批判的同时，是寄寓一定的同情的。

五、其客体深层结构是痛苦和不幸及其所反映的妇女的悲惨命运

潘金莲三十二岁的时候，即被武松活活杀死。这在武松来说，是为他的哥哥武大报仇，理所当然；在潘金莲来说，是杀人偿命，罪有应得。因此，《金瓶梅》作者责怪"武松这汉子，端的好恨也！"（第八十七回）这是欠妥的，它反映了作者的阶级偏见。但是就潘金莲一生的遭遇来看，却不能不说她也是痛苦和不幸的，确实有值得人们可怜和同情的一面。因为这不只是潘金莲个人的痛苦和不幸，更重要的，从中还深刻地反映了旧社会广大妇女的悲惨命运。

第一，在腐朽黑暗的封建统治下，潘金莲跟千千万万受压迫的妇女一样，从小一再被卖，横遭主子张大户的蹂躏，没有起码的人身权利，更不可能得到爱情婚姻的自由和幸福。

为了突出潘金莲身为妇女的悲惨命运，使她显得更真实，更典型，更令人同情，《金瓶梅》作者特地对《水浒传》关于潘金莲出身遭遇的描写作了许多改动和补充，使《水浒传》和《金瓶梅》的潘金莲姓名虽完全相同，而形象的具体构成却迥然有别：

家庭出身更苦。《水浒传》未写明潘金莲的家庭出身，只说她二十余岁在张大户家当使女。《金瓶梅》则明确地写出潘金莲是出身于一个手工业者——裁缝之家，从小就死了父亲，家庭生活非常困难，做娘的无奈，只有把这个年仅九岁的女儿卖在王招宣府里，习学弹唱。

身世遭遇更惨。《水浒传》中的潘金莲虽说"那个大户要缠他"，但因主人婆的反对，终未得逞。主人婆不但从未打他，而且还因主人婆的保护而使她免遭张大户的奸污。《金瓶梅》中的潘金莲则两次被卖，第二次被卖到张大户家后，十八岁即遭到张大户的"收用"。她的身体不仅要供张大户淫乐，还要遭主家婆的苦打。因为主家婆的不容，张大户名义上把她白白地嫁给武大，而暗中却仍要继续霸占她。

人身权利有别。《水浒传》中的潘金莲看来尚有人身自由，当张大户缠她时，她"去告主人婆，意下不肯依从"，张大户即使怀恨在心，也终于未能达到糟蹋她的目的。《金瓶梅》中的潘金莲是被卖在人家的，因此张大户要"收用"她，把她嫁给武大之后，仍要继续霸占她，她皆毫无"不肯依从"的权利。主家婆虽然反对张大户"收用"潘金莲，但她不仅没有成为潘金莲的庇护人，没有制止张大户对潘金莲的"收用"，而且还充当了张大户迫害潘金莲的帮凶，"将金莲甚是苦打"。这说明潘金莲这个被压迫妇女的命运何其不幸！

归根结底，两个人物形象有本质的差别。《水浒传》中的潘金莲只是个

"颇有些颜色""爱偷汉子"的"淫妇"，作者写她的目的，完全是为了衬托武松不受淫妇诱惑的所谓"英雄本色"。而《金瓶梅》中的潘金莲，不但是个"出落的脸衬桃花，眉湾新月"的美女，而且她还是个"本性机变伶俐"的才女，年纪"不过十五，就会描鸾刺绣，品竹弹丝，又会一手琵琶"。她之走上堕落、犯罪的道路，是跟王招宣府、张大户等封建统治阶级的腐蚀和毒害分不开的。《金瓶梅》作者通过写潘金莲被腐蚀、被迫害、有追求、有抗争而又找不到出路，终于腐化堕落、丧身送命的过程，不只是要痛斥潘金莲这一个淫妇，更重要的是要揭露那个社会的腐朽、黑暗，反映妇女命运的痛苦和悲惨。因此，《金瓶梅》作者在潘金莲一出场的时候，就为她写下了一部惨遭迫害的血泪史，就为她定下了值得令人同情的基调。

第二，在夫权统治的制度下，必然男子负心，不把妇女当人看待，男女不平等，这给潘金莲在精神上带来了极大的痛苦。

你看，她为了跟西门庆"长做夫妻"，不惜冒着偿命的风险谋害武大，可是当武大被害死后，她还没有正式被娶到西门庆家，西门庆就已经对她负心，而忙着去娶孟玉楼了。这给潘金莲在精神上的打击该是多么大啊！作者写她"每日长等短等，如石沉大海一般，那里得个西门庆影儿来。看看七月将尽，到了他生辰。这妇人挨一日似三秋，盼一夜如半夏。等了一日，杳无音信；盼了多时，寂无形影。不觉银牙暗咬，星眼流波"。夜深了，她还"睡不着，短叹长吁，翻来覆去"。"独自弹着琵琶"，唱着小曲。其中有两支曲词唱道：

> 谁想你另有了裙钗，气的奴似醉如痴，斜傍定帏屏故意儿猜。不明白，怎生丢开？传书寄柬，你又不来。你若负了奴的恩情，人不为仇天降灾。

又

心中犹豫展转成忧，常言妇女痴心，惟有情人意不周。是我迎头，和你把情偷。鲜花付与，怎肯干休？你如今另有知心，海神庙里和你把状投。

她这么弹着，唱着，"一夜翻来覆去，不曾睡着"（第八回），潘金莲遭到男子负心的这种悲凉凄苦的感情，在旧社会岂不是跟许多失恋妇女同命运、共忧愤，代表了她们共同的心声么？

不久，潘金莲虽然正式嫁给西门庆为妾，但她在西门庆眼中毫无平等地位可言。西门庆只不过把她当作供其淫乐的妓女一般看待。有一次潘金莲和孟玉楼两人打扮得"粉妆玉琢"，在一起下棋解闷，西门庆对她俩说道："好似一对儿粉头，也值百十银子！"尽管潘金莲当场反驳："俺每才不是粉头。"（第十一回）可是她实际上却无法摆脱如粉头一般被玩弄、被凌辱的地位。有一日，妓院里的粉头李桂姐要西门庆剪下潘金莲的一绺头发交给她，西门庆回家就给潘金莲一个下马威：

他便坐在床，令妇人脱靴。那妇人不敢不脱。须臾脱了靴，打发他上床。西门庆且不睡，坐在一只枕头上，令妇人褪了衣服，地下跪着。那妇人唬的捏两把汗，又不知因为甚么，于是跪在地下，柔声大哭道："我的爹爹，你透与奴个伶俐说话，奴死也甘心！饶奴终夕恁提心吊胆，陪着一千个小心，还投不着你的机会，只拿钝刀子锯处我，教奴怎生吃受！"西门庆骂道："贼淫妇，你真个不脱衣裳，我就没好意了！"因叫春梅："门背后有马鞭子，与我取了来。"（第十二回）

西门庆对待潘金莲就是这样大耍夫权的威风，任意凌辱，百般折磨。"只拿钝刀子锯处我"，——这种痛苦，难道是人所能承受得了的么？她显然连粉头李桂姐的地位都不如。作者特地写西门庆要拿马鞭子打潘金莲，就是明确地暗示他根本不把妇女当人看，公然置潘金莲于牛马般的地位，恣意虐待。潘金莲如此遭受夫权的压迫，处于非人的地位，受到如"钝刀子锯处"那样极其残忍的折磨，这难道不值得人们同情？作者之所以这样描写，难道不是对那种残无人性地摧残妇女寄寓着强烈的控诉和愤慨之情么？

潘金莲经常拿打骂婢女秋菊出气，西门庆有时也以打骂潘金莲来发泄。如当他听说李瓶儿已招赘蒋竹山，回家见到吴月娘、孟玉楼、潘金莲在跳马索儿耍子，便"骂道：'淫妇们闲的声唤，平白跳甚么百索儿！'赶上金莲踢了两脚。……打丫头，骂小厮，只是没好气"。吴月娘怪潘金莲见西门庆来了不赶快避开，"却教他蝗虫蚂蚱，一例都骂着"。潘金莲说："这一家子，只我是好欺负的。一般三个人在这里，只踢我一个儿。那个偏受用着甚么也怎的！"吴月娘一听就恼了，说："你头里，何不教他连我也踢不是？你没偏受用，谁偏受用？憋的贼不识高低货，我倒不言语，你只顾嘴头哗哩礴喇的！'"那金莲见月娘恼了，便转把话儿来撅说道：'姐姐，不是这等说。他不知那里因着甚么由头儿，只拿我煞气，要便睁着眼，望着我叫，千也要打个臭死，万也要打个臭死。'"（第十八回）确实，在夫权的统治下，无论是大老婆月娘，或小老婆玉楼、金莲，谁也没"偏受用"，都要受到夫权的压迫，不同的只是像潘金莲这样的小老婆，本人既毫无钱财，受夫权的压迫则尤甚。

西门庆与乔大户结为亲家，在家谈起"荆南岗央及营里张亲家，再三赶着和我做亲，说他家小姐今才五个月儿，也和咱家孩子同岁。我嫌他没娘母子，是房里生的，所以没曾应承他，不想倒与他家做了亲"。"潘金莲在旁接过来道：'嫌人家是房里养的，谁家是房外养的？就是今日乔家这孩子，也是房里生的。正是：险道神撞见那寿星老儿，你也休说我的长，我也休嫌你那短！'"潘金莲这话虽然含有讥讽西门庆的儿子也是房里小老婆生的意思，但她说的却是实话。西门庆不是反驳她说的话本身有什么不对，而是斥责她根本没有说话的权利："这西门庆听了此言，心中大怒，骂道：'贼淫妇，还不过去！人在这里说话，也插嘴插舌的，有你什么说处？'"西门庆如此当众伤害潘金莲的自尊心，使"金莲把脸羞的通红了，抽身走出来，说道：'谁这里说有我说处？可知我没说处哩！'"于是她便伤心地"走到月娘这边屋里哭去了"（第四十一回）。《说文》称："女子有罪者为人妾。"《曲礼》郑玄注："妾，贱者。"在中国封建社会，妾的地位向来是很卑贱的。因此，身为"妾"的潘金莲，在家里连个说处都没有，连最起码的人权——发言权，都要受到丈夫的管束和干涉。事实说明，潘金莲再凶悍泼辣，也无法摆脱夫权的统治，更无力改变妇女受压迫的命运；在那样一个社会制度下，她又怎么能谈得上"成了西门庆家的女恶霸"呢？须知起决定作用的是社会制度，而不是个人的凶恶和狠毒；西门庆的恶霸行径是受到那个社会的纵容和保护的，而潘金莲作为妇女在那个时代则根本没有称霸的条件和权利。来旺夫妇、李瓶儿母子等人的被迫害，表面上看是由于潘金莲的嫉妒和挑唆，实际上，归根结底都是那个社会制度造成的，绝不是潘金莲个人在西门庆家称霸的结果。潘金莲的悲剧就在于她本人受到夫权的压迫，不但毫不觉悟，反而又挑动丈夫利用夫权和政权，自己也身体力行，去迫害其他人。因此，她最后的被杀偿命，一方面是自食其恶果，活该！另一方面，作为旧时代妇女的命运，又是极其悲惨的，值得我们深思和猛醒的。

第三，在一夫多妻（妾）制下，众多妻妾之间必然造成尖锐的重重矛盾。潘金莲的嫉妒和争宠，是这种矛盾的必然反映。她不只是使其他妻妾受到损害，首先她本人也是一夫多妻（妾）制的受害者。

当潘金莲嫁给西门庆为妾后，西门庆又勾搭上了李瓶儿。李瓶儿不但相貌漂亮，还带来了过世公公花太监的一大笔遗产，她便自然比潘金莲更得到西门庆的宠爱。要求得到丈夫的宠爱，这是每个妻子的权利，是完全符合人之常情，无可厚非的。因此，当"潘金莲见西门庆许多时不进他房里来，每日翡翠衾寒，芙蓉帐冷"，她便感到痛苦万分，对西门庆更倍加思念，夜间往往只得弹弄琵琶解闷。"等到二三更，便使春梅瞧数次，不见动静"。"在床上和衣儿又睡不着"，"猛听的房檐上铁马儿一片声响，只道西门庆来到，敲的门环儿响，连忙使春梅去瞧"。见西门庆不来，她只得又弹起琵琶，伤心地唱道：

> 懒把宝灯挑，慵将香篆烧。（只是挨一日似三秋，盼一夜如半夏。）挨过今宵，怕到明朝。细寻思，这烦恼何日是了！（暗想负心贼当初说的话儿，心中由不的我伤情儿。）想起来，今夜里心儿内焦，误了我青春年少。（谁想你弄的我三不归，四捕儿，着他）你撇的人，有上稍来没下稍。

这边潘金莲"屋里冷冷清清，独自一个儿坐在床上，怀抱着琵琶，桌上灯昏烛暗"。那边西门庆和李瓶儿两人在房中喝酒，笑语声喧。潘金莲叫春梅去看了，回来告诉潘金莲。"这妇人不听罢了，听了如同心上戳上几把刀子一般，骂了几句负心贼，由不得扑簌簌眼中流下泪来。"多妻（妾）制，确实就如同在妇女"心上戳上几把刀子"，这种痛苦谁受得了？我们能不同情，反而责怪潘金莲争宠么？

在那个黑暗的时代，潘金莲无法摆脱自己所受到的一夫多妻（妾）制造成的痛苦，她只能以弹琵琶解闷，"一径把那琵琶儿放得高高的，口中又唱道"：

> 论杀人好恕，情理难饶，负心的天鉴表！（好教我题起来，又是那疼他，又是那恨他。）心痒痛难搔，愁怀闷自焦。（叫了声贼狠心的冤家，我比他如何？盐也是这般盐，醋也是这般醋。砖儿能厚？瓦儿能薄？你一旦弃旧怜新。）让了我甜桃，去寻酸枣。（不合今日

教你哄了。）奴将你这定盘星儿错认了。（合）想起来，心儿里焦，误了我青春年少。你撇的人，有上稍来没下稍。

其实，这不仅是西门庆个人负心的问题，而且是一夫多妻（妾）制必然如此。如果西门庆到潘金莲的房中来，李瓶儿在房中冷冷清清的，又何尝不会同样产生潘金莲这种苦闷呢？作者似乎也意识到祸根是在一夫多妻（妾）制，因此他接着让潘金莲感叹道：

为人莫作妇人身，百般苦乐由他人。（第三十八回）

这就对了！它说明，潘金莲的痛苦，不只是属于她个人的，实质上是代表了那个黑暗的时代所有妇女被压迫的命运。就西门庆个人来说，他也并非对潘金莲完全负心。当他在李瓶儿房中听到潘金莲凄凉的琵琶声，李瓶儿先后两次派丫头来请她，均遭拒绝，西门庆便和李瓶儿一起来请她去下棋、喝酒。"金莲坐在床上，纹丝儿不动，把脸儿沉着，半日说道：'那没时运的人儿，丢在这冷屋里，随我自生儿由活的，又来揪采我怎的？没的空费了你这个心，留着别处使。'"她拿起镜子照照，说自己已瘦得不像人模样。"西门庆拿过镜子也照了照，说道：'我怎么不瘦？'金莲道：'拿什么比的你！每日碗酒块肉，吃的肥胖胖的，专一只奈何人。'"西门庆摸摸她的腰身"真个瘦了些"。潘金莲"说着，顺着香腮抛下珠泪来，'我的苦恼谁人知道，眼泪打肚里流罢了。'"（第三十八回）在一夫多妻（妾）制下，潘金莲的这种痛苦和不幸，难道在广大妇女中不具有普遍的典型意义？不值得引起我们的深切同情么？须知，正是这种深切的同情心，才必然激起我们对一夫多妻（妾）制的强烈愤慨，无比憎恨！

潘金莲与西门庆其他妻妾之间的矛盾，从表面上看，大多是由于潘金莲好嫉妒、争宠、"容不得人"，而实质上根子却在一夫多妻（妾）制。如有一次潘金莲和吴月娘大吵大闹，就是因为吴月娘说潘金莲"好把拦汉子"，"本等一个汉子，从东京来了，成日只把拦在你那前头，通不来后边傍个影儿。原来只你是他的老婆，别人不是他的老婆？"潘金莲不服气，说："他不来往我那屋里去，我成日莫不拿猪毛绳子套他去不成？那个浪的慌了也怎的？"吴月娘一听，急了，便咒骂："那没廉耻趁汉精便浪，俺每真材实料不浪！""那潘金莲见月娘骂他这等言语，坐在地下就打滚打脸上，自家打几个嘴巴，头上鬏髻都撞落一边，放声大哭，叫起来说道：'我死了罢，要这命做什么！你家汉子说条念款说将来，我趁将你家来了？彼时恁的也不难的勾当，等他来家，与了我休书，我去就是了。你赶人不得赶上。"潘金莲被孟玉楼拉走后，吴月娘还气愤不平地对李娇儿说："你看他昨日那等气势，硬来我屋里叫汉子：你不往前边去，我等不的你先去。恰似只他一个人的汉子一般，就占住了。不是我心中不恼，他从东京来了，就不放一夜儿进后边来。"（第七十五回）这还不明摆着是一夫多妻（妾）制造成的矛盾么？作者对此写得很清楚，他通过写潘金莲与王婆闲谈时说道："常言道说得好：三窝两块，大妇小妻，一个碗内两张匙，不是汤着就抹着。如何没些气儿？"（第七十六回）

潘金莲毕竟是小老婆，她比正室吴月娘还要多受一层气。在她跟吴月娘吵架之后，孟玉楼劝她要向吴月娘赔礼道歉，要她"把恶气儿揣在怀里，将出好气儿来"，说："你我既在屋檐底下，怎敢不低头？"又说："不然，你不教他爹两下里也难，待要往你这边来，他又恼。"潘金莲对于身为小老婆低人一等，内心是深感不满的。她对孟玉楼说："耶哝耶哝，我拿甚么比他？可是他说的，他是真实材料，正经夫妻，你我都是趁来的露水儿，能有多大汤水儿，比他的脚指儿也比不上的。"对此，孟玉楼跟潘金莲是同命相怜的，她也不满吴月娘"一棒打三四个人。就是后婚老婆，也不是趁将来的，当初也有个三媒六证，白恁就跟了往你家来！"但她还是劝潘金莲去赔礼，"你不去却怎样儿的？少不的逐日唇不离腮，还在一处儿。"在孟玉楼的一再劝说下，潘金莲才只好"忍气吞声"，跟着孟玉楼来到吴月娘房里，"插烛也似与月娘磕了四个头"，并对吴月娘说："娘是个天，俺每是个地。娘容了俺每，俺每骨秃权着心里。"（第七十六回）作者从潘金莲做小伏低、苟合取容这个侧面，岂不更进一步地反映了一夫多妻（妾）制的极不合理么？

潘金莲与李瓶儿的矛盾，看上去主要责任是在潘金莲方面，李瓶儿一贯是采取忍让的态度。但是，她俩矛盾的根源还在一夫多妻（妾）制。如李瓶儿生了官哥儿，得到西门庆的特别宠爱，潘金莲气不忿，就借对秋菊又打又骂，来惊吓官哥儿，叫李瓶儿受气。她骂道："贼奴才淫妇！你从几时就恁大来？别人兴你，我却不兴你！姐姐，你知我见的，将就脓着些儿罢了。平白撑着头儿，逞什么强？姐姐，你休要倚着。我到明日，洗着两个眼儿看着你哩！"这哪里是骂秋菊？分明是在骂李瓶儿得到西门庆的宠爱。"李瓶儿这边分明听见指骂的是他，把两只手气的冰冷，忍气吞声，敢怒而不敢言。"（第四十一回）如果不是一夫多妻（妾）制，就不存在潘金莲说的丈夫兴你兴她的问题，李瓶儿也不致于要受这种窝囊气！

李瓶儿死后，西门庆哭得很伤心，说李瓶儿跟他未过上好日子。潘金莲便对吴月娘、孟玉楼说："他没得过好日子，那个偏受用着甚么哩，都是一个跳板儿上人。"（第六十二回）尽管各人的个性和遭遇不同，潘金莲对李瓶儿母子的死也确实负有不可逃脱的责任，但是祸根不在潘金莲，而在一夫多妻（妾）制。在一夫多妻（妾）制下，每个妻妾都免不了要受气受害。"都是一个跳板儿上人"，这话该是说得何等好啊！

六、其底层核心结构是主客体相统一的个性特征和典型本质

潘金莲形象的主体表层和深层结构，是这个人物所固有的本性，她的客体

表层和深层结构，则是那个污浊的社会环境所必然造就的，而她的主客体相统一的底层核心结构，则表现为市民阶层的个性特征和典型本质。

那么，作为潘金莲形象的底层核心结构，她的个性特征和典型本质主要表现在哪里呢？

凶悍泼辣，富有以自我为中心的反抗斗争精神，这是潘金莲的个性特征之一。如她对于西门庆的夫权统治，是不甘示弱，竭力反抗的。有一次西门庆把人家还来的四锭金子给官哥儿玩，结果少了一锭，西门庆叫吴月娘"把各房里丫头叫出来审问审问"。月娘说："这金子也不该拿与孩子。"潘金莲在旁接着就把西门庆数落了一顿，"几句说的西门庆急了，走向前把金莲按在月娘炕上，提起拳来骂道：'狠杀我罢了！不看世界面上，把你这小歪剌骨儿就一顿拳头打死了。单管嘴尖舌快的，不管你事，也来插一脚。'"如果是别的女人，丈夫如此发火，也就只好退让三分了。可是潘金莲是个女强人，绝不示弱。她不但敢于跟西门庆争斗，而且有本事使西门庆也斗不过她。你看——

　　那潘金莲就假做乔张，就哭将起来，说道："我晓的你倚官仗势，倚财为主，把心来横了，只欺负的是我。你说你这般把这一个半个人命儿打死了不放在意里，那个拉着你手儿哩不成？你打不是？有的是！我随你怎么打，难得只打的这口气儿在着，若没了，愁我家那病妈妈子来不问你要人？随你家怎么有钱有势，和你家一来一状。你说你是衙门里千户便怎的？无故只是个破纱帽、债壳子穷官罢了，能禁的几个人命？就不是，教皇帝敢杀下人也怎的？"几句说的西门庆反呵呵笑了，说道："你看这小歪剌骨儿，这等习嘴。我是破纱帽穷官？教丫头取我的纱帽来，我这纱帽那块儿放着破？这里清河县问声，我少谁家银子，你说我是债壳子？"金莲道："你怎的叫我是歪剌骨来？"因跷起一只脚来，"你看，老娘这脚，那些放着歪？你怎骂我是歪剌骨？那剌骨也不怎的！"月娘在旁笑道："你两个铜盆撞了铁刷帚！常言：恶人见了恶人磨，见了恶人没奈何。……"那西门庆见奈何不过他，穿了衣裳往外去了。（第四十三回）

在那个社会，虽然潘金莲在事实上不可能摆脱夫权的统治，但是她在心理上不但不屈服于这种统治，而且总要力图凌驾于夫权之上。因此，她在西门庆面前经常以"老娘"自称。有一次西门庆梦见李瓶儿，从睡梦中直哭醒过来。潘金莲一眼就看透他是思念李瓶儿，说："梦是心头想，哓喷鼻子痒。饶他死了，你还这等念他。"西门庆竭力掩饰，说："怪小油嘴，你有这些贼嘴贼舌的。"金莲道："我的儿，老娘猜不着你那黄猫黑尾的心儿！"（第六十七回）这时候，她便以自己的聪慧和灵敏，在心理上压过了西门庆，以母子关系凌驾于夫权的统治之上。她虽然无权阻止西门庆乱搞女人，但是她总竭力要管住西门庆。有一次西门庆问道："你怕我不怕，再敢管着？"潘金莲道："怪奴才，不管着你，待好上天也。"（第七十二回）当西门庆与奶妈如意儿勾搭上，被潘金莲发觉后，她便对西门庆说："我晓的你也丢不开这淫妇，到明日问了我方许你那边去。"（第七十二回）后来西门庆果然对潘金莲说："我特来对你说声，我要过那边歇一夜儿去。"潘金莲"骂道：'贼牢，你在老娘手里使巧儿，拿些面子话儿来哄我！我刚才不在角门首站着，你过去的不耐烦了，又肯来问我？这个是你早晨和那歪剌骨两个商定了腔儿，好去和他合窝去，一径拿我扎箓子。'"西门庆作了一番狡辩，潘金莲"沉吟良久"，虽然无可奈何，但口头上还是很强横地说："我放你去便去。"又再三嘱咐他，不准"在一铺儿长远睡"，"只是睡那一回儿，还教他另睡去。""我许你和他睡便睡，不许你和他说甚闲话，教他在俺每跟前欺心大胆的。"说得西门庆不耐烦听，嫌她"琐碎死了"（第七十五回）。可是这恰恰反映了潘金莲既无力阻止西门床的淫乱，而又竭力要对他进行挟制的心理状态。她使西门庆的夫权统治虽不能从根本上被推翻，但至少使它在心理上、形式上毕竟受到了某些限制，打破了封建社会妇女只能"三从四德"的格局。这是封建社会一般的妇女所做不到的。

必须指出，潘金莲的反抗斗争精神跟广大劳动妇女的反抗斗争是不同的。她不是自觉地反抗对妇女的封建压迫，而是以维护自我为中心，既在客观上向压迫、妨碍自我的封建夫权、礼教作斗争，又竭力打击、迫害那些受封建压迫的弱小者。在她看来，违反封建礼教，乃至触犯封建王法都无所谓，而对于触动主子利益的被压迫者，她却异常狠毒，绝不放过。如有次西门庆谈到审理一桩丈母养女婿的奸情案：那女婿名唤宋得，有个姓周的后丈母，因丈人死了，这周氏年轻，守不得，便与女婿宋得通奸。后因责使女，被使女传于两邻，才告到官府。结果因"奸妻之母，系缌麻之亲，两个都是绞罪"。潘金莲说："要着我，把学舌的奴才打的烂糟糟的，问他个死罪也不多。你穿着青衣抱黑柱，一句话就把主子弄了。"西门庆道："也吃我把这奴才捯了几捯子好的。为你这奴才，一时小节不完，丧了两个人性命。"（第七十六回）他俩虽然都对"奸妻之母"要处以"绞罪"的封建王法不以为然，但他们不是斥责封建王法本质的荒谬，而是对揭发主子的奴才恨之入骨，恣意进行阶级报复。这就把潘金莲那种反抗斗争的阶级劣根性暴露无遗了。

"去处掐个尖儿"，富有损人利己的自我进取精神，这是潘金莲个性特征的又一重要表现。在《金瓶梅》中最了解潘金莲性格的，莫过于西门庆和春梅。西门庆说她是"去处掐个尖儿"（第四十回）。春梅说："俺娘他争强，不伏弱的性儿。"（第七十八回）她的争强好胜，非同于一般人，而是反映了市民阶层为自我进取则不惜损人利己的性格特质。如她不满于张大户为她包办的封建婚姻，要争取爱情婚姻的幸福，这是可以理解的。可是当她一相情愿地看中武松，遭到武松的严词拒绝以后，她却"一双眼哭的红红的"，反咬人一口，责怪武大"都是你这不争气的，交外人来欺负我"，诬蔑武松"调戏我"。幸好武大深信"我兄弟不是这等人，从来老实"，才没有造成兄弟反目。武松主动从她家里搬了出去，她不但一点不感到羞愧，反而"喃喃呐呐骂"武松是"来嚼咬人"，"搬了去，倒谢天地，且得冤家离眼前"（第一回）。后来，她为了与西门庆"长做夫妻"，便不惜把武大活活毒死。这一切都说明，她的争取爱情婚姻幸福，是建立在损人利己，使他人痛苦甚至丧命的基础之上的。

她做了西门庆的小老婆之后，为了博得西门庆对她一个人的宠爱，便容不得别人，经常无事生非，挑拨离间。一会儿唆使西门庆毒打孙雪娥，一会儿又挑起西门庆与吴月娘的不和。"背地唆调吴月娘，与李瓶儿合气；对着李瓶儿，又说月娘许多不是，说月娘容不的人。李瓶儿尚不知堕他计中，每以姐姐呼之，与他亲厚尤密。"（第二十回）而实际上，她早已把李瓶儿视作与她争宠的主要对手。她处心积虑，不惜以驯猫扑食等阴险毒辣的手段，使李瓶儿的爱子官哥儿惊吓致死。为此，李瓶儿"如刀剜了肺腑"（第五十九回），伤心万分，恸哭不已；而"那潘金莲见孩子没了，李瓶儿死了生儿，每日抖擞精神，百般的称快，指着丫头骂道：'贼淫妇！我只说你日头常晌午，却怎的今日也有错了的时节？你班鸠跌了弹也，嘴答谷了！春凳折了靠背儿，没的倚了！王婆子卖了磨，推不的了！老鸨子死了粉头，没指望了！却怎的也和我一般？'"你看她这种幸灾乐祸的得意劲儿，赤裸裸的损人利己主义，简直使她的人性丧尽，连一点点人类所特有的同情心都没有了。她不仅是自鸣得意，更狠毒的是，还要借此进一步气死李瓶儿。她骂丫头是假，骂给李瓶儿听才是真。因此，作者紧接着写道："李瓶儿这边屋里，分明听见，不敢声言，背地里只是吊泪。着了这暗气暗恼，又加之烦恼忧戚，渐渐心神恍乱，梦魂颠倒儿。""把旧时病症又发起来，照旧下边经水淋漓不止。"（第六十回）不久，李瓶儿便病故了。潘金莲却连死人也不放过。在吴月娘等给李瓶儿穿老衣时，她提议给李瓶儿"穿那双大红遍地金鹦鹉摘桃白绫高底鞋儿"，妄图使她"穿上阴司里，好教他跳火坑"（第六十二回）。遭到吴月娘的反对，才未得逞。

潘金莲在西门庆的众妻妾之间所进行的这种种你死我活的争夺，不仅表现了潘金莲个人的狠毒、残忍，损人利己，实质上它也是市民阶层互相竞争的残酷性在西门庆家庭内部的反映。

滥施情欲，追求道德沦丧的淫荡生活，这是潘金莲个性特征的又一重要表现。

潘金莲的淫荡性格，主要表现在她对性欲的追求，不讲道德，不问对象，不分场合。武大再怎么"人物猥獕"，但他毕竟是个老实的劳动者。特别是当他因捉奸被西门庆踢伤，"一病五日不起"，潘金莲竟不给武大一点汤水喝，"只指望武大自死"。甚至当武大于病中要求潘金莲："你若肯可怜我，早日扶得我好了"，对于她和西门庆通奸，以及"挑拨奸夫踢了我心"，皆可"一笔都勾，并不记怀；武二来家，亦不题起"。只要"你快去赎药来救我则个"（第五回）。面对这样一个老实善良、病危求救的丈夫，潘金莲竟忍心下毒手置他于死地。这真是欲令智昏，连一切道德、良心都不顾了！后来她迫害来旺夫妇，迫害李瓶儿母子，都突出地说明：她没有一点做人的道德观念，只要能求得个人情欲的最大满足，什么伤天害理的事情都干得出来。

为了发泄自己的情欲，她不问对象，不管人伦。在嫁给西门庆之后，她不顾自己"五娘"的身份，竟与西门庆家的奴才琴童私通。琴童被西门庆撵走之后，又与西门庆的女婿陈敬济打情卖俏，勾搭成奸。西门庆死后，吴月娘把她撵出家门，在王婆家暂住的第一夜，她竟又与王婆的儿子王潮儿通奸。如果说她对两性关系不分贵贱、不讲人伦，从反封建的意义上来说，在当时还有一定的可取之处，那么，她不讲两性关系必须以一定的思想感情为基础，而唯一的只是赤裸裸地求得性欲的满足，则就是以兽性代替了人性，它不是人类的进步，而只能是人性的堕落和蜕化。

为了发泄自己的情欲，她不分场合。在光天化日之下，"脱的上下没条丝，仰卧于衽席之上"，与西门庆"醉闹葡萄架"（第二十七回）。

纵情肆欲，放荡不羁，这是市民阶层的性格特点。封建阶级讲究恪守礼教，鼓吹禁欲主义，要求人们非礼勿言，非礼勿行，非礼勿听，非礼勿动，特别是要求妇女要从一而终，严守贞节。所谓"万恶淫为首"，淫荡被认为是最大逆不道的。在封建社会那样一个特定的历史条件下，潘金莲的纵情肆欲，追求道德沦丧的淫乱生活，一方面说明封建礼教的统治地位已经动摇，失去了禁锢人心的作用，另一方面也说明市民阶层虽然是正在崛起的新兴力量，对封建统治的传统思想有冲击作用，但它不可避免地带有剥削阶级的腐朽性和庸俗、低级、卑鄙、下流等恶劣习气。

可恶的不只是潘金莲个人的道德品质，更可恶的是中国社会的封建势力太根深蒂固了，硬是要"存天理，去人欲"，使千千万万人的正当的情欲，惨遭扼杀。如同整个中国市民阶层的命运多乖一样，潘金莲的命运也是悲惨的。她那样凶狠、强悍，不顾一切地追求情欲，可是她得到了幸福没有？她爱上了西门庆，可是西门庆要的只是淫乐，并不能把爱专一地奉献给她；她排挤、气死李瓶儿，却又有一个李瓶儿出世；她祈求像李瓶儿那样生个儿子，可是她怀的却是陈敬济的私生子，她不得不把白胖胖的男胎坠进粪桶里；她被吴月娘逐出门后，陈敬济正在筹划钱来买她，春梅嫁到守备府也在央周守备来赎她，可是当武松来娶她时，她却迷恋着"这段姻缘，还落在他家手里"（第八十七回），结果上当受骗，被武松杀死，青春丧命，尸横街头。她的死虽然罪有应得，但是由此我们却也不能不看到，在那个封建社会，一个妇女要追求情欲，在人生的道路上，该是多么荆棘丛生、命运坎坷呵！在她那滥施情欲的后面，蕴藏着妇女不幸命运的痛苦；在她那痛苦的遭遇之中，燃烧着追求幸福的火焰。因此，我们不只对于潘金莲的道德品质感到可恶可憎，而且对于她对情欲的热烈追求和一系列不幸的遭遇，又不能不感到可怜可悲。她的个性特征的全部复杂性，恰恰就是在那令人愤恨欲绝的咒骂声中，滚动着社会人生无限悲苦的热泪。

从上述个性特点，我们可以清楚地看出，潘金莲的典型本质是属于市民阶层。在她身上，既反映了新兴市民放纵个性自由，放肆地追求个人爱情婚姻的幸福，打破封建思想桎梏的历史进步性的一面，又表现出新的剥削阶级所特有的互相倾轧、不择手段、损人利己、狠毒无比、公开宣淫、灵魂卑鄙等等阶级劣根性的一面。这种种两面性，尽管从总的来看，潘金莲的思想品质应该说是很丑恶的，必须严加批判和彻底否定的，但是作为一个艺术形象，她却是非常真实、生动、复杂、成功的。即使对于她思想品质的丑恶来说，我们也应作历史的阶级的分析。恩格斯曾援引黑格尔的话指出："恶是历史发展的动力借以表现出来的形式。这里有双重的意思。一方面，每一个新的进步都必然是对于某一种神圣事物的凌辱，是对于一种陈旧、衰亡但为习惯所崇奉的秩序的叛乱。另一方面，自从各种社会阶级的对立发生以来，正是人的恶劣的情欲——贪欲和权欲成了历史的杠杆。"[①]潘金莲的纵情嗜欲，难道不正是对于神圣的封建道德观念的"凌辱"，对于封建的包办婚姻、夫权统治和一夫多妻（妾）制等旧秩序的"叛乱"么？这种情欲难道不也可以成为"历史发展的杠杆"么？尽管由于中国封建社会的顽固不化，最后不仅扼杀了她的情欲，而且葬送了她的生命。历史的发展尽管是曲折、漫长的，然而最终毕竟不是中国封建社会永远埋葬了人的情欲，而是人的情欲永远埋葬了中国封建社会。

还必须指出，《金瓶梅》作者对于潘金莲形象的塑造，虽然基本上是忠实于当时的社会生活和人物性格的本质特征的，但是他没有、也不可能完全摆脱封建观点的影响，其具体表现如过分突出了潘金莲的淫欲无度，借以宣扬"女人是祸水""万恶淫为首"等封建的历史观和妇女观。因此，我们今天的评论家和广大读者，一方面要看到这个形象的本质特征是属于市民阶层，这个阶层

---

① 恩格斯：《费尔巴哈与德国古典哲学的终结》，人民出版社 1960 年版，第 27 页。

在历史上曾经表现出一定的进步性，但她在今天社会主义的时代已经完全成为革命的对象了，潘金莲所追求和抗争的，在我们时代早已实现了，而潘金莲身上腐朽、堕落的一面，却对于我们健康的肌体有着严重的污染和毒化作用，今天如果谁还要学习潘金莲，那就必然是害己害人，犯下不可饶恕的历史性的错误。另一方面，我们也不能仍然从封建的观点出发，仅仅谴责潘金莲是"淫妇""坏女人""女恶霸"，而有意或无意地替那个污浊的社会环境开脱罪责，贬低和缩小了这个形象所蕴藏的深广的典型意义。正确的态度，应该是从历史唯物主义和辩证唯物主义的高度，看到潘金莲这个妇女形象所体现的封建社会腐朽没落和资本主义萌芽的新的时代特色，以及新兴市民阶层崛起的新的阶级特色。只有抓住这个新的时代特色和阶级特色，我们才能既不致于停留在感情用事而对这个形象痛骂一顿了事，也不致于沉湎在丧失人性地接受这个形象所体现的腐朽思想作风的毒化，而能正确、全面地认识潘金莲的典型本质和典型意义，从中吸取有益的历史教训。

采取上述从主体、客体、核心等不同的角度和层次分析潘金莲形象结构的方法，我认为有助于我们把历史唯物主义和辩证唯物主义观点具体化，达到正确认识潘金莲形象的目的。她的主体表层和深层结构，主要反映了她的典型性格；她的客体表层和深层结构，则主要反映了她的典型环境；而她的底层核心结构，则反映了她的典型环境和典型性格的统一。整个潘金莲形象就是由主体、客体和核心所组成的三维立体动态结构。

运用这种三维立体动态结构所塑造出来的潘金莲形象，其性格特征和典型意义，也绝不仅仅是个单一的"淫妇""女恶霸""坏女人"，而是个炫耀着多彩绚烂的色调、交织着多种恢宏的功能、蕴含着多方面典型意义的卓越典型。

从伦理道德的角度来看，她既有热烈追求爱情婚姻自由幸福，争取个性解放的一面，又有淫佚放荡，不顾廉耻，不讲道德，丧失人性，只求得到性欲满足，表现出赤裸裸的兽性的一面。既有人性的觉醒，又有兽性的发作。两者看似矛盾，而实则皆统一地表现了封建伦理道德统治的解体。

从社会历史的角度来看，她既有以人欲反对天理，以个性自由反对封建束缚，以妇女解放反对"三从四德"的封建压迫，等等适合于社会进步要求的一面，又有滥施情欲，损人利己，腐化堕落，葬送自己，危害社会的一面。既有新兴力量的进步性，又有剥削者的腐朽性。两者看似矛盾，而实则统一地反映了随着资本主义萌芽而崛起的新兴市民阶层的特性。

从审美的角度来看，她既有凶悍、泼辣，开放型的一面，又有诡谲、狡黠，善于玩弄阴谋诡计，心机很深的隐蔽型的一面。既有对情欲的要求非常强烈，极为多情的一面，又有得不到情欲的满足而表现出异常狠毒、残忍，极为无情的一面。既有美貌、聪慧、多才多艺的一面，又有欲令智昏、咎由自取的一面。这一切彼此前后看似矛盾，而实则统一地充分显示出人物性格的无比丰富性和复杂性，极为真实而又生动地塑造出典型环境中的典型性格。

（原载拙著《中国的小说艺术》，台北贯雅文化事业有限公司 1990 年 1 月出版，1994 年 1 月重印；广西教育出版社 1992 年 11 月出版。）

《金瓶梅》对中国小说语言艺术的发展

如同"万物皆动、皆变、皆生、皆灭"①一样，我国古典小说的语言艺术也是在不断地发展和变化着的。《金瓶梅》的语言艺术便别具一格，在我国古典小说的发展史上占有不可抹杀的突出地位。

一、由粗略化到细密化

在我国小说史上，魏晋六朝小说明显地存在着"粗陈梗概"②的特征。唐代传奇、宋元话本和《三国演义》《水浒传》等著名作品，在文笔描写上已经由粗略化向细密化大大地前进了，然而被国内外学者一致公认为"作者之笔实极细致"③，其描写"市井小人之状态，逼肖如真，曲尽人情，微细机巧之极"④者，却不能不首推《金瓶梅》。如《金瓶梅》第十二回写西门庆因潘金莲与琴童有奸情，而要对潘金莲进行拷打和审问，我们看其文笔描写是多么细密至极：

> 潘金莲在房中听见，如提在冷水盆内一般。不一时，西门庆进房来，唬的战战兢兢，浑身无了脉息，小心在旁扶侍接衣服。被西

---

① 恩格斯：《社会主义从空想到科学的发展》，人民出版社 1961 年版，第 51 页。
② 这是鲁迅在《中国小说史略》第八篇中对六朝小说的评语。
③ 戴不凡：《小说见闻录》，浙江人民出版社出版，第 147 页。
④ 日本·盐谷温：《中国小说概论》，见郑振铎编《中国文学研究》下册。

门庆兜脸一个耳刮子，把妇人打了一跤。吩咐春梅，把前后角门顶了，不放一个人进来。拿张小椅儿坐在院内花架儿底下，取了一根马鞭子拿在手里，喝令："淫妇脱了衣裳跪着！"那妇人自知理亏，不敢不跪，倒是真个脱去了上下衣服，跪在面前，低垂粉面，不敢出一声儿。西门庆便问："贼淫妇，你休推睡里梦里，奴才我才已审问明白，他一一都供出来了。你实说，我不在家，你与他偷了几遭？"妇人便哭道："天么，天么！可不冤屈杀了我罢了！自从你不在家半个来月，奴白日里只和孟三姐做一处做针指，到晚夕早关了房门就睡了，没勾当不敢出这角门边儿来。你不信，只问春梅便了。有甚和盐和醋，他有个不知道的。"因叫春梅来，"姐姐，你过来亲对你爹说。"西门庆骂道："贼淫妇！有人说你把头上金裹头簪子两三根，都偷与了小厮。你如何不认？"妇人道："就屈杀了奴罢了！是那个不逢好死的嚼舌根的淫妇，嚼他那旺跳的身子！见你常时进奴这屋里来歇，无非都气不愤，拿这有天没日头的事压枉奴。就是你与的簪子，都有数儿，一五一十都在，你查不是！……"西门庆道："簪子有没罢了。"因向袖中取出琴童那香囊来，说道："这个是你的物件儿，如何打小厮身底下捏出来？你还口嘴甚么！"说着纷纷的恼了，向他白馥馥香肌上飔的一马鞭子来，打的妇人疼痛难忍，眼噙粉泪，没口子叫道："好爹爹！你饶了奴罢！你容奴说，奴便说；不容奴说，你就打死奴，也只臭烟了这块地。这个香囊葫芦儿，你不在家，奴那日同孟三姐在花园里做生活，因从木香栏下所过，带系儿不牢，就抓落在地。我那里没寻，谁知这奴才拾了。奴并不曾与他。"只这一句，就合着刚才琴童前厅上供称在花园内拾的一样的话。又见妇人脱的光赤条条，花朵儿般身子，娇啼嫩语，跪在地下，那怒气早已钻入爪哇国去了，把心已回动了八九分。因叫过春梅，搂在怀中问她……那春梅撒娇撒痴，坐在西门庆的怀里说道："这个爹，你好没说，和娘成日唇不离腮，娘肯与那奴才！这个都是人气不愤俺娘儿们，做作出这样事来。爹，你也要个主张，好把丑名儿顶在头上，传出外边去好听。"几句把西门庆说的一声儿没言语，丢了马鞭子，一面叫金莲起来穿上衣服，吩咐秋菊看菜儿，放桌儿吃酒。

一场风波至此便戏剧性地结束了。

这段描写足以说明《金瓶梅》的语言艺术不是粗略化而是细密化的特点：

（一）描写的层次性。如张竹坡所说，《金瓶梅》的语言描写往往"作层次法"[①]，"层次如画"[②]，"一层深一层"[③]。它不是直截了当地写西门庆对潘金莲进行拷打、审问，而是从拷打、审问的过程中写出了前后一系列不同的层次：西门庆打一耳刮子——妇人不敢吭声；吩咐春梅顶门、拿椅子——西门庆坐；西门庆拿着马鞭子，喝令淫妇脱衣裳跪下——潘金莲"低垂粉面，不敢出一声儿"；西门庆问——妇人哭着答；西门庆骂——妇人叫屈；西门庆拿出香囊问、打——妇人哭叫、狡辩；西门庆由想——见而动心。不但大的层次有上述七层，而且在大层次中还有小层次。如潘金莲回答西门庆的一段话，一口气便说了四层意思："就屈杀了奴罢了"是一层；"那个不逢好死的嚼舌根的淫妇"，"见你常时进奴这屋里来歇，无非都气不愤"，因而"嚼他那旺跳身子"，又是一层；"就是你与的簪子……"，又是一层；最后还有一层，是"怎一个尿不出来的毛奴才，平空把我篡一篇舌头"。如此层次细密，便使语言艺术更加生动形象，使读者如同身临其境，耳闻目睹其人其情，感到有不可

---

①　张竹坡："第一奇书"本《金瓶梅》第二十回评语。

②　张竹坡："第一奇书"本《金瓶梅》第三十二回评语。

③　张竹坡："第一奇书"本《金瓶梅》第三十三回评语

抗拒的说服力和感染力。

（二）发展的曲折性。这里无论是西门庆或潘金莲，在思想上都经历了一个曲折的发展过程：西门庆由深信不疑、恼怒毒打，列举出证据来责问，不料被驳回，由再拿出证据来痛打、詈骂，不料又遭驳回，从而"把心已回动了八九分"；潘金莲由"唬的战战兢兢"，经过两次自我辩护，终于赢得了西门庆的信任和同情。恰如张竹坡所说，《金瓶梅》有"文字千曲百曲之妙"①。这不仅使其细密的描写，有着层层深入、合情合理、细腻入微的功效，而且具有出人意料、别开生面、引人入胜的魅力。

（三）角度的多样性。它写西门庆对付潘金莲不是只有毒打这一种角度，而是纵横交错，变化多端。它先写西门庆"兜脸一个耳刮子"，给她个下马威，又"取了一根马鞭子拿在手里，喝令：'淫妇脱了衣裳跪着！'"进行威胁；接着又从讹诈的角度，写西门庆说："奴才我才已审问明白，他一一都供出来了"，要她老实招供；她为自己辩护，拒不承认，作者又从诱供的角度，写西门庆在"贼淫妇"的骂声中，举出"有人说你把头上金裹头簪子两三根，都偷与了小厮，你如何不认"？不料不但没有达到诱供的目的，这"有人说"三个字，却使潘金莲得到了进一步为自己开脱的"理由"。她利用一夫多妻（妾）制的矛盾，以攻为守，把事情说成"是那个不逢好死的嚼舌根的淫妇"，"见你常时进奴这屋里来歇，无非都气不愤，拿这有天没日头的事压枉奴"，又举出簪子"一五一十都在"为证，使西门庆这一着又落了空，只好说："簪子有没罢了。"然后作者又从逼供的角度，写西门庆向袖中取出从琴童身上搜出的香囊来，不仅责问："你还口睾甚么！"而且气恼得"飕的一马鞭子来，打的妇人疼痛难忍"。这时潘金莲一方面摆出了"好爹爹！你饶了奴罢！"的可怜相，一方面又与她偷听到的琴童的供词相吻合，说那香囊是她遗失在花园

---

① 张竹坡："第一奇书"本《金瓶梅》第二十回评语。

里被那奴才拾到的，这才使西门庆"那怒气早已钻入爪哇国去了"。上述从毒打、恐吓、讹诈、诱供、逼供等不同的角度作细密化的描写，不仅使情节和语言皆显得迤逦盘旋，错综变化，舒卷自如，而且大大强化了语言艺术表现人物性格的能力，使西门庆那愤激、毒辣、恼怒、凶狠、狡诈、暴虐、愚蠢、虚弱的丑恶形骸，潘金莲那寒栗而沉着、狡黠而可怜、阴毒而机灵、怨忿而柔情的泼妇形象，都给读者留下了深刻的印象。

（四）前后的呼应性。它写西门庆审问潘金莲之前，先"吩咐春梅，把前后角门顶了，不放一个人进来"，这不是一般的情节交代，而是反映了西门庆怕"把丑名顶在头上，传出外边去"的狠毒、虚伪的性格。后来春梅正是利用了西门庆的这个弱点，"几句把西门庆说的一声儿不言语，丢了马鞭子"。在潘金莲第一次回答西门庆的审问时，她就向西门庆提出："你不信，只问春梅便了。有甚和盐和醋，他有个不知道的。"这既是提出春梅来向西门庆证明她的清白，同时又话中有话，以她知道"有甚和盐和醋"，来暗示春梅：由于有人"气不愤俺娘儿们"，才这样添盐加醋地来诬害她的。后来当西门庆问春梅时，春梅果真附和潘金莲的意思说了。这种彼此前呼后应的细密化描写，不仅使文章的结构紧密，而且还使西门庆、潘金莲与春梅三个人物的性格，在互相衬托、映照之中，显得既变幻多姿，又各具神韵。

（五）语言的丰富性。它不仅表现在"语句新奇，脍炙人口"[①]，如它用"提在冷水盆内一般"，来写潘金莲心情的战栗；用"有甚和盐和醋"，来故作镇静，表明她的心地坦然，不怕别人诬陷；用"你就打死奴，也只臭烟了这块地"，来反映她那斩钉截铁的决心；用"我和娘成日唇不离腮"，来使春梅的旁证显得不容置疑。而且还表现在语言本身皆经过作家的锤炼，符合特定人物的性格。如西门庆一提出："你与他偷了几遭？""妇人便哭道：'天么，天

[①]　欣欣子：《金瓶梅词话序》。

么！可不冤屈杀了我罢了！'"仅这劈头一句，就使一个呼天唤地、鸣冤叫屈的泼辣性格活跳出来了。接着又写潘金莲说："自从你不在家半个来月，奴白日里只和孟三姐做一处做针指，到晚夕早关了房门就睡了，没勾当不敢出这角门边儿来。"她是如此地谨守门户，还由得你西门庆产生疑窦么？何况"你不信，只问春梅便了"，说着她便立即叫春梅："你过来亲对你爹说。"把她那既伶俐又狡猾，既"自知理亏"而又泼开胆撒谎、找对质的泼辣性格，表现得惟妙惟肖，跃然纸上。仿佛作品展现"在读者面前的不是一束印着黑字的白纸，而是一个人，一个读者可以听到他的头脑和心灵在字里行间跳跃着的人"①。

《金瓶梅》作者从上述五个方面把小说语言发展为细密化，可以说如同巴尔扎克那样："在他以前从来还没有过小说家这样深入地观察过细节和琐碎的事情，而这些，解释和选择得恰到好处，用老剪嵌工的艺术和卓越的耐心加以组织，就构成一个统一的、有创造性的新的整体。"②

二、由理性化到感性化

"艺术是人类生活中把人们的理性意识转化为感情的一种工具。"③这绝不排斥艺术要求有正确的思想性，只要"艺术所传达的感情是在科学论据的基础上产生的"④。艺术的特性既然如此，那么，作为小说的语言艺术，理应与科学著作的语言论述有明显的区别。但在我国古代由于长期是文史哲不分家，要求"文以载道"，因此，人们往往看不到这种区别。如"宋时理学极盛一时，因

---

① 左拉:《论小说》，见《古典文艺理论译丛》第 8 册，人民文学出版社 1964 年版。
② 达文:《巴尔扎克〈十九世纪风俗研究〉序言》，见《古典文艺理论译丛》第 3 册，人民文学出版社 1962 年版。
③ 列夫·托尔斯泰:《艺术论》，丰陈宝译，人民文学出版社 1958 年版，第 200 页。
④ 列夫·托尔斯泰:《艺术论》，丰陈宝译，人民文学出版社 1958 年版，第 199 页。

之把小说也多理学化了"①。在《金瓶梅》中，虽然也不免羼杂有一些理性的说教，但它的主要方面却是把我国古典小说的语言艺术由理性化向感性化大大地发展了。如《金瓶梅》第六十二回写"西门庆大哭李瓶儿"，它不是像它以前的作品那样，以"捶胸大哭""大哭了一场""哭得发昏"等理性化的叙述，简单地交代了事，而是深入到人物的感情世界，对西门庆的三次大哭作了非常具体的形象化的描绘。

第一次，是在刚听到李瓶儿死的时候。它先写西门庆"两步做一步，奔到前面"，使我们如感其急促之情，闻其奔跑之声，见其慌张的身影。接着再写他揭起被子所见到的刚断气的李瓶儿："面容不改，体尚微温，脱然而逝，身上止着一件红绫抹胸儿"，使人们不能不引起对死者的深切同情。在把读者的感情初步调动起来，进入作者所描绘的艺术氛围之后，作者再写"西门庆也不顾的甚么身底下血渍，两只手抱着他香腮亲着，口口声声只叫：'我的没救的姐姐，有仁义好性儿的姐姐！你怎的闪了我去了，宁可教我西门庆死了罢。我也不久活于世了，平白活着做甚么！'在房里离地跳的有三尺高，大放声号哭"。这使我们仿佛看到了一个逼真的为爱妾之死而痛不欲生的西门庆，活现在我们的面前。如果作者不是如此采用感性的形象的描绘，而是仅用理性的叙事语言，是绝不可能收到这般生动、强烈的艺术效果的。

第二次，是在用门板将李瓶儿的尸体抬出房间后。作者写道："西门庆在前厅，手拘着胸膛，由不的抚尸大恸，哭了又哭，把声都呼哑了，口口声声只叫'我的好性儿有仁义的姐姐'不住。比及乱着，鸡就叫了。"如果按照理性化的写法，只需用"不胜悲痛，哭了又哭"八个字足矣。可是《金瓶梅》作者却写出了西门庆"手拘着胸膛"和"抚尸大恸"的情景，使我们不仅仿佛亲眼看到了他那胸中难以抑制的积愤和悲伤，而且犹如亲耳听到了他那嘶哑的阵阵

---

① 鲁迅：《中国小说的历史的变迁》第 4 讲。

413

哭声和呼叫声。

第三次，是在请来阴阳先生，又向各亲眷处报丧之后。作者写道："西门庆熬了一夜没睡的人，前后又乱了一五更，心中感着了悲恸，神思恍乱，只是没好气，骂丫头，踢小厮，守着李瓶儿尸首，由不的放声哭叫。"

《金瓶梅》作者不仅从动作、声态、情感等方面，把西门庆的三次大哭写得形象具体，生动逼真，而且把这三次大哭写得毫不雷同，表现出西门庆思想感情的发展变化和鲜明的性格特色。第一次大哭，表现了他刚听到李瓶儿死讯之后的震惊和悲痛。第二次大哭，便进一步反映了他胸中的积愤和伤心。第三次大哭，则更深一层地说明他由于悲恸过度而造成的烦躁和迁怒于丫头、小厮的主子性格。

另外，《金瓶梅》作者通过对李瓶儿之死的描写，还进一步丰富、深化了其他一系列人物的性格形象。

先说吴月娘的形象。当西门庆第一次大哭时，作者接着写道："月娘因见西门庆搕伏在他身上，挝脸儿那等哭，只叫：'天杀了我西门庆了！姐姐，你在我家三年光景，一日好日子没过，都是我坑陷了你了！'月娘听了，心中就有些不耐烦了，说道：'你看韶刀！哭两声儿丢开手罢了。一个死人身上，也没个忌讳，就脸挝着脸儿哭，倘忽口里恶气扑着你是的。他没过好日子，谁过好日子来？人死如灯灭，半晌时不借。留的住他倒好！各人寿数到了，谁人不打这条路儿来？'"表现了吴月娘那种对西门庆既抱怨又关怀的复杂性格。她抱怨的是西门庆不必那样偏爱李瓶儿，关怀的是西门庆作为自己的丈夫不要伤了自己的身子。"他没过好日子，谁过好日子来？"这话更发人深思。它反映了在一夫多妻制之下，妻妾之间必然矛盾重重，受害的不只是哪一个人。所谓"各人寿数到了"云云，这既是对西门庆的热诚开导，又完全切合吴月娘信佛的那种宿命心理。

再说潘金莲的形象。如果说吴月娘对李瓶儿之死还存在着一定程度的同情，对西门庆的悲伤还寄寓出于自身利害或其他什么原因的关怀的话，那么，作者写潘金莲，则突出了她那暗中幸灾乐祸的内在的残忍性格。在吴月娘、李娇儿、孟玉楼、潘金莲等一起忙着给已死的李瓶儿穿衣服的当儿，西门庆要"多寻出两套他心爱的好衣服，与他穿了去"。李娇儿因问："寻双甚么颜色鞋与他穿了去？"潘金莲道："姐姐，他心里只爱穿那双大红遍地金鹦鹉摘桃白绫高底鞋儿，只穿了没多两遭儿。倒寻那双鞋出来与他穿了去罢。"吴月娘道："不好，倒没的穿上阴司里，好教他跳火坑。你把前日门外往他嫂子家去穿的那双紫罗遍地金高底鞋，也是扣的鹦鹉摘桃鞋，寻出来与他装绑了去罢。"旧时迷信说法，死人忌穿红鞋，这一点凭潘金莲的见识，她不会不知道。然而她却借口李瓶儿平时爱穿那双鞋，妄图叫她穿着到阴司跳火坑去。对于潘金莲这种隐蔽而狠毒的心计，作者刻画得极为巧妙自然，无懈可击。

潘金莲对于西门庆的伤心痛哭，自然免不了也要劝导几句。可是作者却不像写吴月娘那样正面写潘金莲如何劝说，而是通过潘金莲与吴月娘、孟玉楼之间的闲谈，说道："你还没见，头里进他屋里寻衣裳，教我是不是，倒好意说他：都相恁一个死了，你恁般起来，把骨秃肉儿也没了。你在屋里吃些甚么儿，出去再乱也不迟。他倒把眼睁红了的，骂我：'狗攮的淫妇，管你甚么事！'我如今镇日不教狗攮，却教谁攮哩！恁不合理的行货子，只说人和他合气。"这不仅在写法上巧于变化，更难得的是通过"我如今不教狗攮，却教谁攮哩"等活生生的形象化的语言，把潘金莲那老辣、豪爽、忌恨、无耻讨欢的性格，描绘得如从纸上活跳了出来。

同样是对李瓶儿的死和西门庆的哭，孟玉楼的态度和性格表现，又与吴月娘、潘金莲别具风采。作者只用淡淡的一笔，写她在吴月娘、潘金莲面前说："李大姐倒也罢了，没甚么。倒吃了他爹恁三等九格的。"这说明，对于她来说，既没有潘金莲那种强烈忌恨，也不像吴月娘那样热忱关切。她内心不满并且足以在某种程度上迎合吴月娘、潘金莲的，只是她也反对西门庆在众妻妾之间分成"三等九格"。她既不满于西门庆对李瓶儿的偏爱，更不满于西门庆对她本人的冷落，表现出她们受一夫多妻制的危害虽则同一，而各个人的思想性格却迥然有别。

通过李瓶儿之死，《金瓶梅》作者还从更为广阔的方面，使众多人物的脸谱都得到了生动的刻画。如请来给李瓶儿看阴阳秘书的徐先生，西门庆请他批书，他"批将下来：'已故锦衣西门夫人李氏之丧……'"按照封建礼教，正妻才能称夫人，李瓶儿不过是个妾，正室夫人吴月娘健在，这种批法不通之至。不需作者再说三道四，这位徐先生对西门庆厚爱李瓶儿情事的了解和这样不顾道理的批法，把他那种逢迎者的奸狡和无耻的嘴脸，入木三分地刻画出来了。

正当西门庆为李瓶儿之死悲恸得茶不饮，饭不吃，吴月娘为此而犯愁之际，小厮请来了应伯爵。应伯爵"进门扑倒灵前地下，哭了半日"，又胡诌他梦见西门庆折了玉簪儿，引出西门庆伤感地说："……平时我又没曾亏欠了人，天何今日夺吾所爱之甚也！先是一个孩儿也没了，今日他又长伸脚子去了，我还活在世上做甚么？虽有钱过北斗，成何大用！"伯爵道："哥，你这话就不是了。我这嫂子与你是那样夫妻，热突突死了，怎的心不疼！争耐你偌大的家事，又居着前程，这一家大小泰山也似靠着你。你若有好歹，怎么了得！就是这些嫂子都没主儿。常言：一在三在，一亡三亡。哥，你聪明，你伶俐，何消兄弟每说。就是嫂子他青春年少，你疼不过，越不过他的情，成服，令僧道念几卷经，大发送，埋葬在坟里，哥的心也尽了，也是嫂子一场的事，再还要怎样的？！哥，你且把心放开！"经应伯爵这一席话，西门庆就再"也不哭了。须臾，拿上茶来吃了，便唤玳安：'后边说去，看饭来，我和你应二爹、温师父、谢爹吃。'"应伯爵这一席话，为什么能这么大的效果呢？它好就好在：一方面语言形象生动，句句说到了西门庆的心坎里，目的虽在开导他："你这话就不是了"，而所用的语言却尽是阿谀逢迎，恣意吹捧。如肯定他为李瓶儿"热突突死了，怎的不心疼"。"你聪明，你伶俐，何消兄弟每说！"为他出谋划策，给他指出一条自我安慰的途径："令僧道念几卷经，大发送，葬埋在坟里，哥的心也尽了。"另一方面，又使应伯爵句句"逼真帮闲，骨相俱出"①，活生生地体现出他的性格特色——既能迎合主子心理，谄媚讨好，又能针对主子所需，殷勤献策，为主子消愁解闷。"令僧道念几卷经，大发送"，就算"哥的心也尽了，也是嫂子一场的事，再还要怎样的？"这话语，是多么恳切！这口气，又是多么轻飘飘的！它把应伯爵这个帮闲所道破的、西门庆所欣然奉行的那虚伪透顶的世道人心，刻画得多么淋漓尽致。由此可见，《金瓶梅》的选词用语，正是要把作者的理性都寄寓于形象化、个性化的语言形式和富有社会典型意义的活生生的人物性格之中。这绝不是反对理性在小说创作中的指导作用，更不是排斥在小说中适当使用哲理性的语言，而是必须掌握小说语言感性化即形象化的特征，致力于创造出众多的生动感人的艺术形象，以充分发挥小说这种语言艺术所特有的魅力，包括使其具有不可抗拒的感染人、教育人的魔力。

三、由单一化到多面化

巴尔扎克说："艺术作品就是用最小的面积，惊人地集中了最大量的思想。"②对于语言艺术来说，也就是要用最少的文字，表现出最丰富的内容，使语言能具有最大的容量，能够充分发挥出多面化的艺术表现力。

《金瓶梅》不像它以前的小说语言容量，往往带有单一化的特点，即一段话往往只说明一个意思，表现一个人物的性格，而是具有多面化的特点，如张

---

① 张竹坡于此处的批语。
② 巴尔扎克：《论艺术家》，见《古典文艺理论译丛》第 10 册，人民文学出版社 1965 年版，第 101 页。

竹坡所指出的："金瓶内，每以一笔作千万笔用。"①不信，请看第四十一回写潘金莲打骂秋菊的一段：

且说潘金莲到房中，使性子，没好气，明知西门庆在李瓶儿这边，一径因秋菊开的门迟了，进门就打两个耳刮子，高声骂道："贼淫妇奴才，怎的叫了恁一日不开？你做什么来折儿？我且不和你答话！"……

到次日，西门庆衙门中去了。妇人把秋菊教他顶着大块柱石，跪在院子里。……妇人打着他，骂道："贼奴才淫妇！你从几时就恁大来？别人兴你，我却不兴你！姐姐，你知我见的，将就脓着些儿罢了。平白撑着头儿，逞什么强？姐姐，你休要倚着。我到明日，洗着两个眼儿看着你哩！"一面骂着又打，打了又骂，打的秋菊杀猪也似叫。李瓶儿那边才起来，正看着奶子奶官哥儿，打发睡着了，又唬醒了；明明白白，听见金莲这边打丫鬟，骂的言语儿妨头，一声儿不言语，唬的只把官哥儿耳朵握着，一面使绣春去，"对你五娘说：休打秋菊罢，哥儿才吃了些奶，睡着了。"金莲听了，越发打的秋菊狠了，骂道："贼奴才！你身上打着一万把刀子，这等叫饶？我是恁性儿，你越叫我越打！莫不为你拉断了路行人？人家打丫头，也来看着。你好姐姐，对汉子说，把我别变了罢！"李瓶儿这边分明听见指骂的是他，把两只手气的冰冷，忍气吞声，敢怒而不敢言。

这段描写，充分表现了《金瓶梅》的语言容量具有多面化的特点：
第一，它的语言不是只有字面上的一种含义，而是如作者在《金瓶梅》第

---

① 张竹坡："第一奇书"本《金瓶梅》第一回评语。

三十五回所说的，有"话中之话"。潘金莲一进门对秋菊"高声骂道"，作者为什么要强调"高声"呢？因为她"明知西门庆在李瓶儿这边"。她那"高声骂道"，不只是因丫鬟秋菊"开的门迟了"，乘机把她当作出气筒，同时更重要的又是骂给在李瓶儿房里的西门庆听的："你做甚么来折儿？我且不和你答话！"不仅人物的语言有"话中之话"，作者的叙述语言，有时也有着多方面的含义。如写潘金莲"一面骂着又打，打了又骂，打的秋菊杀猪也似叫"。既反映了潘金莲的暴虐，又说明了她的阴险——借秋菊挨打的叫声，把李瓶儿的爱子官哥儿唬出病来。同时还表现了秋菊被当作出气筒，备受无情的摧残。

第二，它的语言不是表面上对谁说就只是说给谁听的，而是如作者在《金瓶梅》第十四回所说的"远打周折，指山说磨"。"到次日，西门庆衙门中去了"之后，潘金莲骂秋菊的那些话："贼奴才淫妇！你从几时就恁大来？别人兴你，我却不兴你！……我到明日，洗着两个眼儿看着你哩！"这些话名为骂秋菊，实际都是骂李瓶儿的。作者说得很清楚："骂的言语儿妨头。""李瓶儿这边分明听见指骂的是他。"不写潘金莲直接骂李瓶儿，而是"指山说磨"，这就具有不是单一化，而是多面化的意义：既表现了潘金莲的狡狯和毒辣，使李瓶儿处于难以颉颃的困境，同时又说明一夫多妻制的可悲，秋菊身为丫鬟只能听任主子作弄和蹂躏的可怜。

第三，它不是只侧重刻画出一个人物的性格，而是要同时展现出几个人物的性格，如作者在《金瓶梅》第七十五回所说的："一棒打着好几个。"上述潘金莲打骂秋菊，不只是反映了潘金莲某一方面的性格特征，而是同时表现了她争宠、忌恨、残暴、奸险、狡黠、狠毒等多方面的性格特色，也不只是描绘了潘金莲一个人物，而是同时使几个人物的个性，如秋菊的刚强与可怜，春梅的谄媚与自傲，李瓶儿的懦弱与气愤，都得到了较为生动的表现。

第四，它不是一笔只写一个场面，而是立体交叉式地同时既写这个场面，又写那个场面。如西门庆在李瓶儿房里是一个场面，潘金莲在自己房里高声骂给西门庆听又是一个场面。次日，潘金莲打骂秋菊是一个场面，李瓶儿在房里"唬的只把官哥儿耳朵握着"，李瓶儿使绣春来对潘金莲说休打秋菊，"金莲听了，越发打的秋菊狠了"，又是一个场面。前后左右四面贯通，各个人物在不同的场面中相映相衬，给人以妙趣横生、蕴藉深邃之感。

上述四个特点，当然不是《金瓶梅》的每段描写都同样具备、同等精彩的。我们强调说明的，只是力求避免语言容量的单一化，而使其具有多面化的意义和作用，这基本上是《金瓶梅》的语言描写所具有的一个共同的特点。如第七十五回写吴月娘和潘金莲对骂，一个说："你不浪的慌？"另一个举出事例，说："象这等的，却是谁浪？""吴月娘乞他这两句触在心上，便紫瀎了双腮，说道：'这个是我浪了，随你怎的说。我当初是女儿填房嫁他，不是趁来的老婆。那没廉耻趁汉精便浪，俺每真材实料不浪！'"接着她又说："你害杀了一个，只少我了。"吴月娘说这些话的本意是针对潘金莲一个人的，可是作者这时却偏要插上"孟玉楼道：'耶哜耶哜，大娘，你今日怎的这等恼的大发了。连累着俺每，一棒打着好几个人也。也没见这六姐，你让大姐一句儿也罢了，只顾打起嘴来了。'"因为不只潘金莲，孟玉楼等也都"是趁来的老婆"，不是"真材实料"，所以她说吴月娘的话是"一棒打着好几个"。作者写了孟玉楼的劝说，同时又写了吴大妗子的劝说。两个人同属劝说，而所反映的身份和个性又朱紫各别。孟玉楼的劝说，是对吴月娘和潘金莲两面皆不得罪，而吴大妗子是吴月娘的亲嫂子，她的劝说只能直接冲着吴月娘而来："三姑娘，你怎的？快休舒口。"她又说："常言道：要打没好手，厮骂没好口。不争你姐妹每攘开，俺每亲戚在这里住着也羞。姑娘，你不依我，想是嗔我在这里，叫轿子来，我家去罢。"从表面上看，这话也完全是冲着吴月娘说的，而实际上却又是站在回护吴月娘一边，说给在场的潘金莲听的。所谓"厮骂没好口"，这不就是因为回护刚才吴月娘骂潘金莲"没廉耻趁汉精"，而叫潘金莲不要计较么？所谓"你姐妹每攘开"，"想是嗔我在这里"，这又何止是在劝导吴月娘？在吴月娘骂了潘金莲之后，吴大妗子说这种话，岂不是在劝导吴月娘的同时，也是利用自己亲戚的身份，在压住潘金莲不要还击么？而孟、吴二人的性格心理也随之显现，并在潘、吴的照映下，愈加显出个性的特征。这种彼此勾连映照，似投石入潭，激起层层波澜，使语言的容量由单一化而向多面化层层推进。

后浪逐前浪，一波未平，一波又起。在潘金莲的对骂中说："是我的丫头也怎的？你每打不是？我也在这里还多着个影儿哩。皮袄是我问他要来。莫不只为我要皮袄开门来，也拿了几件衣裳与人，那个你怎的就不说来？丫头便是我惯了他，我也浪了图汉子喜欢。象这等的，却是谁浪？"她之所以这般有恃无恐，咄咄逼人，使我们不能不回想起，在这之前，为春梅骂申二姐，月娘曾经对西门庆说过："你家使的好规矩的大姐，如此这般，把申二姐骂的去了。"不料西门庆不但没有责备春梅，反而笑道："谁教他不唱与他听来？也不打紧处，到明日，使小厮送一两银子补伏他，也是一般。"春梅不仅是金莲的丫头，还是被西门庆收了房的。现在潘金莲又乘机说出，西门庆在拿给她皮袄的同时，"也拿了几件衣裳与人"——指西门庆又勾搭上官哥儿的奶妈。吴月娘为"图汉子喜欢"，也不管不问。从这里，不禁又勾起我们脑海中浮现出一个答案：原来她们之所以互相攻讦你浪我浪，根子就在西门庆既有众多的妻妾，又还跟春梅、奶妈等丫头、佣人"猫鼠同眠"，使吴月娘、潘金莲等皆互相嫉妒、争宠。正如张竹坡所指出的："凡人用笔曲处，一曲两曲足矣，乃未有如《金瓶》之曲也。"①不是追求情节的曲折离奇，而是在日常的人物语言之中曲折地表现出多方面的含义和多方面的人物性格，这是《金瓶梅》在语言艺术上的一个重大发展。

---

① 张竹坡："第一奇书"本《金瓶梅》第一回评语。

四、由平面化到立体化

人物对话，如果只写两个人之间对话，那是径直的、平面化的，比较好写，如果写三人以上的群体同时对话，那就是曲折的，立体交叉的，不大好写了。如《三国演义》第四十三回"诸葛亮舌战群儒"，尽管这是表现诸葛亮才智出众的精彩篇章之一，然而它在描写群儒如何一起跟诸葛亮舌战的场面上却未免有缺憾：只是写诸葛亮舌战了一个，再舌战另一个，像走马灯一样，七个人依次各战一遍了事；这不仅在艺术上把群体交叉对话人为地割裂成个体对话，而且也势必对作品的真实性有所损伤。这种现象绝不是偶然的，而是反映了我国古典小说的语言艺术还缺乏描写群体交叉对话的能力。

使人物对话由单个平面化，发展为交叉立体化，这是《金瓶梅》在语言艺术上的一个突出成就。请看该书第三十二回，写西门庆叫李桂姐与乔大户敬酒，乔大户表示谦恭，接着作者便写出了群体交叉与应伯爵舌战的场面：

> 伯爵道："你老人家放心，他如今不做表子了，见大人做了官，情愿认做干女儿了。"那桂姐便脸红了，说道："汗邪你了，谁恁胡言！"谢希大道："真个有这等事，俺每不晓的。趁今日众位老爹在此，一个也不少，每人五分银子人情，都送到哥这里来，与哥庆庆干女儿。"伯爵接过来道："还是哥做了官好。自古不怕官，只怕管，这回子连干女儿也有了。到明日洒上些水，看出汁儿来。"被西门庆骂道："你这贱狗才，单管这闲事胡说！"伯爵道："胡铁？倒打把好刀儿哩。"
>
> 郑爱香正递沈姨夫酒，插口道："应二花子，李桂姐便做了干女儿，你到明日与大爹做个干儿子罢，吊过来就是个儿干子。"伯爵骂道："贼小淫妇儿，你又少死得，我不缠你念佛。"李桂姐道："香

姐，你替我骂这花子两句。"……

把这段"应伯爵打诨趋时"与"诸葛亮舌战群儒"加以比较，我们不难看出，两者之间显然存在着人物对话平面化与立体化的差别：

第一，"诸葛亮舌战群儒"写人物对话是逐个进行的。在诸葛亮与一个人对话时，旁若无人，第三者从不插话。"应伯爵打诨趋时"写人物对话，则是多人立体交叉进行的。先是西门庆与李桂姐、乔大户对话，接着引起应伯爵与乔大户对话，乔大户尚未及答话，却又引起李桂姐和谢希大的反响，作者不直接写应伯爵回答李桂姐、谢希大的话，却又写应伯爵与西门庆互相打趣，然后又写郑爱香帮李桂姐对应伯爵进行抨击。这里同时交叉跟应伯爵对话的有乔大户、西门庆、李桂姐、谢希大、郑爱香五人。作者使我们始终感觉到，不是哪两个人在对话，而是同时有几个人交叉着七嘴八舌地在戏谑、说笑。因此，它描写出来的场面，不是平面化的两极，而是给人以多极交叉的立体化的真实感。

第二，描写每个人对话的方式，"诸葛亮舌战群儒"是战完一个，再战另一个，个个皆是一问一答式的，显得单调刻板，颇为公式化。"应伯爵打诨趋时"的对话方式，则写得生动灵活，恣横酣畅。他们有的"便红了脸，说道"；有的是"接过来道"；有的则"骂道"；有的"正递沈姨夫酒，插口道"。总之，每个人说话都各有自己的声态和个性，个个别开生面，互相交叉混杂着，显得跌宕多姿，使我们仿佛真的置身于众人之中，熙熙攘攘，目不暇接。

第三，人物的对话，总是在特定的环境之中进行的。从"诸葛亮舌战群儒"的描写中，虽然也能使我们感到魏蜀吴三国之间在勾心斗角这个大的环境，但是却看不出对话现场的具体环境。"应伯爵打诨趋时"是在酒席间进行的，从人物对话之中，我们不仅能感受到那个趋炎附势、廉耻丧尽的社会环境，而且对话者由这边李桂姐与乔大户敬酒，又联系到那边，"郑爱姐正递沈姨夫酒，插口道"，使我们仿佛如置身于几个酒席之间，有特定的空间立体感。

第四，人物对话的内容，"诸葛亮舌战群儒"的语言，如"鹏飞万里，其志岂群鸟能识哉！"虽然也力求形象化，但其基本特色不是绘形，而是说理。"应伯爵打诨趋时"的语言，却完全是形象化、个性化的。如应伯爵讽刺西门庆认李桂姐做干女儿，"到明日洒上些水，看出汁儿来"，西门庆骂应伯爵是"贼狗才"，郑爱香则奚落应伯爵："你到明日与大爹做个干儿子罢，吊过来就是个儿干子。"这里没有一个字直接说理，只是通过嬉笑、打趣的形式，有声有色地给我们描绘出了一个交织着谄媚与凑趣、讽刺与詈骂的群丑图；同时也浮雕似的突出了应伯爵那善于打诨趋时的帮闲性格。

人物对话和描写的个性化，归根结底，还要取决于人物形象由单一化的性格发展为多面化的性格。单一化即绝对化。如毛宗岗在《读三国志法》中所说的，诸葛亮"是古今来贤相中第一奇人"；关羽"是古今来名将中第一奇人"；曹操"是古今来奸雄中第一奇人"。既然是"第一奇人"，那就必然"写好的人，简直一点坏处都没有；而写不好的人，又是一点好处都没有"①，形成有的人"事事全好"，有的人"事事全坏"，只具有"好"或"坏"的一个侧面，而不可能具备有好有坏、亦好亦坏、不好不坏等多面的立体的性格特征。《金瓶梅》中的人物性格则具有多面的立体的特征。潘金莲不仅是个淫妇，她还具有"俏"，如第二回"俏潘娘帘下窥人"；"泼"，如第十一回"潘金莲泼打孙雪娥"；"娇"，如第十八回"见娇娘敬济钟情"，第二十四回"敬济元夜戏娇姿"；"嫉"，如第三十二回"潘金莲怀嫉惊儿"，第七十五回"为护短金莲泼醋"；"争宠"，如第四十三回"争宠爱金莲惹气"；"贪"，如第

---

① 鲁迅：《中国小说的历史的变迁》第4讲。

七十四回"潘金莲贪心索妖"等多方面的性格特征。这种性格特征的多面性，就使人物形象更加富有真实性和生动性。正如张竹坡指出的："极力将金莲写得畅心快意之甚，骄极，满极，轻极，浮极，下文一激便撒泼，方和身皆出，活跳出来也。"①这不仅是语言艺术技巧的问题，更重要的还取决于作家能够"入世最深"②，克服绝对化、片面化的典型观念，求得对于现实中的典型人物的性格有全面的深刻的认识和把握。

郑振铎曾经指出，《金瓶梅》"实是一部名不愧实的最合于现代意义的小说"③。语言艺术能达到给人以立体的感觉，这正是"现代意义的小说"的一个重要特点。恰如列夫·托尔斯泰所指出的："在契诃夫身上，在一般近代作家身上，写实的笔法有了很不平常的发展。在契诃夫笔下，样样东西真实到了虚幻的地步，他的小说给人留下'立体平画境'的印象。"④这话对于《金瓶梅》来说，也是合适的。

五、由书面化到口语化

《金瓶梅》对中国古典小说的语言艺术所以有种种重大的发展，其原因可能是多方面的，但我认为最根本的原因在于，《金瓶梅》作者找到了语言艺术最丰富的活的源泉——大量吸取了群众口语，并且他对语言艺术的加工提高，不是按照书面化的要求，而是遵循口语化的方向。

本来，"小说者，街谈巷语之说也"⑤。可是，我国唐以前的小说却往往要将"街谈巷语之说"加工成文言。宋元话本，本来是说话人用的自话，经过文

---

① 张竹坡："第一奇书"本《金瓶梅》第七十三回评语。

① 张竹坡："第一奇书"本《金瓶梅》第七十三回评语。
② 张竹坡：《金瓶梅读法》。
③ 郑振铎：《插图本中国文学史》，1932 年出版。
④ 高登维奇：《与托尔斯泰的谈话》，汝龙译，见契诃夫《恐怖集》，平明出版社 1953 年版。
⑤ 班固：《汉书·艺文志》。

人的加工，也总是力图要使它符合书面化的要求。如《三国志平话》经过文人加工成《三国演义》小说，就成了半文半白的语言。《水浒传》的语言在通俗化方面比《三国演义》前进了一大步。但是通俗化不等于口语化。口语化不仅要求文字通俗，更重要的是要跟现实生活中的群众口语习惯相一致。《水浒传》的语言则是要把实际生活中群众的口语，加以大大地夸张和提高，使之成了非凡的超人的英雄传奇式的语言。如《水浒传》第三十一回，写蒋门神要谋害武松，"武松听了，心头那把无明业火，高三千丈，冲破了青天。右手持刀，左手叉开五指，抢入楼中，……蒋门神坐在交椅上，见是武松，吃了一惊，把这心肝五脏，都提在九霄云外。"既然蒋门神如此胆怯懦弱，让他来充当武松的对手，又怎么能使武松的英勇得到充分地展示呢？尽管作家的本意是要用这种夸张的语言，来突出武松的英雄气概，但由于夸张失实，未免令人难以置信，甚至有适得其反的效果。

《金瓶梅》的语言，如欣欣子的《金瓶梅词话序》所说，它用的是"市井之常谈，闺房之碎语"。它所以成为"稗官之上乘"，自然也是经过作家"妙手""炉锤"[①]的结果。但是《金瓶梅》对群众口语的加工，跟它以前的小说不同，它不是使语言艺术与现实生活相脱离，而是达到酷似现实生活逼真的境界。它写"草里蛇逻打蒋竹山"，只写"隔着小柜嗖的一拳去，早飞到竹山面门上，就把鼻子打歪在半边"。"不提防鲁华又是一拳，仰八叉跌了一交，险不倒栽入洋沟里，将发散开，巾帻都污浊了。竹山大叫'青天白日'起来。"这跟鲁智深拳打镇关西的描写，显然有天壤之别。正如郑振铎所指出的，在《金瓶梅》之前，我国古典小说的语言"尚未能脱尽一切旧套。惟《金瓶梅》则是赤裸裸的绝对的人情描写；不夸张，也不过度的形容"[②]。因此，它仿佛用

---

① 明·谢肇淛的《金瓶梅跋》称："信稗官之上乘，炉锤之妙手也。"
② 郑振铎：《插图本中国文学史》，1932年出版。

的不是作家的书面语言,而全是"一篇市井的文字"①。这种严格而又圆熟的对现实生活中的人物和口语的白描,是《金瓶梅》语言艺术的基本特色。它跟中国的国画很相似,生活的艳丽多姿全体现在浓淡相间的水墨线条之中,而无需加上五颜六色的油彩涂抹。它看似几笔淡淡的勾画,却贯注着浓烈的真情实感,叫人越看越觉得画尽意存,耐人寻味。

由于《金瓶梅》的语言力求口语化,因此它就具有群众口语的许多优点:真切、朴实、自然、新鲜、生动、活泼。如在西门庆死后,吴月娘发现潘金莲和陈敬济勾勾搭搭。作者写吴月娘对潘金莲道:"六姐,今后再休这般没廉耻!你我如今是寡妇,比不的有汉子。香喷喷在家里,臭烘烘在外头,盆儿罐儿有耳朵,你有要没紧和这小厮缠甚么,教奴才们背地排说的碜死了!常言道:男儿没性,寸铁无钢;女人无性,烂如麻糖。其身正,不令而行;其身不正,虽令不行。你有长俊正条,肯教奴才排说你?在我跟前说了几遍,我不信,今日亲眼看见,说不的了。我今日说过,要你自家立志,替汉子争气。"(第八十五回)吴月娘的这番话,本属于讲大道理,是很容易写得干巴巴的,然而作者却用群众创造的口语:"香喷喷在家里,臭烘烘在外头",这种语言是多么新鲜!"盆儿罐儿有耳朵",这种语言又是多么活泼!既用"常言道……"晓之以理,又用"替汉子争气",动之以情,不用作者另加描绘和形容,仅在吴月娘本人的话语之间,就把吴月娘那种对潘金莲的责备、抱怨和苦口婆心的规劝、教导,以及她对丈夫死后做寡妇的伤感、小心谨慎和虔诚地坚守贞操等复杂的性格形象,都极为真实、自然地刻画出来了。这样和现实生活中的群众口语难分轩轾的例子,在《金瓶梅》里并不是凤毛麟角,极为罕见,而是信手拈来,俯拾即是。

民间俗语、谚语,是群众口语的精萃。《金瓶梅》中运用民间俗语、谚语

---

① 张竹坡:《金瓶梅读法》。

之多、之妙，可以说是空前的。它不仅为小说语言生姿增色，而且极为精妙地活画出了人物的性格和形象。如王婆奉命把潘金莲从西门家撵出去时，金莲责问"如何平空打发我出去"？作者写王婆道："你休稀里打哄，做哑装聋！自古蛇钻窟窿蛇知道，各人干的事儿各人心里明。金莲，你休呆里撒奸，两头白面，说长并道短，我手里使不的你巧语花言，帮闲钻懒！自古没个不散的筵席，出头椽儿先朽烂。人的名儿，树的影儿。苍蝇不钻没缝儿蛋。你休把养汉当饭，我如今要打发你上阳关！"（第八十六回）王婆的这番话几乎全是由俗谚组成的。这些俗谚全成了王婆自己的语言。她说得那样音韵铿锵，如连珠炮一般，既锐不可当地揭露了潘金莲"呆里撒奸""巧语花言""养汉当饭"的性格，又活画出王婆自身那种伶牙俐齿、唇枪舌剑、老辣凶悍、惯于贩卖妇女的媒婆形象。可见作者对群众语言的加工和运用，诚不愧为"炉锤之妙手也！"[1]

善用比喻，也是使《金瓶梅》的语言口语化显得特别生动活泼的一个重要原因。如被西门庆诱奸的宋惠莲，因西门庆改变了原派她丈夫的差使，她便埋怨西门庆"是个毡子心肠，滚上滚下；灯草拐棒儿，原拄不定。把你到明日，盖个庙儿，立起个旗杆来，就是个谎神爷"（第二十六回）。这"毡子心肠""灯草拐棒儿""谎神爷"等一系列的比喻，既把西门庆那种靠不住、撒谎骗人的性格，揭露得形象生动如画，又把宋惠莲那上当受骗、柔情埋怨和受尽愚弄、可悲可怜的弱女子形象，刻画得逼真活现。像这样比喻成串，光彩夺目的语言，在《金瓶梅》中也绝不是个别的，而是如天上的星斗一般，在全书熠熠发光。

以上我们从五个方面阐述了《金瓶梅》对我国古典小说语言艺术的重大发展。需要说明的是，我们指出《金瓶梅》把我国古典小说的语言艺术由粗略

---

[1] 明·谢肇淛的《金瓶梅跋》称："信稗官之上乘，炉锤之妙手也。"

化发展为细密化，由理性化发展为感性化，由单一化发展为多面化，由平面化发展为立体化，由书面化发展为口语化，这绝无贬低它以前的作品的意思。毫无疑问，在《金瓶梅》以前，我国已经产生了一些无论在思想性和艺术性方面都已相当成熟的小说，如《三国演义》《水浒传》，等等。它们自有《金瓶梅》所不可替代的伟大价值；即使从语言艺术这个角度来看，《金瓶梅》的语言艺术也正是在它以前这些小说语言的基础上才得以发展的，何况《金瓶梅》的语言艺术也绝不是尽善尽美的。它细密而未免琐碎，通俗而未脱粗鄙，质朴而时显单调，在感性化的描写中却时常插上一小段"看官听说……"的理性说教，陈词滥调也不少。如每写富有，不外乎是"钱过北斗，米烂成仓"；写高兴，则是"不觉欢从额角眉尖出，喜向腮边脸际生"；写发怒，便是"怒从心上起，恶向胆边生"；写唱小曲的，总是"启朱唇，露皓齿"，"端的有裂石流云之响"；写门关着，总是说"关得铁桶相似"；写打人，则总是"打得杀猪也似叫起来"。特别是全书充斥着许多庸俗、低级、下流的词语，这虽然跟作品写市井小人的题材有关，但读来总令人感到有点恶心。就像一首悦耳动听的乐曲，不时跳进了某种极为刺耳的杂音，使我们在击节赞赏之余，不免感到大为扫兴和失望。

我们之所以特别重视《金瓶梅》对我国小说语言的重大发展，是因为它在我国小说史上具有划时代的意义。它的成功经验，反映了语言艺术发展的历史规律，不仅对《红楼梦》的创作有直接的影响，而且代表了近代小说对于语言艺术的必然要求，对于我们今天的小说创作仍不无借鉴作用。

（原载《金瓶梅研究集》，齐鲁书社 1988 年 1 月出版。山东人民出版社 1998 年 1 月出版的《名家解读金瓶梅》，北京团结出版社 2007 年 11 月出版的《雪夜煮酒话金瓶梅》，皆选入此文。）

评价《金瓶梅》应该实事求是

——答张兵先生

一、关于所谓"另一种声音"

《金瓶梅研究》第二辑继其试刊号后，发表了张兵先生的宏文《论〈金瓶梅〉研究中的"封建说"》，对我在全国第六届红学讨论会上的发言稿《论红楼梦与金瓶梅是两种文化》（后在《红楼梦学刊》1989 年第 3 辑全文发表），提出了批评，认为拙作是当前"我国意识形态领域中思想解放、学术繁荣"时的"另一种声音"。对此，我有不同看法。我认为，《金瓶梅》研究中出现各种不同意见，不仅是正常现象，而且这才是《金瓶梅》研究真正繁荣的标志之一。因为思想解放是以实事求是为原则的，绝非把《金瓶梅》捧上天，说得天花乱坠，吹成完美无瑕，才算"思想解放"。稍有不同意见，就说成是跟"思想解放"唱反调的"另一种声音"，这岂不是太武断了么？

对《金瓶梅》如何作出实事求是的科学评价，是个很复杂的学术问题，需要我们国内国外的广大学者，从各个不同的角度去加以探讨。这就要允许并鼓励和欢迎各种不同意见的发表，这才有利于推动《金瓶梅》研究的健康发展，使人们对《金瓶梅》获得比较全面的科学的认识。我之所以把《红楼梦》和《金瓶梅》从文化性质上加以比较，目的也仅在于此。我从不认为我的学术观点就是完全正确的，我之所以先在学术讨论会上发表，目的也就是要向时贤请教。我的看法正确与否，是个完全可以讨论和批评的学术问题。张文说拙作是跟"我国意识形态领域中思想解放、学术繁荣"唱反调的"另一种声音"，这不仅伤害了我个人，更重要的，这不利于百家争鸣，不利于正常地展开学术讨论。

以上说的是在学术批评的态度上必须实事求是。至于对《金瓶梅》的学术研究本身，那就更应坚持实事求是的原则，才能得出正确的认识和结论。通观张文，我认为虽不乏新鲜独到的高见，但有悖实事求是的科学精神和态度，则是个致命的要害。

二、关于所谓"依红偎翠"的生活理想

张文的基本观点认为，《金瓶梅》的最大思想价值在于它"是一部集中表现人生理想的书"。这个观点值得研究，笔者无意一笔抹杀。只是须指出，他的这个观点跟他所说的在"《金瓶梅词话》的第一主人公"西门庆"这个艺术典型身上，集中了人间的一切丑恶"，是自相矛盾的。既然《金瓶梅》所集中描写的西门庆对于财和色有极端贪婪的昭彰劣迹，只能算是人间的丑恶，不能认为是正当的"人生欲望"，那么，张文为什么又断言"《金瓶梅词话》十五回开场诗说：'日坠西山月出东，百年光景似飘蓬。点头才慕朱颜子，转眼翻为白头翁。易老韶华休浪度，掀天富贵等云空。不如且讨红裙趣，依翠偎红院宇中。'这典型地反映了作者崇尚现世享乐的思想，尤其是那种'依翠偎红'的生活，更是时人追求的理想"呢？如果张文还有一点实事求是的精神，就应看到，这第十五回的开场诗，分明是针对该回"佳人笑赏玩月楼，狎客帮嫖丽春院"所要写的内容而言。具体地说，就是指西门庆与应伯爵等人一起到妓院去嫖妓。所谓"依翠偎红"的生活理想，不过是跟妓女李桂卿、李桂姐荒淫玩乐罢了。可该回所写的"西门庆打发架儿出门，安排酒上来吃酒。桂姐满泛金杯，双垂红袖，肴烹异品，果献时新，依翠偎红，花浓酒艳。'霁景融和'。

431

正唱在热闹处，……反来向西门庆面前讨赏钱，说：'桂姐的行头，比旧时越发踢熟了，撇来的丢拐，教小人每凑手脚不迭。再过一二年，这边院中，似桂姐妹这行头就数一数二的，盖了群，绝伦了，强如二条巷董官女儿数十倍。'"这种以妓女为玩物，足以与"董官女儿"争强斗胜的"依翠偎红"的腐朽生活，难道是什么"时人追求的理想"么？难道被压迫阶级或真正新兴的市民阶层能沉醉在这种生活之中么？这种西门庆式的"人生欲望"，难道也值得赞颂么？张文如果还有起码的求实态度和精神，能够这样孤立地只引用第十五回开场诗，而公然抹杀在同一回它所描写的这个实际内容么？

三、关于"作者写庞春梅'见阶下两只犬儿交恋在一起'"的用意

张文为了论证他所说的《金瓶梅》"是一部集中表现人生欲望的书"，而写道："最明显的例子莫过于第八十五回了，作者写庞春梅见阶下两只犬儿交恋在一起，说道：'畜生尚有如此之乐，何况人而反不如此乎？'她见潘金莲闷闷不乐，劝说道：'人生在世，且风流了一日是一日。'这类描写，在小说中俯拾皆是。我国传统思想认为，人与禽兽是有区别的，原因就在于人有'理智'——统治阶级所倡导的那套伦理道德观念，所以，他能控制自己的欲望；而禽兽则无'理智'，它可以不顾一切地获得欲望的满足。很明显，兰陵笑笑生借春梅之口所要表达的潜台同是：作为一个物质的'人'，应该很好地享受人生的一切欲望，他应该比禽兽能更好地满足和享受自己的欲望。当然，它还蕴含着对统治者扼杀人生欲望的享受权利和不满的控诉。"张文的这个论断，符合作品的实际吗？符合作者兰陵笑笑生写作的原意吗？

请看作品所写的事实。那是在潘金莲与西门庆的女婿陈敬济私通并怀孕的真相暴露之后，作品写道："常言好事不出门，恶事传千里。不消几日，家中大小都知金莲养女婿，偷出私肚子来了。"连惯于拉皮条的媒婆薛嫂获悉，都

432

"拍手打掌笑起来，说道：'谁家女婿找丈母，世间那里有此事！'"在这种情况下，潘金莲生怕遭受吴月娘的处置，跟潘金莲沆瀣一气、并同样跟陈敬济发生性关系的"春梅见妇人闷闷不乐，说道：'娘，你老人家也少要忧心。仙姑，人说日日有夫。是非来入耳，不听自然无。古昔仙人，还有小人不足之处，休说你我。如今爹也没了，大娘也养出个墓生儿来，莫不也来路不明？他也难管我你暗地的事。你把心放开，料天塌了，还有撑天大汉哩。人生在世，且风流了一日是一日。'于是筛上酒来，递一钟与妇人，说：'娘且吃一杯儿暖酒，解解愁闷。'因见阶下两只犬儿交恋在一处，说道：'畜生尚有如此之乐，何况人而反不如此乎？'正饮酒，只见薛嫂来到，向前道了万福，笑道：'你娘儿两个好受用。'因观二犬在一处，笑道：'你家好祥瑞，你娘儿们看着，怎不解许多闷。'"

通观上下文，作品所写的意思和作者的意图，都很清楚，是要以此来揭露封建伦理道德的隳败，是要把潘金莲、庞春梅与陈敬济的私淫，讽刺为如同"两只犬儿交恋在一处"般下流无耻。

不仅我个人这么看，历来被公认为有犀利眼光的《金瓶梅》评点家也是这么认为的。如张竹坡在作者写到春梅"见阶下两只犬儿交恋在一处"时，夹批曰"丑绝"；在春梅说道"畜生尚有如此之乐，何况人而反不如此乎？"又夹批曰："求为狗而不能矣。"在春梅说"人生在世，且风流一日是一日"句上，崇祯本眉批指出，庞春梅"后之贪欲而死，已见端矣"；张竹坡也夹批曰："是春梅的结果。"

不仅古代评点家这么看，当代的评论家也指出："潘金莲和西门庆一样，都是被动物般淫欲主宰而失去人性的角色。"①

张文的论断，不但跟古往今来公认的作品的实际描写和作者的写作意图

---

① 石昌渝等：《金瓶梅人物谱》，江苏古籍出版社1988年版，第46页。

完全背忤，而且恐怕连作品中的潘金莲、庞春梅也不会赞同。作者于该回即写"妇人羞的半日不敢下来"，崇祯本于此处的眉批指出："金莲虽泼皮，到此亦泼皮不得，可见羞恶之心，人皆有之。"如果作者真的是要以此写人"应该很好地享受人生的一切欲望"，真的是要肯定潘金莲的乱伦是属于"她应该比禽兽能更好地满足和享受自己的欲望"，真的"还蕴含着对统治者扼杀人生欲望的享受权利和不满的控诉"，那么，作者还会以"两只犬儿交恋"加以丑化么？还会写她"羞的半日不敢下来"么？

可见，张文完全是凭个人的主观想象，不顾作品的实际描写和作者的真实意图，任意加以曲解和拔高，把古人现代化。这使我不禁怀疑张文所说的："我在反复阅读了作品后，始终作如是观。"如果这是真话，那么是连作品都未读懂，怎么会不得出跟作品的实际描写如此大相径庭的结论来呢？

四、关于文学作品"表现肉感和肉欲"的问题

实事求是地评价《金瓶梅》，关键是对其中所描写的"肉感和肉欲"应有正确的看法。我对此是采取一分为二的态度的，既肯定它"是着眼于揭露封建社会政治的腐朽、黑暗，道德的沦丧、堕落，世情的势利、险恶，贪淫好色的可恶和危害，对于人们认识封建社会的必然没落和世道人心的丑恶，还是有积极意义的"；同时又指出《金瓶梅》的"要害是把低级下流的'淫'，混同于高尚纯真的'情'"，把妇女写成"祸水"（尽管也给予相当的同情），自然主义地甚至夸张地描写性交的具体过程，赤裸裸地宣扬"肉感和肉欲"，宣扬"淫"，这也"反映了封建传统文化的腐朽性，对于人们是确有腐蚀和毒害作用的"。我的这种看法，难道不是很公允的么？

可是，张文则一味强调："我们对于表现肉感和肉欲的作品，不能笼统地斥为诲淫。"我上述所引的早已说过的话，不是明明作了充分的肯定么，何曾

"笼统地斥为诲淫"呢？难道指出它确实存在着淫秽描写的局限性，这就应被张文斥责为"实在是一种被假道学扭曲了人性的变态，是人类不能科学地把握自己，乃至否定自己的一种愚昧落后的表现"么？

张文认为："人有追求'肉欲'的天性，而且这种追求'肉欲'的渴望十分强烈。只有当它得到满足时，人才感到畅快和幸福。否则，心灵甚为压抑和痛苦。"因此，他对《金瓶梅》把人"对其'肉欲'的追求，表现得非常强烈"，极为赞赏，并以李瓶儿为例，说："她生性'好风月'，先嫁给梁中书为妾，后和花子虚成婚，同时被花太监奸占。这都未能使她的生理欲望得到满足。后来见到了西门庆，'不觉魂飞天外，魄散九霄'，与其'私通'，经过一番'狂风骤雨'，才真正体验到幸福，所以不惜罄其全部家财，狂热追求西门庆，乃至迫害丈夫。当西门庆因朝中事未能及时完婚，她……耐受不起寂寞，又嫁给了'中看不中吃蜡枪头、死王八'的蒋竹山。为此遭到西门庆鞭打的'下马威'，她竟说：'你是医奴的药一般，一经你手，教奴没日没夜只是想你。'其描写欲望之强烈，为古今文学作品所罕见。"由此，张文得出的结论是："这一切是作为一个自然的、物质的人的正常欲望，与即将衰亡的那个腐朽的社会形成了鲜明的对照。人，本该充满活力、清新活泼，是自我的主宰者和幸福的崇拜者。但现实的社会环境给其带来的却是深深的危机感和忧患意识。所以，小说在客观上又暴露了黑暗的封建社会的一个侧面——对人的天性的摧残。"

依张文所说，《金瓶梅》中李瓶儿对肉欲的追求，难道不是表现为生活在一定的社会典型环境中并且打上阶级烙印的社会的人，而只是"一个自然的、物质的人的正常欲望"么？作品中所写的事实是，李瓶儿的欲望并非全属生理上的，更重要的是社会因素；她之所以狂热追求西门庆而抛弃蒋竹山，用她自己对西门庆说的话来说："他拿什么来比你？你是个天，他是块砖。你在三十三天之上，他在九十九地之下。休说你仗义疏财，敲金击玉，伶牙俐齿，穿罗着锦，行三坐五，这等为人上之人，自你每日吃用稀奇之物，他在世几百年，还没曾看见哩！"显然，这是说西门庆"为人上之人"的阶级地位对她有极大的吸引力，而绝不只是"一个自然的、物质的人"的肉欲追求。看来，《金瓶梅》的实际描写与张文的论断显然不合，兰陵笑笑生对于张文的抽象人性论一点也帮不了忙。

照张文所说，《金瓶梅》中的李瓶儿形象，既然已"与即将衰亡的那个腐朽的社会形成了鲜明对照"，那么，这岂不意味着她是作者所要全面颂扬的新生力量的先进代表者了？可是作品中所写的事实是，她"送奸赴会"，气死亲夫花子虚，被作者看成是"好色无仁岂不羞？浪荡贪淫西门子，背夫水性女娇流。子虚气塞柔肠断，他日冥司必报仇"。张竹坡的回批指出，这是"写瓶儿、西门之恶"的"正文"。文龙的回批也说："然则瓶、莲二人，皆惟恐其夫不死，治死其夫而急于嫁西门庆，一对淫妇，两个亡命货也。"当代的评论家也说："的确，李瓶儿为了与西门庆苟合，不惜与西门庆合谋气死了自己的丈夫，虽然她并不负法律的责任，但在道德上，与潘金莲毒杀丈夫并没有根本的差别。"[①]至于她对西门庆说："你是医奴的药一般，一经你手，教奴没日没夜只是想你。"这是李瓶儿遭西门庆的皮鞭毒打之后说的，张竹坡的回批指出："西门打瓶儿处，真是如老鸨打娼妓者，然随打且随好。写西门廉耻良心俱无，而瓶儿亦良心廉耻俱无，皆狗彘不若之人也。"文龙的回批则说："谓瓶儿实以情感西门庆者，观其过门三日，所恋之物不可得，悔恨交加，死而已矣。天果令其竟死，子虚之气，可以少平；西门之恶，可以少敛；瓶儿之罪，可以少减。作者竟不令其死，瓶儿之愿遂偿，瓶儿之丑，乃愈不可掩矣。不必待群婢之相嘲，诸人之请见，其忸怩之态，有难以形容者。即此裸跪床前，哀鸣鞭下，苟非心神俱感，廉耻尽忘，早已玉碎灯前，花残阶下。目为淫妇，讵

① 石昌渝等：《金瓶梅人物谱》，江苏古籍出版社1988年版，第44页。

苟辞乎？其以西门庆为药，果何物乎？亦不过海狗肾、阳起石、淫羊藿、肉苁蓉而已尔，吁！"我并不赞同上述批语中把李瓶儿一味斥为"淫妇"，因为这未免带有封建的偏见。但是，它至少足以说明，作者并非把李瓶儿作为"与即将衰亡的那个腐朽的社会形成了鲜明的对照"的先进的新生力量来描写的。她充其量只不过是值得寄寓某种同情的"即将衰亡的那个腐朽的社会"的牺牲品罢了！即使在健全的好社会，人们能听任李瓶儿那样，身为有夫之妇，又与西门庆那恶棍式的有妇之夫私通，乃至把自己的亲夫活活气死么？李瓶儿的悲剧，既是那个社会的悲剧，也是她个人思想性格的悲剧。作者对她在寄寓深切的同情之中，又作了严厉的批判。这正是李瓶儿形象既复杂而又成功之处，张文为何视而不见呢？

照张文所说，李瓶儿的形象"在客观上又暴露了黑暗的封建社会的一个侧面——对人的天性的摧残"，那么，这岂不意味着李瓶儿那种对肉欲的疯狂追求，就是"人的天性"的化身，就应该受到完全的保护而不能被"摧残"？请问：这又该置她的前夫花子虚、蒋竹山于何地呢？难道只有李瓶儿疯狂追求肉欲才是"人的天性"，而花子虚却连作为一个人的生存权利都没有了吗？蒋竹山连开个生药铺谋生的权利也应被剥夺吗？作者之所以把李瓶儿写成先嫁给梁中书为妾，后又被花太监奸占，并写出她之所以那样狂热追求西门庆的肉欲，乃是跟她看了"他老公公内府画来的"春宫画有关系。作者特意写出这一点，显然是意在说明李瓶儿深受封建统治阶级腐朽淫乐思想的腐蚀和毒害。连四五百年前的兰陵笑笑生，面对当时的社会现实，尚且能自觉或不自觉地带有符合社会阶级分析的写实精神，而自以为代表"人类进步文明"、能"科学地把握自己"的张文，却对李瓶儿的"肉欲"全盘肯定，而公然抹杀其所代表的社会阶级性，竟矢口否认"她与西门庆墙头密约，气死花子虚，她控制不了自己的情欲，的确是品行的一大缺陷"①！张文这般鼓励人们都像李瓶儿那样不顾一切地追求肉欲"天性"，那人类社会还能得到健康的发展么？文学创作要注意社会效果，文学研究和批评，也同样必须注意社会效果，要对人民大众负责！

五、关于"站在封建主义正统立场上"能否写出进步文学作品的问题

拙作的基本题旨是阐述《金瓶梅》与《红楼梦》在文化思想性质上的差异，质言之，即我认为《金瓶梅》作者尚受封建正统思想所囿，而没有像《红楼梦》那样打破了封建传统的思想束缚。张文没有先弄懂拙作的意思，却节外生枝地列举屈原、陆游、辛弃疾、岳飞、文天祥等人的作品为例，责问："我们能说他们不是进步的文学吗？"又举出西门庆奸污、霸占奴才的妻子，并且买通封建官吏，使家奴来旺蒙受酷刑的冤狱，使其妻宋惠莲、岳丈宋仁相继被迫害致死，这一事实，责问我："难道有'站在封建主义正统立场上'来揭露封建统治阶级的如此罪恶的文学作品吗？"用张文的话来说，这些问题提得也实在"未免令人感到惊讶"。谁说过屈原等伟大作家的作品不是"进步的文学"呢？肯定他们的作品是进步文学，难道就不能指出他们的思想实质仍然是"站在封建主义正统立场上"么？列宁不就是一方面称赞"列夫·托尔斯泰是俄国革命的一面镜子"，"创作了世界文学中第一流的作品"，又指出他"另一方面，是一个发狂地笃信基督的地主"②么？事实上，维护封建主义的正统，反对危害国家人民的种种倒行逆施，正是古代许多进步作家跟奸臣卖国、荒淫

---

① 石昌渝等：《金瓶梅人物谱》，江苏古籍出版社 1988 年版，第 54 页。
② 参见《列宁论文学与艺术》，第 281、282 页。

腐朽的言行作斗争的思想武器。我们绝不能不顾历史条件，把"封建主义正统立场"跟"反动"二字画上等号，如同我们不能把封建文化都看成是反动文化一样，站在封建主义正统立场上也可以成为爱国诗人、伟大作家，在封建文学中也有起过进步作用的进步文学。这难道不是无须作启蒙教育即可懂得的历史常识么？

张文又引用作品中写的"县官贪污更堪嗟"等韵语，说"这不但不能为'封建说'提供任何依据，相反，却说明了《金瓶梅》对封建政治的抨击是何等的有力"。我不懂，我们在肯定《金瓶梅》对封建腐朽政治作了有力抨击的同时，为什么就不能指出作者主观上存在的思想局限呢？我指出《金瓶梅》使宋惠莲这样的受害者被迫上吊自杀，"归咎于西门庆个人的'失尊卑''乱伦彝'"。宋惠莲本人的"含羞自缢"和县官的"贪污更堪嗟"，"突出的还是封建伦理和等级观念"，这难道不是事实么？为什么只看一点而不及其余，只准说一面，而不准说另一面呢？

看来，对《金瓶梅》只能颂扬，不准在肯定的同时有所批判；只能持绝对化的一点论，不准坚持一分为二的两点论；只能把古人和古代作品恣意作现代化的拔高和扭曲，以迎合宣扬抽象人性论的需要，不准作实事求是的科学分析和评价。这就是张文和拙作分歧的关键之所在，也是能否正确评价《金瓶梅》的关键之所在。

以上是我对张文的答辩。这不只是为我个人作辩护，更重要的是为造就一个宽松的学术争鸣的大气候，为《金瓶梅》研究的健康繁荣发展，而尽敝人绵薄的一点力量。至于正确与否，是否事与愿违，尚祈张兵先生和时贤不吝赐教。

（原载《金瓶梅研究》第 5 辑，辽沈书社 1994 年 4 月出版。）

评《金瓶梅》"崇尚现世享乐"说

有的论者说：《金瓶梅》"典型地反映出作者崇尚现世享乐的人生观"[①]，"它被完全肯定人欲的思想所支撑，对于权势欲、金钱欲、色欲、食欲等等所有植根于人的本能或者说本性的欲望，完全没有置疑的余地，全面地加以肯定。"[②]叫人们读《金瓶梅》要"倾听到渴求'人欲'解放的呼喊"[③]，以"崇尚现世享乐"为"人生的理想"，醉心于"依翠偎红"[④]的腐朽生活之中。这就不仅关系到对《金瓶梅》思想倾向的科学评价，而且涉及广大读者究竟应从《金瓶梅》中吸取什么的问题，因此有辨明的必要。

一、驳"崇尚现世享乐"论者的种种论据

他们的主要论据是："最明显的例子莫过于第八十五回了。作者写庞春梅'见阶下两只犬儿交恋在一起'，说道：'畜生尚有如此之乐，何况人而反不如此乎？'她见潘金莲闷闷不乐，劝说道：'人生在世，且风流了一日是一日。'这类描写，在小说中俯拾皆是。"据此，论者得出结论说："很明显，兰陵笑

---

① 张兵：《〈金瓶梅词话〉的"人欲"描写及其评价》，见《明清小说研究》1991年第2辑。
② ［日］内田道夫编：《中国小说世界》，上海古籍出版社1992年7月出版的李庆译本，第122—123页。
③ 张兵：《〈金瓶梅词话〉的"人欲"描写及其评价》，见《明清小说研究》1991年第2辑。
④ 张兵：《论〈金瓶梅〉研究中的"封建说"》，见《金瓶梅研究》第2辑，江苏古籍出版社1991年7月出版。

笑生借春梅之口所要表达的潜台词是:作为一个物质的'人',应该很好地享受人生的一切欲望,他应该比禽兽能更好地满足和享受自己的欲望。当然,它还蕴含着对统治者扼杀人生欲望的享受权利和不满的控诉。"①

这个结论,跟《金瓶梅》的实际描写大相径庭。原作是写潘金莲与女婿陈敬济的奸情败露之后,对潘金莲的"没廉耻"进行嘲讽的。清代张竹坡在庞春梅"见阶下两只犬儿交恋在一起"句后,夹批曰:"丑绝";在庞春梅说的"畜生尚有如此之乐,何况人而反不如此乎"句后,夹批曰:"求为狗而不能矣。"对春梅所说的"人生在世,且风流了一日是一日",崇祯本眉批曰:"后之贪欲而死,已见端矣。"张竹坡则夹批曰:"是春梅的结果。"可见,潘金莲的这种"人欲"——与女婿陈敬济的乱淫,绝不是值得肯定的"人生欲望",而是可耻可笑的丑行;春梅那种"且风流了一日是一日"的人生哲学和处世态度,作者是作为她最后因贪淫而猝死的所谓"结果"的预兆来写的;所谓"畜生尚有如此之乐",分明是讽刺和揭露她们把自己混同于"畜生",又哪有肯定人"应该比禽兽能更好地满足和享受自己的欲望"和对统治者"控诉"之意呢?

论者又把汤显祖的《牡丹亭》拉来作证,它那第九出《肃苑》叙杜丽娘听老师讲毛《诗》"关关雎鸠",被"讲动情肠",丫鬟春香转述她的感慨说:"关了的雎鸠,尚然有洲渚之兴,何以人而不如鸟乎!"论者据此断言,它与《金瓶梅》第八十五回春梅说的"畜生尚有如此之乐,何况人而反不如此乎","是同出一辙"。②

其实,这两者貌合神异,不是同出一辙,而是南辕北辙。因为前者是以"关了的雎鸠"来比喻被禁锢在闺房中的杜丽娘,表现了杜丽娘对冲破封建礼

---

① 张兵:《论〈金瓶梅〉研究中的"封建说"》,见《金瓶梅研究》第 2 辑,江苏古籍出版社 1991 年 7 月出版。

② 张兵:《〈金瓶梅词话〉的"人欲"描写及其评价》,见《明清小说研究》1991 年第 2 辑。

教牢笼的渴望和对自由爱情的追求，而后者则是把人贬低为"畜生"，追求像"两只犬儿交恋在一起"那种不顾羞耻、不讲人伦、兽性发作的"肉欲"之乐。《金瓶梅》作者显然是以鄙弃的态度和讽刺的笔法来写的，崇祯本和张竹坡的评语都是这么看的。唯独上述的《金瓶梅》"崇尚现世享乐"论者，才把它与《牡丹亭》中杜丽娘的话相提并论，混为一谈。其用意，如同给猴子穿上人衣，无非对追求"肉欲"之乐的畜生加以美化罢了。

论者还引用《金瓶梅词话》第十五回的开场诗："日坠西山月出东，百年光景似飘蓬。点头才羡朱颜子，转眼翻为白发翁。易老韶华休浪度，掀天富贵等云空。不如且讨红裙趣，依翠偎红院宇中。"据此，得出结论说："这典型地反映出作者崇尚现世享乐的人生观。这种'且风流了一日是一日'的艺术描写，在全书，俯拾皆是。诗中提到的那种'依翠偎红'的生活，是当时一般士人和市民所追求的生活情趣。"①"更是时人追求的理想。"②

事实果真如此么？只要我们翻阅第十五回的原文，就知这首开场诗是作者从该回所刻画的西门庆、应伯爵及李瓶儿、李桂姐等人物性格的角度来写的。该回回目为："佳人笑赏玩月楼，狎客帮嫖丽春院"。所谓"依翠偎红"，即指西门庆等人到妓院去跟妓女李桂姐鬼混。请看该回正文的一段描写：

> 西门庆打发架儿出门，安排酒上来吃酒。桂姐满泛金杯，双垂红袖。肴烹异品，果献时新，依翠偎红，花浓酒艳。酒过两巡，桂卿、桂姐，一个弹筝，一个琵琶，两个弹着，唱了一套"雾景融和"。正唱在热闹处，见三个穿青衣黄板鞭者——谓之圆社——手里捧着一个盒儿，盛着一只烧鹅，提着两瓶老酒，"大节间来孝顺大官

---

① 张兵：《〈金瓶梅词话〉的"人欲"描写及其评价》，见《明清小说研究》1991年第2辑。

② 张兵：《论〈金瓶梅〉研究中的"封建说"》，见《金瓶梅研究》第2辑，江苏古籍出版社1991年7月出版。

人贵人！"向前打了半跪。

你看，作者把西门庆与李桂姐等妓女鬼混，过着"依翠偎红"的淫乐生活，与"三个穿青衣黄板鞭者""向前打了半跪"的可怜相，对照着描写，其对"依翠偎红"淫乐生活的揭露、批判之意，难道还不如"秃子头上的苍蝇——明摆着"么？在该回当西门庆等人一踏进李桂姐妓院门时，作者即写道："正是柳底花阴压路尘，一回游赏一回新。不知买尽长安笑，活得苍生几户贫？"张竹坡于此处旁批曰："字字泪血。"那"三个穿青衣黄板鞭者"，当也属"市民"之列，他们只有"半跪"在西门庆面前，敬酒"孝顺大官人"的责任，又哪有资格"依翠偎红"，享受这种"市民所追求的生活情趣"呢？作者这"字字泪血"，还不明白无误地表明他的同情是在贫困中挣扎的"苍生"一边，其对"依翠偎红""买尽长安笑"的西门庆式的生活，给予揭露和批判的意图，难道还用置疑么？

如果硬要说《金瓶梅》第十五回的开场诗就是代表"作者崇尚现世享乐的人生观"，那么，作者在绝大多数的开场诗词中所确凿无疑地表述的，如第一回开场"词曰：丈夫只手把吴钩，欲斩万人头。如何铁石，打成心性，却为花柔？请看项藉并刘季，一似使人愁。只因撞着，虞姬戚氏，豪杰都休"，第二回开场诗"月老姻缘配未真，金莲卖俏逞花容。……那知后日萧墙祸，血溅屏帏满地红"，第三回开场诗"色不迷人人自迷，迷他端的受他亏；精神耗散容颜浅，骨髓焦枯气力微；犯着奸情家易散，染成色病药难医。古来饱暖生闲事，祸到头来总不知"，第四回开场诗"酒色多能误国邦，由来美色丧忠良。纣因妲己宗祀失，吴为西施社稷亡。自爱青春行处乐，岂知红粉笑中殃。西门贪恋金莲色，内失家麇外赶獐"，如此等等，不胜枚举，难道不皆与所谓"作者崇尚现世享乐的人生观"恰恰针锋相对么？

在无法否认《金瓶梅》中诸如此类大量直截了当地反对荒淫享乐的观点的

情况下，他们便借用湖北某公为金圣叹诬蔑农民起义的言论作辩解的所谓"保护色"的说法，把《金瓶梅》中反对荒淫享乐的"说教"，也统统说成"作者是在当时的历史条件下，为避免统治阶级的迫害和争取读者所不得不采取的一种'保护色'"①。

其实，"崇尚现世享乐"，沉湎于"依翠偎红"的腐朽生活，它并不是市民这个新兴阶级的特征，而是走向腐朽没落的统治阶级及严重受其腐朽生活方式影响的少数暴发户们的特权。正如马克思、恩格斯所指出的："享乐哲学始终只是某些拥有享乐特权的社会集团的好听的俏皮话。"②"享乐哲学一开始妄称具有普遍的意义并宣布自己是整个社会的人生观，就变成了纯粹的空话。"③"在近代，享乐哲学是跟封建制度的衰落一起产生的，是跟封建土地贵族之变为专制王朝时代的贪图享乐和极尽奢侈的宫廷贵族同时产生的。"④西门庆集暴发户商人、封建官僚和流氓恶霸于一身，他之所以由沉湎于荒淫享乐而走上自我毁灭的结局，正是因为他具有严重的封建腐朽性的必然反映。荒淫享乐，这绝不是西门庆等个别人的嗜好，而是那个封建腐朽没落时代的通病，是上自宋徽宗皇帝，下至西门庆之流，皆上行下效，引以为荣的特权，是堂而皇之、肆无忌惮地进行的。《金瓶梅》第七十回即写到宋徽宗"朝欢暮乐，依稀似剑阁孟商王；爱色贪杯，仿佛如金陵陈后主"。既然皇帝在带头追求"依翠偎红""崇尚现世享乐"的生活，作者的人生观也跟皇帝的追求完全一致，那还有什么必要用反对淫乐的"说教"来作"保护色"呢？这不是笑话奇谈么？

《金瓶梅》作者不只是写了许多反对荒淫享乐的"说教"，更重要的是，他对整个作品故事情节的设计和主要人物命运的安排，都贯穿了由疯狂追求荒

---

① 张兵：《〈金瓶梅词话〉的"人欲"描写及其评价》，见《明清小说研究》1991年第2辑。
②③④ 马克思、恩格斯：《论艺术》第1册，人民文学出版社1960年版，第365页。

淫享乐到自取灭亡的轨迹。如作品结尾所写：

> 闲阅遗书思惘然，谁知天道有循环：西门豪横难存嗣，经济颠
> 狂定被歼；楼月善良终有寿，瓶梅淫佚早归泉；可怪金莲遭恶报，
> 遗臭千年作话传。

如果作者果真"崇尚现世享乐"，那么，他为什么又把西门庆、陈敬济、潘金莲、李瓶儿、庞春梅等主要人物，皆写成由于追求荒淫享乐而不得好下场呢？作品的这种总体布局和描写，再清楚不过地说明，作者是以此"为世戒"，"奉劝世人，勿为西门之后车可也"①。如东吴弄珠客的"序"所说："读《金瓶梅》而……生效法心者，乃禽兽耳。"②把《金瓶梅》作者说成是"崇尚现世享乐"的，这岂不是要人们也效法西门庆、潘金莲那样沉湎于荒淫享乐生活而充当"禽兽"么？

论者又引用欣欣子的《〈金瓶梅词话〉序》中的话，来说明"欣欣子这篇'序'，是表现人生欲望的宣言书，也是我们理解《金瓶梅词话》的一把'金钥匙'"③。

可是，只要我们读一下欣欣子这篇"序"的全文，即不难发现，这个论断纯属断章取义。欣欣子的"序"明确指出，该书"无非明人伦，戒淫奔，分淑慝，化善恶。知盛衰消长之机，取报应轮回之事，如在目前始终"。论者所引的"何溢度也""何猛浪也"，像煞是在"崇尚现世享乐"，实则序文紧接在"何猛浪也"之后，即指出："既其乐矣，然乐极必悲生。……至于淫人妻子，妻子淫人，祸因恶积，福缘善庆，种种皆不出循环之机。"这分明是把荒淫享

---

①② 东吴弄珠客：《金瓶梅序》，见人民文学出版社 1985 年出版的《金瓶梅词话》卷首。
③ 张兵：《论〈金瓶梅〉研究中的"封建说"》，见《金瓶梅研究》第 2 辑，江苏古籍出版社 1991 年 7 月出版。

乐看作是"祸",是"恶",要遭到"必悲"的下场,又岂能把它美化成是表现正当的"人生欲望"呢?

二、《金瓶梅》与晚明进步思潮

为了说明《金瓶梅》"崇尚现世享乐""表现人生欲望"的进步性,论者还给它涂上了一层理论色彩,把西门庆等人物说成"是晚明时期文化思想新走向的形象折射"[①],"是晚明进步思想潮流的产物"[②]。

事实果真如此么?所谓晚明进步思潮,是以反对程朱理学的禁欲主义、富有民主性为其特色的。至于滥肆纵欲、荒淫享乐,则是封建没落阶级的腐朽生活方式,那恰恰是晚明进步思想家所竭力反对的。如李贽说:"穿衣吃饭,即是人伦物理;除却穿衣吃饭,无伦物矣。世间种种皆衣与饭类耳,故举衣与饭而世间种种自然在其中,非衣饭之外更有所谓种种绝与百姓不相同者。"[③]可见其具有从"百姓"出发的民主性。提出"工商皆本"的黄宗羲,更明确指出:"衣食方面的浮华浪费,婚丧方面的奢侈宴祭,以及一切卜祝迷信等皆是'末'","皆不切于民用",应"一概痛绝之"[④]。他是以是否"切于民用"为标准,来区分事业的"本""末"的。对于"敲剥天下之骨髓,离散天下之女子,以奉我一人淫乐"者,他则斥之"为天下之大害者"[⑤]。王夫之主张"欲即天之理"[⑥],"终不离欲而别有理"[⑦]。同时,他强调"饮食男女之欲,人人之大

---

① 王启忠:《〈金瓶梅〉价值论》,上海文艺出版社 1991 年 10 月出版,第 81 页。

② 张兵:《〈金瓶梅词话〉的"人欲"描写及其评价》,见《明清小说研究》1991 年第 2 辑。

③ 李贽:《焚书·答邓石阳》。

④ 黄宗羲:《明夷待访录·财计三》。

⑤ 黄宗羲:《明夷待访录·原君》。

⑥⑦ 王夫之:《读四书大全说》卷 4。

共"①，要"人欲各得"，做到"天理之大同"，"天理之大公"②，而绝非只为少数人所独享。可见晚明进步思想家的共同特点，是既反对程朱的"存天理，灭人欲"，为满足百姓的正当生活欲望而呐喊，又对封建没落阶级的滥肆纵欲、荒淫享乐，予以无情揭露和痛斥的。在西门庆身上，既有新兴商人无视封建传统观念、疯狂追求人欲的进取精神，又有作为封建官僚与流氓恶霸，猖狂地贪赃枉法，到处霸占和淫人妻子，穷奢极欲的腐朽性。《金瓶梅》所写的西门庆在"衣食方面的浮华浪费，婚丧方面的奢侈宴祭"，"离散天下之子女，以奉我一人淫乐"，如此种种，不恰恰是晚明进步思想家所"一概痛绝"的吗？怎么可以为了美化和宣扬"崇尚现世享乐"的思想，竟不惜在曲解《金瓶梅》的同时，又对晚明进步思潮如此恣意歪曲呢？

需要说明的是，我们并不否认《金瓶梅》的创作与晚明进步思潮的联系。我们反对的，只是把《金瓶梅》所揭露、批判的纵欲享乐的荒淫腐朽生活方式，与晚明进步思潮混为一谈。至于晚明进步思潮的真正特色：在肯定正当人欲的同时，既反对封建礼教的禁欲，又反对滥肆纵欲、荒淫享乐，具有反封建的民主性和进步性。在这方面，晚明进步思潮对《金瓶梅》的创作确有积极的影响。如作者写潘金莲不是恪守"嫁鸡随鸡，嫁狗随狗"的封建传统观念，而是揭示了封建包办婚姻与一夫多妻制给妇女所带来的精神痛苦。由于西门庆更宠爱第六妾李瓶儿，潘金莲气得雪夜弹琵琶，抒发她对西门庆"误了我青春年少，你撇的人，有上稍来没下稍"的愤懑。为此，作者还插写了一首诗："为人莫作妇人身，百般苦乐由他人。痴心老婆负心汉，悔莫当初错认真。"表现了作者对妇女正当的人欲得不到满足的深切同情。直到潘金莲最后被武松为兄报仇而杀害，作者还说："可怜这妇人……""堪悼金莲诚可怜"，认为她的

---

① 王夫之:《读四书大全说》卷8。
② 王夫之:《诗广传·陈风》。

被杀"应归枉死城中"，"好似初春大雪压折金线柳，腊月狂风吹折玉梅花"。作者对于潘金莲的被杀，为什么要如此惋惜和同情呢？只因为潘金莲早就心爱上武松，"旧心不改"，以为"这段姻缘，还落在他家手里"，却没料到武松把兄弟之义放在男女情欲之上。所以作者认为，这一方面是"世间一命还一命，报应分明在眼前"；另一方面，又为"金莲死的好苦也"，而感到"可怜""堪悼"。作者的这种态度，看似自相矛盾，而实则恰恰表明了作者既同情正当人欲，又反对滥肆纵欲的独特立场，表现了《金瓶梅》作者对晚明进步思潮的正确理解和积极呼应。同时，它还说明《金瓶梅》绝不是对《水浒传》的简单抄袭，而是有了质的飞跃和发展。《水浒传》只是把潘金莲当作一个纯粹害人的"淫妇"，必欲被武松除之而后快；《金瓶梅》则把潘金莲写成一个有强烈人欲的活生生的女人，只是在那个社会使她的正当人欲不可能得到满足，才使她发展到为纵欲而害人害己的下场。因此，她既是可憎的，又是可怜的，具有如黑格尔说的，一个人"本身就是一个世界"①那样的丰富、复杂性和真实、生动性。

尽管《金瓶梅》作者对于正当的人欲是持肯定和同情态度的，但是这种肯定和同情，绝不是为了宣扬滥肆纵欲，鼓吹"崇尚现世享乐的人生观"，而是旨在揭露、讽刺和批判明末那个腐朽堕落的封建社会，揭示肆无忌惮地纵欲享乐，必然导致乐极生悲的人生教训。西门庆的纵欲暴卒，作者即指出："一己精神有限，天下色欲无穷。""有限"与"无穷"的矛盾，需要加以适当的调节。包括色欲在内的一切人欲，若超过了人的精力和生命所能承受的极限，那就必然自取灭亡，而不管你是多么有钱财、有权势、有能耐，统统无济于事。经济上的暴发，政治上的得势，事业上的兴旺，都是需要人的精神作支撑的。只要人的精神一旦堕落了，就使自己的生命过早地被虐杀，一切也都会随之完

---

① ［德］黑格尔：《美学》第 1 卷，人民文学出版社 1958 年版，第 295 页。

蛋。这就是《金瓶梅》所揭示的人生教训。它不仅是对明末那个堕落的封建社会的真实写照，而且具有深远而普遍的典型意义。直到今天，它对于那些一暴发就滥肆纵欲享乐的大款们，对于那些贪赃纳贿、疯狂追求权势欲的官僚们，对于那些浑浑噩噩、不择手段地热衷于金钱欲、色欲、食欲的社会蠹虫们，岂不都是个当头棒喝！

三、试析产生谬论的根源和实质

为什么会产生《金瓶梅》是"崇尚现世享乐"的谬误论断呢？笔者认为：

从思想根源上来看，是由于某些论者迎合世俗的心理，特别热衷于欣赏性描写。他们所说的"人欲"，其内涵主要是指性欲。《金瓶梅》在性描写上，虽有可贵的突破和为刻画人物性格服务的积极作用，但也确实存在着客观主义、自然主义，描写过于浅露、粗鄙等缺陷。他们不是实事求是地对《金瓶梅》在性描写上的成败得失一分为二，而是不加分析批判地对其性描写大唱赞歌，甚至把潘金莲后来的乱淫，也说成是"她的性开放意识发展成不可遏止的性解放狂潮"[①]，把《金瓶梅》中过于渲染的赤裸裸的淫秽描写，也一概美其名曰："性开放"，"较之'性禁锢'是一个进步"。[②]

其实，早就有学者指出，《金瓶梅》的性描写，跟西方《十日谭》等作品"贯串着强烈的反宗教、反教会、反禁欲主义"[③]的"性解放"迥然不同；把它们混为一谈，"必定掩盖和模糊了明代社会堕落的真相"。[④]《金瓶梅》的性描写，主要不是什么"性解放"，而是揭露西门庆等丑类的"性放纵""性肆虐"。如果说"性禁锢"是表现了封建统治的专制性，那么，"性放纵""性肆

①② 周琳：《情爱在历史的长河中变迁——关于〈金瓶梅〉与中国性文化轨迹的对话之一》，见《金瓶梅研究》第2辑，江苏古籍出版社1991年7月出版，第167页。

③④ 宁宗一：《说不尽的金瓶梅》，天津社会科学院出版社1990年5月出版，第77页。

虐"则反映了没落阶级的腐朽性和凶残性。它们原是一根藤上的毒瓜，既同为人类进步的大敌，社会发展的公害，又同是对性本身的粗暴残害和对人的生命的无情扼杀。

为了替"性放纵"辩护，他们还公然鼓吹："人有追求'肉欲'的天性，而且这种追求'肉欲'的渴望十分强烈，只有当它得到满足时，人才能感到畅快和幸福。否则，心灵甚为压抑和痛苦。"①

如此说来，人与禽兽还有什么区别呢？天下哪种动物没有"追求'肉欲'的天性"呢？人为了能在性生活上"感到畅快和幸福"，难道就可以像西门庆那样恨不得把天下女人都霸占为己有、施行对女性阴户点香火燃烧等性肆虐么？就可像潘金莲那样害死亲夫武大、私通女婿陈敬济、谋害情敌宋蕙莲夫妇和李瓶儿母子么？就可像李瓶儿那样气死亲夫花子虚么？如此不择手段地追求个人"肉欲"的"畅快和幸福"，岂不是必然害人害己，给人类社会带来痛苦和灾难么？

从认识根源上来看，是不懂得《金瓶梅》"曲尽人间丑态"②的讽刺笔法，把作者所讽刺的"丑"，误当作正面肯定的"美"。如《金瓶梅》写西门庆跟妓女李桂姐过"依翠偎红"的纵欲享乐生活，作者的态度分明是揭露、讽刺，而论者却误认为是"崇尚"。还有的论者引用《金瓶梅》第十二回写应伯爵和西门庆、李桂姐等人大吃大喝的一段描写：

> 人人动嘴，个个低头。遮天映日，犹如蝗螟一齐来；挤眼撮肩，好似饿牢才打出。这个抢风膀臂，如经年未见酒和肴；那个连二筷子，成岁不逢筵与席。一个汗流满面，恰似与鸡骨朵有冤仇；一个油抹唇边，把猪毛皮连唾咽。吃片时，杯盘狼藉；啖良久，箸子纵

---

① 张兵：《论〈金瓶梅〉研究中的"封建说"》，见《金瓶梅研究》第2辑，江苏古籍出版社1991年7月出版。
② 廿公：《〈金瓶梅词话〉跋》，见人民文学出版社1985年出版的《金瓶梅词话》卷首。

横。杯盘狼藉，如水洗之光滑；箸子纵横，似打磨之干净。这个称为食王元帅，那个号作净盘将军。酒壶番晒又重斟，盘馔已无还去探。正是：珍羞百味片时休，果然都送入五脏庙。

论者为说明"《金瓶梅》全面地描写人欲，充分地赞赏人欲"[①]，称赞这段为"绝妙文字"，"是一首食欲颂"。[②]

其实，这根本不是"食欲颂"，而是"食欲讽"。君不见，那"犹如蝗蛹""杯盘狼藉""食王元帅""净盘将军"等描写，岂不皆刻画出西门庆、应伯爵之流贪婪和卑劣的性格，表现了作者揭露和讽刺的笔法，寄寓了作者予以鄙视和贬斥的感情么？把这看作是作者对"食欲"的正面肯定和颂扬，实在是莫大的误解和歪曲。正如马克思所说的："如同音乐才唤醒人的音乐的感觉一样，如同最优美的音乐对于非音乐的耳朵没有意义，不是对象一样……"[③]一个不懂得讽刺艺术的人，又怎么能不美丑颠倒、以丑为美呢？

恩格斯说得好："每一时代的理论思维（我们这一时代的理论思维也是如此），都是历史的产物。"[④]当前我们是处在改革、开放的历史时期，一切以经济建设为中心，使我国人民能早日跻身于现代化强国的行列，已经成为人心所向、历史发展的主潮。然而，我们也必须清醒地看到，随着改革开放，海外资本主义的腐朽思想和生活方式，必然也会乘机而入，它与我们民族固有的劣根性一拍即合，形成了一股与社会主义精神文明不相容的污泥浊水：极少数人奉行拜金主义和享乐主义，大搞权钱交易，食色放纵，贪赃纳贿，诈骗抢劫，卖淫嫖娼，肆无忌惮地沉醉于穷奢极欲、腐朽糜烂的生活之中。尽管我们今天的

---

① 王启忠：《金瓶梅价值论》，上海文艺出版社 1991 年 10 月出版，第 81 页。
② 王启忠：《金瓶梅价值论》，上海文艺出版社 1991 年 10 月出版，第 58 页。
③ 马克思：《1848 年经济学哲学手稿》。
④ 恩格斯：《自然辩证法》，人民出版社 1961 年版，第 23 页。

社会制度已经起了翻天覆地的变化，我们社会的主流是健康的、蓬勃向上的，但是，就《金瓶梅》"太把这个民族性刻画得入骨三分，洗涤不去"①来说，就《金瓶梅》所"赤裸裸的毫无忌惮的表现着中国社会的病态，表现着'世纪末'的最荒唐的一个堕落的社会的景象"②来看，那里面所揭示的种种丑恶的人物和现象，在今天难道不是又沉渣泛起、滋生蔓殖么？事实恰如我们的先辈郑振铎先生所指出的："《金瓶梅》的社会是并不曾僵死的；《金瓶梅》的人物们是至今还活跃于人间的；《金瓶梅》的时代，是至今还顽强的生存着。"③笔者认为，这才正是《金瓶梅》的伟大之处：它对于我们有着永久的思想认识价值和独特的艺术审美价值，以致至今还有着令人惊心动魄的巨大艺术震撼力！

但是，正如鲁迅先生所说的："伟大也要有人懂。"④那些把《金瓶梅》说成是鼓吹"追求人欲"，宣扬"崇尚现世享乐"的书，就不但没有懂得它的伟大，而且还把它所揭露批判的污泥浊水，当作香脂蜜汁在卖力地推销，以迎合当前社会上拜金主义、享乐主义思潮的需要。其欺骗性和毒害性，岂能等闲视之、听之任之？！

1997 年 7 月 1 日于合肥安徽大学中文系

（原载《安徽大学学报》1998 年第 5 期，《金瓶梅研究》第 6 辑，知识出版社 1999 年 6 月出版。）

---

①②③　郑振铎：《谈〈金瓶梅词话〉》，原载《文学》第 1 卷第 1 期，1933 年 7 月，又见于人民文学出版社 1986 年出版的《金瓶梅论集》。

④　鲁迅：《且介亭杂文二集·叶紫作〈丰收〉序》。

关于《金瓶梅》编年的"隐喻"问题

——敬复魏子云先生

魏子云先生在《金瓶梅》方面研究有素，贡献颇多，已在台湾出版有七本关于《金瓶梅》的专著，是我们敬仰的国际知名的《金瓶梅》研究专家。魏先生通过出版拙著的台湾贯雅文化事业有限公司，将他发表于 1990 年 11 月 20 日台湾《青年日报》关于拙著的《游艺小品——敬呈周中明先生》一文的复印件转给我。我仔细拜读了魏先生这篇大作。他说："昨在学生书局见到台湾版大陆周中明先生作《金瓶梅艺术论》一种……马上购买，未出书局即已选段阅读了近半。感受是有如驻足于黄河壶口，观黄河奔流之飞腾汹涌而下，又有如凌空于蒙古草原观牧人驱牛羊归牧时的飞奔疾驰之势……"得到魏先生的这番热烈鼓励之词，敝人甚感荣幸，谨表衷心的感谢。它实际上也表明了海峡两岸的学术交流给两岸学人所共同带来的欣喜和兴奋之情。

在拙著中曾对魏先生的《金瓶梅编年说》提出一些商榷意见。其中写道："台湾学者魏子云一方面认为《金瓶梅》在时间上的错讹造成'情节上的错误，是无话可以辩说'，另一方面却又认为：'都不是无意的错误'，而是在'隐指'明代万历年间的某些历史事实。在《金瓶梅》中用了不少明代的官职和地名，作者借宋代的历史背景写明代的现实生活，是昭然若揭，有目共睹的，何必要用时间上的错讹来'隐指'呢？这种'隐指'，如说写于七十一回的'诏改明年为宣和元年'，实际上隐指泰昌，这又有什么意义呢？宋代重和的纪年为一年，宣和的纪年长达七年，明代泰昌的纪年以实际仅有一个月算作一年，如果真要'隐指泰昌'，为何不径直地写'诏改明年为重和元年'，而要故意地把'重和'错写成'宣和'呢？可见这种索隐派的观点，完全是牵强附会。"

魏先生在他的大作中对拙著的上述说法进行了申辩和反批评。现把他这一段的原文照录如下：

> 按笔者指出的有关西门庆晋京谢恩，到京与离京的日期，有明显错误。譬如，他离开清河赴京的日子，写明是十一月十二日，路上的行程通常是半个月，为了赶时间，可以早到三两天。西门庆在京住了六夜，方始离京返清河。可是西门庆离京返清河的日子，则写明十一月十一日。所以我说："显然的，这是情节上的错误，是无话可以辩说的。"遂又加以推想是"集体创作上的缺失，大家分回而写，各写各的部分，匆匆付梓，没有做最后的提纲总系，遂产生了这种重复上的交错。……"但这些推想，一想到天启元年的冬至是十一月初九，此一问题，就得另作推想。此而又写"可是，当我们获知天启元年的冬至日，是十一月初九。那么，此一问题，我们却不得不另作推想了"。遂在后一段说到，金瓶梅的作者之所以把西门庆离京的日子写作十一月十一日，应是有意地在"隐喻"天启元年。凑巧，西门庆晋京谢恩的这一年冬至，已下诏明年为宣和元年，正好与明年的天启元年隐喻。这么一来，"重和"元年的"一年"也正好是"泰昌"元年的隐喻。实际上，光宗在位仅一月（八月一日至九月一日）。事实上，泰昌元年无冬至。历史上的天启元年（1621），冬至是十一月初九日。我推想《金瓶梅》的作者（定稿《金瓶梅词话》第七十回、七十一回的作者），之所以把西门庆的离京日，不该写错却偏偏这样写错，"那么，我们或可推想，此一前后

参差的错误，似乎不是无意的吧？"我的话，前后层次分明，义理贯通。但一经周中明先生的断章取义，语义的出入可就悬殊了。

下面且让我把魏先生的这段申辩和他的《金瓶梅编年说》①原文联系在一起，对魏先生的"隐喻"说谈一点管见。

魏先生原来认为"西门庆晋京，到京与离京的日期，有明显错误"，"推想"其原因，是由于"集体创作的缺失"。他之所以改变这种"推想"而认为其中有"隐喻"，是因为他"想到天启元年的冬至是十一月初九"，所以他把"西门庆离京的日子写作十一月十一日"，便推想这"应是有意地在'隐喻'天启元年"。这种"推想"有科学根据吗？须知，十一月初九为冬至日，在明代不只是天启元年（1621）是如此，嘉靖五年（1526）、万历十一年（1582）、崇祯十三年（1640）的冬至日也是如此。按照魏先生推想的逻辑，它们岂不可跟天启元年作同样的附会么？

再从《金瓶梅》的实际描写来看，第六十九回写到西门庆在林太太家喝酒，文嫂在旁插嘴说："老爹，你且不消递太太酒，这十一月十五日是太太生日，那日送礼来，与太太祝寿就是了。"西门庆道："啊呀，早时你说！今日初九日，差六日，我在下已定来与太太登堂拜寿。"第七十回写"不期初十日晚夕，东京本卫经历司差人行照会到：'晓谕各省提刑官员知悉：火速赴京，赶冬至令节，见朝引奏谢恩。'"于是西门庆十一月十二日动身赴京。路上行程通常需半个月。作品未写明他到京的日子，更未写明在京拜冬的日期。魏先生有什么可靠的根据，因为"万历四十八年的泰昌元年，冬至之日则为十一月二十八日"，便断言"把这第七十回中的此一纪年，认为隐指的是万历

① 该文见刘世德编《中国古代小说研究——台湾香港论文选辑》，上海古籍出版社 1983 年版。拙作引用魏子云先生的话，皆见于该文及其申辩，不再一一注明。

四十八年或泰昌元年，在时间上，却能丝丝不紊的扣证上了"呢？为了"在时间上""丝丝不紊的扣证上"，魏先生只能这样说："当然，他们由清河到达东京的时间，必然是提前了，所以我们可以推定他们提前了两天到达。"原来所谓"丝丝不紊的扣证上"是经魏先生"推定"的。这样的"扣证"能令人信服么？我们如果推定他们提前了一天或三天到达，岂不就"扣证"不上了么？

第七十一回写拜完冬后第三日西门庆离京，是十一月十一日，这与天启元年（1621）十一月初九为冬至，倒是相吻合的。但是这已是一年之后的又一个冬至，难道西门庆在东京蹲了整整一年，到第二年冬至后三天才离京回程的么？显然不是。第七十一回写道："文嫂又早打听得西门庆来家，对王三官说了，具个柬帖来看请。西门庆这里买了二付豕蹄，两尾鲜鱼，两只烧鸭，一坛南酒，差玳安送去，与太太补生日之礼。"这显然是与第六十九回西门庆赴京前在林太太家喝酒时所说的话相衔接的。潘金莲也对西门庆说过："你去了这半个来月，奴那刻儿放下心来。"

魏先生把作品中同一年冬至前后发生的故事，硬要跟明代万历四十八年或泰昌元年（1620），与天启元年（1621）两年的冬至拉扯在一起，其理由不外有四。

理由之一，是"事实上，泰昌元年无冬至，可以说，泰昌元年的冬至，事实上是天启登基后的第一个冬至"。

事实上，《明史》卷二十一、二十二记载得很清楚，光宗死后，"熹宗即位，从廷臣议，改万历四十八年八月后为泰昌元年。""庚辰，即皇帝位。诏赦天下，以明年为天启元年。己丑，以是年八月以后称泰昌元年。"光宗在位虽然只有一个月就死了，但万历四十八年八月后为泰昌元年，这是他的儿子熹宗继任后所确认了的，也是史所公认的，怎么能说"泰昌元年无冬至"呢？退一步说，即使说泰昌元年的冬至也就是万历四十八年的冬至，那也不应把它与下一年天启元年的冬至拉扯成在同一年之内啊。

理由之二，是第七十一回把"改元重和"误写成"改元宣和""应是有意的在'隐喻'天启元年。""这么一来，'重和'元年的'一年'也正好是'泰昌'元年的隐喻。"

其实，在《金瓶梅》中这类年月日或纪年上的错讹，是屡见不鲜的。如第二十五回写西门庆叫来旺儿"赶后日三月二十八日起身，往东京押送蔡太师生辰担去"。二十六回又写"西门庆听了金莲之言，变了卦儿"，不要来旺去。"西门庆就把生辰担，并细软银两，驮垛书信，交付与来保和吴主管，五月二十八日起身，往东京去了。"第二十七回写来保等从东京返回，说："老爷寿诞六月十五日，好歹教爹上东京走走。"这里五月二十八日至"六月十五日"，总共只半个多月，而从东京往返即需一个月行程，来保等怎么可能还回来叫西门庆于六月十五日前赶到京城去与蔡太师祝寿呢？这里日期显然有误，崇祯本把来保等赴京的日期由"五月二十八日"改成"二月二十八日"，这就对了。至于纪年的颠倒也不少。如西门庆的爱子官哥儿出生时，作者写"时宣和四年戊申六月二十一日也"（第三十回）。给官哥儿到玉皇庙还愿的时间，却写成是"宣和三年正月初九日"（第三十九回），竟比他出生还早一年。第五十九回写官哥儿"卒于政和丁酉八月二十三日申时"，比他的出生年代更要早五年。按照魏先生的说法，这一切"都不是无意的错误"，那么，它们又"隐喻"着什么呢？

就拿这第七十一回来说，作者在介绍徽宗皇帝时写道："从十八岁登基，即位二十五年，倒改了五遭年号，先改建中靖国，后改崇建，改大观，改正和。"这段话就出现了四处错误：把改元六遭说成"五遭"；把"崇宁"写成"崇建"；把"政和"写成"正和"；说是"改了五遭年号"，实际却只列举了四个年号，漏写了"重和、宣和"两个年号。

笔者认为，这是"小说家言"，若以严格的历史来要求，那就不成其为小说了。这不是说写小说可以任意出错，而是说如果要求小说跟历史完全一样，那就无异于取消小说的存在。何况这很可能都是由于《金瓶梅词语》作者、传抄者、刻印者写错、抄错、刻错的。如果硬要从中寻找"隐喻",那就仿佛如同凤姐把贾母从小儿头上碰出个窝儿来,说成那不是贾母的缺陷,而是"隐喻""老祖宗从小儿的福寿就不小,神差鬼使,碰出那个窝儿来,好盛福寿的,寿星老头儿头上原是一个窝儿,因为万福万寿盛满了,所以凸高出些来了"。它只能被人当作笑料说说罢了。

理由之三,是说"像万历、泰昌、天启这半年之间突变成的三个纪年,乃史所仅见。那么,我们如从此一史实的时代背景,来看《词话》援用宋徽宗这三个纪元的错综处理,似乎是在隐指——更可以说是隐射万历末期的这一改元纪年事件。看来,应说是一大铁证"。

其实,在半年之间变成三个纪年的事,在历史上屡有发生。如南朝前废帝刘子业永光一年(465),同年八月改元为景和一年,同年十二月南朝宋明帝刘彧即位,又改元为景始元年;南朝齐郁林王萧昭业隆昌元年(494),同年七月海陵王萧昭文改元延兴元年,同年十月明帝萧鸾又改元建武元年;唐代周武帝天授三年(692),同年四月改元如意元年,向年九月又改元长寿元年。如此等等,岂不皆属"半年之间突变成的三个纪年"吗?

严格地说,"像万历、泰昌、天启",根本谈不上是"半年之间突变成的三个纪年"。庚申(1620)年七月以前为万历四十八年,八月以后称泰昌元年,明年为天启元年。这是史书上皆有明确记载的。并且它也绝不是什么"突变",而是援用历史上的先例。对此,《明光宗实录》卷三有明确的记载:"正如唐顺宗永贞之号附于德宗贞元之后,御史左光斗引证,足为今日定例。"像这种同一年份用万历、泰昌两个纪年的先例,仅在唐高宗统治时期,就有下列十年同用两个纪年:

辛酉(661)显庆六年,龙朔元年

戊辰（668）乾封三年，总章元年

庚午（670）总章三年，咸亨元年

甲戌（674）咸亨五年，上元元年

丙子（676）上元三年，仪凤元年

己卯（679）仪凤四年，调露元年

庚辰（680）调露二年，永隆元年

辛巳（681）永隆二年，开耀元年

壬午（682）开耀二年，永淳元年

癸未（683）永淳二年，弘道元年

既然它谈不上是"史所仅见"，那么，魏先生以此来断言它"是在隐指——更可以说是影射万历末朝的这一改元纪年事件"的"一大铁证"，就一点也不过硬了。

理由之四，是断言《词话》全书"把重和元年与宣和元年合并起来纪年"，为"有意的去隐指泰昌、天启这个朝代"的根据。

事实上这也是站不住脚的。在《金瓶梅词话》中多次提到"重和"的纪年，其第七十八至八十八回，都是写的发生在重和元年的故事，第八十八至九十三回则是写的宣和元年的故事，直到第九十九回写宣和七年宋钦宗改元靖康，其间并不存在"把重和元年与宣和元年合并起来纪年"的事实。南开大学朱一玄教授的《金瓶梅资料汇编》一书后面所附的《年表》，对此排列得清清楚楚。

笔者认为，只要我们稍微尊重历史事实，就不难发现，硬要把宋徽宗的改元重和、宣和，与明代万历四十八年改元泰昌、天启来加以比附，那实在是不伦不类的。首先，《金瓶梅》所写的重和、宣和等纪年，同属宋徽宗一个皇帝的不同纪年，而明代万历、泰昌、天启，则分属明神宗、光宗、熹宗三个皇帝的纪年，并且明代这三个皇帝始终只各用了这一个纪年，不像宋徽宗一个皇帝就用了六个不同的纪年。其次，宋徽宗的重和纪年从1118八年十一月始至1119年二月止，以实际四个月，跨越两年，而明代的泰昌纪年则是1620年八月至十二月，属同一年之内。再次，明代用泰昌纪年的光宗在位一个月就得急病死了，传说他是死于宫廷内部的权力斗争，据《明光宗实录》等史书记载，光宗生病，司礼监秉笔兼掌御药房太监崔文曼下泻药，病益剧，一昼夜三四十起。鸿胪寺丞李可灼进红丸，自称仙药。光宗服二丸而死。年三十九。廷臣大哗，有人疑系神宗之郑贵妃指使下毒，引起争论，成为历史上有名的"红丸案"。这跟《金瓶梅》所写的宋徽宗改元重和、宣和，皆无丝毫相似之处。作者用"重和"来隐喻"泰昌"究竟干什么呢？魏先生并未说出其所隐喻的实际的具体内涵，仅因一年同有两个或三个纪年，便将它们拉扯在一起，作有"隐喻"的种种"推想"，缺少客观的科学根据。

魏先生所主张的这种宋代重和纪年是明代泰昌纪年的隐喻说的目的，是为了论证《金瓶梅词话》的成书年代。他的《金瓶梅编年说》最后写道："所以我敢肯定的说：万历丁巳叙的《金瓶梅词话》，其成书年代，最早绝不会上越于天启元年。说来，这应是一个肯定性的结论。"

我认为，这种"肯定性的结论"，是一种主观的幻觉或想象。明代沈德符的《万历野获编》说，他早在万历三十七年已经向袁小修抄得该书的全部，袁小修写于万历四十二年八月的日记，李日华写于万历四十三年十一月的日记，也都说他们曾读过沈景倩藏的《金瓶梅》。魏先生要人们不相信这些文献记载，而相信他从作品中捕风捉影地找出来的"重和"隐喻"泰昌""天启"说，硬把《金瓶梅词话》的成书年代推迟数十年，这种"肯定性的结论"，又怎么能令人信服呢？国内国外从事《金瓶梅》研究的学者，据我所知，除了魏先生本人，没有一个人是赞同魏先生这种"肯定性的结论"的。

这次魏先生对拙著的《游艺小品》，又特地注明天启年是指"定稿《金瓶梅词话》第七十回、七十一回的作者"。难道第七十回、七十一回是出于另一个作者之手，并且是在《金瓶梅词话》成书几十年之后才补进去的吗？早在万历三十七年已经向袁小修抄得《金瓶梅》全书的沈德符，他在《万历野获编》中说："未几时，而吴中悬之国门矣。然原本实少五十三回至五十七回，遍觅不得，有陋儒补以入刻，无论肤浅鄙俚，时作吴语，即前后血脉，亦绝不贯串，一见知其赝作矣。"这证明他所见到"吴中悬之国门"的《金瓶梅》，不但早在魏先生考定的天启年之前，而且显然它是包括第七十回、七十一回在内的。他只知道"原本实少五十三回至五十七回"，"有陋儒补以入刻"，并从意境、语言、前后血脉等方面，指出其为"赝作"。魏先生把第七十回、七十一回说成是天启后另一作者的补作，举不出任何史料记载，或可靠的事实作根据，仅凭他所推想的隐喻泰昌说，就作出上述"肯定性的结论"。恕我直言，这是建立在主观推想基础上的附会。

由此感到我们对古代小说研究的方法和学风问题，颇值得反思。我非常赞赏魏先生说的："易云：'修辞立其诚，不诚无物。'这句古语，应是治学者应遵守的理则。"问题是怎样才能做到这个"诚"字？我认为在小说的字里行间甚至文字错讹之中，去求"隐喻"，势必陷入索隐的研究方法和牵强附会的学风中去，它只能导致主观推想，而根本不可能做到与客观实际相符合的"诚"。因为：

第一，它违背小说这种研究对象的本质特征。我们研究任何事物，都必须从研究对象自身的本质特征出发。小说的本质特征，是以虚构的典型化的人物形象，来反映丰富多彩的社会生活，创造作者所要表达的思想和艺术境界。一部小说，是作家所创造的一个完整的艺术世界，是个以人物的形象体系组成的有机的整体，不应用研究历史、哲学的方法，甚至也不应用研究诗词的方法，来在其字里行间寻求微言大义，索隐探喻，坐实为某个真人真事。高尔基说得好："文学不是属于个别事实的，它比个别事实更高。""文学的事实是从许多、同样的事实中提炼出来的，它是典型化的，而且只有当它通过一个现象真实地反映出现实生活中许多反复出现的现象的时候，才是真正的艺术作品。"① 王国维在《红楼梦评论》中，对索隐派表示不满，指出小说乃"举人类全体之性质置诸个人之名字之下"，"对人类之全体，而不必规规焉求个人以实之"。② 那种把小说中的某个人和事，坐实为隐喻历史上的某个人和事，实际上是缩小甚至曲解了小说所写的人和事的典型意义，也抹杀了小说作为虚构的艺术作品的独特的本质。

第二，从小说的字里行间甚至文字的错讹中去寻求"隐喻"，求之过深的结果，不但反倒把小说的思想内容看浅了，甚至曲解了，而且还肢解了小说艺术的整体性。如魏先生从七十回、七十一回西门庆晋京和离京时间上的错讹，得出隐喻泰昌、天启年的结论，便只有把这七十回、七十一回说成是天启以后另一作者所写，或把整个《金瓶梅》的成书和出版往后推几十年，人为地把它搞得支离破碎，扑朔迷离。

第三，由于小说中的人物和事件极为丰富复杂，难免跟小说之外的人和事有某种巧合，或有些相似相关之处，如果以此作为"隐喻"的根据，那么，不同的索隐者甚至同一个索隐者，皆可推想出各种各样的隐喻。如魏先生本人对七十回、七十一回西门庆晋京和离京日期的错讹就作过种种"推想"，除"推想是集体创作上缺失"之外，又推想"应是有意的在'隐喻'天启元年"，由此又推想全书的成书不得早于天启元年，许多史料证明《金瓶梅》成书早于天启元年，想推翻这些史料不可能，于是又推想"定稿《金瓶梅词话》第七十回、七十一回的作者"不得早于天启元年。如此"义理连贯"的种种推想，实际上已使索隐失去了规定性。这种失去规定性的"推想"，结果必然是"推

---

① 高尔基：《给初学写作者的信（6）》，《论文学》。
② 王国维：《红楼梦评论》，见一粟编《古典文学研究资料汇编·红楼梦卷》，中华书局出版。

想"本身也就成为纯属主观臆测。

这种以探索隐喻来作小说研究的方法和学风，不是某一个人的过错，而是对我国治经史的传统治学方法的因袭或机械搬用。对此美国哥伦比亚大学夏志清教授在他的《中国古典小说导论》中即指出，在中国由于"讲史的小说当然是当作通俗的历史写，通俗的历史读，甚至荒唐不稽附会上一点历史的故事也很可能被教育程度低下的读者当作事实而不当作小说看。所以描写家庭生活及讽刺性的小说兴起时，它们显然是杜撰出来的内容，常引起读者（以及本身为文人的高明读者）去猜测书中角色影射的真实人物，或导致它们作者采用小说体裁的特殊遭遇。前人对《金瓶梅》既作如是观，《红楼梦》亦然，被认为是一则隐射许多清代宫廷人物的寓言。中国人浸淫于四书五经既久，当然养成他们深求寓意的习惯。但更重要的是，他们不信任虚构的故事，表示他们相信小说不能仅当作艺术品而存在：不论怎样伪装上寓言的外衣，它们只可当作真情实事，才有存在的价值。它们得负起像史书一样化民成俗的责任"。笔者认为，我们应该从"深求寓意的习惯"中解放出来，把小说艺术真正当作小说艺术来研究。这绝不是反对对小说的作者、版本、题材等等作必要的考证。考证是必须以确凿的文献资料为根据的，是作研究所不可缺少的基础，当然是非常必要的。我们反对的只是以索隐来代替考证，以牵强附会的"推想"来代替客观事实，尽管确实有隐喻也应加以发掘，确有根据的推想也有必要。

对中华民族优秀传统文化的热爱和认同，是海峡两岸学术交流的深厚而坚实的基础。尽管我们对一些具体的学术问题难免会有不同的看法，但只要我们本着实事求是、服从真理的精神，是完全可以通过相互切磋，达成共识，共同为振兴我们的民族文化而尽绵薄之力的。上述愚见，难免有谬误和主观武断之处，尚祈魏先生和学术界同道不吝赐教。

（原载《安徽大学学报》1991 年第 3 期）

台湾魏子云先生读关于"隐喻"问题的拙文后来信

中明道兄：贯雅转来大著，昨日奉到。雅意可感，拜读一过，深歉劳神。余虽年逾古稀，愧识见狭隘，井蛙夏虫已耳。井蛙所见天也小，夏虫所能鸣也夏。若一旦水漫乎井，则出井之蛙，将不知何所游。若秋风一起，则夏虫之鸣将变长鸣为短泣矣。是以读大文后，方始自惭井蛙之忽处于汪洋，茫然而不知何所之？夏虫之突遇乎秋风，凄凄然而无能以翅磨。情若是耳！

长春之会，原期能面聆教益，不想兄遭行车冲撞，竟有伤而住院医疗，（前接刘辉之函，告以已全愈，慰焉！）失去请益良机，惘然久之。弟明春可能到合肥探视，当拜府请益。此颂文祺！

弟魏子云手上

一九九一年十一月三日

我是艰难跋涉的跛脚鸭

——周中明自述

天鹅，是人见人爱的珍禽。因为它有洁白的羽毛，能够在天空展翅飞翔，给人带来许多美好的遐想，引人无限神往。尽管它也属于鸭科，但却因它极为稀有、罕见，而显得格外珍贵，招人喜爱。

鸭子，是人人司空见惯的家禽。由于它有翅膀却不会飞，有羽毛却不会把自己装饰得招人喜爱，因此它显得极为笨拙、平凡。尽管它为人类贡献了鲜美的蛋和肉，却不像天鹅那样赢得人们高贵的赞赏。

然而，我则喜欢鸭子的脚踏实地，质朴无华，能够为人类毫无保留地贡献出自己的一切，直至生命。我就是一只不会招人喜爱的鸭子，并且还是个跛脚鸭，每前进一步，都要经过艰难的跋涉。

我出生在扬子江当中的一个洲——江苏省扬中县。那是个富有水乡情趣的绿洲，无论洲上的哪个角落，都是满眼装不下的绿——绿树、绿草、绿油油的庄稼；无论走到哪里，都不免要穿过小桥流水，都可看到成群结队的鸭子，在小桥之下，流水之上穿游觅食、嬉戏。

但在我小的时候，我的家乡却是个水涝频繁的重灾区。在那儿光靠种田是难以谋生的，我的祖父和父亲都分别在宜兴、上海做裁缝，父亲在上海开了爿裁缝铺，因此当我在乡下读了几年私塾之后，十三岁的时候，就到上海我父亲处上洋学堂了。三年之后，上海即迎来了解放大军。十六岁时，我因家中生计艰难而辍学，后报考了在苏州招生的一所干部学校，无薪水，过供给制的生活，每月只有五角钱的零用费。

1956 年，国内对农业、手工业和私营工商业的社会主义改造完成了。建设一个新中国，光靠革命的手段已经远远不够，而急需要有科学文化知识。"向科学进军！"党中央的这一声号召，在我的生命之旅中吹响了新的进军号。我决心放弃从政的生涯，报考高等学校。经过一段时间的补习，我终于如愿以偿，在 1956 年暑期以调干身份考进了北京大学中文系。

对于我这个已经有了妻子、儿女的调干生来说，上大学不仅意味着要丧失从政的一切优越条件，而且要抛弃小家庭的温暖，忍受不拿薪金（那时我们已改为薪金制）、只拿调干助学金（仅够个人维持生活）而造成的经济困难状况，连妻子生孩子都既无钱又无工夫回家照料和抚慰。生了两个女儿，抚养不起，不得不把二女儿给了妻子的姊姊，至今妻子每谈起此事，还不禁热泪盈眶，我是活该受到抱怨和责备，活该感到终生痛苦和遗憾。为了读书，我和我的妻子、儿女该是付出了多么大的痛苦和牺牲啊！痛苦和牺牲既然被称为代价，那就应该换回点什么。可是我换回的不是幸福，而是更大的磨难和困惑。

受过饥寒的人，才知道温饱的可贵；辍过学的人，才更感到对上学的珍惜。像我这号祖祖辈辈没有上过大学的人，要不是共产党领导创建了新中国，又怎么可能上大学呢？因此我拼命用功读书，图书馆未开门，我就等候在门口，图书馆关门了，我最后一个才离开。不料天有不测风云，1959 年我被扣上"白专""右倾"的罪名而遭重点批判。

大学毕业后，我被分配到安徽大学中文系教古典文学，不到半年就上讲台担任了主讲教师，学生反映我的讲课水平"比讲师还好"，但我却一直当了十八年的助教，拿的还是上大学前当干部的工资。尤其是"文革"期间，又莫名奇妙地陷入了政治旋涡，尽管最后以"事出有因，查无实据"了结，但精神上却遭到了沉重的打击。

如同月有圆缺，天有阴晴一样，自 1979 年党的十一届三中全会以来，我们这些搞学问的人在政治上总算有了安全感，不必担心随时挨批挨斗了，并且有了充分的时间，可以让我们从事业务活动了。这时我抱定一个想法，一定要把被十年"文革"耽误的时间夺回来！那时我真是夜以继日地拼命干，不到深夜十二点不睡觉，干到凌晨一两点是常事。皇天终究不负苦心人，经过几年的拼搏，我终于在古典小说、戏曲和俗文学等研究领域，皆做出了一点成绩，先后出版了下述著作：

《红楼梦的语言艺术》，1982 年 10 月漓江出版社出版，1986 年重印。1983 年中国台湾木铎出版社翻印，1989 年中国台湾贯雅文化事业有限公司重新正式出版。

《贾凫西木皮词校注》（与山东大学关德栋教授合作），齐鲁书社 1982 年10 月出版。

《四声猿》（附《歌代啸》）校注，上海古籍出版社 1984 年出版。

《子弟书丛钞》（上下册，与关德栋合作），上海古籍出版社 1984 年出版。

《西游记》新校本（与朱彤教授合作），四川文艺出版社 1987 年出版。

《红楼梦——迷人的艺术世界》，中国台湾贯雅文化事业有限公司 1989 年出版。

《中国的小说艺术》，中国台湾贯雅文化事业有限公司 1990 年出版。

在《金瓶梅》研究方面，我发表了十四万字以上的论文，还有一部三十万字的《金瓶梅艺术论》，已在广西教育出版社和中国台湾贯雅文化事业有限公司分别排出校样，将以简、繁两种字体出版。

我上大学时最喜欢听的一门课，是吴组缃教授讲的《中国小说史》。可是他却只字未讲《金瓶梅》，也难怪他，因为我们这些学生都未看过《金瓶梅》。那时要看《金瓶梅》，没门！1962 —1964 年我在山东大学中文系进修期间，因为备课需要，才向关德栋教授借阅了他所藏的一部《金瓶梅词话》。当时读了感到它的题材内容、人物形象、艺术手法、语言风格，皆与《三国演义》《水浒传》《西游记》等小说迥然有别，令人大开眼界。但是当时我不敢仔细去研究它，因为据说它是一部"淫书"，是会给人们带来污名的。可供我研究的领域宽广得很，我犯不着为此而招惹是非。再说，我已经是个在大学读书就受批判，伤痕累累的跛脚鸭，哪还有闯禁区的勇气？！

　　如此说来，我又怎么成为《金瓶梅》的研究者呢？这首先要归功于党的十一届三中全会所开创的"解放思想"的大气候，使我感到人生的航船仿佛驶进风平浪静的内河，不必再为大海的惊涛骇浪而时刻心悸。其次，是由于我研究《红楼梦》的需要。人们都说《红楼梦》是从《金瓶梅》发展而来的；可是鲁迅又说，《红楼梦》把一切传统的思想和写法都打破了，这自然也包括它打破了《金瓶梅》的思想和写法。这两种说法显然是矛盾的。那么，《红楼梦》与《金瓶梅》的关系究竟又怎么样呢？我从自身学术研究的需要，感到非研究《金瓶梅》不可！再次，读了吴晓铃先生的一篇题为《大陆外的〈金瓶梅〉热》的文章，也使我像吃了一根辣椒那样受到刺激。我的胸际骤然弥漫着一股辛辣又苦涩的滋味，我的心田深处那层丰厚的爱国的积淀仿佛受到了强烈的震荡。我想，《金瓶梅》是我们祖国的文化遗产，为什么我们自己不重视它，要让它"墙里开花墙外香"呢？

　　恰巧，这时我在北大的同班同学刘辉已在《金瓶梅》研究上起了开拓的作用。他写信向我约稿，又无保留地给我提供了他新发现的文龙评《金瓶梅》等资料。王利器先生慷慨地把他珍藏的日本影印的全本《金瓶梅词话》借给我复印。这样就为我对《金瓶梅》的研究提供了最基本的资料条件。人生的路途荆棘丛生，遇上这样有真诚爱心帮助我架桥铺路的好人，我的兴奋和感激之情可想而知。

　　问题在于从何入手。

各人的研究要考虑到各自的主客观条件，要选择自己独到的角度。《金瓶梅》的作者、版本考证，当然重要。但是，我要搞这方面的研究，则缺乏资料条件。我只能把自己的研究重点放在《金瓶梅》文本自身。《金瓶梅》文本的研究，范围也很广泛，大而言之，可分思想和艺术两个方面。我一贯有个偏见，认为古代文学作品对于我们今人有继承、借鉴意义的，主要在于它所创造的艺术经验。至于它的思想内容再进步，在今天也已经远远落后于我们的时代了。艺术当然也不可能离开思想，但是研究的着眼点毕竟可以有思想和艺术之分。我个人对中国古代小说研究的兴趣，始终是在艺术方面。因此，我对《金瓶梅》的研究，重点也放在对它的艺术性的探讨上。

对艺术性的探讨也可有各种不同的角度。我过去写过一本《红楼梦的语言艺术》，我想再搞一本《金瓶梅的语言艺术》，也许可以驾轻就熟。但经过一段时间的实际摸索，我感到《金瓶梅》的语言艺术虽然很有特色，在这方面要写几篇文章，不成问题，但要专门写一本书，则意义不大。因为《金瓶梅》的语言毕竟不像《红楼梦》的语言那样炉火纯青，隽永有味，高雅优美，足以令人赞赏不绝。而《金瓶梅》在整个小说艺术上的创新，倒是更为有意义而值得探讨的问题。所以我又改变计划，想写一本《金瓶梅艺术论》。这方面的专著，尚属缺门。香港孙述宇先生的《金瓶梅的艺术》，虽然不乏精辟之见，但那毕竟不是对《金瓶梅》艺术特色的全面系统的论述。

在学术研究的道路上，绝无轻车好驾，绝无熟路可走。别人的经验，乃至自己已有的经验，都是能借鉴，而不可照搬；照搬，就势必会成为前进路上的陷阱。例如《金瓶梅》抄录《水浒传》等现成作品的资料，许多人作过详尽的爬梳、比较、论述，似乎已无必要为此再作重复的劳动了，实际却不然。只要经过自己亲自去爬梳、比较和反复思考，就必然会有自己的新发现。

拿《金瓶梅》与《水浒传》的比较来说，有的学者指责《金瓶梅》"仍然本着《水浒》中的写法，没有作任何的发展"（任访秋：《略论〈金瓶梅〉中的人物形象及其艺术成就》）。或者说它"除照抄不改的部分外都已经走样了"，把武松改得"尴尬畏葸"，失去了"昔日景阳冈打虎的豪气"（徐朔方：《〈金瓶梅〉的成书以及对它的评价》），"简直是败笔"（宋谋瑒：《略论〈金瓶梅〉评论中的溢美倾向》）。反之，也有的学者通过两书的比较，指责《水浒传》的人物形象往往被写得"正义伸张，人心大快"，给那个黑暗社会增添了"理想的色彩"，因而"不是充分现实主义的"，只有《金瓶梅》写了许多"无告的沉冤，难雪的不平"，才使"现实主义向前跨进了一步"（章培恒：《论〈金瓶梅词话〉》）。我发现上述两者的观点虽然是对立的，但究其批评模式来看则是共同的，即以某一作品为范本，来指责另一作品，而没有抓住这两部名著各自的特殊性。这使我不禁想起马克思说过的一句名言：

　　你们并不要求玫瑰花和紫罗兰散发出同样的芳香，但你们为什么却要求世界上最丰富的东西——精神只能有一种存在的形式呢？[①]

　　我对《金瓶梅》的研究，要从《金瓶梅》本身的特殊性出发。我把《金瓶梅》与《水浒传》加以比较，不是要扬此抑彼，分出轩轾，而是要发现和阐明各自的特殊性，如同玫瑰花和紫罗兰可以有各自的芳香，争奇斗艳，又何必要求只能有一样色彩、一种味道呢？那岂不是有意无意地在扼杀"百花齐放"的艺术规律么？

　　由此入手，我通过《金瓶梅》与《水浒传》的比较，便有了不少新的发现，得出了饶有趣味的新结论。如我认为《金瓶梅》把《水浒传》改得"走样了"，这不是它的"败笔"，而正是它另辟蹊径的艺术创造。我这样说，是不是要抬高《金瓶梅》贬低《水浒传》呢？不。我认为这两部名著的思想倾向

---

　　①　《马克思恩格斯全集》第1卷，第7页。

都是进步的（当然也各有其局限性），艺术质量都是高超的，都同属我们民族文化光辉灿烂的结晶，世界文学之林中不可多得的杰作。它们的不同，主要是由于它们产生的历史时代、作品的题材内容和作者的创作主旨、艺术个性不同所决定的。就创作方法来说，我们与其责备《水浒传》的现实主义是"不充分"的，不如说它的现实主义是和浪漫主义相结合的，《金瓶梅》则是在继承《水浒》写实艺术的基础上，确实把现实主义向前大大推进了一步，使之具有近代现实主义的特色，可惜它同时却带有严重的自然主义倾向，因此我们应充分肯定它对现实主义的发展，却不应以此来评断它和《水浒》之间的优劣。如同我们不能在"凌波仙子"水仙花与"出污泥而不染"的荷花之间论高下一样。

我这样的看法，并不是我的主观偏见，而是建立在对作品实际仔细研究的基础之上的。如《金瓶梅》作者把西门庆的年龄由二十八岁改为二十七岁，意在指出他是"属虎的"；对于潘金莲，也指出她"乃虎中美女"。这些都是《水浒传》中所未写的。为什么要在《金瓶梅》中作这种改写呢？我认为这就表现了两书创作宗旨的不同。《水浒传》旨在以歌颂武松等水浒英雄为主，而《金瓶梅》则旨在揭露社会黑暗为主，因此，在《金瓶梅》作者看来，以武松的英雄胆力，足以赤手空拳打死山中老虎，却无法打死社会上的老虎——豪恶西门庆之流，其原因何在呢？就在于他"有钱有势"。《水浒传》中介绍西门庆时，只说他是个"刁徒泼皮"，《金瓶梅》作者则给他戴上了"豪恶"的帽子，并加上了"有钱有势"四个字。"刁徒泼皮"，只是个人品德的属性；"有钱有势"，则是整个反动统治阶级的特征。正因为西门庆有钱有势，他就可以收买王婆、何九等社会渣滓为他效劳，可以贿赂官吏为他通风报信，使皂隶李外传充当他的替死鬼，使地方县、府直至中央朝廷都成为他为非作歹的保护伞，成为他欺压善良、迫害武松等人的专政工具。英雄奈何他不得，不但报仇雪恨不成，而且还惨遭酷刑、刺配充军。它叫人看了不能不惊叹：这样的社会现实，该是何等的暗无天日啊！像《水浒传》那样写武松打虎之后，又一举杀死潘金莲，打死西门庆，足以给人以英雄报仇雪恨的痛快之感，它符合歌颂英雄理想的需要，给读者以莫大的鼓舞。而《金瓶梅》这种写法，则是出于深刻揭露和批判黑暗社会现实的需要，它是"一部不平之书"，足以"使天下后世之人，咸有牢骚之色，愤激之情"（清代文龙批语）。两者的创作主旨和审美效果上的这种差异，岂不跟荷花与水仙花的差异一样，各有惹人钟爱的独特价值么？

由于《金瓶梅》和《水浒传》的创作主旨、审美效果不同，因此两者所塑造的人物形象也有别。《金瓶梅》中的武松形象，已经不只是《水浒传》中武松形象的再现，而是经过了作者的改塑，无论其在全书形象体系中的地位和作用，或其形象自身的典型特质，皆已发生了根本的变化。他已由《水浒传》中的主角，变为《金瓶梅》中的配角，由英雄的理想化，变为英雄的现实化；作者也由对他的单纯歌颂，变为既歌颂又批判。在《水浒传》中，即使写武松醉酒惹嫌，不先杀罪魁西门庆，而是先杀嫂祭兄，杀了人不是去跟官府对抗到底，而是主动投案自首，自认"犯罪正当其理，虽死而无怨"。这些本来是带有武松自身思想上某些局限性的表现，作者却也是把它作为酒量过人，豪放不羁，兄弟情义重于泰山，不惜一切代价也要为兄报仇雪恨，大丈夫敢作敢当，犯法坐牢也在所不辞等英雄本色，来毫无保留地予以歌颂的。《金瓶梅》中的武松形象则不然，作者在对他以颂扬为主的同时，也如实地写了他的缺点。如他急于报仇，竟莽撞到失手把皂隶李外传误打死了；最后杀潘金莲时，他的手段又是那么残暴，竟用刀把她的心窝"剜了个血窟窿"，"把心肝五脏先扯下来，血沥沥供养在灵前。"因此，作者一方面对武松的负屈衔冤深表同情，说"英雄雪恨被刑缠，天公何事黑漫漫"！另一方面却又对武松的反抗斗争颇有微词，鼓吹"合撒手时须撒手，得饶人处且饶人"，"若得苟全痴性命，也甘饥饿过平生。"一方面肯定武松杀嫂，为兄报仇的正义性，说这是"世间一命还一命，报应分明在眼前"；另一方面却又责备"武松这汉子，端的好狠也"。这就使《金瓶梅》中的武松性格比《水浒传》中的武松性格复杂多了，他不只是有敢作敢当、刚烈豪爽的一面，还有因"西门庆钱大，禁他不得"，而有愤不得泄，有冤不能伸，悲壮凄恻的一面，不只有勇于伸张正义、报仇雪恨的优点，还有鲁莽凶猛、狠毒残暴的缺点。人们与其责备《金瓶梅》中的武松"尴尬畏葸"，失去了"景阳冈打虎的豪气"，不如责怪迫使武松如此的那个黑暗的社会现实，不如检查一下自己是否犯了把《水浒传》的写法模式化的错误，而没有充分地认识到《金瓶梅》中武松形象的真实性、复杂性和社会典型性。如果硬要这两部作品中的武松形象一模一样，那岂不如同要求玫瑰花和紫罗兰发出同样的芳香么？

《金瓶梅》中的武松形象，看似不及《水浒传》中的武松形象那样高大、光辉、令人称快，然而我发现《金瓶梅》中的武松形象的典型意义之深邃、广袤，却比《水浒传》中的武松形象有过之而无不及。如《金瓶梅》中把武松打虎后得到知县的赏识，由原来被任命为"步兵都头"改为"巡捕都头"，并补充说明其职责为"专一河东水西擒拿盗贼"。为什么要如此改写呢？起初我百思不解，后来看到第八十七回武松杀嫂，我才恍然大悟，原来《金瓶梅》作者不是像《水浒传》那样写武松杀嫂后主动投案自首，而是写他"上梁山为盗去了"。由专一"擒拿盗贼"的官吏，变为自己去"为盗"这两者不显然是前呼后应？它说明：那个社会多么黑暗透顶，已经众叛亲离，不得不暴力反抗；武松的思想性格，在现实的教育下，已经经历了多么巨大的发展，他不仅抛弃了对统治者的幻想，而且已经由个人复仇的反抗走上集体武装斗争的道路。在这小小的改动之中，原来如此凝聚着尖锐冲突的聚焦点，人物命运的转折点，悲剧形成的爆发点！它叫人越咀嚼，越是对其典型意义悲愤惊叹不已！

糟了！我没有料到我把《金瓶梅》与《水浒传》相比较，竟得出与徐朔方、章培恒等一向令我十分尊敬的学术权威的意见相左的结论。像我这样一个微不足道的跛脚鸭，有什么资格跟这些令人景仰的学术权威们唱反调呢？对此，我如惊弓之鸟一样，感到有点惶恐不安。

我们研究《金瓶梅》就要从《金瓶梅》的特殊性出发。研究《金瓶梅》的艺术性，还要有艺术的感受能力。这跟考据不同，考据只要能拿出过硬的材料，就比千言万语更有说服力。然而对作品的艺术分析，却不是靠资料罗列所能奏效的。它需要如同画家之于色彩和线条，音乐家之于旋律和音调那样，对小说的艺术有一种独到的敏感，能够把其中的艺术奥秘加以道破，使读者也能分享到作品所独具的滋味和魅力。

研究者的艺术敏感，不是天生的，而是靠对作品的反复品尝和仔细玩味得来的。如当西门庆忙于娶孟玉楼，而把潘金莲闪在一边一个多月之后，潘金莲发现西门庆头上戴的是别人的簪子，便追问："奴与你的簪儿那里去了？"西门庆说："你那根簪子，前日因吃醉了酒，跌下马来，把帽子落了，头发散开，寻时就不见了。"潘金莲说："你哄三岁小孩儿也不信。"这时作者写王婆在旁边插口道："大娘子，你休怪大官人。他离城四十里见蜜蜂儿捼屎，出门交癞象拌了一跌，原来觑远不觑近。"这里粗看，我也似觉平淡无奇；细嚼，则感到其味无穷。它不仅表明西门庆早已把潘金莲对他的爱情丢于脑后，而且以王婆的一句民间歇后语，名为劝"大娘子，你休怪大官人"，实则对西门庆的撒谎给予了有力的揶揄，嘲讽他能够看见离城四十里之外远的小小蜜蜂拉屎，却看不见眼前的大象。请看，如此"觑远不觑近"的逻辑，多么荒唐可笑！虽说是讽刺嘲笑，然而她又不是直接用讽刺嘲笑的语气，而是采用这种幽默诙谐、戏谑打趣的手法，既切合王婆的身份、性格、又使西门庆被刺了一下却无由发作，还起到了在潘金莲与西门庆之间缓和紧张气氛的帮衬作用。

《金瓶梅》的小说艺术就是这般奇妙，仅从王婆这句话里，它就既把西门庆那丑恶的形象揭露得非常滑稽可笑，又把王婆那伶牙俐齿、善于帮衬的性格刻画得活灵活现！更妙在它看似作家不动声色地让人物作绝妙的自我表现，没有慷慨激昂的议论，没有愤愤不平的谴责，有的只是诙谐风趣，幽默轻松的笔调，然而通过王婆等人物之口，却寄寓了作家鲜明的爱憎之情和强烈的谴责之意。因此，它所表现出来的，不是《水浒传》那种在话本基础上加工的清新明朗的艺术风格，而是文人作家独创的蕴藉含蓄、曲折隐晦的艺术风格。其基础，不是一看就懂、一听就明的说唱话本，而是经过作家的精心结撰，以轻松风趣的语调与沉重辛酸的内涵，二重共振的复调所建构的小说艺术。

我对《金瓶梅》小说艺术的分析，由此一斑可窥全豹，不知诸位认为如何？我不奢求达成完全的共识，但愿做到充分的沟通。

为此，我把我对《金瓶梅》研究所获得的与众不同的主要观点，归纳如下：

（一）《金瓶梅》在中国小说史上，是一部从题材内容到创作宗旨、思想倾向，从人物形象到创作方法，从情节结构到语言风格，皆作了全面创新的具有划时代意义的小说杰作。同时也正因为它还属初创，难免有许多旧的痕迹，有种种疏漏和不成熟之处。对于它的创新和瑕疵之处，我皆一一作了具体的论述，兹不赘。

（二）《金瓶梅》对《水浒传》既有继承，又有发展。继承的是《水浒传》中关于市井生活的写实艺术，发展的是近代现实主义的创作道路和方法。我既不赞成以《水浒传》为范本来指责《金瓶梅》，也不同意以《金瓶梅》为模式来贬低《水浒传》。它们之间的不同，是由不同的历史时代，不同的题材、主旨和创作方法，不同的艺术风格所决定的；两者同属不可多得的伟大杰作。

（三）对于《金瓶梅》中主要人物形象西门庆和潘金莲的认识和评价，我既不同意把西门庆说成地主、官僚、商人三合一的典型，更不赞成把西门庆视为新兴商人的代表；我认为西门庆的典型特质是个市井恶棍，他是中国封建社会畸形发展的畸形儿，至于《金瓶梅》中的潘金莲，我认为她已不再是单纯的淫妇形象；在她身上，既有人的合理追求，也有环境所造就和促成的种种可怜可悲、可恼可憎的行为，她在一定程度上已成为中国妇女悲惨命运中的一种典型。

（四）《金瓶梅》的语言艺术具有独特的市井味和浓烈的口语性，在中国小说史上可谓独树一帜，别开生面。它所创造的艺术风格，是鲜活的语汇、幽默的语调与沉重辛酸的内涵二重共振的复调结构，作家不是将自己的爱憎感情和盘托出，而是寓主观的爱憎于客观的描写之中，需要经过读者的反复咀嚼、再三玩味，方能得其真谛。

（五）《金瓶梅》的情节结构是以西门庆、潘金莲为主副线合成的经线，以武松、王婆、应伯爵、吴月娘、孟玉楼、李瓶儿、宋惠莲等为纬线，经纬交织，向社会上四面八方的各种人物辐射，具有有机型、整体型、开放型的特色。它在情节结构上的某些中断、重复、生硬和拼接的痕迹，并非属于由话本加工的内证，而是由于稿本、抄本本身就是以非全本的形式流传的，最后汇总刻印，经过他人补缀，必然留下的破绽。

（六）《金瓶梅》中所引用的《水浒传》和其他话本、戏曲材料，从局部的表面现象看，是抄袭，而从整体的实质上看，则皆经过《金瓶梅》作者的再创作。它是属于早期的文人创作还未完全摆脱话本等现成之作影响的产物，而跟《水浒传》等纯属在话本基础上加工的作品根本不同，因为《金瓶梅》在各个方面已非沿着原话本的路子加工提高，也不是对话本传统的另辟蹊径。

（七）中国小说史上近代现实主义的创作方法创始于《金瓶梅》，而绝非有人所妄断的《儒林外史》。《金瓶梅》虽然尚未跟自然主义划清界限，但它绝非如有的学者所说的是中国自然主义的标本。笔者提出了划清《金瓶梅》属现实主义而非自然主义的几条具体界限。

（八）《金瓶梅》对于《红楼梦》的创作，确有多方面的积极影响，但笔者认为《红楼梦》对《金瓶梅》更有重大的质的发展。从作家的思想体系、作品的思想倾向以及整个作品的思想和艺术境界来看，《金瓶梅》和《红楼梦》是属于两种文化，不应混为一谈。

面对上述基本观点，我的嘴角溢出微笑。因为我自信我的这些观点，都是建立在踏实研究的基础之上的，都是像跛脚鸭那样经过艰难跋涉才获得的，绝非信口雌黄。然而这一切并不能保证我的观点就一定正确，因为正确与否，这是需要经过历史的检验的。如果历史证明我的观点错了，那就让它充当培育他人正确观点的肥料吧。

总之，抓住《金瓶梅》的特殊性，这就是我研究《金瓶梅》的出发点和着眼点；把《金瓶梅》与《水浒传》等等作品加以比较，这就是我研究《金瓶梅》的立足点和入手点；发现并阐明《金瓶梅》的艺术独创性，为弘扬我们的民族文化服务，这就是我研究《金瓶梅》的兴奋点和落脚点。

这一切说来很简单，很容易，而实际做起来却如跛脚鸭爬山涉水一样，要经过千辛万苦的跋涉。那点点滴滴的心得体会，那字字句句组成的文稿，都是经过我反反复复无数次的思考，抛去许多彷徨和困惑，在我的人生旅途上所铸成的艰难跋涉的足迹。可谓：

一字，一个坚实的脚印；

一句，一级登攀的阶梯；

一行，一段跋涉的征程；

一篇，一张人生的履历。

我确信，跛脚鸭的艰难跋涉，会造就一个学问家，恰如天鹅的遨游太空会造就一位诗人，因为前者勤奋、踏实，后者热情、豪放。

血在，总是要奔流的；活着，总是要跋涉的。人生永远是未完成式，不管天气有阴、有晴、有风、有雨，道路有坑、有洼、有曲、有直，生活有酸、有甜、有苦、有辣，感情有爱、有憎、有悲、有喜，我都要切实地努力，都要顽强地跋涉，都要坚韧地前行，以做学问为我的生命方式，以做学问为我对社会人生的责任方式。

（原载《我与金瓶梅——海峡两岸学人自述》，成都出版社 1991 年 7 月出版。）

下篇　小说史话

引　言

　　小说，是生活的百科全书，是社会的一面镜子，是"国民之魂"①，是容量最大、内涵最为丰富，足以把语言艺术的感染力发挥到极致的叙事文学。因此，读小说，是现代人精神生活的一个重要内容。一部好小说，往往令人心悦神怡、爱不释手。

　　然而，中国小说的诞生和发展经历了漫长和坎坷的过程。在封建社会，小说长期被排斥于正宗文学之外。因此鲁迅说："小说和戏曲，中国向来是看作邪宗的。"②"在中国，小说不算文学，做小说的也决不能称为文学家。"③

　　中国古代小说约有一千五百年的历史，据不完全统计，产生的各类小说大概在三千种以上。其中最为杰出的有《三国演义》《水浒传》《西游记》《金瓶梅》《聊斋志异》《儒林外史》《红楼梦》等。这些小说以深刻的思想内涵和不朽的艺术魅力，在我国世代相传，家喻户晓，妇孺皆知，是中华民族文化的结晶、世界文学的瑰宝。

　　总结与珍视这份宝贵的文化遗产，让今天的读者对中国小说的演变及其主要代表作品的思想、艺术价值有所了解，以增强民族的自豪感和凝聚力，推动当代小说创作的民族化和社会主义精神文明的建设，这正是本书的写作目的。

　　中国小说发展的历史经验，是极为丰富的。

---

①　梁启超：《论小说与群治之关系》。
②　鲁迅：《且介亭杂文二集·徐懋庸作〈打杂集〉序》。
③　鲁迅：《南腔北调集·我怎么做起小说来》。

首先，在题材加工上，真实和伟大相结合，极幻与极真相统一，要求越来越现实化和深刻化。现实主义和浪漫主义不但是小说创作的两个主要潮流，而且两者不同程度地互相结合，互相渗透，更是小说创作主要的趋向。我国的小说创作开始是以改编、加工已有的历史题材、民间传说居多，但即使改编、加工原有题材，也力求要为反映现实生活和作家的理想服务。随着作家创作能力的提高，直接反映现实生活的小说便逐渐增多，《金瓶梅》《儒林外史》《红楼梦》就是直接以当时的现实生活为描写对象的杰作。现实生活是创作的源泉，而作家对于生活的认识水平和反映能力，则是能否做到题材新、开掘深、推动现实主义和浪漫主义向更高水平发展的关键。

其次，在人物塑造上，从塑造类型化、理想化的英雄形象，逐渐转变为以性格化和典型化来描写日常生活中真实的普通人。我国小说中的人物形象虽然与普通读者越来越贴近了，但是在他（她）们身上所体现的我们伟大民族顽强不屈、富于反抗斗争的民族精神，却是一贯的、共同的。贾宝玉"古今不肖无双"的叛逆性格，林黛玉"质本洁来还洁去"的执着追求，晴雯"身为下贱、心比天高"的抗争精神，都在一定程度上体现了中华民族的民族性格和民族精神。他们不仅显得更加真实感人，而且也如同诸葛亮、李逵、孙悟空等英雄形象一样，对我们有着巨大的教育和鼓舞作用。

再次，在语言运用上，文言小说在古代虽然还没有失去生命力，但主要的潮流则是越来越通俗化和口语化。博采口语，"将活人的唇舌作为源泉，使文章更加接近语言，更加有生气"[①]。这正是对我国古代小说语言艺术发展的历史经验的总结。

最后，在风格特色上，中国古代的小说艺术既越来越多样化和成熟化，幻想的、写实的、象征的、喜剧的、悲剧的，可谓应有尽有，同时又都体现了伟

---

① 鲁迅：《坟·写在〈坟〉后面》。

大的民族精神、民族审美心理和欣赏习惯，具有为中国老百姓喜闻乐见的中国作风和中国气派。这是中国的小说艺术得以一贯深深扎根于广大群众之中的根本经验。

中国小说的发展规律明白无误地告诉我们：小说最深厚的土壤就是现实生活，小说最大的生命力就在于人民群众的喜闻乐见。手法的繁富、风格的多样化，正是以满足人民群众日益增长的审美需求为目的。因而，中国古典小说对世界文学宝库弥足珍贵的贡献，就在于它具有鲜明的民族特色。或者说，中国古典小说正是由于具有鲜明浓烈的民族特色，才能深深扎根于我国广大的人民群众之中，才能成为世界文学宝库中璀璨夺目的奇葩。

那么，中国古典小说的民族特色又主要表现在哪些方面呢？

其一，智勇之性和高尚情操之美。这是中华民族的民族性格和民族精神的集中体现，也是中国古典小说民族特色的核心。与西方小说不同，西方批判现实主义作家，"他们塑造的正面人物多数是脱离人民的个人主义'英雄'，忏悔的贵族，'改好了的'资产者，好心肠的资产阶级知识分子，社会上的'多余的人'，以及温和驯良的'小人物'等"①。而中国古典小说描写的人物形象，却表现了为外国小说所缺乏的那种智勇兼备和富有高尚情操的民族精神。像"草船借箭""借东风"的诸葛亮，拳打镇关西的鲁智深，大闹天宫的孙悟空，厌弃功名富贵的杜少卿，追求新的人生道路的贾宝玉，等等，无不体现了我们民族的智勇之性和高尚情操之美。这种智勇之性和情操之美，虽然不能说是每部中国古典小说都具备，但它确实是中国古典小说的主流；虽然不能说是中国古典小说所独有，但与世界各国的古典小说相比，它却最为突出地反映了中国古典小说的民族特色。

其二，人物形象塑造的曲致之情和传神之美。中国古典小说人物形象塑造

---

① 杨周翰等主编：《欧洲文学史》下卷。

上的民族特色，不能孤立地从具体的艺术手法上去说明，而应从中国的民族特性出发，去研究中国古典小说的人物形象塑造在艺术手法上是如何适应和表现出中华民族的欣赏习惯和心理爱好的。据此，我们认为中国古典小说艺术的民族特色，主要表现为"中国艺术的理性精神"，"并不去逼真地创造幻觉的真实，而更多诉之于理解、想象的真实"①的那种曲致之情和传神之美。

例如，同样是画眼睛，列夫·托尔斯泰对安娜·卡列尼娜眼睛的描写，属于作家逼真地创造幻觉的真实，它使我们从作者所描写的渥伦斯基的幻觉之中，仿佛看到了安娜的眼睛中真有她那掩饰不住的内心对渥伦斯基的爱慕与钟情。而曹雪芹的《红楼梦》对于林黛玉的眼睛的描绘，则与此迥然有别，它体现了中国艺术的理性精神所特有的以形传神："更多诉之于理解、想象的真实。"如贾宝玉被贾政毒打致伤，林黛玉去探望他，作者写林黛玉只用了一句："只见他两个眼睛肿得桃儿一般，满面泪光。"接着便写林黛玉听说凤姐来了，急着要避去的窘态。这足以使读者理解和想象林黛玉对贾宝玉的那种浓烈的、特殊的、生死与共、呼吸相通的炽热感情，以及人物内心所激荡着的担忧与怜爱、悲愤与期待、哀伤与凄苦！中国古典小说塑造人物形象，就是这样通过以形传神的描画，着重启发读者的"理解"和"想象"，从而产生一种特别强大的艺术感染力。

其三，艺术表现上的虚实相生和飞腾想象之美。与西方小说擅长浓墨重彩的油画式的刻意写实不同，中国古典小说的艺术表现特色跟中国的国画相似，讲究虚实相生，尺幅千里，以少总多。它不是着力于再现生活的真实，而是着意于创造一个艺术真实的优美意境，引人遐想，令人陶醉，给人以飞腾想象的美感。

中国小说故事性强，但它不像《唐·吉诃德》的故事情节那样荒诞、离

---

① 李泽厚:《美的历程》。

奇，而是采用虚实相生的手法，使故事情节既曲折紧张，如磁石一般富有吸引力，又留有想象的余地，令人心旷神怡、浮想联翩。如毛宗岗在《三国演义》第五十一回批语中所指出的："当周瑜战曹仁之时，正孔明遣将取三城之时。妙在周瑜一边实写，孔明一边虚写。又妙在赵子龙一边在周瑜眼中实写，云长、翼德一边在周瑜耳中虚写。"这种虚实之妙，不仅增加了故事情节的曲折性和诱惑性，更重要的，它是为塑造人物形象服务的，是在虚实映照、对比衬托之下，使人物形象显得分外增姿添韵，发人深思，耐人寻味。如通过实写周瑜与曹仁的大战，显示了周瑜的雄才大略，同时通过虚写子龙、云长、翼德在诸葛亮的策划下，已乘机抢先一步夺取了周瑜大败曹仁所想得到的胜利果实——南郡和荆州。虽是虚写，却更加有力地突出了"周瑜力战而任其劳，孔明安坐而享其利"①，两个既饶有韵致，又高标独树的英雄形象。

其四，语言艺术的画工之笔和画工之美。精练传神，富有画工之美，这是我国古典小说语言的基本特色。如《水浒传》写武松杀了官僚恶霸张都监之后，"便去死尸身上割下一片衣襟来，蘸着血，去白粉壁上，大写下八个字道：'杀人者，打虎武松也'！"这八个字，掷地当作金石声，真是如有打虎之力。杀了人还不赶快逃跑，竟然在墙壁上留下姓名。不用作者多啰嗦，仅这八个字，就使读者仿佛如见武松打虎之威武、打虎之勇敢、打虎之胆识；武松不只是自然界的打虎英雄，更是人类社会的打"虎"英雄。临走时，作者不说武松如何满怀着胜利的喜悦，而只是写他"拽开脚步，倒提朴刀便走"。这"拽开脚步"的动作，这"倒提朴刀"的身影，便把武松那粗放豪侠的神态和心满意足的气势，都非常自然、逼真地活画出来了。

所谓画工之笔和画工之美，就是既行文如画，又不见人工斧凿的痕迹；小说语言精练而又具有思想容量大、含蓄有味的特点。用金圣叹的话来说，它是

---

① 清·毛宗岗对《三国演义》第五十一回的批语。

"一笔作百十来笔用"①。如《水浒传》第十五回写梁中书的老都管在押送生辰纲的途中向杨志耍威风，说："我在东京太师府做奶公时，门下军官，见了无千无万，都向着我诺诺连声……"这"都向着我诺诺连声"一句，不仅表现了老都管作为狗腿子意满志得、骄横放肆的神情，同时还反映了东京太师的威焰逼人和门下众军官的谄佞丑态。一句平常的人物语言，就这么传神地刻画出人物的性格，反映出如此丰富的社会内容，实在是精练无比，其味无穷！

其五，艺术风格的朴实无华和阳刚阴柔之美。我们中华民族的风格是高洁耿直、忠厚纯朴，不像欧美民族那样狂放炽热、强悍激越。因此，朴实无华，不是刻意追求外表的华美，而是竭力表现出内在的阳刚阴柔之美，这就是我国古典小说艺术的民族风格。当然，民族风格并不是一成不变的，至于各个时代、各个流派、各个作家的艺术风格，则更是变化万千、多彩多姿。但是，它们对于民族风格来说，只是同中之异，是对于我国整个古典小说艺术民族风格的丰富和发展。例如《红楼梦》对花团锦簇的大观园的景色描写，既像素描一样质朴，又都与人物性格互相辉映。潇湘馆的"千百竿翠竹"，是潇湘妃子林黛玉的高风亮节的象征；蘅芜院的"蘅芜满院泣斜晖"，是蘅芜君薛宝钗悲剧命运的延伸，怡红院那"其势若伞，丝垂翠缕，葩吐丹砂"的"女儿棠"，则是怡红公子贾宝玉具有女性美的性格写照。小说所写的人物性格是多么瑰丽沉厚，而所用的语言又是多么质朴简练啊！

中国古典小说阳刚阴柔相统一的风格美，突出表现在人物性格的刻画上。《水浒传》中的鲁智深是个三拳打死镇关西的烈性汉子，他那种恨不得杀尽天下不平之人的浑身阳刚之气，实在轩昂夺人。然而他对受害的金氏父女，对落难的林冲，则完全是一副救人须救彻的慈爱心肠。他可说是个具有外刚而内柔之美的人物形象。再如《红楼梦》中的林黛玉是个多愁善感、容易流泪的不幸

---

① 金圣叹对《西厢记》的批语。

女子的典型。泪水，是她那满腔阴柔之情的宣泄。然而林黛玉的性格却不只是有着阴柔之美，生活在那个污浊的封建社会中，她誓不随波逐流、同流合污。面对封建统治"一年三百六十日，风刀霜剑严相逼"的险恶处境，她抱定"质本洁来还洁去，强于污淖陷渠沟"的宗旨，宁死不屈。因此，她那流不尽的眼泪，不只是她那命运悲哀、满腔阴柔之情的表现，同时也是她那顽强不屈的悲壮性格满怀阳刚之气的反映。

当然，中国古典小说的民族特色远不止以上几点，中国古典小说对世界文学创作的贡献是多方面的。今天，我们要继承和发扬中国古典小说的民族特色，这对于弘扬民族精神，更好地创作出具有中国作风中国气派的优秀作品，满足人民群众日益增长的审美需求，具有十分重要的现实意义。同时，我们也必须清醒地看到，中国古代小说也有许多陈旧、落后的成分，我们必须学习和吸取外国小说中一切于我们有益的东西。但是，只有在继承中华民族文学传统的基础上，我们才能真正吸收外国文学创作上有益的经验，丰富自己、发展自己，使我们的小说创作既更深地扎根于现实生活和广大群众之中，又更好地走向世界，走向未来，从而为人类文化的繁荣昌盛作出我们更大的贡献！

历史已经并且必将继续"证明我们不但是文艺上的遗产的保存者，而且也是开拓者和建设者"[1]。

---

① 鲁迅：《集外集拾遗·〈引玉集〉后记》。

小说的起源

"小说"一词，最早见于《庄子·杂篇·外物》："饰小说以干县令，其于大达亦远矣。"意思是：修饰琐碎的言词，以求得好的名声，这跟治理国家的大道理相距很远。这里所谓的"小说"是指琐碎的言词，与今天作为文体的小说概念不一样。汉代班固在《汉书·艺文志·诸子略》中曾引述孔子的说法："小说家者流，盖出于稗官，街谈巷尾，道听途说者之所造也。孔子曰：'虽小道必有可观者焉，致远恐泥，是以君子弗为也。'然亦弗灭也……诸子十家，其可观者，九家而已。"此所指始与今日小说相近。该书虽把小说列为一家，但同样表现了先秦诸子对小说鄙夷、排斥的态度。

真正对小说文体作出考述的，是东汉初年桓谭的《新论》："若其小说家，合丛残小语，近取譬说，以作短书，治身理家，有可观之辞。"桓谭虽然也认为小说所写的是"丛残小语"，但已把小说视作一种文体——"短书"。这种文体的特点是"近取譬说"而有所寄托。小说的存在并非无足轻重，它具有"治身理家"的社会作用。桓谭的论述比先秦诸子对小说的看法，前进了一大步。

对于小说的起源，有种种不同的说法。鲁迅的见解颇受世人推崇：

> 至于小说，我以为倒是起于休息的。人在劳动时，既用歌吟以
> 自娱，借它忘却劳苦了，则到休息时，亦别要寻一种事情以消遣闲

暇。这种事情，就是彼此谈论故事。而这谈论故事，正就是小说的起源。[1]

这段话，明确指出小说来自民间的口头传说，是人们于劳动之余，借以消遣的一种手段。

不过，我们需要强调地指出，小说的源头虽然归根结底是来自民间的口头创作，但它的起源并不是单一的，而是多元的。它既有神话传说的因素，又受诸子寓言的影响，还从史家传记作品中吸取营养。

什么是神话与传说呢？

马克思说，神话是"通过人民的幻想用一种不自觉的艺术方式加工过的自然和社会形式本身"。"任何神话都是用想象和借助想象以征服自然力，支配自然力，把自然力加以形象化。"[2] 神话是远古时代的人民对其所接触的自然现象、社会现象幻想出来的具有艺术意味的解释和描述的集体口头创作。

原始时代，生产力的低下限制了人们的认识能力和知识水平，他们对日换星移等现象无法理解，对风霜雪雨电闪雷鸣以及洪水、地震等灾祸极为恐怖，幻想其中必有神灵主宰，便萌发了万物皆有神的自然崇拜，导致了自然神的产生。如日神、月神、山神、水神、风神、雨神等。《山海经》说风神"鹿身、头颅雀、有角而蛇尾、豹纹"。头似雀却长着角，身似鹿却布满豹纹，尾巴像蛇一样弯曲。狰狞可怖的样子反映出处于蒙昧状态的先民对风神的敬畏心态。自然神的产生使原来一些费解的自然现象似乎有了可信的解释。如认为天之所以先刮风、布云、闪电、雷鸣、再下雨，是有一位统领各神的至上神安排使然。以后先民在祖先崇拜的基础上又创造出英雄神，自然神的地位便逐步下

---

①　鲁迅：《中国小说的历史的变迁》。
②　《政治经济学批判·导言》，《马克思恩格斯选集》第 2 卷。

降。《山海经·大荒北经》记载了龙神、风神、雨神、旱神在英雄神指挥下的一场恶战：

> 蚩尤作兵，伐黄帝。黄帝乃令应龙攻之冀州之野。应龙蓄水，蚩尤请风伯、雨师，纵大风雨。黄帝乃下天女曰"魃"。雨止。遂杀蚩尤。

蚩尤是神话中的水怪，侵犯黄帝。黄帝则是英雄神，他命令龙神蓄水。蚩尤又请来风神、雨神助战，纵大风雨。龙神蓄水不成。黄帝便命旱神魃出战，风伯、雨师狼狈溃逃。雨止风停，天旱水涸，水怪蚩尤无技可施，被杀死了。英雄神的出现标志着人类自信心的增强。

英雄神的产生使古神话大放异彩，现存的神话故事多属于这一类。以后，神话又逐渐向传说位移。《山海经》中记载的鲧禹治水的故事便可见这种变化，洪水泛滥，鲧冒着生命危险从上帝那儿窃来可以平息洪水的神土，结果鲧被杀害于羽山郊野。鲧死而尸体不腐，剖腹生禹。禹继父志，终于依靠人类自身的力量治服洪水。这个故事前半部是神话，后半部却是传说。

传说与神话的最重要区别在于：神话毫无历史根据，纯属幻想，无中生有。而传说往往有点历史的影子，有些就是以历史上的真实人物为依据，加上想象附会而成。例如关于刘邦的身世，传说他母亲与龙交配而生下刘邦。刘邦及其母亲皆实有其人，而有关刘邦出生的传说却神乎其神、荒诞不经了。神话与传说有时实在难以区别，一般人也就笼而统之地称之为神话传说。

我国古代没有记载原始神话的专书。神话传说散见于《山海经》《穆天子传》《楚辞》《淮南子》等典籍。《左传》《国语》《庄子》《吕氏春秋》里，也存有不少神话传说。但总的看来，我国的神话发展不像古希腊那样充分。长篇的、有系统的神话传说没能出现。然而，中国的神话传说对古代小说的形成确有很大影响。

　　首先，神话故事的传奇性，直接影响到后来的志怪小说、唐宋传奇，甚至白话小说的传奇性。

　　传奇性是神话传说的一个重要特点。《列子·汤问篇》中记载的"共工头触不周山"的故事就富有传奇色彩。盘古开天辟地，女娲创造了人类，大地充满生机，人民安居乐业。不料有一天，水神共工和火神祝融为了一点小事闹翻，打起仗来。水神共工人面蛇身，性情狂暴，是个有名的恶神。他和祝融从天上打到地上，杀得阴风惨惨、天昏地暗。共工是水神，到地上后，他便呼风唤雨、推波助澜，调动虾兵蟹将，围攻祝融。火神祝融一怒之下燃起熊熊大火，向共工反击，共工及其手下兵将俱被烧得焦头烂额，死去活来。共工吃了败仗，气急败坏，怒不可遏，一头撞向西方不周山。不周山是一根撑天巨柱，竟被共工拦腰撞断。半边天立刻坍塌下来，地上顿时裂开一道道深豁。接着森林燃起熊熊大火，洪水从地下汹涌而出，白浪滔天。人们被烧的烧、淹的淹，经受了一场空前浩劫。类似这样的奇异的传说在神话中数不胜数，它的题材内容和情节的设计，都对后世小说具有很大影响。有些小说如《柳毅传书》《西游记》《封神演义》以及鲁迅的《故事新编》等，在选材与描写上，借鉴与承袭神话传说之处皆显而易见。

　　其次，神话中描写的高大、非凡、神奇的英雄形象，也直接影响到后世小说中的人物塑造。神话中描写了不少具有超人智慧、非凡本领的盖世英雄，如开天地的盘古、炼石补天的女娲、射日的后羿、治水的大禹，等等。古人通过对这些英雄的礼赞，一方面表现了他们希图了解各种自然现象的迫切愿望，同时也表达了他们要征服自然的坚强意志。

　　《淮南子·览冥训》中就塑造了一位富有牺牲精神的伟大女性——女娲。远古时候，一度天崩地塌、大火焚烧，洪水泛滥、怪兽肆虐。人类和其他生物濒于灭绝。女娲目睹惨景，心痛难忍，决心补好苍天，拯救众生。她不畏艰险，往返江河，捡来五色石，架起大火，炼成五色石浆，又上天下地，修补苍天。待残天修补完毕，她担心天会再塌，便抓来一只大乌龟，砍下四足，竖立在大地四方，将天撑牢。她还四处砍伐芦苇，烧成灰末，堵塞地上裂豁，制服滔滔洪水，又不辞辛劳，驱尽各种残害人类的怪兽。人们从此又再见天日，安享和平。

《淮南子·本经训》中也记载了后羿射日的故事。传说在尧帝的时候，天上十日并出，千里干旱，草木焦枯，颗粒无收。百姓奄奄待毙，猛兽横行田野。这时，一位善射的神弓手后羿决心为民除害。他张弓搭箭，一连射下九个太阳，解除了旱象；又射杀无数毒蛇猛兽，使百姓能安心生产。后羿的形象，反映了人民战胜自然灾害的壮举。

《山海经·北山经》则讲述了"精卫填海"的故事，表现精卫鸟"不以东海为大，不以自身为小"的可贵精神，歌颂了人类坚韧不拔、不屈不挠地与自然作斗争的顽强毅力。这些英雄形象，给后世小说的人物塑造以很大的启示。不要说神魔小说中那些出神入化、腾云驾雾的人物形象直接渊源于此，就是现实主义小说中的一些英雄人物的塑造如关羽万夫莫当的神勇，孔明神鬼莫测的智慧也都明显地可以看到神话传说的影响。

最后，神话传说中奇特的幻想、丰富的想象，给后代的小说家提供了充分发挥艺术想象力和创造力的养料。

神话本身就是幻想与想象的产物。大自然鬼神莫测的变化，刺激了原始人非凡的想象力，使他们创造出一篇篇神奇动人的神话故事。

天和地是怎样形成的？古人便幻想有一位龙首人身的盘古用利斧将混沌的宇宙劈开，使轻清的东西上升变为天，重浊的东西下降凝为地。

人是怎样产生的？古人便又幻想出一个名叫女娲的天神，用黄土捏成人。

《山海经·海外北经》的《列子·汤问》记载的"夸父追日"的故事，更是充满美妙奇特的想象：遥远的北方地区，终日不见阳光，一年四季寒冷异常。一个名叫夸父的勇敢巨人，决心追寻太阳神，劝太阳改变行走路线，给这里送来温暖和光明。他翻过无数座崇山峻岭，跨过数不清的激流深渊，战胜重重艰难险阻，终于看到盼望已久的太阳。他高兴地狂呼着向太阳奔去。可是太阳走得太快，很快又将他抛在后面。夸父毫不气馁，迈开大步紧追不舍。脚磨破了，腿累疼了，他折下一根树枝当手杖，咬紧牙关，继续追赶。离太阳越来越近，天气也越来越热。夸父口干舌燥，他一口气把黄河喝干，又一张嘴把渭水吸尽。终于，在太阳就要落山的地方，他靠近了太阳，拼尽全身余力，向太阳诉说了自己的心愿，然后倒在地上，闭上了眼睛。他的手杖滚到一旁，变成了一片茂盛的桃林，为后来追求光明的人解除口渴。太阳神为他锲而不舍的精神感动，从此改变行走路线，给偏远的北方也送去了温暖和光明。

这种种精彩绝伦、豪放雄奇的想象，简直令后人叹为观止、难以企及。后世的不少小说，尤其是浪漫主义作品，正是在神话的刺激下，张开了想象的翅膀，正如古希腊神话是西方文学最初的源头一样，中国古代神话那传奇的情节、非凡的英雄、大胆的幻想，也极大地滋润了中国小说的孕育与萌发。

《山海经》载录的神话，语言朴实，叙述质直而绝少文饰，反映出原始神话淳厚、朴素的本来面貌。它对中国文化尤其是古代小说的创作，产生了深远的影响，特别是它对幻想、想象、夸张等浪漫主义手法的成功运用，对后世文学创作的影响更为广泛和深刻。就中国小说而言，《穆天子传》中的部分人物和故事，就是由《山海经》的相应记载演绎而成，《神异经》《十洲记》中也有不少模仿《山海经》的记述。六朝志怪多直接取材于神话，《搜神记》就是明显的例证。唐代传奇作者则开始有意识地采撷神话传说进行创作。宋人小说《大唐三藏取经诗话》，明人小说《西游记》《封神演义》《开辟衍绎通俗志传》及清人小说《镜花缘》等，无一不是借助神话传说的资料并在不同程度上继承了神话的浪漫主义写作传统。

中国小说的起源，可以上溯到古代神话和传说。这不仅表现在上述后世小说在创作素材上的汲取，同时，神话人物的肖像固定模式，则是中国小说和戏曲里脸谱化的滥觞。而从叙事文学的角度考察，神话传说还为后世作家提供了一些故事类型，世代延续，绵长不绝。

中国小说的发韧，并非单一地受神话传说的影响，先秦散文中的寓言故事以及早期的史传文学，也都不同程度地起了积极的催化作用。

寓言故事，一般短小精悍，深藏哲理，富有情趣。

孟子就常常用譬喻与寓言陈说事理、辩论是非。既使行文生动，又加强了说服力。如《孟子·离娄下》"齐人乞墦"就是一例。一位齐国人，每次出门都大醉而归。他在妻妾面前夸口说常有富贵朋友邀他相饮。日久，妻妾生了疑窦：为何只见富人请他，却从来没有贵者上门？一日早起，齐人出门，妻子悄悄尾随于后。只见齐人径直走到城东廓墓地里，向祭奠死人的家属乞赐剩余的酒肉。妻子见状，羞愧万分，回家与妾抱头痛哭。而齐人回来，不知底细，依然大言不惭地自吹自擂。这则寓言，情节生动，描写逼真，三言两语即刻画了"齐人"无耻、得意的丑像，堪称写实主义短篇讽刺小说的胚胎。此外，像"拔苗助长""守株待兔""叶公好龙""自相矛盾""滥竽充数"等一类意味隽永的寓言，对后世小说简洁凝练的叙事风格以很大影响。

早期史传文学在事件铺陈、人物塑造上对小说的影响更为重要。

《左传》作为历史著作的发韧之作，它的叙事极富故事性、戏剧性，充满紧张动人的情节。僖公二十三、二十四年，晋公子重耳出亡及返国，《左传》将这一经过写得摇曳多姿、跌宕有致。书中对重耳的流亡生活并非毫无选择、平铺直叙，而是抓住故事的重要环节或有典型意义的部分着重叙述和描写，因而全篇主次分明、详略得当。逼真形象地表现了主人公重耳由一个不谙世事、只图享乐的贵胄公子，逐渐锻炼成为有志气胆识、肚量智谋过人的政治家这一成长过程。作品不少情节如别隗、过卫、醉遣、窥浴等都极富戏剧性。而其中一些细节的穿插描写，又使人感到离奇变幻、风波乍起，颇具吸引力。《左传》

的许多篇章对后世小说设计扣人心弦的故事情节、精当的选材布局以及多侧面地烘托人物形象，真实地展现人物性格的演变过程等艺术技巧都有着重要的借鉴价值。

稍后出现的《史记》，开创了我国纪传体史学的先河，也是我国传记文学的滥觞。

《史记》在"本纪""世家"和"列传"中，以人物活动为中心，生动地展开了广阔的社会生活画面。它在写作中的许多重要特点，多为后世小说家所继承。

首先，《史记》善于渲染气氛、铺写事件。在"鸿门宴"中，作者先写鸿门宴前楚汉两军剑拔弩张，几至火并的危急情势；继写刘邦、项羽在鸿门宴上面对面的舌战，以及幕后范增要杀刘邦，张良串通项伯保护刘邦；酒宴间，项庄舞剑，意在沛公，危急时，樊哙又持剑夺门而入，战事一触即发，场面极其紧张；最后张良从中斡旋调度，使事态终于化险为夷。这一段文字写得绘声绘色，惊心动魄。在"垓下之围"中，作者更是细致地交代楚王由胜转败的各种因素，十分传神地描绘了四面楚歌、霸王别姬的凄凉气氛，以及垓下之战杀声震天、残酷壮烈的场面。项羽率领仅存的二十八骑与汉军决战，溃围、斩将、刈旗、叱咤风云、气盖一世，虽面临危殆，仍豪迈从容而最终自刎乌江。作者用一种凄怆而悲壮的笔调写出了项羽失败时的"英雄末路"，令人为之叹息。

其次，《史记》善于在矛盾冲突中展现人物性格，写出人物的复杂性与个性特征。

在《廉颇蔺相如列传》中，蔺相如机智勇敢而又豁达大度的性格，正是通过完璧归赵、渑池会、将相和等一系列紧张曲折的矛盾冲突，淋漓尽致地表现出来。

《史记》注意写出人物性格的复杂性。作者写刘邦，并不抹杀刘邦在结束楚汉纷争、建立一统国家中的巨大作用，他机智谨慎，知人善用。但作者也没有放过对他的虚伪、狡诈和无赖品质的揭露。当楚王要烹杀其父时，他竟嬉皮笑脸地要分一杯羹吃。平定天下后，他对昔日功臣一再猜忌、大加诛杀。这就异常真实地刻画出刘邦丰满的性格特征。再如写项羽虽英勇无比、憨直淳朴，却刚愎自用、残酷暴烈；韩信精于用兵却疏于自全。这些人物优劣参半，都写得栩栩如生，呼之欲出。

《史记》还善于在对比中写出人物的独特个性。刘邦、项羽都曾见过秦始皇。项羽说："彼可取而代之！"表现了他粗豪大胆、无所畏惧的本色；刘邦却说："嗟乎，大丈夫当如是也！"表现了他羡慕权势，不安于现状的性格特征。特别值得称道的是，《史记》能将性格相近的人物写得面目不同、风姿各异。同为智谋之士，张良显得老练稳重、深谋远虑；陈平富于权谋奸诈、阴险诡谲。同是勇武之将，廉颇有大将风采，樊哙露猛士之象。这种高度个性化的性格描写，对小说人物形象、特别是典型形象的塑造极有价值。

最后，《史记》的结构安排颇具匠心。《史记》中的各篇人物传记，结构很少雷同。如《项羽本纪》，作者用的是线式结构，它以项羽为中心，以军事进退的路线为线索，以各个重大的战役和政治事件为重点，形象地展现了项羽由成功到失败的历史进程。《魏其武安侯列传》则不同。它采取的是纵横交错的网式结构。文章一开始，双线并列，分别描写魏其侯窦婴和武安侯田蚡的经历与纠葛，后灌夫又搅入其中。田蚡和窦婴互相倾轧，灌夫和窦婴却是同党。三个人的事情纠缠在一起，矛盾愈演愈烈，冲突直闹到皇帝面前。结果是田蚡获胜，灌夫灭族，窦婴弃市。田蚡获胜不久即病死，矛盾双方同归于尽。这种网式结构，从各个层面上使几方人物的矛盾得以充分展开，而且使统治阶级的内部斗争暴露无遗。总之，《史记》多样化的结构，对后世小说结构的艺术手法有极大的启示。

当然，史传文学毕竟不是小说，它只能在"实录"基础上进行适当的艺术加工而不能完全虚构。然而，史传文学对小说在情节安排、人物塑造、表现手法等多方面的重大影响，却是不容置疑的。如同花卉的萌芽离不开种子、土壤和空气、阳光。中国古代小说的萌芽，正是由神话传说、先秦散文、早期史传文学等多方面营养哺育、滋润的结果。

小说的萌芽：魏晋南北朝志怪志人小说

我国古代小说在魏晋南北朝时期，出现了它的早期形态：志怪志人小说。

魏晋南北朝的志怪志人小说又被称为古小说。这类小说虽然还没有完全摆脱依附历史著作的状态，作家还不是自觉地创作小说，小说的形式也比较简单，内容琐杂、粗陈梗概。然而，它毕竟已从野史杂传中分离出来，开始走向独立的文学形式，展示了中国小说的雏形。

志怪志人小说为什么在魏晋南北朝时期迅速崛起乃至兴盛呢？其原因主要有下列四个方面：

首先是社会政治的动乱和腐败。

从东汉末年到南北朝，是我国历史上异常动乱的年代。阶级矛盾、民族矛盾、统治阶级内部矛盾非常尖锐。土地兼并、农民破产、军阀混战、民不聊生。《后汉书·灵帝本纪》就记载了人吃人的惨剧："河内人，妇食夫；河南人，夫食妇。"处在水深火热之中的人民被迫揭竿而起，爆发了轰轰烈烈的黄巾大起义，参加人数达数十万。曹操、孙权、刘备等军阀趁镇压黄巾起义之际，扩充自己的势力，使东汉王朝分裂为魏、蜀、吴三国。后来三国归晋，但西晋只统一了短暂的四十一年，内部便发生了"八王之乱"。接着便是外族入侵，北中国陷于异族之手，东晋小朝廷逃到江南，从此中国南北分裂、政权更迭、战乱不已，人民困苦不堪。《晋书·食货志》记载："人多饥乏，更相鬻卖"，"流尸满江，白骨蔽野"。人民群众对现实的强烈不满，除了向统治阶级展开武装斗争外，还把自己的反抗精神和追求理想的愿望，通过丰富的幻想，寄托在一些神鬼故事的编述中。这便造成了志怪小说的勃兴。这也是魏晋南北朝时期不少志怪小说具有积极性内容的重要原因。

其次是宗教迷信的广泛传播。

鲁迅先生指出："中国本信巫，秦汉以来，神仙之说盛行，汉末又大畅巫风，而鬼神愈炽，会小乘佛教亦入中土，渐见流传。凡此，皆张皇鬼神，称道灵异，故自晋讫隋，特多鬼神志怪之书。"[①]

我国土生土长的道教创立于东汉顺帝时，魏晋以降，神仙道教日益兴盛，道教诸神达四百多人。东晋葛洪的《神仙传》，仿魏晋官制，分神仙为九品，南朝陶弘景又撰《真灵位业图》，将道教诸神排列为七个层次。由是，道教故事、神仙事迹不胫而走，刺激了志怪小说的创作。同时，旷达飘逸的高道风范也影响到人物品评，推动了志人小说的繁荣。西汉末年，佛教传入。魏晋时期，佛教传播很快。据《法苑珠林》卷一百二十记载，西晋仅洛阳、长安就有佛教寺院一百八十所，僧尼三千七百人。而到了北朝，国家大寺四十七所，王公建寺八百三十九所，百姓所造寺庙三万余所，僧尼达二百余万人。佛教的轮回报应、因缘前定思想逐渐深入人心。这就势必造成大批鬼怪故事的出现和流传，使志怪小说有了丰富的题材来源和幻想的社会基础。

再次是士大夫清谈风气的盛行。

东汉末年，社会政治黑暗，士大夫们常常聚而评议朝政得失，揭露、讥讽统治阶级鱼肉百姓、骄奢淫逸的行径，从而引起统治者的血腥镇压。孔融、杨修、祢衡、嵇康、潘岳、陆机、陆云等当时著名的文人，都因统治者的忌恨而横遭迫害。在这种高压政策下，一些士大夫为自保，或隐居避世、或纵酒谈玄，清谈之风遂逐渐兴起。加上约束人心的儒家礼法，随着汉朝统治的崩溃而动摇瓦解，魏晋时期普遍出现了要求人的个性得到某种解脱的思想。一些人有

---

① 鲁迅：《中国小说史略》。

意不遵法度，放浪形骸，形成一种寄情山水、谈天说地、悠闲自适的人生态度。稽康在《与山巨源绝交书》中说他不愿做官的原因，就是喜欢自由。他要非汤武薄周公，按自己的方式生活，不愿为做官而牺牲自由。陶渊明也不愿为五斗米折腰而弃官归田。他们不满现实，以老庄玄学为武器，向封建礼法展开猛烈攻击。这又进一步助长了谈风的盛行。

清谈又称清言。它或则是品评人物，或则是谈论玄理。汉代实行郡国举士制度，魏晋采用"九品中正制"。人才往往由地方官辟举荐用，地方官荐才标准则根据士大夫的品题。所谓品题，就是评论人物，定其高下。因而片言褒贬，足以影响到一个人的名誉地位。品题的依据，仅仅是人物的言谈举止、轶闻琐事。《后汉书·许劭传》载："初，劭与靖（劭从兄）俱有高名，好共核论乡党人物，每月辄更其品题，故汝南俗有月旦（犹月朔，每月初一）评焉。"因又称品评人物为"月旦"。魏晋以后，品评人物更是蔚然成风。玄理就是老庄哲学。士大夫为逃避严酷的现实政治而追求清虚玄远，造成"中朝贵玄、江左称盛"的局面。这种标榜超脱、崇尚虚无的思潮又促使品评人物的风气更盛。名人言行的一鳞一爪，往往被传为口实，竞相仿效。有人将其著录下来并汇集成书遂为志人小说。

最后则是文学理论的成熟与创作的繁荣。

魏晋南北朝是文学的自觉时代，其突出标志便是文学理论的成熟。曹丕以帝王之尊，倡言"文章为经国之大业，不朽之盛事"。他的《典论·论文》是我国最早的一篇文学批评专论。在这篇论文中，他将文体分为四类八科，并概括出每类文体的特点："奏议宜雅，书论宜理，铭诔尚实，诗赋欲丽"。以后，陆机的《文赋》又进一步深入地探讨了创作过程，强调艺术想象的重要性，总结了写作技巧，并发展了曹丕的文体论，将曹丕的四类八科分为十类，进一步把握了文学的特点。特别是刘勰的《文心雕龙》和钟嵘的《诗品》。这两部文艺理论专著代表了中国文学批评的最高成就。尤其是《文心雕龙》体大思精、笼罩群言。它从文体论、创作论、批评论、发展论等方面提出了鞭辟入里的理论见解，有力地推动文学创作走向自觉。总之，这些理论著作都注意到把文学与经史区别开来，认识到文学语句华丽、富有性感的特点，自觉追求文学的形式美。这对志人志怪小说讲究语言的清丽雅致、叙述的婉转曲折、写景状物的生动细密、人物描写的具体逼真都有着直接的影响。这一时期也出现了不少著名的文学家，如曹操、曹丕、曹植及建安七子，梁武帝萧衍与其子昭明太子萧统，竹林七贤、谢朓、谢灵运、陶渊明等。他们都极有文采、名重一时。其优秀作品及抱负胸襟也影响到当时小说的创作。

就志人志怪两类小说相比，志怪小说更富有小说意味。志人小说受品评人物的风尚影响，主要记录时人的言行片段，虽在勾勒人物、描摹情态方面比史传文学进了一步，但仍停留在真人真事的记录上，情节缺乏完整性，故事也缺少必要的虚构。而志怪小说却有着丰富的想象和幻想，重视艺术虚构，具有完整的情节，并注意塑造鲜明的人物形象。

"志怪"一词，最早见于《庄子·逍遥游》，意谓记叙奇闻怪事。明代胡应麟才正式使用"志怪小说"一语，把它列为六种小说中的一种，赋予"志怪"以小说分类学上的含义。

我国的志怪小说创始于魏晋。汉代没有小说。鲁迅先生说："《汉书·艺文志》上载的小说都不存在了。""现存汉人小说，多是假的。"[①]刘叶秋的《魏晋南北朝志怪小说简论》也说："《汉书·艺文志》所著录的小说十五种，久已亡佚，不知内容如何。从今天流传的作品看，所谓'汉人小说'，如称东方朔撰的《神异经》《十洲记》，题后汉郭宪著的《汉武洞溟记》等，也都不可靠，多出于魏晋文人的依托。中国的志怪小说，实际是从魏晋才开始发展。而谈志怪小说，虽并称'魏晋'，可志的魏人著作实亦无多，主要还是指晋代的

---

① 鲁迅：《中国小说的历史的变迁》。

作品。"

魏晋南北朝的志怪小说本来数量很多，至今亡佚不少。现在保存下来的完整与不完整的尚有三十余种。按其内容，可分为三类：

第一类为鬼神怪异类。以晋干宝的《搜神记》为代表，此外还有颜子推的《冤魂记》、吴均的《续齐谐记》，以及托名曹丕的《列异传》，托名陶渊明的《搜神后记》等。这类小说，或用灾异变怪的故事来附会政治现象，或用鬼神作祟的臆说来推断人的吉凶祸福。

《搜神记》被称为"集志怪之大成，有代表性的作品"[①]。它由晋代史官干宝搜集整理而成。干宝，字会升，晋新蔡（今河南新蔡县）人，约生活在西晋太康中至穆帝永和间。著有《晋纪》《春秋左氏义外传》等书。他"集古今神祇灵异人物变化，名为《搜神记》"[②]。目的是为"发明神道之不诬"[③]。证明世上真的有鬼神。《搜神记》的材料来源，如干宝在序言中所说：一是"承于前载"，二是"采访近世之事"，两类各占一半比重。今本《搜神记》四百六十四篇小说，见载于干宝以前的志怪书或其他书籍的约二百则；其余二百六十四篇则是他采访写作的。《搜神记》原书三十卷已佚，今存二十卷，系由后人缀辑而成。

《搜神记》的思想内容十分庞杂。比较有价值的在四个方面：

（一）揭露了统治阶级的凶残，歌颂了人民的反抗斗争精神。如卷十一《干将莫邪》，楚国善铸宝剑的巧匠干将莫邪奉命给楚王铸一对雌雄宝剑，三年乃成，楚王发怒杀死了他。干将莫邪的儿子赤长大后，拿着父亲留下的一口宝剑，要杀楚王报仇。楚王梦中获知此事，便以千金悬赏捉拿他。赤逃到山里，遇见一个侠客，答应替他报仇。侠客叫赤自刎，然后侠客提着赤的头和宝剑送给楚王。楚王下令将赤的头放在锅里煮，煮了三天三夜头不烂，还睁目大

---

① 刘叶秋：《魏晋南北朝志怪小说简论》。
② 《晋书》。
③ 干宝：《搜神记·自序》。

怒。侠客叫楚王亲自去看。他便趁楚王看时,一剑将楚王头砍到锅里,侠客自己也挥剑自刎,头也掉在锅里。三颗头皆煮烂了,不可识别,只好分汤肉安葬,故叫三王墓。

这篇小说情节比较复杂,以复仇为贯串全篇的主线。先写楚王杀莫邪,莫邪临行嘱其子报仇;继写其子被悬赏捉拿,报仇很难实现;再写侠客答应帮忙,却要其子自杀;最后杀了楚王,侠客也被迫自杀。一波三折,扣人心弦。故事曲折的情节体现了人民前赴后继、誓必报仇雪恨的坚强意志和勇于献身的斗争精神。小说虽短,但已注意写出人物的个性。楚王的凶残,赤的刚烈,侠客的见义勇为、智勇双全,尽管着墨不多,却十分传神。作品的语言也清丽简洁。然而,即使是这样一篇志怪小说佳作,也存在着严重的不足。故事传奇性有余,合理性不够。人物形象比较呆板、单薄,看不到人物的心理和感情活动。语言缺乏形象性、生动性。更为重要的是,这时的志怪小说,还不属于作家的有意创作,仅仅停留在对民间传说进行整理加工的阶段。《干将莫邪》故事又见于曹丕的《列异传》等,足见一斑。

《韩凭夫妇》则揭露了统治者的好色、霸道,歌颂了小人物"富贵不能淫、威武不能屈"的可贵品质。宋康王强占韩凭的妻子何氏,韩凭含愤自杀,何氏趁与康王登台赏景之际,也跳台自尽。康王有意将二人分葬两处,不使团聚。然而,奇迹出现了,"宿昔之间,便有大梓木生于二冢之端,旬日而大盈抱,屈体相就,根交于下,枝错于上。又有鸳鸯,雌雄各一,恒栖树上,晨夕不去,交颈悲鸣,音声感人。宋人哀之,遂号其木曰'相思树'。这种富有浪漫主义色彩的神奇结尾,表现了当时人民不甘凌辱、追求美满婚姻的强烈愿望。

(二)歌颂劳动人民诚实不欺、善良勇敢的美好品质。如卷一记载的董永的故事即为一例。

董永自幼丧母,终日奋力耕种,与老父相依为命。不久父亲去世,因无钱葬父,自卖为奴。主人闻知他的贤孝,送给他一万贯钱,打发他回家。董永安葬了父亲，守孝三年，仍去主人家为奴，以守信义。途中遇一妇人，愿与董永结为夫妻。董永感其诚，遂一同来到主人家。男耕女织，为主人尽力，以报葬父之德。过了十日，女子对董永说明身世。原来女子是天上织女，天帝为董永的至孝精神所感动，命她下凡助董永还债。说完飘然而去，不知所在。

这篇小说着重歌颂了董永身上所体现的劳动人民贤孝淳朴的优良品质。

这个故事后来演变为唐代的《董永变文》，《清平山堂话本·董永遇仙传》，南戏《董永遇仙记》，明清传奇《织锦记》（一名《天仙记》），《卖身记》，地方戏《十日缘》或《百日缘》，《槐荫记》，中华人民共和国成立后更有据此题材而改编的黄梅戏、电影《天仙配》。故事的内容逐步由歌颂孝道演变为歌颂爱情。在志怪小说中，天女与董永的结合是天帝的安排而非织女的自愿，这是由于志怪的一个共同特点，即强调起支配作用的是无形的神怪。

（三）赞美男女之间坚贞不屈的自由爱情。例如卷十五王道平与唐父喻的故事，写秦始皇时，长安人王道平，小时与唐父喻青梅竹马，情深义笃，誓为夫妇。后来王道平被抓去当差，流落南方，九年未归。父喻父母见女儿长大成人，硬逼她嫁与刘祥为妻。父喻嫁出三年，终日郁郁寡欢，忧愁而死。三年后，王道平回家，闻父喻已死，悲痛异常。来到墓前，呼号悲鸣，肝肠欲裂。他于墓前祷告说："如果你有灵圣，当使我再见你一面；倘无神灵，从此挥泪而别。"说完，苦苦哀泣，绕墓而行。说也怪，正在这时，父喻魂竟从墓中出，对王道平说："我因日夜思念你，郁闷而亡。今感念你相思之苦，特来相会。我虽死，身体未损，可以再生。请你即刻开冢、破棺，我便可活转过来。"王道平照办，果如其言，父喻活了，与王道平一同回家。刘祥听说，状告州县，州官按律判决，却发现没有可依据的条文，便禀奏于王，王判父喻归道平为妻。这就歌颂了男女爱情的生死不渝，可谓"精诚所至，金石为开"。执着的追求，足以感动天地与君王，使有情人终成眷属。同时，它还揭露了破坏他们婚姻的封建制度的不合理；父母凌逼，使弱女难以违抗，被差征伐，致男子九年不归。小说以浪漫主义的喜剧结束，表现了人们对美好婚姻的向往与追求。

（四）写人民与鬼妖斗争的无畏精神。《李寄斩蛇》记述东越庸岭有一条大蛇，为害百姓。地方官吏庸碌无能，只知听信巫祝之言，招募贫家女送给蛇吃，已有九女为此送命。少女李寄决心为民除害。她毅然应募，终于设计杀死大蛇。在她身上集中体现了劳动人民敢于斗争的胆略和善于斗争的智慧，说明怯弱致毙的可悲。只有英勇斗争才能除暴去害，求得生存。

《搜神记》卷十八还写了一则宋大贤杀鬼的故事。南阳西郊有一亭楼，夜半常闹鬼，无人敢宿。邑人宋大贤光明磊落不信邪。他夜宿亭楼，不设兵杖，焚香操琴。夜半，果有鬼登梯，对大贤啮牙咧嘴，狰狞可怖。大贤不动声色，操琴如故。鬼去了，不一会儿取一死人头掷向大贤，大贤接过来说："正好当枕头用。"鬼又去，过一会儿回来说："你敢搏斗吗？"大贤立起，捉其腰杀之。第二天早晨一看，原来是一老狐。故事情节层层递进，引人入胜。宋大贤一身正气，不怕鬼、敢于与鬼作斗争的豪气，足以鼓舞人破除对鬼的迷信与恐惧，树立大无畏的勇敢斗争精神。

志怪小说的第二类是夸饰正史以外的历史传闻。主要有托名班固的《汉武帝内传》、王嘉的《拾遗记》等。

《拾遗记》又作《王子年拾遗记》《拾遗录》。作者王嘉，字子年，陇西安阳（今甘肃渭源县）人，生卒年不详，是一个能文的方士。《拾遗记》原有十九卷，多有亡佚，残缺不全。后经人删定为十卷。今有齐治平校注本。《说郛》《旧小说》皆有节录。十卷中，前九卷都是历史遗闻佚事，从庖羲、神农一直到晋代帝王。第十卷谈仙山灵物、长生不老。记载帝王的故事多有借古讽今以示规劝之意。如卷七"魏文帝"条，写魏文帝诏选良家女子入宫，妙于针工的薛灵芸当选。一路上她涕泪滂沱，用玉唾壶承泪，泪凝如血，壶呈红色，平常的民女遭受了极大的生离死别之苦。此外还记秦始皇为冢，"敛天下瑰异，生殉工人"。汉初发冢，匠人尚未死，后人撰"怨碑"以申其愤，抨击了秦始皇的奢侈残暴。还写了汉灵帝起裸游馆、孙亮合"四气香"，石崇为昼夜舞等，淋漓尽致地揭露了统治者的荒淫放荡。《拾遗记》也有一些故事通过美妙的幻想来显示某种社会理想和征服自然的愿望。在艺术上，《拾遗记》想象丰富、语言雅畅。所述之事，大都情节曲折，描摹细腻，对后世小说影响甚大。如卷四记赵高事，先写秦始皇托梦给秦王子婴，子婴疑赵高谋反，囚于咸阳狱中，并用种种方法害高，竟不死；继写赵高被诛之后，子婴从狱吏处得知赵高身怀青丸，又从方士处得知赵高先世曾受丹法，故赵高弃尸，有青雀飞出体外；最后又补叙秦始皇托梦时穿着一双青鞋，乃是仙人所赠。这一段故事文字繁缛，首尾相应，可谓婉转有致。

《汉武帝内传》专写汉武帝生前死后的琐事，在很大程度上暴露了宫廷内部荒淫糜烂的生活，但也带有浓厚的神怪色彩。

志怪小说的第三类则是炫耀地理博物的琐闻。以托名东方朔的《神异经》《十洲记》，郭宪的《汉武洞冥记》以及张华的《博物志》为代表，多记述远方绝域的山川异物，也杂以神仙道术之事。

《博物志》作者张华，字茂先，范阳方城（今河北固安县南）人，生于魏明帝太祖六年（232），卒于晋惠帝永康元年（300）。《晋书》有传，说他"雅爱书籍。身死之日，家无余财，唯有文史溢于机箧……天下奇秘，世所稀有者，悉在华所。由是博物洽闻，世无与比"。据说《博物志》原有四百卷，奏于晋武帝，晋武帝说它言多浮妄，语多怪异，恐惑乱后生。命他遵仲尼删《诗》《书》，不及鬼神幽昧之事，不言怪力乱神之语，这才删为十卷。此说不足信据。崔希节《博物志跋》说它"天地之高厚，日月之晦明，四方人物之不同，昆虫草木之淑妙者，无不备载"。《博物志》深受《山海经》的影响，主要记载山川、地理、异物、奇境、殊俗、礼制、神话、服饰等。其中不少是毫无故事性的杂考、杂说、杂物。但也有不少故事性很强的非地理博物性的传说，突破了地理博物体志怪专记山川、动植、殊方、异族的范围，这便是《博物志》被称为志怪小说的根据。如卷十"八月槎"条，说近世有一个住在海边的人，看见每年八月都有浮槎来去，就决心乘槎一游。数十日后，茫茫忽忽中来至一处，见有城郭屋舍，男耕女织，问一个在河边饮牛的汉子是什么地方，汉子让他回去找蜀郡严君平。他如期回到家中，严君平告诉他某年某月某日有客星犯牵牛宿，一算正是他见到牵牛人的时候。故事的后半部又把海槎传说与牛郎织女神话联系起来，更显得奇妙而生动。《博物志》中，不少山川异物、民俗风景的描写，对后世浪漫主义小说家奇景奇境的刻画很有启发。但从总体来看，其小说价值不如前两类。

"志人小说"的名称始于鲁迅先生的《中国小说史略》。游国恩的《中国文学史》称为"轶事小说"，又叫"清言小说"。

志人小说以《世说新语》最有名。在这之前有东晋裴启的《语林》、郭澄之的《郭子》，都是记载士大夫们品评人物、清谈玄理的言行。

《世说新语》的名称和卷数今昔不同。《隋书·经籍志》小说类著录《世说》八卷。刘孝校注本为十卷，也称《世说》。唐写本残卷称为《世说新书》。唐代刘知己的《史通·杂说》才称《世说新语》。所以加"新语"或"新书"二字，鲁迅推测，当与汉代刘向的《世说》一书相区别。今传本皆作三卷。全书分德行、言语、政事、文学等三十六门，每门多篇，记载自汉末至东晋年间士大夫的言谈佚事。内容广泛，反映了魏晋间士族的放诞生活和清谈风气。

作者刘义庆（403—444），彭城（今江苏徐州铜山县）人，是南朝宋武帝刘裕的弟弟长沙景王刘道怜的儿子，出嗣给临川烈王刘道规，袭封临川王。《宋书·刘道规传》有他的附传。刘义庆担任过南兖州刺史。性简素，爱好文义。著有《刘义庆集》八卷。小说有《幽明录》二十卷或作三十卷，已佚，鲁迅《古小说钩沉》辑得二百六十六则，属于志怪小说。《宣验记》十三卷，已佚，鲁迅钩沉辑得三十五则，内容大部分是说佛有灵验的故事，旨在劝人皈依佛教。

魏晋南北朝时期，士大夫们行为放荡，言语崇尚玄虚，形成清谈和放达的社会风气。《世说新语》就是记载当时名流的清谈和放达的言行。它的思想内容有四个方面：

（一）揭露封建统治阶级的凶残面目。《汰侈》揭露了大富豪石崇以杀人劝酒、令人发指的残暴行径。石崇每次邀朋友宴饮，常常叫美人劝酒。客人不能饮，他便叫侍者斩美人。一次丞相王导与大将军王敦拜访石崇。王丞相一向不善饮，勉强去喝，不一会儿就醉了。美女劝酒到大将军前，大将军故意不饮，看石崇如何办。石崇已杀三个美女，大将军仍不饮。丞相责怪他不该见死不救。大将军说："他杀他自家人，干你什么事呢？"统治阶级视杀人为儿戏，令人不寒而栗。

（二）描写封建文人放达的行为，具有蔑视封建礼教、鼓吹个性自由的意味。《任诞》载：竹林七贤之一的刘伶行为乖张，纵酒放达。他常常有意在房间里脱光衣服，别人进屋见此情景不免讥笑。他竟说，我把天地作房间，房间作衣服，你怎么跑到我裤子里来了？这种放荡不羁的行为，表现了魏晋士人率直任性的性格。他们力图摆脱儒家名教的束缚，张扬个性解放。当然，刘伶的狂放亦是一种玩世不恭的颓废情绪的表露。

（三）反映了士大夫的清谈习气。《文学》记了这样一段轶事。阮宣子有好的声誉。太尉王夷甫一次问他："老庄与儒教有什么相同、不同处？"阮宣子答说："莫不是相同，该是相同。"太尉佩服他回答得巧妙，征召他为属官。这种以模棱两可的话作为善于言词的标尺，反映了一些士大夫在高压政策下，既惧怕获罪，又想投当权者所好的复杂心态。

（四）表现士大夫中的一些美好品德。《德行》说阮裕在剡县时有一辆好车。别人向他借车，他从不拒绝。有人葬母，想借他车子一用，但用车子办丧事恐不吉利，故不敢开口。阮裕知道了，叹了口气说："我有车而别人不敢借，要车有什么用呢？"于是把车子烧了。这个故事强烈地表现了阮裕乐于助人、严于责己的思想。

《世说新语》的思想局限性也是很明显的。作者站在封建士大夫的观点立场上，对一些名流人物放荡、颓废、奢侈的言行，往往抱着欣赏或同情的态度。即使是一些富豪残忍、凶暴的行为，也缺乏必要的批判。书中还有不少鼓吹封建道德、宣扬封建迷信的内容。如《德行》写王祥对后母的孝顺。后母让王祥看好院中的李树，有一次风雨急至，他怕损坏后母心爱的树，竟抱树而哭。一次，后母深夜持刀来到王祥床前，欲砍死王祥，适逢王祥不在而未砍着。王祥知道这事后，不但不恨后母，反而跪在后母面前请死，终于使后母感动，视为亲子。这个故事大肆宣扬封建的孝道。《术解》写郭璞替王导卜卦，知王导将有"震厄"，叫王导截取柏树枝放在床上代替自己。后果如其言，床上的柏树被雷震碎，王导化险为夷。故事宣扬了封建迷信的灵验。这些都是糟粕。

《世说新语》在艺术上总的特色，诚如鲁迅先生所言："记言则玄远冷峻，记行则事简瑰奇。"具体来说有以下三点：

（一）注意生活细节的描写。通过细节描写塑造人物，而忌空洞的说教。如石崇请客，"常令美人行酒，客饮酒不尽者，使黄门交斩美人"。这个细节，活画出石崇骄纵、残忍的本质。此外，阮裕焚车、刘伶裸体，也都通过具体细节给人真实形象的感受。说明作者对生活观察细致、描写具体，符合小说形象性的特点。

（二）篇幅虽短小，但却有一定的故事性。《世说新语》每篇仅几十字到数百字，然而作者注意写出情节的曲折性，如石崇杀美人劝酒；先总写，再具体写请王丞相与大将军饮酒；王丞相与大将军两人对劝酒态度截然不同，一个不惜勉强饮得"沉醉"，一个则不饮，使石崇连杀三人而面不改色；最后又写王丞相责备大将军，大将军却振振有词，不为所动。经过一波三折，把石崇的骄纵、残忍，王丞相的随和、仁慈，大将军的固执、冷漠，皆刻画得栩栩如生。再如刘伶脱衣裸形，本来是别人讥笑他，反过来他却讥笑别人。这一回环曲折，写得别开生面，突出了刘伶机智放达、能言善辩的性格特点。

（三）通过不同人物的性格对比刻画人物。《德行》"管宁割席"一则，鲜明地揭示了管宁和华歆对待金钱、权贵的不同态度。面对石崇杀美人，王丞相与大将军也形成鲜明的对比。再有一篇，写祖士少好财，为财所累；阮遥集不好财，但讲究穿着。虽同是一累，然在精神上，阮遥集却闲畅愉快。两相对比，表达了作者的评价，写得简约有味。

当然，从总体上看，《世说新语》仅是小说的萌芽。不仅因为作者停留在真事实录上，尚未有意识地创作小说，而且篇幅过于短小，故事比较简单，还没有完全摆脱"丛残小语"的藩篱。另一方面，我们又不能不看到，它确实是中国笔记小说的先河，后世笔记小说多摹仿《世说新语》而作。唐有王方庆的《续世说新书》；宋有王谠的《唐语林》十一卷、孔平仲的《说世说》十二卷；明有何良俊的《何氏语林》三十卷、李绍文的《明世说新语》八卷；清有王晫的《新世说》八卷等。此外，《世说新语》为后世小说提供了许多素材。如杨修解"黄绢幼妇"之词、曹操叫军士"望梅止渴"及曹植七步成诗等情节均被罗贯中写进《三国演义》一书。

志怪、志人小说情节富于变化，注意结构的完整和细节的描写，刻画了人物的内心活动，塑造了一些较为鲜明的人物形象，即使写神仙鬼怪，也赋予其人的性格。因此，它们堪称为古代小说的萌芽。在创作方法上，志怪小说富有浪漫主义的幻想、理想成分；志人小说则富有现实主义写实的特色，可以分别看作是小说创作上浪漫主义和现实主义的最早源头。

唐宋传奇：“有意为小说”

小说至唐为一大变。鲁迅《中国小说史略》指出：“有意为小说”始于唐传奇。唐传奇改变了小说和历史相混淆以及粗陈梗概的弊病，而有意识地虚构完整的故事情节，塑造具有一定典型化的人物形象。

传奇小说，就是短篇文言小说。“传奇”名称来自晚唐裴铏（音 xíng）的小说集《传奇》一书。《新唐书·艺文志》子部小说家里有“裴铏《传奇》三卷”。原书已佚，部分篇章散存在《太平广记》等书中。宋以后根据这种小说“多奇异而可传示”[①]的特点，遂以传奇概称之，颇带贬义。

“传奇”名称到后来发生种种变化。宋人以诸宫调为传奇；元人以杂剧为传奇；明人又以唱南曲为主的戏曲之长者为传奇，以区别北杂剧；近代又以专写英雄人物的小说为传奇小说。

唐传奇兴盛的原因，首先和社会的经济政治变化分不开。

唐代是中国封建社会的鼎盛时期，经济有了很大发展，出现了一些新的特点。主要表现为城市经济的繁荣和市民阶层的壮大。当时的长安、扬州、洛阳、成都等城市都是世界一流的大都会。集中了许多富商巨贾、中小商人、手工业者、妓女。社会经济和都市生活、人们之间的关系，由单纯变为复杂，由一元变为多元。晚唐时，扬州丝织业的一个作坊就拥有五百张织机。不少城市还与南洋、波斯、日本通商，可见城市繁荣之盛。人们的社会联系日趋广泛，

---

① 清·梁绍壬：《两般秋雨盦随笔》。

社会生活的内容更为复杂，从而开阔了传奇作家的视野；另一方面，读者已不满足于记录史实、粗陈梗概的作品，要求一种能表现错综复杂的新生活、塑造具有丰富情感的新人物的新文体出现，传奇小说就适应了这种社会发展的新特点，为满足市民阶层文化娱乐的需要而产生。另外，盛唐的社会稳定，统治者比较开明，造成了政治上的宽松气氛，促使人们思想活跃、想象丰富，能够更大胆地反映现实生活，表达自己的思想感情，这对传奇小说的繁荣也有很大的影响。传奇的形式比较自由，可以写实，可以幻想，可以议论，也可以夹杂抒情的诗歌。这种高度灵活自由的文体也只有在政治宽松、思想开放、经济繁荣、生活联系复杂的条件下才能产生，并迅速发展。

其次，唐朝是我国封建社会文学创作的黄金时代，诗、散文都得到蓬勃发展并取得令人瞩目的成就。唐传奇就在各种文体创作繁荣的刺激下，尤其在六朝志怪小说与民间说唱文学的直接影响下逐步走向成熟。随着佛教的盛行，为扩大佛教信徒队伍，吸引听众，往往在宣扬佛教教义的同时，要穿插说唱一段民间故事，由此形成唐代的"变文"，并逐渐演化成纯属说唱民间故事的"俗讲"。这种说唱结合、韵散相间的形式对传奇的创作有一定的启发。元稹的《莺莺传》就在散文的叙述中插入一首三十韵（即六十句）的《会真诗》，最后又有一段对张生善于补过的议论，便可看出受佛教变文及民间说唱文学影响的轨迹。唐代的古文运动，由骈体文改为比较接近口语的散文，具有文体解放的意义。唐代古文家提倡文以载道，使文学从过分追求形式的华美转向着力反映现实生活，这也为传奇小说的出现创造了条件。唐诗丰富的题材、优美的想象、精练的语言、深邃的意境，也给传奇的创作以很大的推动。有的诗人同时就是传奇作者，如《莺莺传》的作者元稹。有的传奇题材是根据唐诗改写的。如陈鸿的《长恨歌传》题材直接来自白居易的《长恨歌》。正是在各种文体创作经验的共同营养下，传奇小说很快成熟起来，成为这一时期小说的正宗。

最后，科举制度对传奇创作的繁荣也起过积极的作用。唐传奇的作者不再都是史官，而大多是举人、进士等文人。唐代科举制度盛行"行卷""温卷"的风气。应试的士子为了获得主考官或有权势人的赏识，增加中举的机会，往往先把自己的文章送给他们看，第一次送叫"行卷"，以后再送叫"温卷"。宋人赵彦卫的《云麓漫钞》记载，所送的大多是传奇，因为"盖此等文，众体文备，可见史才、诗笔、议论"。这风气到中晚唐更加盛行，由此刺激和促进了传奇文学的发展。

现存的唐传奇作品达数百篇之多，主要见于《太平广记》《全唐文》等书，其中以专集形式出现的就有四十多部。

唐传奇的发展，一般分为三个阶段。

（一）初唐时期（618—712），是由六朝"志怪"到唐传奇的过渡时期。这一时期传奇作品无论在思想内容还是在艺术手法上，都没有完全脱离"怪"的范围。不同的是，内容上虽以神怪故事为主，但增加了人世间的事，比较贴近社会现实；艺术上注意到结构的完整、形象的描绘，篇幅也较长。现存的作品只有三篇：王度的《古镜记》、无名氏的《补江总白猿传》、张鷟的《游仙窟》。

（二）中唐时期（713—873）。安史之乱后，社会矛盾加剧，各种社会问题层出不穷，为传奇创作提供了丰富的素材和思想，是唐传奇空前繁荣的黄金时代。作家辈出，佳作迭现。唐传奇中的名篇，如《离魂记》《柳毅传》《霍小玉传》《李娃传》《莺莺传》《南柯太守传》《长恨歌传》等皆出现于这一时期。其特点是：内容以反映现实生活为主，而且反映的生活面较广，触及社会的某些本质方面；艺术成就也较高，想象丰富，构思精巧，情节曲折动人，人物性格鲜明，生活气息较浓。

（三）晚唐时期（874—905），是唐传奇的演变衰微期。这时期战火四起、社会一片混乱，出现了"游侠"之风。相当多的中下层市民把希望寄托在具有神出鬼没的超常本领的侠客上，希望他们行侠仗义、除暴安良、拯救百姓。因而这一时期虽然传奇作品数量增加，并出现了不少传奇专集，但神怪气氛复盛，与现实生活逐渐疏远，产生了一些写豪士侠客的作品。如《红线传》《聂隐娘》《昆仑奴》《虬髯客传》《郭元振》等。

宋代传奇远不如唐传奇光彩照人。诚如鲁迅先生所言："宋一代文人之为志怪，既平实而乏文采，其传奇，又多托往事而避近闻，拟古且远不逮，更无独创之可言矣。"[①]宋代小说的主要成就在话本而不在传奇。较好的传奇有《流红记》《谭意哥传》《李师师传》《王幼玉传》等，总体成就远比唐传奇逊色。宋传奇衰落的原因，主要是由于宋代封建理学统治严厉，文人在思想上受到很大禁锢；传奇毕竟是用古文写的，与人民群众有一定距离，因而当民间的说话艺术悄然兴起之际，文人创作的传奇便逐渐走向僵化。

唐宋传奇思想、艺术上的成就是多方面的。

首先，题材上接近现实生活，且有比较丰富的社会内容，广阔的生活画面，小说的主角逐渐由神鬼变为现实生活中的人。魏晋的志怪志人小说虽也具有一定的现实意义，但志怪小说怪诞色彩较浓，志人小说也多局限于名人佚事，题材范围比较狭窄。唐宋传奇拓宽了题材的表现领域，广泛反映生活的各个方面，人物也不限于富豪名流，因而有着较强的现实性。

有的作品揭露了统治者为非作歹，鱼肉百姓的罪行。《补江总白猿传》写一个白猿肆意掠夺民女，连梁将欧阳纥的妻子都被他抢去。他所居的山洞"宝器丰积，珍羞盈品，罗列几案。凡人世所珍，靡不充备。名香数斛，宝剑一双。妇人三十辈，皆绝其色。久者至十年"。后欧阳纥在被白猿抢去的妇女帮助下，杀死白猿，救出众人。而欧阳纥的妻子已经被白猿奸污怀孕，产下一子即相貌丑陋、擅长文学书法的欧阳询。欧阳询在隋朝做太常博士，曾编《艺文类聚》。他的生父竟是荒淫无耻、作恶多端的恶霸。

有的作品则批判了朝廷政治的腐败。《南柯太守传》写淳于棼因酒醉卧槐

---

① 鲁迅:《中国小说史略》。

树下，梦入槐王国，当了驸马，被任命为南柯郡太守。在任三十年，功绩卓著。后因与檀罗国作战，大败，公主又死，因此被罢官，又受人诬陷，引起国王猜忌，被国王打发回家。醒后在槐树下发现一穴，仿佛梦中所经历。穴内有蚁数斛，有二蚁王即槐安国国王及王后。作者得出结论："贵极禄位，权倾国都，达人视此，蚁聚何殊！"反映了一般封建士子热衷于追求功名富贵的思想，又揭露了封建社会官场的险恶和争权夺利互相倾轧的丑态，同时也表现了作者对那种岌岌可危、朝不保夕的险恶政治环境的厌恶。《枕中记》是同类作品。道士吕翁在往邯郸途中，于旅店遇卢生，见他穷困叹息，便以一枕授生枕之，生遂入梦。梦娶贵家之女，登显官，任户部尚书兼御史大夫。然而却大为时宰所忌，以飞语中之，贬为瑞州刺史。后又升宰相，号为贤相，遭到同列害之，诬他与边将交结，意图不轨，以致下狱，几乎自杀。后来借助于宦官的力量，重新得到皇帝宠信，位极人臣，寿终正寝，可醒来却是黄粱一梦。作品深刻地揭露了封建社会官场的黑暗和政治的险恶。

唐宋传奇中，数量最多、写得最精彩的是热情讴歌自主爱情和婚姻的作品。元稹的《莺莺传》写张生与崔莺莺的爱情故事。崔莺莺是受封建礼法教育的大家闺秀，然而她不但接受了张生的爱情，而且主动与张生私下同居，使张生竟怀疑"岂是梦邪"。这种青年男女大胆相爱的精神，具有冲破封建礼法束缚的反叛意义。后来张生赴京考科举，背叛了莺莺的爱情，还认为女人是"尤物"，"不妖其身，必妖于人"。这说明张生负心不单单是个人品质问题，而是科举制度以及封建伦理道德思想破坏了他们的自由爱情。有人责怪张生"是一个玩弄女人而毫无羞愧的封建文人"，其实，悲剧的产生不在个人而在社会。至于责备莺莺"无力起来斗争，只能自怨自艾，听凭命运摆布"更欠公道。在当时封建礼法森严的条件下，崔莺莺别无选择。以后张生要求以表兄身份见她，崔莺莺拒绝相见，就表现了对张生的鄙弃与抗议。

白行简的《李娃传》写常州刺史荥阳公之子郑生热恋长安名妓李娃，这位公子不到一年时间就花尽了所有积蓄。李娃像一般妓女一样见他没钱了，就跟鸨母合计把他抛弃了。郑生沦为乞丐，讨饭来到李娃家。本身纯洁善良的李娃并没有绝情，她见郑生的惨状，心灵很受震动，怀着悔过、赎罪的心情救了他，促他勉力读书上进。当郑生金榜题名，即将走马上任时，李娃清醒地意识到他们之间有着不可逾越的阶级鸿沟，毅然决定弃他而去。郑生不依，苦苦哀求，终于与李娃结为夫妇，李娃后被封为汧（音 yāng）国夫人。这篇小说不仅具有强烈的反对门阀制度的意义，更主要的还在于着力歌颂身为下贱的妓女——李娃身上表现的扶困济危精神，体现了作者的民主意识。荥阳公之子金榜题名后并没有忘恩负义，而是迎娶李娃，他们这种患难相助、不为门第所囿、坚贞不渝的爱情，颇具动人心魄、感人肺腑的力量。李朝威的《柳毅传》也是以婚姻爱情为题材、独具特色的佳作。它写书生柳毅为受夫家虐待的龙女传书，致使龙女的叔叔钱塘君闻讯大怒，带兵杀了欺辱龙女的朝那小龙，救出龙女，龙女后嫁柳毅，成幸福夫妻。柳毅与龙女的结合不是出于俗套的郎才女貌，一见钟情，而是有着道德理想作基础。正是柳毅救助弱小的正义感和光明磊落的胸怀，才引起龙女的倾慕与追求。这样的爱情描写显然有着更深刻的美学意义。

还有的作品反映了社会动乱，歌颂了扶困济危的侠义英雄。《虬髯客传》写隋朝末年，隋炀帝在扬州过着花天酒地的生活，把朝政大权交给大臣杨素。杨素权倾朝野，骄横跋扈，不可一世。而李靖竟敢当面斥责他，使杨素的宠妓红拂深为钦佩，私奔李靖。在路上他们遇见了有图王之志的虬髯客。红拂认虬髯客为兄，三人被称为"风尘三侠"。虬髯客豪放慷慨，仗义助人，有远见卓识而行动诡秘。他有自知之明和知人之见。当他认识到李世民是"真命天子"时，便劝李靖辅佐世民，自己远走海外，自立为君。作品歌颂了他顾大体、识大局的胸怀。如果说《虬髯客传》表现了人们渴望豪侠之士拯救国家的话，袁郊的《红线传》和牛僧孺的《郭元振》则表现了希望有侠义英雄平息地方战乱和为民除害的思想。《红线传》中，身为女奴的豪侠红线，运用盗取金盒的特殊手段，及时制止了藩镇田承嗣和薛嵩之间的一场血腥斗争。《郭元振》则写了英雄郭元振东郊杀猪魔，救出无辜少女的故事。表现了豪侠之士仗义救危的英雄本色。此外，《昆仑奴》中还塑造了一个聪明机智、侠骨义胆的"义仆"磨勒的形象。磨勒不顾个人安危，深入魔窟，突破重重难关，救出受大官僚奴役的红绡妓，使她得以与所钟爱的崔生结为夫妇，表达了当时受压迫人民希望解脱苦难的良好愿望。

总之，唐宋传奇的取材范围相当广泛。从个人婚姻到国家朝政，从士子功名到豪侠壮举，无一不在作品中展现。比起魏晋南北朝的志人志怪小说来，其题材的广泛性、内容的现实性、思想的深刻性，都有了很大发展。当然，这一时期的小说，思想内容方面也有欠缺，《南柯太守传》《枕中记》都流露出"人生匆匆，一梦而已""人生如梦"的消极思想。有的作品充满鬼神迷信和宿命论；有的作品轻视妇女，把女子看作"妖"和"祸水"；有的作品宣扬英雄史观，把解救百姓的苦难寄托于具有侠骨义胆的少数豪杰身上；有的作品则赞扬出于个人感恩而为主子效忠的行为，等等，这些都是由于传奇作者阶级的和历史的局限性所致。

唐传奇在艺术上一个十分突出的成就，就是较为成功地塑造了各种各样的女性形象。这与当时社会的思想解放风气有很大关系。郭箴一在《中国小说史》中说："唐代便是女性解放的时代了。雄才大略的武媚娘，居然一跃而为则天皇后，再跃而为大周金轮皇帝。……女子为求脱离家庭的束缚而为女道士之风又盛极一时。妓女制度也公开地成立。"这个结论是言之成理的。

唐传奇中的女性形象有这么几类：

妓女形象：《霍小玉传》中的霍小玉、《李娃传》中的李娃，论身份地位，都是被侮辱、被损害的妓女，但论思想品质，她们却很高尚可贵。霍小玉美丽聪明，坚韧刚烈。她对自己与李益的爱情婚姻看得很清楚。尽管李益对她海誓山盟，而当李益离去时，她十分坦然地说道："君之此去，必就佳姻，盟约之言，徒虚语耳。"她只希望李益能和她过八年夫妻生活，然后任他"妙选高门"，而自己则出家当尼姑。然而这样一个微薄的要求也不能实现。李益一别之后，即遵从母命，与高门卢氏结姻。小玉变卖家财，甚至将最心爱的紫玉钗卖去，多方寻找李益，而李益却躲避不见。最后李益被黄衫客强邀到小玉处，小玉怒斥李益负心薄情，发誓要变成厉鬼使他妻妾不安，随后长叹数声而气绝。霍小玉的形象十分动人，她既多情又刚烈，既美丽又有头脑。作品对妓女的歌颂，反映了市井之民力量崛起的时代特色，揭露了封建门阀制度的罪恶。

贵族小姐形象：如果说妓女在爱情追求上比较自由大胆与她们的身份处境有关，那么，像《莺莺传》中的崔莺莺、《柳毅传》中的龙女这样一些出身于贵族之家的小姐，对自由、爱情的大胆追求就深刻地反映了当时妇女觉醒的普遍性。当然这种觉醒有着很大的动摇性，不自觉性。明明是崔莺莺以题为《明月三五夜》的诗约张生来相会，可是当张生真的应约前来，她那潜在的封建意识却又突然发作，板起面孔，把张生训斥了一顿。崔莺莺讲孔孟之道时，振振有词，滔滔不绝，而当她私自主动与张生同居时，竟"终夕无一言"，生动地写出了她那既大胆地追求自由爱情，又受封建意识桎梏的复杂微妙的心理。对于像她这样饱受封建礼法教育的大家闺秀，要冲破礼教的桎梏，该需要多大的勇气啊！同样，龙女也是如此，既炽热地爱着柳毅，拒绝与父母择定的"灌锦小儿"成婚，又不能直诉衷肠，与柳毅永结秦晋。但不管怎么说，从她们身上，我们毕竟看出了妇女要求婚姻自主的时代潮是不可阻遏的，看出了当时妇女冲决封建礼教束缚，追求自由爱情的意志和决心。

侠女形象：唐传奇中塑造了不少勇敢机智的侠女形象，这对男尊女卑的传统观念无疑是一次大的挑战。《虬髯客传》中的侠女红拂，勇敢而不盲动。她于乱世中毅然私奔卓有才智的英雄李靖，在于她对敌我力量有深刻的认识和清醒的估计，看出了杨素虽权重京师，却"尸居余气"的本质。再如《谢小娥传》中的谢小娥，出身于商人家庭，父亲与丈夫俱被强盗杀害。谢小娥为给父夫报仇，乔装成男子，给仇家当佣人。两年来她任劳任怨，逆来顺受，很博人好感，更无人知道她是女子。取得信任后，终于有一天，乘仇人醉酒沉睡之际，将仇人并其党羽数十尽行杀戮。表现了她沉着机智、嫉恶如仇、有勇有谋的品质。

狐女形象：《任氏传》中的任氏，是一个没有受到封建礼教浸染的带有几分野性的狐女。她美丽善良、性格开朗。爱上贫困的郑生，主动进取，而当贵公子韦鉴上门凌辱她时，她义正严辞地痛加斥责，使其歹念不果。当郑生远出谋生时，她明知将有不测，但为郑生计，仍与之同行，途中果为猎犬所害。狐女颇有人情，十分可亲，在她身上体现了广大下层妇女的优秀品质。这对后来《聊斋》中大量出现的狐女形象有很大影响。

总之，唐传奇塑造了不少性格各异、光彩照人的女性形象。她们不仅是自由爱情的追求者，封建礼教的反抗者，而且在国家政治生活中，在惩治坏人的斗争中发挥了积极作用，体现了作者较为进步的妇女观。当然，其中也难免掺杂了一些糟粕。如《谢小娥传》中，谢小娥为夫父报仇、铲除恶霸的勇敢行为，却被作者赞为"贞夫孝父之节"。一些妇女对爱情追求的动因仅仅是钟情于才貌，缺乏共同的思想基础。特别是《莺莺传》的作者把张生"始玩之，终弃之"的负心行为誉为"善补过"，更是将作者浓厚的封建意识暴露无遗。

再次，在创作方法上，出现了现实主义与浪漫主义的结合。魏晋南北朝的志怪小说浪漫主义色彩较浓，志人小说现实主义成分较强。而唐传奇则体现了浪漫主义与现实主义的结合。当然结合的方式是多种多样的。

有的作品故事情节是梦幻的，而反映的内容却较为现实。如《枕中记》《南柯太守传》，都以梦幻的形式极其真实地反映了官场的黑暗、吏治的腐败。有的作品人物形象具有超现实的因素，而其思想感情却与普通人无二。如《霍小玉传》中的霍小玉，死后变为厉鬼，闹得李益妻妾不得安宁。但厉鬼并不狰狞可怖，却极富情趣，十分真实。"厉鬼"是一位年可二十的美男子，勾引卢氏，致使李益疑惑猜忌，夫妻感情不和。再如《柳毅传》中的龙女，虽身为龙女，却无法反抗公婆丈夫的虐待，只知暗中饮泣。待柳毅传书相救，龙女知恩必报，下嫁柳毅，并为他生了孩子，这也是人之常情。还有的作品意境是夸张的、理想的，而具体描写都是合情入理、令人信服的。如《任氏传》写狐仙任氏之美，美到无以复加的地步，带有理想的光环，然而作者描写的手法是以实际生活中的人物加以烘托对比，以实衬虚，调动读者的想象力，使任氏的美显得真实可信，可亲可爱。

最后，自觉地运用小说的各种写作技巧，虚构情节，使唐传奇构思新颖，情节曲折，富于悬念，具有较强的艺术吸引力。魏晋南北朝的志怪志人小说，往往以作者的见闻与感受作为结构线索，因而很少注意故事情节的完整，结构较为松散。而唐传奇把故事情节放到结构的中心位置，因而作品容量大，故事有头有尾，情节完整。如《离魂记》从倩娘的幼年一直写到她如何因爱离魂，私奔王宙，又如何因想念父母而还魂回家，四十年间夫妻恩爱情深，生下的两个儿子如何孝顺、中举、做官，整个故事的来龙去脉，前后经过，交代得十分清楚，而且故事情节曲折有致，跌宕起伏，而非平铺直叙，粗陈梗概。《离魂记》就经历了五个曲折：（1）倩娘的父亲很早应允把倩娘许给王宙。倩娘、王宙青梅竹马、情深意笃。而及至倩娘长成，其父竟又反悔，把倩娘许配他人。风波乍起，情节逆转。（2）王宙无奈，诀别上船，远去他乡。夜间，忽闻岸上有一人行走甚速，须臾至船，原来是倩娘赶来。（3）倩娘与王宙私奔成功，经五年，生二子，夫妻和顺，安享天伦。不料情节又转，倩娘思念父母，感到恩慈间阻，无颜独存，夫妻双双还家。（4）及回家，倩娘父亲张镒说其女病在榻上，不曾离去，不信王宙之说，待派人上船检视，倩娘魂与家中病体合为一人，才使张镒相信。（5）张镒信了此事后，会不会容忍这桩婚事，其结果又将如何，读者是否相信这事，作者又一一作了交代。一连串的曲折，使全文波浪迭起，富有引人入胜的艺术魅力。尤其是倩娘离魂，作者开始未加说明，五年后，父女团圆才加以点破，令读者恍然大悟，由惊而喜。这样的情节安排显然是作者的精心结撰，独具匠心。小说情节的曲折变化能较好地服务于人物性格的塑造，与人物性格的发展同步而不游离，从而赋予人物形象以艺术的生命。《离魂记》中，王宙初听到张镒要将倩娘许嫁他人，异常愤恨，诀别时，王宙极为悲痛。及至倩娘私奔与之见面，王宙惊喜发狂；倩娘思念父母，王宙也可怜同情于她。王宙的感情随着情节的发展，经历了"恨—悲—喜—哀"的起伏，人物性格就在感情的变化中凸显出来，使读者如见其人，很感真实。当然，唐传奇在结构上也有不尽如人意的地方。例如在情节铺垫上，对人物性格发展、转变的原因交代不够，甚或没有交代。如《莺莺传》，崔莺莺从当面训斥张生来幽会到自己主动夜间来到张生房中，这中间应有激烈而痛苦的思想斗争，作者只字未写，不免使人感到突兀，也有损于人物性格的丰满。

唐传奇在思想和艺术上的成就是巨大的，在中国小说史上的地位是十分重要的。它不但扩大了小说题材的范围，而且提高了小说创作的艺术水平，把处于雏形状态的六朝小说发展到比较成熟的阶段。它对后世小说创作的影响也极其深远。在题材上，如宋元话本《李亚仙》《陈巡检梅岭失妻记》《莺莺传》《黄粱梦》，明拟话本如《杜子美三入长安》《吴保安弃家赎友》《白娘子永镇雷峰塔》等都改编自唐传奇小说。在人物形象的塑造上，后世小说也有明显的继承关系。在宋元话本《碾玉观音》中的秀秀、《三言》中的杜十娘、花魁娘子等妓女形象身上可以看到霍小玉、李娃、红拂的影子；蒲松龄的《聊斋志异》中大量描写的人神狐鬼间的爱情，显然也是对《任氏传》《离魂记》的继承和发展。更重要的是，唐传奇在体制、形式上直接影响到中国小说民族风格、民族形式的形成。中国小说一般重故事情节，情节往往带有传奇色彩，以"奇"致胜。故事有头有尾，篇幅虽短，然时间跨度较大，头绪清楚，交代明白，以及语言简洁、传神，给读者留下想象的空间等等。中国小说的这些民族特色，可谓无不肇始于唐传奇。

白话小说的滥觞：宋元话本小说

　　"话本"，即说故事的底本。它始于唐代寺庙僧侣旨在用于宣扬佛经的"变文"和"俗讲"。鲁迅在《中国小说史略》中说："然用白话作书者，实不始于宋。清光绪中，敦煌千佛洞之藏经始显露，大抵运入英法，中国亦拾其余藏京师图书馆；书为宋初所藏，多佛经，而内有俗文体之故事数种，盖唐末五代人钞，如《唐太宗入冥记》，《孝子董永传》，《秋胡小说》则在伦敦博物馆，《伍员入吴故事》则在中国某氏，惜未能目睹，无以知其与后来小说之关系。"

　　敦煌千佛洞的藏经洞于1899年初夏被发现，内约有三万多个卷子，多半为手抄本，少数为木刻本。年代从公元4世纪末到10世纪初，作品大部分被盗，运往伦敦、巴黎。后经王重民等学者到英法拍摄回来。敦煌石室藏书与文学有关的有唐人的诗，唐宋五代的词，最多的是说唱体的通俗文学，1957年王重民、向达等人编辑出版了《敦煌变文集》是这方面最完整的集子。该书共收作品七十八种，内容大体有三类：一是以历史故事或民间传说为题材的变文，如《汉将王陵变》《王昭君变文》等；二是反映当时现实生活的变文，如《张义潮变文》《张维深变文》等；三是讲述佛经故事的变文，如《八相变文》《破魔变》等。形式大都是散、韵文相间，韵文基本为七字句。向达在《敦煌变文集·引言》中说："唐代寺院中所盛行的说唱体作品，乃是俗讲的话本，变文云云，只是话本的一种名称而已。"有的变文作品就直接标名为话本，如《庐山远公话》。

寺庙里的和尚讲解一为俗讲，一为僧讲，俗讲对象为未出家的佛教徒，僧讲对象为出家的和尚。俗讲的开讲人为了引起听众的兴趣，获得较好的效果，采用变文的形式：讲唱结合，而且内容也由单一的佛经故事进而增加一些历史掌故、民间传说。变文中的话本，实际上就是唐代通俗小说。存数虽不多，但对中国小说的发展影响极大。如《伍子胥变文》，作者在历史故事之外，运用丰富的想象，增加了许多离奇曲折的情节。如伍子胥之兄为楚平王所杀，伍只身出奔吴国。为逃避捉捕，伍子胥用法术掩护自身，使捉他的人误认为他已死亡。作品写伍子胥逃到吴国后，带兵攻打楚国，杀了楚昭王，鞭尸楚平王，表现了作者对不准犯上的封建道德观念的突破。《秋胡变文》则写秋胡抛弃母亲和妻子去追求功名利禄，归途中轻佻地调戏久别不识的妻子；作品谴责了封建士子金玉其表、败絮其里的本质。《秋胡变文》除了赠诗一首六句韵文而外，全是散说，堪称是一篇地道的小说。

唐代另一类通俗小说则是佛经故事，数量比非佛经故事要多。思想内容多是宣扬因果报应的佛家思想，可取之处不多。如《丑女缘起》，写一个人对佛教不虔诚，下世投胎成为丑女人，皈依佛教后变得漂亮无比，很受丈夫敬爱。

唐代通俗小说在艺术上有不少成功的经验，突出表现在很注重人物心理活动的描写和环境的烘托。六朝志怪小说和志人小说基本没有心理刻画，唐传奇人物心理活动的描写也不多见，纵有，也只是片言只语。而唐代通俗小说中人物的内心独白则随处可见。这种内心独白很多是用唱词表现的。如《伍子胥变文》，伍子胥逃亡途中，遇大江阻隔。有一段唱词，很好地表现了他内心又悲又急的思想感情。路上，他又饥又累，有个浣纱的女子可怜他，给他吃了一顿饭，伍子胥离去后，浣纱女自觉不贞，便要自杀，又有一段唱词，写出了她此时的内心活动。这些心理描写虽不见得很成功，但说明作者已注意到心理刻画对揭示人物性格的重要性，力求将人物内心活动写得丰满、充实。

此外，环境描写更加细腻，为映衬人物性格服务，也是唐代通俗小说的一大特色。如《韩朋赋》，韩朋的妻子贞夫被宋康王派来的人抢上车的时候，作者写道："出入悲啼，邻里酸楚；低头却行，泪下如雨。上堂释客，使者扶举。贞夫上车，疾如风雨。朋母于后，呼天唤地，号咷大哭，邻里惊聚。"这就把韩朋妻贞夫的悲痛与朋母、邻里的悲痛相呼应，更加强烈地烘托出韩朋妻被抢的凄惨与内心的酸楚。

当然，唐代通俗小说与宋元话本还是有区别的。

首先，唐代通俗小说还未作为白话小说正式定形。有的叫"变"，有的叫"话"，有的叫"赋"，还有的干脆没有名称。其次，还没有从寺庙讲解中分化独立出来。不像宋元话本那样分为四家，小说与说经完全脱离，各成相对独立的一科。再次，唐代通俗小说语言上虽以口语为主，但还杂有较多的文言。但是，这种又说又唱的艺术形式，构成中国古代小说的基本艺术特点，宋元话本就全部继承了下来。不过，宋代话本的兴盛，自有其经济、政治、文化等多种原因。

宋王朝建立后，为了巩固统治，在经济上采取了一系列有利于生产发展，减轻人民负担的措施，生产力得到一定程度的提高，政治安定，阶级矛盾趋于缓和。随着农业、手工业的发展，商业经济也日益繁荣，市民阶层不断扩大，为满足城市平民日益增长的精神需求，各种娱乐活动如杂耍、伎艺等就逐渐兴盛起来，在各种文娱形式之中，"小说"和"讲史"颇受欢迎。于是宋元时代的说话艺术有了长足的发展，出现了下述新情况。

（一）出现了完全以娱乐为目的、固定的说话场所——瓦肆、勾栏。瓦肆是宋代的市语，又称"瓦市""瓦子""瓦舍"。是"来时瓦合，去时瓦解之义，易聚易散也"[①]。当时瓦舍数量很多。据《东京梦华录》卷二记载，仅北宋首都汴京就有桑家瓦子、朱家桥瓦子；卷三记载汴京还有州西瓦子、保康门

---

① 《梦粱录》。

瓦子、州北瓦子。仅桑家瓦子就有"大小勾栏五十余座"，有的"可容数千人"。这与唐代说话主要在寺院里的情况大不相同。

（二）出现了分工很细、各有专长的有名的说话人。据胡士莹《话本小说概论》引《西湖老人繁胜录》《梦粱录》《武林旧事》等书记载，南宋临安及宫廷中的说话人中，有姓名可考的多达一百一十人。其中专门说小说的有蔡和等五十八人，专说铁骑儿的一人王六大夫，专说评话的一人蛮张四郎，说经的有长啸和尚等十八人，讲史书的有齐万卷等二十六人，另有其他六人。讲史中还有专门说三分的、说五代史的。如霍四就以说三分著称。一个城市有这么多各有专长的著名的说话人，可见当时说话艺术之盛。说话艺人还有自己的行会组织——雄辩社。他们在社里互相切磋技艺、交流经验、传递信息，这对提高说话艺人的说唱水平无疑大有裨益。

（三）出现了专门编写话本的团体——书会。书会名目很多，有永嘉书会（见《白兔记》）、九山书会（《张协状元》）；古杭书会（《小孙屠》），武林书会（《录鬼簿》"萧德辉"条）；御京书会（《宦门子弟错立身》）；元贞书会（《录鬼簿》"李时钟"条）；敬业书会（《荆钗记》）等。书会的成员称为书会才人，系有一定功底的落魄文人。在《白娘子永镇雷峰塔》话本里，就记有才人编话本之事："俺今日且说一个俊俏后生，只因游玩西湖，遇着两个妇人，直惹得几处州城闹动了烟花柳巷，有分教教才人抠笔，编成一本风流话本。"

（四）出现了说话艺术与戏曲、木偶、杂技等各门艺术互相吸收，竞相发展的局面。随着城市经济的繁荣，各行各业分工很细，人们的娱乐兴趣也多样化，从而使宋金杂剧、宋元南戏及各种技艺都蓬勃兴起。说话艺术吸收姐妹艺术之长，融汇贯通，更加兴旺发达。据《武林旧事》记载，南宋临安各种伎艺人就有五百四十人，伎艺五十五种。说话艺术还分为各种家数，家数的分法各式各样。鲁迅的《中国小说史略》中分说话艺术为：小说、说经、讲史、合生四类。"小说"，基本取材于城市人民生活；"说经"，主要是宣扬佛教经典；"讲史"，是讲述历史场面；"合生"，鲁迅说是"与起今随今相当，各占一事也"[①]。据《梦粱录》卷二十，"起今随今"，应作"起令随令"。起令是说出一个题目，随令是按照题目当场唱出一首诗词。而"合生"又作"合笙"，古代一种伎艺，二人演奏，有时伴以舞蹈歌唱，铺陈事件人物，有时指物题吟，滑稽含讽。胡士莹认为："合生是一种以歌唱诗词为主的口头伎艺，内容很少故事性，实与以故事为主的'说话'殊途。"[②]这种分工细密、互相影响、竞相发展，为说话艺术水平的提高，创造了良好的条件。

（五）出现了作为书面文学作品的话本小说。话本原是说话人的底本，内容简要，有的只记一个故事轮廓。这种底本，不是直接给人阅读，而仅是供说话艺人记忆与讲授用的。随着说话艺术的发展和市民阶层对文化生活需求的提高，人们不单要听故事、看表演，而且要读作品。于是话本有了辗转传抄的较多的手抄本，在转抄的过程中，不少文人给予一定的增删润饰，加工提炼，使作品的可读性增强了。加上宋代活字印刷术的发展，书商见有利可图，便多方搜求话本，请人加工，刊印牟利。于是，原来简略粗陋的说话底本，发展为可供阅读的书面文学作品。话本小说的大量刊印，话本的体制也逐渐固定下来。如有题目，有篇首诗，有入话；有得胜头回，有正话，有结尾。

（六）出现了完全由文人创作的拟话本。

话本小说受到读者欢迎，一本好的话本小说往往不胫而走，在市民中激起一定的反响。于是一些文人或为图利，或为猎名，或为消闲，或为抨击时事，开始模拟话本的体制进行创作。这就出现了主要供案头阅读的文人创作的话本小说，鲁迅先生称之为"拟话本"。如北宋刘斧的《青琐高议》和《青琐摭遗》，它的标题：

---

① 鲁迅：《中国小说史略》。
② 胡士莹：《话本小说概论》。

《流红记》(原《红叶题诗寄韩氏》);

《许真君》(原《斩蛟龙白日上升》)。

赵景深认为前面用的标题是传奇体，下题是章回体，大约此书可说是从传奇体到章回体小说的桥梁。[①] 还有《绿窗新话》一书，全书一百五十四篇，篇篇标题都是七字一句，如《张公子遇崔莺莺》，该书也是早期的拟话本。拟话本到了明中叶后，发展到全盛时期，出现了"三言"(《喻世明言》《警世通言》《醒世恒言》，其中有一部分是以宋元话本为底本进行加工的)"二拍"(《初刻拍案惊奇》《二刻拍案惊奇》，纯属文人模拟话本之作)这样一些成就高、影响大的拟话本，标志着古代白话短篇小说进入一个极为繁盛的时期。

宋元话本的体制结构一般由四个部分组成：题目、入话、正话与篇尾。"题目"根据正话的故事确定，是故事内容的主要标记。"入话"，也叫"得胜头回""笑耍头回"，是在正文之前先写几首与正文意思相关的诗词或几个小故事，以引入正话，它有启发、聚集听众的作用。"正话"即故事的正文，是话本的主要部分。"篇尾"，是说话人直接总结全篇主旨，或对作品中的人物、事物加以评论，内容上一般游离于情节结局之外，形式上往往用四句或八句诗句，有时也用词或整齐的韵语。

宋元时代的话本，据《醉翁谈录》《也是园书目》《宝文堂书目》记载，约有一百四十种之多，但因封建士大夫的排斥、摧残，加上年深日久，无人编辑整理，大多散佚，保持至今的约有四十余种，散见于《清平山堂话本》《熊龙峰四种小说》，以及冯梦龙编辑的《喻世明言》《警世通言》《醒世恒言》等书中。

平心而论，宋元话本的整体思想成就并不太高，如《志诚张主管》，写一

---

① 赵景深：《中国小说论集》之《青琐高议的重要》，永祥印书馆 1950 年版，第 104 页。

个白发老人张员外的小夫人，主动追求员外店里的主管张胜，张胜恪守儒家道德观，不敢越礼答应。结果小夫人犯案自杀，而张胜则清白无事。作者赞道："亏杀张胜立心志诚，到底不曾有染，所以不受其祸，超然无累。"可见作者思想观念之陈腐。再如《西湖三塔记》写女妖迷惑男人，男人差点被害死。较之唐代小说歌颂真挚的爱情，描写人与鬼、人与狐恋爱之事，显然是个倒退。

当然，宋元话本也有一些思想内容比较进步的作品。如《碾玉观音》《闹樊楼多情周胜仙》《快嘴李翠莲》等篇，肯定了青年男女对自由恋爱的追求，特别是热情赞扬了女性在追求爱情中的坚决和勇敢。《碾玉观音》写被咸安郡王买作"养娘"的璩秀秀爱上了碾玉匠崔宁，趁王府失火，双双逃至潭州安家立业。后因郭排军告密，郡王抓回秀秀处死。但死亡没有阻止秀秀追求爱情生活的愿望，她的鬼魂仍与崔宁做夫妻，并惩处了郭排军。《闹樊楼多情周胜仙》写周胜仙在金明池上遇见范二郎，主动大胆地向范二郎表示自己的爱情，爱得坚决热烈，父母阻止，她始终不屈服。为范二郎她死过两次，做了鬼还请假三天来和范二郎相聚。最后又通过五道将军把范二郎救出监狱。这两个故事的意义在于突出地表现了青年女性在爱情上的反抗精神。

另外，以公案为题材的作品，如《错斩崔宁》和《宋四公大闹禁魂张》则揭露了封建社会昏官恶吏草菅人命的黑暗现实，表现了人民对统治阶级的殊死斗争。《错斩崔宁》写崔宁和陈二姐被卷入因十五贯钱而引起的谋杀案中，由于府尹"率意断狱，任情用刑"，结果被招供诬服，判处死刑。对封建官吏昏庸糊涂而又凶狠残酷的本质给予了严厉的批判。《宋四公大闹禁魂张》描写侠盗宋四公、赵正等人路见不平，拔刀相助，凭着一身本领，惩罚了为富不仁的财主张富，偷走了钱大王的玉带，戏弄了要捕捉他们的滕大尹，闹得禁卫森严的东京城一片惊恐，不得安宁。嘲弄了统治阶级的腐朽无能，歌颂了人民的反抗精神。

宋元话本毕竟是封建社会的产物，即使是这些较为优秀的作品，也不可避免地带有明显的封建思想的烙印。《碾玉观音》中，真正绞杀秀秀与崔宁幸福婚姻的刽子手应是郡王，作品只写秀秀痛恨给郡王报信的郭排军，却对使她招致杀身之祸的郡王轻轻带过，只字未提对他的惩罚，而且一再写到秀秀没有福气，不能在郡王府里安享荣华。《错斩崔宁》还给封建最高统治者涂抹了一层金粉：写皇帝将无心判错案的官吏削职为民。这一描写削弱了作品对封建政治腐败黑暗的批判力量。

宋元话本在艺术上有很大成就。它在人物塑造上活现了众多"市井人民"的光辉形象。以前的小说多以王公贵族、太太小姐为主要描写对象，而宋元话本却使小说更趋于平民化、市井化。不少作品直接写商人、手工业者，描写了他们喜怒哀乐的情感，刻画了他们鲜明突出的性格。《碾玉观音》中的秀秀是璩家裱褙铺的女儿，她爱上的是碾玉匠崔宁，他们私奔到外地后，靠自己的手艺过着衣食不愁的安宁生活。《志诚张主管》中的张主管是个店员，小夫人的丈夫是一个开钱铺的员外。《错斩崔宁》中的崔宁是到城里卖丝的小商贩。《花灯轿莲女成佛记》中开花铺的张元善是个做花的手工艺人，文中称他为张待诏。待诏是宋代对手工艺人的专称，一如称碾玉匠崔宁为崔待诏一样。《闹樊楼多情周胜仙》中的周胜仙家里是个开染坊的，她所爱的范二郎，其兄范大郎是开酒店的。这些作品对宋代城市风貌及各色市民的生活习性、心理特点的描写，为我们展现了一幅宋代色彩斑斓的市井生活画卷。足以证明宋元话本具有不同于以往小说的显著特点，尤其是璩秀秀、周胜仙、李翠莲、崔宁等市民形象的刻画，栩栩如生，个性鲜明，达到相当的典型性，更是对中国小说史的贡献。

作者在刻画人物时，善于通过人物的内心活动和对话来表现性格。《错斩崔宁》写刘贵驮钱带醉回家，与陈二姐的一段对话以及刘贵睡着后陈二姐的内心活动，十分传神地表现了陈二姐逆来顺受、细心善良的性格特征。《闹樊楼多情周胜仙》中，周胜仙故意和卖书人争吵，曲折地诉说了自己的身世，主动地向范二郎表达了爱慕之情，写活了周胜仙聪明机智的性格。再看《碾玉观音》中秀秀、崔宁逃出王府后的一段对话：

> 秀秀道："你记得也不记得？"崔宁叉着手，只应得诺。秀秀道："当日众人都替你喝采：'好对夫妻！'你怎地倒忘了？"崔宁又侧应得诺。秀秀道："比似只管等待，何不今夜我和你先做夫妻？不知你意下如何？"崔宁道："岂敢！"秀秀道："你知道不敢，我叫将起来，教坏了你，你却如何将我引家中，我明日府里去说！"崔宁道："告小娘子，要和崔宁做夫妻不妨，只一件，这里住不得了。"

这段对话，将秀秀追求爱情，主动、泼辣的性格和崔宁憨厚、怯懦的个性都表现得淋漓尽致。这是唐代通俗小说所无法比拟的。

更为重要的是，宋元话本开创了中国白话小说的先河。话本起初是以口头创作的方式出现的，因而话本的语言是当时通行的口语。从口头创作转为书面文学时，通俗的口语经过作家的加工改造，便形成一种特殊的语言风格：既保存了口头创作的灵活性、通俗性，又具有书面文学的精练性、成熟性。从而，宋元话本第一次全面突破了以文言为主的小说用语上的范畴，开创了我国文学语言上的一个新阶段。如不少话本大量运用来自群众的俗语、谚语，"将身投虎易，开口告人难。""火到猪头烂，钱到公事办。""鳌鱼脱却金钩去，摆尾摇头不再回。""画龙画虎难画骨，知人知面不知心。""着意栽花花不发，等闲插柳柳成荫。"等等，言简意赅，含蓄隽永，使作品生动有趣，充满生活气息。而且，与唐代通俗小说相比，宋元话本歌唱成分相对减弱，散文的成分加强了；结构完整，剪裁得当，故事性强，描写更加细腻。不少作品通过"巧合"增加情节的曲折性，如《错斩崔宁》，作者始终抓住一个"错"字，强调一个"巧"字，精心安排情节。刘贵戏言，二姐出走是"巧"，二姐走后，刘贵被杀，又是"巧"；二姐偶遇崔宁结伴同行，也是"巧"；刘贵丢失的钱与崔宁身上的钱同是十五贯，更是"巧"。正是这种"巧"，导致二人被错判死刑。作者的匠心独运又处处包含着当时社会生活的必然性。男女授受不亲的封建道德观及官府的黑暗，才使这种"巧"显得合情入理。整篇小说就是在这种"无巧不成书"的布局中令读者目迷神往，爱不释手。

长篇讲史说经的话本，对后世长篇小说的创作影响甚大。

宋元说话艺术中，最为发达的除了"小说"，就是"讲史"。"讲史"是根据史书吸取民间传说敷演成篇。它以朝代更迭为线索，讲述历代兴废之事，语言半文半白，篇幅较长。宋元讲史话本，被确定的有以下几种：

（一）《新编五代史平话》无作者姓名，曹元忠的跋说是"宋巾箱本"，但其中不避宋讳，大约是经元人修改。它是说"五代史"的底本，梁、唐、晋、汉、周，各分上下二卷，现梁、汉的下卷已佚。全书大都依据历史，只在细节地方渲染润饰。虽然受正史影响较大，但在一定程度上反映了当时人民饱受战争动乱的苦难，对黄巢农民起义并非完全否定，而是抱有一定的同情与肯定。作品结构散乱，情节连贯不够，艺术性不高。但对黄巢、朱温、刘知远、郭威等人的描写较为生动。以后演变为长篇历史演义小说《残唐五代史演义传》。

（二）《全相平话五种》，元代至治年间刊行。它包括《武王伐纣平话》、《七国春秋平话》后集（又名《乐毅图齐》）、《秦并六国平话》、《前汉书平话续集》（又名《吕后斩韩信》）和《三国志平话》。这些作品大抵依据正史，但也穿插了不少民间流传的故事。其中以《三国志平话》的成就最高，已初具《三国演义》的轮廓。《三国志平话》承袭了民间说书贬曹褒刘的思想倾向，歌颂了其成员多来自社会底层的刘备蜀汉集团。这反映了当时的汉族人民反对元朝贵族统治的斗争愿望。

（三）《大宋宣和遗事》虽以宋人口吻叙述，但其中夹有元人的话，且不避南宋帝王的名讳，因而可能是宋人旧本而经过元人增益。该书是一部杂凑的书，简略叙述了北宋政治的兴衰。体例不一致，语言是文白夹杂，结构也松散，艺术上并无多少可取之处。唯在思想上揭露了以宋徽宗（赵佶）为首的统治集团的荒淫、腐朽，表现了作者对黑暗政治的愤怒和对人民苦难的同情，因而较《新编五代史平话》进步得多。更为可贵的是对宋江等农民起义军作了肯定的描写。梁山泊故事已经具备《水浒传》的一些主要情节：杨志卖刀杀人；晁盖智劫生辰纲；宋江杀惜，得到九天玄女的天书，上有宋江三十六人姓名，要宋江"广行忠义，殄灭奸邪！"晁盖死后，宋江被推为首领，最后宋江等人受招安、立功、封节度使等等。显然，《大宋宣和遗事》对《水浒传》的形成，有着重大而直接的关系。

总之，讲史话本本身成就虽然不高，但它们对后来《三国演义》《水浒传》《封神演义》《列国志传》等著名历史小说的创作却有很大影响。

此外，说经话本《大唐三藏取经诗话》，又名《大唐三藏法师取经记》也值得一提。鲁迅认为该书是宋代作品。因为早期刊本中有"中瓦子张家印"。张家是宋代临安（今杭州）一家有名的书铺。也有人认为这家书铺到元代也还存在，因而难以确证出书时代，但说该书是宋元之间的版本该是比较稳妥的。诗话叙述高僧玄奘历尽艰辛到天竺取经的故事。书中出现了猴行者，还出现了深沙神，显然是《西游记》中孙悟空与沙和尚的前身。书中除了取经故事外，还写了孙悟空偷吃王母蟠桃的故事以及人参果的故事。可以说，这本书为《西游记》的创作提供了最早的雏形。

讲史、说经话本为后来长篇小说的创作打下了坚实的基础。这是宋元话本的又一历史功绩。

宋元话本在中国小说发展史上占有光辉的一页。与它同时并存的还有宋人志怪传奇，就是人们通常所说的文言小说。它的成就虽不如唐人传奇那样琳琅满目，美不胜收，然而在数量上却旗鼓相当，不下二百余种。其中，篇幅最为宏伟的是多达四百二十卷的《夷坚志》，作者洪迈，系宋代著名文学家。作为志怪小说的《夷坚志》，卷帙既繁，内容也相当芜杂。一味炫示怪异，宣扬冤怨报应，自不足取，但是书中也不乏描写吏治黑暗，揭示战乱苦难，讴歌反对封建礼教束缚，追求理想爱情生活的篇章。如《袁州狱》中县尉的欺上瞒下，造成四个村民无辜致死；《太原意娘》《徐信妻》《陕西刘生》等篇反映战乱对人民生活带来了巨大灾难，夫妻分离，悲死他乡，生不能聚，只好魂归故里；《鄂州南市女》中的吴氏女，看中茶店小仆彭飞，但因门不当，户不对，无法与自己的心上人结为秦晋之好，郁郁而死，后被盗墓者救活，径往茶店相会，结果坠楼复死，其追求爱情生活的热烈执着，读之感人肺腑。《夷坚志》所载录的丰富小说故事，为宋代说话人必习之书籍。对此，《醉翁谈录》之《小说开篇》作出生动描述："幼习《太平广记》，长攻历代史书；烟粉奇传，素蕴胸次之间；风月须知，只在唇吻之上。《夷坚志》无有不览，《琇莹集》所载皆通。"

宋人传奇作品被编入小说集里最为丰富者，当以刘斧《青琐高议》和李献民《云斋广录》为著，前者约四五十篇，后者为十三篇。题材集中在爱情和女性生活上，其中不乏人狐、人鬼、人仙相恋的描写，多有因袭模仿唐人传奇之嫌，成就不高。《云斋广录》除《盈盈传》外，都为李献民自撰，讲究藻思文采。《盈盈传》原为王山撰，选自《笔奁录》，写吴妓盈盈，能歌善舞，学词于王山，后死而复遇，词情缠绵，情节奇幻，颇能感人。传奇作品中的女主人公多为妓女，类如盈盈者尚有《王幼玉记》《任社娘传》《谭意歌》《苏小卿》等，或写其才，或叙其智，或抒其情，但均未脱唐人窠臼，是故鲁迅在《中国小说史略》里作出中肯批评："宋一代文人之为志怪，既平实而乏文采，其传奇，又多托往事而避近闻，拟古且远不逮，更无独创之可言矣。"

《三国演义》与历史小说

一、《三国演义》的成书和作者

《三国演义》是我国最早的章回体小说。章回小说由宋元讲史话本发展而来。因每个朝代的历史故事很长，一次只能讲一个段落，每一个段落用一个题目概括，这便成为后来小说的回目。话本皆以第三人称方式叙述，常用"话说""欲知后事如何，且听下回分解"作为开始与结束用语，这些都被章回小说袭用保存下来。约在元末，文人对话本进行整理、加工与创造，开始变说话底本为阅读的作品，《三国志通俗演义》就是其中的第一部。它共分二百四十节，每节有单句回目，如"刘玄德斩寇立功"等。

三国故事在流传前，有晋代史家陈寿作《三国志》，南朝宋裴松之作《三国志注》，这些记载为小说创作提供了历史素材。至唐宋时，已从历史记载进入人民口头创作阶段。唐李商隐《骄儿诗》形容儿童喜欢三国故事，"或谑张飞胡，或笑邓艾吃"。杜牧《赤壁诗》有"东风不与周郎便，铜雀春深锁二乔"之句。说明与正史不同的赤壁之战故事在这时已具雏形。宋代三国故事已成为说话的重要题材，孟元老《东京梦华录》记载了北宋时有专门说"三分"的艺人霍四究。《东坡志林》曾述及说三国故事的有关情况："王彭尝云：'涂巷中小儿薄劣，其家所厌苦，辄与钱，令聚坐听说古话。至说三国事，闻刘玄德败，频蹙眉，有出涕者；闻曹操败，即喜唱快。'"可见这时民间艺人说三国故事已极为盛行，有强烈的吸引力和感染力，并显示出了"尊刘贬曹"的倾向。金元时，三国故事被搬上舞台。据统计，当时搬演的剧目有《三战吕布》《赤壁鏖战》《单刀会》等院本与杂剧三四十种。在书会才人与演员的创造下，三国故事更加丰富多彩，引人入胜。

三国故事讲史话本留下两种。一是元至治年间（1321—1323）新安虞氏刊印的《三国志平话》，全书约八万字，分上中下三卷。开端叙司马仲相断刘邦、吕后屈斩韩信、英布、彭越一案，命他们投生为刘备、曹操、孙权三人，三分汉室天下以报宿仇。接叙黄巾起义、桃园结义，以后故事轮廓与《三国演义》大体相同。第二是近年在日本天理图书馆发现的《至元新刊全相三分事略》，它在扉页上又标明"甲午新刊"，当为元世祖前至元三十一年（1294），它与《三国志平话》内容大体相同，但更简略粗糙，不过，它比《三国志平话》早刻约三十年。

元代末年，罗贯中以《三国志平话》为蓝本之一，对它进行全部改写，删除司马仲相断狱，并以《三国志》为历史依据，选用了《三国志注》中大量生动的材料，广泛吸取人民口头创作与戏曲的创造，写成了《三国演义》这部具有高度思想和艺术成就的历史小说，这是民间创作和文人创作相结合的伟大结晶。明代高儒在《百川书志》中总结其创作成就说："据正史，采小说，证文词，通好尚，非俗非虚，易观易入……陈叙百年，该括万事。"

现存最早版本为明嘉靖刻本《三国志通俗演义》，标明"晋平阳侯陈寿史传，后学罗贯中编次"。罗贯中生平资料留存很少，现在能够看到的，仅知他姓罗，名本，字贯中，号湖海散人，约生活于1310—1380年。祖籍为山西太原，长期生活在浙江杭州。他性格孤傲，不喜交往，与人寡合。他曾参加过元末农民大起义。在当时起义领袖之一张士诚手下出谋划策，颇具雄才大略。后来张士诚兵败，朱元璋扫灭群雄，建立明朝。他结束了政治生涯，隐居不出，专心致力于文学创作。罗贯中一生著述甚丰，除《三国志通俗演义》外，尚有《隋唐志传》《残唐五代史演义》《三遂平妖传》等长篇小说，还有《宋太祖龙虎风云会》《忠正孝子连环谏》《三平章死哭蜚虎子》杂剧三种。不过，影响最大、成就最高的当推《三国演义》。《三国志通俗演义》刊行后，明代有多种刻本。清康熙时毛宗岗对它进行了改订，如正史实，改回目，增删诗文，修改文辞，并加了批语。于是毛本《三国演义》成为影响最大的版本，流传至今。

二、《三国演义》的思想内容

《三国演义》以三国时期魏、蜀、吴三个政治集团之间的斗争和兴衰为主线，描写了从东汉末到西晋初百年左右的历史演变。《三国演义》一百二十回，近八十万言，内容十分丰富。它的主题究竟是什么，众说纷纭。有正统说、忠义说，拥刘反曹反映人民愿望说，还有悲剧说、仁政说、贤才说、分合说等等。所谓主题是作品通过塑造艺术形象所显示出来的贯穿于整部作品的基本思想。就此，我们认为《三国演义》的主题当是：通过汉末三国时期尖锐、复杂、激烈斗争的描写，揭露了封建时代政治腐败、国家分裂、社会动乱给人民造成的苦难，鞭挞了昏聩荒淫、残暴不仁的昏君奸臣，歌颂了致力于国家统一的仁德明主和忠义贤臣，从而揭示了三国兴亡的历史经验教训，谱写了一曲英雄主义的颂歌。当然，在这一主题的统帅之下，作品所描绘的不同政治、军事斗争场面也都显示出一定的思想，构成《三国演义》丰富深邃的思想内涵。其重点为：

（一）宣扬拥刘反曹的倾向，既反映了封建正统观念的影响，更表达了仁政爱民的思想。如写曹操许田射鹿等故事，表现出贬曹的思想。写刘备自立汉中王，曹丕称帝，回目标明："曹丕废帝篡炎刘，汉中正位续大统"。描写刘备接位，"两川军民，无不欢跃"；而写曹丕登帝座，则"飞砂走石，丕惊倒台上"。明显地表现出帝蜀寇魏的倾向。《三国演义》的拥刘反曹，除了受封建正统观念的影响，更主要的是出于仁政爱民的思想。《三国演义》以曹操与刘备作为残暴与仁爱的两种典型加以鞭挞与歌颂。用刘备的话来说："曹以暴，吾以仁；操以谲，吾以诚。"小说写曹操杀董承全家与董贵妃，竟不顾董妃腹中婴儿；杀伏完全家与伏皇后，并杀死献帝与伏后所生二子。其父路过徐州时被护送者劫杀，他便野蛮地要屠杀徐州全城百姓，"曹军所到之处，杀戮人民，发掘坟墓。"而刘备则处处以仁义待人，以"使人杀其母而用其子，不仁也"，而放徐庶归曹操，治理新野，政治一新，人民作歌谣赞美他："新野牧，刘皇叔，自到此，民丰足"；他败退江陵，不顾敌军铁骑追击，与十万民众相伴而行，"携民过江"，深得民心。正因作者偏离历史，极力渲染曹操的凶残暴虐、刘备的仁德爱民，所以《三国演义》的拥刘反曹就表达了反暴虐求仁政的理想，说明"天下唯有德者居之"。这跟当时广大人民的理想和愿望是相通的。

（二）批判自私奸诈，赞扬忠心义气。《三国演义》开篇就浓墨重彩地描写了桃园结义故事，强调了刘、关、张同生共死，誓不相背的异姓骨肉情义，而且将它贯穿于整个故事中。如写关羽，徐州兵败，暂时降曹，有屯土三约。一旦知刘备下落，他便立即挂印封金，过五关斩六将，投奔刘备。关羽死后，刘备、张飞因急于报仇而身遭不测，表现了誓同生死的义气。作品写曹操则突出与义相反的自私、奸诈。他误杀了吕伯奢全家后，又故杀吕伯奢本人，并大言不惭地宣布自己奉行的利己主义哲学："宁教我负天下人，休教天下人负我。"荀彧、荀攸叔侄，为他出谋划策，多有建树，一旦反对他加九锡、封王，他便立即加以杀害。作品还写了曹操的虚伪奸诈、欺世盗名。一面破袁绍逼其身亡，一面到坟上哭祭；为怕别人行刺，故杀卫士，诈称梦中杀人，哭而厚葬。他逼汉献帝封自己为魏王，但受封时又上表三辞等。作者通过对两种不同人物品质的褒贬，表现了对义气的赞扬，对自私、奸诈的谴责。《三国演义》还赞扬了"忠"这一道德观念。诸葛亮为报刘备知遇之恩，为蜀汉事业殚精竭虑，耗尽了毕生的精力，真可谓"鞠躬尽瘁，死而后已"。在描写郭嘉遗计定辽东、黄盖苦肉计、姜维九伐中原等故事时，同样赞扬了对事业耿耿忠心、奋不顾身的精神。小说宣扬的忠义思想，虽有时代和阶级的局限性，但与当时人民的道德观念也是基本相通的。

（三）总结古代政治军事斗争经验，讴歌人民的智慧才能，强调了珍惜人才的重要。《三国演义》描写了政治、军事、外交斗争，具有总结历史经验与智慧才能的意义。曹操的战略是"挟天子以令诸侯"，高举统一旗帜，取得政治主动权，基本上统一了北方。刘备实行"联吴抗曹"的战略，取得了赤壁之战的胜利，而违背这个方针，就失掉荆州，火烧连营，以致白帝托孤，一败涂地。《三国演义》写战争重在写战争中的各种计谋，在赤壁之战中，周瑜两度愚弄蒋干，并利用蒋干使性格多疑的曹操中计，杀了水军头领，为东吴除了心腹大患。官渡之战，曹操在和袁绍军力悬殊十倍的条件下，采纳许攸之计，劫烧乌巢军粮，使袁绍全军震动，终于打垮袁绍，取得胜利。诸葛亮形象更是智慧和才能的化身。他未出隆中，就对天下大事了如指掌；初见刘备，就提出了据蜀、联吴、抗魏的战略思想。火烧博望坡打退曹军进攻，奠定了他的威信。以后更用各种计谋出奇制胜，帮助刘备建立蜀汉霸业。他不是像"腐儒"那样"寻章摘句"，而是精通孙子兵法、审时度势，洞察天下形势，了解各将帅特点，熟悉天下地理，善于发明创造新式武器，综合运用一切有利条件，灵活制定战略战术，运筹帷幄，克敌制胜，并且能以少胜多，转危为安。《三国演义》十分明确地提出了重视人才问题。刘备未遇诸葛亮之前，连吃败仗，四处逃窜，无立身之地。待他三顾茅庐，终于请得诸葛亮出山，事业顿生转机，开创了三分天下的局面。袁绍的官渡之败，一个重要原因就在于不能重用人才。他不听田丰意见，贸然发动战争，又不采纳沮授建议坚守不出，连吃败仗，挫动锐气。又逼走许攸，迫使张郃、高览两员虎将降曹，致使众叛亲离，大败身亡。

（四）《三国演义》还真实地反映了东汉末年政治的腐朽、社会的黑暗、人民生活的痛苦；通过三国归晋的结局，表达了人民反对战争割据、要求统一的思想。东汉末年，社会动乱，根由在于桓、灵二帝，崇信宦官，禁锢善类，汉献帝又懦弱无能，十常侍作乱，人民困苦不堪，爆发了黄巾起义，军阀混战，致使生灵涂炭，国势衰微。因而作品竭力歌颂有仁德行仁政的皇帝。刘备进西川，秋毫无犯，百姓香花灯烛，迎门而接。作者还是在刘备身上寄托着人民要求安居乐业的理想。

当然《三国演义》的思想内容也有时代与阶级的局限。它所宣扬的忠，就是要求臣子对君的愚忠。诸葛亮听到刘备托孤时说刘禅不可辅则"可取而代之"的话，吓得汗流浃背。伐魏时，刘禅无故令他班师，诸葛亮明知佞臣进谗，为了"不欺主"，仍然无功还师，使北伐大业功亏一篑。小说中的"义"也有超越政治原则，有害统一大业的一面。华容道关羽"义释曹操"，所谓"义重如山"，实则是认敌为友，把个人恩怨放在整体利益之上。同样，关羽被害后，刘备、张飞急于起兵伐吴，连诸葛亮、赵云等心腹大臣都无法劝阻，结果遭到惨败，葬送了蜀汉事业，说明这种舍大义而取小义的行为危害不浅。作者还从封建立场出发，诬蔑黄巾起义军是"劫掠良民"的"盗贼"；写刘备跃马过檀溪等，含有宿命论思想；卷首卷末概括历史发展的"天下大势，分久必合，合久必分"，表现出历史循环论。

三、《三国演义》的艺术成就

《三国演义》有很高的艺术成就，为后来长篇历史小说的创作提供了不少成功的经验。

（一）《三国演义》塑造了一系列鲜明生动、熠熠生辉的人物形象。作者在塑造人物形象上的成功，得力于以下手法的运用：

1.历史真实与艺术真实的统一。《三国演义》所刻画的人物大都为历史实有，但作者没有拘泥于史实，而是依据自己的生活体验，进行艺术的想象和虚构，作了大量的艺术加工和创造，使其笔下的许多人物既有鲜明的个性，又大致符合历史的真实。如关羽形象，《蜀志·张飞传》说"羽、飞，万人之敌也"。作者据此写了关羽的神勇，吸取民间创作，虚构了他"温酒斩华雄"的情节。将平话中诛文丑的刘备改动为关羽。《蜀志·关羽传》记述了关羽降曹后，曹操"礼之甚厚"，关羽立功以报曹操，"尽封所赐"，"拜书告辞而奔走先立于袁绍军"。作者据此虚构了"屯土关三约""关云长挂印封金"，并吸收平话成果，增写了"五关斩将""千里走单骑"等情节，使关羽"讲义气""重然诺"的性格跃然纸上，栩栩如生。其他人物如诸葛亮、张飞、孙权等，作者也都在一定史料基础上加工制作，使之血肉丰满，几令人呼之欲出。

2. 写出了人物的复杂性，突出其性格的主要特征。作者刻画人物，往往通过不同的故事情节，反复渲染人物的主要性格特征。如张飞嫉恶如仇、粗豪爽直的性格，就是通过怒鞭督邮、古城会拒关羽以及责问刘备迟不发兵与关羽报仇等情节表现出来，但作者也注意写出人物的复杂性。张飞虽粗豪，却有从善如流的一面。他初见孔明做军师并不服气，待打了胜仗立刻下马拜伏；初到来阳县见庞统怠职，他勃然大怒，等看了庞统判案，立刻大为称赞，这就使张飞"快人"的性格令人可爱。同样，诸葛亮的贤能、关羽的义勇、曹操的奸诈，也都经过反复强调，多次渲染，给人留下难以磨灭的印象。而且，作者也认识到"人无完人，金无足赤"，注意多侧面地表现人物性格的丰富性。如关羽，作者着力歌颂他英勇无敌的本领、气吞山河的气概，但也写了他骄傲自大、刚愎自用、轻视甚至侮辱自己战友等个人英雄主义的缺点。正是这些品德缺陷，导致了他悲剧的下场。曹操也是这样，作品一方面写了他的奸诈、自私、残暴的性格；一方面也写了他的优点：雄才大略、胆量过人、谙熟韬略、善于用兵，常能出奇制胜、以弱胜强。他还十分珍惜人才，并能知人善用。官渡之战中，听说许攸来降，"操大喜，不及穿履，跣足出迎之"，对许攸烧乌巢的建议深信不疑，亲自率军奇袭乌巢；张郃、高览来降，立即用为先锋，追击袁军，取得胜利，从而使曹操形象具有追魂摄魄的魅力。

3. 小说还善于使用烘托对比的手法，使人物形象鲜明突出，取得比单纯描写更好的效果。如写诸葛亮出场，先写水镜先生之言："伏龙凤雏，两人得一，可安天下"，后写徐庶"走马荐诸葛"，赞扬孔明之才为管乐所不及，盖天下第一人也。最后通过三顾茅庐，先后遇到崔州平、石广元、孟公威、诸葛均、黄承彦等，烘托渲染孔明的才能、志向。所以诸葛亮尚未出场，读者心目中已留下深刻的印象。在写三顾茅庐时，作品又巧妙地运用对比手法，通过关张二人不愿前往、不愿久等的急躁不满情绪烘托出刘备的求贤若渴，反衬出诸葛亮人才难得，造成一种先声夺人之势。再如写关羽温酒斩华雄，目的是写关羽的英勇，然而作品却实写华雄英勇，写他连斩四员大将，使众诸侯大惊失色，无人敢再应战，而关羽如何勇敢地战胜华雄，却只有几笔虚写："众诸侯听到寨外鼓声大震，喊声大举，如天摧地塌，岳撼山崩。众皆失色，却欲探听，鸾铃响处，马到中军，云长提华雄之头，掷于地。"作品虽未实写关羽大战华雄之场面，但由于前面的铺垫渲染，关羽英勇无敌的形象也就十分光彩照人。

此外，《三国演义》还使用艺术夸张手法、借助遗闻轶事的穿插进一步刻画人物。如写张飞虎威，长坂桥上一声吼，竟使敌阵中夏侯杰"肝胆碎裂，倒撞于马下"，曹军皆往西逃奔，"一时弃枪落盔者，不计其数"。写曹操破黄巾军出场时，插入他幼时称中风骗叔父的小故事，以表现他从小就生性奸诈。

总之，《三国演义》刻画人物的艺术手法多种多样，令人叫绝。正是由于这许多艺术手法炉火纯青地运用，才使人物性格活现纸上，如跃眼前。数百年来，曹操的奸、诸葛亮的智、关羽的义、张飞的猛，家喻户晓，老幼皆知，显然得力于《三国演义》高超的人物刻画技巧。当然，毋庸讳言，《三国演义》的人物描写也有缺陷。人物性格缺少发展，曹操的奸是生来就奸，而且一奸到底。人物性格的形成缺少依据。同时，夸张手法的运用，有时不免过分，诚如鲁迅所说："尽显刘备之长厚而实伪，状诸葛之多智而近妖。"

（二）《三国演义》的战争描写极具特色。作者总是以人物为中心，写出战争的各个方面，双方的战略、战术，力量的对比，地位的转化，揭示出战争胜负的决定因素。

《三国演义》写了大小四十多场战争，可贵的是，每次战争都各具自己独特的风采而绝不雷同，官渡之战、赤壁之战、彝陵之战都是以少胜多，以劣势对优势的重大战役。但作者却写得千姿百态，有声有色。官渡之战，曹操的兵力远远弱于袁绍，作者就突出曹操如何善用计谋，火烧袁军粮仓，出奇制胜。赤壁之战曹操大兵临江，东吴似乎难于自保，作者则着重描写刘备和孙权联合，诸葛亮巧借东风，火烧曹军战船，终于使曹军一败涂地。彝陵之战，蜀军远征讨伐，吴军兵少力弱，作者着重表现吴军如何采用"以逸待劳"方针，坚守不出，最后集中优势兵力，火烧连营，战而胜之。三次大战，三把大火，然而烧的对象和方法各不相同，前者烧粮仓，中者烧战船，后者烧兵营。写得波浪壮阔，各具特色。

《三国演义》写战争再一个特点，就是把斗智与斗勇结合起来，突出统帅部的运筹帷幄，揭示战争胜败的原因。著名的赤壁之战共写了八回，但真正写交战的不足一回，其他七回着重写双方的斗智。作者紧紧抓住曹军不善水战这个线索，写出孙刘联军如何利用自己的长处和敌人的弱点，变劣势为优势。周瑜利用蒋干行反间计，除掉了深谙水战的蔡瑁、张允；庞统献连环计，貌似为不善水战的曹军排忧解难，而实际为孙、刘联军的火攻巧作安排；黄盖献苦肉计，使在隔江水战的困难情况下，有了火攻的条件。决战前夜，作者又写了周瑜的谨慎周密与曹操的骄横大意。这样一步步写来，曹军的失败就成为必然，令人可信。同时，在激烈的大战中，作者还忙里偷闲地写了孔明饮酒借箭，庞统挑灯夜读，曹操横槊赋诗的悠闲插曲，使作品张弛有度，更具情趣。《三国演义》还写了具体战斗的千姿百态：既有火攻，又有水淹；既有设伏劫营，又有围城打援；既有战船交战，还有徒手搏斗，都写得绘声绘色。

（三）《三国演义》的语言也是值得称道的。它吸收了传记文学的语言成就，加以适当的通俗化，做到"文不甚深，言不甚俗"，简洁明快而又形象生动。叙述描写，虽以粗笔勾勒见长，但也有一些片段描写，细腻传神。当诸葛亮自知病体不起，为稳定军心，作最后一次军营巡视时，作品写道："孔明强支病体，令左右扶上小车，出寨遍观各营，自觉秋风吹面，彻骨生寒，乃长叹曰：'再不能临阵讨贼矣！'悠悠苍天，曷此其极！"多么震撼人心的悲剧场面，寥寥数语，写尽了英雄豪气。而且《三国演义》语言活泼，不落俗套。诸葛亮舌战群儒，作品写群儒理屈辞穷，并有多样写法："并无一言回答"，"默默无语"，"满面羞惭"，"不能对答"，"语塞"，"低头丧气而不钩对"，语言灵活多变。人物对话，更富个性特点。张飞的话，多半快人快语，一针见血；曹操的话，多半豪爽之中又暗含机诈，变化莫测；关羽的话，往往心高气盛，目中无人；孔明的话，则往往从容不迫，应对自如。语言运用上的唯一不足，在于比之后来的一些小说，尚未能做到充分的口语化。不过，其半文半白，由文言向白话过渡，却功不可没。

《三国演义》是中国人民最爱看的古典小说之一。人们阅读它，不仅能得到高度的艺术享受，还可获得各方面的无穷智慧和丰富知识。许多农民起义"攻城略地，伏隘设防"，皆以《三国演义》为兵书战略。其桃园结义，对于人民团结斗争也有广泛意义，这种杀乌牛白马结拜异姓兄弟同生共死的行动，对人民团结起来投入报国安民的斗争有鼓舞作用，很多起义者也都以这种结义方式建立秘密组织，反抗封建压迫。如"小刀会""黑旗军"等。当然，也有统治者利用忠义思想愚弄百姓。这是消极的一面。

四、其他历史小说

《三国演义》在文学史上具有深远影响。其历史小说的创作方法，人物塑造上的成功经验，对后代历史小说、英雄传奇的创作更具有借鉴作用。《三国演义》问世后，历史演义小说大量兴起，二十四史几乎全被写成演义，它对普及历史知识起了很大作用。

明中叶后受其影响而出现的历史演义作品，主要有《西汉通俗演义》《东汉通俗演义》《东西晋演义》《南北两宋志传》等，以《列国志传》影响最大。

《列国志传》为福建建阳人余邵鱼编撰，刊于嘉靖、隆庆间，冯梦龙又把余邵鱼的《列国志传》改编成《新列国志》，全书由二十八万字扩展到一百零八回、七十余万字。砍掉了从武王伐纣到西周衰亡这段历史，集中写春秋、战国时代，成为东周列国的历史演义。清乾隆年间，秫陵蔡元放（名奡，别号七都梦夫、野云主人）把《新列国志》略作删改润色，再加了一些夹注评语，易名《东周列国志》，共二十三卷，一百零八回，成为最流行的本子。作品文字朴素明白，部分情节写得很生动，如"伍子胥微服过昭关""西门豹乔送何伯妇"等。作者在描写历史事件中，熔铸了自己的政治理想和爱憎情感。对贤明君主选贤任能，改革政治，给予热情歌颂，同时也无情鞭挞了统治者残害人民的暴政，如卫灵公弹击百姓，支解膳夫；楚灵王杀三兄即位，卫懿公为鹤亡国等。同时，还赞美了舍己为人、抗暴除强的侠义精神，如"信陵君窃符救赵""蔺相如两屈秦王"等。作品也存在一些宣扬封建道德的内容。如楚申亥杀女以殉暴君楚灵王等。作者还写了许多出色的战例，如秦晋淆之战、晋楚城濮之战等。艺术上，作者在忠于史实的前提下，增添细节描写，进行文字润色，使作品有一定可读性。但从总体看，全书拘泥史实，艺术形象不够生动，头绪繁多，结构不够严谨，文学性不足。

甄伟的《西汉演义》也较有影响。作品写秦始皇至汉惠帝时历史，突出楚汉纷争。其中写刘邦任贤用士、政简刑宽，深得民心；项羽高傲自大，又杀戮百姓，终于败亡。对总结历史成败教训，具有一定意义。

历史演义在清代也有不少创作。较有名的有褚人获据《隋史遗文》《隋唐志传》《隋炀帝艳史》等书加工改写成《隋唐演义》，共一百回。重点写隋炀帝、唐明皇及草泽英雄的故事。它将唐明皇、杨贵妃写成隋炀帝、朱贵儿的再世姻缘，宣扬了迷信的轮回思想，此外有美化隋炀帝及把唐朝中衰归罪于"女祸"的缺陷。但写秦琼、单雄信、程咬金等英雄生动可爱，相当成功。

无名氏的《说唐演义全传》是清代历史演义中另一部较好的作品。它与以往"说唐"小说不同，融合了正史和传说，以瓦岗寨好汉的聚合为中心，对秦琼、程咬金、单雄信、尉迟恭等草莽英雄刻画极为生动，充满浪漫主义传奇色彩。它表现了由历史演义向英雄传奇转化的特点。其主要缺陷是美化"真命天子"，把对李世民的态度作为评判一切英雄成败、优劣的唯一标准，实际上为统治阶级篡夺农民起义的胜利果实作辩护。

其他历史演义小说尚有《说唐后传》《说唐三传》《反唐演义》等。这些作品大都突出忠奸斗争，在思想上宣扬功名富贵，艺术上因袭模仿，逐渐失去历史小说的艺术生命力。

《水浒传》与英雄传奇小说

一、《水浒传》的成书和作者

《水浒传》与《三国演义》一样，也是经民间集体创作最后由作家改定而成。不同的是，它主要不是根据历史事实，而是出于民间的传说和作家的虚构。就历史素材说，北宋徽宗宣和年间，宋江等三十六人为首的农民起义在史书上只有很少一点记载。如《宋史·徽宗本纪》云："淮南盗宋江等犯淮阳军，遣将讨捕，又犯东京、河北，入楚海州界，命知州张叔夜招降之。"《宋史·张叔夜传》说："宋江起河朔，转略十郡，官兵莫敢撄其锋。"《东都事略·侯蒙传》说："宋江寇东京，蒙上书，言：'江以三十六人横行齐魏，官军数万莫敢抗者，其才必过人。今青溪盗起，不若赦江，使讨方腊以自赎。'"等等。关于起义军的结局，记载不一，有说投降后征方腊的，有说投降后被杀的。

北宋末年起，有关他们的故事就不断流传。据南宋罗烨《醉翁谈录》记载，当时已有说杨志、孙立、鲁智深、武松等人故事的，但尚未被连缀起来。南宋时水浒故事广为流传，与外敌频凌，人民"转思草泽"有关。元初，龚开作《宋江三十六人画赞并序》说："宋江事见于街谈巷语，不足采著。虽有高如李嵩辈传写，士大夫亦不见黜。"说明水浒故事由口头流传引起文人的兴趣。当时已有三十六人姓名及绰号。与此同时，话本也已出现，宋末元初的讲史话本《大宋宣和遗事》，共收宣和间故事六七种，其中第四个就是梁山泊聚义故事。它包括杨志卖刀，孙立救杨志太行山落草，智取生辰纲，私放晁盖，宋江杀惜，玄女庙得天书上梁山，东岳庙烧香还愿，张叔夜招降，宋江受招安，征方腊有功，封为节度史等情节，它是现传最早涉及梁山故事的话本。值得注意的是，它将过去不相连的人物故事串在一起，有一个从个别会合为集体起义的概貌，并以梁山为根据地。这些对《水浒传》的创作有相当影响。

稍后，元代剧作家根据民间流传的梁山故事创作了三十多种《水浒》杂剧，其中以李逵、燕青、武松为主角的最多。它们不但描写了水浒英雄们除奸反霸，而且出现了"替天行道"的纲领，起义将领已由三十六人发展为一百零八人。据何为《水浒研究》，在三十二种水浒剧中有十三种是被《水浒传》采用的，可惜原剧本大都不存，《元曲选》只保存了《黑旋风双献功》等六种，其中只有《李逵负荆》一种为小说采用。

到了元末，因为元蒙统治极为黑暗，农民起义不断发生，人民格外追念前代起义英雄与报国志士，于是杰出的作家便在话本、戏曲及其他民间创作的基础上进行了长篇小说《水浒传》的创作。

作者选择与保留了许多优秀的民间创作，并对之进行了加工、改造，如保留了"智取生辰纲""私放晁盖""宋江杀惜""李逵负荆"等，并通过艺术加工、改造，使这些人物更加丰满生动，故事更为完整复杂。又把零碎的故事连结成百回长篇，表现出起义的发生、发展，以及接受招安、参加征辽、征方腊、最后被害的全过程。

《水浒传》的作者，历来有争议。或曰罗贯中，或曰施耐庵，也有说施耐庵作罗贯中续的。较早述及《水浒传》的郎瑛的《七修类稿》、高儒的《百川书志》皆曰"钱塘施耐庵的本"，故学术界多认施耐庵为作者。

施耐庵生平资料很少，从一些零星材料中知道，他生活于 1296—1371 年间，亲自经历过元末农民大起义，还可能与张士诚部将有来往。

《水浒传》施耐庵祖本已不存。后来的刻本有繁本与简本之别。从情节看，又有非全本（仅有'征辽''征方腊'）与全本（有"征四寇"）的差别。繁本保存"游词余韵"，大多无田、王故事。今能见到的最早刻本为嘉靖郭武定本（残存五回）无征田虎、王庆故事（有万历翻刻的天都外臣序本、容与堂李卓吾评本）。明末袁无崖刊刻的杨定见序一百二十回本，增加了征田虎、王庆故事，成为繁本中的全本。明崇祯十四年有金圣叹七十回本，将首回改为楔子，删改七十一回为"惊噩梦"，对文辞作了润色，成为三百多年来流传最广的通行繁本。

二、《水浒传》的思想内容和人物形象

《水浒传》是我国第一部反映农民起义的长篇小说。作品在描写起义的过程中，有对贪官污吏的鞭挞，对封建统治的揭露，更有对反抗英雄的歌颂，对起义队伍的赞美，并反映了农民平均主义的理想。其具体内容有下列几个方面：

（一）揭露贪官污吏、地主恶霸的罪行，揭示农民起义的社会根源及其发生发展的必然性。

作品一开始就描写了以高俅为首的贪官鱼肉乡民的罪行，表明"乱自上作""官逼民反"。正是高俅的迫害，使王进亡命延安府，林冲刺配沧州道，杨志流落汴京城。特别是林冲的被逼上梁山很具代表性。先是高俅的儿子两次调戏林冲之妻，接着高俅设"宝刀计"陷害林冲，买通公差谋害林冲不成，又火烧草料场要害死林冲。林冲虽一再忍辱退让，但终于走投无路，不得不手刃陆谦反上梁山。此外，作品又写了众多英雄皆被"逼上梁山"：鲁智深因被高俅捉拿，反上二龙山；武松受张都监陷害，也反上二龙山；解珍、解宝被毛太公关进监狱，得孙立、孙新、顾大嫂救护，反上梁山；阮氏三兄弟因受官府剥削，衣食不全，参加智取生辰纲活动，与晁盖等反上梁山等。

作品还广泛描写了遍于各地的贪官恶霸，如高俅之弟高唐州知州高廉，高

廉的妻弟、仗势欺人的殷天锡，蔡京之婿，搜刮民脂民膏的能手大名府的梁中书，贪酷害民强占良家女子的华州贺太守，强占弱女勒逼钱财的郑屠户，诱骗妇女、谋害武大的恶棍西门庆，还有欺压良民剥削庄户的祝家庄，曾头市庄主等。他们的为非作歹、横行霸道，弄得整个社会暗无天日，民不聊生，广大人民正是因为不堪忍受他们的压迫，才走上反抗道路。

《水浒传》还成功地表现出由个人反抗到集体起义的过程。林冲、杨志、武松等是个人反抗，晁盖等七人为小股上梁山，白龙庙是二十九人的集体聚义。梁山以外的二龙山、清风山、对影山等归并梁山大寨，则是由部分汇入整体。从武装斗争规模说，先有晁盖等人的拒捕、杀败何涛，花荣、黄信、秦明等抵御慕容知府，逐渐发展为江州劫法场，智取无为军，最后到梁山大队人马攻州夺县，两赢童贯、三败高俅。总之，作品展示出起义队伍由小到大，团结起来，走有组织、有领导的集体武装斗争的道路，反映了农民起义发生发展的必然规律。

（二）描写梁山义军受招安的悲剧结局，反映出农民起义的历史局限性。

《水浒传》在大聚义后，写了梁山队伍受招安而失败的结局。有人认为这是宣扬投降主义。其实，从历史唯物主义的观念来说，在中国封建社会中，"由于当时没有新的生产力和新的生产关系，没有新的阶级力量，没有先进的政党"，因而"农民革命总是陷入失败"[①]。接受招安而失败，也是其中的一种结局。而且《宋史·徽宗本纪》等史书与《宣和遗事》也都称宋江等最后受招安。可见，《水浒传》写受招安既符合历史唯物主义观点，也有相当的史实根据。

作品写起义军受招安，这与民族矛盾尖锐，人民反对侵略，"转思草泽"的时代背景有关。在水浒故事开始流传的一二百年中，民族矛盾一直比较尖

---

① 毛泽东:《中国革命和中国共产党》。

锐，因此人们希望起义英雄为国立功。鲁迅曾指出："招安之说，乃是宋末到元初的思想，因为……一到外寇进来，官兵又不能抵抗的时候，人民因仇视外敌，便想用较甚于官兵的盗来抵抗他，所以盗又为当时所称道了。"①作品写宋江等人争取招安，常常流露出边庭为国杀敌立功的思想。宋江等在受招安后，首先去征辽，收回国土，以实现其人"平虏报国安民"的志愿。

《水浒传》还写了武松、林冲、鲁智深等人反招安的斗争；受招安后，又写他们屡次要反回梁山。宋江等主要领导人坚持走接受招安的道路，在征辽后，又镇压方腊起义队伍。遭到惨重伤亡，宋江等人却功成被害。这一悲剧结局既反映了统治阶级的阴险毒辣，又在客观上说明受招安绝不是农民起义军的出路，小说为人们提供了血的历史教训。

（三）塑造了众多具有反抗性格和侠义精神的英雄形象，歌颂了他们反霸爱民的本质与平均主义的理想。如作品重点描写的李逵，是梁山上最富于反抗性与革命性的英雄人物。他本是沂州百丈村贫苦农民，后来杀人外逃做了江州的牢子。蔡九知府迫害宋江，他便劫法场，大闹江州。攻打无为军后，宋江询问弟兄们是否愿上梁山，他跳起来叫道："都去，都去，但有不去的，吃我一鸟斧。"上梁山后，攻州打府他更是冲在前面，是令敌人闻风丧胆的"旋风"。李逵不仅勇于反抗，而且有夺取政权的要求。他踏上梁山后便提出："放着我们有许多军马，便造反怕怎地？晁盖哥哥便做了大皇帝，宋江哥哥便做了小皇帝……我们都做了将军，杀去东京，夺了鸟位，在那里快活，却不好？不强似这个鸟水泊里？"后来卢俊义上山时，李逵再次提出"杀去东京，夺取鸟位"。在招安问题上，李逵也多次表示坚决反对，在宋江表示招安的菊花会上，他"把桌子踢起，撷做粉碎"；在东京打了杨太尉，吓走了皇帝。朝廷派人至梁山招安，他又大骂钦差，全伙受招安后，又多次提出重反梁山。一直到

---

① 鲁迅：《中国小说的历史的变迁》。

宋江让他吞下朝廷药酒，李逵还大呼"哥哥，反了吧！"只可惜他缺少文化和组织才能，无法担当领导的重任，而只能追随宋江走上没有希望的绝路。这正是农民革命局限性的反映。

鲁智深是作品塑造得颇为成功的又一英雄形象。他虽然出身于下级军官，但平生却嫉恶如仇。一听说金氏父女受郑屠凌辱压迫，便挺身而出，一面送路费给金氏，让他们回东京，一面来教训郑屠。不料因义愤过度而失手，三拳打死郑屠，因此遭到通缉，虽被迫流浪江湖、无处安身也不改初衷。后来又打了强娶民女的小霸王周通，杀死欺侮和尚、污辱妇女的崔道成。到东京结识林冲，见林冲娘子被调戏，便要痛打高衙内。林冲遭官司，公人要谋害林冲，鲁智深一路保护，在野猪林救了林冲的性命，一直护送到沧州。他那"救人须救彻"的精神，恰似"一片热血喷出来，令人往往深愧虚生世上，不曾为人出力"[①]。上梁山后，他坚持起义事业，反对招安。

其他如武松、杨志、阮氏兄弟等都是作品中刻画得非常生动的英雄形象。作者一反过去封建统治者污蔑农民起义军杀人放火、残害百姓的谰言，从描写英雄个人"为民除害"到写梁山大军"替天行道"，都表现出梁山起义军反霸爱民的本质。写英雄个人的，如武松踢飞天蜈蚣王道人，救了张太公女儿；史进杀公差行刺华州贺太守，救王义女儿；李逵负荆请罪，杀死王江、董海，救出刘太公女儿等。写整个起义军维护人民利益行动的，如英雄大聚义时，宋江与众人宣誓"替天行道、保境安民"。他们下山时，"途次中若是客商车辆人马，任以经过；若上任官员，箱里搜出金银来时，全家不留；……若有钱粮广积害民的大户，便引人去公然搬取上山；……但打听得有欺压善良暴富小人，积攒得些家私，不论远近，令人便去尽数收拾上山。"每次行军打仗，绝不骚扰百姓，打开城池便周济贫民，打破祝家庄，农民每家分"粮米一石"。

---

① 见金圣叹本第二回回批。

550

《水浒传》也表现了农民起义军的平均主义思想，如阮小七上山前提出的，"论称分金银，异样穿锦绸，成瓮吃酒，大块吃肉。"排座次时，作品描写他们："八方共域，异性一家"，"帝子神孙""屠儿刽子""都一般儿哥弟称呼，不分贵贱"，"无间亲疏"。这些都表现了梁山起义军经济、政治方面朴素的平等思想。

《水浒传》毕竟出现在六百多年前，必然存在着时代与作家的阶级局限性。主要是否定方腊起义，表现出封建正统思想。作品虽描写梁山义军征方腊时，将领大都死伤，但并未从主观上直接否定招安的道路，对于不受招安并称王称帝的方腊起义则全力诋毁；描写方腊起义军残害人民，江南人民个个怨恨，并直接辱骂方腊是"草头天子""僭称帝号"，大逆不道。作者对"不假称王"的宋江全力肯定，因晁盖"托胆称王"，便使之"归天即早"。这些都充分表现出作者封建主义的正统立场。

三、《水浒传》的艺术成就

《水浒传》的艺术成就十分高超。首先，它的人物形象塑造，比之《三国演义》大大前进了一步，在性格化方面有很大的发展。金圣叹赞扬它"叙一百八人，人有其性情，人有其气质，人有其形状，人有其声口"。现实主义要求表现"典型环境中的典型人物"。书中主要人物李逵、鲁智深、林冲等都符合这要求。如宋江是一个具有双重性格的悲剧性形象。作为起义军领袖，他仗义疏财，爱周济江湖好汉，不满现实，同情被压迫者，富于反抗性；但另一方面，他又有浓厚的封建伦理道德观念，一心忠于朝廷，孝于双亲，要为国立功，光宗耀祖。他的这种双重性格皆能在他生长、生活的环境中找到形成的依据。他的浓厚的忠孝观念、立功扬名思想，既是他出身地主阶级、"曾攻经史"的教养所决定，也与他"长成亦有权谋"的个人素质有关；他的仗义疏财，不满现实富于反抗的性格，既与他充任押司做刀笔小吏的职业有密切关系，也和他功名不就反被刺配的遭遇分不开。

"典型环境中的典型人物"的原则，还要求写出人物性格随着环境的变化而发展。《水浒传》写人物正具有这种特点，它与《三国演义》人物性格的定型化很不相同。如林冲由忍辱求全的软弱性格到成为一名梁山义军中坚定的反抗朝廷的英雄，正是环境逼迫使然。高俅一次次的迫害，使他认识到逆来顺受只有死路一条，"逼上梁山"，也正表明环境推动和决定了人物的发展。其他如写杨志、武松等走上反抗道路，也都反映出环境变化对人物性格发展所产生的作用。这与《三国演义》写曹操生来就是奸雄，写诸葛亮生来就是"智多星"，截然不同。

《水浒传》写人物有血有肉，性格丰富而鲜明。它已由《三国演义》的粗线条刻画发展为多方面的细致的描绘，在手法上，有了较大的丰富、提高。

用强烈的行动描写来展示人物性格，是《水浒传》写人物的重要方法之一。这一点与《三国演义》一脉相承。如：通过江州劫法场的动作描写，表现了李逵的强烈反抗性与鲁莽性格；通过三拳打死镇关西、大闹野猪林、血溅鸳鸯楼等动作描绘，展示出鲁智深的侠义性格与武松的复仇精神。

以简洁的心理描写表现人物的内在思想，是《水浒传》刻画性格又一成功的手法。《水浒传》一改中国传统小说很少写心理活动的情况，为了交代人物行为的动机，作品时常结合行动作简洁的心理刻画，从而丰富了形象。如写宋江听到捉拿晁盖的消息时，"吃了一惊，肚里寻思道，'晁盖是我心腹弟兄，他如今犯了弥天大罪，我不救他时，捕获将去，性命便休了！'"后来又写晁盖在梁山拒捕，宋江见了"防备梁山泊贼人"的公文，心内寻思道："晁盖等众人，不想做下这般大事……如此之罪，是灭九族的勾当。虽是被人逼迫，事非得已，于法度上却饶不得。倘有疏失，如之奈何？"这两段心理活动的描写，很好地表现了宋江既要仗义救人，又有忠君守法思想的复杂性格。

《水浒传》还十分注意运用细节描写，大大增强人物的生动性和真实性。如写鲁智深醉打山门，以金刚为真人，"去金刚腿上便打"，又"将金刚从台基上撞倒下来，智深见了大笑"，生动地表现了醉中鲁智深貌视佛家戒律的粗豪性格。又如武松打虎，想拖死老虎下冈，但用"双手来提时，那里提得动"。这个细节，生动地表现了武松全神贯注、全力以赴打虎，"使尽了气力，手脚都苏软了"的真实情景。《水浒传》中对人物性格的把握十分准确细致，十分传神地刻画了人物的同而不同之处。如鲁智深、武松和李逵都是粗鲁勇猛，而且也都粗中有细，但三者的粗中有细各不相同。鲁智深的粗中有细，显得成熟老练。他在失手打死镇关西后，不是惊慌失措，畏惧潜逃，而是"指着郑屠户道：'你诈死！洒家和你慢慢理会！'一头骂，一头大踏步去了"。这一以进为退的细节，活现出鲁智深成熟老练的性格。而武松的粗中有细，却是精明强干。他的哥哥被嫂子潘金莲伙同奸夫西门庆谋害后，他先到官府告状不成，便请了四邻舍并王婆和嫂子喝酒。众人入席后，他叫士兵把住前后门，要王婆和嫂子当众招出谋害武大的口供，由众邻做见证人，然后杀死潘金莲、西门庆，带着人证物证去衙门自首。如此行径，唯有精明强干的武松才做得出。而李逵的粗中有细，则表现为质朴憨厚。他初见到宋江，戴宗要他拜见，李逵道："若真个是宋公明，我便下拜，若是闲人，我却拜甚鸟，节级哥哥，不要赚我拜了，却作笑我。"李逵的粗中有细，既不是出于老练，也不是出于精明，而是出于老实。

此外，《水浒传》刻画人物性格，还善于渲染气氛，运用对比手法等。由于使用多种方法多侧面地描写人物，故作品中的许多人物形象皆颇为生动、丰满。

其次，《水浒传》的故事情节既紧张、曲折，引人入胜，又细密、周祥，令人信服。如武松打虎一节分三个段落：第一段写武松一连痛饮十八碗酒，酒家说山上有虎，劝他待明日结伴而行，可武松不听店家劝告，连夜上山，待看到榜文，方知店家所说具实，但怕被店家耻笑，不愿回头而再上山。第二段写遇虎打虎。先写武松果然见到大虎，吓了一跳，酒醒了大半。举棒打虎，不料由于紧张过度棒打枯树而折断，索性丢开哨棒，赤手空拳打虎，终于将虎打死。最后一段写下山遇猎户。武松遇猎户穿着虎皮而疑为虎，大吃一惊，认为必死无疑，待知是猎户才大喜，然后由猎户扛虎下山。整个故事写得曲折有致，奇峰迭起。其中上山遇虎及打断哨棒，又以惊险、紧张而扣人心弦。通过这段精彩描写，突出武松醉后赤手空拳打虎的豪气与神勇。其他如"智取生辰纲""江州劫法场"在情节上都具有这一特点。

最后，《水浒传》作品的语言以口语为基础并加以提炼加工，富于表现力。与《三国演义》语言的半文半白不同，《水浒传》的语言全用北方口语、方言，故整个作品通俗易懂，对此后《西游记》《金瓶梅》等小说的语言通俗化、口语化产生了积极影响。作者在遣词用语方面对口语进行提炼，使语言显得非常生动，富有表现力。如形容鲁智深拳打镇关西，第一拳打在鼻子上，"打得鼻血迸流，鼻子歪在半边，却便似开了个油酱铺，咸的、酸的、辣的，一发都滚了出来"；第二拳打在眼眶上，"打得眼棱缝裂，乌珠迸出，也似开了个彩帛铺，红的、黑的、绛的，都绽将出来"；第三拳"太阳穴上正着，却似做了水陆的道场，磬儿、钹儿、铙儿一齐响"。作品运用丰富的语汇，多种比喻，变视觉为味觉、听觉等，大大加强了形象的可感性与幽默感，读后令人忍俊不禁。

而且，《水浒传》的人物语言，"并无之乎者也等字，一样人便还他一样话。"富于个性化。如武松的语言豪气十足，鲁智深的语言粗直而有见地。李逵的语言更是心直口快，性情活现。他一见宋江便问："这黑汉子是谁？"戴宗批评他："怎么粗鲁，全不识些体面。"他却说："我问大哥，怎地是粗鲁？"听戴宗说是宋江后又说："莫不是山东及时雨黑宋江？"戴宗要他拜见，他又说："若真个是宋公明我便下拜，若是闲人，我却拜甚鸟，节级哥哥，不要赚我拜了，却作笑我。"这话语把他那粗鲁、憨厚、率直的个性，刻画得传神入化。

《水浒传》艺术上不足之处主要是有些战争场面的描写落入程式化、概念化的模式，不如《三国演义》写得异彩纷呈，摇曳多姿。当然也有个别战例写得好的，如"三打祝家庄"等。

四、其他英雄传奇小说

《水浒传》描写英雄们的反抗斗争历史，其人物、故事独具特色，成为英雄传奇小说的鼻祖。受其影响而创作的小说，在明代中后期陆续出现了描写隋唐五代、宋代抗辽故事的作品，如《唐书志传》《大宋中兴通俗演义》《隋史遗文》等。以《北宋志传》影响最大。

《北宋志传》作者熊大木，福建建阳人，为嘉靖书坊主人，曾作《全汉志传》等。《北宋志传》将以往有关杨家将故事的传说汇总于书内，为后来同题材作品的创作积累了材料，也使故事有了基本框架。而且其中很多片段写得比较精彩，如杨继业撞死李陵碑、杨六郎把守三关、孟良盗骨、穆桂英挂帅、十二寡妇征西等。小说热情歌颂了杨家将为保卫边疆前赴后继、英勇杀敌的爱国精神，特别是比较突出地描绘了杨门女将佘太君、穆桂英、杨八姐、杨宣娘等女英雄形象，赞扬了巾帼不让须眉的才与德，这在中国古代小说中是不可多得的，但小说也渗透了不少忠君观念和迷信思想。

另一部有一定影响的作品为《隋史遗文》，传为戏剧家袁于令所作。以隋炀帝夺位至唐太宗称帝间的历史为线索，着重刻画了秦琼、程咬金、单雄信等一批乱世英雄，其中秦琼的形象尤为生动。作品历述他途救李渊、落魄卖马、发配幽州、投奔瓦岗寨及归唐等故事，突出他的豪侠仗义、忠于友情、孝于老母的性格特点。其他如程咬金的粗鲁直率，单雄信的刚强不屈，也都写得十分生动。

英雄传奇的创作，在清代也取得了一定成就。最有影响的作品有《水浒后传》与《说岳全传》。

《水浒后传》作者陈忱（1613—1670？），字遐心，号雁岩山樵，浙江乌程（今湖州）人。明亡之后，"以故国遗民，绝意仕进"，"卖卜自给"，"饥饿以终"。[①]他曾参加顾炎武等举办的"惊隐诗社"，积极从事抗清活动。据"自序"中诗句"千秋万世恨无极，白发孤灯续旧篇"。可见，《水浒后传》为作者晚年愤世之作。

《水浒后传》共四十四回，故事沿《水浒传》线索发展而来。重点写阮小七被迫杀张干办，走上反抗道路，李俊反抗渔霸巴山蛇，被迫再次造反，各地梁山好汉重聚义旗之下，进行反抗斗争的故事。值得注意的是，作者吸取水浒英雄接受招安走上悲剧道路的教训，不再把惩治贪官污吏的希望寄托在清官和最高统治者身上，而是直接让起义军处死蔡京、高俅、童贯等奸臣。此外，作品又描写了英雄们英勇抗击外来侵略，到海外开辟疆土，李俊做了暹逻国皇帝等故事。燕青在三十四回曾提出："天下者，天下人之天下，非一人之天下。贤者继世，多有杰起。尧舜之时，不传于子，而传于贤。"作品关于李俊在海外建立帝业的故事正体现了这一进步思想。

小说在艺术上的主要成就，是成功地塑造了阮小七与李俊形象。他们不但有勇有谋，而且有政治头脑，其性格较之前传有很大不同。缺点主要是模仿有余而创作不足，在艺术上自然比前传逊色不少。

《说岳全传》共八十回，康雍间钱彩、金丰加工增订而成。钱彩，字锦之，浙江仁和（今杭州）人。金丰，字大有，福建永福（今永泰）人。岳飞故事于南宋时代已广泛流传。明代刊印的岳飞演义有熊大木所编《大宋中兴通俗演义》（又名《武穆王演义》等），又有华玉改订的《重订按鉴通俗演义精英传》

---

① 《乌程县志》。

及《岳王传演义》，水平都不高。《说岳全传》为"说岳"集大成之作，是清初民族矛盾尖锐的反映。

《说岳全传》的主要成就，是通过塑造岳飞、牛皋等英雄形象，歌颂了我中华民族为反抗外族入侵而不屈不挠的斗争精神。岳飞从小就遵母亲的教导，"精忠报国"，立下了"以身许国"的大志。他军纪严明，经常以爱国思想教育部下，尤为难能可贵的是，他团结了不少绿林弟兄，共同对付民族敌人。作者以写"水浒续集"自居，把岳家军里许多人物写成是水浒英雄的后代，如关铃是关胜之子，阮良是阮小二之子，韩起龙、韩起凤是韩涛之子。重视民间抗敌力量，这是该书的杰出创造。

但作者把岳飞的愚忠、愚孝当成他的美德加以歌颂，使岳飞的爱国主义涂上了浓烈的封建主义色彩，是很大的缺陷。

相比之下，书中牛皋的形象显得较为成功和可爱，在牛皋身上看不到封建思想的束缚，连神圣不可冒犯的皇帝，也被他骂成"瘟皇帝""昏君"。岳飞被害后，他仍坚持反抗外族侵略，终于在战场上生擒敌酋兀术，并骑在他的背上将他活活气死。这一形象体现了爱国主义与民主思想的统一，既要打击民族敌人，又要与本民族败类坚决斗争。

小说在艺术上处理虚实关系较好。如金丰在序中所说，它既非"事事皆虚"，"过于诞妄"，又非"事事忠实"，"失于平庸"，而是在吸取前人成果的基础上，既有史实依据，又有虚构的传奇色彩。但贯穿全书的因果报应思想使作品美中不足。

《西游记》与神魔小说

　　《西游记》是在民间创作的基础上，由吴承恩加以改造和创作的神魔小说。

　　唐僧取经，原是历史上的真人真事。唐僧，号玄奘，俗姓陈，名祎，洛州缑氏（今河南偃师县南）人。十一岁出家为僧，于唐贞观三年（629）[①]，从长安启程，去天竺取经。途经新疆、中亚地区，历尽艰险，最后到达天竺（古印度）。公元 645 年，玄奘结束了历时十七年，跋涉五万余里的伟大行程，携带梵文佛经六百五十七部，回到了长安。归国后，由玄奘口述，门徒辩机辑录成《大唐西游记》十二卷，介绍他西行取经途中所经历的各个国家和地区的风土人情。以后门徒慧立、彦琮撰《大唐大慈恩寺三藏法师传》，为了神化玄奘，在描绘他克服艰险，锐意西行的同时，穿插了一些神话传说，如狮子王劫女产子，西女国生男不举，迦湿罗国"灭坏佛法"等。开了以取经故事为题材的神话创作的先河。

　　由于唐僧取经这个历史事实本身是个带有很大传奇性的壮举，因此便引起了人们极大的崇敬和关注。玄奘死后举行葬礼，京畿诸州县五百里内外，送葬、观礼的人达百万余众；佛教僧徒宿于墓侧的有三万余人。可见玄奘其人、取经其事在当时已造成了多么巨大的影响。这就足以成为脍炙人口的口头传说和后来话本、戏曲、小说创作的重要题材之一。

---

　　① 《广弘明集》第二十五卷载玄奘《谢御制三藏圣教序表》称贞观元年开始西行，今从《大唐大慈恩寺三藏法师传》，定在贞观三年。

南宋的《大唐三藏取经诗话》，是现存最早的关于唐僧取经故事的话本，分上、中、下三卷，记述唐僧一行七人往西天时遭遇各种妖怪的磨难，因佛法无边，终能逢凶化吉，遇难呈祥。其主旨是弘扬佛法，在艺术上十分粗糙。值得注意的是书中出现了猴行者的形象。他自称："我是花果山紫云洞八万四千铜头铁额猕猴王。我今来助和尚取经。此去百万程途，经过三十六国，多有祸难之处。"书中第十一节《入王母池之处》写猴行者自叙："我八百岁时，到此中偷桃吃了，至今二万七千岁，不曾来也。""我因八百岁时偷吃十颗，被王母捉下，左肋判八百，右肋判三千铁棒，配在花果山紫云洞，至今肋下尚痛。"他神通广大，足智多谋，一路杀白虎精，伏九馗龙；降深沙神，使取经事业得以"功德圆满"。取经故事的中心人物，由玄奘逐渐演变、让位于猴行者，唐僧退居次要地位。这标志着唐僧取经由历史故事向神话小说故事的过渡，为小说《西游记》的创作提供了雏形。

在出土的元代磁州窑的唐僧取经枕上，已有唐僧、孙悟空、猪八戒和沙僧师徒四人取经的形象。这证明西游故事在元代已经相当完备。但是，我们今天能够见到的元代的《西游记》话本只有两个片段的材料：一是明代初年《永乐大典》一三一三九卷引用的"梦斩泾河龙"故事，约一千二百余字，标题作《西游记》，内容和明代刻本小说《西游记》第九回基本相同，二是古代朝鲜汉、朝语对照读本《朴通事谚解》中保存的一段"车迟国斗胜"的故事，约一千字，内容和小说《西游记》第四十六回十分相似，只不过人物姓名有一些出入。该书中另有八条注涉及取经故事，有一条注说："法师往西天时，初到师陀国界，遇猛虎毒蛇之害，次遇黑熊精、黄风怪、地涌夫人、蜘蛛精、狮子怪、多目怪、红孩儿怪，几死仅免。又过棘钓洞、火炎山、薄屎洞、女人国及诸恶山险水，怪害患苦，不知其几。"注中还提到猴行者"号齐天大圣"，曾偷仙园蟠桃，盗老君丹药，窃王母仙衣，李天王奉命"引领天兵十万及诸神将"，"与大圣相战失利"。终被二郎神捕获，由观音压入石缝，"饥食铁丸，渴饮铜汁"。后来唐僧取经，路过此山，将他放出，"收为徒弟，赐法名悟空，改号孙行者"。注中还提到由深沙神演变而成的沙和尚以及黑猪精朱八戒，他们的神通虽不及孙悟空，但都是唐僧的护法弟子。这一切说明，无论在故事情节或人物形象方面，元代的《西游记》话本都已为后来吴承恩创作《西游记》提供了丰富的素材和良好的胚胎。

取经故事不仅在人民口头和说唱话本中传播，而且早在宋、金和元代已经被搬上戏曲舞台。金院本有《唐三藏》，元杂剧有吴昌龄的《唐三藏西天取经》，可惜剧本均已失传。今天我们能见到的只有元末明初人杨景贤的《西游记》杂剧，以敷演唐僧出世的"江流儿"故事开场，孙悟空是剧中的主角，但形象远不如后来《西游记》所写的那样光彩。金、元戏曲中的取经故事，对后来《西游记》小说的创作，自然也会有一定的影响。

以上是从唐朝到明初取经故事发展演变过程的概况。吴承恩的《西游记》就是在这个基础上加工、创作的，它是我国古代人民群众集体创作和作家创作相结合的产物。可以说，没有人民群众（包括民间艺人）对于取经故事的创造，就没有吴承恩的《西游记》。

但是，我们也必须看到，吴承恩的《西游记》不只是民间取经故事的集大成者，更重要的是它对原有的取经故事进行了巨大的加工、改造和提高，使它由一个以宣扬佛教精神、歌颂虔诚的宗教徒，艺术上十分荒诞不经的故事，创造成为一部有着广泛的社会批判内容和高度艺术成就的伟大的神魔小说。

吴承恩（1503？—1582？）①，字汝忠，号射阳山人，淮安山阳（今江苏淮安）人。他的曾祖吴铭、祖父吴贞都当过县学的学官。父亲吴锐为生活所迫，入赘徐门，成为一个卖花线、花边的商铺老板的女婿，此后"遂袭徐氏

---

① 刘修业《吴承恩年谱》将生年定为弘治十三年（1500）左右。游国恩等《中国文学史》将生年定为正德五年（1510）左右。今从苏兴《吴承恩年谱》。

业，坐四（肆）中"①。吴承恩就是出身于这样一个由学官而沦落为小商人的家庭。他宦途蹭蹬，"屡困场屋"②，过着以卖文自给的清苦生活，直到嘉靖二十三年（1544），四十岁左右，始补了一个岁贡生，晚年才做过不到两年的八品小官——浙江长兴县丞。据明天启《淮安府志》记载："吴承恩性敏而多慧，博极群书，为诗文下笔立成，清雅流丽，有秦少游之风。复善谐剧，所著杂记几种，名震一时。数奇，竟以明经授县贰，未久，耻折腰，遂拂袖而归，放浪诗酒，卒。"吴承恩的思想性格，用他自己的话来说："迂疏漫浪，不比数于时人。"③他"心只为，苍生切"④。对那个浊浪排空的丑恶社会现实有着相当清醒的认识。他对诸如"曲而踞，俯而趋，应声如霆，一语一偻""笑语相媚，妒异党同""手谈眼语，请张万端，蝇营鼠窥，射利如蜮"⑤"行伍日凋，科役日增，机械日繁，奸诈之风日竞"⑥等等丑恶的世风和腐败的政治，痛心疾首，发出了"近世之风，余不忍详言之也"⑦的感叹。但是，吴承恩的政治理想绝不是、也不可能是要推翻那个封建社会，他只是希望从统治阶级中清除掉"五鬼""四凶"一类的坏人，"复三代之治"，实行"仁政"，"上务经国，下求宁民"⑧。

吴承恩的文学主张和爱好，在他的《〈禹鼎志〉序》中说得很清楚："余幼年即好奇闻。在童子社学时，每偷市野言稗史，惧为父师诃夺，私求隐处读之。比长好益甚，闻益奇。迨于既壮，旁求曲致，几贮满胸中矣。……因窃自笑，斯盖怪求余，非余求怪也。……虽然吾书名为志怪，盖不专明鬼，时

---

① 吴承恩：《先府君墓志铭》，见《吴承恩诗文选》，第 106 页。
② 吴国荣：《射阳先生存稿跋》，见《吴承恩诗文集·附录》，第 193 页。
③ 吴承恩：《祭卮山先生文》，见《吴承恩诗文集》，第 113 页。
④ 吴承恩：《赠郡伯养吾范公如京改秩障词》，见《吴承恩诗文选》，第 153 页。
⑤ 吴承恩：《贺学博未斋陶师膺奖序》，见《吴承恩诗文集》，第 70 页。
⑥ 吴承恩：《赠卫侯章君履任序》，见《吴承恩诗文集》，第 72 页。
⑦ 吴承恩：《送郡伯古愚邵公擢山东宪副序》，见《吴承恩诗文集》，第 66 页。
⑧ 吴承恩：《开府介川毛公德政颂》，见《吴承恩诗文集》，第 41 页。

纪人间变异，亦微有鉴戒寓焉。……国史非余敢议，野史氏其何让焉。"①他的《禹鼎志》就是寓有鉴戒意味的短篇志怪小说。他在《二郎搜山图歌》中写道："坐观宋室用五鬼，不见虞廷诛四凶，野夫有怀多感激，抚事临风三叹息：胸中磨损斩邪刀，欲起平之恨无力；救月有矢救日弓，世间岂谓无英雄！"②也正表现了他借神话传说，寄托扫荡妖魔，保国安民的愿望。这不仅可以和小说《西游记》互相印证，而且也在一定程度上反映了他创作《西游记》的旨趣。

吴承恩的作品除《西游记》外，还有后人辑录的诗文集《射阳先生存稿》四卷。

吴承恩的《西游记》，其基本的思想政治倾向是进步的。

第一，表现在它对封建最高统治者的昏聩无能、伪善狡诈、暴虐凶残，作了淋漓尽致的揭露。玉皇大帝本是宗教幻想中最高的天神，在道家的《高上玉皇本行集经》中，他被描绘成是"慈爱和逊，弗贪万乘之尊荣；忍辱仁柔，不惮亿劫之修累，功高无比，德重难逾。大悲大愿，大圣大慈，现无量功德之身。""位尊而上极天上，道妙而玄之又玄。"足以使"千灵敬仰，万神慑伏，百邪避路，群魔束形"。这样的玉帝，显然是对封建最高统治者的蓄意神化和歌颂，而对人民群众也能起到一定的欺骗和麻痹的作用。《西游记》中的玉帝形象则与此相反。他十分昏聩无能，被孙悟空的大闹天官弄得狼狈不堪，瞠目结舌地说："这厮这等，这等，……如何处法？"倒活现出一副十足的脓包相！他对被孙悟空称为"奸诈之徒"的金星老儿言听计从，只会口口声声说："依卿所奏。"他在治国安邦上是昏聩的脓包，而对于伪善狡诈的阴谋诡计和维护凶残暴虐的反动统治，却是老手。名为授予孙悟空"弼马温"的官职，实际却是哄其"来替他养马"。被孙悟空识破，进行暴力反抗，他又施展镇压的

---

① 见《吴承恩诗文集》第62页。
② 见《吴承恩诗文集》第16页。

手段，派遣十万天兵天将"擒拿此怪"，结果又被孙悟空打得惨败。武力镇压不了，又设下招安的骗局，授予他"齐天大圣"的空名，实际却"不与他事管，不与他俸禄"，目的在于"且养在天壤之间，收他的邪心，使不生狂妄"，让封建统治得以"乾坤安靖，海宇清宁"。

在《西游记》中写的唯一属于历史上真实的皇帝是唐太宗李世民。在历史家的心目中，李世民"被称为英明的封建皇帝"，"是历史上少见的明君"。[①]可是吴承恩的《西游记》却不去颂扬他作为"明君"的德政，而是侧重描写他作为封建最高统治者"不善"的一面。李世民自己也说过："吾居位以来，不善多矣。"（见《资治通鉴》卷一九八）写他到"枉死城"中"心惊胆战"，"见一伙拖腰折臂、有足无头的鬼魅"都上前拉住他，向他叫道："还我命来！还我命来！"他是个欠了众多人命血债的"冤家债主"，连阴间的崔判官都谆谆告诫李世民："若是阴司里无报怨之声，阳世间方得享太平之庆。凡百不善之处，俱可一一改过。"这虽然是属于劝导皇帝改恶从善的因果说教，但作者对封建皇帝不是采取美化和歌颂的态度，而是揭露他的"不善"，敦促他"改过""为善"，这显然也是符合历史真实的。在《西游记》中还塑造了许多昏君、暴君形象，如宝象国王、比丘国王、车迟国王、灭法国王，等等。他们或是把吃人的妖魔当作"济世之梁栋"，委以重任，贻害国家和人民；或是"许下一个罗天大愿，要杀一万个和尚"，暴虐无道；或是由"先年原是天朝国，如今翻作虎狼城"；或是荒淫无度，弄得身体尪羸，要强征民间一千一百一十一个小儿的心肝做所谓"药引子"，妄想"服后有千年不老之功"。作者通过唐僧之口，"失声叫道：'昏君！昏君！为你贪欢爱美，弄出病来，怎么屈伤这许多小儿性命！'"这些描写虽带有极大的浪漫主义的夸张成分，但无疑是有着充分的现实依据，是明代后期黑暗暴政的曲折反映。

---

① 范文澜：《中国通史简编》第三编第一册，第 94、97 页。

从《西游记》所描写的由天官的玉皇大帝到人间的各国国王，我们，都可清楚地看出，作者对封建最高统治者的态度，不是要美化他，颂扬他，而是立足于揭露他，批判他。尽管作者揭露、批判的目的，并不是要从根本上彻底打倒他，推翻他，而是要救助他，匡正他。这自然是属于作品存在的阶级局限和历史局限，但由于作品本身侧重的是揭露，批判，它对于腐朽反动的封建统治阶级无疑地是个有力的鞭挞，对于广大读者认清封建统治阶级的反动本质有着积极的作用。

第二，表现在它对祸国殃民的妖孽有一种势不两立、彻底斗争的精神。如虎力、鹿力、羊力三个妖仙，装扮成道士，以会呼风唤雨、拷砂炼汞等道家法术，取得了车迟国王的宠爱和信任，被拜为"国师"，称为"皇亲国戚"。然后这三个妖仙便以"国师"的身份，唆使国王下令到处捉拿和尚。作者写道："且莫说是和尚，就是剪鬃、秃子、毛稀的，都也难逃。四下里快手又多，缉事的又广，凭你怎么也是难脱。"使两千多和尚因"熬不得苦楚，受不得米燃煎，忍不得寒冷，服不得水土，死了有六七百，自尽了有七八百"，剩下五百个，"度牒追了，不放归乡，亦不许补役当差"，都被国王赐予那三个妖仙家做"佣工"，"苦楚难当"。这实际上是明代封建皇帝尊崇道教、特务横行的真实写照。

作者所处的明嘉靖时期，皇帝就对道士都元节"大加宠信"，"拜礼部尚书，赐一品服"，"岁给元节禄百石"，"以校尉四十人供洒扫，赐庄田三十顷，蠲其租"。此后道士陶仲文又被"帝深宠异"，"特授少保、礼部尚书。久之，加少傅，仍兼少保"，"不二岁，登三孤，恩宠出元节上"，"仲文得宠二十年，位极人臣"。嘉靖皇帝为"日求长生"，沉醉于道家法术，以致"郊庙不亲，朝讲尽废，君臣不相接，独仲文得时见；见辄赐坐，称之为师而不名"①。太仆卿杨最、御史杨爵、郎中刘魁、给事中周怡、吏部尚书熊浃为此先后向皇帝进谏，或被"杖死"，或"悉下诏狱，拷掠长系"，或"印命削籍"。从《西游记》中被车迟国王拜为国师的妖仙道士身上，我们不是可以看到吴承恩时代被"称之为师"的道士邵元节、陶仲文的投影么？

在当时的现实生活中，道士邵元节、陶仲文是些势焰熏天，祸国殃民的恶棍。起来反对他们的人，在封建君权的淫威下，只能惨遭失败。而在《西游记》中，作者通过浪漫主义的想象，却呼喊出了孙悟空这样一个凌驾于妖道和国王之上的神话英雄。他不但有本领揭穿其骗局，使虎力、鹿力、羊力三个妖仙道士露出原形，自取灭亡，而且能以自己斗争胜利的事实教训君王"省悟"。在作者笔下，真正的强者不是欺君售奸的妖道和专制暴虐的国王，而是取得除奸灭妖斗争胜利的孙悟空。作者的这种描写，实在是大快人心，足以鼓舞受奸邪迫害的人们起来作不屈不挠的斗争。

《西游记》不仅揭露了形形色色的妖魔鬼怪危害国家、虐杀人命的反动本质，而且总是指出他们的后台不是国王就是神佛。如第二十至二十一回的黄风怪，系灵吉菩萨"有意纵放"，"伤生造孽"，连灵吉菩萨本人也不得不承认，"我之罪也。"第二十八至三十一回的黄袍怪，本是二十八宿之一的奎木狼，被孙悟空"大闹天官时打怕了的神将"。回到天官，玉帝叫他"带俸差操，有功复职"。第三十二至三十五回的金角、银角大王，是由观音"托化"指使的，因此孙悟空指责观音菩萨"老大悫懒"，"反使精邪捕害，语言不的，该他一世无夫！"第四十七至四十九回的灵感大王，是观音莲花池里养大的金鱼，"修成手段"，打着"施甘露""落庆云""威灵千里祐黎民"的幌子，每年要当地老百姓用"一个童男，一个童女，猪羊牲醴供献他""一顿吃了"，因此老百姓痛斥他："只因要吃童男女，不是昭彰正直神。"第五十至五十二

---

① 见《明史·邵元节、陶仲文传》，卷三〇七。

回的独角兕大王，是太上老君的坐骑，孙悟空曾经责问太上老君，"纵放怪物，抢夺伤人，该当何罪?!"第七十四至七十七回狮驼洞的青毛狮子怪、黄牙老獠怪，是文殊、普贤菩萨的坐骑，大鹏雕"与如来有亲"，是如来佛的舅舅。他们以神佛为靠山，"一封书到灵山，五百阿罗都来迎接；一纸简上天宫，十一大曜个个相钦。四海龙曾与他为友，八洞仙常与他作会。十地阎君以兄弟相称，社令、城隍以宾朋相爱。"作品以一系列的事实说明，妖魔与神佛之间尽管也有这样或那样的矛盾，但从本质上看，它们都是一伙相互勾结、狼狈为奸的魑魅魍魉。

吴承恩在他的诗文中，对当时社会上的"五鬼""四凶"深恶痛绝，认为他们是"群魔出孔窍"，"民灾翻出衣冠中，不为猿鹤为沙虫"。他忧心忡忡，"抚事临风三叹息"，恨不得要用"斩邪刀"来把他们斩尽杀绝[①]。所谓"五鬼""四凶"，显然就是指当时从中央到地方的那些为非作歹、涂炭生灵的大小官僚。如在嘉靖二十一年冬十月，巡按四川御史谢瑜给皇帝的上书中，即称当时朝廷重臣郭勋、胡守中、张瓒、严嵩为"四凶"[②]。在郑廉的《豫变纪略》卷二中，又称南阳曹某、睢州褚太初、宁陵苗思顺、虞城范良彦为河南"四凶"[③]。可见这类"四凶""五鬼"，在当时从中央到地方比比皆是。我们从孙悟空降龙伏虎、斩妖除魔的斗争中，可以感受到《西游记》的政治倾向绝不是美化和歌颂封建统治，而是以神话幻想的形式，对当时社会上"群魔出孔窍"，"五鬼""四凶"猖獗，作了令人触目惊心的揭露，表现了不共戴天的斗争精神。对此，不仅有吴承恩的诗文可以佐证，作者在《西游记》中也有明确的提示。如孙悟空在车迟国与妖精道士赌赛呼风唤雨时，作者便写孙悟空呼唤打雷的邓天君："仔细替我看那贪赃枉法之官，忤逆不孝之子，多打死几个示众。"

---

① 吴承恩：《二郎搜山图歌》，《吴承恩诗文集》，第16页。

② 清·谷应泰：《明史纪事本末》卷五十四。

③ 转引自朱绍侯主编：《中国古代史》下册，第187页。

这里作者就明确地暗示了打妖精实即打击"那贪赃枉法之官"。我们固然不能把《西游记》中的妖魔与贪官污吏、地主恶霸等同起来，因为它们毕竟是神话幻想的形象，有的妖魔也确实仅是自然灾害的化身，但是，文艺作品归根结底总是社会现实的反映，我们从《西游记》中形形色色的妖魔身上，难道不也可以看到那个社会"五鬼""四凶"的投影么？

《西游记》作者揭露、批判封建统治，其对"五鬼""四凶"式的"群魔"，是要进行斩尽杀绝的殊死斗争，而对于封建最高统治者，则仅限于揭露他的昏庸残暴，目的不是要推翻他，而是要匡正他，因此孙悟空大闹天宫要夺取皇帝的宝座，作者就要强迫他"知悔"了。这自然是属于作者的历史的和阶级的局限。但是，他不是像封建的传统观念那样，寄希望于所谓"圣君贤相"，由"虞廷"来除"四凶"，"宋室"来诛"五鬼"，而是幻想依靠孙悟空那样有本领的神话英雄，让他置身于朝廷之外，凌驾于君王之上，既跟昏君、暴君作适当的斗争，又直接为国为民斩妖除魔，达到既以事实劝正君王，又直接为民除害的目的。孙悟空这种天不怕、地不怕的战斗精神，对于广大人民依靠自己的力量来进行反抗封建压迫的斗争，显然是有着巨大的鼓舞作用的。孙悟空的光辉形象，是《西游记》具有进步的政治倾向和民主性精华的突出表现，尽管他没有也不可能超出他那个时代和阶级的局限。

历史上的唐僧取经，根本没有孙悟空其人。他完全是作者根据民间传说的一个伟大的艺术创造，是《西游记》中最成功最光辉的艺术形象。

吴承恩赋予了《西游记》的主人公孙悟空以深广的社会典型意义。

在《大唐三藏取经诗话》里，根本没有提到闹天宫的事，只是写到猴行者曾偷吃西王母的蟠桃受罚，猴行者表示："我今定是不敢偷吃也。"戒偷盗，这本是佛教《沙弥十戒法并威仪》《沙弥十戒经》规定的十戒之一，是为维护封建的私有制效劳的，谈不上有什么积极的社会意义。

《朴通事谚解》虽然提到"闹天宫"，但也只不过是老猴精"入天宫仙桃园盗蟠桃，又偷老君灵丹药，又去王母宫偷王母绣衣一套，来设庆仙衣会"。实质仍离不开"偷""盗"之类，也没有什么政治内容。

元末明初杨景贤的《西游记》杂剧，也说他"偷玉皇仙酒，盗老子金丹"，又盗衣"与夫人穿着，今日作庆仙衣会"。结果被观音菩萨压在花果山下。他仍然是个惯偷惯盗的妖魔。

吴承恩的《西游记》写孙悟空的偷蟠桃、盗金丹，却不属于一般的偷盗行为，而主要是为了表示他对"玉帝轻贤""不会用人"的愤恨不满。他的大闹天宫，其目的也不是为了个人私欲，或"与夫人穿着"，更不是为了"庆仙"，而是为了实现"皇帝轮流做，明年到我家"的政治纲领，其斗争方式，也不只是偷盗，而主要是靠武装的暴力反抗。这就使孙悟空的反抗性格具有了现实的重大的深刻的社会典型意义。

吴承恩所塑造的孙悟空形象，集中体现了我国人民高超的智慧，巨大的力量，非凡的勇气，崇高的理想，顽强的意志和降龙伏虎的神通。封建统治阶级从来都是宣扬神对人的统治乃天经地义，不可冒犯，只能俯首帖耳，甘受奴役，顶礼膜拜，祈求保佑。而吴承恩的《西游记》却偏偏要塑造和歌颂一个对神魔的压迫和侵害敢于作反抗斗争的神话英雄孙悟空。写他有一副火眼金睛，能及时识破神佛妖魔的种种阴谋诡计，敢于向天宫地府的一切神佛挑战，大闹天宫，把貌似不可侵犯的神圣权威恣意加以践踏。他有七十二般变化的神奇本领，足以把十万天兵天将打得落花流水。"火部众神，放火煨烧，亦不能烧着"，"雷部众神，以雷屑钉打，越发不能伤损一毫"。太上老君把他推入八卦炉中。炼了"七七四十九日"，他却乘老君开炉取丹之机，"唿喇一声，蹬倒八卦炉，往外就走"。如来佛用五行山对他实行长达五百年的残酷镇压，迫使他承受着"饥餐铁丸，渴饮铜汁"的灾难，也终究未能把他压垮。他始终紧握手中的战斗武器，向神佛作斗争，向妖魔作斗争，向各种自然灾害作斗争，同时也向唐僧、猪八戒以及他自己身上存在的错误思想和缺点作斗争。孙悟空不愧为我国人民理想的神话英雄形象。

在孙悟空这个神话英雄身上，虽然寄托着我国古代人民的理想和愿望，但是，在那个历史时代，作者不可能具有明确的阶级观点，更不可能自觉地塑造和歌颂被压迫阶级的造反英雄，何况他毕竟还是个神话英雄形象，必然带有许多神话幻想的特征。因此，我们只能说他在某种意义上反映了我国古代人民的理想愿望和反抗斗争精神。他造反，只是为了反对"玉帝轻贤"，"不会用人"。他提出"皇帝轮流做，明年到我家"的战斗口号，也并没有从根本上废除皇权、彻底推翻封建统治的意思，而只是因为玉帝昏庸，要求由他自己取而代之。这都说明，孙悟空的造反在当时的历史条件下没有、也不可能具有彻底推翻封建统治的性质，它只是反映了人民强烈反对封建暴君专制统治、追求一种理想政治的愿望。

因此，孙悟空在大闹天宫失败后，承认"犯上作乱"的"错误"，表示"知悔"，"皈依佛门"，也不能认为是属于阶级投降的性质，而只能说明他不得不受历史的和阶级的局限。因为不管他有多么神通广大的本领，历史终究注定不可能实现他那"皇帝轮流做"的要求。

孙悟空的大闹天宫，既以浪漫主义幻想的神奇性，揭露了神圣天国的昏庸和虚弱，黑暗和暴虐，又对造反者惨遭镇压的痛苦遭遇，作了忠实于历史的清醒的描绘。作者既没有鼓吹对统治者的迷信崇拜，也没有散布对他们的暴力恐怖，更没有把人们引入沉湎于虚假胜利的幻想之中。在那个历史条件下，作者也只能作出那样的艺术处理。

大闹天宫虽然失败了，但是孙悟空的斗争并没有停止。他名为"皈依佛门"，实际上却是通过西行取经，继续跟"文也不贤，武也不良，国君也不是有道"的封建腐朽政治作斗争，跟与神佛勾结、危害国家人民的妖魔鬼怪作斗争，跟以唐僧为代表的无原则地讲求忍让、仁爱、慈善、不杀生等宗教信条作斗争。他虽然放弃了他原先提出的"皇帝轮流做"要求，但这并不是出于他的本性自愿，而是由于迫不得已的客观条件。如书中观音菩萨所说的："你这猴子！你不遵教令，不受正果，若不如此拘系你（指戴上紧箍——引者注），你又诳上欺天。"福禄寿三星也说："若不是这个法儿（指戴上紧箍——引者注）拘束你，你又钻天了。"一方面是封建的枷锁套在头上，使他不能继续"欺天""钻天"，另一方面，经过孙悟空的斗争，封建最高统治者也不能不屈从于他的某些要求。如他为了除妖，曾要求"将天借与老孙装闭半个时辰"，他说："若道半声不肯，即上灵霄殿，动起刀兵！"玉帝不敢抗拒，说："只得他无事，落个天上清平是幸。"他在与妖魔作斗争的同时，总是追根究底，揭露神佛与妖魔的罪恶勾结。他公然奚落如来佛是"妖精的外甥"，谴责太上老君："你这老官儿，着实无礼。纵放家属为邪，该问个钤束不严的罪名。"

事实证明，取经途中的孙悟空，并不是个只顾修身养性、自忏自悔的虔诚的佛教徒，而仍然是个继续批判封建政治、批判宗教思想、批判世俗恶习，为实现他那匡时济世的人生理想而斗争的神话英雄。

孙悟空虽然是个理想的神话英雄，但是作者并没有把他完全理想化。而是既反映了他不能不受历史的和阶级的局限，又写出了他那鲜明的个性。他除了具有大智大勇、大圣大贤等超凡出众的优点以外，同时还跟一些真实的普通人一样，存在着好留名、爱奉承、轻视妇女、急躁、轻敌等缺点。作者对他身上存在的这些缺点，不是采取美化和回护的态度，而是在斗争中进行了善意的揶揄，给读者极其真实、亲切之感。

猪八戒是《西游记》中的主要人曲之一，是这部小说中十分生动活泼的喜剧形象。猪八戒这个形象之所以显得特别生动有趣，惹人喜爱，不只是由于作者暴露和讽刺了他身上的种种缺点，更重要的是在这种暴露和讽刺中，显示了他所固有的质朴和憨厚的本色。他爱贪小便宜，反而自讨苦吃，贪图美色，往往上当受罚；好偷懒，脏活重活却偏偏落在他头上；经常说谎，谎话却又说不圆，反被拆穿谎言出丑；临阵脱逃，反而首先被捉；争抢头功，落个自讨没趣。总之，他身上的种种缺点，都不是存心作恶，加害于人，而是属于小私有者的自私心理，为了个人的利益而不断地耍些小花招，结果总是弄巧成拙，丑态百出。这一方面使读者从对他的丑态的嘲笑之中，对他身上的缺点作了有力的鞭挞和否定，另一方面，使读者从他那自食其果的遭遇之中，又极为真实、深切地体会到。他爱耍花招，却又很憨厚；好说谎话，却又不奸诈；喜偷懒，却又很勤劳；贪小利，却不忘大义。因此，这种揭露和嘲笑，只是鞭挞猪八戒身上的缺点，却绝没有否定其人。猪八戒尽管有很多缺点，却仍不失其为惹人喜爱的喜剧角色。

猪八戒身上的种种缺点，不仅是属于小私有者所共有的，而且具有更为广泛的社会典型意义。作者讽刺的矛头，绝不只是针对猪八戒个人，同时也是指向那整个私有制社会的世俗恶习。如黎山老母等变化成一个妇人带三个女儿，要招猪八戒为婿，又怕三个女儿相争。八戒说："娘，既怕相争，都与我罢，省得闹闹吵吵，乱了家法。"那妇人道："岂有此理！你一人就占我三个女儿不成？！"八戒申辩说："你看娘说的话。那个没有三房四妾？就再多几个，你女婿也笑纳了。"这里"那个没有三房四妾"，显然已超出了小私有者的范围。从这戏谑之言中，使人不能不领悟到，猪八戒那些丑恶的思想，并不是他天生所固有的，而是受了腐朽反动的封建剥削阶级思想的污染，有其深广的社会根源和阶级根源。

猪八戒身上的许多缺点是很可笑可鄙的，然而我们对猪八戒其人却并不感到可恶可憎，相反却感到他可喜可爱。这除了由于作者在写他的缺点时，分寸得当，描写深刻之外，重要的还在于作者始终是把他作为一个有缺点的正面人物来刻画的。他一出场，就是个"纠纠威风欺太岁，昂昂志气压天神"的英雄。当他到高老庄招亲时，他的外形和衣着都很像个劳动者："是一条黑胖汉。""黑脸短毛，长喙大耳，穿一领青不青、蓝不蓝的梭布直裰，系一条花布手巾。"他是个劳动能手："若言千顷地，不用使牛耕。只消一顿钯，布神及时生。没雨能求雨，无风会唤风。房舍若嫌矮，起上二三层。地下不扫扫一扫，阴沟不通通一通。家长里短诸般事，踢天弄井我皆能。"他在高家做女婿，"倒也勤谨"，"扫地通沟，搬砖运瓦，筑土打墙，耕田耙地，种麦插秧，创家立业"。在取经途中，他是挑行李担的"长工"，干苦活、脏活，克服艰难险阻的能手。途经荆棘岭，孙悟空、唐僧、沙僧皆发愁："这般怎生得度？"独有猪八戒知难而进，奋勇当先，"拽开步，双手使钯，将荆棘左右搂开：'请师父跟我来也！'"面临七绝山稀柿衕口，"三藏闻得那般恶秽，又见路道填塞，道：'悟空，似此怎生度得？'行者侮着鼻子道：'这个却难也。'三藏见行者说难，便就眼中垂泪。"独有八戒只要求吃饱肚子，就"上前拱路"，使"千年稀柿今朝净，七绝衢此日开"。在跟妖魔的战斗中，他虽然曾经多次临阵脱逃，但也屡屡有英勇作战的表现；身遭妖魔迫害，他是个从不屈服的硬汉子；孙悟空、唐僧遭难，他必定义勇相助。总的来看，他不失为孙悟空的得力助手，是取经事业不可缺少的一员。他不但对孙悟空和唐僧的性格有着衬托的作用，而且有其鲜明的性格特色、独特的典型意义和炫目的艺术光彩。唐僧也是《西游记》中的重要人物。他跟历史上的唐僧迥然有别。

第一，历史上的唐僧是私自去取经的，取经只是个宗教活动。《西游记》作者把唐僧取经改写成是为了执行唐太宗旨意的政治使命，写唐僧一再表示："愿效犬马之劳，与陛下求取真经，祈保我王江山永固。"临行前，还特地"发了弘誓大愿，不取真经，永堕沉沦地狱。大抵是受王恩宠，不得不尽忠以报国耳"。"这一去，定要到西天，见佛求经，使我们法轮回转，愿圣主皇图永固。"唐太宗还特地跟他结拜兄弟，称他为"御弟圣僧"，不仅发给通关文牒，还亲自赠送紫金钵盂，供途中化斋之用，"再送两个长行的从者，又银綄的马一匹，送为远行脚力"。取经由宗教活动，变成了执行皇帝的旨意，对皇帝进行效忠的政治使命，这显然是为凸显《西游记》的政治批判思想倾向服务的。

第二，历史上的唐僧在取经途中表现了勇于克服一切艰难险阻的顽强的毅力，而《西游记》中的唐僧则成了个胆小如鼠、软弱无能，动辄吓得滚下马鞍、哭哭啼啼的脓包形象。唐僧性格的这种巨大改变，鲜明地表现了作者对宗教家的鄙视和批判精神。

第三，历史上的唐僧是完成取经任务的主角，而《西游记》中则由孙悟空取代了这个主角地位。唐僧不仅离开孙悟空就寸步难行，而且在他的思想上占据头等重要地位的不是取经，却是对国王的效忠和个人的名誉。因此，当乌鸡国王被妖精害死后，他说："悟空，若果有手段医活这个皇帝，正是'救人一命，胜造七级浮图'。我等也强似灵山拜佛。"他还把取经跟冒险经商相提并论，说："世间事惟名利最重。似他为利的，舍生忘死，我弟子奉旨全忠，也只是为名。"神圣的取经事业，原来只不过是效忠皇帝的手段和为个人猎取名利的工具，作者对唐僧这个宗教家灵魂的揭露是相当深刻的。

上述历史上的唐僧跟《西游记》中的唐僧形象之所以有如此巨大的不同，都鲜明地表现了作品旨在进行政治批判和宗教批判的意图。

当然，《西游记》作者绝无把唐僧写成坏人的意思。在他身上，有着不爱财色、慈悲好善等虔诚的宗教徒的特点。问题在于宗教的本质就是虚伪的、骗人的。好在作者没有被宗教的伪善所迷惑，而是通过唐僧的形象揭露了他伪善的本质。如他"念念不离善心"，经常宣称："扫地恐伤蝼蚁命，爱惜飞蛾纱罩灯。""我这出家人，宁死决不敢行凶。"孙悟空"为他一路上捉怪擒魔"，唐僧却"不识贤愚"，一味责怪孙悟空"行凶作恶"，不要他做徒弟。结果孙悟空刚被撵走，唐僧就被黄袍怪的妖术变成老虎。作者特地写孙悟空来救他时笑道："师父啊，你是个好和尚，怎么弄出这般个恶模样来也？你怪我行凶作恶，赶我回去，你要一心向善，怎么一旦弄出个这等嘴脸？"连妖精也知道"只可以善去感他，赚得他心与我心相合，却就善中取计，可以图之"。红孩儿妖就是"变作七岁顽童，赤条条的，身上无衣，将麻绳捆了手足，高吊在那松树梢头，口口声声只叫'救人！救人！'"以此博得唐僧解救他的善心，然后刮一阵怪风，将唐僧摄去了。这不仅是对唐僧个人的惩罚，更重要的是对他那种不辨贤愚、不分敌我，无原则地慈悲好善的宗教思想的辛辣讽刺和有力抨击！它以血的事实教训人们：迷信宗教不能救苦救难，靠宗教家的慈悲好善，不但完全无济于事，而且必定要遭受无穷的磨难，只有像孙悟空那样，经过自己的英勇坚决的斗争，才能取得胜利和幸福。因此，经过《西游记》作者重新塑造的唐僧形象，获得了积极的深刻的社会典型意义。

跟《三国演义》《水浒传》不同，《西游记》不是以塑造千姿百态、异彩纷呈的众多人物形象见长，而是着力在刻画孙悟空、猪八戒、唐僧三个典型形象方面，奇峰兀立，光照千古。就其他次要人物来说，当然也有写得比较成功的，如沙僧、牛魔王等，但就大多数神佛妖魔的形象来看，则显得未免有点概念化、漫画化，光怪陆离，矜奇炫异，缺乏深刻的社会内容和鲜明的个性特色。

《西游记》是我国古典小说中积极浪漫主义艺术的最高峰。它的主要艺术特色有以下几个方面：

第一，奇妙幻想与内在真实的结合。

真实，是艺术的生命。这一点，无论对于现实主义或浪漫主义，都是适用的。《西游记》并不是没有写真实，而只是赋予真实以幻想的艺术形式。

十八世纪法国启蒙思想家、文学家狄德罗说："重要的一点是做到惊奇而不失为逼真。"[①] 意大利文艺复兴晚期的著名诗人塔索也说："逼真和惊奇，这两者的性质是截然不同的，甚至可以说几乎是互相排斥的。尽管如此，逼真和惊奇却都是史诗必不可少的。优秀的诗人的本领在于把这两者和谐地结合起来。"[②] 吴承恩正是这样一位能把惊奇和逼真结合得相当完美的有本领的作家。

人，是世界的主人。把动物人格化，赞美人，提高人对于自己具有伟大

---

① 狄德罗：《论戏剧艺术》，见《文艺理论译丛》1958 年第 1、2 期。
② 塔索：《论诗的艺术——致西庇昂·贡扎加》，见《欧美古典作家论现实主义和浪漫主义》，第 126 页。

的创造力的自信心，这是《西游记》的神奇幻想所以具有真实性的一个重要原因。你看，孙悟空手中的那个武器——如意棒，重达一万三千五百斤。"他将那宝贝颠在手中，叫：'小！小！小！'即时就小做一个绣花针儿相似，可以擩在耳朵里面藏下。"把它"托放掌上，叫：'大！大！大！'即又大做斗来粗细，二丈长短"。他"使一个法天象地的神通，把腰一躬，叫声'长！'他就长的高万丈，头如泰山，腰如峻岭，眼如闪电，口似血盆，牙如剑戟，手中那棒，上抵三十三天，下至十八层地狱，把些虎豹狼虫，满山群怪，七十二洞妖王，都唬得磕头礼拜，战兢兢魄散魂飞"。不仅他的武器和他自己会变化，连他身上的每根毫毛也都会变化。他说："我身上有八万四千毫毛，以一化十，以十化百，百千万亿之变化，皆身外身之法也。"他这种变化的本领，虽然神奇莫测，纯属幻想，然而作为他所代表的人的创造精神、人的丰富智慧、人的无穷力量，岂不是也有着幻想的内在真实性么？你看那孙悟空跳在空中，"他点头经过三千里，扭腰八百有余程。"这不是如同今天坐上宇宙飞船的宇航员所能达到的飞行速度么？事实说明：幻想和真实，并不是绝对矛盾的，幔亭过客的《〈西游记〉题词》说得好："是知天下极幻之事，乃极真之事。"孙悟空的神奇本领和他所代表的人的力量，便是极幻和极真相统一的典型例证，是马克思所说的"想象力，这个十分强烈地促进人类发展的伟大天赋"[①]的生动体现。

人的力量是伟大的，然而正像任何事物都不可能超越一定的时间和空间一样，作者和他笔下的孙悟空也不可能超越他所处的时代和阶级。孙悟空，照他的本领和行动来看，他是个超凡的神话英雄，然而从他的思想性格和他所处的社会关系来看，他却是个真实的人。作者虽然赋予孙悟空以神通广大的本领，

---

① 马克思：《路易士·亨·摩尔根〈古代社会〉一书摘要》，见《马克思恩格斯论艺术》第二卷，第5页。

却让他仍然屡遭迫害和磨难。他既让读者清醒地看到反动统治者的狡黠奸诈、凶残暴虐，又没有制造在反动统治者的淫威面前悲观失望和恐怖沮丧的情绪；他既热情讴歌了孙悟空英勇无比的反抗斗争精神，又没有散布违背历史条件的政治幻想，让他取得虚假的胜利。他让读者在为孙悟空的反抗斗争精神所鼓舞的同时，也看出了孙悟空的历史和阶级的局限，这正是作者使他的奇妙幻想恰当地服从于历史真实的反映。

即使对于孙悟空那神奇的本领，作者也没有把他幻想和夸张成是个无所不能、所向无敌的神，而是让他仍然服从于人的有所长必有所短这个客观规律，在写他具有神奇本领的同时，也写了他身上存在的种种弱点和缺点。如水上功夫，他不及沙僧，劳动技能，他不如八戒。他有胜利的喜悦，也有失败的苦恼。他手中的那个宝贝如意棒，也不总是使他如意的。有一次，在与金兜山的独角兕大王的战斗中，他"忍不住焦躁，把金箍棒丢将起去，喝声'变！'即交作千百条铁棒，好便似飞蛇走蟒，盈空里乱落下来"。而独角兕大王"即忙袖中取出一个亮灼灼白森森的圈子来，望空抛起，叫声'着！'唿喇一下，把金箍棒收做一条，套将去了。弄得孙大圣赤手空拳，翻筋斗逃了性命"。他的本领也不是天生的，而是通过艰苦的努力虚心学来的。他对群众的态度是尊重的，虚心求教的。遇到樵夫，他尊称"樵哥"；遇到老人，他恭敬地说："烦公公指教指教。"他还懂得调查研究，遇事要"待老孙进去打听打听，察个有无虚实，却好行事"。所有这些，都让神奇的幻想散发着逼真的芳香，如同一阵阵清新芬芳之气，迎面扑来，沁人肺腑。

在神奇的幻想中，穿插一些真实的细节，也是《西游记》在艺术上显得神奇而不荒诞，幻想而又真实，夸张而又可信的一个重要原因。如孙悟空善于变化，也不免要露出破绽。有一次，猪八戒就发现他"虽变了头脸，还不曾变得屁股"。那屁股上还是两块红的，他随后到厨房"锅底下摸了一把，将两臀擦黑"。"八戒看见，又笑道：'那个猴子去那里混了这一会，弄做个黑屁股来了。'"孙悟空和二郎神赌变化，孙悟空变作一座土地庙儿，"只有尾巴不好收拾，竖在后面，变做一根旗竿"。二郎神就从"我也曾见庙宇，更不曾见一个旗竿竖在后面的。断是这畜生弄喧！"孙悟空会变化，这是神奇的幻想；然而，猴子的屁股是红的，锅底是黑的，庙宇的后面不会竖旗竿，这一切却又都是符合生活真实的。正是这些细节的真实，使它的幻想不是成为缥缈在神洲仙府之上的幽灵，令人不可捉摸，而是如同人间所常见的彩霞在天边幻化成海市蜃楼般的奇景，它既是虚幻的，又给人以真实之感，引人无限神往。

《西游记》作者在描写幻想的神奇变化本身，也不是如西方有的浪漫主义者所主张的，"不应当受任何规律的约束"，"是无限的和自由的"。①他不把鸡和黄鼠狼、羔羊和猛虎交配在一起，故作惊奇！而是在神奇变化之中，体现着人物形象所固有的性格特征，反映着事物发展的客观规律。如孙悟空会七十二般变化，猪八戒只会三十六般变化。孙悟空不管什么都会变，显得机智灵活得很，猪八戒却"只会变山，变树，变石头，变癞象，变水牛，变大胖汉还可，若变小女儿"，"也象女孩儿面目，只是肚子胖大，郎伉不象"。这就非常生动有趣地反映了猪八戒那粗豪、蠢笨的性格。在孙悟空与牛魔王的战斗中，牛魔王变成天鹅，望空飞逃，孙悟空就变成海东青，"飕的一翅，钻在云眼里，倒飞下来，落在天鹅身上，抱住颈项嗛眼。"牛魔王变作黄鹰，"返来嗛海冬青"。悟空又变作乌凤，"专一赶黄鹰"。牛魔王变作白鹤，悟空就变作丹凤，使"那白鹤见凤是鸟王，诸禽不敢妄动"。牛魔王只好变作香獐，装"在崖前吃草"，悟空又"变作一只饿虎，剪尾跑蹄，要来赶獐作食"。如此这般的无穷变化，不仅符合一物降一物的自然规律，而且还生动地反映了孙悟空那机智、勇敢的性格和穷追到底的斗争精神，牛魔王虽然处于狼狈逃窜的困境，但

　　①　法国奥·史雷格尔语。转引自弗·希勒格尔：《断片》及其翻译后记，见《古典文艺理论译丛》第二册。

却也显示出他那既要巧妙伪装，多方逃遁，又不甘失败，伺机反扑，异常奸诈狡猾的性格特色。

因此，《西游记》中的幻想不是脱离现实生活的凭空想象，不是不受任何规律约束的任意杜撰，而是奇妙幻想与生活内在真实相结合的艺术创造。这种艺术创造，幻化了人物形象，却保持着真实的人物性格。它既能令人惊奇，又能叫人感到逼真。它以神奇的幻想，不仅不使真实减色，相反却使真实生辉，激起读者浓烈的兴趣，给人以莫大的艺术快感。同时在这种幻想之中，它所显现的自然规律和活泼泼的人物性格，又足以在黑暗中给人以希望的亮光，在困境中给人以亢奋的力量，从中能得到智慧的启迪和思想的教益。因而它具有永不枯竭的艺术生命力。

第二，曲折紧张与轻松愉快的结合。

《西游记》是直接从民间说唱话本的基础上发展起来的。民间说唱必须讲究故事情节的曲折紧张，才能把听众牢牢地吸引住。《西游记》正是继承并发展了民间说唱的民族传统，具有故事情节曲折紧张的特点。这个特点也是我国许多古典小说所共有的，《西游记》不同的是它更进一步做到了曲折紧张与轻松愉快的结合。

首先，它惊险而不恐怖，令人神往而不使人迷糊，在曲折紧张的故事情节之中，洋溢着斗志昂扬、决战决胜的乐观主义精神。这正是《西游记》比一般神怪小说显得格外高明之处。

有一次，因为孙悟空打倒了镇元大仙的人参树，镇元大仙便将唐僧师徒四人统统捆住，然后吩咐"众仙抬出一口大锅支在阶下。大仙叫架起干柴，发起烈火，教：'把清油熬上一锅，烧得滚了，将孙行者下油锅扎他一扎，与我人参树报仇！'"这班神魔如此面目狰狞，心毒手狠！当人们初读到这里，该是感到多么紧张啊，谁能不为孙悟空的命运捏一把汗呢？可是在这惊险的场面之中，作者却不故意卖关子，不让读者的心情老是紧张下去，而是接着就写：

"行者闻言，暗喜道：'正可老孙之意。这一向不曾洗澡，有些儿皮肤燥痒，好歹荡荡，足感盛情。'"面对要下油锅炸，作者不写孙悟空的害怕，相反却写他"暗喜"，他不但不怕被滚油烫死，相反却认为可以供他洗澡，荡荡皮肤燥痒。正是这种显得很神奇的乐观主义精神，使那本来很惊险的场面，似乎立刻化险为夷，变得轻松愉快、妙趣横生了。

然而孙悟空究竟何以能把滚油当作洗澡水，这仍然是个令人不解之谜。因此，它只是以神奇的乐观主义精神，暂时掩盖了惊险的场面，却丝毫没有削弱，而是进一步加强了故事情节的曲折性。正如作者接着所写的："顷刻间，那油锅将滚。大圣却又留心，恐他仙法难参，油锅里难做手脚，急回头四顾，只见那台上东边是一座日规台，西边是一个石狮子。行者将身一纵，滚到西边，咬破舌尖，把石狮子喷了一口，叫声：'变！'变作他本身模样，也这般捆作一团，他却出了元神，起在云端里，低头看着道士。"

悟空既已"起在云端里"，留下唐僧等人将被油炸，又怎么办？好在孙悟空的目的绝不只是为个人逃命，否则他要使那石狮子"交作他本身模样"干什么呢？这又使故事情节变得更曲折了，读者由不得不急着继续看下去："只见那小仙报道：'师父，油锅滚透了。'大仙教'把孙行者抬下去！'四个仙童抬不动，八个来，也抬不动；又加四个，也抬不动。众仙道：'这猴子恋土难移，小自小，倒也结实。'却教二十个小仙，扛将起来，往锅里一掼，烹的响了一声，溅起些滚油点子，把那小道士们脸上烫了几个燎浆大泡！只听得烧火的小童喊道：'锅漏了！锅漏了！'说不了，油漏得罄尽，锅底打破，原来是一个石狮子放在里面。"

读者已经知道孙悟空用石狮子"变作他本身模样"，而大仙、小仙们却被蒙在鼓里，依然把石狮子当作孙悟空扛往油锅里掼，结果把锅底掼通了。这是个多么叫人轻松愉快、大快人心的喜剧场面啊！正如我国古人所说："读书之乐，不大惊则不大喜，不大疑则不大快，不大急则不大慰。"①孙悟空面临被油炸，叫人不能不惊，他反而"暗喜"，则叫人不能不疑，孙悟空逃了，留下唐僧被油炸怎么办？这又叫人不能不急。这一惊一疑一急，一方面使作品的故事情节愈来愈曲折紧张，另一方面却又使读者的心情愈来愈欣喜欢悦，给人以意想不到的喜剧效果和艺术享受。

其次，它善于多方面展开矛盾冲突，使故事情节既曲折紧张，引人入胜，又"微有鉴戒寓焉"②，发人深省，使读者能从中获得精神上的净化和满足，从而有一种轻松愉快之感。

例如孙悟空等过火焰山，在《大唐三藏取经诗话》中，只有简单的几句："又忽遇一道野火连天，大生烟焰，行去不得。遂将钵盂一照，叫'天王'一声，当下火灭，七人便过此坳。"这里只写了人与"野火连天"的自然的矛盾，解决矛盾的办法也很干脆，只要靠神佛的威力——"将钵盂一照，叫'大王'一声"，就能立竿见影，"当下火灭"。

在元末明初杨景贤的《西游记》杂剧中，关于过火焰山的故事，写了"迷路问仙""铁扇凶威""水部灭火"三折，虽然由人与自然的矛盾，发展到人与铁扇仙的矛盾，但故事情节和人物形象却依然很简单。孙悟空只会说大话："我一泡尿，溺也溺死了他。"可是，被铁扇仙的扇子一扇，他却"滴溜溜有似梧叶飘落"，不得不承认："婆娘忒恁高强，法宝世上无双。"只好"去投奔观音佛"，求水部诸神来灭了火，解决矛盾的方法，依然未脱《取经诗话》的故套。

吴承恩的《西游记》则以整整三回的篇幅，写了孙悟空如何一调、二调、三调芭蕉扇。为了增加故事情节的曲折紧张，作者把铁扇仙写成是牛魔王的

---

① 清·毛宗岗:《三国演义》第四十二回回首评语。
② 吴承恩:《禹鼎志序》，见《吴承恩诗文集》，第62页。

妻，红孩儿的母，牛魔王又被玉面公主招赘为夫，置原妻于不顾。这里既有牛魔王、铁扇仙要为红孩儿报仇而加剧了他们与孙悟空之间的矛盾，又有孙悟空与牛魔王两个结义兄弟之间的矛盾，还有牛魔王与铁扇仙之间的夫妻矛盾，使斗争显得非常错综复杂，尖锐激烈。

读了《西游记》中的孙悟空三调芭蕉扇，我们不能不为孙悟空所遇到的重重矛盾而绷紧心弦，不能不从他一次又一次的失败之中受到鉴戒，不能不为他经过不屈不挠的斗争所取得的胜利而感到欢欣鼓舞。它跟《取经诗话》和《西游记》杂剧根本不同。它不是把解决矛盾的希望完全寄托在虚无缥缈的"天王"或"水部诸神"身上，而是主要依靠孙悟空自己在斗争中不断吸取失败的教训，戒骄戒躁，发扬彻底斗争精神。这样就使《西游记》的故事情节既不是纯属虚幻，也不是一味地故弄玄虚，而是既曲折紧张，富有吸引力，又使人感到坚实可靠，亲切可信，从中能获得思想的教益，精神的快慰，胜利的喜悦，从而达到了融合曲折紧张的美和轻松愉快的美为一体。在这里，曲折紧张，不故作惊人之笔；轻松愉快，不靠插科打诨，一切皆以作者的匠心独运，从揭示客观矛盾中自然流露。它犹如人们逛黄山，攀登悬崖峭壁、盘旋直插云天的莲花峰，那胆战心惊的紧张心理和饱览无限风光在险峰的愉悦之情，油然而生。

最后，由于《西游记》作者采取的是神话幻想的艺术手法，因此，他可以把紧张激烈的战斗写成仿佛如轻松优美的魔术似的。如孙悟空答应高老儿为他除掉妖精女婿，高老儿问他："要甚兵器？要多少人随？"他一概不要，只是摇身一变，变作他女儿模样，在房里等那妖精。"不多时，一阵风来，真个是走石飞砂。"妖风刮得"雕花折柳胜揾麻，倒树摧林如拔菜。翻江搅海鬼神愁，裂石崩山天地怪"。"金梁玉柱起根摇，房上瓦飞如燕块"。"海边撞损夜叉船，长城刮倒半边寨"。就在这妖风过处，半空里来了一个妖精。这个场面可谓够惊险的了！然而孙悟空却变作妖精的妻子，睡在床上装病，口里哼哼叽叽不绝。"那怪不识真假，走进房，一把搂住，就要亲嘴。"妖精降临的惊险场面，顿时却化作了这么一幕实在令人好笑的闹剧。

不久，孙悟空"将自己脸上抹了一抹，现出原身"，要跟那妖精搏斗。不料"那怪化万道火光，径转本山而去"。悟空驾云，紧紧追赶。"那怪的火光前走，这大圣的彩霞随跟。"本来是一场你逃我追的紧张战斗，可是一经作者采用神奇幻想的手法，把它写成"火光前走"，"彩霞随跟"，这该是一种多么奇妙、优美，令人喜悦入迷的景象啊！作者不仅把他们紧张地你逃我追的景象写得给人以轻松愉快之感，而且把他们之间在黑夜里激烈战斗的场面，也写得光彩绚丽："行者金睛似闪电，妖魔环眼似银花。这一个口喷彩雾，那一个气吐红霞。气吐红霞昏处亮，口喷彩霞夜光华。金箍棒，九齿钯，……钯去好似龙伸爪，棒迎浑若凤穿花。"只有像《西游记》这种积极浪漫主义的艺术方法，才能把紧张激烈的战斗场面，美化成如此花团锦簇的奇景，令人在曲折紧张的故事情节之中，获得的却是轻松愉快的美的欣赏。

第三，诙谐有趣与隽永有味的结合。

"谐剧"，是指吴承恩，非指《西游记》，诙谐有趣，是《西游记》突出的艺术风格。正如鲁迅所说，它"善谐剧"，"每杂解颐之言"。[①]日本的盐谷温也说它"比读以奇幻谲怪见称的《天方夜谭》更发有趣多了"[②]。吴承恩还通过孙悟空的口说："我这笑中有味。"的确，《西游记》不仅往往引人发笑，而且每每耐人寻味，它做到了诙谐有趣与隽永有味的结合。

诙谐有趣，不能流于庸俗无聊；引人发笑，则必须避免油腔滑调。《西游记》也未免存在着这方面的缺点。如第五十三回"禅主吞餐怀鬼孕，黄婆运水解邪胎"，写唐僧、猪八戒因喝了子母河的水，竟然腹痛怀孕，好不容易吃到"破儿洞落胎泉"的水，方堕胎止痛。这显然是一个没有什么积极意义的怪诞

---

① 鲁迅：《中国小说史略》。
② ［日］盐谷温：《中国小说概论》。

的故事，作者却津津乐道地让孙悟空、沙僧等对猪八戒取笑打趣，庸俗得使人感到无聊，油滑得令人作呕了。但是，这方面的缺点在《西游记》中毕竟瑕不掩瑜。其主导方面，是它那诙谐有趣与隽永有味浑然结合的艺术特点。

特点之一，寓庄严于谐谑之中，道出既引人发笑又高于世俗之见的深刻哲理。如第二十六回写猪八戒对福、禄、寿三星的耍笑：

> 那八戒见了寿星，近前扯住，笑道："你这肉头老儿，许久不见，还是这般脱洒，帽儿也不带个来。"遂把自家一个僧帽，扑的套在他头上，拍着手呵呵大笑道："好！好！好！真是'加冠进禄'也！那寿星将帽子掼了，骂道："你这个夯货，老大不知高低！"八戒道："我不是夯货，你等真是奴才！"福星道："你倒是个夯货，反敢骂人是奴才！"八戒又笑道："既不是人家奴才，好道叫做'添寿''添福''添禄'？"

在旧社会，按照一般的世俗之见，福禄寿星是为人们所敬仰的神仙。《史记·封禅书》司马贞索隐就记载，世人皆"祠之以祈福寿"。但在这里，猪八戒竟把世人所崇拜的偶像，如此尽情地加以耍弄和嘲讽。这就使人们在嬉笑之中不能不引起严肃的沉思和憬悟。原来这些为人们所盲目崇拜的福禄寿星，他们保佑人家"加官（冠）进禄"，自己却连个帽子都没有，实则不过是专给权势之家添寿、添福、添禄的奴才罢了。

特点之二，寓共性于个性之中，写出既引人发笑又耐人寻味的人之常情。如黎山老母、南海观音与普贤、文殊菩萨，为了考验唐僧师徒的取经诚意，特地变作母女四人，要招赘唐僧师徒四人为夫。唐僧、孙悟空、沙僧皆不肯，唯独"那八戒闻得这般富贵，这般美色，他却心痒难挠；坐在那椅子上，一似针戳屁股。左扭右扭的，忍耐不住"。凭孙悟空的聪慧，他当然一眼就能看透猪八戒的心意，因此，他对猪八戒说："呆子，你与这家做了女婿罢。只是多拜老孙几拜，我不检举你就罢了。"作者不是简单地写猪八戒表态认可，而是写他倒打一耙地指责道："胡说！胡说！大家都有此心，独拿老猪出丑。常言道：'和尚是色中饿鬼。'那个不要如此？都这们扭扭捏捏的拿班儿，把好事都弄得裂了。"说着，他便以"等老猪去放放马来"为由，赶着马，转到后门去，称呼那要招女婿的妇人为"娘"了，说："只恐娘嫌我嘴长耳大。"那妇人表示不嫌弃他，叫他跟师父商量商量。他说师父"又不是我的生身父母，干与不干，都在于我"。当即干脆把婚事定下了。结果猪八戒遭到那母女四人的戏弄，被"几条绳紧紧绷住。那呆子疼痛难禁"。

从表面上看，这个故事显然是讽刺猪八戒的好色。然而，仔细一想却不尽然。猪八戒那独特的心理和语言，不仅是充分个性化的，引人发笑的，而且又是完全符合人之常情，具有广泛的典型意义的。因此，他使我们在嬉笑之中不能不感到非常耐人寻味：仿佛紧紧绷住猪八戒，使他"疼痛难禁"的那"几条绳"，犹如代表着宗教禁欲主义的残酷无情。它使人们不能不发出这样的感慨：男女婚娶，本是人之常情，何必硬要禁锢起来，"扭扭捏捏的拿班儿"，做"色中饿鬼"呢？这岂不也是对禁欲主义的有力针砭么？堂堂的黎山老母，神圣的观音菩萨，竟然都变成了捉弄人、陷害人的女妖，这难道不又是对宗教化身的黎山老母、观音菩萨的有力揭露和嘲讽么？

特点之三，寓虚假的言行于真实的人物性格之中，令人感到既虚假得可笑，又真实得可信。如《西游记》中描写猪八戒吃人参果，不仅读《西游记》的人每读到这一段，都不禁要浮起会心的笑容，感到有咀嚼不尽的滋味，即使没有读过《西游记》的人，也几乎没有不知道"猪八戒吃人参果——食而不知其味"这个歇后语的。人们仿佛早已忘记了吃人参果本身是个纯属虚幻的情节，而完全被作者所描写的猪八戒那憨实的性格征服了。请看作者的描写。

那八戒食肠大，口又大，一则是听见童子吃时，便觉馋虫拱动，却才见了果子，张开口，毂辘的囫囵吞咽下肚，却白着眼胡赖，向行者、沙僧道："你两个吃的是甚么？"沙僧道："人参果。"八戒道："甚么味道？"行者道："悟净，不要睬他！你倒先吃了，又来问谁？"八戒道："哥哥，吃的忙了些，不象你们细嚼细咽，尝出些滋味。我也不知有核无核，就吞下去了。哥啊，为人为彻；已经调动我这馋虫，再去弄个儿来，老猪细细的吃吃。"

这里，猪八戒明明已经把人参果"毂辘的囫囵吞咽下肚"，然而他却还要装腔作势地问人家"吃的是甚么？""甚么味道？"这表明他既想要赖，占便宜贪吃，又缺乏要赖占便宜的能耐，只会"白着眼胡赖"，刚耍花招作假，随即被孙悟空将其拆穿，顶了回去。于是他只好老老实实承认，刚才吃了却未尝出滋味，恳求大师兄"再去弄个儿来，老猪细细的吃吃"。这里作者所写的猪八戒的思想、行为和语言，是十分可笑的，他把猪八戒那种自私、粗莽、愚昧、质朴的性格，刻画得淋漓尽致，真实可信。文学作品要做到诙谐有趣，是很难得的。像《西游记》这样在诙谐有趣之中，又使人感到隽永有味，这就更不容易了。

从上述《西游记》的艺术特色，可以看出，它跟一般现实主义作品有着迥然不同的独特的艺术创造。它在人们面前仿佛打开了一个新的世界——思想解放和驰骋幻想的世界，战天斗地和充分发挥人的创造性的世界，辛辣地嘲讽现实和热烈地追求理想的世界，妙趣横生和令人愉悦解颐的世界。尽管它不可避免地打上了旧的时代和阶级的烙印，如因果报应、宿命论等等，但它那奇妙的幻想，宏伟的气魄，磅礴的激情，强烈的色彩，乐观的精神，诙谐的语言，却足以给人以惊世骇俗的精神鼓舞和心旷神怡的艺术美感。尽管它的思想和艺术都已经属于过去的时代，但也能给我们以启发、欣赏和借鉴，当然绝不能照搬照套。

《西游记》的影响颇广。明代余象斗《四游记》中编入的杨志和四十回《西游记》，万历年间朱鼎臣的《鼎锲全像唐三藏西游释厄传》十卷，均系吴承恩《西游记》的删节本。各种续书接连出现。如明末无名氏的《续西游记》一百回；明末董说《西游补》十六回；清初无名氏《后西游记》一百十回等。其中《西游补》影响较大。该书叙述孙悟空"三调芭蕉扇"后，被鲭鱼精所迷；在虚幻世界中见到古今之事，最后在《西游补》中，实以古喻今，讽刺了明末政治腐败和轻浮士风，在艺术上颇有造诣。诚如鲁迅所说："造事遣辞，则富瞻多姿，恍惚善幻，奇突之处，时足惊人，间以诽谐，亦常俊绝，殊非同时作手所敢望。"[①]《西游记》还被搬上舞台，清代有《升平宝筏》大型连台本戏，《三打白骨精》《大闹天宫》《八戒招亲》等均成为京剧及许多地方戏的保留剧目，直到今天仍盛演不衰。

《西游记》的出现，还引起人们对神怪题材的广泛兴趣，涌现了许多神魔小说。如邓志谟的《许仙铁树记》，罗懋登的《西洋记》，吴元泰的《东游记》，余象斗的《南游记》，朱名世的《牛郎织女传》，沈孟桦的《济公传》等。其中《封神演义》是较杰出的一部。《封神演义》又名《封神榜》《封神传》，共一百回，约成书于明隆庆、万历年间，据现存明舒载阳刊本的题记，它是由"钟山逸叟许仲琳编辑"，一说为明代道士陆西星撰。

《封神演义》是在宋元讲史话本《武王伐纣平话》的基础上，博采民间传说加工创作而成。它写商、周斗争和武王伐纣的历史故事，热烈歌颂周武王的"仁慈爱民"，揭露和批判商纣制炮烙、造虿盆、剖孕妇、敲骨髓等滔天罪行，表现了颂仁君反暴政的进步思相倾向。但也存在宣扬宿命论和"女人是祸水"等封建糟粕。

---

① 鲁迅:《中国小说史略》。

《金瓶梅》与其他人情小说

一、《金瓶梅》的成书和作者

《金瓶梅》在我国文学史上的出现，犹如异军突起，被目为"第一奇书"。它以描写日常现实生活中的世俗人情见长。有人认为它是我国第一部文人独创的长篇小说，有人则说它是在民间说唱基础上世代累积型的作品。从其思想倾向和艺术风格来看，它既因袭了话本小说的某些熟套，又更像文人作家的手笔。

《金瓶梅》的作者，据欣欣子的《金瓶梅词话序》称，为其友兰陵笑笑生作。其真实姓名不详。明代沈德符称："闻此为嘉靖间大名士手笔。"（《万历野获编》）清康熙十二年（1673）宋起凤在《稗说》卷三首次提出《金瓶梅》为王世贞"中年笔"。除王世贞外，后人又提出李开先、卢楠、屠隆、贾三近等二十余人，皆有创作《金瓶梅》的可能，但皆缺乏确证。

《金瓶梅》在刻印之前，曾以抄本流传。最早见到其抄本的，是写于明万历二十四年（1596）的袁宏道《与董思白书》所载；藏有或传阅抄本的还有王世贞、董其昌、刘承禧、袁中道、屠本畯、冯梦龙、沈德符等多人。《金瓶梅》成书时间有嘉靖和万历两说。前者认为约在嘉靖二十六年至万历元年（1547—1573）之间。后者主张为万历十年至万历三十年（1582—1602）之间。我们认为成书于万历年间的可能性较大。

《金瓶梅》的版本有两个系统。一为词话本，现存最早刊本为《新刻金瓶梅词话》，十卷一百回，卷首有欣欣子序、廿公跋、东吴弄珠客写于万历丁巳（1617）季冬的序。一为说散本，现存最早刊本为明崇祯年间的《新刻绣像批评金瓶梅》，二十卷一百回，删去了词话本中大量词曲，部分情节和文字也有改动。清康熙三十四年（1695）张竹坡的《皋鹤堂批评第一奇书金瓶梅》即以崇祯本为底本，是流传最广、影响最大的刊本。

二、《金瓶梅》的思想内容和人物形象

《金瓶梅》的题材，是从《水浒传》中西门庆与潘金莲的故事衍化而来的。写西门庆和他一家的兴衰史。西门庆原是山东清河县开生药铺的财主，已有一妻二妾，又看上了武大的妻子潘金莲，为达到长期霸占为妾的目的，便与潘金莲、王婆合谋毒死武大。武松为兄报仇，西门庆买通官吏，结果因武松误打死给西门庆通风报讯的皂隶李外传，而身陷囹圄，西门庆则不但逍遥法外，而且在经济上、政治上皆成为暴发户。由开一爿生药铺，发展为开绒线、绸缎、典当等五个店铺。他身为一介市井细民，由于给朝廷太师蔡京送厚礼祝寿，跟蔡京结为义父子关系，便被授予理刑副千户、千户的官职。他先后娶孟玉楼、潘金莲、李瓶儿为妾，奸淫家中婢女及奴仆媳妇，如春梅、迎春、兰香、如意儿、宋惠莲、王六儿、叶五儿等，又与王招宣的寡妇林太太私通，并经常去妓院嫖妓。最后他因淫欲过度而髓竭人亡。潘金莲为武松所杀。春梅在嫁给周守备为夫人后，也因纵淫暴亡。西门庆正妻吴月娘生子孝哥，被普净和尚以佛法感化出家，改名明悟。西门庆则"托生富户沈通为次子"。《金瓶梅》的书名，即根据西门庆的妾潘金莲、李瓶儿和婢庞春梅三个人名各取一个字而成的。

关于《金瓶梅》的创作主旨，历来有政治寓意说（见《万历野获编》），讽谕说（见谢肇淛《金瓶梅跋》），复仇说（见屠本畯《山林经济籍》），虽皆把小说与史实混为一谈，但却共同反映了《金瓶梅》的思想内容具有强烈的现

实性。其实，它的思想价值不在于影射或讽喻某个真人真事，而在于以西门庆一家为典型，"描摹世态，见其炎凉"，"著此一家，即骂尽诸色"（鲁迅：《中国小说史略》）。可谓"曲尽人间丑态"（廿公：《金瓶梅跋》），足"为世戒"（弄珠客：《金瓶梅序》）。故"诸'世情书'中，《金瓶梅》最有名"（鲁迅：《中国小说史略》）。

对于《金瓶梅》中的主角西门庆，有人认为，他是"十六世纪中国的新兴商人"，"二千年封建社会的掘墓人"。[①]有人则认为，他"是在那些传统的反面形象性格基础上的一个新发展"，"一个别具一格的不朽的反面典型"。[②]更常见的说法，是把西门庆视为"官僚、富商、恶霸三位一体的人物"[③]。我们认为，西门庆是个市井恶棍的典型。小说从未写他占有多少田地庄园，进行地主剥削。他虽然是先后经营五家店铺的商人，担任理刑副千户、千户的官僚，但作品所写他的主要活动，却不是从事正当的商业经营和执法断案，而是以市井恶棍的手段，靠发横财发家，靠勾结官吏偷漏税致富，靠收买流氓打手捣毁蒋竹山的生药铺，来代替商业竞争，利用当官的职权贪赃枉法，以沉湎在奸淫狗盗，对酒、色、财、气无限的贪婪之中，为其人生的唯一乐事，结果乐极哀来，人亡家破。他本身既带有浓烈的封建性，又是封建社会腐朽没落的产物。如果不是上自朝廷太师下至府县官吏的贪财纳贿，对西门庆由庇护进而提拔重用，他早就该死于打虎英雄武松的铁拳之下了。他身上，我们丝毫看不到他充当"二千年封建社会的掘墓人"的革命性，我们所看到的他只有作为市井恶棍的凶恶性和反动性、贪婪性和腐朽性。

好在小说不仅仅停留在对西门庆个人罪恶的暴露上，而是同时写出了产生西门庆之流的社会典型环境。西门庆谋杀武大，气死花子虚，逼死宋惠莲、宋

---

① 见《中国社会科学》1987 第 3 期卢兴基文。

② 见《金瓶梅论集》沈天佑文。

③ 见金启华等主编《中国文学史》。

仁，诬陷、迫害来旺，受贿包庇杀人犯苗青，奸淫众多妇女，皆是由于他经济上有钱财，政治上有封建官僚作靠山。用作者的话来说，这是"积财惹祸胎"（第七十九回），说明"那时徽宋，天下失政，奸臣当道，谗佞盈朝。高、杨、童、蔡四个奸党，在朝中卖官鬻狱，贿赂公行，悬秤升官，指方补价，夤缘钻刺者，骤升美任；贤能廉直者，经岁不除。以致风俗颓败，赃官污吏，遍满天下，役繁赋重，民穷盗起，天下骚然。（第三十回）"

《金瓶梅》还以潘金莲、李瓶儿等妇女形象为主角，写了妇女既有对人生性欲的正当要求，在那个社会又不免落得个可鄙可憎、可悲可怜的下场。如潘金莲不只是个淫妇形象，作者还写了王招宣、张大户对她的毒害和糟蹋，使她"美玉无瑕，一朝损坏；珍珠何日，再得全完"（第一回）。她与武大的婚姻是张大户包办的。这在她看来，如同"乌鸦""配鸾凤""真金子埋在土里"。她要争取自主、幸福的婚姻，可是在那个社会她却没有离婚的权利，而走上了毒杀亲夫武大的犯罪道路。在她与李瓶儿、吴月娘等人的矛盾中，固然表现了她的争宠、妒嫉、凶残、狠毒的性格，不惜以阴谋手段害死官哥儿，气死李瓶儿，但同时也应看到，罪恶的根源还在于一夫多妻制和封建的宗法制。如作者写潘金莲所说的："那个偏受用着甚么哩，都是一个跳板儿上人。"（第六十二回）潘金莲竭力追求情欲，结果却死于她最初看中的男人武松之手。作者一方面认为这是"世间一命还一命"，另一方面又"堪悼金莲诚可怜"（第八十七回）。这种态度看似矛盾，实则反映了作品一再表述的思想："为人莫作妇人身，百年苦乐由他人。"（第十二、三十八回）对妇女的悲惨遭遇和命运，寄寓一定的同情。《金瓶梅》作为"描写下等妇人社会之书"[①]，堪称对我国长篇小说的一个新贡献。

刻画出应伯爵等一批帮闲者和市井无赖的形象，更是《金瓶梅》的独特创

---

① 曼珠：《小说丛话》。

造。他们竭力趋炎附势，百般凑趣讨欢。当西门庆得势时，他们为虎作伥，助纣为虐，靠西门庆的小恩小惠糊口谋生。西门庆一死，应伯爵竟立即送上西门庆的妾李娇儿，作为投靠新主子张二官的见面礼。原来亲热无比的结义兄弟，如今"直若与西门庆义不同生，仇结隔世者"①。把人心之真假、冷热，世情之虚伪、险恶，刻画得入骨三分，出乎情理之外，令人不得不震惊、猛醒！

《金瓶梅》也有严重的缺陷。首先表现为作者的思想观念还受着封建的桎梏，这就大大削弱甚至歪曲了作品揭露批判的深刻性和准确性。如"西门庆私淫来旺妇"，作者却要以此劝告："凡家主，切不可与奴仆并家人之妇苟且私狎，久后必紊乱上下，窃弄奸欺，败坏风俗，殆不可制。"认为这是"西门贪色失尊卑"，"暗通仆妇乱伦彝"（第二十二回）。来旺妇宋惠莲当面斥责西门庆："你原来就是个弄人的刽子手，把人活埋惯了。害死人，还看出殡的！"可是作者却把宋惠莲的被迫自杀写成是"含羞自缢"。其立场观点，显然是站在维护封建主义一边来进行揭发批判的。

其次，作者缺乏高尚的审美情趣，对西门庆荒淫无耻、糜烂堕落的性生活，作了极其赤裸裸的、过分夸张露骨的描写。其效果，与其说是暴露他的丑恶，不如说是抱着几分欣赏的态度，作浓墨重彩的自然主义渲染，对年轻读者势必产生性挑逗的恶劣影响。这是《金瓶梅》长期遭禁锢的主要原因。

此外，书中杂有不少因果报应的说教，也是我们所必须批判的。

三、《金瓶梅》的艺术创新

在中国小说发展的历史长河中，《金瓶梅》是一部承前启后、继往开来的作品。它在艺术上有一系列的创新：

---

① 文龙：《金瓶梅》第八十回批语。

由反映古老的历史时代，转变为直接反映当时的现实生活。在《金瓶梅》以前的我国小说，所写的几乎都是以古老的历史故事或民间传说为基础的。它们所反映的时代范围比较古老和宽泛，跟当时特定的社会生活和时代特色总还存在一定的距离。《金瓶梅》虽然名义上也说故事发生在宋代，但它所反映的实际生活，却道道地地是明代中晚期的。欣欣子的《金瓶梅词话序》中明确宣告，该书"寄意于时俗"。书中所写的服饰、风俗也都是明代的，所写的人物性格，更不难在明代现实社会中找到许多影子。其现实性之强，实属空前。

由带有理想化的倾向，转变为不加粉饰的赤裸裸的真实描写。《金瓶梅》以前的我国小说，在揭露奸臣、赃官、土豪恶霸的同时，总是伴随着对圣君贤相、忠臣清官、英雄豪杰的美化和颂扬，把现实剪裁得有几分合乎作者的理想。《金梅瓶》作者则以前所未有的魄力，从地方恶霸西门庆，直到最高统治者皇帝，写出了封建社会的罪恶的整体，使人们清楚地看出，社会的黑暗，不只是少数坏人作恶的结果，更重要的是当时的腐败政治、势利人心和恶劣世俗，必然使西门庆之流加官进爵，步步高升，必然使一批妇女被金钱势力和享乐思想所支配，必然会出现应伯爵那样一群帮闲者。它所描写的已经丝毫不带理想化的色彩，做到了"对于人和人的生活环境作真实的、不加粉饰的描写"[1]。使"生活表现得赤裸裸到令人害羞的程度"[2]。

由着力追求故事情节离奇曲折的传奇手法，转变为着力表现普通的、日常的生活真实的写实手法。近代现实主义，要求"按生活的本来面目描写生活"[3]。而在《金瓶梅》以前的我国长篇小说，所写的一般都是重大的政治、军事斗争，追求的是故事情节的传奇性、曲折性和紧张性。《金瓶梅》所写的则完全是家庭的日常生活，故事情节也与家庭日常生活一样平淡无奇。它不是

---

① 高尔基：《谈谈我怎样学习写作》。

② 别林斯基：《论俄国中篇小说和果戈理君的中篇小说》。

③ 契诃夫：《致基塞列娃》。

靠故事情节的传奇性吸引人，而是靠日常生活的真实描写打动人。这不仅是作品题材和写作手法的变化，更重要的是反映了长篇小说艺术描写日常生活的能力有了长足的进步，使小说与世俗人生更加贴近了，表现了现实主义的发展和深化。

由轻视、排斥妇女在长篇小说中的地位，转变为以妇女为作品的主人公。《金瓶梅》以前的我国长篇小说，极少有成功的妇女形象，即使写妇女也皆使她们处于从属的地位。这跟作家受男尊女卑的封建传统观念的支配，大有关系。《金瓶梅》作者虽然也未摆脱封建妇女观的影响，但他的实际创作却从人的情欲出发，不仅使潘金莲、李瓶儿、庞春梅等妇女形象成为书中的主角之一，而且还以细腻的笔墨，写出了妇女所独有的性格——她们的理想和追求，苦恼和悲伤，美貌和才情，长处和短处。其描写妇女形象之众多和生动，突出地说明我国小说创作已有重大突破，而敢于面对和描写真实的世俗人生。

由描写和歌颂正面人物为主，转变为以揭露和批判反面人物为主，成为我国小说史上第一部以写反面人物为主的长篇小说。它为在我国长篇小说中运用讽刺的笔法开了先河。向来的小说皆以美为审美的对象，而《金瓶梅》却能化丑为美，以"丑"为审美的对象，使读者从作品对种种丑恶人物和丑恶现象的嬉笑怒骂之中，能够收到"一哂而忘忧"[①]的审美效果。这不仅为长篇小说的人物画廊和现实主义的发展开辟了新的天地，而且在美学观念上也是个巨大的突破。

由夸张的、粗略的细节描写，转变为逼真的、琐屑的细节描写。《金瓶梅》以前的我国小说，恰如曹雪芹在《红楼梦》第一回所指出的："不过传其大概，以及诗词篇章而已；至家庭闺阁中一饮一食，总未述记。"《金瓶梅》则扭转了"传其大概"，不重视细节描写的现象。它使人"读之，似有一人亲曾执笔

---

① 欣欣子：《金瓶梅词话序》。

在清河县前西门家，大大小小，前前后后，碟儿碗儿，一一记之，似真有其事，不敢谓为操笔伸纸做出来的"①。

由作家以说书人的身份公然出现在作品中对人物和事件加以介绍、评述，转变为由作家和作品中的人物多视角地展开描写。如当潘金莲嫁到西门庆家时，就不是由作家直接出面介绍潘金莲给众人的观感如何，而是从吴月娘的视角和心理感受写道："吴月娘（对潘金莲——引者注）从头看到脚，风流往下跑；从脚看到头，风流往上流。论风流，如水晶盘内走明珠；语态度，似红杏枝头笼晓日。看了一回，口中不信，心内暗道：'小厮每家来，只说武大怎样一个老婆，不曾看见，今日果然生的标致，怪不的俺那强人爱他。'"（第九回）崇祯本《金瓶梅》于此处的眉批指出："此一想，若惊若妒，不独写月娘心事，画金莲美貌，而无意化作有意，且包尽从前之漏。"这种写法，以极省简的笔墨，起到了多方面的作用，大大缩短了小说形象与读者之间的距离。这无疑地是小说艺术的发展和进步。

由以故事为主体的板块结构，转变为以人物为中心的网络结构，由以各个人物和故事组合的短篇连环结构，嬗变为以作品的主人公——西门庆的性格发展和家庭兴衰，一线贯串的有机整体结构，由一人一事为主的封闭型结构，发展为主副线的复合、经纬线交错的开放型结构。其全书结构之严谨、统一、宏伟、完整，则在我国长篇小说史上展开了前所未有的新的一页。

上述八项转变，既使《金瓶梅》由古典现实主义跨向近代现实主义，同时又带来了缺乏理想的光彩，描写过于琐细、芜杂，艺术加工、提炼不足等严重缺陷，其中赤裸裸的性生活描写，影响尤为恶劣。但从小说艺术的发展上来看，其积极影响仍是主要的。如《醒世姻缘传》被称为"仿佛得其笔意"②。《儒

---

① 张竹坡：《金瓶梅读法》之63。
② 邓之诚：《茶余客话》。

林外史》"也是这一流派的嫡传。不过技术上是更凝练更精简了"①。参与曹雪芹创作《红楼梦》的脂砚斋也指出，《红楼梦》的创作是"深得《金瓶》壶奥"②。

四、《金瓶梅》的续书及明末清初其他人情小说

据《万历野获编》记载，《金瓶梅》作者曾作《玉娇李》（又名《玉娇丽》），袁宏道闻其内容，谓"与前书各设报应因果。武大后世化为淫夫，上蒸下报；潘金莲亦作河间妇，终以极刑；西门庆则一骏憨男子，坐妻妾外遇，以见轮回不爽"。这是最早的《金瓶梅》续书，可惜早已失传。

清顺治十八年（1662）丁耀亢作《续金瓶梅》，共六十四回，丁耀亢（1599—1671），字西生，号野鹤。他生当明末清初，怀才不遇，忧国忧民。《续金瓶梅》是他晚年所作，以因果报应、劝善惩恶的思想为主导，编撰了一套《金瓶梅》之后的人物和故事。作品借宋代金兵入侵，为我们描绘了一幅明清易代之际的乱世画面，表现了作者的"劝世苦心"（见该书《凡例》）。它有一定的认识作用和艺术价值，只是宣扬因果报应等封建糟粕极为突出。

清康熙年间不题撰人，但卷首有四桥居士作序的《隔帘花影》，实即《续金瓶梅》的删节本，共四十八回。主要删去了"意在刺新朝而泄黍离之恨"③的内容，使原作的思想性大受削弱，而在艺术上芟除大段因果报应的说教，则显得较为集中、精练。

《金屋梦》则是清末民初，由《莺花杂志》编辑孙静庵据《续金瓶梅》并参照《隔帘花影》，重新删改而成。

在《金瓶梅》的影响下，文人创作的人情小说迭起。如《玉娇梨》也学

---

① 李长之：《现实主义和中国现实主义的形成》。

② 甲戌本第十三回眉批。

③ 平步青：《霞外捃屑》卷九。

《金瓶梅》摘取书中白红玉、吴无娇（白红玉的化名）、卢梦梨三人名字中的各一个字组成书名。《平山冷燕》则取平如衡、山黛、冷绛雪、燕白颔四人的姓氏组成。其学步《金瓶梅》，显而易见。唯察其意旨，人物事状皆不同，是以才子佳人的爱情婚姻，反映世俗人情的冷暖险恶，绝不涉及淫秽笔墨，因此这些作品对于《金瓶梅》来说，属于"又生异流"①。

《玉娇梨》，二十回。成书于明末。作者荑荻散人，真实姓名不详。1826年后译成法、英、德文，改书名为《两个表姐妹》。该书以明英宗正统年间为历史背景，写苏友白与白红玉、卢梦梨的爱情婚姻故事，作品展现了一幅幅"世情看冷暖，人面逐高低"的画面；宣扬的婚姻观念，是重才华，轻权势富贵，重婚姻当事人的情投意合，否定以婚姻为权势与利益的结合，这在当时有一定的进步意义。在艺术上，它不是把故事局限于家庭内部，而是前半部以官场为主，后半部以社会为主，描写从京官到下层的小财东、星相士、假名士之流，使之足以反映广泛的社会世情。主要缺陷是仍囿于封建主义的伦理观念，肯定一夫多妻制，在思想情趣和语言风格上，皆表现为浓重的封建文人习气。

《平山冷燕》，二十回。题"荻岸山人编次"。清盛百二（1720—？）的《袖堂续笔谈》认为是清康熙年间嘉兴张劭所作。写燕白颔和山黛、平如衡和冷绛雪两对夫妻的姻缘故事。作者虽受"当时科举思想之所牢笼"，写"求偶必经考试，成婚待于诏旨"，但突出以才女才子为婚姻标准，毕竟反映了封建文人的婚姻理想，比讲究门当户对的封建婚姻要略有进步。

《好逑传》，十八回，一名《侠义风月传》。题"名教中人编次"。从1761年起有英、德、法文译本，在欧洲很有名，曾被作为一些欧洲人初学中国话的教科书，受到歌德和席勒的赞赏。此书写铁中玉依靠自己的勇力和智

---

① 鲁迅：《中国小说史略》。

慧，巧妙地利用其御史父亲的权位，向邪恶势力作斗争，救援被欺压的孤女水冰心，最后结成美满姻缘的故事。他俩的自主婚姻被人诬蔑为"实有伤于名教"，实际上他俩虽成婚礼却未同床，经皇后验明水冰心仍为贞女，于是诬蔑者受到谴责，水铁二人则被誉为"真好述中出类拔萃者"，令重结花烛，以光名教。鲁迅称"其立意亦略如前二书，惟文辞较佳，人物之性格亦稍异，所谓'既美且才，美而又侠'者也"[①]。

此外，明末清初的人情小说，现存者尚有《铁花仙史》《玉支玑》《画图缘》《蝴蝶媒》《五凤吟》《巧联珠》《锦香亭》《驻春园》等共约近五十种。它们虽不免多落入才子佳人恋爱的俗套，思想和艺术价值俱不高，但对于研究中国小说发展的历史经验，仍有着不可忽视的意义。不妨说，是明末清初这批人情小说架起了沟通《金瓶梅》和《红楼梦》这两座小说艺术高峰之间的桥梁。

---

① 鲁迅:《中国小说史略》。

《聊斋志异》与其他文言小说

一、蒲松龄的生平和创作

蒲松龄（1640—1715），字留仙，别号柳泉，山东淄川（今淄博市）人。家庭世代书香，其父蒲槃"操童子业，苦不售"。"家贫甚，遂去而学贾"①。他本人十九岁"初应童子试，即以县、府、通三第一，补博士弟子员，文名籍籍诸生间"②。尔后却屡试不第，直到七十一岁才援例出贡，四年后即逝世，以穷秀才终此一生。只是其间于三十一岁时赴江苏宝应县为知县孙蕙当了一年幕僚。此外，即在家乡"缙绅先生家"设帐教书谋生，到七十岁才撤帐家居③。

由于他一生科场蹭蹬，居住农村，生活贫困，这就使他对社会现实的黑暗有比较清醒的认识，在思想感情上能够靠近人民，从人民群众中吸取到思想和艺术养料。如他从自己的切身经历中，痛感科举制度的腐败，"颠倒了天下几多杰士。蕊宫榜放，直教那抱玉卞和哭死"！④他揭露"仕途黑暗，公道不彰，非袖金输璧，不能自达于圣明，真令人愤气填胸，欲望望然哭向南山而去"⑤！

---

① 蒲松龄：《元配刘孺人行实》。
② 张元：《柳泉蒲先生墓表》。
③ 蒲箬：《柳泉公行述》。
④ 《大江东去·寄王如水》。
⑤ 《与韩刺史樾依书》。

对于官僚地主的剥削，迫使农民"粜谷卖丝，以办太平之税"①，以致"十月秋方尽，农家已绝粮"，他不仅深表同情，而且不计个人利害，敢于为民请命，用他自己的话来说："感于民情，则怆恻欲泣，利与害非所计及也。"②他的《聊斋志异》就是他寄托"孤愤之书"，大部分是搜集民间故事传说加工创作而成。他在《聊斋自志》中自称："才非干宝，雅爱搜神；情类黄州，喜人谈鬼。闻则命笔，遂以成编。久之，四方同人又以邮简相寄，因而物以好聚，所积益伙。"邹弢的《三借庐笔谈》也说蒲松龄"作此书时，每临晨，携一大磁罂，中贮苦茗，具淡巴菰一包，置行人大道旁，下陈庐衬，坐于上，烟茗置身畔，见行道者过，必强执与语，搜奇说异，随人所知，渴则饮以茗，或奉以烟，必令畅谈乃已"。这虽属传说，未可全信，但根据作者的《聊斋自志》亦足以证明，他的创作素材是来自人民群众之中的。

然而，蒲松龄毕竟是封建文人，他的思想认识不能不受封建正统思想的局限。如他憎恨科场的腐败，却不反对科举制度本身；憎恶贪官污吏、土豪劣绅，却对封建最高统治者抱有幻想；同情人民疾苦，却反对农民起义；歌颂男女真挚的爱情，却赞成一夫多妻制；不满于黑暗的社会现实，却又进行封建道德的说教和宣扬宿命论。所有这些都给他的创作带来了消极影响。

蒲松龄一生的著作很多，除《聊斋志异》外，还有文四百余篇，诗九百余首，词一百余阕，俚曲十四种，戏剧三种，通俗杂著八种。他的诗、词、散文、俚曲，皆收入路大荒编的《蒲松龄集》，中华书局 1962 年出版。

《聊斋志异》是蒲松龄成就最大，最为著名的代表作。大体上作于他四十岁以前，此后不断有所修改和增补。

《聊斋志异》的版本，以上海古籍出版社出版的"三会本"（即会校、会

---

① 《答王瑞亭》。

② 《与韩刺史樾依书》。

注、会评本《聊斋志异》）最为完备，共收四百九十一篇。此外还有影印的上半部手稿，最为珍贵；铸雪斋十二卷抄本，最接近手稿本；赵刻青柯亭十六卷本在文字上作了许多删改，但流行最广，影响最大；王金范十八卷本则是删繁就简的选本。

二、《聊斋志异》的思想内容

《聊斋志异》所反映的思想内容极为广泛、丰富、复杂。大致来说，其优秀之作的内容可分为以下四个方面：

（一）暴露和批判封建政治的黑暗。《聊斋志异》中写这方面主题的作品，约占四分之一。代表作如《促织》《席方平》《向杲》《潞令》《梅女》《梦狼》等。在《促织》中，作者把揭露、批判的矛头，直接指向封建最高统治者皇帝。因"宫中尚促织之戏、岁征民间"，地方官吏便"假此科敛丁口，每责一头，辄倾数家之产"。成名一家便是为缴蟋蟀而深受其害的家庭之一。成名因买不起又捉不到应征的蟋蟀，而被官吏毒打得"两股间脓血流离"。"后千方百计捉到一头蟋蟀，不幸却又被儿子不小心弄死"，逼得儿子投井自杀，死后变成一头蟋蟀上缴皇宫，使"上大嘉悦，诏赐抚臣名马衣缎"。作者把批判的矛头指向封建统治者，如该篇的结尾所说："天子偶用一物，未必不过此已忘；而奉行者即为定例。加以官贪吏虐，民日贴妇卖儿，更无休止。故天子一跬步皆关民命，不可忽也。"

《席方平》则以城隍、郡司、冥王的层层上下勾结，狼狈为奸，残酷迫害无辜人民，揭露了封建统治的腐败、残暴至极。席方平为了代父申冤，魂入阴司告状。他先告到城隍衙门，因害死他父亲的"富室羊姓"向官府"内外贿通"，被无理驳回。他又"告之郡司"，结果被郡司打了一顿，"仍批城隍复案"。回到城隍那儿，他更是"备受械梏，惨冤不能自舒"。他又告到冥王那儿，未容他开口申诉，就被"命笞二十"。他大喊："受笞允当，谁教我无钱耶！""冥王益怒，命置火床"，使席方平被火床刑罚得"痛极，骨肉焦黑，苦不得死"。在这种情况下，席方平仍不屈服，"冥王又怒，命以锯解其体"，把他的身体锯成了两半。最后告到二郎神那儿，终于使害死其父的"富室羊姓"和接受贿赂、酷虐良民的城隍、郡司及冥王皆受到了应得的惩罚。作品斥责他们为"羊狠狼贪"，"真人面而兽心"。

作者还以满腔的义愤和极端的憎恨，揭露了封建统治者吃人的本质。如在《梦狼》中写道："窃叹天下之官虎而吏狼者，比比也。即官不为虎，而吏且将为狼；况有猛于虎者耶？"对于这般吃人的虎狼，作者的态度不是容忍、退让，而是主张作你死我活的斗争。如《伍秋月》最后的"异史氏曰"："余欲上言定律：凡杀公役者，罪减平人三等，盖此辈无有不可杀者也。"在《王大》后写道："余尝谓昔之官谄，今之官谬；谄者固可诛，谬者亦可恨。"

作者不仅把封建官吏看作"可杀""可诛""可恨"之列，而且塑造了一系列反抗者的形象。如《席方平》中的席方平，受了那么重的刑罚，仍然毫不屈服，冥王问他敢再讼否，他愤激地说："大冤未伸，寸心不死！""必讼！"残暴的刑罚压服不了他，用"千金之产，期颐之寿"，也引诱和收买不了他，他这种誓死斗争到底的反抗性格，连"鬼"都为之惊呼："壮哉此汉！"如果说席方平的反抗还局限于合法斗争的话，那么，《向杲》中的向杲则以暴力进行复仇。他的哥哥被恶霸打死后，由于凶手向官吏广行贿赂，他有理不得申，便"日怀利刃，伏于山径之莽"，准备伺机行刺，结果因对方"戒备甚严"，"杲无计可施，然犹日伺之"。后有个道士授给他一件布袍。穿在身上，使他立即变成老虎，这样他终于在山岭下咬死了仇人。作者在作品最后说道："然天下事足发指者多矣，使怨者常为人，恨不令暂作虎！"使人变虎，得以报仇雪恨，正是表现了作者的浪漫主义理想。

这类作品尽管往往还对封建最高统治者抱有幻想，只反对坏官吏、坏人，而不反对整个封建统治阶级和封建制度，但它们毕竟反映了压迫者与被压迫者的尖锐矛盾，暴露了封建社会的腐朽和罪恶，其教育意义和战斗作用不容低估。

（二）揭露和抨击科举制度的弊病。蒲松龄一生既热衷于科举，又吃尽了科举制度的苦头。在《喜笳、筠入泮》诗中，他说他"年年文战垂翅归"。科举落榜，使他像个气急败坏、垂头丧气的鸟一样，有翅膀都飞不动，而只能垂着翅膀走回来。因此他对科举制度的腐败，是有切身的深刻体会的。在这方面，他的代表作有《叶生》《于去恶》《司文郎》《僧术》《三生》《何仙》《贾奉雉》等篇。

作者主要是揭露了考场的黑暗和考官的丑恶。如《于去恶》中描写考官为"乐正师旷、司库和峤是也"，即不是瞎子，便是财迷。《司文郎》中写一个瞎和尚，只要别人焚烧八股文，他用鼻子一嗅，就能立刻分辨好坏，而主持科举的考官，不但眼睛瞎了，连鼻子也塞了，发榜的结果是不通文墨的余杭生高中，学识渊博的王子平落榜，气得瞎和尚也愤愤不平地说："仆虽盲于目，而不盲于鼻，帘中人并鼻盲矣！"骂那些考官连瞎子都不如，讽刺挖苦得很厉害。《僧术》里的黄生因为吝啬，只肯出一千元钱，结果只考中了一个副贡。出钱的多寡，决定着考生名次的高低。作者在"异史氏曰"里挖苦地说，这是开"捐纳之科"。

考官不是不识货的瞎子，就是死要钱的贪官，怎么能选拔好人才呢？所以作者写《叶生》中的叶生"文章词赋，冠绝当时"，却屡试不中，只能郁闷而死；在《三生》里，他愤怒地谴责考官"衡文何得黜佳士而进凡庸"。其实，这不只是考官的问题，更重要的是八股取士本身就是为了牢笼士人，选取只会鹦鹉学舌的庸才。作者看不到这个病根，而把责任和矛头都集中到那些考官身上去了。因此作者解决矛盾的办法，不是要废除科举制度，而是要惩办考官。在《三生》里，他写千万个因为考不取功名而愤懑死去的士子们，在阎罗王面前告状诉冤，阎罗王判决对令尹、主司施笞刑，士子们嫌太轻，哗然不满，坚持要求挖眼剖心。阎罗王不得已而答应了他们的请求，方才人心大快。可见作者对这些考官实在愤恨至极。

此外，作者还揭示和批判了在科举制度的毒害下，知识分子精神世界的堕落。如《仙人岛》里的王勉，目空一切，却毫无真才实学，一天到晚想的不是做官，就是捞钱，被一个十二岁的姑娘嘲笑了一番。在《苗生》里，三四个迂腐的读书人，朗读自己的文章，洋洋得意，彼此阿谀称颂，毫无自知之明。苗生高声大叫："此等文只宜向床头对婆子读耳，广众中刺刺者，可厌也！"当他们不听劝阻，继续朗读的时候，苗生又大吼一声，变成老虎，把他们扑杀。可见作者对这些只会吹牛撒谎，没有真才实学，而一心只想做官发财的知识分子，是多么的鄙视和憎恨。

（三）赞美和歌颂男女爱情的自由。在《聊斋志异》中，以描写男女爱情的作品为最多，其所表现出来的民主思想也最为突出。代表作有《阿宝》《瑞云》《莲香》《青凤》《霍女》《鸦头》《连城》等篇。

作者塑造了不少追求自由爱情的男性正面形象。如《阿宝》中的孙子楚，他痴情地爱着阿宝，不惜断其枝指，魂随阿宝而去，化作鹦鹉飞到阿宝的身旁。对于这样执着追求自由爱情的人，当时人们讥笑他为"孙痴"，而蒲松龄却满腔热情地歌颂他。《连城》里的乔生，《香玉》里的黄生，也都是热烈追求自由爱情的男性形象。

作者还塑造了许多不受封建礼教束缚，敢于为自由爱情、自主婚姻而斗争的女性形象。如《鸦头》中的狐女鸦头，不顾封建家长的淫威，大胆私奔，与自己的情人一起以劳动谋生，"至百折千磨，之死靡他"。《霍女》中的霍女，三易其夫，婚姻的主动权完全掌握在她自己手里，一点不受封建贞节观念的困扰。《莲香》中的莲香，《青凤》中的青凤，《婴宁》中的婴宁，《小翠》中的小翠，也都具有新女性的特色。

更值得称道的是，作者还描绘了不以人的外貌妍媸、门第高下，而以思想感情上的互相"知己"为基础的，符合近代爱情原则的爱情。如《瑞云》里的贺生爱上妓女瑞云，后来尽管瑞云变得"丑状类鬼"，但他仍不惜"货田倾装，买之而归"。他说："人生所重者知己，卿盛时犹能知我，我岂以衰故忘卿哉？"他坚持娶瑞云为妻，"闻者共姗笑之，而生情益笃"。这种以思想感情上的"知己"为原则的爱情，在我国文学史上可谓揭开了爱情描写最为难能可贵的新篇章。

（四）赞美兄弟之爱和朋友之谊。在《聊斋志异》中，这方面的代表作有《张诚》《娇娜》《乔女》等篇。

《张诚》写同父异母兄弟张讷与张诚之间如何患难相助，生死与共。张诚因帮助哥哥砍柴，而被老虎衔去，张讷抱定"弟死，我定不生"的决心，历尽出生入死的艰辛，费时二十余年，终于找回了弟弟。作者是以"余听此事至终，涕凡数堕"的满腔激情，来赞扬这种兄弟之爱的。

歌颂朋友之义，本是我国文学史上一个传统的主题。《聊斋志异》的独创，在于它赞美了男女之间的友谊。如《娇娜》中孔生为救娇娜，遭雷击毙；娇娜为救孔生，不顾"男女授受不亲"的封建礼教，"以舌度红丸入，又接吻而呵之"，使孔生终于苏醒过来。《乔女》中的寡妇乔女，为报孟生的"知己"之谊，在他死后竟主动承担起为他抚养幼子的责任。这表明作者认为，在日常的人与人之间的关系上，男女也有权利平等交往，互相帮助，完全不必被"男女之大防"的墙隔绝。

此外，《聊斋志异》中有意义的篇章还有许多。如歌颂妇女才能超过丈夫的《颜氏》；说明求知学艺贵凝志有恒的《崂山道士》；戳穿美女实则是恶鬼的《画皮》；抨击以丑为美，埋没贤才的《罗刹海市》；表彰智勇双全，跟恶势力作斗争的《贾儿》；描写民间艺人卓越技艺的《偷桃》《口技》等等，皆属脍炙人口的名篇。即使那些被认为"纯为封建道德的说教"①，如《珊瑚》等篇，也有批判悍妇虐待儿媳等积极的一面。

《聊斋志异》中消极、落后的思想内容，不仅表现在《小二》《素秋》《白莲教》等诬蔑农民起义，《尸变》《成仙》等散布荒诞的封建迷信思想，《珊瑚》《邵女》等宣扬奴役妇女的封建道德观念，而且即使在那些优秀作品中，上述封建的立场观念，也时有流露，我们必须予以批判地看待。

三、《聊斋志异》的艺术成就

（一）对我国史传文学传统的发展。中国小说的发展，跟史传文学的关系很密切，魏晋六朝的志怪、志人小说，包括干宝的《搜神记》，在当时都是作为真实的历史记载的。直到唐宋传奇，"始有意为小说"，但仍保持史家的态度。《聊斋志异》既继承了史传文学的现实主义传统，在艺术上又有独创，它每个故事都有一定的根据，大都搜集自民间，但又不是作为客观的记录，而是有意识地加以虚构和创作。鲁迅说它是"用传奇法而以志怪"②。实则即现实主义和浪漫主义的结合。史传文学的传统，不仅在现实主义精神方面对《聊斋志异》有直接的影响，而且在写作方法和表现形式上，它也是学史传的。如每篇开头，往往先介绍人名、籍贯、年龄、身份，每篇结尾，大多有"异史氏曰"，这跟《史记》的写法及其篇末的"太史公曰"，都如出一辙。不过《聊斋志异》在这方面也有发展。史传上写人名、籍贯、年龄、身份，与后面的故事情节、人物性格、思想内容，没有多大关系，《聊斋志异》则把这种史传的写法，服从于和服务于写小说的要求，使之成为作品思想内容和人物性格的有

---

① 章培恒："三会"本《聊斋志异新序》。
② 鲁迅：《中国小说史略》。

机组成部分。如《张鸿渐》中的张鸿渐，作品开头介绍他"永平人，年十八，为郡名士"，都不是随意写的。永平，即今河北省卢龙县，在清代属直隶省，系靠近首都，属中央王朝直接管辖的地区。所以后面称张鸿渐为"钦件中人"，是皇帝亲自过问的案件，尚且蒙受不白之冤，其揭露、批判的意义，自属非同寻常。由于张鸿渐"年十八"开始过逃亡生活，所以后来作者写张鸿渐不认识中了举人的儿子，一听"云是永平张姓，十八九少年也"，籍贯、姓氏相同，才引起张鸿渐怀疑是自己的儿子。而这个"十八九"的年龄，又与前面介绍张逃亡时"年十八"相呼应，说明他为逃避冤狱而流亡在外已长达十八九年。"为郡名士"，不仅点明了别的书生"求张为刀笔之词"的原因，而且说明这个社会的黑暗，连"郡名士"也难幸免遭受迫害。这一切都表明它不同于史传文学的记录史实，而是小说家的精心设计和艺术创造。至于张鸿渐在逃亡途中得到狐仙施舜华的帮助，那就更显属浪漫主义的理想和想象了。史传文学现实主义有余，而缺乏浪漫主义；一些"志怪群书"，则富有变幻多姿的想象力，但荒诞不经，缺乏现实内容。正如袁枚在《新齐谐》自序中所说的，是"妄言妄听，记而存之，非有所感"。《聊斋志异》则把这两方面的优点吸取了，缺点避免了，使现实主义和浪漫主义得到了比较好的结合，这是蒲松龄的一大功绩。

（二）精练传神的人物描写。唐代有个著名的史学评论家刘知几，他著的《史通》总结了历史家叙事的方法，归结为"文约事丰"四个字。《聊斋志异》正是吸取了我国史传文学以及志怪、志人小说和唐宋传奇的经验，而加以发展，把它集中运用到人物形象的描写上。

它善于抓住主要人物的主要性格特征，反复渲染。基本上是采用传记体，每篇着重写一人一事。如《席方平》着重就写席方平代父申冤。他先后三次分别向城隍、郡司和冥王告状，蒙受酷刑，都是为了突出他那顽强不屈的反抗性格；而他的三次告状又不是简单的重复，而是层层深入地揭露了那个社会的黑暗:"金光盖地,因使阎摩殿上,尽是阴霾;铜臭熏天,遂教枉死城中,全无日月。"在如此暗无天日的环境中坚持反抗,就更显得其性格的可贵。其他如婴宁的天真烂漫,肆意言笑(《婴宁》),青凤的感情缠绵,拘谨稳重(《青凤》),孙子楚的迂腐痴讷,执着多情(《阿宝》),都是因为突出了主要人物的主要性格特征而取得成功的范例。

《聊斋志异》中的许多人物是由花木禽兽幻化的,作者一方面赋予它们以人的面貌和性格,另一方面又保持原物的特征。如苗生是虎精,所以性格粗犷凶猛(《苗生》);葛巾是牡丹精,故就遍体异香(《葛巾》);阿纤是鼠精,便绉宛秀弱,尤善积粟(《阿纤》)。他用时真时幻,真幻交错,既可以揭露现实问题,又可以自由驰骋想象,抒发胸臆,表达理想,不必受现实生活的客观逻辑所约束;既增加了故事情节的曲折离奇性,又使人物性格更加集中、生动、突出。

善于运用对照、烘托的手法,也是《聊斋志异》人物描写精练传神的一个重要原因。如在《胭脂》里,胭脂的深情淳真与王氏的轻薄谐谑,鄂生的单纯腼腆与宿生的奸诈无行,皆在前后对照、彼此烘托中,使各人的性格显得栩栩如生。其他如《鸦头》中妮子与鸦头姊妹,《仙人岛》中芳云与绿云姊妹,《宦娘》中宦娘与良工,《翩翩》中翩翩与花城,《香玉》中香玉与绛雪,《阿秀》里真假阿绣,也都是在对照、烘托中给人留下深刻印象的。

语言的简洁、传神,也是《聊斋志异》人物描写的一大特色。如《青凤》中的耿去病,作者通过写他乘青凤一家团坐喝酒时,突如其来笑呼曰:"有不速之客一人来!"几分醉意后,又目注青凤,拍案大叫:"得妇如此,南面王不易也!"几句话便把耿生的多情和狂态,刻画得如见如闻。《梦狼》中的白甲,自言"仕途之关窍":"黜陟之权,在上台不在百姓。上台喜,便是好官;爱百姓,何术能令上台喜也?"这不仅道出了只知巴结上司,不顾百姓死活的贪官本质,而且活现了白甲那作恶多端而又自鸣得意的一副丑态。它虽然是用文言写的，但其中也吸收了不少民间的口语、方言和俗语，给人以新鲜活泼之感。

（三）奇妙的艺术想象力和多样化的体裁。《聊斋志异》近五百篇作品，其艺术想象力之神奇巧妙，变幻多姿，体裁的丰富多样，可以说如同一座百花园，应有尽有，美不胜收。可贵之处不仅在于作者有极为丰富的艺术想象力和创造力，更重要的还在于作者能赋予其以深刻的思想内容，以巨大的艺术生命。如鲁迅所说的，它"使花妖狐魅，多具人情"[1]。不像一般志怪小说荒诞不经，以猎奇取胜。它的艺术想象和虚构，一般都是在现实社会矛盾不能解决，作家和人民的理想愿望非通过幻想的形式不能实现的情况下出现的；它不是凭空的想象，而是建立在深厚的生活基础之上的，是创造性地继承前人的遗产和向民间学习的结果。王渔洋说："读其文，或探原左、国，或脱胎韩、柳；奄有众长，不名一格。"[2]学习前人，作者能博取众长，而自己的创作则如张元在《墓表》上所说的，能"自成一家"。

《聊斋志异》的体裁，多数为传记体，如《席方平》《促织》等。少数是杂文体，如《三十》全文不到一千字，"异史氏曰"即占了近一半。也有少数是寓言体，如《秦生》。还有少数是散文特写体，如《金和尚》《偷桃》等。

《聊斋志异》的思想和艺术成就，历来得到高度的评价，影响很大。清光绪年间俞樾的《春在堂随笔》卷六称："蒲留仙《聊斋志异》一书，脍炙人口久矣。"采衡子的《虫鸣漫录》说："《聊斋》为蒲留仙殚精竭虑之作，为本朝稗史必传之书。"陆以湉的《冷庐杂识》说："蒲氏松龄《聊斋志异》流播海内，几于家有其书。"评剧、川剧等各种地方戏，根据《聊斋志异》故事改编的剧目，达四五十种之多。至今仍经常有改编《聊斋志异》的电视剧、电影新

---

① 鲁迅：《中国小说史略》。
② 王渔洋：《聊斋文集序》。

作出现。

四、其他文言小说

我国古典小说，是以文言和白话两条线索发展的。文言小说从魏晋南北朝志怪、志人的笔记，发展到唐宋传奇，形成一个高潮，标志着"有意为小说"①的开始和小说文体上的一大进步。但随着宋元时期白话小说的兴起，文言小说由于内容脱离现实，形式缺乏独创，便日渐衰微了。

明代创作传奇和志怪小说的风气复炽。瞿佑的《剪灯新话》，以粉饰闺情，拈掇艳语，为时流所喜，以致仿效者纷起，如李昌祺的《剪灯余话》、邵景瞻的《觅灯因话》等。这些小说虽然在思想和艺术上皆无大的创造，但它们有上承唐宋传奇、下启清代笔记小说的桥梁作用。

在"传奇风韵，明末实弥漫天下，至易代不改"②的风气影响下，清代蒲松龄的《聊斋志异》则把我国的文言小说推进到了最高峰。在《聊斋志异》的影响下，清代出现了一大批文言笔记小说。其中比较著名的有：沈起凤的《谐铎》，满族和邦额的《夜谭随录》，浩歌子的《萤窗异草》，袁枚的《新齐谐》（一名《子不语》）。这些作品多模仿《聊斋志异》的形式，但却没有继承其揭露黑暗现实的批判精神，在思想和艺术上都远逊于《聊斋志异》。唯有纪昀的《阅微草堂笔记》在体制上有意和《聊斋志异》对立，影响较大。

纪昀（1724—1805），字晓岚，一字春帆，直隶献县（今属河北）人。清中叶进士，官至礼部尚书，曾主持编纂《四库全书》《四库全书总目提要》。《阅微草堂笔记》包括《滦阳消夏录》《如是我闻》《槐西杂志》《姑妄听之》《滦阳续录》等五种，共二十四卷。作者在卷首说："追录见闻，忆及即书，

————————

①② 鲁迅：《中国小说史略》。

都无体例，小说稗官，知无关于著述，街谈巷议，或有益于劝惩。"可见作者是有意模仿魏晋六朝志怪，以"追录见闻"为内容，多写鬼怪神异故事，间杂考辨，目的在"有益于劝惩"，而与蒲松龄以"寄托孤愤"为创作意图不同。在写法上，他也訾议《聊斋志异》中"细微曲折，摹绘如生"的写法，而仅粗陈梗概。用鲁迅的话来说，他"立法甚严，举其体要，则在尚质黜华，追踪晋宋"①。因此，《阅微草堂笔记》虽然不乏真知灼见，叙述也时足解颐，天趣盎然，但却终未塑造出生动感人的人物形象，其思想和艺术价值皆远不及《聊斋志异》。至于许元仲的《三异笔谈》，梁恭辰的《池上草堂笔记》，许奉恩的《里乘》，则"貌如志怪者流，而盛陈祸福，专主劝惩，已不足以称小说"②。

---

① ② 鲁迅:《中国小说史略》。

《儒林外史》及其他讽世小说

一、吴敬梓的生平和创作

吴敬梓（1701—1754），字敏轩，号粒民，又自号文木、秦淮寓客。安徽全椒县人，出身于世代书香之家。在明清之际，"五十年中家门鼎盛"①，"家声科第从来美"②（《文木山房集·乳燕飞》），到他父亲吴霖起，已家道衰微。他十三岁丧母，十四岁随父至江苏赣榆县教谕任所，二十岁考取秀才，二十二岁时他父亲因得罪了上司被革职，二十三岁时他父亲逝世。此后约有十年，他多次考举人皆不中。加上他父亲死后又发生争夺家产的纠纷，使他遂"迩来愤激恣豪侈，千金一掷买醉酣"③。很快即"田庐尽卖，乡里传为子弟戒"④。他三十三岁迁居南京，直到五十四岁赴扬州访友，卒于扬州。

吴敬梓的一生，在生活上和思想上都经历了一个巨大的变化过程。在生活上，他由青年时代的挥金如土，到移家南京后的贫困不堪。他的朋友程晋芳说他穷困到"囊无一钱守，腹作干雷鸣"。"近闻典衣尽，灶突无烟青。"⑤"窘极，则以书易米。或冬日苦寒，无酒食"，则邀同好绕城跑步数十里，"夜夜如是，谓之'暖足'"⑥。在思想上，他对科举功名由羡慕和追求变为鄙弃和

---

① ② 《文木山房集·移家赋》。
③ 金榘《泰然斋集》附金两铭和吴檠韵《为敏轩三十初度作》。
④ 《文木山房集·减字木兰花》。
⑤ 《勉行堂诗集》卷五。
⑥ 程晋芳：《文木先生传》。

憎恨。他三十二岁时，安徽巡抚赵国麟举荐他赴京应"博学鸿词"科考，他以病辞，并从此不再参加科举考试，对儒家等传统思想，他也由笃信变为有所批判。《儒林外史》的创作本身，便集中反映了他思想上所经历的深刻变化。

他的作品，诗文有《文木山房集》十二卷，今存四卷，新发现集外诗文三十二篇。学术著作《诗说》七卷，已佚。足以代表他在文学创作上最高成就的是小说《儒林外史》。它大约写于1736年他三十二岁以后，完稿于1750年他五十岁以前。有王又曾《书吴征君敏轩先生文木山房诗集后》的绝句："闲居日对钟山坐，赢得《儒林外史》详。"程晋芳作于1748—1750年的《怀人诗》："外史记儒林，刻画何工妍！吾为斯人悲，竟以稗说传！"可以为证。

《儒林外史》的版本，程晋芳《吴敬梓传》说的五十卷本，金和《跋》中提到的五十五卷本，皆已佚。今所传最早的是卧闲草堂评刻本（1830），共五十六回，末回"幽榜"，金和指为后人妄增。1888年增补齐省堂本，六十回，其中第四十三至四十七回间有四回关于沈琼枝的故事，属后人增补。

二、《儒林外史》的思想内容和人物形象

（一）讽刺科举制度的腐败。有人认为，《儒林外史》的主题和思想价值，在于它讽刺儒林热衷于功名富贵，反对科举制度。胡适即把反对科举，视为其"全书的主旨"[①]。这种看法虽有一定的根据，但是有其片面性。鲁迅指出，《儒林外史》作者是"秉持公心，指摘时弊，机锋所向，尤在士林"[②]。我们应从"指摘时弊"的角度，认清其主题的深刻性和思想价值的广泛性。即它不仅揭示了科举制度本身的荒谬至极，更重要的还由此引导人们去认识造成这种弊病

①　胡适：《吴敬梓传》。
②　鲁迅：《中国小说史略》

的那整个封建统治的腐朽和黑暗；即使对于科举本身，作者也是从"一代文人有厄"的"时弊"的角度予以揭露的。

周进和范进便是作者着力描写的深受科举制度腐蚀和毒害的典型形象。他们本是出身于下层的知识分子，却也终生如痴如狂地追求科举功名。因为得不到科举功名，他们就受尽人们的轻视和凌辱；一旦得中，就猝然升为骑在人民头上的大老爷。而这种科举取士，考的并不是真才实学，而是只要善于揣摩，投其所好。正如书中高翰林所说的："'揣摩'二字，就是这举业的金针了。""若是不知道揣摩，就是圣人也是不中的。"不仅考生靠揣摩，考官也靠揣摩，全无客观标准可言。如范进考了大半辈子，只因遇上年老才发的考官周进，同命相怜，一心要取他。本来看了他的文章觉得实在不行，只因可怜他"二十岁应考，到今考过二十余次"，五十四岁还是个童生，于是便"又取过范进卷子来看"，这回却"发现"它是"天地间之至文"，没等考生的卷子交齐，即把他"填了第一名"。八股取士，就是这样荒唐恣肆！

通过马二先生、匡超人等形象，《儒林外史》还广泛地揭露了科举制度如何使文人利欲熏心，精神堕落。那是个不讲品行和才学的社会，如马二先生所说："就日日讲究'言寡尤，行寡悔'，那个给你官做？"匡超人本来是个出身贫苦、心地纯朴的青年，在马二先生对他作了一番举业至上主义的宣传后，他便费尽心机地揣摩八股文的做法，因得到知县的赏识而考取了秀才，实际上他苦读之时，正是他在思想上走下坡路之始；考取之日，便是他堕落之时。后来他完全成了个吹牛撒谎，忘恩负义，不知羞耻为何物的无赖之徒。

好在作者不是写这些人的本性如何坏，而是写出了促使他们变坏的科举制度乃至整个社会环境。

（二）揭露封建官场的黑暗。吴敬梓的时代，封建统治阶级吹嘘为"乾嘉盛世"，实际上已面临封建末世。当权的封建官僚，不是贪得无厌的赃官污吏，就是凶残暴虐的昏官酷吏。《儒林外史》无情地揭露了他们的丑恶面目。

高要县的知县汤奉，被严贡生称颂为"汤父母为人廉静慈祥，真乃一县之福"。可是他为了让"上司访知"，赏识他的"一丝不苟"，使他"升迁"，便将一位来请求暂缓禁宰耕牛的回民代表活活枷死了，引起回民"一时聚众数百人，鸣锣罢市"，直闹到按察司。结果按察司与汤知县狼狈为奸，"把五个为头的回子问成奸民"，"发来本县发落"，赏了汤知县"一个脸面"，却叫人民有苦无处诉，有冤无处申。可见整个封建官僚政治腐败到何等地步！

南昌府的知府王惠，更是一个贪婪又暴虐的封建官僚。他一上任，就念念不忘"三年清知府，十万雪花银"。把衙门里剥削、压迫老百姓的"戥子声、算盘声、板子声"，作为他新官上任"一番振作"的"三样声息"，弄得"这些衙役百姓，一个个被他打得魂飞魄散。合城的人，无一个不知道太守的利害，睡梦里也是怕的"。他还美其名曰："而今你我替朝廷办事，只怕也不得不如此认真。""因此，各上司访闻，都道是江西一个能员。做到两年多些，各处荐了"，将他升为南赣道台。可见这不只是揭露王惠个人，也是揭了所谓"乾嘉盛世"的老底，有助于我们对整个封建统治腐朽反动本质的认识。

（三）批判地主豪绅的贪婪。《儒林外史》名为描写"儒林"，实际上还把批判的锋芒指向了"几千年专制政治的基础"——"宗法封建性的土豪劣绅，不法地主阶级"[①]。这又从社会基础方面进一步深化了主题。严贡生、严监生等就是作者着意刻画的地主、豪绅的形象。

严贡生与严监生是同胞兄弟，唯利是图，贪婪成性，是他们共同的阶级本质。同时他们又有各自鲜明的个性和独特的典型意义。严贡生的"贪"，突出地表现为欺诈，他公然霸占邻居的肥猪，以云片糕诡称是值几百两银子的药，恫吓和诈骗船家，抵赖船费；严监生的"贪"则集中反映为悭吝，临死还为两根灯草费油而不肯断气。在严监生死后，严贡生不仅霸占其亡弟的家产，而且

---

① 毛泽东：《湖南农民运动考察报告》。

不承认赵氏为严监生的正妻，把她撵出正屋。赵氏哭到县衙喊冤，汤知县批示要族长处理。可是族长"平日最怕的是严大老官"。两位舅爷王德、王仁也怕得罪严老大，认为那是在"老虎头上扑苍蝇"。严贡生就是如此贪婪、霸道！公然以赤裸裸的金钱掠夺，代替了封建阶级"罩在家庭关系上温情脉脉的面纱"[①]。这种揭露，明显地带有封建末世的时代特色。

作者还塑造了为地主、豪绅效劳的盐商、衙役、名士、侠客、星相、恶棍、僧道、鸨母等一系列的人物形象。他们都是那样不择手段地为非作歹，虚伪狡诈，违情悖理，追名逐利，贪得无厌，给读者造成这样一个强烈的感觉，仿佛那整个社会就是个魑魅魍魉的世界，世道人心衰微，社会风气腐败。在种种封建黑暗势力的统治下，广大劳动人民，包括像倪霜峰那样以修补乐器谋生的穷秀才在内，都被逼得卖儿鬻女，难以维持最起码的生活。如同作者通过王冕所感叹的，它给人以"天下自此将大乱了"的强烈预感。

（四）控诉封建礼教的吃人。《儒林外史》还对封建礼教和其他一系列的封建传统观念，提出了尖锐的挑战，揭示了它们的虚伪性、荒谬性及其所面临的深刻危机，特别是控诉了封建礼教吃人的本质。

在封建社会，"孝"为"百行之首"，是做人最基本的德行。可是正如书中匡超人所叹息的："有钱的不孝父母，像我这穷人，要孝父母又不能。"说明无论有钱的或没钱的，都已经在实际上把封建孝道抛在一边了。

和尚本是积德行善的，可是吴敬梓却把和尚写成诈骗耕牛的骗子。骗到手就卖钱用，还说："这牛是他父亲变的，要多卖几两银子。"买主把牛杀了，他却公然告人家是"活杀父命"。

至于王玉辉女儿殉节的故事，那就更如钱玄同所说的，它"使人看了，觉得这种'吃人的礼教'真正是要不得的东西"。把"王玉辉的天良发现"，

---

① 参见《共产党宣言》。

"拿来和前段对看，更足证明礼教是杀人不眨眼的恶魔了。"①

（五）肯定讲求德行操守的正面人物。《儒林外史》中的正面人物可以分为三类。第一类，是庄绍光、迟衡山、虞育德等对儒家思想执着追求的人。他们主张恢复古代的"礼、乐、兵、农"，大搞祭泰伯祠，企图"借此大家习学礼乐，成就些人才，也可以助一助政教"。结果在现实中处处碰壁，落得个"风流云散"。第二类，是如杜少卿那样带有某些叛逆倾向和民主思想的人物。他"品行文章是当今第一人"，巡抚荐他入京应博学鸿词科试，他竟装病不去。说："这学里秀才，未见得好似奴才。"他藐视封建礼教和世俗，酒后竟携着妻子的手同游南京清凉山，使得两边的游人都"不敢仰视"。他淡薄功名富贵，乐善好施，把卖家产的银子"大把捧出来给人家用"；自己后来贫穷到"卖文为活"，他却"布衣蔬食，心里淡然"，满足于"山水朋友之乐"。此人实即吴敬梓本人的写照。第三类，是市井小民。如戏子鲍文卿，作者写他富有正义感，爱惜人才，品德高尚，被称为"颇多君子之行"，说那些中进士、做翰林的都不如他。全书的结尾写了四个市井奇人：写字的，卖火纸筒的，开茶馆的，做裁缝的。这和写王冕靠卖画为生、鲍文卿靠卖艺为生、杜少卿靠卖文为生一样，都突出地表现了吴敬梓以劳动谋生、自食其力的思想，来和那些"儒林"中人靠出卖灵魂来谋求地位、权力和财富的思想相对立。

从《儒林外史》所描写的上述思想内容和人物形象来看，吴敬梓对封建社会的揭露、批判，绝不是局限于科举，而是颇为全面、深刻的。但他不可能完全摆脱封建主义思想体系的羁绊，更不可能彻底抛弃他的阶级偏见。如他对"孝"的赞扬，简直到了神乎其神的地步。他所推崇的鲍文卿的"君子之行"，包括其坚守卑贱的身份。他所歌颂的荆元等人，不仅因为他们以劳动为生，还因为他们虽是市井小民，却会弹琴、吟诗、下棋、绘画、爱读古书，有了这些

---

① 参见《儒林外史新叙》。

和封建文人共同的文采风流，才取得了"奇人"的资格。历史决定了其民主、进步的因素，往往不免和保守、落后的因素交织在一起，我们必须加以仔细地鉴别，给予实事求是的评价。

三、《儒林外史》的艺术成就

（一）卓越的讽刺艺术。鲁迅的《中国小说史略》指出，自从《儒林外史》出，"于是说部中乃始有足称讽刺之书"，而"是后亦鲜有以公心讽世之书如《儒林外史》者"。也就是说，它的讽刺艺术在中国文学史上是无与伦比的；在世界文学史上，它比俄国最杰出的讽刺艺术大师果戈理的作品，也要早一个世纪。

《儒林外史》讽刺艺术的最大特色，在于它把握住了"讽刺的生命是真实"。它不是罗列种种"怪现状"，而是"所写的事情是公然的，也是常见的，平时是谁都不以为奇的，而且自然是谁都毫不注意的。不过事情在那时已经是不合理，可笑，可鄙，甚而至于可恶。但这么行下来了，习惯了，虽在大庭广众之间，谁也不觉得奇怪；现在给它特别一提，就动人"。①

作家除了对生活观察得深刻，描写得真实以外，在讽刺艺术手法上的主要特点，是通过一系列的对照，让事实和形象本身说话。如漂亮的言词与丑恶的行为相对照。严贡生在人前吹嘘自己"从不晓得占人寸丝半粟的便宜"，话音刚落，即有小厮来对他说："早上关的那口猪，那人来讨了，在家里吵哩。"高尚的身份与卑劣的为人相对照。马二先生身为名士，游西湖不是欣赏自然风景，而是望见好吃的东西就馋得直咽唾沫，看见皇帝题的字就连忙磕头，碰到游湖的女客便低头不敢仰视，活现出一副穷酸迂腐相。人物的地位身份变化之

———————————

① 鲁迅：《什么是"讽刺"》。

前与之后相对照。范进在未中举前，他的丈人胡屠户骂他是"癞蛤蟆想吃天鹅屁！"说："像你这尖嘴猴腮，也该撒泡尿自己照照！"可是范进真的中了举人之后，胡屠户却又说："我每常说，我这个贤婿，才学又高，品貌又好，就是城里头那张府、周府这些老爷，也没有我女婿这样一个体面的相貌！"连人的相貌都以中举与否而变化，这就难怪范进一听到中举的喜报要喜得发疯了。喜与悲相对照。周进撞号板，自然是他长期考不中举人，受尽凌辱而悲痛欲绝的表现，可是当他一听说有个商人愿借银子给他捐个监生进场，他便立即转哭为笑，"趴到地下就磕了几个头"，说："若得如此，便是重生父母，我周进变驴变马，也要报效！"如此由哭到笑的急剧转变，把周进那醉心于科举的灵魂，刻画得实在可笑而又可悲极了！

讽刺喜剧的形式，社会悲剧的实质，悲喜交融，冷峻深沉，蕴藉含蓄，经久耐读，发人深省，这是《儒林外史》讽刺艺术的特别高超之处。

（二）精彩的细节描写。《儒林外史》不是以长篇连贯、曲折复杂的故事情节取胜，而是以一个个如珍珠、钻石那样精彩无比的细节描写见长。如范进中举发疯，范母喜而猝死，范举人吃虾肉圆子，严贡生装病闹船家，马二先生游西湖，娄公子捐金访杨执中，侠客张铁臂虚设人头会，牛浦郎发阴私被打，徽州府烈女殉夫，来宾楼灯花惊梦，等等。这些细节既来自生活真实，又经过作家的加工提炼，读后无不给人留下深刻难忘的印象。

这些细节的精彩之处，在于它能由小见大。例如周进游贡院，一头撞在号板上，他为什么这样伤心？这就不能不发人深思、回味。一经深思、回味，人们就不难理解，当周进刚出场时，作者就为他布置好了那样一个利欲熏心、势利逼人的社会环境：因为考不中举人，他考到胡子花白还只能称"童生"。为此，梅玖、王举人那样放肆地嘲笑他，挖苦他，凌辱他，而他那样受尽屈辱，却连教书的饭碗也保不住，被辞退了职，不得不受姐丈的照顾，跟着去做记账的。作者选用撞号板这个细节，就把他一生积压在胸中的所有悲苦和辛酸、屈辱和绝望之情全都倾吐出来了。他不但撞，而且一头撞上去就直僵僵不省人事。科举制度就是这样深深地腐蚀了人的灵魂，利欲熏心的势利世界就是这样几乎要逼死人命。从这个细节，我们不难看到人物全部的内心矛盾和社会矛盾。

这些细节的精彩之处，还在于它能以形传神。如严监生伸着两个指头不肯断气，别人皆猜不透他的用意，独有他的妻子赵氏说："我能知道你的心事。你是为那灯盏里点的两茎灯草，不放心，恐费了油。我如今挑掉一茎就是了。""说罢，忙走去挑掉一茎。众人看严监生时点一点头，把手垂下，登时就没了气。"这个细节，把严监生临死为多点一根灯草而不肯断气的形象，连同他那贪婪、悭吝、卑劣的灵魂，皆刻画得可谓淋漓尽致，栩栩如生！

（三）纯正的语言艺术。《儒林外史》的白话语言达到了炉火纯青的地步。它既能充分吸取群众的口语，又能去粗取精，淘汰其过分粗俗的方言土语和松散的语句，显得既生动活泼，又精练传神，雅而不俗。如第十四回写有个差人说道：

> 这个正合着古语"满天讨价，就地还钱！"我说二三百两银子，你就说二三十两！"戴着斗笠亲嘴，差着一帽子！"怪不得人说你们"诗云子曰"的人难讲话！这样看来，你好像"老鼠尾巴上害疖子，出脓也不多！"倒是我多事，不该来惹这"婆子口舌"！

这段话中夹用了四五个谚语、歇后语，不仅显得生动、贴切，而且活现了说话的差人那种贪婪无比和伶牙俐齿的性格。

它还继承和发扬了我国古代语言精练、朴实、准确、传神的传统。如第四十七回写虞华轩假装要买田，特地叫小厮搬出许多元宝来给专做中人的成老爹看，作者不用给我们介绍成老爹如何贪婪心动，信以为真，只写"那元宝在桌上乱滚，成老爹的眼珠就跟这元宝滚"，即把成老爹的性格和形象表现得惟妙惟肖，神态毕露。

它的语言特色是看似平淡无奇，实则情浓意深。如第十一回写杨执中的儿子杨老六："虽是蠢，又是酒后，但听见娄府，也就不敢胡闹了。"娄府是当地的地主豪绅，书中并没有写到娄府如何横行霸道，但从一个既蠢又醉的人，一听说娄府就不敢胡闹，即可想见此人过去吃过娄府多少苦头，那豪绅的气焰即使一字未写，也已能够想见。这种言简意赅的语言，完全表现了文人作家的创作特色。

（四）短篇连环的艺术结构。鲁迅对它的评价最公允。他的《中国小说史略》中指出其：

> 惟全书无主干。仅驱使各种人物，行列而来，事与其来俱起，亦与其去俱讫，虽云长篇，颇同短制；但如集诸碎锦，合为帖子，虽非巨幅，而时见珍异，因亦娱心，使人刮目矣。

这种结构上的优点，是能够灵活自由地反映广阔的社会生活，描写众多的各种各样的人物。它在我们面前展现了一幅幅不同色彩的生活画面，犹如长江后浪推前浪，既彼此连贯，又各不相同。它既不同于《三国演义》《水浒传》的首尾贯通，又有别于《三言》《二拍》每篇的自成起讫，而是结合了长篇与短篇的某些长处，形成短篇连环的独特创造。

同时我们也应承认它确有缺点，这就是鲁迅所指出的"全书无主干"。它反映了作者对繁杂的生活现象和众多的人物加以集中概括和典型化还不够。

四、《镜花缘》和其他讽世小说

《镜花缘》是继《儒林外史》之后一部独具特色、较好的讽世小说。它的作者李汝珍（1763？—1830？），字松石。直隶大兴（今北京市大兴区）人。长期寓居海州（今江苏连云港市），博学多能，尤精音韵学，著有《李氏音鉴》。一生不达，以治学著述自遣。《镜花缘》是他晚年以二十年三易其稿而成，原拟写二百回，仅完成一百回。主要写唐敖、林之洋、多九公出海经商，游历海外诸国，以及唐小山等才女的故事。

《镜花缘》的可贵之处，首先在于它讽刺男尊女卑的封建世俗，突出歌颂妇女的才能，抬高妇女的社会地位。封建阶级主张"女子无才便是德"，而作者却把众多女子的才能和学问写得高出于男子。多九公想以《易经》难女子，结果却被两个小姑娘问得"急的满面青红，恨无地缝可钻"。作者希望"无论穷富，都以才学高的为贵，不读书的为贱。就是女人，也是这样。到了年纪略大，有了才名，方有人求亲，若无才学，就是生在大户人家，也无人同他配婚"。这跟以富为贵的封建门第等级观念，显然是相矛盾的。为争取男女平等的地位，作者特地写了个女儿国，把中国封建社会所给予女子的一切压迫，全部反过来加于男子。林之洋走到这个国家，被女皇看中了，要选他做皇妃，于是便给他穿耳、缠足、穿裙、梳髻、搽粉、点红嘴唇、戴手镯，一切皆作女人的打扮，最可怕的是穿耳、缠足，弄得林之洋"喊叫连声"，"只觉脚上如炭火烧的一般，阵阵疼痛，不觉一阵心酸，放声大哭道：'坑死俺了'！"这实际上是以女尊男卑的种种不合理和极端痛苦，来对封建社会男尊女卑的怪现象加以揭露和嘲讽。在君子国，作者则正面提出了"好让不争"、反对妇女缠足、反对算命合婚等理想。对武则天开办妇女科举考试，更是赞颂为亘古未有的"旷典"。

其次，作者还对当时社会上的封建世俗，作了多方面的讽刺和批判。如借

"无肠国"，揭露富人将粪便供奴婢吃，还"不能吃饱，并且三次四次之粪，还令吃而再吃"，"日日如此，再将各事极力刻薄，如何不富？"借"毛民国"人因一毛不拔，以致长了一身长毛，来揭露那些吝啬鬼。借"小人国"人身长不满一尺，来讽刺那些专说假话的小人。借"淑士国"人满口之乎者也，来谴责儒生的"假作斯文"。借"翼民国"人爱戴高帽子，以致头长五尺，来讥笑那些爱奉承者。借"结胸国"人"每日吃了就睡，睡了又吃，饮食不能消化，渐渐变成积痞，所以胸前高起一块"，来嘲笑好吃懒做的剥削者。借"两面国"人的两副面孔，以鞭挞虚伪狡诈的两面派。借"长臂国"人想把一切据为己有，久而久之把手臂弄长了，以批判那些自私自利之徒。这些国家的名称和事迹虽然大多取自《山海经》，但经过作者的夸张、烘托和渲染，才具有丰富的现实意义和生动的文学趣味。

在艺术手法上，《镜花缘》也有新的创造。如许乔林的序上说它"语近滑稽，而意主劝善"。"正不入腐，奇不入幻，另具一副手眼，另出一种笔墨。"它的语言风格很有滑稽喜剧的味道。如林之洋被女儿国的国王看中，要他穿耳缠足做王妃；多九公被两个才女问得汗如雨下，他还狡辩说是因为"天热"；好戴高帽子的人，就变成有五尺之长的长头。所有这些都叫我们感到非常滑稽可笑，笑得令人感到讽刺揭露得极为痛快。它写的是海外奇谈，是放大或扭曲了的社会现实，既不同于《儒林外史》那种严格的现实主义，又不像《西游记》那样写浪漫主义的幻想世界，而是情节虽属离奇，却处处扣紧和影射着现实。所谓"正不入腐，奇不入幻"，盖即指此。

《镜花缘》的主要缺陷，在思想内容上比较肤浅，只是讽刺、揭露一些社会现象，而未能触及到本质。如反对假斯文，却不反对造成假斯文的八股取士科举制度；主张男女平等，女子也可参加科举考试，但却不让女子中举后跟男子一样参政，武则天想当皇帝，被写成是天魔下界，"错乱阴阳"，"扰乱唐室"，男女走在同一条街上，还要分左右走，"目不斜视，俯首而行"。在艺术上，主要是缺乏鲜明的人物形象，结构松散，故事与故事之间缺乏有机的联系。作者受乾嘉学风的影响，往往用大量的篇幅炫耀自己的博学。如第六十九至九十三回共用二十五回的篇幅，只写了一百位才女两天的欢宴，尽讲些古代的游戏、灯谜、酒令、笑话之类，令人不堪卒读。作者在该书的结尾，说他"以文为戏，年复一年，编出这《镜花缘》"。可见作者是抱着游戏的态度来写这部小说的；艺术观上的这种偏颇也使他在作品中必然写进大量毫无意义的游戏文字。

此外，刘璋的《斩鬼传》（又题《钟馗捉鬼传》）十回，写钟馗专剿世间各种恶鬼的故事。无名氏的《济颠大师醉菩提全传》二十回，写济公活佛惩顽除暴的故事。皆属以离奇荒诞的情节，诙谐滑稽的风格，侧重于揭露和嘲笑的讽世小说。夏敬渠（1705—1787）的《野叟曝言》一百五十四回，属"野老无事，曝日清谈"（见该书《凡例》）。屠绅（1744—1801）的《蟫史》二十回，开篇自称"海隅之行，若有所得，辄就见闻传闻之异辞，汇为一编"。鲁迅把它们皆列为"清之以小说见才学者"。"意既夸诞，文复无味，殊不足以称艺文。"①

---

① 鲁迅：《中国小说史略》。

《红楼梦》及其他世情小说

一、《红楼梦》的作者

《红楼梦》作者曹雪芹（1715？—1764？），名霑，字梦阮，号雪芹、芹圃、芹溪。他是把我国古典小说的思想和艺术推上最高峰的伟大作家。相传他只传下《红楼梦》的前八十回。后四十回，一般认为是高鹗续成的。也有人认为高鹗只是把当时流传的续稿整理补订而已。

曹雪芹出身在一个与皇族有密切联系的官僚地主家庭。他的曾祖曹玺、祖父曹寅、父辈曹颙、曹頫，相继做了六十五年的江宁织造，负责掌管宫廷所需各种织物的织造、采购和供应等任务。他的曾祖母是康熙的奶妈，祖父曹寅是康熙的侍读。康熙六次南巡，有五次都是以曹玺、曹寅的江宁织造署为行宫。可见当时曹家地位之显赫以及与康熙关系之密切。

在曹雪芹童年的时候，雍正六年（1728），皇帝罢免了曹頫所任江宁织造的官职，并派人抄没其家产。据载，当时被抄没的家产，有"住房十三处，共计四百八十三间；地八处，共十九顷零六十七亩；家人大小男女共一百一十四口；……又家人供出外有所欠曹頫银连本利共计三万二千余两"[1]。从此以后，曹家就衰落了，并由南京迁回北京居住。

曹家由盛到衰的急剧变化，给《红楼梦》创作提供了深厚的生活基础。

---

[1] 参见《关于江宁织造曹家档案史料》。

曹雪芹的祖父曹寅是个有名的文学家和藏书家，著有诗词、戏曲，今有《楝亭诗钞》传世。《全唐诗》就是他祖父主持刻印的。他家藏书甚丰，据《楝亭书目》载，藏书精本即有三千二百八十七种。这为提高曹雪芹的文化素养和创作才能提供了良好条件。

关于曹雪芹的生平材料甚少。他大约生于康熙五十四年（1715）。曹家由盛到衰的巨大变化，给他的生活道路和思想性格以决定性的影响。敦敏的《赠曹芹圃》诗称："燕市狂歌悲遇合，秦淮风月忆繁华。新愁旧恨知多少，一醉酕醄白眼斜。"[①]他把"新愁旧恨"寄托于诗画等文艺创作上。敦诚的《寄怀曹雪芹霑》诗把他比作李贺："爱君诗笔有奇气，直追昌谷破篱樊。"[②]敦敏的《题芹圃画石》诗称："傲骨如君世已奇，嶙峋更见此支离。醉余奋扫如椽笔，写出胸中块磊时。"[③]据敦诚的《寄怀曹雪芹霑》诗："当时虎门数晨夕，西窗剪烛风雨昏。"他可能曾跟敦诚等人同在宗学供职。乾隆甲戌（1754）本《脂砚斋重评石头记》第一回已有"曹雪芹于悼红轩中披阅十载，增删五次"的话，可见他三十岁左右即开始写作《红楼梦》。他四十岁左右迁居北京西郊，生活更为贫困，经常"举家食粥酒常赊"[④]。要靠"卖画钱来付酒家"[⑤]。生活的折磨，加上独子夭亡，使他感伤成疾，终于在乾隆二十八年癸未除夕（1763年2月1日）或乾隆二十七年壬午除夕（1762年1月12日）去世，留下一个续娶的新妇和一部未完稿的《红楼梦》。

乾隆五十六年（1791），程伟元、高鹗第一次以活字版排印出版一百二十回的《红楼梦》。据清诗人张向陶《船山诗钞·赠高兰墅同年》一诗自注，后四十回是高鹗续补。高鹗，字兰墅，别号"红楼外史"。汉军镶黄旗人，乾隆

---

① 参见《懋斋诗钞》。
② 参见《四松堂集》诗集卷上。
③ 见《懋斋诗钞》。
④ 见敦诚《四松堂集·赠曹芹圃》。
⑤ 见敦敏《懋斋诗钞·赠芹圃》。

六十年（1795）中进士，做过翰林院侍读、刑科给事中等官。后四十回，不仅在思想和艺术上皆比前八十回逊色，而且对宝玉中举和出家成佛被封文妙真人，以及贾府复兴、兰桂齐芳等描写，更明显地背离了原作的精神。但他根据原书线索，把宝、黛、钗的爱情婚姻写成悲剧结局，使小说成为一部完整的文学巨著，并且其中有些章节也写得相当精彩。因此对续作者的功绩，也应充分肯定。

《红楼梦》的版本分两个系统。一是手抄本，题名为《石头记》。曹雪芹在世时传下的有三种：《脂砚斋重评石头记》，即乾隆甲戌（1754）本，只残存前八十回中的十六回；乾隆己卯（1759）本，残存前八十回中的四十一回；乾隆庚辰（1760）本，前八十回中只缺六十四、六十七两回，是现存早期最完整的《石头记》抄本。此外，还有戚蓼生序本，《乾隆抄本百二十回红楼梦稿》，蒙古王府本，乾隆甲辰（1783）梦觉主人序本，乾隆己酉（1789）舒元炜序本、俄国列宁格勒藏本等。二是一百二十回铅印本。主要有两种，即乾隆辛亥（1791）程伟元初排活字本（简称程甲本）；乾隆壬子（1792）程伟元第二次排活字本（简称程乙本）。两种本子印刷时间只相差两个多月，而改动的文字竟多达 21506 字，还不包括移动位置的文字在内。新中国成立后，人民文学出版社出版的《红楼梦》，1982 年以前的版本是根据程乙本校勘的；1982年 3 月出版的中国艺术研究院红楼梦研究所校注本，是以庚辰本为底本进行校勘的，此为目前通行的最佳版本。

二、《红楼梦》的思想内容

《红楼梦》对中国封建社会的黑暗和腐朽，作了最广泛、最深刻的揭露和批判。它从政治、经济、法律、道德、宗法、伦理、妇女、爱情、婚姻、奴婢、土地、宗教等各个方面，揭露了封建制度对人性的毁灭，揭露了封建制度的重重矛盾和内部的腐败不堪。因此，它使人们看到黑暗、罪恶、腐朽的封建社会行将灭亡的必然趋势。其具体表现在以下四个方面：

（一）政治上的黑暗和腐败。《红楼梦》揭露、批判的矛头直接触及到了整个封建政治腐朽黑暗的本质。如第四回，写薛蟠打死冯渊这一人命案。府官贾雨村本要发签捉拿凶犯，只因听说"薛家系金陵一霸，倚财仗势"，又与贾、史、王诸大官僚地主家联络有亲，"倘若不知，一时触犯了这样的人家，不但官爵，只怕连性命还保不成呢。"所以"雨村便徇情枉法，胡乱判断了此案"。凶犯薛蟠则把人命官司"视为儿戏，自为花上几个臭钱，没有不了的"。可见，这一罪恶不只是贾雨村和薛蟠个人造成的，其真正的根源，在于封建政权的本质就是为大地主阶级利益效劳的。

在这个黑暗和腐败的封建制度下，像冯渊这样的下层人物，固然被弄得家破人亡，即使像贾元春那样贵为皇妃，在精神上也充满着痛苦。她把皇宫诅咒成是"不得见人的去处"，埋怨"怎奈皇家规范，违错不得"。贾宝玉、贾探春这样一些公子、小姐，同样也有着无限的苦恼。如贾宝玉说："可恨我为什么生在这侯门公府之家？……'富贵'二字，真正把人荼毒了！"贾探春说："倒不如小人家，虽然寒素些，倒是天天娘儿们欢天喜地，大家快乐。我们这样人家，人都看着我们不知千金万金，殊不知这里说不出的烦难，更利害！""我但凡是个男人，可以出得去，我早走了。"就是那些竭力维护封建统治的封建正统人物，如贾母、贾政、王熙凤、薛宝钗等人，他们又能落得什么好下场呢？抄家的被抄家，死的死，散的散，守活寡的守活寡。这里作者向人们揭示的不是某个人的罪孽，而是整个封建制度在折磨人、坑害人、吃人！尽管作者不可能有推翻整个封建统治的自觉意识，但由于他对封建制度的黑暗和腐败的深刻揭露，就在事实上说明了封建社会已到了"运终数尽，不可挽回"的地步。

（二）经济上的奢侈和空虚。贾府数百个男女每天所忙碌的就是一件事——如何设法使主子们享乐。他们吃一顿螃蟹要花二十多两银子。刘姥姥说："这一顿的钱，够我们庄稼人过一年的了。"贾母叫刘姥姥尝尝她家的茄子，刘姥姥吃在嘴里大异其味，因笑道："别哄我了，茄子有了这个味儿了，我们也不用种粮食，只种茄子了。"原来那是把茄子刨皮切成碎丁儿，"用鸡油炸了，再用鸡肉脯子，合香菌、新笋、蘑菇、五香豆腐干、各色干果子，都切成钉儿，拿鸡汤煨干，将香油一收，外加糟油一拌，盛在瓷罐子里封严，要吃时拿出来用炒的鸡瓜一拌就是了"。难怪"刘姥姥听了，摇头吐舌说道：'我的佛祖！倒得十来只鸡来配他，怪道这个味儿！'"平时尚且如此耗费，至于秦可卿出殡、元妃省亲、接待皇帝南巡，那奢侈糜费就更为惊人了。用书中赵嬷嬷的话来说："只预备接驾一次，把银子花的像淌海水似的"，"别讲银子成了土呢，凭是世上有的，没有不是堆山积海的，罪过可惜四个字，竟顾不得了。"

这般奢侈享乐的生活，自然是建立在残酷剥削、压榨劳动人民的基础上的。第五十三回对乌进孝缴租的描写，生动地说明了这一点。那是个"碗来大的雹子，方近二三百里地方，连人带房并牲口粮食，打伤了上千上万的"大灾之年，乌进孝缴了百数十种实物和货币地租，共折银二千五百两，封建主子却还不满足。"贾珍皱眉道：'我算定你至少也有五千银子来，这够做什么的！'"又说："这一二年里赔了许多，不和你们要，找谁去？"生活上的奢侈，造成经济上的空虚。如当家的凤姐所说："咱们一日难似一日，外面还是这样讲究。""出去的多，进来的少，总绕不过弯儿来。"到后来连贾母吃的红稻米都供应不上了。

经济上的奢侈和空虚，又必然加剧阶级矛盾和统治阶级内部矛盾。如书中提到所谓"盗贼蜂起"，以及贾探春所说的"一个个像乌鸡眼似的，恨不得你吃了我，我吃了你！"必将落得个"自杀自灭""一败涂地"的下场。

（三）道德上的腐化和堕落。已经严重到使整个阶级腐烂、后继无人的地步。如同书中冷子兴所说："安富尊荣的尽多，运筹谋画者无一。"使本来以男子为中心的封建统治，不得不依靠贾母、凤姐等女人来主持家政。而男人的荒淫无耻，已全然不顾自己祖宗定下的各种虚伪的道德纲纪、国法家规，把一切遮羞布都撕掉了。如已经儿孙一大群的贾赦，要娶贾母的丫鬟鸳鸯作妾，其妻邢夫人竟找凤姐设法促成。鸳鸯不从，贾赦就公开威胁说："我要他不来，以后谁敢收他！……凭他嫁到了谁家，也难出我的手心，除非他死了！"贾母虽然离不开鸳鸯的服侍，然而她不是制止贾赦的荒淫，而是加以纵容，说："他要什么人，我这里有钱，叫他只管一万八千的买去就是！"到后来果真给贾赦买了个十几岁的丫头作妾。不仅老一辈的贾赦是个色鬼，年轻一辈的贾琏，再小一辈的贾蓉，都是荒淫好色之徒。

贾赦要娶鸳鸯是妻子给丈夫做媒，老祖宗出钱给儿子买妾。贾琏私娶尤二姐，是侄儿给叔叔做媒，而侄儿的用意又是"趁贾琏不在时，好去鬼混之意"。他们母子、夫妇、叔侄就是这样相互勾结，淫乱作恶，把封建的伦理道德置之度外。这正是封建统治阶级腐朽堕落的表现。

（四）思想上的庸俗和瓦解。随着封建统治阶级的腐朽，封建统治思想已经失去了征服人心的力量。因此贾政教育子女，只能靠野蛮的打骂。"大观园试才题对额"，贾政和他身边的众清客们头脑愚蠢，思想僵化，知识迂腐，面对宝玉才华横溢、见解清新的题词和议论，贾政心里欣赏，为维护做父亲的尊严，却无理地辱骂他是"畜生""蠢物"。家庭教育是如此，学校教育则如第九回所写的"顽童闹学堂"，更是乌烟瘴气。用薛宝钗的话来说："男人读书的明理，辅国治民，这便好了。只是如今并不听见有这样的人，读了书倒更坏了。"这是封建思想的统治地位面临瓦解和破产，封建社会走向衰落的必然表现。

以上我们从四个方面说明了：《红楼梦》以其空前未有的广泛性和深刻性，成为我们认识中国封建社会的一部最好的"百科全书"；它对中国封建社会的揭露、批判意义和思想认识价值，将永远放射着璀璨夺目的光彩。

《红楼梦》的思想内容，还表现为对叛逆者、反抗者和未来的美好理想的歌颂。贾宝玉与林黛玉、薛宝钗的爱情、婚姻悲剧，是《红楼梦》描写的中心故事。贾宝玉和林黛玉这一对叛逆者的形象，以及他们对爱情自由、个性自由和平等的人生理想的执着追求，是《红楼梦》所歌颂的主要对象。《红楼梦》所描写的宝、黛爱情，带有一定的理想成分，而与以前的作品所描写的爱情迥然有别。

第一，他们所追求的爱情婚姻幸福的标准，不是郎才女貌，夫贵妻荣，而是共同反封建的思想意识和人生道路。《西厢记》中的张生和崔莺莺之所以相爱，乃因"她有德言工貌，小生有温良恭俭"。《红楼梦》中薛宝钗的"德言工貌"远胜过林黛玉，而贾宝玉则不爱薛宝钗，却笃爱林黛玉，其根本原因就在于薛宝钗信奉封建主义的思想道德观念，并以之规劝贾宝玉走封建的人生道路，被贾宝玉斥责为"说混帐话"；而"林妹妹不说这样的混帐话，若说这话，我也和他生分了"。他们的爱情正是建立在共同反封建的思想基础之上的。

第二，他们的爱情方式上，不是一见钟情，而是经过了长期的相互了解。作者创造了"大观园"这样一个理想的环境，让宝、黛在那里从青梅竹马、两小无猜，一直成长到青年时代。他们能够经常密切交往，彼此体会到生活态度的一致，思想倾向的相同，性格情趣的相投，从而在这个基础上发生了真挚的爱情。这种爱情，不仅属于当时，也属于未来。

第三，他们相爱的目的，不是"偷香窃玉"，求得个人性欲的满足，而是为了实现一种与封建道路相悖的人生理想。林黛玉所追求的是"质本洁来还洁去，强于污淖陷渠沟"。她宁为玉碎，不为瓦全。一旦爱情和人生理想不能实现，她即以自己的生命向那个吃人的封建社会发出了最后的抗议。尽管林黛玉已死，贾宝玉已经跟薛宝钗成婚，但因为人生理想不能实现，他最后还是以出家表示了与他出身的封建大家庭的决裂。

第四，他们这种自由爱情的对立面，既不是薛宝钗，也不是某个封建家长，而是封建统治阶级的根本利益。因此，《西厢记》和《牡丹亭》中的封建家长，在男方考中状元，走"夫贵妻荣"的封建道路的前提下，皆可成全子女婚姻自主的要求，而《红楼梦》中的封建家长则不能这样做。其根本原因就在于宝黛爱情的思想基础与维护封建统治的根本利益发生了尖锐的冲突；贾府的唯一希望，只有通过贾宝玉与薛宝钗成婚，才有可能既迫使贾宝玉从叛逆的道路上"改邪归正"，又使薛宝钗名正言顺地充当凤姐的接班人，达到继续支撑贾府这个封建大家庭的目的。

因此，贾宝玉、林黛玉与封建统治势力的矛盾冲突，已经远远超出了爱情婚姻的范围。它实质上反映了初步的民主思想与顽固的封建主义思想的尖锐冲突。作者通过贾宝玉与林黛玉、薛宝钗的爱情、婚姻悲剧，实质上反映了封建社会必然没落的人生悲剧，社会历史悲剧。

《红楼梦》在思想上也有局限性。主要表现为作者一方面对封建制度的罪恶作了全面、深刻的揭露，另一方面对封建的君权、亲权及"四书"等，又存有一定的尊重和保留；一方面认识到封建统治的罪恶和腐朽，另一方面又找不到新的出路，不免在书中流露出感伤、悲观、消极、虚无等不健康的思想情绪。

三、《红楼梦》的艺术成就

（一）在典型形象的塑造上，《红楼梦》打破了类型化等传统写法。《红楼梦》以前的作品，虽然塑造了许多成功的典型形象，但总还存在类型化的痕迹。如刘备的"仁"，诸葛亮的"贤"，曹操的"奸"，宋江的"忠"，张飞和李逵的"莽"，西门庆的"淫"，潘金莲的"泼"，等等。曹雪芹对典型形象的创造，则打破了类型化的桎梏。如贾宝玉的形象，曹雪芹在《红楼梦》第三十九回的回目中称之为"情哥哥"。脂评称他为"情不情"，即对一切无情之物皆有情；称林黛玉为"情情"，即对一切有情者皆有情。一个"情"字确实足以表现人物性格的全部丰富复杂性。何况他们的"情"并不是局限于男女自由爱情，而是表现为广泛的人之常情——人与人之间的个性自由、平等，这不仅明显地具有与封建主义思想体系相对立的新的民主思想萌芽的时代特色，而且大大增强了人物形象的真实性、生动性和典型性。

在《红楼梦》以前的作品中，人物性格的特征往往是单一化的。曹雪芹则对典型形象展开了多方面的性格描写，做到了如黑格尔所说的每个人"本身就是一个世界"①。以林黛玉和崔莺莺、杜丽娘相比，崔莺莺和杜丽娘只受着一种压迫，这就是封建礼教的压迫；只有一种情欲，这就对自由爱情的热烈追求；只有一种思想性格，那就是青春正在觉醒的封建贵族小姐的性格。林黛玉的形象比崔莺莺、杜丽娘要丰富、复杂多了。林黛玉不仅受着封建礼教的压迫，而且在她的身上集中了许多不幸。诸如父母早逝；寄人篱下；身患疾病；因为不愿去讨得周围人的欢心而陷于孤独；热烈地追求自由爱情，而又不能完全摆脱封建意识对自己心灵的困扰。她所追求的不只是爱情自由，更重要的是个性的自由，人格的平等，用她自己的话来说："我为的是我的心！"她"癖性喜洁"，反对的不只是封建婚姻制度，更重要的，她厌恶那整个的污浊社会，向往着一种新的美好的社会人生。她的性格不但对爱情无比地执着和痴心，而且有着极为丰富和复杂的表现。如她心直口快，"说出一句话来，比刀子还尖。"她既孤高自许，爱刻薄人，又十分温柔多情，淳朴憨厚。薛宝钗只是对她表示

———————

① 参见《美学》。

632

了一点关心，她马上就消除成见，诚恳地向她表示："往日竟是我错了，实在误到如今。"她还是个聪明、博学的女诗人。然而她的最主要的性格特征，却是对人生理想的执着追求，是那个丧尽人性，"一年三百六十日，风刀霜剑严相逼"的社会环境所强加在她感情上的极端辛酸和悲苦。尽管悲苦和不幸已经快要压倒了她，但她不像崔莺莺、杜丽娘那样，只要实现婚姻自主，即可向封建家长妥协。爱情自由只是她人生理想的一部分，即使是最重要的一部分，她也不愿向封建势力屈服而苟且求得。由此可见，《红楼梦》的人物形象塑造，不是着眼于人物的某一方面的性格特征，而是使人物形象具有多方面、多角度、多层次的立体真实感。

《红楼梦》既继承了《三国演义》《水浒传》《西游记》等小说塑造典型形象的理想主义和英雄主义的民族传统，又吸取了《金瓶梅》对日常生活精雕细刻的现实主义写作方法，而舍弃了它们各自的短处和不足，把我国古典小说的人物塑造推进到了一个既高度民族化，又深刻现实主义化的崭新阶段。它描写的不再是神奇的英雄人物，而是日常生活中的普通人；虽说是普通人，甚至"身为下贱"的奴婢，但却又被写成"心比天高"，寄寓了作者的理想，表现了我们民族的性格。如"晴雯那蹄子是块爆炭"，她不信"谁又比谁高贵些"，敢于公然顶撞主子，斥责奴颜媚骨的袭人是"西洋花点子哈巴儿"。鸳鸯敢于抗拒老爷贾赦娶她作妾，说："我一刀子抹死了，也不能从命！"《红楼梦》中的这些奴婢完全不同于《金瓶梅》中那些任人蹂躏、任人宰割、甘心堕落的妇女形象。曹雪芹着意要赋予她们不畏强暴的骨气和具有独立人生态度的思想性格。这既是充分现实主义的，又体现了我们民族的理想主义和英雄主义的精神。

《红楼梦》还吸取了我国诗词、绘画等多方面的艺术经验，对日常生活作了深入的发掘和精心的剪裁，从而赋予典型形象以诗情画意般的美感。它直接以诗词作为刻画人物性格的重要手段之一，使典型形象在某种意义上成为相当诗化了的人物。如林黛玉那埋香冢、泣残红的情节和她那以花喻己、以己拟花的《葬花辞》："尔今死去侬收葬，未卜侬身何日丧。侬今葬花人笑痴，他年葬侬知是谁。试看春残花渐落，便是红颜老死时。一朝春尽红颜老，花落人亡两不知。"情景交融，使林黛玉的形象被花团锦簇映照得更美好，使林黛玉的命运被落花衬托得更凄惨，叫人读了必然为之动心，必然寄寓深切的同情。

作者往往把人物形象放在画境中来描写。如史湘云等乘王夫人不在家，一起划拳行令，恣意痛饮，云姑娘喝醉了图凉快，竟在露天一块青板石凳上睡着了。这本是有失体统的行为，可是作者通过写她睡在石凳上，"业经香梦沉酣，四面芍药花飞了一身，满头脸衣襟上皆是红香散乱，手中的扇子在地下，也半被落花埋了，一群蜂蝶闹嚷嚷的围着他，又用鲛帕包了一包芍药花瓣枕着。"这一幅红香散乱、蜂飞蝶舞的画境，把史湘云那自由自在、不顾封建体统的性格，刻画得真是既美好又可爱极了。

（二）在情节结构上，《红楼梦》创造了纷繁多姿而又天然无饰的整体美。在《红楼梦》以前，我国长篇小说的结构受史传文学和说书艺人的影响，基本上采用两种形式。一是传记体，把一个个人物的传记联合成长篇。二是记事体，把一个个重大的历史事件或故事组合成长篇。这两种结构方式，虽然都具有较为完美的有机性，但毕竟在反映生活的完整性和复杂性方面，显得有所不足，在结构上也难免有拼凑的痕迹。

《红楼梦》把我国传统的传记体和记事体融为一体，形成网状结构。使之充分地反映出生活的完整性、复杂性及其不可分割的联系性；使包罗万象、无比丰富多彩的生活，在作品中被反映得天然无饰，不见人工穿凿的痕迹。生活在《红楼梦》中的再现，好像并没有经过作家刻意的雕琢和精心的修饰，只不过是按照生活原有的样子，任其自然地流于纸上。每一情节的变换，每一章节的衔接，就像流水，只见奔流，而不见缝合之处。我们可以把《三国演义》中的赤壁之战，《水浒传》中的鲁达拳打镇关西、武松打虎，《西游记》中的大闹天宫、三调芭蕉扇，《儒林外史》中的范进中举等相对独立的情节划分出来，自成一个篇章，而《红楼梦》则是首尾相连，回回贯通，几乎没有什么可以从全书中提取出来而又不损伤周围筋络的章节。在《红楼梦》中，许多故事情节都是作为一个整体的组成部分而互相交错、此起彼伏地并存着。同时，这些情节和人物，又在继续不断地加以扩展、深化和丰富，并向一个总的方向运行，直至完成一部体大思精而又浑然一体的《红楼梦》。因此，如果谁要从《红楼梦》中抽出一些情节或段落来，将会破坏或失去它本来所具有的整体美。

中国古典小说发展到《红楼梦》，已经完全摆脱了史传体和说书体在长篇小说结构上拼凑的痕迹，也完全克服了中国小说故事题材因袭、雷同的现象。作家已经有了独立地认识、概括和反映复杂生活的能力，已经不是依靠历史资料或民间故事传说，去创造离奇曲折、惊天动地的故事情节，更不是去把一些现成的故事连贯起来，而是努力来挖掘生活中的美，表现完整的生活，刻画现实生活中性格复杂的人。因此，在结构上只有《红楼梦》才真正把现实生活的复杂性、完整性和不可分割的联系性充分反映出来了。我们读《红楼梦》，从不感到作家只是把一幅幅片段的画面拿给我们看，他给我们看的乃是一个富有立体感的，具有不同角度和棱面的生活整体。对于这个整体，我们可以环绕着它，反复地加以细细的观察和思考。在那些千头万绪、错综复杂的生活事件后面，都有它的来龙去脉和连贯的筋络，而每一个生活面与另一个生活面之间，又无不呈现着多种多样的联系。

因此，《红楼梦》中的每一个情节，乃至每一个细节，都不但有它独立的意义，而且都还有它内在的联系和艺术结构上的作用。如第六十九回，作者写平儿对待尤二姐的极义气，正是写凤姐极不义气；写使女欺压尤二姐，正是写凤姐欺压尤二姐；写下人感戴尤二姐，正是写下人憎恶凤姐。这种不是直截了当地写凤姐，而是从生活的整体出发，从上下左右来写凤姐，就更加突出了凤姐的阴险、狠毒。正如该回回目所标明的，她是"弄小巧用借剑杀人"；同时也反衬了尤二姐的憨厚、善良，她被凤姐逼得吞金自杀，却依然被凤姐蒙在鼓里，错把凤姐当作好人。

这种艺术结构，不仅得力于作家高超的艺术技巧，更有赖于作家发掘纷繁复杂的生活中的内在联系，根据生活本身的内在联系来精心布置作品结构的能力。因此，我们只有从作家认识生活能力和反映生活的艺术技巧这两个方面，才能认识和把握《红楼梦》艺术结构的真谛。

（三）在语言艺术上，《红楼梦》达到了炉火纯青、绝妙醇美的境界。曹雪芹的《红楼梦》在语言艺术上所下的功夫，恰如"甲戌本凡例"中所说："字字看来皆是血，十年辛苦不寻常。"它既不同于《三国演义》语言的半文半白，又有别于《水浒传》《金瓶梅》中夹杂有许多粗俗的方言土语，它是从人民口语中来的，又是以北京话为基础经过作家加工、提炼而成的。在我国古典小说中，可以说以《红楼梦》的语言艺术最为纯正、完美和出色。其具体特点表现在：

1. 传神美。《红楼梦》的语言做到了充分的性格化，能够把每个人物独特的个性、风姿和神采，活脱脱地表现出来。如贾宝玉被贾政打伤之后，袭人和宝钗都相继探望宝玉的伤势。作者写道：

> 袭人咬着牙说道："我的娘！怎么下这般狠手！你但凡听我一句话，也不得到这步地位。幸而没动筋骨，倘或打出个残疾来，可叫人怎么样呢！"……
>
> 宝钗见他睁开眼说话，不像先时，心中也宽慰了好些，便点头叹道："早听人一句话也不至今日。别说老太太、太太心疼，就是我们看着，心里也疼。"刚说了半句又忙咽住，自悔说的话急了，不觉的就红了脸，低下头来。

这里，袭人和宝钗都同样既责怪宝玉不听话，又对他的被打伤表示同情之意。然而，袭人的语言表现出来的，是对贾政那心毒手狠的惊讶和不满，对宝玉不听话的抱怨和惋惜，对"幸而没动筋骨"的庆幸和慰藉；宝钗的语言则显得"任是无情也动人"。她对封建家长的暴行，没有丝毫的不满和愤恨，而把宝玉挨打完全归咎于他的不听话，同时她又情不自禁地表示心疼。她的这种心疼，与"老太太、太太心疼"一样，纯属私情。而老太太、太太是宝玉的直系亲属，宝钗和宝玉却没有这种特殊的亲属关系，她这种私情蜜意在封建社会是见不得人的，因此她羞得"不觉就红了脸"。她俩各自的语言表达方式，不仅使我们看到了两个不同的典型形象，而且作家把她们各自的神态乃至内心深处感情激荡的密纹微波，都毫发毕露地表现出来了。

2.绘画美。作者通过薛宝钗的口，说他描写的大观园"象画儿一般"。贾宝玉对书中黛玉、宝钗、宝琴、邢岫烟等几个姑娘在一起的场景描绘，称赞是"好一幅'冬闺集艳图'"。作者还通过众人之口，称赞贾宝玉写的词是"画出来的"，赞美薛宝琴抱着一瓶红梅站在山坡雪地里的场景，"就像老太太屋里挂的仇十洲的艳雪图"。这些都说明作者是非常自觉地把绘画艺术运用于《红楼梦》的语言艺术之中的。

绘画是空间艺术，具有高度的造型能力。语言是时间艺术，而《红楼梦》的语言由于吸取了绘画艺术的长处，便在一定程度上突破了时间艺术的限制，给人以浮雕般的空间立体感。例如，凤姐协理宁国府，她要责罚一个因睡迷而迟到的佣人，在庚辰本上是这样写的：

> 凤姐便说道："明儿他也睡迷了，后儿我也睡迷了，将来都没了人了。本来要饶你，只是我头一次宽了，下次人就难管，不如现开发的好。"登时放下脸来，喝命："带出去，打二十板子！"一面又掷下宁国府对牌："出去说与来升，革他一月钱米。"众人听说，又

见凤姐眉立，知是恼了，不敢怠慢，拖人的出去拖人，执牌传谕的忙去传谕。那人身不由己，已拖出去挨了二十大板，还要进来叩谢。凤姐道："明日再有误的打四十，后日的六十，要挨打的只管误。"说着，吩咐："散了罢。"窗外众人听说，方各自执事去了。

这里作者用"眉立"二字，便把凤姐恼怒的形象浮雕般地凸现出来了。她一口气下达的两条处罚的命令：一是"打二十板子"；二是"革他一月钱米"。两项处罚同时在两个空间执行。这就更加突出了凤姐的威重令行，如凶神恶煞。同样这段语言，在程乙本中将"眉立"改成"动怒"，将两条同时执行的处罚措施，改成一先一后，删去了"还要进来叩谢"，"要挨打的只管误"，使形象化的空间语言结构，改成平铺直叙的时间语言结构，这就把凤姐那泼辣、凶狠、刻毒的形象改得大为减色了。

3. 情趣美。写得要"有些趣味"，使人读了能"适趣解闷"，"省了些寿命筋力"。这是作者在《红楼梦》第一回所明白宣告的。《红楼梦》的语言艺术，也确实具有生动、活泼、健康的情趣美的特色。如有一次贾母生气，凤姐和薛姨妈陪贾母打牌解闷，凤姐故意输钱给贾母，并且回头指着贾母素日放钱的一个木箱子笑道："姨妈瞧瞧，那个里头不知顽了我多少了。这一吊钱，玩不了半个时辰，那里头的钱就招手儿叫他了。只管把这一吊也叫进去了，牌也不斗了，老祖宗的气也平了，又有正经事差我办去了。"话未说完，引得贾母众人笑个不住。偏有平儿怕钱不够，又送了一吊来。凤姐道："不用放在我跟前，也放在老太太的那一处罢。一齐叫进去倒省事，不用作两次，叫箱子里头的钱费事。"贾母笑得手里的牌撒了一桌子，推着鸳鸯，叫："快撕他的嘴！"

作者通过凤姐的巧嘴利舌，把贾母箱子里的钱拟人化，来恭维贾母的神通广大，使贾母顿时变气为乐，高兴得手舞足蹈。这把贾母那贪得无厌、喜人恭维和凤姐那乖滑伶俐、竭力奉承的性格，皆刻画得活灵活现，令人忍俊不禁。

4.含蓄美。"念在嘴里倒像有几千重的一个橄榄"，这是作者写香菱读了王维诗后的感受，实际上也反映了作者对《红楼梦》的语言艺术要有含蓄美的追求。如有次宝玉在薛姨妈处喝酒，听了宝钗的劝告不喝冷酒，作者不直截了当地写黛玉在旁如何忌妒，而是写：

> 可巧黛玉的小丫鬟雪雁走来与黛玉送小手炉，黛玉因含笑问他："谁叫你来的？难为他费心，那里就冷死了我！"雪雁道："紫鹃姐姐怕姑娘冷，使我送来的。"黛玉一面接了，抱在怀中，笑道："也亏你倒听他的话。我平日和你说的，全当耳旁风；怎么他说了你就依，比圣旨还要快些！"

这里表面上黛玉的话是对雪雁说的，而实际上却全是说给宝玉、宝钗听的。它不但把黛玉那妒忌的心理和说话比刀子还尖刻的性格，刻画得如跃眼前，而且由此还引出了宝玉、宝钗和薛姨妈等一系列人物的不同性格表现，难怪护花主人王希廉的评语竭力赞其"灵变含蓄，文心如鬼工"。

四、《醒世姻缘传》及其他世情小说

在《红楼梦》成书前后，还有不少以家庭生活为题材，描摹人情世态的小说。《醒世姻缘传》是其中值得一提的代表作。

此书原名《恶姻缘》，共一百回。现存最早的清同治庚午刻本，题为"西周生辑著"。清人杨复吉（1747—1820）《梦阑琐笔》引鲍以文云："留仙尚有《醒世姻缘》小说。"据此，有人认为"西周生"即蒲松龄的化名。但尚缺乏确证。它写明代英宗正统至宪宗成化年间（约1440—1485），山东武城县官僚地主之子晁源纵妾虐妻，托生为绣江县地主之子狄希陈，受到恶报的故事。头二十二回为前世姻缘，后七十八为今世姻缘。最后以狄希陈诵《金刚经》，达到"福至祸消，冤除恨解"。全书以因果报应的宿命论为基础。

《醒世姻缘传》的可取之处，在于它揭露了封建社会政治上的黑暗和道德上的纲常解体的人伦关系。官职的获得与提升，完全凭关系和金钱，如作品中的晁知县所说："如今的世道，没有路数相通，你就是龚遂、黄霸的循良，那吏部也不肯白白把你升转。皇上的法度愈严，吏部要钱愈狠。"官吏可以任意肆虐，统治者只认"财"和"势"，毫无是非可言。用作者的话来说："若是有了靠山，凭你怎么做官歪憋，就是吸干了百姓的骨髓，卷尽了百姓的地皮，用那酷刑尽断送了百姓的性命，用那峻罚逼逃避了百姓的身家，只管有人说好，也不管甚么公论；只管与他保荐，也不怕甚么朝廷。有了靠山做主，就似八只脚的螃蟹一般，竖了两个大钳，只管横行将去。……这靠山第一是'财'，第二才数着'势'。就是'势'也脱不过要'财'去结纳；若没了'财'，这'势'也是不中用的东西。"在伦理道德上，更是出现了妾虐妻、妻虐夫，"阴阳倒置，刚柔失宜，雌鸡报晓"的反常现象，说明封建礼教已开始失去维系人心的力量。

但是作者不了解产生这种现象的社会阶级根源，而把一切说成"都是各人的命里注定，不能强求"，都"是天意，埋怨得何人"？这种宿命论的观点，不仅体现在作者的说教上，体现在作品的故事情节之中，而且还表现为人物性格的描写，使读者只知其然，而不知其所以然。如主子迫害婢女，本属社会阶级矛盾的反映，但作者却把寄姐与婢女珍珠的矛盾，说成是前生的妻妾矛盾所致，是先天生成的。"狄希陈也不晓的是甚因由。细问寄姐；连寄姐自己也不知所为，只是一见了他（指珍珠），恰象与他有素仇一般，恨不能吞他下肚里去。"由于作者未能写出人物性格形成的社会阶级根源，而是借以宣扬因果报应的宿命论，这就不仅大大削弱了作品真实感人的艺术力量，而且使其总的思想倾向显得十分陈腐与荒谬。

它明显地深受《金瓶梅》的影响，如《金瓶梅》有"潘金莲醉闹葡萄架"，它则有"寄姐大闹葡萄架"。而在总的思想和艺术成就上，它虽然远不及《金瓶梅》，但从文人创作的长篇白话小说的发展历程来看，它取材于现实的社会生活，以日常的普通人为描写对象，以揭露批判社会为主旨，还是有其积极意义的。

其他如《二度梅全传》《长生乐》《十美图》，以及《后红楼》《红楼补》《红楼复梦》《红楼圆梦》等等，皆未脱才子佳人小说的窠臼。虽然反映了一些现实生活，故事情节也颇为曲折生动，但由于思想平庸，艺术上陷于公式化，终究意义不大。

（中国大百科全书出版社 2000 年 1 月出版。在《后记》中言明："本书系由吴家荣根据周中明的讲稿加工整理，最后经周中明修订而成。其中的第七篇，已根据由周中明执笔于 1987 年四川文艺出版社出版的新校注本《西游记·前言》重写；第八至十一篇，也已换成由周中明执笔的《简明中国文学史》的相关篇章。"）

相关链接

中国小说流变概述

中国小说是以文言和白话两条线索发展的。

文言小说，是从神话传说和史传文学发展而来的，受史传文学的影响颇深。体制基本上是笔记体和传奇体。在唐以前为笔记体，唐代始有传奇体。所以魏晋六朝的志怪、志人小说，又统称笔记小说，唐传奇称传奇小说。文言小说皆属短篇，以写一人一事为主。其思想和艺术成就，以及在读者中的影响，皆远不及白话小说。

白话小说，是从唐代寺院和尚讲唱的变文和宋元民间艺人说书的基础上发展起来的。和尚的讲唱本为宣扬佛经，因为光讲佛经不足以吸引听众，所以后来就同时讲人间的故事和历史的故事，如《伍子胥过昭关》《王昭君和番》等，都很吸引人。到了宋代，皇帝为解救国库的空虚，就借口和尚庙里竟至说起恋爱故事来而加以禁止，没收其庙产，使和尚不能继续在庙里说故事。但老百姓又喜欢听，同时和尚又为生活所迫，于是便搬到娱乐场所的"瓦子"里去说唱故事。民间艺人看见和尚的生意好，也到瓦子去说唱，名之为"说话"。说话的底本，就成了话本小说。因为有说有议，所以就叫"平（评）话"（又说"平话"是讲史的别称）。因为有说有唱，唱的形式为诗，就叫"诗话"，唱的形式为词，就叫"词话"。元末明初以后，经过文人的加工创作，这些讲史或说经的话本就成为长篇历史演义小说、英雄传奇小说或神魔小说，短篇的则出现了文人创作的拟话本。明代中叶以后，在加工或模拟话本的基础上，则出现了由作家独创的短篇、中篇和长篇白话小说。

文言小说和白话小说这两条线索，在唐代以前是以文言小说为主，宋元以后则以白话小说为主。尽管宋元以后，文言小说这条线还在继续发展，甚至到清代乾隆年间还创造了《聊斋志异》这样的文言小说艺术高峰，但从总的来看已成强弩之末，白话小说终究占据着主导的地位。在白话小说中，有半文半白的，如《三国演义》；即使完全用白话写的，也带有不同地方的语言特色，如《水浒传》《金瓶梅》以山东话为基础，《西游记》《儒林外史》有江淮的语言特色，《红楼梦》则属于标准的北京话；晚清的《海上花列传》《九尾龟》是吴语方言小说。

　　因为我国白话小说是在民间说书的基础上发展起来的，所以它具有与别国小说不大相同的特质：（1）极为广泛、坚实的群众基础。它在内容上能表现广大群众的喜怒哀乐，在形式上为人民大众所喜闻乐见。如《三国》《水浒》《西游》中的人物形象，在我国人民中这样家喻户晓，妇孺皆知，在世界小说史上也可谓无与伦比。（2）散韵相间、说唱兼备的形式。由于它是从讲唱文学来的，因此后来在作家创作的小说中，也经常出现"看官听说"之类的评论；在散文叙述中，不时插入"有诗为证"或"有词为证"之类的韵文，以调剂读者的口味。（3）由于口头说唱受场次的影响，开头听众没有到齐，因此在正式开讲之前，先讲一段可有可无的小故事作为引子，说书的称"得胜头回"，又称"得胜利市头回""笑耍头回""入话"。每场只能说一段故事，所以长篇的则要分出章回。为吸引听众，就要使故事更加曲折紧张，并且故意卖关子，到紧张之时就说"欲知后事如何，且听下回分解"。这就使中国小说具有故事性强的特点。（4）不只是白话小说，包括文言小说在内，在中国封建社会皆被视为不登大雅之堂的"小道"，排斥于正宗的文学之外，屡遭封建统治者的压制甚至禁毁。如清代钱大昕说："唐士大夫多浮薄轻佻，所作小说，无非奇诡妖艳之事，任意编造，诳惑后辈。……宋元以后，士之能自立者，皆耻而不为矣。而市井无赖，别有说书一家，演义盲词，日增月益，诲淫劝杀，为风俗人心之害，较之唐人小说，殆有甚焉。"①《谭瀛室笔记》记载："有清一朝，屡申刊印小说之禁，因不免有诲淫诲盗之处，有害于人心风俗也。"施耐庵作《水浒传》，以致被诅咒成，"子孙三世皆哑"（见清·梁拱辰《劝戒四录》）。这些都从反面证明了中国小说特别富有进步的思想倾向性和战斗性。

小说的产生和流变不是偶然的、孤立的，而是受社会发展的制约和决定的。从历史发展的角度来看，小说的产生和流变，大致可分为以下四个时期：

（一）从上古到唐开元、天宝时代，为中国小说的孕育期。上古的神话传说，可谓最早的小说，准确地说，它已具备小说的某些因素。魏晋六朝的《搜神记》《世说新语》等志怪、志人小说，是这个时期的小说代表作，准确地说，是我国早期小说的雏形。这个时期小说的特点是：作者皆非有意写小说，而只是以笔记的形式，旨在或宣扬宗教迷信，或掇拾遗闻逸事，或把神怪故事当作真实的历史事实加以记载。如晋代干宝的《搜神记序》称他之所以搜集这些神怪故事，是为了"足以发明神道之不诬也"。因此他们并不注意描写的艺术，小说还附属于历史记载或杂记、笔记之内，尚未成为独立的文体。作品都是片段的记载，零星的叙述，篇幅很短，只有枯燥的故事梗概，具备小说的因素，或可充作小说的材料，但尚未形成完整的小说体制。

（二）从唐开元、天宝时代到宋、元，为中国小说的形成期。王度的《古镜记》和张鷟的《游仙窟》是我国最早的传奇小说。唐传奇的出现，是中国小说正式形成的标志。其特点：作者是有意写小说的，如明代胡应麟的《少室山房笔丛》所说："变异之谈，盛于六朝，然多是传录舛讹，未必尽幻设语，至唐人乃作意好奇，假小说以寄笔端。"可见"作意好奇"——发挥想象、虚构的艺术才能，这正是唐传奇与六朝志怪的根本区别，也是小说得以正式形成的重要前提。因此，他们很注重于作品的艺术描写，着意于作品的布局结构；使

---

① 《十驾斋养新录》。

作品不再是干枯的故事，片段的记录，而是有丰腴的内容，有曲折的情节和生动的人物形象；作品的题材，除鬼神的怪迹、域外异情奇闻、传教的故事、帝王名人的言行之外，它们更面向现实，写社会上新发生的事情，写男女爱情，写妓院的情景，写当时的人情世故；出现了一批成功的有重大深远影响的杰作，如元稹的《莺莺传》，白行简的《李娃传》，蒋防的《霍小玉传》，李公佐的《南柯太守传》，李朝威的《柳毅传》，等等。

在这个时期，除了上述文言小说以唐传奇文为标志正式形成以外，还产生了白话小说。从敦煌石窟发现的唐、五代钞本，有《唐太宗入冥记》《秋胡小说》等短篇白话小说，有代表长篇白话小说萌芽的《隋唐故事》《列国志残卷》等。到了宋、元时代，从唐代寺院的变文、俗讲发展成为民间说唱，便形成了大量以话本为代表的白话小说。宋代的说话艺术，已经达到相当高的水平。据宋代罗烨的《醉翁谈录》记载，当时说话艺人"说国贼怀奸从佞，遣愚夫等辈生嗔；说忠臣负屈衔冤，铁心肠也须下泪。讲鬼怪，令羽士心寒胆战；论闺怨，遣佳人绿惨红愁"。"讲论处，不滞搭，不絮烦；敷演处，有规模，有收拾。冷淡处，提掇得有家数；热闹处，敷演得越久长。……言无讹舛，遣高士善口赞扬；事有源流，使才人怡神嗟讶。"以民间艺人说话的底本为基础，产生了大量的话本小说。长篇的如元刊历史小说五种，即《全相武王伐纣平话》《全相话乐毅图齐七国春秋后集》《全相秦并六国平话》《全相续前汉书平话》《全相三国志平话》，每种皆三卷。《大唐三藏取经诗话》三卷十七段，是我国小说分章回之始。短篇的如《碾玉观音》《志诚张主管》《拗相公》《错斩崔宁》《西山一窟鬼》《简帖和尚》，等等。这些话本小说出自民间说书艺人或书会才人之手，不仅故事情节曲折复杂，叙述生动活泼，人物性格逼真隽美，而且比之唐传奇文言小说，更具有现实性、群众性和战斗性。

这个时期小说之所以正式形成，除了小说自身的原因，更重要的是由于社会经济的繁荣，使城市手工业和商业有了很大的发展，城市人口大量增加，使说书等娱乐场所成为广泛的需要，据《东京梦华录》记载：北宋汴京有供说书的"大小勾栏五十余处"，"可容纳数千人"。随着城市经济的繁荣，封建统治阶级的日趋腐朽，封建政治更加黑暗，社会生活更加复杂化，这就使原有的诗文不能完全适应反映复杂的社会生活的需要，小说这种容量无比巨大的文体形式遂应运而生，蓬勃兴起。

（三）从元末明初到清乾隆、嘉庆时代，是中国小说的成熟期。凡孕育于第一期和形成于第二期的一切小说形式，无不在此期内达到了它们最成熟、最发达的境界。如历史演义小说，罗贯中的《三国演义》达到了最高成就；英雄传奇小说，施耐庵的《水浒传》在长篇小说的艺术上更有长足的进步，由仅仅叙述史事的正史的敷演，一变而成为着意于叙写极短时间的一部分在历史上若有若无的英雄豪杰，使长篇小说的创作，已由历史的拘束下解放出来而入于自由抒笔挥写的程度；在语言上也由《三国演义》的半文半白，转变为纯用民间口语白话。这都表现了长篇小说创作的巨大进步。神魔小说，《大唐三藏取经诗话》等话本，被吴承恩加工成《西游记》，《武王伐纣平话》被许仲琳扩大为《封神演义》，它们在思想和艺术上的提高，皆属显而易见。

白话短篇小说，经过明中叶以后冯梦龙、凌濛初等人的加工创作，也达到了极兴盛的阶段。除影响最大的《三言》《二拍》以外，还有《石点头》《醉醒石》《西湖二集》《十二楼》等总集或选集，总数达三百种以上。

明代中叶以后，《金瓶梅》的创作成功，是我国小说在业已成熟的基础上向近代现实主义进一步发展的标志。它虽然还吸取了《水浒传》等现成的材料，还没有跟自然主义划清界限，还存在淫秽描写等等缺陷，但在我国小说史上，它是第一部由文人独立创作的长篇小说，第一部以日常的家庭生活为题材，完全采用写实的手法，塑造普通的真实的人物，在各方面皆具独创性的长篇小说。它开创了小说直接面向现实人生，写世俗人情的新时代。

以《金瓶梅》为代表的世情小说，到明末清初嬗变为才子佳人小说。如

《平山冷燕》《好逑传》《玉娇梨》等。它们仍多袭用《金瓶梅》摘取书中人物的姓名来作书名，但内容已不是淫夫荡妇，而是才子佳人，不是揭露批判社会现实，而是男女相爱最后奉旨成婚。

清代乾隆、嘉庆年间，我国古代小说发展到了鼎盛时期。在继承和发展《西游记》《捉鬼传》和《金瓶梅》等作品中讽刺笔法的基础上，吴敬梓根据切身的社会生活体验，创作了足以代表我国讽刺小说最高峰的《儒林外史》。在批判才子佳人小说，全面吸取我国古代小说创作经验，特别是"深得《金瓶》壶奥"①的基础上，曹雪芹以对自己家庭由盛而衰的深切感受为素材，进而创作了在思想上揭示出中国封建社会必然没落的历史趋势，在艺术上代表中国古典小说最高成就的《红楼梦》。用鲁迅的话来说，"自有《红楼梦》出来以后，传统的思想和写法都打破了"②。《镜花缘》是《红楼梦》以后较好的一部作品。虽然它总的成就远逊于《红楼梦》，但它以滑稽喜剧的手法，尖锐地提出了妇女、世俗等各种社会问题，无论在思想或艺术上皆别具特色。

笔记、传奇等文言小说，到了清代乾隆、嘉庆年间也出现了中兴的盛况。蒲松龄的《聊斋志异》，无论在思想和艺术上都把我国文言小说推上了最高峰。其对文言小说的发展，主要在：（1）在男女爱情和友情等问题上表现了民主、平等的新思想；（2）描写详细而委曲，用笔变幻而熟达；（3）写妖鬼多具人情，通世故，使人觉得可亲，并不觉得可怕。

这个时期小说的成熟和鼎盛，除了小说艺术本身的发展，更重要的是由于封建统治阶级的腐朽衰落得到更充分的暴露，资本主义经济的萌芽，民主主义思想的滋长，大大提高了作家认识和反映社会生活的水平和能力。

（四）从清代乾嘉以后到1919年五四运动，为中国古典小说的衰落期。这

---

① 脂砚斋批语。
② 见《中国小说的历史的变迁》。

个时期最值得称颂的是四大谴责小说，即《二十年目睹之怪现状》《官场现形记》《老残游记》《孽海花》。它们从思想倾向到写作手法、篇章结构，各方面皆学习《儒林外史》。如鲁迅所指出的，它们"虽命意在于匡世，似与讽刺小说同伦，而辞气浮露，笔无藏锋，甚且过甚其辞，以合时人嗜好，则其度量技术之相去亦远矣，故别谓之谴责小说"。其末流，则以攻击有恩怨关系的私人为目的的黑幕小说，不加批判地写出许多干坏事的手段，成了教人作恶的坏书。

英雄传奇小说，这时期已堕落为侠义小说。如《三侠五义》《小五义》《续小五义》《英雄大八义》《英雄小八义》《七剑十三侠》《施公案》《彭公案》等。这些小说不是像《水浒传》中的人物反抗政府，而是旨在帮助政府，鼓吹由名臣大官领导侠义之士除盗平叛，为维护封建统治卖命。

人情小说则蜕变为狭邪小说。如《品花宝鉴》《青楼梦》《海上花列传》《九尾龟》等，专写优伶妓女，基本上未脱明末的才子佳人那一套。

文言小说也由隽美的《聊斋志异》一变而又重新回到原始的笔记体的著作。

种种迹象说明，中国古典小说到这个时期已进入穷途末路。虽然从戊戌至"五四"（1899—1919），苏曼殊鸳鸯蝴蝶派的小说，在内容和形式上已呈现出向现代小说变化的趋势，但必须来一场彻底的民主革命和文学革命才有出路。

（原载《简明中国文学史》，黄山书社1993年12月出版，2000年1月再版。）

图书在版编目（CIP）数据

金瓶梅艺术论　小说史话 / 周中明著 . -- 北京：
北京联合出版公司 , 2019.2
（周中明文集）
ISBN 978-7-5596-2324-9

Ⅰ . ①金… Ⅱ . ①周… Ⅲ . ①《金瓶梅》—文学评论
Ⅳ . ① I207.419

中国版本图书馆 CIP 数据核字（2018）第 154200 号

金瓶梅艺术论　小说史话
作　　者：周中明
总 发 行：北京华景时代文化传媒有限公司
责任编辑：宋延涛
封面设计：张　敏
版式设计：柳淑燕

北京联合出版公司出版
（北京市西城区德外大街 83 号楼 9 层　100088）
北京中科印刷有限公司印刷　　新华书店经销
字数 558 千字　　690 毫米 ×980 毫米　　1/16　　41 印张
2019 年 2 月第 1 版　　2019 年 2 月第 1 次印刷
ISBN 978-7-5596-2324-9
定价：698.00 元（全四册）
